神圣午睡 著

The Way
To My Best Meal

图书在版编目（CIP）数据

爱食记 / 神圣午睡著. — 武汉：长江出版社, 2023.11
ISBN 978-7-5492-8844-1

Ⅰ.①爱… Ⅱ.①神… Ⅲ.①长篇小说 – 中国 – 当代
Ⅳ.①I247.5

中国国家版本馆CIP数据核字(2023)第069068号

爱食记 / 神圣午睡 著
AISHIJI

出　　　　版	长江出版社
	（武汉市解放大道1863号　邮政编码：430010）
市 场 发 行	长江出版社发行部
网　　　　址	http://www.cjpress.cn
责 任 编 辑	张艳艳
特 约 策 划	牛　猛
特 约 编 辑	朝歌晚丽
封 面 设 计	苏　荼
印　　　　刷	北京盛通印刷股份有限公司
版　　　　次	2023年11月第1版
印　　　　次	2024年4月第1次印刷
开　　　　本	710mm×1000mm　1/16
印　　　　张	22
字　　　　数	493千
书　　　　号	ISBN 978-7-5492-8844-1
定　　　　价	49.80元

版权所有，翻版必究。如有质量问题，请联系本社退换。
电话：027-82926557（总编室）　027-82926806（市场营销部）

目 录 Contents

第一章　北漂女孩的忧郁瞬间　001

第二章　是时候开启新征程了　039

第三章　情场失意，职场得意　105

第四章　要美要爱要前途　183

第五章　告别与新的开始　261

后记　343

第一章

北漂女孩的忧郁瞬间

知足，不就是平凡如我需要遵守的信条吗？

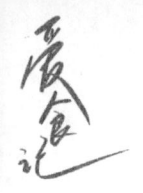

闯祸的炸酱面 ●　●　●

许多人生的重大转变，都始于一个微不足道的因素。在当事人眼里，这是忍无可忍的水到渠成。可在外人看来，却是不可理喻的突兀决定。就像此刻，李泽完全没意识到谭丽莎在想什么，还像往常一样，半真半假地用玩笑损她。

李泽是谭丽莎的男朋友。用个中性一点的说法，他是一个谜一样的男子。

李泽对外声称身高一米七二，但他和身高一米六八的谭丽莎光脚站在一起时，两人的肩膀位于同一高度。

李泽的学历也是个谜。他说他毕业于北大，可他的职位和薪资状况又与他辉煌的学历并不匹配。他在一家小型培训公司做网管，公司小，任务轻，工资在北京也低得难以置信，唯一的好处就是清闲。最后才知道，他所谓的北大，是北大成人教育。

李泽的金钱观也是一个谜。他给自己花钱很大方，喜欢什么东西，只要手头有钱，就会毫不犹豫买下。但谭丽莎偶尔买名牌护肤品，他就会劝她不要被消费主义广告洗脑。

他认为自己长相清秀，实则他五官模糊，长了一张让人看不清、记不住的脸。他外貌最大的特点就是瘦，买皮带都要让人家多给他打几个眼。幸亏他不住朝阳区，否则肯定会因被怀疑吸毒而频频遭遇举报。

李泽最确定无疑的就是他那张北京身份证，以及与其相配的北京口音。这张真实的身份证，让李泽为之自信，理直气壮地嘲笑谭丽莎的家乡大连。李泽认为，北京的一切是最好的，包括他家住的那个四合院，更不用说，他妈妈在四合院里做的炸酱面了。

然而，就是这么一碗炸酱面，让谭丽莎第一次产生了分手的冲动。

这碗炸酱面本身没毛病，是一碗非常地道的老北京炸酱面。白色的面条，上面搭着老北京爱吃的几样蔬菜：红色的心里美萝卜丝、淡绿色的黄瓜丝儿、白色的豆芽，还有青豆黄豆。

面的中间有一勺深褐色的，混合着肉丁的炸酱。酱并不是普通的酱，是甜面酱和黄酱以二八比例兑出来的混合酱，均出自北京老字号六必居。六必居是北京最古老的酱园，始于明嘉靖九年。美国建国也才二百多年！有这酱的时候，美国还不知道在哪儿呢！

酱的出身高贵，肉也得好。上好的五花肉，肥肉要刚好不多不少。细细切成小拇指头肚儿大小的方块，每块都得是三分肥、七分瘦。太肥了腻，太瘦了柴。一切必须刚刚好，味道才正。

有了肉和酱，炸酱也是一门艺术。二八酱拿水澥开，做成酱汁。热锅凉油，用香葱、蒜末、姜末炝锅，出了香味，把肉丁先煸一煸，为的是提香和出油。肉变金黄，再放酱汁，然后就是见功夫的时候了。

小火儿咕嘟着,一点一点把酱里的水熬干了,香味才能一点点地熬出来。就连用铲子翻腾的频率和时间,都是有讲究的。

这炸酱,跟人生是一样的,不能急,也不能慢,得按部就班地熬着。所有的滋味,就在一个"熬"字里面。

这番话谭丽莎已经背得滚瓜烂熟。每次吃炸酱面,李泽的父亲都会给她讲一遍。第一次听这段"炸酱经"时,谭丽莎肃然起敬。她望着眼前这碗炸酱面,以及她所在的这间平房,只觉得身处历史和文化的尘埃之中,心里惭愧刚才对这个院子的大不敬。

这个院子给谭丽莎的第一印象并不好。第一眼只看到了尘埃,没看见历史。在谭丽莎的心目中,四合院里应该有雅致的砖墙,明净的大窗子,窗下种着花,院中间一个大鱼缸,养着荷花和金鱼。闹中取静,雍容大气。

但李泽家的院子不是这样。它的形状一言难尽。所有的房子都增生出了很多不规则的砖砌小凸起,化身为厨房、杂物间,甚至卧室。而凸起的外立面跟前,则不明不白地堆着各种不知是垃圾还是财产的杂物,将这本就不宽敞的室外公共空间,挤成了迷宫般的蜿蜒小路。

谭丽莎第一次跟着李泽穿行其中时,不断体会着"山重水复疑无路,柳暗花明又一村"的诗情画意——总以为自己马上就要撞墙了,没承想墙边又闪出一道缝,能容人钻进去。

李泽娴熟地带着谭丽莎游走,得意地对她说:"我们这儿,治安特好。街坊们都认识,出门都不用锁门。"

谭丽莎在心里说,这我倒是信——贼肯定不敢来,怕迷路。

李泽的妈妈第一次留谭丽莎在家里吃饭,招待的就是炸酱面。谭丽莎受宠若惊。那时炸酱面在她心目中还是带着光环的老北京名小吃。她早就听说,北京人招待客人的最高规格,就是一碗在家亲自做的炸酱面。

面是李泽他妈做的,讲解是李泽他爸完成的。谭丽莎对此很有好感,觉得李泽父亲也参与家务。时间长了才知道,他的家务都集中在嘴上:吃饭和说话。

但初次体验时,谭丽莎还是被这一切深深地迷住了,身边的李泽仿佛也有了一些皇城脚下的贵气。就连这四合院仍要使用公共厕所的不便,她都觉得可以忍受了。

然而,大概吃到第二十次时,谭丽莎失去了对炸酱面的敬畏心。再多的文化加持,这也就是个炸酱面。

那碗炸酱面之所以闯祸,直接的导火索是李泽父亲念炸酱经时,谭丽莎有点走神。她走神是因为心情不好——明天要加班,去会展中心参展。老板让她负责最后检查展位,所以要额外早起。这是个苦差事,同事们个个抢了别的好活说没空,就轮到了她头上。她反应过来时,已经板上钉钉。她有点生气,感觉自己总是被算计的那个人。

可这话没法跟李泽说。李泽要么说她计较,要么就是轻飘飘的一句"觉得受气就别干了。"

李泽可以"别干了",他大不了回家吃爹妈的。但北漂谭丽莎不能不干。

李泽看她心不在焉,拿手指头在她面前的桌子上敲了两下,半开玩笑地警告说:"嘿,

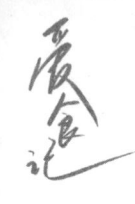

好好听课,别走神儿啊。你那炸酱面还差点意思。"李泽说这话并无恶意。在他心里,这是一种已经把谭丽莎当自己媳妇儿的亲热语气,还暗含着一种体贴之意——提醒谭丽莎不要做出任何不敬举动。这对他们的未来的婚姻大事是有好处的。

李泽的妈妈也笑着说:"我们家李泽嘴可刁了,不好伺候着呢。以后小谭可有得辛苦了。"

这个"以后",自然是结婚以后。承认儿子嘴刁,承诺他们的以后,这是李泽妈妈的善意。

谭丽莎心里烦躁,但还是尽量忍住了。她勉强笑了笑,回了个"嗯"。

李泽有点焦虑。谭丽莎平时都会回以灿烂的笑容,说"我努力"或者"他还行,不难伺候"之类的客套话。有时候还会乐呵呵地说几句玩笑话,但今天她有点冷淡。

李泽挽回气氛的方法,就是替谭丽莎损她自己。他用开玩笑的语气说:"莎莎就是大大咧咧的。记得她第一次去买酱,跟她说了买干黄酱,却还是买成了什么……石桥大酱。"

李泽说石桥大酱时,皱眉冥思,好像这是个需要努力搜索才能想起来的生僻词。

"哦,外地的酱啊,那味儿肯定不对。"李泽的父亲和颜悦色地教导着:"小谭啊,我跟你说,这炸酱面,酱是最重要的。别的材料马虎点就罢了,这酱可万万错不得。这做人也是这样,关键的地方,它就不能马虎……"

在谭丽莎与李泽交往的三年中,今天的这番话不算什么。在此之前,李泽父母对谭丽莎的身材、相貌、家乡都有过更不礼貌的评价。可今天,这"外地的"三个字一出,虽然说的是酱,不是人,但已经成了压倒谭丽莎的最后一根稻草。三年来,她没少感受这种微妙的贬损。外地人这个身份,就像脸上的青春痘,总是在你彻底把它忘了之际,突然冒出来捣乱。而李泽一家人,就像是上火的食物,总能触发它重新冒头。

她低头看着这碗炸酱面,突然觉得眼前的一切都让她无法忍耐。她努力微笑,尽量心平气和地说:"叔叔阿姨,我今天有点不舒服。明天还要去布展,早上六点就得到会场。我想早点休息,就先回去了。"

所有人都呆了一呆,仿佛舞台上的配角突然说出了不属于他的台词。

李泽的妈妈笑道:"那也不急这一顿饭呀?吃完了再走吧。"

"我不饿,就不吃了。"谭丽莎站起来,维持着笑容,还点头哈腰的。

李泽终于觉得不对劲了:"怎么了?"

谭丽莎淡淡地说:"没事儿。我有点累。先走了啊。"

她站起来,拿起包就走了。

李泽全家愣住了。李泽的妈妈注意到谭丽莎面前的那碗面几乎没动,女性特有的体贴让她对谭丽莎的情绪有所感觉。她小声问李泽:"是不是你招惹她了?"

李泽疑惑:"没有啊。她下了班就跟我一块儿过来了。"

"那她最近是不是有什么不开心的事儿?她最近工作怎么样?她那工作也没个编制,会不会让人给开了?"

"那她也没跟我说啊。再说她不是明天还要去加班吗?不像是要被开了啊。"

李泽的父亲冷笑:"这外地孩子是没规矩。谁招她惹她了,就这么起身走人?剩下这面给谁吃?浪费粮食!"

李泽说:"一会儿我吃吧。"

他妈妈劝道:"要不你追上去问问?"

"我不去。"李泽装作满不在乎地说:"谁知道她想什么呢。我又不是她肚子里的蛔虫。我不惯她这臭毛病。"

李泽父亲也说:"甭搭理她。要不以后更来劲。"

父子俩继续呼噜呼噜地吃面。李泽的妈妈无奈地叹了口气。她知道这爷俩就是这样的脾气。她也难受过,但现在习惯了。她希望谭丽莎也能早点习惯,这样家庭才和睦。她闭了嘴,不再提出任何建议。

万能的麻辣烫

谭丽莎走出胡同时,忐忑又后悔。她怕李泽追上来,但也不希望他连个追的动作也没有。她本是个好脾气的人,怎么最近总压不住火。

心里乱,北京复杂的交通倒成了优点,可以让人机械而平静地行走。她一到家,进门就闻到一股麻辣烫味儿。

她的室友兼房东陆霞在做饭。陆霞有句名言:当你不知道吃什么的时候,就吃麻辣烫。

在陆霞眼里,麻辣烫是世界上最完美的食物:开水煮过,干净卫生。食材丰富,荤素搭配。制作简单,食用方便。只需更换锅底和酱料,就可以换个口味。煮起来还没有油烟,减少了厨房清洁工作。

在制作麻辣烫这件事上,陆霞的态度非常专业。她把超市打折时买来的不同口味的火锅底料分成小块。经过数次实验,她已经精准地掌握了一份麻辣烫所需的分量。同时,她的冰箱里常备数种利于储存,适合做麻辣烫的食材:大白菜、冻豆腐、腐竹、鹌鹑蛋、鱼丸、海带。橱柜里有打折时囤积的粉丝、粉条、挂面、方便面。再随意搭配点时令蔬菜,一份色香味俱全的麻辣烫就出锅了。

而最专业的环节则是在她开煮之前,永远会问室友一句"要不要来一份?",这话不是白问的,她的麻辣烫收费。

陆霞还有个理论,所谓专业的意思就是能靠这事赚钱。所以,虽然陆霞不大会炒菜,但她已经可以算个专业厨师了。谭丽莎对此早就习惯了。陆霞是她的学姐,两人不同系,但分在了同一个宿舍。在校期间,陆霞就是女生宿舍楼里有名的商业大佬。她的床位就像是一个小型的杂货铺,储存着各种女生需要的廉价小零碎。

那时候陆霞就是个专业厨师,她卖方便面。她在屋子里偷偷藏了整套野营炊具:瓦斯炉、折叠锅和迷你二手小冰箱,里面存着生菜、鸡蛋和饮料。

一开始大家都觉得她有点夸张。但很快,整楼的女生会在熄灯后订她的方便面当夜宵。等面的功夫,又常会顺手买点零碎。积少成多,毕业时,陆霞不但自己负担了所有学费和生活费,银行存款余额还达到了五位数。

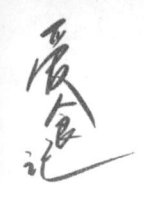

毕业后，她又创造了一项奇迹——在寸土寸金的北京，硬是没有为房租付过一分钱。

头两年她一直免费住在学校宿舍里，靠着谭丽莎这个内线，每晚都睡在夜不归宿的学妹们的空床上。直到有一天，宿管阿姨终于发现不对劲，才把她赶了出去。

从此陆霞就住进了公司。公司的加班文化让陆霞可以名正言顺地在工位上放睡袋，每天吃加班餐，喝公司的桶装水，半夜爬进睡袋睡觉，起床就开始工作。公司有优惠的健身卡，那就是陆霞的洗澡卡。

她的生活成本接近于零，而且还成了公司的模范员工。老板看着陆霞蓬乱的短发和遮住半张脸的黑框眼镜，龙心大悦，深表感动，一路给她加薪，发最多的年终奖。

就这样，陆霞终于在两年前变成了北京房东，还是三室一厅的房东。这套三居室还没有很多新房的一居室面积大，是标准的老破小。但好在利于分租，老旧小区位置好，且物业费低廉。

谭丽莎是她的首批房客。不仅因为之前的交情，也因为陆霞在首付上差的三万块钱是谭丽莎借给她的。陆霞还款的方式也与众不同。给谭丽莎一个优惠的房租价格，然后将每个月的租金从欠款里自动扣除，还一丝不苟地发电子收据。如果谭丽莎要吃麻辣烫，她还给打八折。

不管生活进行到哪一步，陆霞都会发明出新的省钱绝招。

此刻，煮着麻辣烫的陆霞习惯性地问谭丽莎："要不要来一份？"随即她醒悟过来，"哦对了，今天你应该是吃过了……"

谭丽莎说："要，加两份粉丝。"

"啊？你没在李泽家吃饭啊？"陆霞有点诧异，但仍然很专业地说，"好嘞。"

另一个室友Tiffany（蒂凡妮）过来打招呼："莎莎，回来啦？"一边说，一边跟着谭丽莎进房间。似乎是有话要说。

谭丽莎正要问她有什么事，手机响了。Tiffany只得识趣地退了出去。

电话不是李泽，是老板，提醒谭丽莎明天早点到。老板口气亲热："莎莎啊，明儿可千万别晚了。检查完展位，你可得亲自去门口发名片，别让实习生去！就那个倒霉小赵，上次我让他发名片，他全给扔垃圾桶了！我算看透了，还得指望你这样的老员工啊！"

谭丽莎唯唯诺诺地答应着，心里气苦。老板嘴上说实习生不靠谱，可是并不辞退他们。说自己靠得住，也没给她升职加薪。布展位、发传单都是实习生该干的活。谭丽莎在这家公司已经干了五年，自问吃苦耐劳，积极敬业，人际关系也不错。可不知怎的，地位还像是刚毕业的新人。她不知道问题出在哪里。

李泽也连一条信息也没有，从来只有她迁就他的情绪。

憋屈，工作和感情都憋屈，怎么就混成这样了呢。

Tiffany在门口等着谭丽莎打完电话，心里也乱乱的。又该交房租了。房租是绝对不能拖欠的，否则陆霞就会找她父母要钱。父母就会知道她又陷入了经济危机。

这就是住在表妹家里的坏处。虽说这个表妹，是一表三千里的那个表，而且两人的出生地相隔了上千里。但科技改变生活，互联网时代，七大姑八大姨通过两三个微信群就天南海北地联系上了。物理距离不耽误她们攀比和八卦。

第一章 北漂女孩的忧郁瞬间

陆霞和Tiffany的生活在亲友眼里都不怎么样。一个不恋爱，就知道工作，另一个不好好工作，就知道恋爱。中和一下就好了。家长们只遗憾这两人都是女孩，要不然，又可以凑成一对。

本来陆霞不太想让Tiffany来住，因为是亲戚，房租不能收太高。但她也不能拒绝福妮儿——Tiffany在家里的小名。当陆霞流落办公室时，为避免引起同事的怀疑，会时不时地去朋友家蹭住几天，顺便洗衣服。Tiffany的公寓就是她常去的地方之一。那时Tiffany被前公司裁员，拿了点遣散费，毫不犹豫地租了个漂亮小公寓享受人生，并疯狂发朋友圈炫耀。

现在Tiffany冒着被家里探知情报的风险，也要住在陆霞这间小破房里，自然有苦衷。

Tiffany在广告公司工作，常和时尚品牌打交道，算是半个时尚圈人士。穷和土，是这个圈子里的原罪。福妮儿到了这里，必须变成闪烁着金钱光泽的Tiffany。

陆霞家虽然破旧，但位于四环内，位置不丢人。而且，陆霞是她表妹，她可以对外宣称合租是出于亲情，为了帮表妹还房贷。此举近乎慈善，而慈善在圈子里地位崇高，是唯一可以抵御金钱攀比的理由。

这个月她本来财务稳健，信用卡额度还剩不少。偏赶上品牌活动，觊觎已久的大牌旅行箱终于降价。但降价也要大几千，买了行李箱，房租就没有着落了。

每次都是这样，她要存钱，商家就搞活动优惠价，跟在家里安了摄像头似的！就这样，几年了，她一分钱也没存下。

谭丽莎接完了老板的电话，周身疲惫。陆霞敲门，喊她："麻辣烫煮好了！"

她打起精神，应了一声"来啦"。Tiffany赶紧抓住机会，推门进来，一脸笑容地问："莎莎，能不能借我点钱？"

谭丽莎问："多少？"

"一千？发了工资我第一时间还你……"

"够吗？"谭丽莎深知Tiffany的状况。

"你要是宽裕，一千五当然更好……"

谭丽莎二话不说，就给她转了一千五百块钱。

"谢谢莎莎！最爱你了！"Tiffany真心感激。

三个人坐在过道似的餐厅里吃"陆记麻辣烫"。小小的正方形桌子只能贴着墙放，另外三个边上各坐一个人。最里面的人要想出来，中间的人得起身让一下。

此刻三人坐在桌前，Tiffany照例把麻辣烫精心摆盘拍照。她把里面比较漂亮的食材，比如形状完整的鹌鹑蛋，绿色的西蓝花之类摆在上面，汤底里的红辣椒碎也适当地点缀几个。之后加滤镜，配文案，发朋友圈。美其名曰是审美的练习。

拍完了，她想起谭丽莎今天居然在家吃饭，就问："你怎么没在李泽家吃？"

谭丽莎吃了一口麻辣烫，说："我想分手。"

陆霞看世间万物，只分赚钱不赚钱。她说："分呗。想分就分。有啥大不了的。"

但在Tiffany眼里，李泽还是有一定价值的。她劝道："李泽其实还可以。北京人，独生子，大学毕业，又有套房——小是小了点，也不容易了。"

李泽父母有一套筒子楼里的小单元房，几家合用一个厨房的那种。如果结婚，那将是谭丽莎的婚房。

谭丽莎冷笑："我知道，他配我，是有富余了。"

Tiffany语塞。

谭丽莎哪哪都好。但她在外貌上有个致命的缺点：胖。

想到谭丽莎刚刚解了她的燃眉之急，Tiffany认为自己有义务提供情绪价值。她故作轻松地说："你们俩是不是吵架了？李泽这种直男，不会哄女孩也正常。不过，这样的男的起码不花心呀。那种嘴太甜的男人，都是海王，可得离远点。"

其实刚才谭丽莎话一出口就后悔了。最近这是怎么了？总有一股不耐烦冒出来。她觉得自己变得越来越尖刻，暴躁，越来越不像自己。

她连忙把平时那个好脾气的谭丽莎拽回来，堆上笑容："其实也没吵架。就是工作有点烦。刚刚老板还打电话让我加班。"

Tiffany安慰她："这是重视你的表现嘛。"

陆霞说："要不你也来学编程吧。程序员超好找工作的。也没那么受气。"

陆霞本科是没前途的机械专业，靠自学编程当上了程序员。第一次她诚恳地说"编程很容易"时，两位室友还好奇地看了看她的教材，然后就明白了陆霞嘴里的"容易"有多可怕。

Tiffany笑道："又来了。你不要总觉得人人都学得会那玩意儿好吗？"

谭丽莎笑道："要不这么着，我明天先买点脑花，你帮我煮到麻辣烫里。我先补补脑子？"

她说得轻松又俏皮。大家都笑了。乐观开朗，讨人喜欢的莎莎回到了餐桌上。

说笑间，李泽的短信也发来了："你身体好点了吗？"

若无其事的语气。但谭丽莎知道，这是他提供的台阶。这句话里，既暗示了对她突然离席的既往不咎，也表示了对她的关心。

她回复："好点了，我准备早点睡。"

"太累就别干了。大不了换个工作。反正咱也饿不死。"他的生活底线就是字面意义上的"饿不死"。她也相信她如果不工作，跟他一起住进他家的小房子里，吃着炸酱面，肯定饿不死。

"嗯。我考虑考虑。"她把那个不耐烦不满足的自己又埋了起来。

陆霞看什么都简单，Tiffany看什么都想要，李泽看什么都嫌弃。每个人的想法都不同，来自他人的安慰总是不得要领。可她感受得到他们的善意。在这人人自危的大都市里，有人愿意在工作之后，为你提供一点点的关心，哪怕是客套甚至是敷衍，也足够珍贵了。

要知足，知足，知足。你还有什么不甘心的呢？你注定是个平凡的人啊。

风光不再的美式炸鸡

第二天一早，谭丽莎顶着晨曦去了会场。展位基本已经布置好了，但所有的东西还要最后检查一遍。灯箱、展板、座位、圆珠笔、资料、纪念品……包括招待客人的矿泉水和茶包。都不难，但需要有人静下心来做。检查完果然发现接线板带少了，圆珠笔也不多。矿泉水只有一箱，还全都是大瓶的。应该买更多小瓶的，显得精致，客人也好拿。还好来得早，直接让实习生小赵去超市买了带过来。

九点半展会正式开始，谭丽莎让小赵和另一个实习生小吴发放材料，自己负责讲解。转眼就看见小赵正把手上的传单、手提袋和纪念品都递给一个拖着买菜车的老太太。

谭丽莎连忙走过去，拦住小赵，微笑着对老太太说："阿姨，每人只能领一份。"

老太太说："我自己就领了一份儿，其余这些是给别人带的。"

谭丽莎赔笑道："阿姨，我们一个团队也就给一份儿。"

"哟，这么小气啊。"

"这不是国家号召环保嘛。能源有限，咱得省着点用。"

老太太嘟嘟囔囔地走了。谭丽莎抱怨小赵："你看不出她是起大早过来拿免费纸袋的吗？"

小赵懒洋洋地笑着说："莎莎姐，不用那么认真。又不是你的东西。早点发完咱们好收工。都什么年代了，上网什么信息都有，这种展会早就落伍了。我们待在这里纯属浪费时间。"

这小子是独生子，爹妈都是公务员，不知道从欧洲哪旮旯留学回来，上班仿佛少爷出巡。

谭丽莎知道说他也没用。怕他把传单都扔垃圾桶，就不让他发了。小吴比他态度好点，但也没法指望。让她发传单，她就找个角落缩起来，半天递不出去一张。

谭丽莎只得自己站在离展位不远的路口发传单，如果展位上人多，再跑过来答疑。忙活了半天，水还没来得及喝一口，小赵嬉皮笑脸地说："莎莎姐，我申请一个小时的午休。"

一看时间，已经十二点了。倒也算合理要求，不好反驳。她只得说："行，去吧，准时回来啊。"

"没问题。"小赵溜走了。

五分钟以后，小吴又过来了："莎莎姐，你想吃什么？我去买饭，顺便帮你带回来吧？"

"展厅那边有个小卖部，好像有些吃的。"

"我刚才去看过了，都是些垃圾食品。"

"可是小赵已经出去了。你等他回来吧。就剩我一个人，支应不过来。"

"哦，行。"小吴倒是没反抗。没一会儿就趴在座位上，捂着头，皱着眉。

谭丽莎只得问她："你怎么了？"

小吴声音虚弱："我就是有点低血糖。没事没事。"

谭丽莎拿出饼干："我这儿有饼干，你先吃点儿？这饼干很好吃。"

小吴问："你吃的是牛奶饼干吗？"

"是。奶味挺浓的，好吃。"

"那不行，我乳糖不耐受。"

谭丽莎想了想："我这儿还有灯影牛肉干。"

"我吃不了辣。"小吴有气无力地说："没事的莎莎姐，你不用管我。"

谭丽莎无奈："那你先去吃东西吧。尽量早点回来。"

"这里只剩你一个人，不好吧……"

"没事,没事!你去吧。"谭丽莎怕她一会儿晕倒在座位上。

"那,莎莎姐,我给你带饭吧?你想吃什么?"

"门口有个肯德基,我团购了一个优惠套餐,你要一起吃吗?"

"哦,我不吃这种垃圾食品,太发胖了。"小吴随即意识到这话不妥,改口说:"不过没关系,莎莎姐,我可以给你带。"

"就这个套餐。"谭丽莎把套餐消费二维码截图发给小吴。

小吴看了看,问:"莎莎姐,这是双人套餐吧?你是不是发错了?"

谭丽莎要买的是一个她很喜欢的套餐:一个香辣脆鸡堡和一大块吮指原味鸡,外加薯条和饮料。每次进店,这两样都是她最想吃的,这个套餐可以两全其美。

谭丽莎无奈地说:"我饭量大,吃得多,行了吧?"

小吴连忙撒娇:"哎呀莎莎姐,我不是这个意思啦……"

谭丽莎摆摆手:"行了,赶紧去吧。"

小吴一蹦一跳地走了,低血糖症状全没了。

谭丽莎脑子里还回荡着她刚才的那句"垃圾食品"。在她小时候,肯德基可不是什么垃圾食品。全班都羡慕那些能在肯德基过生日的小朋友。灯光明亮,有五颜六色的儿童游乐设施,空气中飘荡着悦耳的音乐和炸鸡的香气。

炸鸡是多么好吃的食物啊!由鸡皮混合面粉组成的脆壳饱含带油脂的香气,咔嚓咬开,里面是嫩滑多汁的鸡肉。如此美味,又带着舶来品的光环。美式炸鸡瞬间风靡全国。

炸鸡哪里都有,但美式炸鸡有它自己的门道。不同于中式干炸仔鸡,美式炸鸡必须外酥里嫩。家里很难做出这种口感和味道,但是老谭就可以。

老谭是谭丽莎的父亲,纺织厂车间技术工人,说话粗声大气,做事一板一眼,最大的爱好是烧菜。什么天上飞的水里游的,到了他手里,就只分清蒸、红烧或者油炸。

老谭很快就试验出了美式炸鸡外酥里嫩的诀窍:第一要用浸泡代替腌制。盐水里放了香料,把鸡放进去泡上一晚上,才能既入味,又多汁。第二要严格控制油温和鸡块的数量。想要外酥里嫩,炸物必须在高温下迅速定形。而家里的油锅容量小,炸鸡块如果太大,下锅就会降低油温。所以,家里做美式炸鸡,每块要处理得小一点。

谭丽莎的妈妈刘冬梅女士对炸鸡配方亦有贡献。她喜欢做面点,早先擅长中式白案,后来又学了不少西式点心,领悟到了奶制品在西式食品中的重要性。她发现了两个诀窍:第一,用生粉和面粉混合制成面衣。第二,面糊里除了有鸡蛋,还有酸奶和牛奶的混合物。

五岁那年,谭氏夫妇联手打造的这份家庭版迷你美式炸鸡,让谭丽莎变成了小朋友们最羡慕的人。那是她的黄金岁月。她同时拥有美食和美貌,也就拥有了骄傲和自信。

其实那时候的她跟现在长得也差不多:圆脸圆眼睛,弯弯的眉毛,白皙的脸庞。

不同的是,孩子胖一点是可爱的。有人说她像哪吒,有人说她像年画娃娃。电视剧里的儿童角色,也多半是这一类水灵富态的小姑娘。亲友长辈们看电视时,常会指着荧幕念叨:莎莎要是生在北京,肯定能当个小童星!谭丽莎上小学时,也还算个好看的小孩儿,偶有人提醒,老谭并不着急,总是说:"小孩长大就抽条儿了!急啥。"可是抽条儿并没有到来。谭丽莎顺理成章地从一个胖小孩,长成了一个胖姑娘,进而成了胖女人。与此同时,炸鸡的地位也日益衰落,变成了吃了会发胖的垃圾食品。肯德基是不上档次的快餐店。而谭丽莎那爱吃炸鸡的好胃口,也在小学三年级的一次春游中,变成了招来嘲笑的致命缺陷。

那次春游野餐时,谭丽莎的餐盒照例最丰盛:三层高的保温饭盒里,第一层是茶叶蛋,第二层是素菜包,第三层就是谭氏招牌炸鸡。刘冬梅热心肠,知道有的孩子家长忙,想着多准备点,可以分给小伙伴。一来孩子们吃得高兴,二来也让女儿在学校里人缘好。这三层食物看似简单,其实满是心思:茶叶蛋、素包子、炸鸡都是好吃好拿好分享的东西。

除此之外,老谭夫妇还精心给谭丽莎准备了蛋糕和水果,零食若干,以及一罐自制的酸梅汤。

谭丽莎拿出食物时,照例引发小伙伴的一阵欢呼。但这次,欢呼声中有个笑嘻嘻的声音说:"莎莎的饭桶好大啊!难怪你这么胖!"

说话的人是一个瘦瘦的女孩,尖脸,叫朱美俏。这是她第一次被别人嘲笑胖,她感到不太舒服,可不知该如何反应。她看了看朱美俏,人家笑容满面,似乎并无恶意。她又看了看周围的同学们,大家都在没心没肺地笑着。有人还一边笑一边重复着:"饭桶!哈哈!饭桶!"

谭丽莎决定也跟着大家一起笑。这第一次的笑容,定格了她今后的人生角色。从此"能吃的胖子"这个标签便牢牢地贴在了她的身上。伴随标签的,还有一阵阵的哄笑。这转变快得让人猝不及防。童年的骄傲瞬间成了少年的自卑。

她渐渐习惯了做一个好脾气、任人嘲笑的小胖子。女孩子们一起玩游戏时,她永远是丫鬟,不是公主。没有人对此有疑义,胖子天生就是跟班的命,谁会让一个胖子当主角呢。

她说服自己,当丫鬟也挺好,反正都是玩。在很长的一段时间里,她似乎接受了自己的喜剧配角身份。直到十六岁那年,她遇到了姚望。

姚望是插班生,进校的第一天就是全校的焦点。他身材高挑,眉目俊朗,动作敏捷,很快就成了校篮球队主力。姚望家境不错,书包、球鞋和单车都是最新款,本来具备跋扈的资格,可他天性温和,不知为何笑容里总带点落寞和无奈,就更显得迷人。

姚望犯了错,就是老师也要对他网开一面。

谭丽莎看到姚望的第一眼就被击中了。她无师自通地明白了两个词:一见钟情和卑微。模糊的孩童世界在那一瞬间变得清晰而残酷。原来孩子们的游戏就是人生的预演。只有公主才能吸引到王子的目光。

更糟糕的是,她发现自己并不会因为自己不美就自动去喜欢相对平庸的男孩。她的目光总是不由自主地追寻着姚望。就像那些美丽出众的女孩子一样。只是这番心思不能说出口——乐呵呵的胖丫头居然有野心,妄想得到众人垂涎的王子。那么,就会连可爱这个优点也失去了。

可爱是她最大的优点。她在这个壳里一住就是十几年。一度认为这个壳已经与她融为一体。但最近,她好像越来越不喜欢这个壳了。

展会里人来人往。她的目光无意中落在了隔壁展位的一块镜面不锈钢上,那上面远远地映着她的身影，是身体的侧面，最显胖的角度。她觉得自己近看其实还行，能找到一些优点，比如弯弯的眉毛，圆圆的眼睛，皮肤也比较好。可远看，就只有一个残酷的胖字。

路人匆匆走过，只觉得那里坐着一个平平无奇的胖姑娘。可没有人知道，这个胖姑娘，也曾是个被人夸赞漂亮的小女孩。

她看了看表，已经三十分钟了，两个实习生一个都没回来。她有点饿了，决定先吃点零食。正在手袋里拿她的饼干和牛肉干，就听见一个男声叫她："谭丽莎？"

她抬起头，瞬间怀疑自己精神分裂出现了幻觉——姚望居然笑眯眯地站在她的面前，仿佛她刚才的回忆化成了人形，特意跑出来吓她一跳。

几年不见，他还是那么帅。不，他好像更帅了。曾经的少年气并不曾失去，又添了几分气定神闲的神采，可眼里那一点点的落寞还在。

他失笑道："你可别告诉我你想不起来我是谁了！"

她这才确定他不是幻觉，她掩饰说："啊……不是，你不是在美国吗？"

"早回来了。你果然还在北京啊？行啊你！"

这句"行啊你"，让她的心猛烈地跳动起来。天啊，他还记得。

她松开手里的零食，让它们又落回到手袋深处。

性感的熟成牛排 ● ● ● ● ●

姚望提起的，是谭丽莎在高中唯一让人刮目相看的那次。

有些女孩似乎从小就注定要过一种平凡的生活，谭丽莎就是其中的一员。圆脸，爱笑，朋友让帮忙从不犹豫，父母做家务知道给打下手，和气到有点好欺负。不太聪明也不笨。学习算是认真，可又够不上刻苦。

老师们也都觉得她是个好孩子，不给个一官半职，似乎有点对不住。可这孩子实在没什么亮点和特长，怎么办呢？就当个劳动委员吧。谭丽莎当了很多年的劳动委员，永远是班里干活的主力，偶尔也会得个优秀学生的奖状。没人讨厌她，可也没人注意到她。

唯有高考报志愿时，谭丽莎居然报考去北京，让大家都小小地惊讶了一下。这是个不够理性的决定——同等的学校北京的学校分数高。

父亲老谭皱着眉头说："你这个分数，去北京上不了啥好学校。现在考公务员，学校不行人家都不要的！咱家又没什么关系。"

一贯好脾气的谭丽莎说："爸，我这辈子也就上这么一次大学。我想去个有意思的地方。"

母亲刘冬梅听了这句话，想起自己少女时期那些不切实际的幻想，心软了。她劝老谭："去北京上大学，见见世面也好。毕业再回来呗。"

"这事儿能由着她？现在大学生找工作多难，你又不是不知道！"

"孩子大了，就听她的吧。将来是好是歹，咱不落埋怨。"

"这是埋怨不埋怨的事儿吗？自己的孩子，我怕落埋怨吗？离家那么远，出点事怎么办？咱这是女孩子！"老谭把实话说了出来。其实他是担心，莎莎从小没有离开过家，又这么傻乎乎的，一下子去北京上大学，怎让人放心得下。

但做父母的总是容易对孩子心软。谭丽莎在这件事上表现出了异乎寻常的执念。老谭拗不过女儿，最终还是开了绿灯。

大学开学时，两口子特意请了假，如临大敌地送女儿去北京那所不知名的二本学校报到。一路上老谭都挑剔得不行，说北京大、乱、干，"连个海都没有！"。

刘冬梅笑道："人家有海——后海！"

"那也叫海？那就是个水坑！"

进了学校，新生家长送孩子进宿舍。宿管阿姨撇着京腔儿说："您记住喽，也就这开学的时候，父亲能送这一回。以后男性家长没事儿不能上女生楼。"

刘冬梅怀疑阿姨针对他们。她觉得阿姨好像没有嘱咐那几个北京家长。她嘀咕了一句："谁没事老来呀。"

老谭倒是满意了："这学校管挺严，挺好，安全。"

刘冬梅细心地帮谭丽莎铺好床，安置好行李，晚上全家一起去吃饭。刘冬梅笑着问女儿："这回高兴了？喜欢北京不？"

"高兴！喜欢北京！"谭丽莎笑得很开朗。

老谭夫妇也欣慰地笑了。

其实谭丽莎的笑容是装的。她后悔得不得了。

没有人知道她一心要来北京的真正理由。同学们聊起报志愿时，姚望说："我肯定报北京。在家门口上大学，那不跟没上一样。"

谭丽莎立刻就决定她也要报考北京。不是奢望姚望会因此与她有点什么，只是想让他知道，她不是那么普通的一个人。女孩子的家长多半不愿意女儿离家太远。有几个素来有野心的优秀女孩报了上海和深圳，因为落户政策更优惠。最终谭丽莎居然成了班里唯一报考北京的女生。高考完了，全班扔书庆祝聚餐，大家按照不同的地区组建起同乡会。大家说："北京有姚望、谭丽莎……"

仅仅是听到别人把他们的名字放在一起，谭丽莎心里就甜得要命。她拼命忍着，可开心的样子怎么也遮不住。很多女生都喜欢姚望，可在高考这样的大事上，没有几个孩子能真正自己做主。看着谭丽莎居然不声不响地跟姚望有了交情，好几个女孩都心里不平衡了。

朱美俏笑吟吟地说："莎莎可亏了，到了北京，你也就能念个三本吧？其实大学在哪儿念都一样。想留在北京，关键是看学校好不好。到时候毕业了留不下，多惨啊。还不如当初不去呢。"

朱美俏就是第一个管谭丽莎叫饭桶的小女孩。她们从同一个小学升入了同一个初中，到了高中仍然在同一个班里。朱美俏还是那么小鼻子小眼的，但她的纤细此时成了优点，配上一头长发，颇有几个追求者。她学习成绩和谭丽莎差不多，报了本地的海事大学。这是老谭想让谭丽莎报的学校，不但是211，而且方便以后进海关。

谭丽莎想反驳，一时不知道该说什么。她的好友付欣悦气不过，正要替谭丽莎抢白几句，姚望居然在一边说话了："没出息的人，才试都不敢试呢。一辈子就上这一次大学，当然要选个有意思的,自己最想去的地方。再说了,留在北京有什么难的,北京那么多人呢。"

他还对谭丽莎眨眨眼,说道:"到时候咱们几个都留在北京,一起逛故宫吃烤鸭,馋死他们!"

朱美俏对姚望又是另一副嘴脸,她娇嗔:"烤鸭有什么好吃?"

姚望笑道:"你吃的不正宗,当然不好吃。正宗的烤鸭很好吃的。"

同学们讨论起烤鸭来。谭丽莎则不停回味着刚才姚望的话,满足极了。不仅因为他替她说话,更因为,那话恰恰也是她想说的。

聚餐之后,姚望还拉了个"北京同学群",里面只有谭丽莎一个女生。她决定立刻开始减肥,等到了北京,要让他看到一个新的自己。

那个暑假,谭丽莎疯狂地运动外加节食。一个月以后,她如愿以偿地减到了125斤。虽然还不算太苗条,但镜中的女孩在某些角度,已经有了婀娜之姿。

然而,姚望并没有去北京。他第一志愿落选,被父母打包发送美国。听到这个消息时,谭丽莎的世界都灰暗了。到了学校,看着老旧而窄小的校园,灰头土脸的师兄,再想到学校尴尬的排名,她觉得自己就是天下第一大傻瓜。

糟糕的时光里,美食是她唯一的慰藉。她热衷于在节假日游走于本地著名的苍蝇馆子、胡同小店。她在朋友圈里写美食日记,装出一副对北京兴致勃勃的样子。体重渐渐回到了140斤以上,她毫不在意。毕业时她没有拿到北京户口,但她还是留在了北京。

她骗父母说自己找到了很理想的工作,公司很重视她。她从没想过会再遇到姚望,可偏偏就这么遇上了。

姚望好奇地看着她的展位,问:"你们公司做空调的?"

"主打是家庭净化系统,也有别的大型电器,比如工业用的吸尘器。你来看展?"

"别提了,我过来参展。我爸非让我来。其实现在大家都网上销售了,参加这种传统展会根本没多大意义。"

"是啊,是啊。"谭丽莎由衷地觉得姚望说得很有道理,忘了刚才小赵也说过一模一样的话。

"所以我就借口要吃饭,溜出来透透气。"姚望笑得像个逃课的中学生:"你吃了吗?要不要一起出去吃点?我刚才看了,小卖部没什么能吃的,都是些垃圾食品。"

谭丽莎觉得姚望坦诚,可爱又机灵。而几分钟前小吴这么说,她还觉得对方事儿多公主病。

她刚想答应,小吴就拎着一大袋肯德基回来了:"莎莎姐,你的午餐来啦!今天有活动,加一块钱送鸡翅!我觉得你肯定想要,就帮你加了,反正鸡翅多一点也没关系……"

看见姚望,她连忙道歉:"啊,对不起,我没看见有客户。"

谭丽莎说:"没事儿,这不是客户,是我同学。"

姚望有点遗憾:"早知道让你帮我也带一份了。那你忙吧,我去吃饭了……"

眼看与男神共进午餐的机会就这么泡汤了,谭丽莎顿时万分后悔自己刚才买了这份倒霉的炸鸡。

正在着急，小吴说："我买多了，现在就正好是两份餐。"

姚望问："是吗？"

谭丽莎如梦初醒，只觉得小吴就是这个世界上最可爱的女孩。她赶紧打开袋子给姚望看："对啊，你看，我一个人根本吃不完。"

姚望好奇地问："你点这么多干吗？"

谭丽莎心虚地掩饰："呃，我想留着明天当早餐的。"

"那我就不客气了。"姚望笑道，"不白吃你的，晚上我请客。你没什么安排吧？"

"没有没有。"谭丽莎的手在桌子下狠狠地掐自己。是真的，不是梦。

晚上，谭丽莎和姚望坐在东三环边上的高档牛排馆，装模作样地看着菜单，等着服务生问她那个经典的"牛排到底要几分熟"的问题——得知姚望要请她在这里吃饭，她临时搜索外加问Tiffany，做足了功课。

Tiffany叮嘱她："记住，牛排都是单数！三五七分熟。可千万别点全熟，五分熟最多了。"

"那会不会有血水啊？"

"吃的就是带血水的！要不然显得你老土！"

"行吧。拼了。不能让老同学把我看扁了。"

然而，姚望根本没有给她机会点菜。他直接说："你试试这家的菲力吧。绝对赞。"

谭丽莎看一眼价格，价格似乎便宜得无法置信。仔细再看了看，她吓了一跳："啊？这太贵了吧？"

服务生在一边微笑："我们家的牛排是干式熟成的。跟外面那些牛排馆不一样。"

谭丽莎不知道干式熟成是什么意思，只得僵硬地随着假笑。

姚望给自己点了T-bone（T骨牛排）。谭丽莎仔细听他要"几分熟"，可他根本没有说几分。他说的是"medium rare（三分熟）"和"medium（五分熟）"。谭丽莎没听懂，但服务生娴熟地点头领命而去。

谭丽莎问姚望："他刚才说的干式熟成，是什么意思啊？"

"干式熟成，就是dry aging。真正好吃的牛排是不能太新鲜的，要在一定温度、湿度的环境里放上28天，让它自然风干。这期间牛排会慢慢发酵，产生独特的香气。同时，纤维和结缔组织也会变得松软，吃起来才会入口即化，完全不塞牙。刚宰杀的牛的牛排直接烤，新鲜是够新鲜了，其实并不好吃。"

"我从来没听说过。听起来有点像做腊肉？"

"腊肉？你可真会联想。"姚望笑了，"这么说是有点啊。但是不能真的变成腊肉那样啊。aging，有点年龄就行了。"

谭丽莎由衷佩服："你懂得真多。"

"这有什么。吃过几次就知道了。"

不一会儿，牛排上来了。漂亮的金棕色，带着轻微的炭烤香气。谭丽莎轻轻切下一条，担心血水四溅，但是并没有，只有一点点恰到好处的汁水。肉的中间是一种看起来很新鲜的粉色。

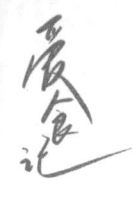

姚望说："尝尝看。"

谭丽莎把这块肉放进嘴里，完全没有腥气，只有一种说不清的浓郁香味充斥口腔。外壳那一点点的焦脆散落在软嫩的肉里，每一下咀嚼都心旷神怡。以前听人说牛排"入口即化"，她只觉得不可思议：那么大块的肉，怎么化？今日才知此言不虚。

她由衷地赞叹："真的太好吃了！又酥又嫩，焦香的味道好浓郁啊！"

姚望笑道："你要不要再尝尝我这块？"

不等她回答，他就切了一块给她。她尝了一口。这块T骨牛排口感更紧实，另有一种原始粗糙的香味。原来上等的牛排是如此美味！难怪那么多食客趋之若鹜。天啊，原来这才是吃肉的感觉啊。

她忘记了原本想要保持的矜持。一口，又一口，她吃得停不下来。

姚望看她吃得香甜，问道："喜欢吃？要不要再来一块？"

谭丽莎想起价格，赶紧说："不了不了，太贵了。"

姚望笑了："行啦，咱们之间还客气什么。人生得意须尽欢，吃就吃个痛快。这样吧，我再点一块不那么贵的。"

他叫了服务员，又点了一块小一点的纽约客。他笑着说："莎莎，你真是一点都没变。和在学校时一模一样。有件事我一直想问你——"

他笑得放松，亲切，带一点亲昵。她的心疯狂跳动起来。当年那个男孩，已经成了一个性感的男人，就像盘子里的牛排，如此诱人，让人心生向往。他要问自己什么呢？

她期待地看着他。

他微笑着问："你是不是把我的微信删了？"

谭丽莎顿时窘迫至极，正想着怎么解释，就听见一个娇嗲的声音响起："咦？好巧啊。你也在这里吃饭？"

一个漂亮得好像被美图软件修成了精的美女走过来，笑吟吟地看着他们。

吃龙虾沙拉的女人

谭丽莎清晰地感觉到，美女的目光迅速扫描过她称不上发型的头发，她不超过几百元的衣服和她面前空着的盘子。扫描完成以后，美女浑身的细胞都放松了。

姚望似笑非笑地说："跟你说了我晚上是跟老同学吃饭。怎么，还不信？"

美女假作生气地笑道："说什么呢！谁盯着你似的！要不是王阿姨一天到晚托我看着点你，我才懒得过来跟你打招呼呢。"

谭丽莎依稀记得，姚望的妈妈姓王。

"那你可以装作没看见我。"姚望开玩笑说："我要是看见你，就假装没看见。"

美女嗔怪道："你少来！"这才对谭丽莎妩媚一笑："怎么称呼？我叫Catherine（凯瑟琳），是1346时尚艺术中心总监。"

"我同学做设备的。人家是技术人员，工程师。"姚望替谭丽莎回答，又问Catherine：

"你坐哪桌？我去瞧瞧你吃的什么。"

Catherine瞥他一眼，笑道："你不会以为我真是过来盯着你的吧？拜托，我跟我闺蜜来的。"

她指一指不远处的座位，一个与她相似的时髦女郎坐在那里，冲她们挥了挥手。姚望被她拆穿，笑着遮掩："我是看看你点了什么好吃的。"

"今天胃口好，点了龙虾沙拉。又单独叫了半打生蚝。"Catherine吐一吐舌头："豁出去了，不怕胖。"

谭丽莎想起自己刚吃掉的一大块牛排，简直无地自容。

"你在这儿吃龙虾沙拉？真行。"姚望的笑容里好像带点讽刺："行了，再减肥成难民了。你这还没一只猫吃得多呢。食物是大脑的燃料，吃太少脑子都不转了。"

他把服务生叫过来："那桌算我账上。"

Catherine歪着头看他："贿赂我？"

姚望笑道："请两位美女吃饭是我的荣幸，行了吧？"

Catherine嫣然一笑："这还差不多。不打扰你们老同学聊天了。"

临走她还很友好地对谭丽莎做亲热状，调皮地说："这家的filet（鱼片）超好吃的！是这里的must try（必点菜肴）！姚大少请客，不吃白不吃！"

谭丽莎也回以笑容。甚至等Catherine走了，她的脸上还维持着笑容。但其实，她的感觉糟透了。

她清晰地感觉到，Catherine在看到她之前是紧张的。第一秒的目光犹如透视射线检查犯罪嫌疑人，可看清楚谭丽莎之后，立刻解除了全部警报。她放心得那么彻底，甚至产生了愧疚感，觉得自己在几秒钟之前把谭丽莎误会成假想敌真是太过分了，因而格外友善起来。

很显然，她觉得谭丽莎绝对没可能成为她的情敌。这种"没可能"里包括了两种预判：姚望的择偶标准，谭丽莎的自知之明。谭丽莎怀疑哪怕姚望对面坐着一只可爱一点的狗，Catherine的醋意都会更大一点。年幼时的自卑又回来了。

可这一次，那自卑中又生出了一种说不清道不明的感觉。其实，这些天以来，这感觉一都在萦绕着她，像夏夜耳边时隐时现的蚊子叫，让人烦躁，可又抓不着。这种感觉驱使她那天在李泽家愤而离席，驱使她受不了自己在公司被呼来喝去还不如实习生，驱使她这些天一直有一种控制不住的不耐烦。

此时此刻，Catherine的态度让她明白了那种感觉到底是什么。她不甘心。

这么多年她规规矩矩地活着，上着普通的大学打着普通的工，保持着好脾气吃着大大小小的亏，按照世俗眼光与和自己相配的炸酱面男人交往。一切都是正确的选择，符合一个不够漂亮的胖姑娘应有的修养，可是她不快乐。

当她再次见到姚望，坐在这个高级餐厅里，看着他和同一阶层的女人旗鼓相当地调情。她终于彻底明白了——那糟糕的感觉，就是她从未得到满足的欲望。

自从小学三年级之后，她就知道了自己的平凡。她学会了根据自己的条件降低要求，学会了日复一日地压抑内心真正的渴望。

她看着Catherine的背影，想到了那个令她下定决心删除姚望联系方式的女人。第一眼看到Catherine，她就有一种不舒服的感觉——她长得很像一个人。她们都是同样的苗条精致、衣着华贵，善于巧笑和摆出美丽的姿势。谭丽莎不知道那女人的名字，只知道那是姚望大学期间的女朋友——几年前，谭丽莎在朋友圈看到姚望官宣了女友。两人在一个美丽的海滩挽着手，那女孩笑得妩媚自然，又意气风发。那是一种整个世界都属于她的笑容。是一个普通人家的胖女孩永远不可能拥有的笑容。

那一瞬间，她自卑得无以复加。

那女孩的存在，就像这个世界对她的无情嘲弄和碾压。

她删了他的联系方式。希望他在她的世界彻底消失，就像从来没出现过。

可是此时此刻，Catherine对她源于极度轻视的友善，终于点燃了她心底最深处从未熄灭的欲望火焰。曾经的伪装是为了怕人笑，可是如今，却成了一个别人都不屑于笑话的可怜虫。那么，这么多年的苦苦压抑所为何来？

那一瞬间她决定，再也不要过这种降格以求的人生了。生平第一次，她想把欲望变成现实。她感恩上天让姚望又出现在她的面前。她在心里默默地对Catherine说：你们等着看吧！我没有你们以为的那么安全。

等Catherine走了，谭丽莎假做无意地问姚望："你女朋友啊？"

姚望说："普通朋友。她不是我喜欢的类型。"

谭丽莎心里暗爽，但嘴上仍然客气地说："她不是挺好的吗？"

姚望答非所问："莎莎，我没得罪你吧？"

谭丽莎瞪大了眼睛："没有啊。"

"那我怎么后来看不见你的朋友圈了？你把我删了？"

谭丽莎装傻："我不记得了啊。是不是咱们没啥互动，微信自动清理了？"

"不可能。哪有自动清理？不是你故意删的？"

谭丽莎抵赖："不是，真不是。我怎么会干这种事。"

姚望想了想："那是不是你不小心把我给清理了？"

谭丽莎顺势说："可能吧。唉，有阵子小广告太多，我就删了一大批。可能把你误伤了。"

"你也太糊涂了。把微信加回来。"

两人加回了微信。谭丽莎尴笑着问："你还看我的朋友圈啊？"

姚望语气中带着点埋怨和委屈："是啊。那时候在美国，我们学校附近的中餐都特难吃，就想念国内的路边摊。没事就看看你发的好吃的，结果突然有一天你就把我给删了！老侯说，肯定是因为我那时候总逃掉值日，得罪了你！"

老侯是他们的同学，比大家都大一岁。

谭丽莎脸红了："怎么会。又不是你一个人不值日。老侯不值日我也没记过。"

那时她是劳动委员。老师让她记录不值日的学生名单。姚望常忘了值日，她每次都默默地帮他把值日做了。为了不让自己做得太明显，也顺带着掩护了别的同学。

第一章　北漂女孩的忧郁瞬间

"我们总跟你说是忘了值日，其实不是忘了，是知道你人好，不会记我们的名字。"姚望歉意地说，"对不起啊，那时候天天想着玩。现在想想挺不合适的。"

"没事儿。你不说，我都忘了。"

"你工作怎么样？"

正说着，服务员把那份纽约客牛排也上了。如果是几分钟前，谭丽莎就会毫不犹豫地大快朵颐。但此刻，她想学着做一个配得上他的女人。她尽量自然地撒谎："哎呀，刚才还想吃，这会儿好像有点吃不下了。"

"你先尝尝再说。"姚望不由分说地给她切了一条。

金褐色的牛排，露出柔软的粉色的心，香气热乎乎地氤氲起来。谭丽莎无法抵御这样的诱惑。她想了想，对自己说：今天是最后一次放纵。明天再开始减肥吧。

那天晚上，姚望一直在和她叙旧，提起了很多高中的事情。而对于他留学美国的辉煌履历，他只是一句"没劲，都是我爸非让我去"，就一笔带过了。

分别时，姚望诚恳地说："莎莎，要是有什么需要帮忙的事，千万别客气。我也不敢说我什么都能解决，但能帮的忙，我肯定帮。"

谭丽莎有点感动，不是每个同学都这样念旧。即便他不是姚望，这句话也让人温暖。她说："那我先谢谢你了啊。"

"别这么说。"姚望的语气中带着伤感，"真的，年龄越大，见着老同学越高兴。"

那天晚上，回到家时，谭丽莎兴奋得好像从舞会跑回来的灰姑娘。她绘声绘色地把"干式熟成牛排"对两位室友描述了一番。惹得陆霞都好奇地问："这牛排多少钱啊？"

谭丽莎故意故弄玄虚地伸出五个手指。

陆霞问："五百一块？"

谭丽莎摇头。

Tiffany吃惊地问："总不会是五千吧？"

谭丽莎说："五块八……"

陆霞怀疑："五块八？这么便宜？牛排烤串啊？"

谭丽莎说："……一克！论克卖！一克五块八！我第一次知道牛排还可以论克卖！"

Tiffany倒吸一口凉气："天啊！那你岂不是一口就吃掉好几十？这是吃金子吗？"

陆霞对金价比较熟悉："那还是金子贵。金子现在一克四百多。"

谭丽莎感慨："就这牛排，我们吃不起，人家有钱人都吃腻了。在那儿还遇见我同学的一个朋友，女的，特别瘦。到了这么好的牛排馆子，人家就吃个沙拉。"

Tiffany说："我们总监也这样。不管走到哪儿，说吃饭，永远是沙拉。我这辈子就没见过她吃正经饭。"

说着，她学着总监的语气，随手拿起一本书，瞥一眼，合上放下，然后矜持地说："就给我来个龙虾沙拉吧。"

"你们总监也爱吃龙虾沙拉？那个女的也吃的龙虾沙拉！有钱人怎么就爱吃这个呢？这

龙虾也没有多好吃啊,我觉得还没有对虾香呢!"

"要的就是这个范儿啊!人家有钱人,什么好吃的都吃腻了。到餐厅里点菜就两个要求,第一不能发胖,第二显得有钱。还有什么比龙虾沙拉更合适的呢?"

谭丽莎点头:"有道理。明天开始,我也要吃沙拉!"

那天晚上,谭丽莎兴奋得迟迟未能入睡。无数计划飞驰交错,像载满尖叫的过山车。她要减肥,她还要打起精神来努力赚钱,不,也许应该换个更上档次的工作。比如那个Catherine工作的什么"时尚艺术中心",听起来就比她的空调设备高级。

姚望替她抢着回答时,她感觉到了他在帮她。他可能是怕她回答得不够老练,吐露了实情。社会地位果然很重要,美女第一句话都要亮身份,可是到底什么样的工作才算好呢?自己又能做什么好工作呢?这可得好好想想。或许应该再找机会探听一下姚望的喜好……

除此之外,还有一件事一定要做。她拿起手机,编辑了好几次,想跟李泽说分手,又觉得自己这样太无情。她从来没有甩过人,不习惯先说"不"。她想李泽其实也有对自己还不错的时候。至少,有些时刻她还是觉得,有个男朋友也是不错的。

算了,她像个要开掉员工而良心尚存的老板那样宽宏大量地想:周末请李泽去个好一点的餐厅,然后提出分手,就说生活理念不合好了,或者说自己配不上他,要不然撒谎说要回家乡孝敬父母。总之,两人处了这几年,也别让人家面子上太过不去……

她在兴奋中辗转反侧,直到凌晨才昏昏睡去。第二天早上一睁眼,发现闹钟已经响到第三遍。她慌忙起床,以最快的速度洗漱完毕就冲下楼。周一早上是老板雷打不动的例会时间,不能迟到。她最后一个冲进会议室,还好老板云山雾罩的演说还没开始。她暗暗松了口气,找了个角落坐下。老板照例从情怀到大局势一通乱扯。谭丽莎脑子里还是昨天的奇遇,不由自主地开始走神。突然之间,她听见老板叫她的名字:"怎么样莎莎?愿不愿意做这个排头兵呀?"

谭丽莎像个在课堂上被突然提问的中学生那样茫然抬起头,本能地带着笑容,说:"啊……行啊……"

所有同事都对她投来了同情的目光。

潜力无限的煎饼果子

三天后,小吴陪谭丽莎躲在北二环边上一栋写字楼的楼梯间里,埋怨道:"莎莎姐,你也太好欺负了吧。这种漫无目的的扫楼根本没用,你为什么要答应呀?"

"无差别扫楼"就是这次老板提出的新思路。公司之前的几个大关系户都饱和了,需要开拓新市场。传统销售方法都是走大渠道,比如跟装修公司搞关系,或者在小区物业前台放广告。但老板觉得这样不仅太被动,还被中间环节压低利润,就想做直销,让所有工作人员轮岗扫楼。他让大家扫的不是住宅楼,是写字楼,并且是不管什么公司都进去。美其名曰"无差别扫楼"。

"无差别扫楼?"有个同事怀疑地问:"难道我们进律师事务所去推销空调设备?"

"为什么不行呢?律师就不用空调了吗?律师就不装修了吗?律师说不定正在发愁家里用什么空调设备呢。正好来个律所团购!"

另一个员工也反对:"这好尴尬呀。人家会以为我们走错门了。"

"就是这种反差才能给对方留下深刻印象嘛!常规的推销方法,大家都在用。我们就要想一些不同寻常的推销方法!"老板慷慨激昂地说着,"你们都看了我前两天分享的那个演讲了吧?"

老板前阵子在公司群里分享过一个短视频,内容是"怎么卖梳子给和尚"。看来就是这个视频启发了他,想出了折腾员工的新招数。

当时谭丽莎因为兴奋正在走神,老板看大家都反对,只有谭丽莎没甩脸色,就钦点她成了第一批实践"无差别扫楼"的倒霉蛋。

如果是几天以前,这种活谭丽莎也会偷懒。随便跑几个楼,胡乱把材料发出去,就说去做了,没下文,老板还能吃了自己?可是现在她想试着更努力一些。她想起了老板平时那些浮夸的励志鸡汤。没有付出百分之一百二的努力,怎么知道自己的潜力在哪里呢?

小吴还算好,勉强跟着她跑两天。小赵干脆就说自己脚崴了,没法跑远路。

然而谭丽莎努力了好几天,颗粒无收。大部分公司看到他们上门推销空调的反应都是:"空调?走错了吧?"

偶尔有几个留下资料,全靠前台秘书脾气比较温和。这么胡乱撒网根本没有任何意义。

小吴那天在姚望面前帮了忙,谭丽莎心怀感激,两人的关系就亲近些。面对小吴的抱怨,她歉意地说:"对不起啊,连累你了。你要实在不愿意,我就一个人去吧。"

小吴说:"我其实无所谓。我就是觉得你也太好欺负了呀。凭什么让技术人员也去跑销售?你看另外几个工程师,没有一个搭理他的。按照《劳动法》规定,他随便给你转岗,你是可以拒绝的!"

公司不大,老板当年发迹纯粹是运气好,靠关系,赶上风口,挣到了第一桶金。管理上乱七八糟,所有人都要做所有的事。形势不好,老板就总想出奇招力挽狂澜,渐渐对心灵鸡汤走火入魔,时不时搞点新花样。

小吴还在抱怨:"等我找到新工作就走。我可不想在这种地方混。"

谭丽莎也心烦。公司小,收入普通,老板还爱作妖,唯一的好处就是环境轻松亲切。老板会亲热地叫她"莎莎"。也会在夏天带大家去超市买一大袋雪糕分着吃。

她知道那些位于高级写字楼里的大公司可不是这样的氛围。比如Tiffany的总监会指着不满意的方案冷冷地问:"你就把这种东西给我看?我的时间不值钱吗?"甚至还会在走廊里突然对员工说:"以后不要穿这么土来上班,客户见到了还以为我们公司审美有问题。"

她叹口气:"唉,以前公司没有这么烦。"

小吴趁机说:"好啦莎莎姐,咱们已经认真跑了三天了,够对得起老板了。事实证明,这么干没用。今天就别费劲了。这旁边胡同里有好多小店,咱们去逛一逛吧。"

走过去不远,就是雍和宫五道营一带,是北京文艺胡同中的后起之秀。各种礼品店、花店、潮牌店中,混杂着咖啡馆和情调简餐,是个消磨时光的好地方,但工作日的下午,所有的店都没什么客人。谭丽莎和小吴一路感慨这些店如此精美,房租又高,生意却很清淡,到底要如何赚钱。可不少院子仍在施工,投资者前仆后继,大约还是有利可图。

谭丽莎感慨："北京的有钱人真多啊"。

小吴神秘地说："我听说,好多小店的老板都是二奶,这些店都是大款给她们开着玩的。"

谭丽莎说："也对啊。要是自己的钱,可不敢这么打水漂。"

路边一个破旧的院子里,好几个人进进出出,有工人正往外搬杂物。小吴眼尖,说："莎莎姐,这是不是你同学?"

谭丽莎抬头一看,果然是姚望和一个女孩子从那院子里出来。那女孩一身黑色的职业装,利落的短发,身形消瘦挺拔,单肩背着个男款黑色电脑包,派头十足。

谭丽莎马上开始胡思乱想这女孩与姚望的关系。姚望回过头,看见她们,笑道："这么巧?"

谭丽莎没好意思说自己在闲逛,赶紧做职业状,说："呃,我们到附近开会,路过这里。"

姚望旁边的女孩也跟着回过头,一张干净娟秀的脸。姚望热情地介绍说："这我必须介绍一下!这是我的老同学,谭丽莎,做空调设备的。这是夏总,如星空间设计总监。"

夏总笑着打断他,对谭丽莎伸出手："别老夏总夏总的,我叫夏如星。"

谭丽莎一听这名字,原来这公司就是人家的。人家不仅美丽、能干,还有才华。而姚望和她说话的态度亲近自然,和那日对Catherine的不冷不热完全不同。她顿时懊悔那天在Catherine的面前把"这是你女朋友吗"的问题份额用掉了。显然这位才是更有可能的姑娘。

夏如星问道："你们是做什么空调的?大型的还是小型的?"

谭丽莎这才反应过来姚望的好意,赶紧说："小型的!小型中央空调!特别适合这种平房!"

夏如星爽快地点头："那正好,我给你简单把这个房子说一下。"

几个人进了院子,姚望却没进去。他说："你们聊吧,我打个电话。"

大家进了院子,夏如星马上进入状态,和谭丽莎说起空间用途和对设备的要求。谭丽莎一边认真记录要求,一边被夏如星的敏捷和专业风度折服。她心里又酸又难受。夏如星和Catherine不同。人家秀外慧中,有多优秀的男朋友都是应该的。这样的"情敌"最让人自惭形秽,嫉妒人家只会显得自己更丑陋。

夏如星正说着话,突然手机响了。她扫了一眼,笑道："抱歉,我简单接一下。"

随即她甜蜜地对着电话说："不是说了不用你过来接吗?叫车很方便的。好了好了,正好也完事了。别闹了,你人在车里不会被贴罚单的……"

挂了电话,她对谭丽莎笑道："哎呀,我男朋友到了,我得走了。你先给我一个报价范围,把基本资料也发给我。别的咱们回头再慢慢谈。"

谭丽莎只觉得空气指数都突然变好了,一下子心情明亮。原来夏如星早就名花有主!她喜滋滋地点头不迭,跟着走出院子。只觉得眼前这条胡同格外顺眼,每个小店都温馨可爱……突然之间她就意识到,扫什么楼啊!应该扫的是胡同,是平房呀!

精致的小店和破旧的房子都模糊了,她看到了一大片适合装小型中央空调的独立小房子。她立刻想到,应该赶紧去多看几个院子。看看有多少正在寻租,等着改造。也许可以把材料发给房东们,说不定他们可以跟租客说……突如其来的灵感让她的脑子飞速运转,她被从未体验过的兴奋感笼罩,甚至忘了去注意另一边的姚望。

其实，如果这时她看一眼姚望，就会看到他正在电话里对着什么人说着什么。对一切都无所谓的姚大少此刻满脸都是小心翼翼的温柔和藏不住的关切。

等谭丽莎想起姚望时，他已经打完电话，又恢复了昔日的放松与随意，问："你们接下来去哪儿？我可以开车送你们一段。"谭丽莎纠结了几秒钟，犹豫是撒谎说没安排，以求与他继续相处，还是以工作为重，让他知道自己也是个积极努力的人。想到夏如星的风度，她决定把宝押在事业女性这边。她说："我们还要多看几个院子。你要是忙，就先走吧。"

姚望说："我也没什么事，跟着你们逛逛吧。对了，这附近有没有什么好吃的小店？就你大学时发的那种街边小吃？"

谭丽莎在心里高兴地大喊一声：赌对了！

她胸有成竹地介绍："再过几条胡同有个煎饼摊，特别好吃。我们正好一路扫过去，最后吃煎饼结束。"

姚望很高兴："太好了！莎莎，你可太会安排了。"

那天下午，他们一起发出去了很多有效材料。姚望帅气的外形是搭讪利器，配合谭丽莎的专业介绍，相得益彰。不少房东和租户都详细地问了她一些技术细节。连小吴都被这进展鼓舞得态度积极了很多。落日时分，谭丽莎带他们来到那家煎饼店。店门小到只是个窗口，窗子下红笔大字写着价格，一共只有几款可以选。最显眼的就是门口排队的人。

排队时小吴好奇地问："为什么这家排队啊？煎饼有什么好吃的？"

谭丽莎介绍说："这家是正宗的天津煎饼，用绿豆面做的。北京的煎饼是白面做的。还有，北京的煎饼里放薄脆，而正宗天津的煎饼里必须放油条——天津人管油条叫果子，煎饼果子就是这个意思。"

小吴说："难怪呢！我第一次听到煎饼果子，以为里面放的是水果。吃来吃去，没有水果呀。"

前面排队的中年男人闻言回过头，一口地道的天津口音，笑道："挺懂行呀。但是有一点啊，你没说对——我们天津也放薄脆，那叫馃箅儿！有机会你上我们天津尝尝，那味儿才正宗呐！"

排到了煎饼，三个人站在路边的树下吃起来。姚望赞不绝口："这个煎饼果然不一样！莎莎，我就知道得跟你混。"

谭丽莎不好意思地说："我吃的这些都不上档次。"

姚望笑道："谁跟你说煎饼不上档次？在美国的煎饼店可时髦了，一份要十美元。好多老外都很喜欢。他们管这个叫Chinese crepe（煎饼果子），crepe（可丽饼）你知道吧？是法国的一种点心。"

谭丽莎问："可丽饼？咖啡馆里那种，薄薄的？"

姚望说："没错！要我说，煎饼可比可丽饼有内涵多了。很多美食评论家都说煎饼具备国际流行潜质：口感丰富、层次分明、色香味俱全、营养全面，而且制作时还很有仪式感和观赏性。他们还往煎饼里放美乃滋酱呢。"

听了姚望的话，谭丽莎突然觉得眼前这份煎饼变得高级了。煎饼不再是不入流的街头小吃，而是具备国际化潜力的明日之星。他说，煎饼有内涵。这是不是暗示着什么？她还发现他今天的笑容满含柔情蜜意。她不知道这份温柔是之前那个电话的余温，还以为是因为她。她的心又再次剧烈地跳动起来，脑子里浮出了各种美好的幻想……

正在想入非非之际，她接到了Tiffany的电话。Tiffany言简意赅地说："莎莎，我就是告诉你，今天回家要实施一号计划了！演员情绪到位啊！"

谭丽莎一怔，不由自主地就压低了声音："好的，我知道了！放心吧！都排练过那么多次了！"

北京烤鸭的威力

片刻后，谭丽莎进家门时，气质已经截然不同。她趾高气扬，重重地开门，低头换鞋时，看到陌生的鞋子，立刻眉头一皱，大呼小叫："陆霞！出来！怎么回事？"

陆霞从屋子里钻出来："莎莎，回来啦？"

谭丽莎怒吼："不是说好了不能往家里带人吗？这谁的鞋子？"

陆霞低眉顺眼地说："我妈带着我弟过来待几天。"

正说着话，一个半老太太带着个二十岁左右的年轻男孩出来了，讪笑着跟谭丽莎对上了眼神。

Tiffany也从屋子里冒出来，故作紧张地解释："莎莎，这是我表姨，他们很快就走。"然后转头看向陆霞的妈妈和弟弟："对吧，表姨？"

这就是陆霞的一号计划：如果她家人来了，谭丽莎负责扮演恶霸，把她家人吓走。

最初听到这个计划时，谭丽莎很不理解，以为陆霞是顾忌她们，就表态说："没事儿，你自己家人来住几天，我不介意的。"

陆霞老实不客气地说："我不是怕你不方便，是怕我自己倒霉。"

谭丽莎一头雾水："倒霉？不至于吧？"

Tiffany说："请神容易送神难。她弟弟好吃懒做，来了说不定就赖着不走，我们还怎么住？"

谭丽莎就答应了。"剧情"都是陆霞设计的，谭丽莎是主角，人设是"本地派出所所长未来儿媳"，灵感来源于李泽。为保证演出效果，她们没事就排练一番。

此刻谭丽莎初见陆霞家人，觉得他们寒酸又老实，有点可怜。她有点凶不下去了，但说好的计划还是要完成。她硬着头皮继续念台词："他们要住几天啊？这期间水电都怎么算？洗手间我们可是按时间分着用的，多两个人可不成！"

陆霞做央求状："就住一两个晚上。"

"那你可说话算话啊！要不然，到时候我可真叫人来！"谭丽莎撂下狠话，转身欲回房间。陆霞又拉住她："哎莎莎，借我点钱。我请我妈和我弟吃个饭。"

谭丽莎说："要多少？怎么钱又花完了？"

"借我两百吧。这个月奖金又少了。唉，不知道哪天就要失业。"陆霞愁眉苦脸地说："你有什么工作机会，想着点我啊。"

"现在找工作这么难，我可没办法。"谭丽莎装模作样地转了两百。陆霞点头哈腰地说："谢谢啊，利息我肯定照给！你放心！"

谭丽莎摆摆手，回到自己房间，还特意不轻不重地摔了一下门。把门关严实了，才松了一口气。手机响了一声，是陆霞给她发了个竖大拇指的表情包。她想笑，又不敢笑出声，只好把脸蒙在被子里。

陆霞转头面对老妈和弟弟，强颜欢笑地说："妈，没事，莎莎人其实很好的。"

她妈妈胆战心惊："她咋这么厉害呢？"

"她男朋友是派出所所长的儿子，老北京，别看官儿不大，到处都有人，可绝对不能得罪了！"

陆霞的妈妈一听北京人，还是派出所的，立刻吓矮了好几分。她抱怨："当初就不让你在北京买房，你非要买。还弄这么凶的房客过来。"

"那人家给钱多，谁让福妮儿给的少，我得还贷款呀。再说，有她在，我们这儿安全。有啥事都有人罩着！"

"唉，早知道不让福妮儿住过来了。"陆霞妈妈完全忘了当初就是她在亲戚里到处夸耀陆霞在北京买了房。

"这明明是你弟的房子，怎么我们来了，连个落脚的地方都没有！"陆霞妈妈训斥女儿："你说你混得这是个啥？"

陆霞弟弟说："我本来也不想来北京，玩两天就行了。网上都说，北京根本没啥好的，土死了，上海才洋气呢。"

陆霞妈妈质问陆霞："你当初为啥不考深圳上海？你把工作辞了，去上海吧。"

"妈，你怎么忘了。我为了拿北京户口，跟单位签了十年合同，违约要赔钱的呀。"

"都是你非要拿这个破户口！"

"那不也是为了给我弟买这套房，非京籍户口在北京买房得不间断缴纳5年社保啊。"

"那你这房到底啥时候能过户给你弟？"

"我弟在北京没有购房资格，所以没法过户。"陆霞一看她妈妈要爆炸，赶紧安抚说："不过妈你放心——等两年，到时候税也低了，房价肯定又涨了。到时候我把房卖了，把钱给我弟，不也是一样？"

她妈妈一听房价涨了，心里就舒服了，嘴上还不满："这北京就是讨厌。好在你弟还小，结婚还得几年。这两年倒是不急着用钱。"

"放心吧妈！我就这一个弟弟，我不给他挣，给谁挣？"陆霞赔着笑脸，"哎呀，好不容易来一趟。走，我带你们俩出去吃。"

陆霞妈妈问："你不是都没钱了，还出去吃？"

陆霞弟弟一听说出去吃饭，马上来了精神："我想吃烤鸭。"

陆霞妈妈就问："那有没有便宜点的烤鸭？"

陆霞弟弟说："便宜的不好吃！"

"咱不吃便宜的,咱去个正经饭馆。我有团购券,打折。你们就放心吧!"陆霞哄着妈妈和弟弟出了门。

谭丽莎躲在屋子里,想起好几天没有跟李泽联系了,应该给他打个电话,约他见面,把分手的事搞定。李泽接了电话,电话里传来游戏喧嚣的声音,谭丽莎问:"你在家还是在网吧?"

"在家。"李泽心不在焉:"行不行啊!想什么呢……啊,我不是说你。我打游戏呢。"

以前这种时候,谭丽莎都很不高兴,觉得李泽对她不够重视。但现在她存了分手的心,看着李泽还无忧无虑地打游戏,却要被她甩了,就又同情又心酸。

她说:"周末一块吃个饭?我请客。"

"行啊。我反正没事儿。"

"你想吃什么?"

"都行。你看着办吧。"李泽的注意力都在游戏上。

"那我请你吃大董吧?"

"都行都行……啊?大董?为什么去那儿呀。那地儿都是蒙外地土大款的。真吃烤鸭谁上那儿啊。"

"我请客。"

"你干吗呀,发财了?"

"嗯,对,我这两天业绩挺好的,这个月奖金应该不少。"

"没必要,真没必要。咱就便宜坊吧。甭去那些外地人爱去的地儿。"

"行,那就便宜坊。"谭丽莎对自己的"变心"愧疚万分,态度格外好,语气格外温和。但是李泽的注意力都在游戏上,根本没有注意到。

谭丽莎放下电话,想到姚望含情脉脉的表情,觉得自己可真是个渣女。李泽他什么也没做错。可是感情的事,确实勉强来不。其实李泽也不是个坏人,希望他以后遇到个能跟他一样爱吃炸酱面的姑娘……

Tiffany在门外叫道:"行啦!别躲着啦!陆霞出去啦,出来透透风吧!"

谭丽莎开了门,Tiffany笑道:"莎莎,你这演技可以,气场都出来了!演戏是不是很过瘾?"

谭丽莎笑着叹气:"过瘾,太过瘾了!刚才关门的时候,我把自己都吓了一跳!幸亏练过好几次了,要不然还真撑不下来。不过,陆霞妈妈和弟弟挺老实的,好像没有多可怕呀。"

Tiffany冷笑:"老实?没犯法的人都算老实。我跟你说,我表姨重男轻女,花钱让小霞弟弟念镇上的私立高中,结果他读了几天就读不下去,天天旷课,只好退学。现在一天到晚游手好闲,也不肯好好打工。他要是住进来,吃小霞的喝小霞的,我们俩大不了搬走,小霞怎么办?"

谭丽莎诧异:"陆霞这么能干,她弟弟怎么这样?"

"可能小霞把他们家的上进心都用完了吧。他们整个村,就出了小霞这么一个女大学生。总之,咱们一定要帮小霞守护我们的小家!这两天可千万别露馅!"

谭丽莎连忙点头握拳:"没问题!"

第一章　北漂女孩的忧郁瞬间

　　与此同时，陆霞正带着妈妈和弟弟，在一家名称上带着"老北京"的餐厅里吃烤鸭。这餐厅不大不小，中式古典的装修，店堂里有个烤鸭窑炉。厨师会当众拿起钩子往炉子里送鸭子，并在炉边的架子上片鸭子。上菜时，鸭肉摆在鸭子形状的小白瓷盘子里，红红亮亮的，配上葱丝、黄瓜条、甜面酱、荷叶饼，满满当当一桌子，看起来档次还不错。

　　陆霞妈妈挺满意："这里挺贵吧？多少钱？"

　　"我有优惠券，团购的，六十八一套。原价一百二十八呢。"

　　陆霞妈妈咂舌："这团购价也不便宜啊。"

　　陆霞的弟弟白他妈一眼："这是北京，东西当然贵了。"

　　陆霞给弟弟卷了个鸭饼，教他放葱丝蘸酱，还递到他手里，笑容可掬："快尝尝。"

　　弟弟迫不及待地咬了一大口。

　　陆霞做期待状："好吃吧？"

　　弟弟其实没吃出什么味儿。但年轻小伙子，饿了半天，这会儿就是吃酱油拌土面儿也觉得香。他点点头："好吃！"

　　陆霞笑眯眯地给她妈妈也卷了一个："妈，你也吃。"

　　她妈妈看着儿子狼吞虎咽的样子，怕儿子不够吃，有点犹豫："哎呀，我就不吃了吧。"

　　"尝尝嘛。好不容易来一回。"

　　"行，那我就尝一个。"陆霞妈妈细细咀嚼。这一细嚼，就尝出味儿来了：腥。关键是也不热乎。有的地方还有点冰，腥味就更明显。她不知道烤鸭是不是就这个味儿，疑惑地问："这烤鸭怎么不太热啊？"

　　陆霞说："这是现拿刀片的，凉得快。"

　　她弟弟说："我吃的那块挺热的呀。"

　　陆霞就又给弟弟卷了一个："弟，你多吃。"

　　她弟弟不客气地接过来，须臾间就三五个下肚。陆霞的妈妈招呼陆霞："要不，你也吃一个？"

　　陆霞做憨厚状："没事，我平时有机会吃。你们多吃！这可是正宗北京烤鸭！人家这师傅，是全聚德出来的！"

　　陆霞的妈妈就不再劝了。烤鸭不多，是应该紧着儿子吃。

　　陆霞不动声色地看着，这是她的二号计划。餐厅是她特意从踩雷榜单里挑的，无数顾客投诉这家表面专业，其实品质糟糕。晚上吃的鸭子多半是中午剩的，放在烤炉里胡乱热一下就端上来，又凉又腥，有时还不新鲜。价格说是打了折，其实本来就这个价位，故意假装打折吸引客流。烤鸭本就油腻，再能吃的人，卷几个也饱了。陆霞的弟弟很快就吃得半饱，味蕾恢复运作，也开始觉得腥和腻。有几片确实冰凉，他有点不想吃了，但又不舍得，继续努力吃了几个，彻底吃恶心了。

　　终于他嘟囔了一句："我看这北京烤鸭也一般。"

　　陆霞一脸诚恳地说："这就是北京最好吃的东西了。本来还想带你们去喝豆汁儿的，怕

你们喝不惯。"

"豆汁儿啥味？"

"就跟泔水也差不多吧。"

她弟弟不太信："不能吧？那北京人能喝得下去？"

"那我明天带你喝去。"

晚上回到家，陆霞安排弟弟和妈妈住在自己房间里，她在客厅里打地铺。她妈妈让弟弟睡床，自己睡地上。殊不知陆霞早就偷偷把床垫翻了过来，那反面的弹簧硌得弟弟一晚上都在翻腾，吱吱嘎嘎响个不停，弄得母子俩都没睡好。

第二天下班后，陆霞带妈妈和弟弟去喝豆汁儿。她故意选了服务态度最差的一家国营老店，服务员一口高傲的京片子，动作伴随着白眼儿。豆汁儿一入口，陆霞弟弟险些没一口吐出来。服务员毫不掩饰地冷笑，陆霞便找碴跟服务员起了冲突，于是全家被赶出了店。

这期间，谭丽莎也看清楚了陆霞妈妈对弟弟的偏心，也明白了陆霞为何如此"绝情"。没了心理负担，她的恶霸角色演得越发得心应手，简直有点爱上了这个跋扈得痛快的角色。再加上Tiffany的助演，把陆霞妈妈和弟弟吓得噤若寒蝉。

总之，三个女孩子齐心协力，配合默契，成功地让入侵者对北京倒足了胃口。连周末都没等到，娘俩就大骂北京不是人待的地方，气呼呼地回家去了。

一号计划大获全胜，抠王陆霞破天荒地要请客。

谭丽莎说："不用了，我现在只吃沙拉。"

Tiffany笑道："你不用替小霞心疼钱。她弟弟这么一走，省了不知道多少呢。"

谭丽莎说："我是说真的。我已经节食两周，轻了两公斤了，你们没发现吗？"

两位室友认真打量着谭丽莎。陆霞耿直地摇了摇头，Tiffany勉为其难地说："好像是瘦了一点……"

谭丽莎有点失望，但她随即乐呵呵地说："还不明显是吧？等我再坚持几个礼拜，效果就明显了！"

临别的二锅头

周末，便宜坊里，李泽惊讶地发现，谭丽莎碰也不碰烤鸭，只吃她点的那一道白灼芥蓝。他说："你怎么不吃啊？平时不是挺爱吃的吗？"

谭丽莎矜持地说："我不饿，就吃点青菜就好了。"

李泽觉察到今天谭丽莎十分反常。她点白灼芥蓝的时候他就纳闷，自从他与她相识以来，就没见她在饭馆里点过这种没滋没味的东西。点完她还真吃，这就更不正常了。

他打量着她，警觉地说："莎莎，你今天有点不对劲儿啊。你不会是……"

谭丽莎心里有点紧张，也许他已经感觉到了她的意图。

李泽说："……在这烤鸭里给我下毒了吧？"

谭丽莎失笑："我怎么下毒？这饭又不是我做的。"

李泽做不信任状："这可不好讲。想下毒,有的是办法。除非你吃一口给我看看。"

谭丽莎无奈,挑了几块瘦肉,卷了一个烤鸭饼吃了:"行了吧?"

李泽叹气:"我知道了,毒就下在鸭皮里——你平时最爱吃鸭皮,这会儿一口都没吃。肯定是那天在我家吃饭的事儿闹的。可就算话你不爱听,也不能给我往菜里下毒啊……"

谭丽莎听他越说越不着调,正要打断他,却见他一脸不自在地说:"这么着吧,我替父道歉。莎莎,对不起了啊,那天不应该那么说你。其实你做的炸酱面挺好吃的,我还不会做呢。"

她这才明白,原来他绕这么大弯子,是要道歉,可又不好意思直说。

李泽还在絮叨:"其实长辈说两句没什么的。我妈还说我回家都不用开门,从门缝儿里直接就能进来呢。他们就那么一说,你就那么一听。不掉头发不掉肉的,别那么较真呀。今儿这顿也别你请了,我请你,就当赔罪了。"

那天的事本来就不大,谭丽莎看他这么煞费苦心地道歉,有点感动,又带着愧疚,想起两人好的时候,眼圈就有点红了。

李泽诧异地看着她,小声说:"你这什么意思啊?你不会真给我下毒了吧?我是不是得赶紧打120啊?"

谭丽莎被他气笑了:"什么呀!我不吃鸭皮是因为我在减肥。"

"没事儿减什么肥啊?甭跟自己较劲,胖点挺好。看过生存挑战吗?大家都被扔在沙漠里,看谁扛的时间长。结果那帮什么特种部队的、玩儿极限户外的都歇菜,最后赢的就是那个最胖的……"

他一边说,一边卷了个带皮带肉的烤鸭饼递给她:"赶紧吃。这烤鸭都要凉了——我跟你说,烤鸭凉了可比国家大事还重要。你知道吧,1971年基辛格秘密访华,本来谈判马上就要陷入僵局了。咱们总理来了句:我们不如先吃,要不然烤鸭凉了。这才缓和了气氛……"

谭丽莎却不过情面,吃了他递过来的烤鸭。李泽笑道:"怎么样,味儿不一样吧?还得说是这焖炉的烤鸭最正宗。在便宜坊面前,全聚德都是后起之秀,更别说什么大董了。"

谭丽莎能感觉到这两种烤鸭之间确实有轻微的区别,可并不足以形成味觉壁垒。但她很配合地说:"嗯,好吃。"

李泽松了口气:"那这事儿就算是翻篇了啊。"

谭丽莎觉得不能再优柔寡断下去了,她硬着心肠说:"李泽,我今天请你吃饭,是有话跟你说。"

李泽一愣:"你说吧。"

"是这样,我觉得,咱俩其实,不太合适。"

李泽等她继续说,等了半天没下文,就问:"所以呢?"

谭丽莎鼓足勇气:"所以……要不咱们……分手吧。"

李泽有点意外,但又不太意外。意外的是他没有想过谭丽莎会突然主动提出分手。不意外的是因为,其实这事,他也模模糊糊地想过。

他和谭丽莎交往后,也觉得接下来顺理成章就应该结婚。可内心深处,他从未真正向往过婚姻。想到朋友们婚后鸡飞狗跳的日子，他觉得眼前这份悠闲自在弥足珍贵。此刻谭丽莎提出分手，意外之余，他也如释重负。他明白这时有义务表达遗憾，就说："是因为那顿饭吗？我已经跟你道歉了。"

谭丽莎歉疚地说："不是因为那顿饭。我就是觉得，咱们好像生活目标不一致。我很羡慕你对什么事都不着急，可是我不行。"

李泽疑惑地说："本来就没什么着急的事儿呀。咱俩都有工作，有饭吃也有地儿住，有什么可着急的呢？"

他是为自己的生活方式辩护，她却误以为是为挽留她而解释。她说："李泽，你是男的，又是北京人。你可以不着急，大不了一辈子这么过。可是我不行，我还是想试试不太一样的活法。"

李泽有点好奇："具体呢？比如呢？"

"我觉得北京是个奋斗的地方。我想好好奋斗，好好奔事业，所以暂时不想谈恋爱了。"

说完她有点紧张，怕他说：我不耽误你奋斗呀。你奋斗你的，没必要分手呀。

可他只是"哦"了一声，点点头，说："行吧。那我尊重你的意见。"

这回轮到她愣住了。他就这么答应了？

李泽把服务员叫过来，点了一瓶"小二"。他说："既然是分手饭了，那咱俩喝两杯。"

两杯二锅头下肚，两人都松弛了不少。李泽笑道："所以你今天本来要请我吃大董，就为了这个吧？"

谭丽莎说："对，我想请你吃顿好的。我觉得我来北京这么多年，很多属于北京的好处，我都没有体验过……"

李泽"喊"了一声："你是不是以为我说大董不好吃，就是吃不着葡萄，说葡萄酸？我跟你说，我吃过。他们以前叫北京烤鸭，在团结湖和安贞都有，就一特普通的饭馆。那时候我们偶尔还去几次。实话说，味儿还成。也不知道哪天起，改了名儿，就开始装高档了。其实鸭子还是那个鸭子，干吗花钱吃装修呀。"

以前她不会在这种话题上和他辩驳。但今天带着三分酒意，她决定认真地和他探讨一下"物质"和"精神"的问题。她说："可我觉得环境也很重要。你们老北京，不是最讲究'范儿'了吗？"

"就是讲究才来便宜坊呢。便宜坊是明永乐年间就有了，全聚德到了同治年间才有。差了得有好几百年。吃烤鸭，哪儿都没有这儿讲究。"

"可我觉得，都吃得起，然后选了这里，叫讲究。吃不起，那不叫讲究，那叫没得选……"

"讲究跟钱可没关系，这是文化。"李泽指着酒瓶："知道这酒为什么叫二锅头吗？"

谭丽莎摇头顶撞："反正不如法国红酒。工地民工都喝这个。"

李泽说："我跟你说，这酒可不一般。八百年前，也就是元朝的时候……"

李泽一旦开始侃，谭丽莎根本拦不住。他也确实称得上"渊博"，从历史到文化再到政治，就没他不知道的，说起各国政要如同提自己家亲戚。

第一章　北漂女孩的忧郁瞬间

她觉得他其实连烤鸭也不用吃，有这瓶二锅头，就着一盘花生米，全世界就都在他嘴里了。他的确不怎么需要花钱。只是她怎么也无法理解，这些遥远而与己无关的话题，怎么就能给人带来这么大的快乐和满足呢？她试图插嘴反驳，可三两句就又被他带跑了。她的那些野心和欲望，从头到尾都没机会跟他说。

临别时，他带着几分酒意，拍着她的肩膀，热情地说："没事儿，你别往心里去。莎莎你挺好的，肯定能遇到比我更好的。那什么，以后要有什么需要帮忙的地方，千万甭客气，直接打电话，哥们绝对不含糊。想吃炸酱面了，随时过来。我爸妈肯定都欢迎你。"

他还难得有风度地帮她叫了一辆车，与她挥手友好告别："好好的啊！"

她坐在车里，心里说不出的别扭。车窗外，北京的夜色如往事般飞快地掠过。分手异常顺利，比她设想的要简单一万倍。气氛亲切，态度友好，堪称文明楷模。预案白做了，良心白愧疚了。他虽然从来不是个好男友，看起来倒是个好前任。

可是，明明自己是主动的那个人，怎么倒像是被他分了手？

和他在一起的这几年，总是他教育她，她心里很多辩驳的话说不出来。好不容易主动分手，想象中直抒胸臆的痛快场面还是没出现。她恨不得回去再重新分一次。

晚上一进家门，陆霞和Tiffany就发现了她喝了酒。Tiffany问："莎莎，你喝酒啦？"

"嗯。喝了点二锅头。"谭丽莎说："我恢复单身了。"

"啊？你真把李泽甩了？"Tiffany又惊讶又佩服："到底是为什么呀？"

借着酒意，谭丽莎把在李泽面前没机会说的话，全都在两位好友面前说了出来。她说：一想到要跟李泽过那种生活，就觉得浪费人生。她说，她来北京，不是为了吃炸酱面的。从今天起，她要过不一样的人生了。她要挣钱，要减肥，要逆袭，要找帅哥男朋友，要做那种神气活现的女人。

Tiffany闻言大喜，说："太好了莎莎！那咱俩一块去办个健身卡吧？"

谭丽莎一怔："健身卡？好呀，多少钱？"

"原价9800块。咱俩一起办，销售就给第二个人打85折。这样咱俩就相当于每个人打了9.25折！"

"什么？那每个人也要9000块啊。"陆霞叫道，"这就是一天洗两个澡，也回不了本儿啊！"

谭丽莎一听年费这贵，连连摆手："这也太贵了。"

"哎呀，贵有贵的好处。环境、器械、教练都是最好的。周围都是俊男靓女，那氛围，那层次，哪怕就为了发自拍，也都值了！"

谭丽莎脑子里顿时出现了这样一幅画面：她在高档健身房里拍了漂亮的自拍，姚望看见了，微笑着给她点了个赞。

她有点动心："可是，太奢侈了。"

"奢侈了才有健身的动力呀！想想年费那么贵，你肯定会逼着自己去的！9000块钱买个漂亮的身材，多划算呀！"

陆霞还在计算："就算你每天都去洗一个澡，这个健身房洗澡的成本也达到了24.8元，这很难说是一个划算的价格……"

031

Tiffany嗔道:"又不是只洗澡!"

谭丽莎笑道:"算了。我还是先洗个家里便宜的澡吧。"

她进了浴室,看见地上的体重秤,就顺便站了上去。随即她的眼睛睁大了好几倍:消失的两公斤体重又回来了。都怪刚才那顿烤鸭和二锅头。

她冲出浴室,问Tiffany:"你说的那个健身房在哪儿?"

第二天,两人来到那家高档健身房,谭丽莎马上就明白人家贵在哪儿了。以前她也办过一个普通价位的健身卡,里面人满为患,跑步机总有几个有故障。团课的教室基本都被上年纪的大妈占满,仿佛把广场舞搬到了室内。她本来就不爱运动,环境不好,去了几次就不再去了。而这家健身房位于一个高档写字楼里,大堂里华丽的高速电梯,要刷卡才按动楼层按钮,仿佛一种身份的隔离。跑步机对着美丽的街景,各种器械看起来都很高贵,上面的人更是器宇不凡。团课教室里正在上瑜伽课,前面坐着个印度老师。这就是谭丽莎想要走入的,那个本来属于姚望的世界。只是门票太贵了点,她从来没有过这么奢侈的消费。

正在犹豫,有人跟她打招呼:"嗨!你是那个……姚望的同学?"

她抬头一看,是Catherine。

Catherine好奇地问:"以前没见过你们啊,第一次来?"

谭丽莎不想被她看扁,就含糊地说:"以前也来过。"

Tiffany会意,帮她逗强:"以前我们不是这个时段来。"

Catherine遗憾地说:"哦,我还以为你们没办卡,想着跟老板打个招呼,帮你们要个最低折扣……"

谭丽莎和Tiffany互望一眼,马上很没节操地说:"我们是第一次来!还没办卡呢!"

清香凉爽的杏仁豆腐 ● ● ● ●

尽管Catherine帮忙又要了折扣,最终这张卡的价格,按照陆霞的算法,洗澡的最低成本也要超过20元。一下子花了这么多钱,Tiffany习以为常,谭丽莎却很不适应。

Catherine热情地说:"要不要我推荐私教给你?这里的教练水平都不错的。"

谭丽莎压根不敢问私教多少钱,只故作潇洒地说:"不用了,我就是来跑跑步,随便活动活动。"

Catherine也不多劝,闲聊几句,无意似的问:"姚望上次好像跟我说,他最近有个什么事儿找你……"

谭丽莎就老实地说:"是装修的事。我们公司做设备的,他有朋友装修,用了我们的设备。"

殊不知这只是Catherine试探的套路。如果谭丽莎说"没有啊",那回一句"我记错了"也就完事。如果真有交情,就说明这位老同学有情报价值,可以适当笼络一番。

果然随口一句,就套出了情报。Catherine将这份惊喜天衣无缝地用在了进一步的套近乎上:"哇!那可太好了!你们公司做空调设备的呀?我们公司过一阵子也要装修呢。加个微信吧?"

"好呀,好呀。"谭丽莎很高兴,以为自己今天财星高照。

等出了健身房，Tiffany问谭丽莎："你还认识这样的有钱人呢？"

"刚认识的，她就是那天我说的，我同学的朋友。吃龙虾沙拉的那个。"

"所以你同学叫姚望？男的女的？"

"男的。"

"男同学请你吃那么贵的牛排？"Tiffany立刻捕捉到了八卦的信息："帅吗？"

谭丽莎脸红了："帅。"

"原来如此啊莎莎！"Tiffany顿时兴奋起来："李泽就是因为他被甩的吧？"

谭丽莎试图掩饰："怎么可能呢。人家条件那么好……"

Tiffany根本不理："有没有照片，快拿出来！我要看帅哥！"

"真的没有。我们好多年没见了，就前几天碰上，他就请我吃了顿饭。"

"吃了顿饭——你说得轻松，那可是论克卖的牛排啊！唉，什么时候才轮到我过那种，一边看着帅哥，一边吃牛排的生活呀！"Tiffany兴冲冲地说："走吧，卡办完了，该买装备了。"

"装备？"

"对呀，健身要有健身的衣服呀。"

"我有几件健身的衣服。上次在淘宝买的。"

"拜托！你看这儿有人穿淘宝买的健身服吗？大钱都花了，别在这些小地方抠抠搜搜的。"

谭丽莎想想也对。Catherine就穿了一身看起来很专业很漂亮的健身服。可跟着Tiffany进了三里屯的一家运动品牌的旗舰店以后，谭丽莎就陷入了尴尬。原来现在的运动服价格不菲，随便一条瑜伽裤都千元左右。即便是打折区，也要大几百元一条。她随手拿起一条看起来跟Catherine刚才穿的有点像的紧身瑜伽裤找最大码，店员小妹幽灵般冒出来，体贴地说："放心吧！我们家是北美的牌子，码都比较大。要不要我拿几条给您试试？"

Tiffany也在一边热心地说："这家的瑜伽裤超火的，舒服又显瘦。"

谭丽莎拿了几条"保证显瘦"的紧身瑜伽裤进了试衣间。有点紧，好在有弹性，倒是也穿上了。怀着期待对着镜子一看，完全不显瘦。恰恰相反，自己的胖被这套瑜伽裤清楚地勾勒出来，有些缺点还被放大了。比如，她发现自己从胯部到大腿，并不是圆润地连接下去，而是经过了一个凹陷，然后脂肪又凸出，让人联想到端午节的粽子。

简直是自取其辱、自曝其短。

Tiffany叫她："莎莎，你帮我看看。"

走廊中，Tiffany穿着同款瑜伽裤，来回转身："好看吗？"

确实显瘦。原来所谓显瘦，总要有瘦可显才行。谭丽莎说："你穿好看。我穿不太适合。"

Tiffany想投桃报李回以鼓励。可是看了谭丽莎的试穿效果又实在夸不出来，只好说："那边还有宽松型的，要不要一起去试试？"

谭丽莎赶紧回到更衣间，脱下了这条"显胖裤"。最终，谭丽莎都选了宽松的款式。运动裤的侧面有两条竖条装饰线。每个胖子都知道，竖条纹显瘦，横纹显胖。

店员小妹机灵地说："那条紧身裤我建议您也拿一条，和您这几条加起来，正好凑够折上折。这个系列是我们家最火的，很多明星都穿着直接出街的，平时从来不打折。今天买，绝对超级划算！"

"我穿还是紧了点……"

Tiffany斩钉截铁地说："小一号的衣服是我们减肥的动力，买！"

谭丽莎一咬牙，刷了卡。

晚上回到家，谭丽莎在房间里试穿新衣。或许是家里的灯光镜子与店里不同，衣服们似乎没有在店里时漂亮了。她越看自己这身宽松运动服越眼熟，突然恍然大悟：怎么这么像中学校服呀！她又试穿了那条紧身的瑜伽裤，只觉得镜中的自己像个热情洋溢的广场舞大妈。也不知道和"邋遢的中学生"相比，哪个形象稍好一点。还没正式进入健身房，身材压力就扑面而来，往上流社会走的每一步都好艰难。

她偷偷去看姚望的朋友圈，那是她心中的灯塔，前进的力量。心念方动，姚望发了信息过来，吓了她一大跳。

姚望问她：莎莎，你睡了吗？

谭丽莎赶紧回复：没呢。

打电话方便吗？

谭丽莎的心怦怦直跳：方便。

姚望打了电话过来，她赶紧接了。姚望先客气两句："还没睡啊？"

"周末，睡得晚。"

"那行。我就是问你那个空调的事儿——能不能让屋子里不觉得有空调吹，但又比较凉快？就那种很天然的凉爽的感觉？"

"哦，这个啊。"她有点失望，但还是认真作答："这主要是出风口的位置要设计好，避免让人感觉到直吹。而这也是中央空调的优势……"

姚望听完谭丽莎的技术介绍，高兴地说："太好了，这我就放心了。"

他絮絮叨叨地说起了那个项目。他说那是朋友的茶室，装修要求很高。要典雅，要清幽，要像神仙洞府。她诧异于他对朋友的项目如此上心，他说是因为他将来要开餐厅。他说莎莎，等我的餐厅开张了，你也过来帮忙吧？你对美食最有心得了……

两人聊了一晚上开餐厅的事。在她听来，这是他把她规划到他的未来里了。也许，他对她，是有一点好感的吧？

这晚上她睡得特别甜，第二天精神百倍地去上班。满以为会有不少客户找她进一步咨询，可几天过去了，一个回访都没有。比在小区物业随机放的广告回访率都低。

她就主动去回访了几个最热情的业主，可他们的态度一落千丈。有个阿姨本来最热情，可面对谭丽莎的询问，她只是冷淡地说："不考虑了。"

她百思不得其解。问了别的同事，人家只说：又没签合同，正常啦。

谭丽莎烦恼片刻，也就丢下，她有更重要的事要做。白天她经常跑去姚望胡同里的工地与他见面谈工作，晚上就去健身房快走一小时。这是她唯一能坚持下来的项目。高档健身房的压力，比她想象中大很多。一开始她打算慢跑，就像广告片里那些俊男靓女一样。可跑起来才发现，每小时六七公里的速度就喘得只怕要犯心脏病。她还在跑步时发现爱因斯坦的相对论是真的——在跑步机上，时间流逝得可真慢呀。跑了好久好久，怎么也有十分钟了吧，一看计时，居然才跑了三分钟。她看人家一边跑步一边看节目，就自己也试着找了电视剧来看，可累得根本看不进去。听歌听故事也不行，脑子完全被"好累啊，好难受啊，怎么还不到一个小时啊，我不想跑了啊"的痛苦占据。终于呼哧带喘地停下来，不懂运动惯性，大脑还以为在跑步机上，脚步错乱，差点摔倒。

器械区更可怕。大部分会员身边都站着一个T恤紧绷、浑身是肌肉的私教，大声说着一些注意事项。让人觉得如果没有专人指导，自行用器械会有终身瘫痪的风险。

她决定去练瑜伽。进了教室，只见印度籍的瑜伽教练像个妖怪一样摆出各种奇异的姿势，而会员们也都可以轻松模仿个八九不离十。她每个动作都会引来教练的纠正，而且，只纠正她。别人的下犬式是漂亮的三角，可她的腿是弯的，背是驼的，她的三角形像是幼儿还拿不稳笔时的涂鸦。墙上的大镜子更是让她时刻都能从不同的角度看到自己的动作有多不到位。整节瑜伽课下来，她唯一能做好的就是挺尸式。心理上和生理上被折磨了一整节课后，她摊在瑜伽垫子上，心想：躺平，可真舒服啊。上进，可真受罪啊！

她又去试了肚皮舞，刚进门就看到几个会员穿着闪亮亮的专业服装鱼贯而入，她吓得扭头又逃回了跑步机区。

游泳也不方便，要换衣服，还要背着湿漉漉的泳衣坐公交车回家，回家泳衣都有馊味了。泳池里的气氛也不轻松，总有人跟参加奥运会一样，噼里噗噜的以自由泳或蝶泳的姿势在泳池里兴风作浪，让她想平静地游一会儿蛙泳都很难。

Tiffany比她还三天打鱼两天晒网。没有伙伴，胆气又逊了好几分。最终她能坚持的，就是在跑步机上快走。她自欺欺人地想：肯定比不锻炼强吧。

问题是，节食计划也不顺利。她和姚望经常中午在工地见面。他总惦记着她大学时晒的那些街头美食，她自然要带他一一品尝，也就跟着吃了不少。

这天下午，姚望说天气热，想吃点清凉。她就带着他，穿街走巷，进了一个古香古色的小店，卖的是宫廷甜品。坐在店门前的小桌子旁，头上是细密碧绿的槐树叶子，碗里是洁白的杏仁豆腐，上面漂着金棕色的糖桂花。

他赞叹："这个地方可真好。"

她开玩笑道："后悔去美国了吧？少吃了多少好东西呀。"

他笑了笑："真的，如果一切重来，我宁可复读，也不要去美国。"

她怔了怔，问："怎么，美国不好？"

他低着头，吃了一口杏仁豆腐。

然后他说："你知道我爸妈为什么非要送我去美国吗？"

"不是因为你没考好吗？"

"我本来也这么认为，但是后来我才知道，"他冷冷地说，"我一走，他们俩就离了婚。到现在他们还瞒着我，我毕业典礼的时候，还假装没事儿人似的一起参加呢。"

她呆住了。难怪他的笑容里总带点落寞。

"所以我也假装不知道，这样我爸就不能明目张胆地公开和小三在一起。"他淡淡地说："其实亲友早就知道了。不知道为什么他们觉得可以瞒得住我。"

她想了想，问："其实你爸爸就算让你知道了，你又能拿他怎么样呢？既然费劲瞒你，说明在乎你。"

"他在乎我，只是因为我是他唯一的儿子。"

"不管是因为什么，你爸又不靠你养活。他瞒着你，肯定是怕你不开心。我觉得，这肯定是一种爱，对吧？"

他呆住了："你说得有道理。我从来没这么想过。"

他感激地看着她，温柔地微笑着，说："莎莎，谢谢你。"

这是他第一次这样望着她的眼睛微笑。天格外蓝，云格外美，整个世界都可爱了三分。

素馅饺子里的琴瑟和谐

从那天起，两人的距离一下子就拉近了。他好像变得很依赖她，跟她说了很多心事。他家的故事毫无新意——男人发达之后就有了二心。略有新意的部分是，据说小三并不漂亮，也不年轻，还有家庭和孩子。他们在晚上压低了声音吵架，用最难听的话互相伤害。他们以为他睡着了，其实他都听到了，却还要装作在熟睡，一动不动。

他说："莎莎，你知道吗？其实我一直都很羡慕你。"

"羡慕我？"谭丽莎惊讶极了，只差没问出一句"你羡慕我胖还是羡慕我穷？"。

"有什么活动，你爸妈总是一起来参加。你记得那次咱班包饺子吗？你爸妈也来了。"

谭丽莎笑了："记得，记得！你那次……很积极。"

那是姚望罕见地被同学们"排斥"的一次。他包的饺子不是漏就是破，同学们都毫不留情地驱逐他，不许他再糟蹋粮食。他顽强地不肯走："让我包！我还想包！"

连老师都笑着说："姚望你要是再包下去，大家就没得吃了。"

谭丽莎的爸妈很厚道地笑着："没事，玩儿嘛。面还有，这就和出来。不行再去小卖部买一袋水果糖，包糖馅儿的也好玩。"

姚望向往地说："我看你爸妈一起包饺子，一边说说笑笑的，就特别羡慕。我们家的饺子都是我妈一个人包，我爸也不爱吃。我那时候总想，要是哪天我爸妈也能这么一起包饺子给我吃，就好了。"

谭丽莎惊讶地看着姚望，没想到男神居然有这么卑微的愿望，原来她的生活也有让他羡慕的部分。

她怕他太伤感，就岔开话题："你还记得我爸妈包的饺子呀？你最喜欢吃哪一种？"

"我喜欢那个素馅的。我平时不喜欢吃素馅的，觉得肉馅的好吃。可是你爸妈做的素馅饺子，就特别好吃。"

"啊，那个啊！"谭丽莎有几分得意："那是我妈妈和面，我爸爸调馅儿的。都有秘方的。"

第一章　北漂女孩的忧郁瞬间

"秘方？什么秘方？"

"每一步都很讲究的，这么说也说不清楚。哪天你有空我做一次给你看看就知道了。"

"你会做饺子？"

"会啊。这有什么难的。"

"真的吗？那你今天有空吗？能去我家做饺子吗？"

谭丽莎本来的计划是下班后去健身。但有什么事能比和姚望单独相处更重要呢。她连忙点头："有空，有空。"

谭丽莎就这样来到了姚望的家。在东三环边上，是她和Tiffany曾经说过"有钱了就要住在那里"的高档楼盘之一。

她没出息地问："很贵吧？"

他笑笑："买得比较早，那时候便宜。"

他家里装修得意外地好看。风格简洁现代，浅色家具配零星亮色的装饰，干净素雅，又不过分冷清。灯饰、窗帘无不讲究，连墙上的装饰画看起来都很有品位。最吸引她的是餐厨一体的厨房，中间有硕大的岛台，像极了美剧中的时髦家庭。陆霞家地方窄小，厨房一个人都转不开身，空有一身好厨艺却无处施展。简直就是"梦中情厨"！那一瞬间，谭丽莎心中暗暗发誓：我一定要成为这里的女主人！这就是我想要的人生！

姚望好奇地问："你怎么了？进来就一直不说话？"

她赶紧收摄心神，遮掩道："你家很漂亮啊。是你设计的吗？"

"我没这么大本事。是我爸当初特意找了个外国建筑师房客，给他优惠价格，按他的心意装修。这样就免费得到了他的设计。"

虽然还没见过姚望的父亲，却已经感觉到此人的精明。难怪人家发财。

厨房虽美，却没几样炊具，姚望很少做饭。好在谭丽莎是资深北漂，最擅长快速办起一个家，两人就一起去超市采购。她负责挑选，他负责花钱。她一犹豫，他就说："那就选那个贵的，买就买好的。"

恍惚之间，她觉得好像已经和他结了婚，在置办他们的新家。她是幸福的妻子，他是用刷卡来表达爱意的完美丈夫。

她暗暗想，我一定要让你知道，我是多么适合做这个家以及这个完美厨房的女主人。

回家之后，她一边有条不紊地操作，一边介绍说：饺子要好吃，面必须筋道，所以要用高筋粉。内蒙古的雪花粉和韩国的高筋面粉都很好。面出筋需要时间，所以揉面之后，需要醒面。趁着醒面的功夫，就可以准备馅料了。

素馅饺子要好吃，需要解决几大技术难题。第一就是出水。蔬菜只要放了盐，就会很快出水，然后菜就蔫了，馅儿里也都是水，包出来不好吃。谭氏夫妻解决出水问题，有两个诀窍。第一是在馅料中加入粉丝碎，粉丝能吸水，而且吸收了菜汁会变得好吃，还增加了口感。第二是蔬菜切好后用食用油稍微拌一拌，用油锁住水分，让蔬菜口感爽脆。

素馅饺子第二个问题就是味道寡淡，因此要用一些口味丰富的材料。餐厅做素饺子，常

用鸡蛋和香菇，但老谭嫌香菇嚼劲太强，喧宾夺主，鸡蛋又太平常，所以他喜欢用略炒过的豆腐碎，配上剁碎的上好海米。

老谭夫妻常在饭桌上交流厨艺，谭丽莎从小耳濡目染，早就小有所成。

姚望一直很入迷地听着，到了海米这里，突然笑着提出了质疑："海米不就是虾吗？那这还算素饺子吗？"

谭丽莎想了想，也笑："当然算素的！你请客请人家吃海米炒白菜，那能算桌上有荤菜吗？"

姚望笑道："有道理！对了，其实老外也觉得海参是素的——海参的英文是海黄瓜！"

包饺子时，姚望态度很认真，手却笨得出奇。她就一点一点教他。两人说笑着鼓捣到了八点多，第一批饺子终于出了锅，谁包的一目了然——饱满漂亮的是谭丽莎包的，瘪了的漏了的是姚望包的。

姚望惭愧地笑："哎呀，我包得太差了。"

谭丽莎为了讨他欢心，赶紧夹起来吃了一个："挺好吃的。"

姚望倒是不客气，只挑谭丽莎包的饺子吃。他开了啤酒，边吃边赞美："莎莎，你简直神奇啊！我多少年都没吃过这么好吃的饺子了。"

她笑道："你也太夸张了吧。你平时肯定什么好吃的都吃过了。"

"不一样。这是家里做的味儿。外面的餐厅，再好吃，也不是这个味儿。"他喝了酒，眼睛亮闪闪的，动情地望着她："莎莎，那天再次看到你，你都不知道我有多高兴！其实从中学开始，你在我心里就跟别人不一样！我就觉得，要是我能有你这么一个……"

她的心狂跳起来。不会吧？难道他喜欢我？难道他今天请我包饺子，是对我有意思？也对啊，孤男寡女，他请我来他家单独吃晚饭！这不就是暗示吗？哦，对了，刚刚重逢时，他就借口回请，带我去了高档餐厅……

一万种顾虑从她心头闪过。她后悔自己毫无准备，内衣乱七八糟，减肥大业也尚未成功，身材尚没有准备好见帅哥……

姚望继续说道："……能有你这么一个妹妹就好了！胖乎乎的，每天都乐呵呵的，看着就喜庆。我小时候就想，我要是有个兄弟姐妹的，那父母爱回家不回家！……"

谭丽莎失望地放下了心。

这天晚上，姚望吃饱喝足，也不忧郁了，变成了一个话痨，说了好多掏心窝子的话。他说莎莎你特别好，特别阳光。你放心，以后在北京，有什么为难的事，就跟我说！哎，这么晚了，你得回去了吧？我也不能留你太晚了。我也喝酒了，没法送你。你放心，给你叫个车，我看你上去！

他送她上了车，与她热情挥手告别。她坐在车里，心里说不出的别扭。路上不堵车，北京的夜色如往事般飞快地掠过。感情进展的方向，怎么这么诡异呢。

她觉得此情此景似曾相识。然后就想起了和李泽分手的那个晚上，两个男人酒后唠叨的内容虽然不同，神态却如出一辙。是男人在哥们面前酒后吐真言的舒适与放松。

她哭笑不得地想：我这是什么体质啊？前男友和男神都把我当兄弟。大概，还是外形惹的祸。

她顿时后悔自己今天吃的那一堆姚望牌面片了。

第二章

是时候开启新征程了

优秀和成功的人，会有巨大的欲望和渴望，所以才能百折不挠，不知疲倦地奔向目标。

被嫌弃的苹果汁 ● ● ● ●

晚上回到家,她直奔浴室,称了体重,就在瓷砖墙上,用黑色的记号笔记了下来:74.8公斤。她恶狠狠地瞪着这个数字,对自己说:你自己看看!这世上哪个男人,会喜欢体重150斤的女人?

Tiffany过来刷牙,看她这副模样,吓了一跳,问:"你这是干吗?"

谭丽莎指着数字,说:"我要减肥!"

"那你也不用把体重写在墙上呀!"

谭丽莎咬牙切齿地说:"这叫知耻而后勇!"

第二天,谭丽莎再去健身房时,勇敢地走进了团课教室。她甚至都没看到底是什么。

教室里只有一个看起来孔武有力、剃着板寸的男教练和两个女会员,都穿着普通的运动服。

谭丽莎问教练:"老师,咱们这是什么课呀?"

教练说:"体能训练。"

她问:"运动量大吗?"

"大。没看都没人吗?呵呵。"

十分钟以后,谭丽莎就明白什么叫体能训练了。这节课让她回到了中学的体育课。他们全程都在做一些看起来简单,但实际上累死人的动作:蛙跳、鸭子步、折返跑……

教练则不停发出简短而鄙夷的指令:再来一组!别偷懒!做到底!累?累就对了……

如果说在跑步机上她体会到了爱因斯坦相对论,那么在体能训练的教室里,她简直感受到了永恒——她觉得这个课永远也不会结束了,而她的身体,永远也不能舒舒服服地休息一下了。当教练带着大家开始做放松动作的时候,她几乎要热泪盈眶了:天啊!终于下课了!从教室里出来,她觉得自己像是被人打了一顿,可也有点自豪。这么累的课,我居然全程撑下来了!

她气喘吁吁地来到贩卖机前,正要买一罐苹果汁犒劳一下自己,身后一个熟悉的声音说:"哎呀,可别喝那个!前功尽弃啦。"

是Catherine。显然她也刚刚健完身,裸露的肌肤上有薄薄的汗水,配上窈窕有致的健身服,像是健身广告里走出来的模特。

Catherine递过来一罐运动饮料:"喝这个。果汁千万碰不得,太发胖了!"

谭丽莎面红耳赤:"果汁不是健康食品吗?"

"果汁含糖量很高的。我已经好几年没喝过了。"

谭丽莎暗暗羞愧,难怪人家身材好。两人聊了几句"身材管理"的话题后,Catherine

问:"姚望的那个项目怎样了?"

"挺顺利的。已经动工了,说是下个月就能完事。"

"你见过那个茶室老板吗?男的女的?"

"没见过,应该是个年纪大的人吧。因为要装修得古香古色的,又说是怕空调风直吹。"

Catherine暗暗松了一口气:"也许是姚叔叔的朋友,所以姚望不敢不用心。"

第二天上班时,谭丽莎偷眼观察,发现同事们没有一个讲究"身材管理"的,各种松垮臃肿。Catherine所在的高档健身房,Tiffany所属的广告公司,和自己待的这个地方,简直就不是同一个世界。正想着,老板笑嘻嘻地要请大家喝奶茶。谭丽莎连忙说:"我就不喝了。"

同事们热热闹闹地去秘书那里点奶茶。小吴凑过来低声说:"虚情假意!谁稀罕他的破奶茶!莎莎姐,你也别气了。这种破公司,我们不待也罢!"

谭丽莎疑惑:"怎么了?出什么事了?"

小吴惊讶:"你还不知道?"

"知道什么?"

"他们偷我们客户的事啊!"

"啊?谁?谁偷我们的客户?"

小吴把她拉到走廊的角落里,气愤地说:"我们在胡同里辛辛苦苦开发的客户,全被他们给撬走了!要不是小赵说漏了嘴,我还不知道呢!"

谭丽莎瞪大了眼睛:"真的?他们怎么偷的?"

"给客户返点打折呀。"

"啊?他们把自己的利润给客户了?这么下本?"

"那怎么可能?他们是偷偷跟老板申请的!那些客户都在骂你黑心呢!"

谭丽莎瞬间明白了为什么那些潜在客户突然对她是那副表情。原来,在那些客户眼里,谭丽莎最不地道,有优惠不告诉他们。

她无法置信地问:"那老板怎么没跟我说,可以给客户打折呢?"

"你没用折扣就签了一个不错的合同,老板就乐得装傻呀。"

谭丽莎气得手都在发抖。她仿佛在黑暗中挨了一记闷棍,被打得又蒙又疼。这个市场是她和小吴辛辛苦苦跑了好几天才发现的。居然就这样被别人窃取了胜利果实。而且卖给姚望朋友的那一套,价格还比别人高。如果姚望知道了,他会怎么想,他肯定认为自己杀熟啊!

谭丽莎瞪着眼睛,半晌说出一句:"我去问老板!"

"问有什么用?这种老板,根本是非不分,辞职算了!"

"就是辞职,我也得先问个清楚!"谭丽莎带着一肚子委屈冲进了老板办公室。

面对谭丽莎的控诉和质问,老板不紧不慢地打着哈哈,说:"哎呀,莎莎,你跑前期是很辛苦,没有人否认这一点呀。我不是还特意在例会上表扬你了吗?但是辛苦和业绩是两回事。业绩最终是订单说了算呀。"

"可这些单子本来应该是我的!是他们偷了我的客户啊!"

"这怎么能叫偷呢？没有签单，那就还不是你的客户。莎莎啊，你虽然发现了新市场，可是后续没跟上，总不能不让别人跟进吧？"

"我没有不跟进！是他们偷偷给客户打折，客户才不跟我签的！"

"销售员为自己的客户争取利益是正常的呀。换了你是客户，你也喜欢更优惠的价格，对不对？"

"但你没有跟我说还可以有价格优惠啊。"

老板振振有词："我是没说，但你也没问呀。做工作就是要积极主动，不能什么都等着别人。好啦，吃一堑长一智。北京这么大，有的是新客户，下个月继续努力嘛。"

这是谭丽莎第一次正式做销售开发，她没想到还可以跟老板要求折扣。她恨自己考虑不周。可心里还是委屈，觉得老板应该提醒她。总之，同事这样抢了她的客户不公平。

老板息事宁人地说："这样吧，你要实在委屈，这个月我给你多报几百块钱车马费，好不好呀？这可是别人都没有的。"

谭丽莎赌气说："我不用车马费。但是我要让我的客户也享受最低价。"

"那就没必要了嘛。他们既然已经签了合同，就是认可这个价格。他们没要求折扣，你何必主动提？"

"我不提，如果客户知道了，他们会怎么想我？我还有什么信誉？"

"嗨，空调这种东西，谁家天天装啊。你难道还指望再卖给他们第二回？只要保修期内不出毛病就行了。赶紧让他们付款，落袋为安。"

因为是姚望的项目，谭丽莎坚决不肯让步。再三坚持后，老板勉强答应了："行吧，就按你说的，给他们同样的折扣。不过，这样的话，车马费我可就不能给你了啊。"

出了办公室，谭丽莎才发现自己的谈判结果有点问题。一分钱奖金都没多，还欠了老板一个人情。也顾不得多想，她第一时间就找到姚望改价格。

姚望以为是公司的新优惠，笑道："你们公司倒是不错，有了新折扣，还想着已经签了合同的客户。"

谭丽莎气愤地说："哪有这么好啊！"

她把来龙去脉一说，姚望立刻问："你把新开发的市场告诉别人了？"

"没有啊。我跟谁都没说。"谭丽莎回想着那天的情景："就只跟老板说了。"

姚望笃定地说："那就没错了，就是老板泄露的。"

谭丽莎疑惑地问："老板为什么要这么做呢？我签单和别的同事签有什么区别吗？"

"做生意的都想早点回款，你一个人去签，速度慢，别的公司可能就会抢客户。所有销售都过去，两天就搞定了。急着占市场没问题，但不该不给功臣奖励。"

谭丽莎懊悔不迭："我太傻了，怎么连这种事都想不到！"

姚望安慰她："其实，你只要签单，上面就有地址。有心的销售看一眼就明白了。消息早晚会泄露。但别人能抢单，源头还是你们老板。他这样鼓励公司内部恶性竞争，以后谁还敢冲在前面开发市场？这不是做生意的长久之计。"

谭丽莎佩服地说:"你怎么懂这么多啊?跟你一比,我简直就像没上过班。"

姚望一怔:"这些都是我爸平时总说的。"

那一瞬间,两人都沉默了。姚望第一次感觉到了父亲对自己的苦心。平时他逆反心理很重,最讨厌父亲满嘴生意经,唯利是图。

而谭丽莎自卑地想,原来这就是耳濡目染,这就是赢在起跑线上。难怪他那么聪明,凡事一看就明白,人家老爸就是高级商业一对一私教。

姚望打破了沉默:"你们公司老板要是这样,只怕也没什么前途。要不然,你来我们公司吧?"

谭丽莎呆住了:"真的?专业对口吗?"

姚望温柔地看着她,微笑着:"当然是真的。前几天我就想说了,但看你干得挺好的,没好意思劝你跳槽。来吧!回头等我的餐厅开始做了,咱俩直接搭档!"

此时,满腹的委屈全变成了憧憬。谭丽莎觉得自己是世界上最幸运的人。

晚上去健身房上团课,赶上有氧搏击课。上课的是女教练,个子不高,却爆发力十足,动作迅捷有力。她配合着热血音乐,不停地大喊:"直拳!摆拳!勾拳!用力!看着你敌人的眼睛!想象一下,你的敌人就站在你的面前!"

谭丽莎一想到老板和那帮同事,马上就来了感觉。她咬牙切齿地对着空气疯狂地挥拳、踢腿,在想象中把这些坏人打成碎片。

她打得忘我,打得兴起,突然听到教练指着她大喊:"漂亮!做得好!大家都看她!就是要这个劲儿!"

这是她第一次在健身房里得到了教练的夸奖。

一节课下来,她出了好多汗,精疲力尽,可又痛快淋漓。

大道至简的铜锅涮肉

回到更衣室,拿出手机便看到有好几条信息。高中好友付欣悦刚好到北京出差,约她见面。

她连衣服也来不及换,就赶紧回电话。两人互相通报了地址,付欣悦住得不远,马上就过来找她。谭丽莎飞快地冲了个澡就跑到前台。两人一见面就兴奋地抱成一团。付欣悦笑道:"哇!莎莎,你瘦啦!"

谭丽莎惊喜极了:"真的吗?"

"真的!而且看起来气色真好!"付欣悦开心地说:"这个健身房看起来很高级,贵不贵?"

"贵。办卡的时候可心疼了。"谭丽莎有心在老友面前小小地虚荣一下:"跑步厅的夜景可漂亮了,我带你去看。"

两人来到跑步机前,透过那大片的玻璃窗,看向夜色中的北京城。蓝黑色墨水一般的天空下,一轮明月清晰利落。再往下,便是一望无际的都市楼宇,被地球自身的阴影统一染成了铸铁般的深灰,上面挂满了一窗窗明亮的灯。黑夜就像强力滤镜,为这座巨型城市统一了色调,

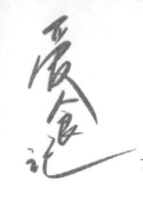

去掉了不体面的细节。经此处理之后,再庸俗丑陋的建筑也变成了美丽夜景的一部分。

这是大都市特有的一种繁华之美,只有在夜晚才看得见。

付欣悦开心地拉着谭丽莎自拍了好几张。下楼时她说:"莎莎你好低调啊,混这么好,平常只发一些普通的吃吃喝喝。这要是换了朱美俏,她每天能发一百张。"

谭丽莎从来没发过在健身房的照片,总有点自惭形秽,自觉配不上这儿。此处连中老年阿姨都比自己精神时髦。

她有点不好意思地说:"健身的时候最难看了,我都不敢看自己。哪还敢拍照。"

付欣悦笑道:"修图啊!一会儿我给你修,保证好看!"

谭丽莎问:"你还没吃饭吧?我请你吃烤鸭如何?"

"昨天就跟单位的人一起吃了全聚德。吃点别的吧。北京还有什么好吃的吗?先说好,我可不要喝那个什么豆汁。"

"铜锅涮肉好不好?"

"好呀!"

谭丽莎便带着付欣悦去了一家东来顺。她娴熟地点了肉和铜锅,又叫了芝麻火烧和各色宫廷小吃。

"东来顺会不会不值?"付欣悦好奇地问:"我听说北京人都吃聚宝源?"

谭丽莎说:"聚宝源也不错,但主要就是吃涮肉。而东来顺除了涮肉还有清真菜和点心,排队也没那么长。你好不容易来一次,在这儿咱们可以多吃几样。"

随着菜品一件件上来,谭丽莎介绍:北京的铜锅涮肉锅底几乎就是清汤,因此肉的品质就尤为重要。聚宝源最初就是牛街的清真肉铺,以肉的品质著称,做涮肉自然是好的。而东来顺一度因为加盟店众多,品质良莠不齐,口碑有所下降。但这一家是地道的直营店,肉相当讲究,都是从内蒙古的锡林郭勒盟精选的小尾绵羊。你看这手切羊肉,要挂在盘子上,竖着也不掉下来。涮在锅里,几乎都没有浮沫儿的。这样的羊肉,味道鲜美,只要蘸一点点芝麻酱,就很好吃了。这样的火锅,就适合不徐不疾地一边吃,一边聊天儿……

付欣悦一边听,一边赞叹谭丽莎懂得多。又说谭丽莎说话带着京腔儿,派头也像北京人似的,什么都能说出个门道。

谭丽莎一怔,想起这都是李泽以前跟她念叨的。虽然分了手,可他的痕迹还在。那一刻,她有一点点感慨。分手后,他在做什么呢?

付欣悦和她说起同学们的八卦。有人的孩子已经过了周岁,有人刚刚结婚。有人分了手,有人升了职。她说:"莎莎,你来北京真是来对了。你看你现在,真是如鱼得水。其实我也有点后悔,当初毕业后,应该去北京上海这样的地方待几年。现在的工作确实挺舒服,可是有时候也觉得挺没意思的。"

付欣悦的工作是父母帮忙安排的体制内。谭丽莎想起自己跟老板的矛盾,说:"北京的工作都不稳定,花销也挺大的,空气也没有大连好。"

"可是你干得很好啊。对了,你知道姚望从美国回来了吗?"

第二章　是时候开启新征程了

谭丽莎莫名就心虚起来。虽然付欣悦是好朋友，可她不想在她面前暴露对姚望的企图。在Tiffany和陆霞面前，她并不那么害怕表露欲望。她知道她们会理解她——每个在北京漂泊的人，谁不是怀着一颗不安分的心呢。

然而家乡旧友不同，他们知道她的原形。

她含糊地说："知道。我跟他也有点联系。你听谁说的？"

"朱美俏呗。她好像跟姚望又联系上了，一天到晚嘚瑟呢。"

谭丽莎心里的某一股劲儿一下子就支棱起来了："她也来北京了？"

付欣悦哼了一声："不好说。反正就看见她一天到晚飞来飞去的，又是生意又是合同，云山雾罩，谁也不知道她到底在干吗。"

谭丽莎讨厌朱美俏，早就删除了她，眼不见为净。付欣悦拿过手机，给她看朱美俏的近况。谭丽莎认了半天，失笑道："这是她？都快认不出来了。"

"是啊，换头外加修图。她现在可把自己当美女呢。"

朱美俏特别喜欢发照片，都是各种人生赢家的摆拍：旅行，坐飞机，吃大餐，买奢侈品，坐哪儿都赶紧把大牌包露出来。谭丽莎胡乱翻了几下，正觉得乏味，突然看到了一张朱美俏和姚望的合影。两人端着酒杯，站得很近，姚望笑得好像很开心。

朱美俏配文说：跟老同学喝个小酒。

一阵不爽从谭丽莎心头掠过。仔细看，这照片有点奇怪。比例不合常规，两人的身体都被裁掉了一些。他们都端着酒杯，但目光望向前方，身后的装修金碧辉煌。

付欣悦鄙夷地说："一看就是合影里裁出来的，还假装是单独喝酒。"

谭丽莎看着朱美俏煞费苦心地营造出的和姚望的单独合影，就知道她和姚望并无太深的交情。她把手机还给付欣悦，说："她一直就这样，有一分能吹成十分。"

付欣悦接过手机，划拉两下，叫道："哎呀，你看她给我的留言！"

原来，付欣悦和谭丽莎在健身房合影之后，就发了朋友圈。付欣悦帮两人都轻微地修了图，让她们看起来都瘦了一点点，皮肤也好了些。朋友圈配的文字是：老友相逢好开心，看到莎莎下了班还在健身，很受鼓舞。

朱美俏的留言是：看起来你们都没有穿健身服呀。真的是去健身的吗？

谭丽莎说："健身完了当然要换衣服了。她可真烦，别理她了。"

但是付欣悦不甘心沉默，还击道：你的健身房都没有更衣间吗？人家健身完了当然要换衣服了。

没想到朱美俏又秒回：哈哈，主要是莎莎的身材，实在看不出来健身过。

付欣悦气坏了，气愤地回复：毕竟我们没有你那么会修图。

朱美俏又回：讨厌啦，我只用美颜，身材可不用修。

朱美俏确实瘦，而且脸小。不得不承认，化了妆以后，她比较上镜。

付欣悦气得又拿手机给谭丽莎看："她怎么这么讨厌啊。平时发别的可没见她这么积极。今天这是怎么了？"

谭丽莎明白了。她仿佛看到了朱美俏一眼看到照片后，那副酸溜溜的表情，气不过，遂忍不住要说几句难听话的样子。

她快意地想：这漂亮的健身房刺激到你了吗？

这时付欣悦笑道："哈哈，看我不气死她！"

原来她终于想出了一句反击的话，回复朱美俏：要不是从小就认识你，我还就真信了。

还特意加上一个开玩笑的表情。

谭丽莎笑："你可太会气人啦！"

付欣悦也很得意："说难听话谁不会呀！让她嘴欠！"

果然朱美俏只回复了一句"不信算了"后，就偃旗息鼓。两人也就不再理她，专心享用铜锅涮肉。谭丽莎虽然有减肥计划，但是好友来了，又刚刚刺激了昔日宿敌，心情大好，说是克制着，但还是吃了不少羊肉。火锅这东西，吃的时候不觉得，一旦站起来，才会发现腰带发紧。两人吃完这顿饭，都嚷嚷着"撑死了撑死了"，但这次谭丽莎不后悔。好朋友值得一次尽兴的超额卡路里摄入。吃一顿饱饭大概是现代都市人最高级的友情表现之一。

晚上回到家，谭丽莎在老板那里受的气已完全被新的快乐冲淡。她和室友们分享老板的缺德行为时，已经情绪平稳，好像在讲一段别人的故事。

Tiffany大骂老板不是人，建议谭丽莎干脆把那些客户搅黄——"不能便宜他们！"

陆霞说："你要不然再去谈一下试试？就跟老板说你要求那些项目也拿点抽成？现在这样太吃亏了。"

谭丽莎摇头："我已经决定不在这破公司浪费时间了。等手头的项目完成，月底拿了工资，我就正式辞职走人。也算是因祸得福吧——我同学请我去他们公司工作了。"

Tiffany八卦心起："哪来的这么好的同学，是那个帅哥吗？"

谭丽莎美滋滋地说："对呀。是他主动说的。"

陆霞问："你同学是老板？"

"对，公司是他家开的。"

"那他们公司到底是干什么的？"

谭丽莎回忆着："好像说是有电商、餐饮、酒店……他爸很厉害，什么赚钱就做什么。"

"听起来你同学这个公司专业性不强。搞不好要的就是打杂的人。"陆霞说，"你还是先试试自己投简历，找个专业对口的工作吧。实在不行再去他那里。"

Tiffany不以为然："很多工作不需要特别的专业啦。就像我们公司，学什么的都有。再说，这是普通的工作机会吗？这可是跟帅哥男神朝夕相处的工作机会啊！"

谭丽莎解释："他以后要开餐厅。他说觉得我做饭特别好吃，想让我帮忙。正好我对开餐厅也挺感兴趣的……"

Tiffany眼睛都亮了："他觉得你做饭好吃，天啊——"

陆霞追问："他要开什么餐厅？打算投资多少钱？做哪种菜？厨师从哪里请？"

陆霞问一句，谭丽莎就摇一次头。陆霞就劝她："什么都没考虑，这不就是随便一说？

我劝你等他餐厅开了再跳槽过去吧。现在八字都没一撇呢。开餐厅可麻烦了,要是不麻烦,我早就开一个了。"

Tiffany骇笑:"不是吧?你真的考虑过开餐厅?"

"当然啦。我可是从大学就从事餐饮业了呀。"陆霞理直气壮:"餐饮毛利高门槛低,但现在北京房租太高。我粗粗地算过一笔账,一个一百平方米的店面,每个月流水至少要二十万才能勉强达到盈利点。而且这些流水每天不一样,平时人少,周末人多。所以具体到周末,压力很大的……"

Tiffany笑着打断她:"陆霞你不要再报账了,我听得头疼!莎莎,你一定要抓住这个机会啊。你听说过那句话吗?通向男人心的路,是胃。你现在的第一步已经赢在起跑线上了!"

陆霞说:"不合逻辑。照你这么说,女厨师嫁得最好了。"

Tiffany不服气:"你又怎么知道女厨师嫁得不好?说不定女厨师个个都嫁得超好呢!"

陆霞被问住了:"也对,确实没有统计资料证明过这个……"

Tiffany难得在逻辑上打败陆霞一次,便得意起来:"就是说嘛!男人的理想太太不就是所谓上得厅堂,下得厨房?莎莎你这厨艺,绝对大加分!只要减肥成功,打扮打扮,谁还不是个小美女呢?再加上朝夕相处的情分……"

这时Tiffany的电话响了,她看了一眼,一脸甜蜜地跑到屋子里去接电话。她最近有点神神秘秘的,大约是桃花旺盛。

陆霞继续劝谭丽莎:"你还是先考察清楚一点……"

但谭丽莎已经完全听不进去了。她被Tiffany描绘的美丽场景彻底吸引。如果通向男人心的路要通过胃,那么,毫无疑问,她已经找到了一条金光大道。

她踌躇满志地说:"等手头项目完成了,我就把辞职报告甩到老板面前扭头走人!我也硬气一回!"

陆霞提醒她:"按照《劳动法》规定,离职要提前30天通知的。"

"啊?可我辞职以后就不想再见到他那张臭脸了啊。"谭丽莎有点失望,想了想,她说:"如果他也同意,我马上就不用来了,就没问题了吧?多留一个月,他还得多给我一个月的工资呢。"

"你老板人品这么烂,就算他口头上同意你直接走,你也一定要让他签好交接单,以防他以后找你的麻烦。"

谭丽莎点头:"有道理,谢谢提醒。"

"还有一件事……"

谭丽莎以为还有新的辞职妙招,赶紧洗耳恭听。

陆霞说:"到这个月底,我欠你的钱就还清了。从下个月开始,你也要交房租了。"

说着,她拿出一张准备好的价目表:"年付打9折,半年付打92折,季付95折,月付不打折,你选择哪一种?"

谭丽莎本来想选年付,但最近花钱太多,手头不富裕,只能选季付。她不喜欢欠钱的感

觉，马上就痛快地转账给陆霞。

陆霞照例一丝不苟地开电子收据，发确认记录，然后说："不过你吃麻辣烫，就还是八折。这个不影响的。"

谭丽莎看着这位丁是丁卯是卯的房东兼好友，笑道："那我可太感谢啦。"

胡同角落里的精致茶点

谭丽莎去意已决，第二天上班时，就借口出去开发市场，跑出去带付欣悦领略北京城。

付欣悦问她："你不用上班吗？"

谭丽莎说："我就说出来跑业务，老板不管的。"

在付欣悦眼里，这无疑又是一项老友混得好的证明。

谭丽莎带着付欣悦一大早从故宫的正门进去，穿过整个紫禁城，从后门出来，上了景山，从高处回顾眺望。从景山顶上看去，气象万千的百年皇宫一览无余，视觉感受无与伦比。这是李泽告诉她的最正确的观赏路线。出了景山，就进了对面的北海，这里面有宫廷菜仿膳。虽说是专为游客准备的餐，但味道算是中正平和，服务员全都清宫装扮，摆盘古香古色，偶尔尝试，颇有些进入了古装戏场景的感觉。吃过了饭，两人又去国子监一带的胡同里逛小店，这是谭丽莎近期最熟悉的好去处。她带好友进了一家国风小店喝茶吃茶点。这小小的店面装修得清幽简洁，菜单分为春、夏、秋、冬四个主题，每款茶点都以节气命名，并辅以季节性食材。比如，春天的茶点会用到玫瑰，抹茶等。而秋季茶点则有南瓜，花生等。

点完了餐，很快，穿着素雅的服务生就端着个漂亮的木质托盘过来奉上茶点。只见这些小点心个个玲珑剔透，精美别致，放在不同的漂亮小瓷碟里，再配上玻璃杯里的特调茶饮，美食美器，让人舍不得吃。

付欣悦开心极了，拍了很多照片，称赞道："都说北京美食不精致，我看还是那些人没有找到地方。莎莎你真的很懂行！"

其实谭丽莎也是第一次来这小店，她平时并无探访这种店的雅兴，是为了接待老友特意做功课找到了这家网红小店。两人喝着茶，聊着天。谭丽莎说："其实我刚来北京的时候也很失望，觉得空气脏，车多人多，满街的东西都不好吃，比大连差远了。可是待久了，就发现其实北京也有北京的好。可能地方大了，就总是会比较有意思吧。"

付欣悦想了想，说了句很文艺的话："追梦的人多了，再荒芜的地方也会变得不一样。"

谭丽莎由衷地说："小悦，你说得真好，好像诗。"

付欣悦笑了："你记得吗？我中学的时候还写诗呢！"

"记得！还在校刊上发表过呢！"

两人回想起中学岁月，都觉得温馨而遥远。谭丽莎回味着好友的话，心想，这大概就是毕业之后，她最终选择留在这里的原因吧。老朋友就是老朋友，总有些心意相通的时刻。

这两天谭丽莎尽足了地主之谊，付欣悦兴奋之余，自然没少发朋友圈。而朱美俏再也没有回复过。大概是刺激受得太多，干脆假装看不见了。

旧友的到来让谭丽莎第一次觉得自己在北京并非全无进步，而宿敌的嫉妒给了她小小的扬眉吐气的快乐。她知道朱美俏虽然没回复，可她一定会忍不住去看，看完又会生气。她在心里轻轻地对这个讨厌的宿敌说：你不是想跟姚望套近乎吗？那么，我一定要让你某天在窥视姚望的朋友圈的时候，看到我和他的单独合影。

游乐场里的冰激凌

在陆霞的提醒下，谭丽莎主动问姚望："去你公司工作，我要不要做什么准备？"

"你把简历发给我。等你那边工作结束了，你直接过来上班就行了。"姚望补充说，"我已经跟公司副总打好招呼了。"

谭丽莎怕简历太差在男神面前丢脸，就认真准备起简历。这时她才意识到，毕业以来，她没换过工作，也没有升职，只有一次转正。工作内容只有两项：设备技术咨询和销售。名片上印的是"技术部谭丽莎"，连个头衔都没有。

一开始她想填"工程师"，可又觉得应该体现自己也有销售和带人的能力，又改成了"技术部经理"。反正现在是个人都可以叫经理。改好了简历，发给了姚望。他很快就给了她回复，告诉她一切都没问题，辞职后直接来上班就好。

接下来的几天，谭丽莎的全部精力，都用在茶室的项目上。姚望对朋友的项目极为尽责，所有细节精益求精，反复与夏如星和谭丽莎讨论方案，下足了功夫。

谭丽莎很享受这样忙碌着把一件事慢慢完成。仿佛小鸟在筑巢，而且，是和自己喜欢的男人一起。

她发现姚望脾气很好，即便追问技术细节，也不会给人压迫感。有时候问了外行的问题，他自己先笑起来。他花钱大方，看工人辛苦，买水买点心到工地上。看着他对工人和颜悦色的样子，她心醉神迷地想：怎么会有这么完美的人！

蹊跷的是，这么完美的他，却没有女友。并没有什么可疑的女孩来找他，唯有Catherine来过几次，可姚望对她淡淡的。

谭丽莎忍不住和室友分享："你们说，我同学这么完美，怎么会没有女朋友啊！"

陆霞说："人家说没有，可不一定是真没有。说不定，只是没有固定的。"

Tiffany说："你同学不会喜欢男的吧！"

"他交过女朋友啊。"

"有些人是后来掰弯的！"

"可是也没见他跟男的腻歪呀。"

"你最好搞清楚。别到时候男神变gay（男同性恋）蜜。"

"我怎么问？"

Tiffany一向鬼点子多："你就问他，你每天这么忙，女朋友不生气吗？这情报不就来了？"

谭丽莎第二天就找机会问了，姚望笑道："我哪儿来的女朋友？单身狗一个。没人要。"

她暗暗高兴："不会吧？你还能少得了女朋友？我看Catherine对你就有点意思。"

他懒洋洋地说:"反正她没跟我说过,我就当没有。"

"她不好吗?"

"我跟她没话说。你不觉得她这人就没什么意思吗?"

她心里乐开了花,继续试探:"你喜欢事业型女性?比如类似小夏那样的?"

他停顿了一下,说:"也不是。"

"你到底喜欢什么样的女生呀?"

他瞟她一眼,笑道:"干吗?你要给我介绍几个啊?"

谭丽莎被他这么一瞟,魂儿都飞了一半,差点就要毛遂自荐。她定了定神,说:"你要求肯定特别高,我的朋友肯定都配不上你。"

姚望说:"我没什么要求。感情的事,看缘分。"

谭丽莎觉得这话对自己大为有利,但又怀疑他是否真的那么不在乎条件。她说:"可是人如果喜欢一个人,总是跟条件有关呀。大家都喜欢优秀的人,对吧?"

姚望轻轻地说:"喜不喜欢一个人跟条件没关系,到时候你就懂了。"

随即他笑道:"走,带我去吃你说的那家烤鱼吧?"

谭丽莎心里想着烤鱼发胖,可也只能带他去吃,心里默念这个世界真的很不公平——为什么他就不需要为身材发愁呢?

谭丽莎每天辛辛苦苦去上最累的团课,外加跑步机上快走30分钟,以及控制饭量。苦行僧一般坚持了这么久,才在前两天,于清晨空腹称重之际,在墙上写下了69.5这个激动人心的数字。这是几年来她的体重第一次进入6字头,而为此她吃了多少苦啊!

可姚望从来不去健身房,只心血来潮去公园打篮球。他胃口还特别好,总要她带他吃"在美国那几年错过的好吃的"。害得她跟着他吃了不少卡路里,又得去健身房受罪来平衡。看着此人随意吃高热量食品,却照样宽肩细腰,谭丽莎真想找个庙烧符问一问:天理何在,天理何在啊?

两人一起在胡同里走着,他漂亮的脸距离她只有十几厘米。她酸溜溜地想:谁说条件不重要?如果我条件好一些,你大概也不会只把我当饭搭子吧。

如果谭丽莎突然变成一个男生,那么,身为女生的谭丽莎只怕也很难爱上自己。

女胖子不会因为自己胖就爱上一个男胖子。

所有人都全力以赴,装修很快就到了尾声。等到了月底发了工资,谭丽莎带着工作交接单和辞呈,进了老板的办公室。

老板故作惊讶:"怎么了莎莎?干得好好的,怎么要辞职呢?"

谭丽莎本想把老板骂一顿,可骂人也是项技能,平时实践少,此刻就做不出。她只是冷冷地说:"我有更好的新工作了。"

老板略觉惊讶,但并不惋惜。这个懵懵懂懂的胖姑娘好几年也没什么作为,这次不过是偶然撞大运,不可能再创第二次奇迹。何况还是女孩,据说有男友,过两年只怕就要结婚。按照《劳动法》规定,开掉这样的老员工,还要给一笔赔偿。

第二章　是时候开启新征程了

他脑子里的小算盘打了一轮，就在辞职报告上签了字，言若有憾，心实喜之："哎呀，恭喜，恭喜啊。按说离职应该提前一个月打招呼，但是那样多耽误你去新公司呀。你把工作交接一下，明天就不用来啦。晚上我请客，咱们吃个散伙饭。"

谭丽莎虽然铁了心要走，但看到老板对自己一点挽留之意都没有，心里一气，突然就会发脾气了。

她把老板签好的辞职报告和交接单收好，不客气地说："你就别装大方了，就楼下那个地沟油饭馆，全公司没有一个人爱吃。再说，下了班谁还愿意陪你吃饭。现在公司被你经营得一年不如一年。这钱你还是省着点花吧，少吃几口，还能晚两天破产。"

她一向温顺，老板一时反应不及，目瞪口呆。

谭丽莎站起来，头也不回地出了办公室。有同事不知内情，问："莎莎，出去啊？"

谭丽莎微笑着说："我辞职了，大家也要小心。这里有偷别人客户的小人，还有在背后撺掇员工互相偷客户的老板。"

老板气急败坏地冲出来，怒道："你说什么？"

谭丽莎毫无惧色："我说什么你心里清楚！你给我小心点！"

她只是随口说句气话，但老板做贼心虚，怕谭丽莎真去给他捣乱。做生意的，想找毛病总是找得到。穿鞋的历来都有点怕光脚的，又想起谭丽莎似乎有个本地男友。他的气焰顿时就矮下去了。

同事们都安静了。有人暗暗叫好，但自己还要继续干，不愿得罪老板，也就保持了沉默。

谭丽莎就在一片沉默中，独自出了办公楼，到了楼下，小吴匆匆追了出来。她说："莎莎姐，我也要走了。反正我是实习期，走了也简单。前两天没跟你说，怕影响你心情。"

没想到只有这刚来几天的实习生与她告别。她曾经以为小公司气氛好，有人情，老板总说大家是一家人。此刻才知道，再小的公司也只是工作场所，找不到真正的友情。所谓一家人，不过是老板少给钱的借口。

虽然痛斥了老板，可谭丽莎并不开心。老板对她的不珍惜刺痛了她，为什么永远没有人重视她？李泽和老板，对她都没有丝毫留恋。

她看不起朱美俏用图片制造虚假繁荣，可她自己又何尝不是如此呢。一无是处，一事无成。今天的硬气，还是因为姚望念旧情给了她新工作。

她茫然地走着，路过一个公园，看到围墙里大大小小的娱乐设施，想起了很久很久以前，她还不知道人分三六九等时，那无知而快乐的好时光。

她买了票，进了公园，走到游乐区。她想玩碰碰车，想坐旋转木马，想在湖里踩着鸭子船。可一个人做这些事有点傻，还有点惨。

耳边传来"叮铃叮铃"的声音，是卖冰激凌的小屋在播放音乐。她突然很想很想吃一份游乐场里的冰激凌。每个孩子都爱冰激凌，而游乐场的冰激凌又格外好吃。她曾经以为游乐场有神秘的配方，现在才知道，那神秘的配方，就是无忧无虑的童年。

可走到冰激凌窗口，她突然反应过来：甜品，发胖。

但随即她决定：不行，我今天就是要吃一个！晚上多锻炼一会儿就好了。

她举着冰激凌，对着后面的旋转木马，想要拍一张漂亮的照片。正在调整角度，就听见一阵喧哗，混杂着孩子的哭声。镜头里，一群孩子在排队，有个小女孩被打哭了。

打人的是个小男孩，个子不高，却很厉害。他霸道地用手推小女孩："你让开！"

小女孩一边哭，一边倔强地抓住栏杆："我不让！你插队！我先来的！"

谭丽莎想起了小时候有次坐滑梯，被几个坏小孩扔了一脸沙子。她不会还击，只会哭。等妈妈跑过来，几个坏小子早就一哄而散。去找家长理论，人家笑嘻嘻地一句"小孩子闹着玩"，就什么办法也没有。

孩子的纷争引来了家长。小女孩的家长是个年轻女郎，一张温婉的古典美人脸，身形袅娜。她关切地问小女孩："圆圆，怎么啦？"

圆圆哭着控诉："他插队，还打我！"

女郎就问那小男孩："不能插队啊，要好好排队。"

语音温柔，一点威慑力都没有。

小男孩翻个白眼："你管不着！"说着还继续去掰圆圆的手。

那女郎急了，忍不住伸手去拦："你这孩子怎么这样……"

"你怎么打我儿子！"

伴随着一声中气十足的怒吼，一个壮硕的中年女人扑过来，抱着自己的宝贝儿子："儿子，谁打你？说！"

她儿子被自己老妈吓了一跳，但很快就配合地嚎叫，指着那女郎说："她打我！"

那女人回头，目露凶光，破口大骂："你再敢碰我儿子一下试试？老娘抽你信不信？"

那女郎分辩："我没有打他！"

圆圆突然撕心裂肺地哭起来："我的脚！"

原来小男孩推不开她，就狠狠地踩她的脚。

那女郎顾东不顾西，一边顾着圆圆，一边质问小男孩："你怎么踩人？"

旁边有围观的家长有经验地说："赶紧脱掉鞋子，看看孩子脚有事没有。"

女郎连忙蹲下去给圆圆脱鞋子。踩得真狠，红了一大片，暂时看不出肿没肿。男孩妈妈也怕真踩坏了，带着儿子就要走。女郎急道："你不能走！你们把圆圆的脚踩坏了，你得陪我们去医院！"

小男孩的妈妈一把推开她："你少诬陷人！谁踩你家孩子了？你有什么证据是我家孩子踩的？"

女郎没想到对方这么无赖，脸都红了，颤声说："大家都看着呢！"

那女人目露凶光："谁看见了？谁看见了？"

没人说话。那女人得意地拉着儿子就要走。

"我看见了！"谭丽莎举着手机冷冷地说："我还录下来了！"

昂贵的牛油果酸奶

谭丽莎身高168厘米，体重70公斤左右。最近积极锻炼，越发结实，再加上在老板那里的余怒未消，更添几分气势。

小男孩的妈妈看谭丽莎不好惹，口气就软了些："小孩子磕磕碰碰的，有什么大不了的？少多管闲事！"

"我今天就管了，怎样？"谭丽莎叉腰说："有事没事，去医院看了再说！"然后对女郎说："报警！打110！"

公园管理人员这时才出现，劝道："哎呀，孩子脚要是没事，就别叫警察来了。真要是叫警察做笔录，还不知道要搞到几点。算了吧。"

谭丽莎有点犹豫，她可没想着还要跟着去派出所。明天就要去姚望那里上班，不想今天瞎折腾。

女郎语气温柔，态度坚定："抱歉，我已经报完警了。警察说让您通知保安，暂时不要让他们走了。"

原来她刚才趁着谭丽莎跟对方对峙时报了警。

男孩妈妈拉着孩子要强行离去，却被保安拦下："对不起，您现在不能走了。您必须留在这里等警方过来。"

女郎又把电话给谭丽莎："您好，我哥想跟您说几句话。"

"你哥？"谭丽莎一头雾水，接了电话。一个男人客气地说："听说您有刚才过程的视频？"

"啊，对，我正好在拍照，就顺手录下来了。是那孩子踩的，视频里很清楚。"

"那真是太感谢了。您看这样好不好？如果您愿意做个人证，去派出所做笔录，我会从现在开始计时，补偿您损失的时间。同时，我也会尽快赶到派出所。证人做笔录速度很快，不会耽误您太久。如果您实在没有空，可否把那段视频传给我妹妹？"

"你妹妹？哦，行。"谭丽莎看一眼旁边的女郎，"没事儿，我看时间吧，要是警察来得快，派出所也不远，我就去一趟。"

"那太感谢了。"

挂了电话，谭丽莎把电话还给女郎，这才注意到她长得十分标致，五官秀美如画，一双眼睛流光溢彩。举止温柔，更添几分风致。两人互通了姓名，女郎叫陈柔樱。

到了派出所门口，已经有一个男人等在那里。

陈柔樱惊喜地喊道："哥！你来得好快！"

那男人三四十岁，一张英气十足的长方脸，西装革履，手里拎着一个黑色的公文包。

他用目光略微一扫，就明白了所有人的角色。他对谭丽莎点头微笑："您就是那位见义勇为的女士吧？"

谭丽莎受宠若惊："不敢当。"

男人略略躬身，递过来一张名片："我叫陈明硕，请问您怎么称呼？"

谭丽莎有些尴尬地说："呃，我叫谭丽莎。我今天刚辞职，所以没有名片。"

陈明硕礼貌地说:"像您这样的人才,找工作自然是没问题的。只是有时候,再好的人才也需要一点机会。所以,若是我有能效劳的地方,请不用客气。"

陈柔樱笑道:"你可千万不用客气,有需要帮忙的事只管说出来。我哥什么都能搞定的。"

陈明硕看她一眼,无奈地笑道:"你在派出所说这种话,是嫌我的麻烦还不够多吗?"

陈柔樱调皮地笑着捂住嘴,轻轻靠在兄长身边。谭丽莎有点羡慕。

谭丽莎说:"不用了。我已经找好新工作了。"

陈明硕微笑:"果然,人才是不会被冷落的,咱们加个联系方式吧。"

他很自然地拿出了手机,与她交换了联系方式。

陈明硕出现之后,圆圆一直躲在陈柔樱身后。陈明硕寒暄完毕,这才转向圆圆,指着谭丽莎,说:"圆圆,跟谭阿姨问好了没有?要有礼貌,说谢谢谭阿姨。"

圆圆小声说:"谢谢谭阿姨。"

如同所有没有孩子的年轻女性一样,谭丽莎对小孩子敬而远之。看圆圆被要求向她道谢,只觉浑身不自在。而且她也不喜欢被称作"阿姨"。

她赶紧说:"没事儿,不用谢。"

陈柔樱笑道:"哥,人家那么年轻,怎么能叫阿姨?圆圆,这是莎莎姐姐。"

陈明硕说:"圆圆管谭小姐叫姐姐,那谭小姐管我们叫什么?这不乱套了吗?"

陈柔樱笑着和谭丽莎交换了一个无奈的眼神,低声道:"我哥就是这种老直男。你别介意。"

陈明硕没注意到妹妹的指摘,又转过头来教育圆圆:"圆圆,说话的时候要看着人家,声音要大一点,说清楚。再来一遍。"

谭丽莎说:"没事儿,不用这么严格。她刚才吓坏了吧。"

陈明硕对谭丽莎就和气得多:"这都是基本的教养。小孩子要明白是非。"

圆圆紧张地看着谭丽莎,声音大了一点:"谢谢谭阿姨。"

谭丽莎觉得她的压力也被搞得很大,连声说:"没事没事,不用客气。"

陈柔樱抗议:"你对圆圆这么凶!女孩子是用来宠的。"

陈明硕说:"女孩子也得严格要求。否则长大了就不成才。"

正说着,警察带大家去做笔录。有谭丽莎的视频作证,事情就很简单了。陈氏兄妹认为孩子的脚疑似骨折,要求去医院鉴定。

小男孩的妈妈说:"根本就没大事,去什么医院?要真是骨折,这会儿就痛得走不了路了!"

陈明硕淡淡地说:"小孩子骨折初期经常疼痛感觉不明显,直到数月后才发现已经畸形愈合,后患无穷。"

小男孩的妈妈叫道:"踩两下就骨折?你这是讹人!"

警察说:"放心,在我们这儿,没人敢讹人。您也别急,受伤没受伤,拍个片子不就清楚了?"

小男孩的妈妈问:"那这拍片子的钱谁付?"

警察说:"那当然得您付了。"

"凭什么我付？是他们非要孩子去医院检查的！"

警察慢条斯理地说："瞧您这话说的，人家为什么非要去医院？还不是您儿子踩了人家孩子的脚吗？您儿子要是不踩人家的脚，不也没这回事吗？"

小男孩的妈妈又开始叫唤，陈明硕对警察说："具体怎么处理，我们再慢慢商量，能不能让证人先离开？"

"没问题。"警察对谭丽莎说："您要是有事儿，就先回去吧。以后再有什么问题，我们再跟您打电话联系。"

谭丽莎有点好奇陈明硕会怎样"再商量"，但她第二天要去姚望公司报到，还要健身，不愿意待得太晚，就离开了。晚上八点多，她带着健身后的满足与兴奋回到小区。只见单元门口停着一辆巨大的轿车，好像把一辆普通的轿车按比例放大了似的，开着车灯，在她们这老旧小区里显得格外扎眼。车头上有个竖起来的车标，黑暗中模模糊糊的也看不分明。她对汽车的牌子知之甚少，不认得，只觉得像颗胖乎乎的豆芽菜。

正要上楼，车门打开，Tiffany从车上下来，手里拎着个袋子，满面笑容地对车里挥手。半天才回过头，看见谭丽莎，吓了一跳。

谭丽莎好奇地问："那是谁啊？"

"一个客户。今天开会晚了，人家送我回来。"

"你客户人可真好。"

两人一起到了家，Tiffany把手里的袋子放在小餐桌上："我带了酸奶回来请你们吃。好几种呢，你们自己挑吧！"

这几杯酸奶色彩缤纷，卖相一流，一看就是高级货。谭丽莎正要过去挑酸奶，手机响了。陈明硕发过来了3 000元的转账。伴随着一条信息：不知您的收入，冒昧按照每小时2 000元计算。您为此事耽搁了1个小时27分钟，这是我对您的一点补偿。

谭丽莎吓了一跳，连忙回复：不用了，也没耽误多久。不是啥大事。

他居然立刻就打了电话过来，她只好回自己房间接电话。

陈明硕语气诚恳："谭小姐，这件事情并不小。现在能像您这样肯花自己的时间、精力去帮助别人的人太少了。若不是您拔刀相助，今天小柔和圆圆还不知道要吃多大的亏。这只是我为您所损失的时间的一点微不足道的补偿。请您务必不要客气。"

谭丽莎连忙说："真的不用。我跟你说，当时也就是巧了。我本来就要拍照，顺便就给录下来了。你们的事情解决了？"

"我们现在还在急诊室等着排队做检查，对方全程陪同，并且负担全部费用。"

"还在做检查？脚伤严重吗？"

"我想应该不碍事。不过检查肯定是要做的。"陈明硕淡淡地说："其实小孩子之间有点矛盾也没什么。但我要是不计较，这种人就会越来越多。"

"做家长不容易啊，那您赶紧在医院忙吧，钱我真的不能收。"

"这是我一开始就和您商定好的。您要是不收，我就成了言而无信之人了。"

"哎呀，我没同意收钱呀。要不，你看这样行不行——哪天我要是真有啥事需要帮忙了，我就找你。钱真的就算了吧，这感觉太奇怪了。"

他见她诚心推辞，就不再勉强："谭小姐果然是侠义心肠，那改天有机会我再当面致谢。"

"客气了客气了。"

挂了电话，谭丽莎来到餐厅，看到陆霞正在挑酸奶，嘴里念道："牛油果洋蓟雪燕胶原酸奶……牛油果椰子黑麦珍珠酸奶……牛油果番石榴……怎么全是牛油果啊！"

Tiffany说："牛油果对身体特别好，现在可火了。"

陆霞抱怨："就没有个正常点的酸奶吗？我不喜欢吃牛油果。"

"你尝尝就知道了，没有那种怪味，很好吃的。"

谭丽莎拿了一个牛油果椰子酸奶："那我吃椰子的吧，我喜欢椰子。"

陆霞就拿了牛油果杧果酸奶，尝了一口，说："好像不甜啊。"

Tiffany说："这是希腊酸奶，低糖低脂，特别健康。所以没那么甜腻，特别好吃的。"

陆霞摇头："不行，我得加点糖。"

谭丽莎一听低糖低脂，马上很积极地吃了一口。确实酸，但味道纯正。她说："还挺好吃的，奶味很正。"

Tiffany很高兴："还是莎莎识货！这是北京最好的酸奶了，人称酸奶界的爱马仕！"

陆霞问："多少钱一杯啊？"

"这几杯都40多。有牛油果的就比较贵。"

"这玩意儿40多一杯？你怎么买这么贵的酸奶？你发财啦？"

"客户送的啦，我哪有那么多钱。"

谭丽莎反应过来："是不是刚才那个客户送的？"

Tiffany抿嘴一笑："对。"

谭丽莎马上对陆霞爆料："她刚才是一辆豪车送回来的。人家还给她买酸奶——"

陆霞问："什么豪车？奔驰？宝马？"

谭丽莎说："都不是，不认识。反正个儿挺大的，一看就老有钱了。"

"个儿大？"陆霞故意说："卡车还是公交车啊？"

"轿车。还有个车标，我不认识，也没看清，像个胖豆芽，也有点像螺旋桨——"

"什么胖豆芽螺旋桨！那是小天使！"Tiffany忍不住说："那是劳斯莱斯的魅影！"

"啊？那就是劳斯莱斯啊！"谭丽莎懊悔不迭，"早知道我好好看两眼了。那得多少钱一辆啊？"

陆霞已经在手机上查了信息："400多万到800多万不等。魅影是最贵的，估计要一千万。"

"哇！你这客户也太好了吧？用这么好的车送你回家，还送你这么贵的酸奶！"

Tiffany说："对人家来说，这就是普通的酸奶，随手买了，给我几个。我们觉得很贵的消费就是人家的日常。人家根本就不当回事的。"

谭丽莎想到陈明硕："还真是！他们几千块钱就跟我们的几十块钱似的！"

她讲了自己今天的奇遇，感慨说："妈呀，我可见识到什么叫霸道总裁了！你们知道吗，就啥也没说，先直接打了3 000块钱过来！费了老大劲，他才同意先不给钱了。你们说吓人不吓人？"

"也没有多吓人。"陆霞说，"人家有钱呗，其实你收了也没什么。"

"那多不合适！就帮了个小忙，请吃个饭，买个小礼物，这都没啥。一下子直接打几千块钱，太吓人了。"

Tiffany说："这你就不懂了。对于成功人士来说，什么最值钱？时间啊。你说的吃饭买礼物，都要花时间。费劲巴哈买了东西，你不一定喜欢。请吃饭，未必合乎口味。直接给钱，就是最实惠，效率最高的答谢方式。"

谭丽莎一怔："倒也是啊。那人看着就特别有派头，我跟你讲，就那个劲儿——"

她学着陈明硕的样子："您就是那位见义勇为的女士吧——我当时就想管他叫领导！"

大家笑了一会儿。Tiffany说："你觉得3 000块钱很多，人家觉得就是一顿饭钱。你现在不收，这人情还是欠着，其实是给人家找麻烦。"

谭丽莎想起了姚望请她吃的牛排，懊恼道："那我跟他说，以后有事找他帮忙，是不是反而让人家为难了？"

Tiffany说："对啊！所以转账要是还没过期，你就赶紧收了得了。"

陆霞说："帮有钱人的小孩一次，收费3 000块，我觉得说得过去。要是他悬赏找证人，不出个几千块钱奖金，也没人帮这个忙吧？"

"道理好像没错。"谭丽莎想了想："可我还是别扭。"

Tiffany提醒她："你搞这么复杂，人家才别扭呢。不知道你将来出什么难题要人家报恩。"

"这咋这么复杂呢？"谭丽莎哀叹，"要不我把他拉黑了吧，这不就简单了？"

Tiffany啼笑皆非："你这什么脑回路啊！好容易认识个成功人士，你拉黑人家？这起码是个人脉吧！你不知道人脉有多重要吗？"

陆霞说："实在为难，不理就行了嘛。时间一长，肯定就忘了。成功人士每天忙得很，哪里记得这种小事。"

Tiffany反驳："这你就不懂了。成功人士不仅记性特别好，而且没有咱们以为的那么忙。人家工作效率高，也不用'996'。"

谭丽莎挥挥手："算了算了。就当这件事没发生好了！我明天还要去新公司上班呢。不想了，不想了！"

物美价廉的员工食堂

第二天，谭丽莎早早去姚望公司报到。公司有点远，好在地铁还算方便，只是有些挤。但想想美好的未来，这点辛苦不算什么。公司位于三四环之间的一片产业园区里，独占一栋楼，面积至少有几千平方米，装修得现代简洁。她没想到姚望家的公司这么大，心里顿时忐忘起来。进了公司,对前台报上姓名,还好对方知道。随即秘书带她到了一个小会议室,还给她倒了一杯茶。一举一动,都利落友善,训练有素。谭丽莎想问姚望在哪里,又怕不妥,就还是没问。

小会议室铺着浅灰色的地面,白色的座椅和桌子,放着小小的装饰花瓶。哪里像姚望所说的什么乱七八糟的业务都有的民企,简直像是高档外企。

她后悔自己穿得不够正式。她问过姚望,他说公司对着装没有要求,怎么舒服就怎么穿,别太过分就行。她一看地址,发现要转好几趟地铁,就穿了牛仔裤平底鞋。可这里很多人都穿着职业装。

她给姚望发信息:我已经在你们公司了。

姚望却并没有立即回复。

等了十几分钟,她度日如年。也不敢刷手机,怕有人突然进来,留下糟糕的印象。好容易门开了,进来个一身职业装的女孩,笑着问她:"谭丽莎对吧?"

她赶紧点头,以为这就是人事部经理了,但女孩嫣然一笑:"这边请。"

于是又跟着穿过工作区,一路上暗自观察公司环境。这里跟普通办公室也差不多:开敞式办公,以格子间区分。员工的工位上都摆着不同的玩具或者盆栽,显出一些活泼的气息。

终于到了一间办公室门口,带路的女孩轻轻敲了下门,里面说"进来",她就打开门,对谭丽莎做了个手势:"请进。"

谭丽莎进了办公室,只见桌子后面坐着个中年女人。中等身材,齐肩卷发,一身薰衣草色的温婉西装,标准的办公室淑女打扮,但配上她那鼻直口阔,浓眉大眼的国字脸,整个人气场十足,不怒自威。这张脸若是长在一个男人身上,可称相貌堂堂。但在女人身上,就有些威武有余,妩媚不足。

谭丽莎想这就是公司领导了,但到底是什么职位,心里却没数,顿时后悔自己没打听清楚。真不应该什么都不问就跑了来。她努力回忆了一下,想起当初姚望说,会跟副总打个招呼。那么,想必这位就是副总了。

副总语气平和,但略带严肃:"小谭是吧?"

"对。"

"姚望发过来的简历写得不太清楚。我看你之前做过设备维护和销售?"

谭丽莎暗自脸红,姚望发来的简历,是她写的。她说:"对,都做过。"

"哪方面的设备?"

"主要是中小型中央空调。还有一些厂房用的大型吸尘器、净化器什么的。"

"我们这里没有这种大型设备。你销售是做什么的?"

"也是销售这些设备。"

"线上做得多还是线下做得多?"

"线上?"

"就是网络销售,电商、网店,做过吗?"

谭丽莎心里发虚。她好像没有任何这位副总期待的工作经验。她只能硬着头皮承认："没做过。我们这种设备主要都还是传统销售方法。因为要安装，要设计，所以都是线下专人服务。"

副总说："那你们这个销售主要还是个技术服务。你还有什么别的工作经验吗？技术型销售在我们这里没什么适合的岗位。"

谭丽莎鼓起勇气说："姚望跟我说，他准备开个餐厅……"

"姚望的餐厅项目还早得很。很多前期工作都没落实。"副总打断她："你有什么职业技能吗？会作图吗？"

"作图？我会机械制图！"谭丽莎以为可算有个自己擅长的了。

"不是那种作图，是美工作图。PS（一种图像处理软件）会用吗？"

"呃……不会……但我可以学……要不然……"

"PS不是一两天能学会的。"副总再次打断她，"公司里没人有空培训你，也不可能等你培训好了再上岗。"

谭丽莎不知所措地僵住了。情况和姚望说得完全不同。她突然意识到，她其实根本没有拿到正式的录取通知书。如果这副总宣布自己没法用怎么办？

正在惶恐，副总说："你这个情况，只能从头开始做了。三组那边缺一个运营助理，你试试看，怎么样？"

谭丽莎没想到对方不但给了她一个职位，还是用这样商量的口吻。她简直感激涕零："没问题没问题！我保证好好干！"

她甚至都没敢问运营助理到底要干什么。即使这个岗位就是擦桌子扫地，她也先答应了再说。

手机铃声响起，副总接起了电话。她听的多，说的少，偶尔回复几句，基本就是一连串的"不行"。

等挂了电话，副总站起来，对谭丽莎说："你的合同等会儿我让秘书送过去，现在先带你去运营那边。"

副总带着谭丽莎出了办公室。路上员工看到她们，纷纷点头哈腰地主动让路，并且殷切微笑："杨总。"

谭丽莎才知道副总姓杨。而自己跟在杨总后面，享受大家的注目礼，好像狐假虎威里的那只狐狸。

杨总带谭丽莎来到一个格子间前，一个30多岁的男人正在电脑前忙活，见到杨总，连忙殷勤地站起来。杨总说："小刘，这是新来的运营助理谭丽莎，没什么工作经验，你带一下。"

小刘恭敬地说："没问题。交给我就行了。"

杨总对谭丽莎说："有问题你就问刘总监。"

谭丽莎赶紧说："好的，好的。刘总监好。"

杨总转身就走了，一句多余的废话都没有。所到之处，员工如风吹麦浪，又是一片点头哈腰。杨总走出十步之后，小刘就挺直了腰杆，变成了刘总监："以前做过电商运营吗？"

谭丽莎说："没做过。"

刘总监站起来，叫隔板那边的一个短发女孩："阿典，来新人了。这是莎莎，你带一下。"

阿典应声站起来，是个娃娃脸的短发女生，看起来比谭丽莎小好几岁。她隔着隔板对谭丽莎招手："过来吧。"

刘总监把一张卡和一张表递给谭丽莎："这是实习期的员工卡。你签个字。"

谭丽莎接过员工卡，在表上签了字，走到隔板的另一侧。刘总监的座位是单独的格子间，而这边是一条长桌，上面摆着一排电脑。阿典指着旁边的空位："你就坐这儿吧。"

"好的，谢谢。"

"那你把昨天咱们组负责的店铺的销售流量数据表做一下吧。每天都要统计一次。Excel（一种电子表格软件）会用吧？"

"会用。"谭丽莎其实不太会用，但想着问题也不大。

阿典简单给她讲了几句怎么查数据，就把单子发过来了。谭丽莎一看，眼都快瞎了。这密密麻麻的销售流量数据表上全是细碎的小格子。有的看得懂，比如"回访客数""拍下总数""成交"。有的看不懂，比如"UV""PV"。

她不想一上来显得太白痴，就偷偷搜索了一下，才知道"UV""PV"原来是独立访客和访问量的意思。

虽然谭丽莎尽量想表现得老练一些，有问题尽量自己搜索。但总免不了有搞不定的事。好在阿典态度不错，虽然谈不上多么亲切，至少也有问必答，简单快捷。

谭丽莎没有填过这么复杂的表格，很怕出错，就小心翼翼地把数字一个个填进去，填完又检查几遍。正在填表，一个秘书走过来，送来一份试用期合同。谭丽莎问："现在就签啊？"

秘书笑道："不用着急。你拿回家慢慢看，明天带过来也行。"

等秘书走了，谭丽莎赶紧快快地翻了翻，薪水并不高，比她之前还低了一点。她有点失望。不过可能是实习期，回去再细看吧。把合同放到包里，她继续填表。终于填好了第一张，又开始填第二张。每一张都是一个店铺。这些店铺大同小异，但是名字和地点却不同。猛一看，似乎是一些毫不关联的相似店铺，原来背后都是一家。这种工作并不难，只需集中精力做就好。做了一会儿，正有点熟练了，刘总监站起来："好了，大家放下手里的工作，吃饭了！"

同事们全都站起来，谭丽莎也跟着起身。站起来她发现别的组都还静静地坐着继续工作，他们这一簇人因而显得如旱地里的葱。

刘总监带队往外走，阿典提醒谭丽莎："快存档，现在去吃饭了。带着你的员工卡。"

谭丽莎盲目地跟着走，到了一楼的餐厅。环境居然相当不错：明亮的店堂，漂亮的浅色餐桌和餐椅，配色雅致温馨。取餐是半自助式，大家沿着长长的柜台和放托盘的架子走过去选菜。

主菜有八种，荤素搭配，都是可口的家常菜：土豆牛肉、清蒸龙利鱼排、麻婆豆腐、西红柿炒鸡蛋、宫保鸡丁、鱼香肉丝、炒青菜、烧茄子。主食有米饭、馒头、打卤面、凉面。除此之外，还有两种汤，几样点心小菜和水果盘、酸奶、饮料若干。

第二章 是时候开启新征程了

谭丽莎看了看菜价，发现并不太便宜。她本来也要减肥，就只选了一荤一素。刷卡时才发现员工卡里有钱，而扣掉的钱数还不到标价的一半，比大学食堂还便宜。

收款员问她："要热饮吗？"

谭丽莎一怔，阿典替她说："要。"

收款员给了她一个杯子，阿典解释说："那边有热茶和咖啡，随便喝。"

餐厅里已经坐满了人，唯有一片长桌是空的。大家径直走过去，长桌上有个标牌，写着"预订座位"。

大家落座，刘总监把谭丽莎介绍给团队。大家简单打了招呼就埋头吃饭。

刘总监对谭丽莎说："午餐时间是40分钟，够肯定是够的，但也要注意别超时。"

谭丽莎点头，赶紧吃起来。她选的是清蒸龙利鱼排和炒青菜。虽然是大锅菜，味道居然相当不错，食材也并不含糊。她说："这鱼排还挺好吃的，是品质很好的鱼肉。"

刘总监意外地看她一眼："莎莎挺识货啊。食材都是杨总亲自选的，确实不一般。"

旁边长桌的人吃完了，集体站起来离开。很快又有一组人坐下来，时间衔接得刚刚好。

吃完饭，大家默默地把桌子收拾干净，然后才站起来离开。他们离开食堂时，下一组人正过来落座。等回到办公室，又看到陆续有一组一组的同事站起来去吃饭。原来这里吃饭的时间是轮流来的。这井然有序的午饭让谭丽莎对公司刮目相看，这大公司的管理，果然不一般。吃饭的事都解决得这么高效。想起以前，到了午饭时间大家都不好意思立刻站起来出去吃，又头疼每天吃什么。这时她手机响了，是姚望打来的电话，再一看，他还发过几条未读信息。原来这一上午她忙着工作，忘了姚望也忘了看手机。

正要接电话，阿典说："接私人电话去楼道里，不要超过5分钟。"

谭丽莎点头致谢，到楼道里去接电话。姚望兴奋地问："怎么样？入职了吗？干得开心吗？"

"开心。你们公司食堂的饭挺好吃的。"

"哈哈，那当然。这个食堂对外是盈利的，点评分数很高呢。青姐亲自抓的项目，没有不靠谱的。"

"青姐？"谭丽莎反应过来："你是说杨总吗？"

"对啊。青姐人超好的，放心吧。"

谭丽莎想着青姐不苟言笑的样子，觉得好不好还不知道，挺害怕是真的。她问："你不在公司？"

"我最近来得不多，茶室马上要开业了嘛。对了，下个礼拜开业派对，到时候咱俩一起去吧。"

"咱俩？"谭丽莎的心狂跳不止："好啊，好啊。"

"还有一件事，茶室需要准备一些茶点。你比较内行，帮着参谋一下？"

这时阿典过来，做了个催促的手势。

"晚上再说行吗？"谭丽莎连忙说："他们催我回去上班了。"

"哦，对。我都忘了你在上班了。你晚上回去了告诉我。"

她回到座位上。心想真是荒谬——老板要跟她打电话闲聊，却被别的员工叫回去工作。姚望这个做老板的也是奇怪，感觉这根本不是他家的公司。她继续填表，埋头苦干，终于在下班前把所有的表都填完了。她把表格给阿典看，阿典一下子就指出了几处纰漏，她赶紧拿回来修改。终于做完了，阿典又发了一堆表格过来。就这样，在姚望公司的第一天，谭丽莎完全没有见到姚望的身影，填了一大堆表格，晚上快9点才回家。这是她最近以来，第一次下班没有去健身。唯一的好处是，公司食堂晚上也开饭。依旧很好吃，还换了菜。

回到家，又在楼下看到了那辆劳斯莱斯。她看到Tiffany坐在后排，正侧过脸，背对着外面，与她旁边的人说话。她想等Tiffany一起上楼，可Tiffany半天也没下车。她不由得向车里看去，那与Tiffany说话的，是个30岁左右的男人。平头、黑衣、眼睛不大，对着眼前的女孩微微笑着，可却越发显得城府颇深。

跟这个男人一比，陈明硕看起来就不那么像霸总了，他更像个金领。这人才更像个霸总——脚踩黑白两道的那种。

流动作案的车载咖啡馆 ● ● ●

那男人只是笑着，而Tiffany背对着谭丽莎，但男女之间的感觉，无须言语也能看得明白。谭丽莎立刻明白了为什么Tiffany总在楼下车里坐着——这两人不知道在车里这样依依惜别了多久。

她知道Tiffany对男友一向挑剔，如今有了这么富贵的缘分，她由衷地为朋友高兴。她独自上了楼，不去打扰好朋友。

进了家就看到陆霞正高兴地捣鼓几盆半死不活的盆栽，嘴里还哼着歌。

谭丽莎问："这花儿哪来的？"

"楼下捡的。"陆霞喜气洋洋地说："给家里增加点生机。"

"你看起来很高兴，有什么好事吗？"

陆霞笑嘻嘻地说："我被裁员了！"

谭丽莎吓一跳："被裁员你还这么高兴？"

"我是主动要求裁的！拿到了N+1[a]的补偿金。现在公司业务不好，挺过这一轮也挺不过下一轮。我本来就在找机会跳槽去大厂。所以经理一问谁愿意主动走，我第一个就去跟他谈了。否则再拖几个月，公司账上没钱了，一样要被裁，拿不到赔偿不说，又耽误找新工作。"

谭丽莎佩服又懊悔："要这么一说，我辞职可够亏的，一分钱赔偿也没有。"

"你是辞得太仓促了，应该逼他辞退你。像你这样的老员工，辞退你是要给赔偿的。"

"算了，我跟他耗不起。"

正说着，门响了，Tiffany终于回来了。

---

[a] N+1，是用人单位解除劳动关系时，按中华人民共和国《劳动合同法》规定，给予劳动者补偿的一种方式。

她说:"我拿了好多水果回来,大家一起吃吧!"

谭丽莎马上坏笑着问:"哦?是刚才那个劳斯莱斯帅哥给买的吗?"

Tiffany脸一红:"都说了是客户了!人家顺便买了点给我而已。"

陆霞说:"这怎么顺便的?展开讲讲?在公司开完会,怎么就顺便买了水果了?你们公司卖水果?还是他开着劳斯莱斯卖水果?"

谭丽莎爆料:"我刚才回家就看见她了,两人在楼下,坐车里聊个没完。开车送回家,陪聊天还送水果,这样的客户,你碰上过吗?"

陆霞很配合地摇头:"我的客户根本不想看到我这张脸。有什么事都打电话或者发邮件……"

Tiffany嗔道:"你们俩够了!我去洗水果了。"

她拿着袋子去厨房,谭丽莎和陆霞在狭窄的厨房门口一起探头大喊:"洗完了出来继续交代啊!"

Tiffany洗完了水果,找了个大盘子,五颜六色地端着出来。有紫黑色的进口樱桃,淡粉色的草莓,深色的山竹。

陆霞拿起草莓,故意问:"这草莓没熟啊?"

谭丽莎说:"这是日本白草莓,现在很火的。"

大家吃着Tiffany的水果,又继续逼问恋情。Tiffany本想再低调一阵子,但恋爱中的分享欲本来就难忍,也就越说越多。原来,此人是她公司的一个新客户,顾总。他公司很大,做医药方面的。有时候谈业务晚了,就一起吃工作晚餐。

陆霞马上问:"你们俩都吃什么了?"

"工作餐,茶餐厅而已啦。"

陆霞鄙夷地说:"有钱人就请你吃茶餐厅啊!你看人家莎莎的老同学,一请客就是老贵的牛排。"

Tiffany说:"是我请客好吗?跟客户吃饭,当然是我买单。"

其实这是Tiffany的小心机。她知道大款周围一定充满了拜金女,就每次都坚持说客户吃饭她买单。此举果然赢得顾总好感,两人来往愈发频繁。有次Tiffany偶尔提到那个高档酸奶,顾总第二天就买了一大堆各种口味的,拿过来送给她。

Tiffany受宠若惊:"您太客气了,这多不好意思。"

顾总说:"这有什么不好意思的。你不是喜欢吗?我正好路过,给你买了点。"

Tiffany拿了一杯,说:"那我就拿一杯吧。其余的,您拿回去给家里人吃吧。"

顾总笑道:"我家里就我一个人,这些小女孩吃的东西我也不爱吃。几杯酸奶而已,别推辞了。"

Tiffany怕再推辞就小气了,便接了酸奶。而顾总那句"家里就我一个人"让她心里暗暗高兴。

而今天的水果是顾总打电话问她:"现在小姑娘都爱吃什么水果啊?我要送礼,你给我参谋参谋？"

Tiffany以为他真的要送客户，就认认真真推荐了好几种。没想到下午顾总见了她，就拿了一大堆高档水果给她，说是给她当参谋的谢礼。

谭丽莎说："天啊，他这就是在追你啊！难怪你最近对成功人士这么了解，原来是真有成功人士给你当私教。"

Tiffany在好朋友面前，吐露了心里的隐忧："可他也没有跟我表白啊。总不能人家送点酸奶水果，我就以为人家追求我吧？而且，我心里也有点不踏实。他条件那么好，难道真的就看上我了？你们说，会不会他就是跟我客气客气啊？"

谭丽莎想起了姚望的那句"喜不喜欢一个人，跟条件没关系"。她说："男的找对象，不那么看条件的。再说，你条件也挺好的啊。工作好，长得好。他肯定喜欢你，要不然，怎么会花这么多时间？"

Tiffany觉得这话说到了她心里。她虽然不是什么高收入白领，但自问穿着、打扮、品味，都不逊于那些出身优渥的白富美。广告公司的客户很多都财力雄厚，隔三岔五，也会有客户暧昧地问："今天晚上我请你吃饭，好不好？"

他们选的吃饭的地方都是五星级酒店的餐厅，只差没直接问她愿不愿意开房。

而Tiffany总是会客客气气，大大方方地说："您是客户，自然是应该我请您吃饭。"

这些猎艳富豪也都是老手，试探不成，也就作罢。反正京城一勾就到手的年轻女孩多的是，他们并无执念。

Tiffany虽然这些年没少买名牌，但用的都是自己的钱。她坚信那句"你若盛开，清风自来"。她苦心修炼提高自己，一定能够增加在婚恋市场上的筹码。

莎莎说得对，顾总在她身上花的时间足以证明他的诚意。

陆霞提醒："这个岁数的男的，条件这么好，没有女朋友，可得好好调查一下。"

Tiffany不爱听。这话有点看不起她。

谭丽莎凡事都往姚望身上套，她说："条件好的男人肯定挑剔呀。我同学也没有女朋友。"

陆霞说："所以你同学可能也有点问题。"

谭丽莎笑道："在你眼里，是不是单身男人都有点问题？"

"不是单身男人有问题，是条件好的单身男人多少都有点问题。这不科学！"

谭丽莎的手机响了。原来是姚望这个条件好的单身男人打电话来了。他问谭丽莎："你下班了吗？"

谭丽莎这才想起她和姚望的约定，她歉意地说："刚到家一会儿。"

"累吗？"

"还好，怎么了？"

"能下楼吗？"

"下楼？"

姚望笑道："我在你家楼下。你要是不累，就下来一趟。要是累了，就改天再说。"

"楼下？我家楼下？"

"对呀。你们这小区没地方停车。我只能在车里等着。"

谭丽莎傻了。每个女孩子都曾渴望有男孩子在楼下等她，像是夏夜里的罗密欧。但她可从来没奢望这等她的人会是姚望。她觉得自己工作了一天，满脸油汗，很难看，应该好歹收拾一下。可又想自己本来也不是美女。何况，又怎能让他在楼下等太久？

姚望见她不说话，以为她累了。他说："要是你太累……"

"不累不累，我马上就来。"

她冲到镜子前，迅速补了点粉底。来不及细细搭配衣服，又怕用力过猛显得奇怪，最终套了件可爱的卡通帽衫就跑下了楼。

一辆越野车停在楼门口的窄路上，姚望从车窗里探出头："快来，我停这儿堵路！"

她急忙跑过去上了车。姚望笑道："我都不敢下车，刚才被好几个大爷大妈问了，还说我开大灯晃着一楼了。你要是再不下来，我只好先开车出去转一圈再回来了。"

"你停了多久？"

"就5分钟啊。"

他把车缓缓开出小区。谭丽莎问："去哪儿？"

"我看旁边公园的停车场晚上人少，咱们停那儿去。"

那是北京绿化带公园的一部分，离居民区步行距离比较远。姚望停好了车，打开后备厢，兴奋地说："我买了好多茶点，咱们来个评测吧？"

他的后备厢里有很多东西，一台漂亮的红色车载迷你冰箱，一箱矿泉水，一些纸袋，还有几个整理箱。他娴熟地打开其中一个，拿出了一个咖啡机和电热水壶，问谭丽莎："你想配咖啡还是配茶？"

"我喝水就行了，怕睡不着觉。"

"有无咖啡因的茶。"

姚望拿出一大盒茶包，包装精巧，有漂亮的印花。谭丽莎挑了个桃子茶，姚望给自己煮了杯咖啡。谭丽莎好奇地问："你不怕睡不着？"

"没事儿，又不用早起。"

他好潇洒啊。谭丽莎羡慕又自卑地想：不用打工的人，就不怕晚上睡不着。

两人一起忙碌着，做茶又做咖啡。抬起来的后备厢车盖仿佛一片小小的屋檐，将他们罩在下面。公园的晚风吹过，带了一点绿地特有的新鲜气息，混合着咖啡与花草茶的香味。

姚望拿出了茶点，却只是些市卖货，放在连锁平价饼屋或者便利店里的那种。她觉得这种成品茶点和他们精心装修的茶室有很大的落差。姚望默契地问："是不是感觉不够精致？"

谭丽莎笑了："有一点点。"

姚望调皮地一笑，说："你等一下。"

他突然靠近谭丽莎的身体，伸出了手。谭丽莎的脸瞬间红了：天啊！他想干吗？

结果他只是从她身后的箱子里拿出了一个三层高的白色金属甜品台，笑道："摆一下就精致啦。"

她的脸更红了，为自己刚才的自作多情，还好夜色掩护了她。

他把甜品一个个地摆在架子上，说："要是我自己的茶室，我肯定要自己开发甜品。不过从生意角度，直接订购厂家的甜品，品控更稳定。"

他摆来摆去，好像小朋友在搭积木。谭丽莎忍不住也一起摆弄起来。两人过家家似的摆来摆去，正玩得开心，冷不防旁边有个男人问："你们这……卖吗？多少钱一份儿啊？"

姚望和谭丽莎愕然地互望一眼。姚望一本正经地说："卖。30块钱一份。"

"都有什么啊？"

谭丽莎说："一杯饮料，配一个点心。"

"不便宜呵。得了，看你们也怪不容易的，小年轻出来练摊儿啊。给我来一份儿吧。我看看你们这点心都有什么。"

男人絮絮叨叨地选了半天，终于选了咖啡和点心。姚望拧开一瓶矿泉水倒进咖啡机里。那男人赞叹："你们这挺下本儿啊，用矿泉水做咖啡。我给你们个建议啊，你们应该买大瓶的。这小瓶的，成本太高。"

姚望忍着笑，点头称是。男人聊得兴起，大谈生意经："我跟你们说啊，这么做生意不行。别的不说，起码得有个招牌吧？你看我要不问，都不知道你们在这儿卖东西。你们都哪天出摊儿啊？以前怎么没见过？"

姚望笑道："不固定，也没有个准时间。"

谭丽莎接："对，流动作案。"

男人理解地点头："也是。得躲着城管。"

聊了半天，男人满意地拿着咖啡和茶点离去。

谭丽莎终于笑出了声："你怎么还真卖啊！他买走的我们还没有试吃啊！"

"我也没想到他真买啊！我以为他听了价格就走了呢。"姚望也笑："你报了价，人家答应了，这生意就得做。"

"早知道你应该报50块。"

"那我又会觉得很心虚啊。这什么啊，就卖50块！"

"你这可不像个当老板的应该说的话呀。"

"我是良心商人！不是奸商！"

突如其来的小插曲带来了意外的话题和快乐，两人嘻嘻哈哈笑个没完。那一刻，她相信，他和她一样快乐。她觉得他们好合拍，像两个投缘的孩子一起玩游戏那般轻松和无忧。她很想留住这美好的瞬间。突然之间，她福至心灵，对他说："咱俩拍个照，纪念一下摆摊成功吧？"

他高兴地说："好呀！"

零食里的卡路里

姚望不知道谭丽莎想拍照是为了她曾经暗暗对朱美俏下的战书。他遗憾地说:"早知道让刚才的大哥帮我们一起拍了。可以把整个后备厢都拍进来。"

谭丽莎装作无意地说:"没关系,用前置镜头自拍好啦。"

前置镜头自拍,可以让他们挨得更近,更显亲密。姚望拿出手机,打开前置镜头。果然,镜头里只有他们两个人的脸,并且靠得很近。她正在开心,他说:"咱俩的头太大了,把甜品都挡住了!"

她说:"那我举着甜品台怎么样?"

"可是还有咖啡机呀。而且你看,这背景也不错……怎么才能都收进来呢?"姚望打量着他们的"流动咖啡馆",态度认真如专业摄影师。

"要不,你再举着咖啡杯……"

"有办法了!我可真糊涂,差点都忘了!"他从后备厢里翻出一个三脚架,"看,我有这个。这回就没问题了,可以拍全景!"

更过分的是,他还从一个箱子里拿出了一个黑色的围裙:"看,我还有个工作围裙。可惜只有一个……没事儿,给你穿!"

他不由分说地把围裙给她套上了。

她目瞪口呆:"为什么你的后备厢里会有围裙?!"

"有次烧烤把衣服弄脏了,后来就买了一个,也不常用。"他笑呵呵地说:"你看,帆布的,防水防油,有点火星子也不怕。"

她由衷地问道:"你这后备厢里到底藏着多少东西啊?"

"反正烧烤的东西基本都是全的,哈哈!"

他把咖啡机甜品台都摆好,像个敬业的道具师傅。他居然还会用纸巾叠厨师帽,给两个人都叠了厨师帽戴上。他把照片的重点放在摆着咖啡机和甜品台的后备厢,又让美丽的公园夜色占了画面的一大半。他说,这样构图好,能看到美丽的环境,显得很专业!

总之,最终谭丽莎确实如愿以偿地跟姚望拍到了合影,而且姚望也开心地发了朋友圈,还写了:和发小一起评测甜品,没想到无意中摆摊成功了!可见我们的选品多么专业!

只是照片的最终效果是,他们两个笑嘻嘻地站在照片的角落,穿着围裙、戴着厨师帽,做介绍自己的店铺状。不放大都看不清楚人脸。

两人挨得很近,笑得也很开心,但是怎么看,也不像是情侣照。

她暗暗下定决心:下次,争取和他穿一次情侣装!

这天晚上,他们俩认真评测——也就是吃掉了很多甜品。偶尔聊起了谭丽莎的新工作,姚望也不细问,只是说:"青姐安排的肯定没问题。你就放心踏实干好了。"

她本来想打听一下为何青姐说餐厅还遥遥无期。又觉得今晚气氛太好,问这个不合适。而且自己什么都不会,便想等自己做好一点再说。

两人吃吃喝喝到了很晚,选定了几款甜品。他开车送她回去,在楼下与她微笑着挥手告别。

回到家里，她迫不及待地去看他的朋友圈。朱美俏会装作没看见，还是会酸溜溜地说几句难听的话？

可她只看到Catherine回复了一条：这么好玩的事，下次也叫上我好不好？

这时她才想到，她根本没有朱美俏的微信。回复了也看不到。付欣悦倒是有朱美俏的微信，可她又没有姚望的微信。

原来，要想持续斗气，至少也要和对方建立联系。

她并没有喝咖啡，可迟迟不能入睡。她反复琢磨着他对她的态度。他们在一起很开心，已经超过了普通朋友的交情，只是这交情好像不是她期待的方向。但是，他对她，会不会也有那么一点点男女之间的好感呢？他会和一个男人一起在公园边上吃甜品写评测吗？

她直到凌晨三四点钟才睡着，早上六点多又被闹钟叫醒。到了公司头昏脑涨，冲了一杯浓浓的咖啡，打起精神对付那些表格。这一整天，她都靠茶和咖啡撑着，又怕工作出错被看不起，咬牙做得格外认真。

好容易忙到晚上七点多，算计着再忙一会儿就快完事，可以早早回家休息，姚望的电话又打来了："你昨天说，还少一些清爽味的甜品，所以我又买了一批样品，咱们今晚还试吃吧？"

她试图抵抗他的诱惑："我工作还没做完呢。"

姚望体贴地说："我去接你下班，连晚饭带试吃一起解决。"

这样的安排对她并不合适，也打断了她的减肥计划，可她无法拒绝。

当晚他们试吃了很多梅子、果冻。她忍不住又提了建议："应该有一些咸味的。"

姚望高兴地说："对呀，坚果锅巴什么的！我怎么把这个给忘了！那明天咱们试吃一些咸味的，还是一起吃晚饭？"

就这么明天也被预约了，谭丽莎又开心又发愁。她愿意每天这样见到姚望，可每天这么试吃零食点心，实在太发胖了。

她小小地提了一句："那明天我就不吃晚饭了。我在减肥。"

"你不用减肥呀。"姚望打量着她，"你这样挺好的，在国外你这样根本不算胖。别听别人的胡言乱语。"

她有点感激。他从来没有嘲笑过她胖。可是，我想要的，不仅仅是"挺好的"。他历届女朋友，全都身材窈窕。

他照例开车送她回家。快到小区时，她看到那辆劳斯莱斯从小区里驶出来，不由得转头看去。

姚望问："看什么呢？"

"那辆车我认识。"

"那当然了，劳斯莱斯的魅影嘛！"

"我是说，开车的男的，好像在追我的室友。"

"那可够有钱的，这车买下来是怕要一千万了。维修什么的费用也低不了。"

谭丽莎好奇地问："你现在这辆车多少钱？"

"我这辆也就一百万出头。"

谭丽莎心里默默地想：也就，一百多万，出头。

回到家，Tiffany正在摆弄着一束鲜花，见了她就笑道："你昨晚上干吗去了？今天又怎么回来这么晚？"

"我同学找我有正经事儿。倒是你，这花儿哪儿来的？我刚才可是看见你那个开劳斯莱斯的客户了。"

两人寒暄几句，谭丽莎回到屋子里，想起合同都忘了签，赶紧拿出来仔细过目。合同很正规，试用期长达三个月，而且工资不高。不过试用期过后钱会多一点，还有奖金和补贴。

不坏。但若没有姚望这层关系，她大概不会想到去应聘这样的岗位。这工作有点像车间女工。不过倒也涨了点见识，原来淘宝店里需要这么多工作人员。她以前以为淘宝店最多就雇一两个人就够了。

接下来的几天，谭丽莎每天下班后都和姚望"试吃约会"。他们的品位很一致，选的东西基本上都很合她的口味，讨论味道时总有共鸣。唯一不和谐的是，他没有身材问题，她有。试吃约会就像是这零食本身，好吃，放不下，可也是一种负担。

两人起点差得太远，先天不平等，相处起来就很累。

甜蜜而麻烦的时光过得很快。有天下午，刘总监叫她："莎莎，跟我来一趟，开个小会。"

到了小会议室，刘总监把她这几天做的表都拿出来，问："这表你也做了几天了，看出什么问题了没有？"

谭丽莎吓了一跳，心想每次都给"师傅"阿典过目，应该没做错啊。

她战战兢兢地说："怎么了？有什么问题吗？"

刘总监笑了："我不是说你做的表有问题。我是说，你从这些表里，看出什么规律了没有？"

谭丽莎松了口气，想了想，说："有的产品好像没什么人看，浏览量很低。有的产品浏览量挺高的，感觉很多人点开看了，可就没啥人买。"

刘总监有点意外："可以啊莎莎，看出点门道。那你先想一想，为什么有的东西会没人看？"

谭丽莎觉得自己好像在考试，冥思苦想片刻，说："东西不吸引人？价格没有优势？"

"其实这都不是最重要的。你平时上网买东西，都怎么买？"

"我先搜索。"谭丽莎有点明白了，"所以就是关键词组合？"

刘总监满意地点头："没错，关键词会决定产品被搜到的概率。"

刘总监就告诉她怎么做数据分析，怎么调整关键词。讲完了他说："明天你就先开始做产品分析。分析出来的结果和方案，直接跟我汇报。"

谭丽莎问："那就是说，从明天开始，我把数据做好之后，就直接自己分析？"

"整理数据的工作你就不用做了。我已经跟阿典打过招呼了。"

谭丽莎本能地答应着。有点突然，也有点不适应。刚开始熟练了，又要开始学新的东西。出了会议室，她才猛然醒悟——这好像有点栽培、提拔的意思。

这是她第一次被上级赋予更高级别的新任务，而且还给做了讲解和培训。在原来的公

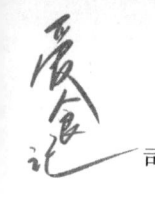

司，几年来唯一的职业突破，还要归功于歪打正着的"无差别扫楼"。

回到座位上，阿典对她说："恭喜啊，明天你不用做这个了。"

一种歉意莫名升起，好像她背叛了昔日的伙伴。

谭丽莎说："谢谢你啊。这些天多亏你了。"

阿典耸耸肩："没什么。老板的安排嘛。"

下班时姚望又来找她。谭丽莎问："今天试吃什么？"

他一怔，笑了："哎呀，今天其实不用试吃了，点心单都定好了。我只是习惯了下班就来找你。"

她的心开始狂跳，思绪飘到九霄云外。她觉得自己好像那种最幸福的女孩，有一个帅气的男朋友来接她下班。于是她又度过了一个去餐厅吃饭，并且未能去健身房的夜晚。

姚望主动提起了餐厅项目，原来进展慢是因为不肯租房，一定要买房。

谭丽莎好奇："大部分餐厅不都是租房吗？"

"如果租房，租金压力会很大。买下来不但没有租金压力，房产本身还能升值。"

谭丽莎说："你好厉害。"

他笑一笑："我爸的经验。"

她痴迷地想，他真是优秀又谦虚，怎么会有这么完美的人啊！

他又说："下周就开业了，到时候咱俩一起提前去帮忙吧？我去接你？"

"好呀好呀！"

她觉得这几乎就是一种约会了。而且，总是他主动约她！

那天晚上，仿佛突然之间，目之所至，万物全都欣欣向荣。陆霞捡来的盆栽都恢复了生机，变得茁壮漂亮。Tiffany与顾总进展神速，已经开始直呼其名：顾峰。

唯一的烦恼来源于体重秤——她反弹了两公斤。

第二天下班时，姚望没有来找她。她有点失落，又有点庆幸，连忙赶去健身房受罪。练完见到Catherine，问她："你最近是不是都没来？"

"是啊，工作比较忙。"

Catherine笑道："我看那天你和姚望在公园试吃摆摊？怎么会那么好玩啊，都试吃什么呀？"

"他朋友的茶室快开业了，要设计点心单，所以我们试吃各种茶点。"

"照片里那些甜品？难道全部都要吃掉吗？"

"对啊，还有坚果、锅巴、薯片、牛肉干什么的。"

Catherine的表情惊悚："天啊，这得吃掉多少卡路里啊。"

"所以我都又重了。"谭丽莎不好意思地笑道，"还好已经结束了。"

Catherine似笑非笑："姚望对这个项目可真是上心。你买好汉服了吗？"

"汉服？什么汉服？"

"开业派对要穿汉服呀。"Catherine诧异，"你没收到请柬？"

美丽的盐渍樱花茶

谭丽莎老实地回答:"没有。姚望只是说开业那天我们俩一起早点过去帮忙。"

Catherine松了一口气。姚望发了请柬给她,却不肯和她一起装扮。他说:"我是过去帮忙的。你多带几个朋友,大家一起好好玩吧。"

此刻听谭丽莎这么说,知道他没说谎,确实只是去干活,而非另有女伴。

谭丽莎发愁地说:"汉服?我没有啊?"

"淘宝上可以买。"

"万一不合身怎么办?"

Catherine说:"买个古风的开衫外套,披一下就行,这样尺寸大点小点都无所谓。发型来不及做,可以买假发套,不做也可以。"

"太好了!这个主意真棒!"谭丽莎佩服得五体投地,自己就想不到还可以这样。

Catherine笑一笑。对这个没有威胁,还能给自己提供情报的姚望老同学,她乐得展示自己的善心与大方。

晚上谭丽莎问姚望:"茶室开业有个派对?需要请柬吗?"

姚望说:"那是给客人的。咱俩不用。"

"有着装要求吗?"

"说是要穿汉服,但我不想穿,跟唱戏似的,还麻烦。"

"可以在网上买个古风开衫,套一下就行。"谭丽莎现学现卖,把Catherine的主意贡献出来。

姚望惊喜:"这个办法好!你有靠谱的店铺吗?"

谭丽莎灵机一动:"要不我帮你一起买了?"

"行呀,那太好了。那到时候你给我带过来?"

"没问题!"

她暗暗高兴:情侣装任务达成!

她在网上挑了深蓝色的汉服刺绣开衫外套,颜色低调雅致,款式简单大方,可以套在任何衣服外面。怕太廉价的姚望会嫌弃,就挑了几百块钱一件的设计师款。

派对那天,他来接她,她把汉服递给他。他很满意:"这个颜色不错,多少钱?"

"没多少钱,算我送你的。"

"那我回头请你吃饭。"见她穿着平常的衣服,他问:"你自己没买一件吗?"

"买了,在包里。到了再套上吧。穿这种衣服在小区里走有点别扭。"

他笑道:"没错,我也不习惯这样,我们都不够抓马。"

她心里甜丝丝的。是啊,他总是和她有那么多共同点。

到了茶室,两人套上汉服外套下车。宽大的外套在姚望身上随便一裹,就显得飘逸倜傥,好像古画中的风流书生。而谭丽莎穿上却不显飘逸,像个乐呵呵的小书童。她庆幸自己没有买假发。否则,大概会像个胖丫鬟。

离职后她就没来过这间茶室，上次见还只完成了硬装。这次全部软装完毕，灯饰也都亮起来了。店门口有一小片枯山水，卵石地面上亮着精致的古风园林灯，映着两个汉字：徒名。

她第一反应是：这名字不好，虽然雅致又特别，可不知是什么意思。不容易搜索，又记不住。随即她暗笑自己：才做了几天运营分析，就染上了这样的职业病！茶室又不是网店，运营规则想必不太一样。

两人往店里走去，姚望问："你怎么知道店里工服款式的？我都不知道。"

"工服？"谭丽莎正不明其意，随即就看见一个服务员对面走来，穿着蓝黑色有暗纹的汉服七分袖外套，和他们的外套几乎就是同款。只是服务员的外套看起来质地便宜些，款式也更利落，像古代劳动人民。而她和姚望的衣服稍微长一点，质地也更好，比服务员的看着高级点，像领班。

没想到自己花几百块钱买了两件工作服，这钱花得也太冤枉了！她尬笑着说："我不知道工作服这样。我就是觉得……这个款式比较百搭。早知道不买这个款式了……"

"挺好的呀，我们本来就是来干活的。"

他轻车熟路地开始检查茶室里的各项细节，态度认真而投入。她只觉得他认真工作的样子好迷人，目光不由自主地与他亦步亦趋。

随着他的目光，她看到他们两人精心挑选的茶点被精心放在各式各样的精美器皿里，除去了外包装，显得十分高档。她看到漂亮的茶叶盛放在透明的玻璃罐子里，外面贴着素色古风标签，用行书写着名字，美如艺术品。

他说："你可以尝尝这些茶，有好几种外面都很少见的。"

这时一个服务员叫他，他便走到一边去了。

一个漂亮的粉色罐子吸引了谭丽莎的注意，灰白色的标签上，写着"盐渍樱花茶"。里面是粉色的樱花，沾着白色的盐粒，好像小小的雪花。她从没喝过樱花茶，就泡了一杯。粉色的樱花在透明的玻璃杯中轻轻漂动，映着清水，格外娇艳绚烂，雅致又高级。

她满怀期待地喝了一口，差点没吐出来：这什么啊？简直就是喝了一口盐水啊！

仿佛小时候，在大海里游泳时呛的第一口水。

正在狼狈，旁边一个声音说："盐渍樱花要先用水泡过才能喝的。"

谭丽莎回头一看，居然是陈明硕。他并没穿汉服，还是一身西装，仿佛刚从公司开会下班。她惊讶地问："是你？"

他笑道："太巧了。没想到在这里见到你。"

他帮她把刚才的樱花茶倒掉："樱花茶很麻烦的，要先去掉盐粒，再用凉水泡十分钟。接下来用不高于80度的水冲泡，才是最佳效果。"

"为什么茶里要放这么多盐啊？"

"因为只有用盐渍的方法保存，才能既防腐，又完全保留了樱花的颜色。日本人在美观方面的要求很极致。别处的花草茶，很少用盐来保存，都是直接脱水处理。"他一边有条不紊地帮她重新做茶，一边问："谭小姐是一个人来的吗？怎么知道这个茶室的？"

"怎么知道？"她笑道，"这房子的空调是我装的呀。"

他很惊喜："那我可要格外谢谢谭小姐了。这空调设计很用心。"

"原来你就是老板呀！"谭丽莎恍然大悟，难怪他很少来，这人一看就工作很忙，大概经常飞来飞去，无暇打理装修事宜。只是没想到他居然和姚望是朋友，这俩怎么看都不是一路人，连年龄也差了不少。不过也正常，姚望的朋友，肯定都很优秀。

她好奇地问："你和姚望怎么认识的？"

"他父亲是我的客户。"

这时，一个温柔的声音笑道："谭小姐你也来啦！好开心啊！"

谭丽莎回头一看，恍惚之间，只觉得一个仙女站在面前。这仙女梳着精巧服帖的发髻，上面点缀着素雅小巧的古风发饰。仙女脸上的妆容十分婉约，穿着一袭婉约飘逸、色泽淡雅的汉服长裙。

仙女不是别人，正是陈柔樱。那天在游乐场，她穿着一身休闲的衣服，已是个十足的美女。此刻盛装打扮，再配上她的古典气质，整个茶室都因之熠熠生辉。

谭丽莎由衷惊叹："天啊，你这身好漂亮啊。"

陈柔樱高兴地笑道："谢谢！为了这身造型，我可忙活了大半天呢。你穿得也好可爱。这个刺绣很有质感，款式又大方，感觉平时在家里也可以穿。"

陈明硕抱怨道："小柔，你也太不上心了。你的茶室开业，结果我们都比你来得早。"

"哎呀，这个头发就是要花很长时间嘛。"陈柔樱挽住陈明硕，像个在父母面前邀功讨赏的小孩子："我做的茶室好不好？漂亮不漂亮？"

陈明硕无奈地说："什么你做的茶室，不知道多少人帮了你的忙。这空调就是人家谭小姐装的。"

陈柔樱睁大了眼睛，惊喜地对谭丽莎说："天啊！这空调是你装的啊？你太能干了啊！"

这时姚望走过来，陈柔樱嗔道："你怎么一直说是你同学、铁哥们装的啊？我还以为是男生呢！"

而陈明硕也正在此时，把做好的樱花茶递给谭丽莎，说："现在好了，你尝一尝。其实也没什么味道，华而不实。"

谭丽莎并没有接过他的茶，她呆呆地看着姚望。在姚望的脸上，她看到了一种她最熟悉的目光。那是一种不由自主的追随，一种无声无息的向往。就像是在中学时，篮球场上那么多男孩子，而她的眼里，只看得到姚望。

而姚望看向的人，是陈柔樱。

买小熊面包的男人 ● ● ● ● ●

姚望看着陈柔樱，满面笑容也掩不住那因过分在意而生的紧张。谭丽莎从未见过他在女生面前是这副模样。可此刻，他仿佛变成了另一个人。

陈柔樱也在笑。可她笑得落落大方，明媚自如。情敌的目光总是挑剔的，可再挑剔也要承认这是个出色的美人。而姚望也真是好看，他身材消瘦，脸颊饱满，依然是少年时的模样，只多了一点棱角，因而更有男人味。穿着件服务员同款的外套，仍然像古装片里潇洒倜傥的男主角。

好一对般配的金童玉女啊。人家的家世显然也很好……突然她想起了圆圆。难道，陈柔樱是单亲妈妈？那么，他真的是非常喜欢她了吧？甚至不介意她有孩子。

谭丽莎站在茶室里，吹着她自己精心设计的凉风。她曾为这里认真地设计空调系统，用心地评测挑选每一款茶点。那时她满心欢喜，因为她在为她爱的人效力。可原来她喜欢的人，也是在讨好他喜欢的人。

陈明硕看她发呆，问道："谭小姐？"

她醒悟过来，接过了茶，道了谢，喝了一口。还是有点咸，带着淡淡的花香。说不上好喝还是不好喝，或许是她嘴里发苦，已经尝不出味道。

姚望走过来，兴奋地对她说："莎莎，我给你介绍一下，这是茶室的老板——"

陈柔樱笑了："我们早就认识啦。谭小姐上次救了我的命呢！我还知道这空调也是谭小姐帮我们设计的。"

谭丽莎尽量挤出一个微笑："哪有这么严重。就帮了个小忙而已。"

姚望惊喜道："你们都认识了啊！太好了！那些点心也是莎莎跟我一起挑的。她说好吃的东西，你绝对可以信任。"

谭丽莎听他这样向心仪的女孩介绍自己，并没有抹去她的功劳。他是个很好的男孩子，一直对她很好。只是，不是她想要的那一种好。

陈柔樱笑道："谭小姐是我的大恩人，我当然信任啦。有你们帮忙，真是太好了。"

说着，她俏皮地对大家施了个礼。

陈明硕笑道："所以，这茶室都是姚望和谭小姐布置的，你还好意思说是自己布置的茶室。"

"我知人善用行不行呀？"陈柔樱对谭丽莎压低声音，又刚好能让她哥哥听到，"看看这个人，自己能干，就总看不起别人。"

正说着话，Catherine穿着红衣黑裙走了过来。她梳着高马尾，剑眉红唇，妆容干净利落。黑色的百褶裙腰部有同样的飞鸟刺绣，下摆飘逸，就像古装片中英姿飒爽的女剑客。

若论先天的姿色，她远不及眉目如画的陈柔樱。但这别出心裁的扮相，让她站在陈柔樱身边，不但未曾相形见绌，反而别有一种惊艳之感。

谭丽莎自卑地看着自己，套着个深蓝色印花的汉服开衫，简直像是日餐厅里分割鱼肉的厨工。一股熟悉的、巨大的自卑感向她袭来。就像很多年前初次见到姚望，就像听说他高考失利转头就去了美国，就像看到了他牵着那笑容明媚的女孩的手。他和他身边的人都太优秀了。自己是从哪里来的勇气，居然一度产生了如此不自量力的妄想？灰姑娘的故事终究是童话，人与人之间的差距，未曾出生就已经注定。

她正在自卑，Catherine招呼她："莎莎，你这么早就来啦？你这件衣服很漂亮哦！"

"谢谢。"谭丽莎勉强笑笑："是你出的主意好。"

Catherine对姚望打趣："咦？我都差点认不出来了，难得看见你愿意穿这个。你这是跟服务员借了一件吗？我记得你一直不喜欢这种衣服，说穿上奇奇怪怪的。"

姚望脸微微一红，说："我没有不喜欢，我只是不太习惯。这是莎莎帮我在网上一块买的。"

Catherine嫣然一笑："早知道你要穿，我就帮你买了。"

这才又把目光落在陈柔樱身上，赞美道："天啊，这衣服可真好看，定做的？"

陈柔樱高兴地说："你真有眼光，这是我的设计师朋友给我定制的。"

Catherine惊呼："这么好？什么设计师？可以介绍给我吗？"

说着她就拿出手机："我叫Catherine，是姚望和莎莎的朋友，加个微信？"

陈柔樱与Catherine互换了微信，分享了设计师，就讨论起衣服来。Catherine存心笼络，刻意投其所好，才几分钟而已，两个女孩子已经快要以闺蜜相称。

姚望插不上话，手足无措地站在一边。他很不习惯这种感觉，从小女孩子都喜欢他。只要他稍微表现出一点好感，对方总是立刻热情回应。因此他看似情场一帆风顺，实际上搭讪功夫比普通男生差远了。唯有Catherine是有备而来。她早就看出姚望突然对一个莫名其妙的茶室过分关心必有缘故。看到请柬上要求穿汉服，就猜到了主人大概是那种精致的古典女孩，她就别出心裁，做了帅气利落的打扮。此刻亲眼见到陈柔樱的姿容，反而令她燃起了强烈的斗志，立刻施展手段对陈柔樱示好。这既是为了得知情敌的底细，也是为了搞清楚，姚望到底喜欢什么样的女人。

陈明硕略带歉意地对谭丽莎和姚望说："小柔就是这样，听见穿衣打扮的事就什么都忘了。招待不周，二位不要介意。"

本来姚望是客户的儿子，是陈明硕应该讨好他。但在姚望眼里，这可是陈柔樱的哥哥，几乎是半个"未来岳父"。

他赶紧说："没关系，没关系。Catherine认识的人很多，和她多聊聊对以后茶室的经营有好处。"

陈明硕笑一笑："哪里还敢指望她能经营好，别赔钱就行。好在没有房租压力，就当给她点正经事做。"

Catherine带着陈柔樱去认识新朋友，姚望也不由自主地跟了过去。谭丽莎看在眼里，心中难受，那一瞬间，她甚至想到了辞职。她想逃，她不想再见到他了。

陈明硕笑道："谭小姐这样的事业女性，一定觉得这种聚会很无聊吧？"

"怎么会？"谭丽莎苦笑一下，"我只是不得不工作，不是什么事业女性。"

陈明硕："事业女性不在于赚多少钱，在于做事的态度。谭小姐，我看得出你做事态度一流。比如这些点心，你选得就很用心。没有重复的款式，品相也很好。"

谭丽莎自嘲地说："要不我胖呢。都是吃出来的。"

陈明硕虽然擅长洞察世事，但感情方面却并不敏锐。他以为谭丽莎只是普通女孩在名媛云集之所的那种失落和不自在，没有联想到姚望的身上。

他好心建议："正好我要提前走，你要是觉得没意思，咱们可以一起走。"

谭丽莎问："你不用留下来招呼客人吗？"

"这是小柔的店，我只是好奇过来看看，她到底能把这茶室折腾成什么样。你想几时走？我是随时都可以的。"

谭丽莎说："那就现在吧。"

他们刚走出门，后面就有人喊："莎莎，你去哪儿？"

居然是姚望追了过来。谭丽莎有点意外，搪塞说："我有点头疼，就先回去了。"

"啊？怎么头疼了啊？厉害吗？"他关切地问："要不要紧？"

"没事，估计就是昨天没睡好。我打算今天回去早点睡。"

他犹豫了一下："那我送你回去吧。"

谭丽莎心里酸酸地想，我可不想扫了你的兴。她指了指场内："你继续玩吧。你的很多朋友都在呢。"

姚望往回看了一眼，陈柔樱正在不远处笑吟吟地跟什么人讲话。他纠结了一下，毅然决然地说："我先把你送回家，然后再回来就好了。他们一时半会儿肯定也不会散。"

陈明硕说："没关系，我送谭小姐回去就好了。我本来也要早点回去，也算是顺路。"

姚望问谭丽莎："你行吗？"

"我自己回去都行。没啥大不了的，又不是不能走路。"谭丽莎努力做出一个大大的笑容："你快回去吧。看看客人们喜不喜欢我们挑的甜品。别忘了给我汇报啊。"

姚望见她状态轻松，就放了心。

他笑道："好，我回头写报告给你看。陈总，多谢了啊。"

陈明硕微笑："应该的，举手之劳。"

姚望走了两步，又不放心地转回头，对谭丽莎说："到家给我打个电话啊。"

谭丽莎觉得自己假笑到脸都僵了："好。快去吧。"

他笑着对她挥了挥手，这才回去。她目送着他进了那灯色旖旎的茶屋。纸扎的暖色小灯笼挂在檐口，映着细密的窗棂，衣香鬓影的人们隐约可见。

陈明硕摇头笑道："挺清雅的茶屋，被小柔搞得纸醉金迷的。"

两人一起出了院门，陈明硕问她："你住哪里？"

谭丽莎报了地址："如果不顺路，你把我放地铁站就行。"

"顺路，我正好去旁边商场里买面包——你知道那个地下一层的面包店吧？要不要一起？"

谭丽莎有点惊讶。他这样的成功人士居然还要亲自买面包，还对面包店了如指掌。

等进了面包店，陈明硕熟门熟路地选了蛋挞、酸奶，还有几款可爱的卡通面包：椰蓉小兔、巧克力小熊、肉松狮子。

看到谭丽莎诧异的眼神，他笑着解释道："这是给我女儿买的——就是圆圆，你见过的。她就爱吃这家的面包，可惜这个店在我家附近没有分店。"

原来圆圆是他的女儿。难怪陈柔樱带孩子那么笨拙，而那天又是他来解围。最后一点希望也破灭了。姚望和陈柔樱的感情路上，已经没有任何障碍。

陈明硕注意到了谭丽莎的异样，问："怎么？你真的不舒服？"

谭丽莎掩饰："啊，没有，我只是有点惊讶——像您这样的成功男士，好像一般都不怎么管孩子的事。"

"不管不行啊。"陈明硕苦笑着解释："我和圆圆妈妈离婚了，孩子归我。"

一盘昂贵的炒白菜

分享秘密拉近了彼此的距离，陈明硕苦笑着抱怨说："那天圆圆的幼儿园放假。我实在分不开身，只能让小柔陪着。我特意嘱咐了别到处乱跑，就在小区里玩就好了。可她转眼就带圆圆去了公园。那个公园里本来人也比较杂，小柔让圆圆排队，自己跑去买棉花糖，才发生这种事……唉，总之她就擅长把事情弄得乱七八糟。但她不是故意的，刚才，她是不是让你不开心了？"

谭丽莎一怔，看到陈明硕关切的眼神。她摇摇头："跟别人没关系，我只是对自己不满意。"

陈明硕问："为什么呢？你这么优秀。"

"优秀？"谭丽莎哑然失笑："就我这个人，拆开了，一条一条打分：形象气质，工作能力，家世背景，哪一条够得上优秀？你知道我小时候最大的优点是什么吗？是吃饭不让人发愁。"

"擅长美食是很大的优点，在社交方面尤其加分。"

谭丽莎苦笑着摇摇头："你可真会说话。对，是有人拿我当饭搭子。要是没有这个唯一的优点，我大概还能瘦点。"

"这当然不是你唯一的优点，也不是你最明显的优点。"

"真的吗？你倒说说看，我还有什么优点——不要说身体好啊，胖子都结实。"

陈明硕笑了："当然不是这个，你的优点是可靠。如果我需要有人帮我保管最重要的东西，我一定会选你。"

"所谓的人好，是吧？有什么用呢？还是没人看得起我，人善被人欺。"

陈明硕摇了摇头："我不认为'人好'两个字可以概括你——只要没犯法，谁又是坏人呢？做一个可靠的人，需要勇气，也需要能力。那天你帮助小柔时，很勇敢，也很有策略，兼具这两点是很难的。太多人有勇无谋，而聪明人又往往不愿意惹事。我只见过你做的两项工作，都做得很妥帖。我并不是刻意恭维你，但是谭小姐，我认为你具备很好的职业潜质。"

谭丽莎从未听人这样夸奖过自己。学生时代最喜欢她的老师，也只是说：莎莎这孩子不错。

她迷茫地问："可是几年了，我一次升职都没有过，老板和同事都看不起我。"

"也许只是因为，以前你不想升职。"

"谁会不想升职呢？"

陈明硕微笑道："你是不是好好工作，把手头的工作认真完成，任劳任怨，然后就等着升职了？"

"不然呢？还能怎么办？去老板面前表忠心？"

"十个小兵只有一个能升班长。三个班长只有一个能升排长。你往上走的每一步，都要击败和你同级的对手。升职路上，每个平级同事都是你的敌人。你要竭尽全力去战斗，才有可能赢。"

之前公司的种种闪电般浮现，所有的小事都连成了线，谭丽莎全明白了。她喃喃地说："难怪我以前的同事要背后算计我。天啊，我以前简直就是大傻瓜！"

"现在知道了也不晚。有人算计你，说明你的能力已经威胁到别人了。"

"那我这辈子升职无望了。我斗不过别人，没有人怕我，连实习生都欺负我。"她看看他，开玩笑道，"你的气场要是能借给我点就好了。"

"气场是可以装出来的。听过那句硅谷创业秘籍吗？Fake it till you make it——装到假戏真做，装到弄假成真。古代人打仗都要戴上一个可怕的面具，不仅可以防护面部，还可以让敌人看了就害怕。就算你心里怕得要死，可是敌人看到的，只是一张威武狰狞的脸。"

"可是我天资不好。连个好大学也考不上。"

"你大学考了几年？"

"一年。"

陈明硕淡淡地说："我的大学很好，但是我考了三年。"

她吃惊地看着他："真的？"

他笑了："当然是真的。我编这种事干吗？复读三年很光荣吗？我认识很多极为优秀和成功的人，他们中很多人并不聪明。可他们都有一个共同的特点，你知道那是什么吗？"

"勤奋？"

"不，是欲望。他们无一例外，都极为渴望成功，所以才能百折不挠，不知疲倦地奔向目标。"

她怔住了，心里翻江倒海。

我有欲望吗？我有。可是我不敢表露出来。因为，我怕失败。

面包店的店员过来催促："两位，我们快打烊了。"

谭丽莎这才意识到，她和陈明硕在这里待了很久。她歉意地说："陈总，对不起，耽误你的时间了。谢谢你陪我聊这么久，而且，我真的很感激。从来没有人对我说过这样的话。"

陈明硕笑道："是我应该感谢你愿意听我絮叨。你没见小柔的样子，我一说话，她就恨不得捂耳朵。圆圆也经常嫌我讨厌。"

陈明硕开车送她回家，临别时，他温和地说："要是有什么工作上的困难，可以随时找我，简历也可以发给我。我可以试着帮你参谋推荐一下，千万不要客气。"

谭丽莎感激地点点头："谢谢。我要是需要，就给你打电话。"

回到家，Tiffany还没回来，陆霞正在打电话："是吗？哦，好的，我知道了。没事没事。没关系。"

放下电话，她面带愁容。谭丽莎问："怎么了？"

"又被拒绝了。连个面试的机会也不给。"

"你不是刚辞职吗？不好好歇几天。"

第二章 是时候开启新征程了

"歇？我可一睁眼就顶着几百块钱房贷的人啊。可能还是我的简历不够好吧。"

谭丽莎刚刚喝了陈明硕的励志鸡汤，就鼓励陆霞说："多投一些公司，多想点办法，肯定有收获的。要有信心。"

"借你吉言吧。"陆霞说。

谭丽莎回到房间里，想着刚才陈明硕所说的，只要有欲望，就一定能实现。她对着镜子，觉得欲望从未有过的清晰：她想变美，变强大，变成那些高高在上的人中的一员。

她想要自己光芒四射，即便是得不到姚望，也不是因为配不上。就像那天在派对上，一袭红装的Catherine。她一定也看得出来，姚望喜欢陈柔樱，可她毫无惧色，正面迎战。

谭丽莎打开前置摄像头，一个个尝试着美颜软件的化妆模板。效果粗糙难看，像假人。可又像是个面具，昭告外界：我想让你们全都觉得我很美丽，我过得很好。

艳丽热闹的妆容滤镜换了又换，手机屏幕上的人的表情也渐渐不那么拘谨，越来越放得开。她正投入地给自己换脸，手机响了，是姚望发来的信息：你好点没？到家了吧？

他还惦记着她。她心里一暖，正要马上回复，突然转念一想：从现在开始，我要装着不在乎他，我不要再那么卑微了。

她放下手机，假装自己没看到，继续给自己换脸。总不能真的顶着滤镜去上班，她决定学习化妆。

门响了，是Tiffany深夜归来。

谭丽莎立刻想到，化妆这件事，为何不请教Tiffany呢。

出了房间就看见Tiffany正从大牌纸袋里拿出一个漂亮的小手袋，眼熟到谭丽莎都知道这是某个"名媛款"。

Tiffany对两位室友笑道："好看吗？"

在谭丽莎眼里，这种包就意味着"好贵好有钱"，金钱光芒太盛，已无法判断是否真的好看。

但她很捧场地说："好看，多少钱？"

"这官网要三万多。"

还没等谭丽莎说话，陆霞就一声怪叫："三万多？熊猫皮的吗？你可别告诉我，你下个月的房租没钱了……"

Tiffany笑道："放心啦。不是我买的，是顾峰送我的。"

"今天也不是你生日啊，怎么送这么贵的礼物？"

"就是他今天请我吃饭，随手送我的小礼物啦。"

陆霞拿起包看了看："这也不实用啊，连个大点的矿泉水瓶也放不下，能折现吗？他把发票给你了吗？"

"喂！你想什么呢！我当然要留着自己用了。这个包超火的，现在到处都没货，加钱都不一定能拿到呢。"

谭丽莎对美食更感兴趣一些："你们今天都吃什么了？"

"是米其林三星的馆子。"Tiffany本来就满腔甜蜜想要找人分享，索性坐下来，拿出手机给两位室友看她拍的菜。

谭丽莎一张张地翻着："这是大白菜吗？"

"对。家烧胶州大白菜。"

"这是干炸带鱼？"

"对呀。"

"这是什么？怎么看起来有点像红薯？"

"这是招牌蜜汁红薯。"

"这是……炖粉条吗？"

"这叫沙蒜烧豆面。"

"蒜汁儿的？"谭丽莎自问不是个讲究人，但也觉得男女约会吃蒜汁儿食品有点奇怪。

"沙蒜不是蒜，是一种海鲜。"

"好吃吗？"

"酱汁很浓，很下饭。"

"所以，这吃的是胶东菜？"

"什么呀，浙江菜！江南菜！"

谭丽莎觉得炸带鱼和炖白菜和她的家乡风味差不多。但她不愿意扫兴，就没说出来。

陆霞却不管那么多："你这啥也没吃着啊？除了带鱼，还有这红烧肉，就没肉了？"

谭丽莎打圆场："这红烧肉上面，好像还有两块鲍鱼。"

陆霞说："这么大的鲍鱼也不贵吧？我看海鲜大排档的鲍鱼挺大，一只也就十几块。"

"人家当然早就过了那种胡吃海喝的阶段了。这都是这家餐厅的招牌菜"Tiffany替这顿饭，也就是替顾峰辩解："最好的厨师，就是把普通的菜，做出非凡的味道。山珍海味做好了不稀奇，白菜做好了才是功夫呢。再说你以为白菜便宜吗？这份白菜九十多呢。"

"什么？九十多一盘大白菜？妈呀，这也太奢华了。那我再仔细看看。"陆霞拿过照片，仔细看了看："怎么看都只是白菜啊！我就不信白菜能有多好吃。"

Tiffany嗔道："跟你说也没用。"

谭丽莎说："我觉得这样请客倒是挺好的，要是我自己去吃，肯定不舍得花一百块钱吃大白菜。如果有人请我吃一百块钱的大白菜，我肯定很高兴。听说，送礼物就是要这样，要送人家平时自己不会买的。"

Tiffany开心了："就是的，还是莎莎懂得享受。"

"也说的是。要是有人请我吃，我也乐意开开眼界。"陆霞笑道："又是送礼，又是请吃饭的，他这是正式追你了？"

Tiffany喜滋滋地说："算是吧。"

"是就是，不是就不是，什么叫算是啊？"

"怎么说呢……"恋爱中的人总是忍不住要把心事与人分享，Tiffany就把今天的约会告诉了两位室友。

默契的小黄鱼贴饼子

顾峰之所以请Tiffany吃饭并且送礼物，是因为他咨询一大圈之后，最终没有把项目交给Tiffany的公司。这令Tiffany意外又挫败。她以为他会给她面子。

正在错愕，顾峰又单独请她吃饭，选的还是个高档餐厅。菜单上的价格惊人，她怕点太贵的菜显得贪婪拜金，点太便宜了又显得不上档次，就把点菜权交给他。

她很有心机地说："我特别好养活的，什么都吃。"

他娴熟地点了几样招牌菜，都是家常小菜，一顿饭也千元左右了。她暗暗惊叹，有钱人果然任性，花这么多钱吃这种平常的东西。

点完菜，顾峰拿出一个纸袋，说："实在是抱歉让你白忙活一场，送你个小礼物吧。"

Tiffany看见纸袋上的LOGO（标志）就开始心跳。

那是个著名的奢侈品大牌。打开是一款少女风格的小包，精致可爱。小包没有大包贵，但新款不打折，已经远超她平时的消费。

她很喜欢，又怕显得贪财，就推辞说："太贵重了，我不能收。"

顾峰说："你不收，就成了我占你便宜了，让你白忙活一场。"

Tiffany做可怜状："哪有啦，都没做好。哪里还能收您的礼物。"

"我不做是没看上你们那个主创，鼻孔冲天，东西还做得不怎么样。"

他暧昧地看着她，停了停，才继续说："对你，我当然是百分之百的满意。"

"可是太贵了……"

他的手在她手上若无其事地轻轻一拍，哄孩子似的说："行了，一个装零钱的小包而已，又不是什么贵重东西，你就别推让了。你放心，我又不会送你个包就非得怎么着你。"

Tiffany被他说中心事，赶紧辩解："我不是这个意思……"

顾峰笑了："那你先收下，咱们再继续做朋友。"

Tiffany不好再推让，就道了谢。她觉得他的眼光似乎格外灼热，让她忐忑不安。她怕收了礼物他就要去开房。她想，如果他提出这种要求，她就把包还给他，然后正色拒绝他。

她虽然早就对他动了心，可绝不能让他觉得她是个用钱就能买到的女人。

但是吃完饭，他并没有提出任何非分之想。还是跟往常一样，只是随便聊聊天，然后规规矩矩地送她回家，一路上手也没碰她一下。她看他这么磊落，又怀疑自己自作多情，开始反省自己是否矜持过度，应该主动一点。

到了楼下，他很随意地问："这房子是你租的，还是你买的？"

她说："这是我表妹的房子，我们一起住，还有另外一个女孩子。"

"合租的？"

她点了点头，有点自卑，不知道他会不会因此小看自己。又想万一他提出租房包养自己怎么办。

但他只是赞许地说:"现在像你这样不虚荣的漂亮女孩子不多了,很想看看你住的地方是什么样,不过既然有室友,那就算了。"

"很小很破的房子,也没什么好看的。"她有点纳闷他对她的住所这么感兴趣。

他靠近她,黑暗中,他的眼睛很亮。她以为他要吻她了,心里紧张极了,但他只是问:"你住哪一间房?"

Tiffany不由自主地给他指了自己的房间。他笑道:"那你上楼吧,我在下面看着你。"

Tiffany傻了似的点点头,一口气跑到家里,就冲进自己的房间,打开了灯,走到窗前,推开窗扇,向楼下看去。

她看到他已经特意走到她的窗下那一侧,抬头看着她的房间,手里拿着手机。她的手机铃声响了,他在电话里笑道:"一看就是女孩子住的地方,挂着粉色的窗帘。"

她脸上发烧,轻轻地说:"谢谢。"

"乖乖地去睡吧。明天我去接你下班。"

谭丽莎听到这里,羡慕地惊呼:"哇!我觉得他好浪漫啊。而且很正派,一点都不色。要不然,哪天你就请他上来坐坐,朋友上来坐坐也没什么,对吧,陆霞?"

陆霞铁面无私地说:"不行。我这里是女生宿舍,只有正式交往的男友才能享受家属待遇——偶尔上来做客,而且必须报备。"

谭丽莎问:"这还不算正式交往啊?明天他都要接她下班了呀。"

"不算,没告白,也没有正式名分。"陆霞故意板着脸:"我这个做家长的可不是那么好糊弄的。"

Tiffany笑道:"表妹也好算家长?"

"你只比我大几个月好吧?"

"那我也是你姐!"

"我长得老!"

她们俩笑嘻嘻地拌嘴打闹。

谭丽莎笑着劝架:"别闹啦。Tiffany,我有事想请你帮忙。"

Tiffany停了手,笑道:"什么事?"

"教我化妆——能换头的那种。"

Tiffany高兴地说:"你终于开窍了!早跟你说女人一定要会化妆。陆霞你要不要也一起学?"

陆霞摇头摆手:"如果做女人一定要学化妆,我宁可别人把我当男的。"

此时已经是夜晚,但Tiffany和谭丽莎,一个心怀情场得意的甜蜜,另一个满腔情场失意的不甘,都毫无睡意,连夜开始了第一节化妆课。

Tiffany拿出了一大堆化妆品小样,把谭丽莎的脸当成教学调色盘。她告诉谭丽莎,化妆虽然有各种手法,可是真要出神入化,就一定要实践得够多。最好每天都化妆,手艺才会进步,而且,也会习惯于自己化妆的样子,姿态才更泰然自若。

第二章 是时候开启新征程了

Tiffany把手机放在身边，想着顾峰或许会再打电话给她，但是并没有。失落之余，她更沉湎于教室友化妆，好转移注意力，让忐忑的心不去想这个令她捉摸不透的男人。

两个女孩子就这样忙活到了深夜。

第二天是周日，谭丽莎睡得正香，突然被电话铃声吵醒。迷迷糊糊中她烦躁地想：这些垃圾电话，大早上不让人睡个好觉！

拿过来想拉黑，才看到是姚望。她连忙接了电话，问："怎么了？"

姚望问："你没事儿吧？怎么还没起？"

"这不是周末吗……"谭丽莎一看时间："啊？都快十二点了？"

姚望抱怨地说："昨晚不是说好到家跟我说一声吗？"

"啊，对不起，我给忘了。我……昨晚不舒服，所以回家就睡了。"

"可陈明硕跟我说你八点多就到家了呀。"姚望一下子担心起来，"你睡了十几个小时？你到底怎么了？"

她没想到他居然这么担心她，又感动又歉疚。其实她昨晚和Tiffany玩到两三点才睡，可之前撒了谎，只好把谎言维持下去。

她说："就是最近工作有点累。睡了一大觉，已经完全没事了。"

"那就好，那就好。"他放了心，"正好也中午了，出来一起吃个饭吧？"

以前的她会忙不迭地说："好啊，好啊。"

但是现在，她对自己说：我不能再让他觉得我随时待命，我要跟他平起平坐。

她临时找了个借口，说："不吃了。我要去健身房。"

"那你也不能饿着肚子健身呀，吃饱了再去嘛。"

她随口搪塞："我就是要饿着肚子去，这个叫……空腹有氧。所以没法跟你吃饭了。"

"那你几点健完身？我去健身房等你。"

谭丽莎诧异于他的执着："你找我有事？"

"没事，就是不想一个人吃饭。"

"你还找不到人陪你吃饭？"

"瞧你这话说的，我也不是人尽可饭呀！你几点健完身？地址发给我，我去健身房找你。"

硬起来的心肠又被磨软了。转念一想，也罢，正好练一练正面迎战，看看能不能做到对他熟视无睹。只是她本来没打算饿着肚子去健身，现在只好骑虎难下地去了健身房，饿着肚子在跑步机上慢跑，只是没跑一会儿就觉得撑不住了。洗澡时她都觉得头有点发蒙。怕自己晕堂，草草冲完澡，就下楼去等姚望。等他来的时间里，她走到自动贩卖机面前，买了一瓶饮料。

苹果汁从贩卖机里滚出来，她迫不及待地取出来，打开便喝了一大口。她正陶醉在这凉爽甜美的果汁里，姚望在身后惊讶地问："你这就练完了？你不是说要练到一点半吗？"

她吓了一跳："你怎么这么早就到了？我……提前练完了。"

他看她一副做贼被抓包的表情，忍不住笑出了声。早上打电话时他就觉得她怪怪的，居

然吃饭都不积极,要先去健身房锻炼。

莎莎平时是最让人放松的一个人,和她在一起,就像回到无忧无虑的高中时代,连她也突然发愤图强起来,这让他又惊讶,又有点不适应。

路上顺利,他到早了,进门就看见她根本没运动,正捧着一罐果汁咕嘟咕嘟地喝得开心。

他打趣她:"你练什么呢?练喝果汁啊?"

她辩解:"我空腹时间太长了,刚刚有点低血糖了……"

他一副洞烛其奸的样子,笑道:"好好好,你血糖低。走,咱吃点好的补一补。"

她只觉得百口莫辩。辛辛苦苦健身节食这么久,唯一的一次提前结束,唯一的一次喝果汁,偏偏全被他给赶上了。

她本想吃饭时点个沙拉挽回局面,让他好好看看她减肥到底有多认真。可他带她进了个热热闹闹,红红绿绿的东北菜馆子。满屋都是扎实的炖肉香味儿,所有的人桌子上都有一份酱大骨。

他把菜单递给她:"这家的酱大骨特别好吃,咱们来一份。再来个小鸡炖榛蘑,拉皮儿也来一个吧。你看看还有什么想吃的?锅包肉?"

她已经将近二十个小时没吃饭了,刚刚的果汁刚好起到了开胃的作用,菜单上所有照片都像是在对她抛媚眼。她纠结地想,要不然,点个鱼吧?鱼不是太发胖。目光落在小黄鱼配贴饼子上,那黄澄澄的贴饼子像金子般诱人。不行,不能吃。这贴饼子肯定没少放油,这小黄鱼也是炸过的。她用尽全身的自制力,合上菜单,微笑着说:"我要一份大丰收。"

他惊讶:"你干吗呀?咱两人呢,这不够吃啊。"

"我减肥!"

"减肥也得多吃肉呀!补充蛋白质嘛。"他把服务员叫来,点了之前说的那几样,说:"再来个小黄鱼配贴饼子吧。"

他笑嘻嘻地对她说:"鱼不发胖。贴饼子是粗粮,健康。这都是减肥食品,怎么样,我很替你考虑吧?"

她被他们之间这坑人的默契惊呆了,瞪着这个该死的大吃大喝还不胖的帅男人,由衷地说:"我发现了——姚望,你就是我减肥路上最大的障碍。我应该跟你绝交。"

不客气的大腩、海胆和鹅肝

姚望看谭丽莎气鼓鼓的,笑得格外开心:"下次咱吃减肥餐,行了吧?"

谭丽莎恨恨地说:"下次?没下次了。你找别人陪你吃饭吧。"

"你要这么说,可就不够哥们儿了啊。"

"你别老哥们儿哥们儿的。"她半真半假地生气道:"我和你男女有别,以后找你的真哥们儿吃饭去。"

他呆了一呆,问:"你有男朋友了?他不高兴咱俩吃饭?"

她不置可否地哼了一声。

他诧异:"你什么时候交男朋友了?没听你说过呀。不是,咱俩这不就吃个饭吗?他怎么就不乐意了？你找的这什么男朋友啊，这么封建……"

"这不是封建。你长这么帅，又是单身，哪个男的愿意女朋友总跟你出来混。"她故作轻松地说，"所以以后我要离你远点。要怪，就怪你长得太帅了吧。"

她从未在他面前说过他帅，这是第一次。她一直都把自己隐藏得很好。因为自卑，怕被人笑，总装作对他和别的男生一视同仁。以前不好意思说的话，此刻说出来，没有想象中的局促，反而有一种调戏得逞的暗爽。难怪那些大胆的女孩总是自带一种风情。

姚望却信以为真。他想，难怪莎莎今天和往常不一样了，原来是交了男朋友。自己还苦于单恋，她倒是先脱单了。他有点失落，仿佛是两个学渣约好了一起挂科，结果其中学习更糟糕的那个，居然偷偷及格了。

他的口气不由得有点酸："还以为你跟我难兄难弟呢，现在就剩我一个孤家寡人了。"

"想脱单就更不应该总跟哥们吃饭了。该追谁就追谁去。"

他叹口气："你说得容易。我拿什么追人家。"

她望着眼前这个条件好得过分的男人，简直无言以对，半晌才说："用……美色？财富？"

"人家不缺钱，也不觉得我帅。"

她诧异极了："那她觉得谁帅？"

"她喜欢那种成熟的男人，事业型的。"

她心里一动："像她哥陈明硕那样的？"

他脸一下子就红了："你怎么知道？"

她想，我倒是宁可看不出来，可你做得好明显。她淡淡地说："谁都看得出来啦。"

姚望本来还有点羞于承认，但此刻已经暴露，索性吐露心声："那你觉得，我应该怎么做，才能显得更成熟一点？"

谭丽莎没好气地说："要不你留胡子吧。"

他期待地问："真的吗？你们女生真觉得有胡子的男人成熟？"

但随即他醒悟过来："不对啊，陈明硕也没有留胡子啊，可他本来岁数也大……"

谭丽莎忍不住说："人家成熟是因为年龄或者胡子吗？人家陈总那做派，那能力，往那儿一站，那就是三个字——靠得住！"

姚望颓然道："果然，你看，连你也觉得他好。现在女生都喜欢这种霸道总裁。"

"那你就从今天起，努力做个霸道总裁吧。"

没想到这句话居然刺激得姚望大吐苦水。他说他根本没机会做霸道总裁。公司里的老臣子都是长辈，从小看着他长大，永远把他当小孩子。父亲的业务他不喜欢也插不上手，再说就算努力接班，也不可能比父亲做得更好……

她知道他并非故意矫情，可她并不同情他："有人给你保驾护航还不好？别身在福中不知福了。我们普通人在外面打工哪有人教啊。"

"可是不让我自己做，我也没有机会进步呀。"

"那你干吗不出去打工？我看你还是不想。你要是足够想，自然就会努力。"谭丽莎把

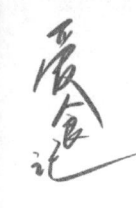

陈明硕的鸡汤现学现卖了出来。

"我努力了呀。我做那个茶室，也不是就为了追女孩子，我是真的想自己独立做点事。"姚望替自己辩护，"我做那个茶室不是挺好的？我没掉链子吧？"

"那倒是。你爸有没有觉得你做得很好？"

"他还没去看呢，他没空。"

"陈柔樱有没有对你刮目相看？"

"她说很感谢我。可是，就感觉吧……"

她替他说了下去："就感觉也没有特别念你的好，没看出你的心血，对吗？"

"对对对，就是这种感觉。你怎么知道？"

她在心里翻着白眼：我当然知道，这就是你对我的态度。

他惆怅地说："她就只是说，啊真好，谢谢。反而是昨晚陈明硕跟我打电话，特意跟我道谢，还说我选材讲究，预算也控制得好。"

她的心被轻轻刺痛，就故意刺他："看，人家成熟霸总就是不一样。什么事一眼就能看出门道。慧眼独具，知人善用。"

他气道："你不是有男朋友了吗？跟哥们吃个饭都叽叽歪歪，你这么夸陈明硕，又不怕你男朋友吃醋了？"

"我这叫客观评价。"

他悻悻地说："哼，对霸总就都是好评价，对哥们就各种踩。你这是重色轻友啊！"

她从未这样打压过他，看他狼狈，忍不住笑道："你也不要妄自菲薄嘛——我要是重你，那才是重色好吧？人家陈总稳重正派，是我的良师益友。"

"好好好，知道你是他粉丝了。你适可而止吧，再夸，我的鸡皮疙瘩可就长身上，下不去了啊。"姚望做求饶状："对了，你男朋友干吗的？哪天叫来一起吃个饭？我给你把把关？"

"现在有什么好见的？结婚的时候肯定通知你。"

"还保密！不说算了。"姚望吃了一口贴饼子，连忙招呼："这个饼现在正合适，不冷不热，你再来一块！"

"跟你说了我减肥！"

她的手机响了，是陆霞无奈的声音："莎莎，你能先把下个月房租提前付给我吗？"

"啊？怎么了？"

"我电脑坏了，已经没法修了，只能买新的。我刚还了贷款，马上要还信用卡了……"

"没问题，我这就转给你。一个月够吗？你还得留点生活费吧？要不我先付两个月的？"

"一个月够了。我有钱，只是在短期理财里，过几天就能拿出来。"

谭丽莎转了钱。姚望问是怎么回事，她说了大致情况，他问："程序员不是很好找工作吗？"

"是啊。我也不知道是怎么回事，到现在连一个叫她面试的都没有。"

他说："那我也帮她问问。我有几个同学好像在互联网大厂工作。你提前交了房租，钱

第二章 是时候开启新征程了

还够吗？不够我可以借你。"

她感动之余，又有些心酸。他最讨厌的地方就是太好了，让人放不下。

陆霞收到钱，赶紧下单买了新电脑，心里气这电脑早不坏，晚不坏，偏偏这时候坏。她本来不好意思跟谭丽莎开口借钱。莎莎一向自觉。她先问了Tiffany，想着Tiffany最近交了富贵男友，也许经济会比较宽裕。Tiffany接到借钱的电话，非常为难。跟顾峰交往后，她经常打肿脸充胖子，抢着买单，反而过得更拮据了。

她说："我只能借给你五百块。你问问莎莎吧，她一直都存钱。"

Tiffany挂了电话，觉得对不起陆霞。想着顾峰人脉广，就去问他有没有工作机会介绍。

顾峰问："你室友做什么工作？"

"程序员。"

顾峰不悦："男的？"

Tiffany一怔，笑了："当然是女生了。哎呀，我室友就是我表妹，我跟你说过的呀。"

"哦，是表妹呀。"顾峰的表情变舒展了，"女孩子当程序员？这倒是稀奇。"

"对啊，她很聪明的，从小就是好学生，就是最省心的那种乖小孩。你也帮忙推荐一下好不好？我表妹很靠谱的。"

顾峰暗想，既然是表妹，想必也是个小美女。他没交往过程序员女孩，更有一种猎奇心态。

他存了这个心，就故意说："我不给不认识的人介绍工作。我自己不了解的人，不能随便推荐给别人。"

Tiffany想想也是："那我叫她出来，你跟她见个面？"

顾峰心里暗喜，嘴上却说："我平时很忙的，也就周末和晚上有点空。"

Tiffany就问："那要不，一会儿叫我表妹一起出来吃个饭吧？"

顾峰做无奈状："好吧，看在你的面子上。"

Tiffany赶紧给陆霞打电话："小霞，顾峰说他可以帮你推荐工作，但是想先跟你见一下。你有空吗？一起吃个饭吧？"

陆霞一听有人给介绍工作，马上就答应了。

Tiffany也很高兴。今天她去公司加班，整组人一起忙到了下午。顾峰如约过来接她，见面就先递上一束花。她在路人羡慕的眼光里登上他的豪车，宛如登上南瓜马车的灰姑娘。

他那么忙，不轻易给别人推荐工作，可是看在自己的面子上，愿意帮陆霞的忙。

她心里甜蜜，表现越发亲昵。两人去影院看了新上映的动作大片。演到惊险镜头，她不由自主地惊呼一声，他就一边笑，一边很自然地搂着她。

她趁势缩在他怀中，他把下巴抵在她头上，轻轻嗅了嗅她的头发。这比亲吻更柔情，让她觉得他对自己是尊重又深情。

晚上顾峰想着表妹要来，就特意选了一家比较贵的日本料理，早早就坐下等。每次看见有进来的单身美女，就以为是表妹大驾光临。

087

一个两个都不是，终于Tiffany兴奋地喊："小霞，这里！"

顾峰赶紧看去，只见一个头发蓬乱，戴着黑框眼镜，穿着格子衬衫，男女莫辨的年轻人走了进来。

他失望得恨不得当场骂娘——这就是"从小学习很好的乖表妹"？这就是表弟都嫌太糙了呀！

陆霞像个男人一样伸出手，大大咧咧地一笑："顾总啊，幸会幸会。"

顾峰忍着不耐烦，敷衍着握了握手。他心里想：这表妹连手都是粗糙的。

好在他平时一张扑克脸，没有那么热情，并未让Tiffany怀疑，她只觉得他稳重。

服务员过来递菜单，陆霞直言不讳地先问："今天是顾总请客吗？"

顾峰干笑一下："当然，随便点。"

"那行，我就不客气了啊。"陆霞飞快地看了一圈菜单："我就来一份金枪鱼大腩，再一份海胆鱼子饭。"

服务员就夸赞说："小姐您很会点哦，这两样都是我们家的招牌呢！食材都是北海道空运的，保证全北京最新鲜！"

陆霞憨厚一笑："我也不懂，都没吃过，就看你们写着招牌，我就点了。再来个鹅肝寿司——这个没多大，对吧？"

服务员心领神会："是的，每个都很小的，不会吃不完。可以点一套六个，三个人分正好。"

"可以吧，顾总？那就来六个吧。"

Tiffany说："会不会吃不完啊？"

"吃不完打包当早餐嘛。好了，我就吃这些。你们俩接着点吧。"

陆霞点的都是名贵食材，样样价格不菲。顾峰就不好意思再用普通的东西糊弄，也点了几样比较贵的菜。

须臾，菜陆续上桌，摆盘精致，美食美器。陆霞欢呼说："这菜可真好看。哎呀，这么高档的餐厅，谢谢顾总了啊……早知道叫莎莎来了。"

Tiffany就对顾峰解释说："莎莎是我的另一个室友。她超可爱的，平时总帮我。"

顾峰已经对Tiffany形容女孩的能力失去了信心。已经花了钱，索性大方到底，就笑道："行啊，给她打电话，叫她来。有男朋友也带来，人多热闹。"

Tiffany觉得顾峰给自己的面子到十足十，高兴极了。她连忙给谭丽莎打电话，谭丽莎却没有接。

陆霞这才想起来，说："对了，我看她拿着健身的东西出去的，可能是去健身房了。"

Tiffany遗憾地说："那算了。她最近去健身房，没有两个小时出不来，她现在减肥很拼。"

顾峰听了这话，心里暗想：好险，好险。

谭丽莎确实在锻炼。她于傍晚又回到了健身房，选了最累的体能课，以减轻下午和姚望吃东北菜的负罪感。

立卧跳、鸭子步、高抬腿、俯卧登山跑……她把躯体毫无保留地投入到这些消耗量巨大的动作中，把自己累到近乎虚脱。

在她最累最坚持不下去的时候，她幻想自己身体里有个美丽苗条的公主，脂肪就是恶魔施下的咒语，把公主困在了里面。只要把这些邪恶脂肪消灭掉，公主就会自然出现。

教练是个不苟言笑的肌肉男，教学风格严厉如军训教官。他注意到了谭丽莎的努力，数次夸奖她："不错！动作很到位！"

有几个中年女人是老会员，彼此都认识，训练时嘻嘻哈哈，并不十分认真。其中一个卷发女人的动作最不到位，态度也最敷衍，平板支撑做得像下犬式。教练板着脸说她："你这都成拱桥了！收紧！身体要平！想象自己是一块铁板！"

卷发女人笑着惨叫："哎呀哎呀，不行了不行了！"

说着，她索性趴在地上休息起来，教练也拿她没办法。大家都笑起来，还趁势偷懒。她们来这里就是消遣调笑的。

唯有谭丽莎咬牙坚持，成为这个课里的异类分子。

下课时，谭丽莎痛快淋漓地出了一身大汗，既解脱又满足。教练对她说："练得不错啊。你这个基础，好好练，长肌肉速度会很快。"

谭丽莎知道他要卖私教课，婉言谢绝："我主要是来减肥的。"

"肌肉会提高你的基础代谢，可以帮你消耗脂肪，让你瘦得更快。"

谭丽莎心想，私教课让你挣钱更快倒是真的。正在想着如何推辞，那卷发女人走了过来，抱怨地对教练笑道："你能不能不开这种课啊？给你捧场也太累了。你就踏踏实实做私教不好吗？"

教练就解释道："我们也有团课指标的，再说这种课其实对大家很有好处……"

他们两人聊起了天，谭丽莎趁机离开了教室。她穿过走廊，这里侧面都是镜子，可以让会员随时审视自己的身材。不知道是否是心理作用，她觉得镜中的自己好像真的变瘦了。至少，没有以前看起来那么窝囊了。

四下无人。她拿出手机自拍，可照片里的自己好像又没那么瘦了。

她洗完澡，出了健身房，去搭乘电梯。电梯前站着几个人，其中有教练和卷发女人。教练穿着图案夸张的黑上衣，戴着墨镜。按说是打扮过了，却没有在健身房穿着运动服时看起来清爽。

而那卷发女人此刻衣着华贵，妆容精致，派头十足。

片刻之前，他们都穿着运动服，分别是教室里身材健美的严格教官和肌肉松弛的后进生。可此刻穿上了社会上的衣服，又变成了马仔和贵妇。

金钱和地位对人的加持作用，就有这么大。

卷发女人对教练说："一会儿咱们去西苑吃海鲜自助吧。"

她的一个练友问："健完身吃自助，你不怕胖啦？"

另一个练友笑道："你不懂——酒店的自助餐，吃完正好减肥。海鲜可以补充蛋白质。"

卷发女人笑着打她一下："说什么呢你。"

那练友坏笑："科学知识呀！"

教练问卷发女人："明天过来一对一吧？"

"跟你一对一太累了。"

"不累哪有效果？"

卷发女人似笑非笑地说："你负责效果。我就负责躺平。"

旁边练友笑道："你们俩行了啊。收敛点。"

电梯来了。大家鱼贯而入，谭丽莎贴墙站着。

电梯门关上的那一刹那，她看见卷发女人往教练身上贴了贴，而教练的手轻轻在后面揽住了卷发女人的腰。谭丽莎缩在角落里，恍然大悟：原来去酒店吃自助餐的乐趣，是这样的呀。她以前生活简单，初次见识这样的场面，一时不知该鄙夷还是该佩服。她一路都想着刚才那一对。那毫不掩饰的欲望，或许是出于各取所需，可是也各自满足。她甚至分不出，那教练是不是真的喜欢那个富婆。如果是演的，至少他演得很卖力。原来，金钱的力量这么强大。

直到坐在地铁里，她才看到Tiffany的未接来电。再一问，那边已经吃上了，她就说不去了。

Tiffany挂了电话，遗憾地对顾峰说："莎莎不来了。"

在顾峰心里，每一顿饭都是明码标价的。Tiffany这样的小美女，可以根据心情给点小恩小惠。而陆霞这样的怪人，买一份盒饭给她都心疼。听说女胖子不来了，他松了口气，面上却装着大方的样子，说："没事儿，以后有的是机会。"

话题便转入陆霞的工作。陆霞还没说几句，顾峰就打断："你这不好弄啊——学校不行，之前公司不咋地，还是这么个岁数。这样，你先去弄个假文凭，再去你老家找找人，把年龄改了。二十七八岁的女的，俗称鬼见愁。进公司说不定就结婚，没多久怀孕，然后就没法开除了！赖着在公司里养孩子，哪个老板想要这种员工？"

陆霞觉得这主意未免太离谱。Tiffany忍不住问："女孩子二十八岁找工作就没人要了？这也太恐怖了吧。"

顾峰笑着看她一眼："你怕什么。有我在，还能饿着你吗？"

Tiffany顿觉心里甜丝丝的，觉得这几乎是求婚声明了。

吃完饭，顾峰结了账，送两个女孩子回家。有陆霞在，他也没跟Tiffany腻歪，送到楼下就走了，一分钟都不想再多浪费。

陆霞和Tiffany抱着顾峰送的花回到家，看到谭丽莎已经健身回来了。陆霞说："你今天可错过了一顿好饭啊！"

谭丽莎好奇地问："你们都吃啥了？"

陆霞说："我们吃的日料，特高级。我吃了大腩，海胆鱼子饭，还有鹅肝寿司！顾峰请客。"

"哇！这么好？幸亏我没去，要不卡路里又超标了。你见到顾峰啦？你觉得他这人怎么样？"

陆霞若有所思地总结道："他应该还是挺有钱的，也算大方。我把菜单上最贵的菜点了好几样，他也没说什么。我说应该再把你叫来，他也同意了。还说你要有男朋友，都可以一起来。"

Tiffany做生气状,笑道:"原来你是故意的啊?我还说呢,你这人,也太没心眼了。找人帮你介绍工作,怎么来了就大吃大喝的,也不矜持点。"

陆霞说:"工作是一时的,你的终身大事是一辈子的。我当然要替你把把关了。万一是骗子怎么办?再说了,反正我们这种技术性工作,他最多给我推个简历。最终面试也不是他来面。"

Tiffany说:"万一是骗子,你点那么贵的菜,他一逃单,就要我们自己付了。"

"那最多也就上当一顿饭,这点成本认清一个人,不算吃亏。"

"心疼钱也不一定是骗子。"谭丽莎说,"很多有钱人可抠了。就美国那个股神,到现在都还拿钢镚儿买麦当劳吃呢。"

"抠就不行——有钱人要是不舍得给你花钱,那找他干啥?"

Tiffany抗议:"我可不是冲着他的钱。我又不是没被有钱男人追求过,他跟别人是不一样的。是不是真的尊重我,我看得出来。"

曾经有个大款客户刚认识没几天,就色m迷迷地跟Tiffany说自己有个小公寓空着,可以给她免费住,还许诺给她一辆玛莎拉蒂开。Tiffany觉得那人油腻恶心,断然拒绝了。但和姐妹们闲聊时,也不免常把这件事炫耀出去,彰显自己的魅力与人格。

谭丽莎问:"所以就是,这人还行?"

"不好说。"陆霞说,"你说这个人,他这么有钱,长得又不难看,年纪也不小了,怎么就没结婚呢?"

"他工作很忙的呀。我问过他为什么没有女朋友。他说,平时没什么时间接触女生。那种轻浮主动的女人,他也不喜欢。"

陆霞问:"他的公司叫什么?我给你查一下他的公司信息。"

顾峰的公司是"科汇创泽研究院有限公司"。陆霞在网上查了一大圈,顾峰确实是重要股东。公司看起来也没有不良债务。而是否结婚,在网上查不出来。

陆霞说:"你回头再找机会去他家里看看。"

Tiffany笑道:"行了你。怎么看谁都是贼。"

说归说,Tiffany心里觉得陆霞提醒得对,是应该多了解一些。何况恋爱中的女人,对爱人自然是好奇的。平时她不好意思问得太透彻。去家里看看,确实是个好主意。

三个女孩说笑了一会儿,各自睡去。谭丽莎躺在床上,习惯性地翻翻朋友圈。她看到陈柔樱发了好几组精美专业的照片,都是那天晚上开派对的汉服照。文字是宣传茶室,但照片全是她或她和朋友们的漂亮合影。好几张都是和Catherine的亲热合影。

姚望也有入镜,多半在边上傻笑,像一个局外人。

陈柔樱也象征性地发了两张茶室的全景照片。在其中的一张里,谭丽莎意外地看到了自己。当时她和姚望刚到场,在长桌前讨论工作。拍摄的人站在远处,隔着些枯枝装饰,谭丽莎的身体被遮挡了一点,恰到好处地显瘦。她与姚望穿着相似的汉服,站在这古典精致的茶

室里，很自然地说笑着，仿佛电影中一帧和谐的画面。

谭丽莎惊喜极了，把这张照片放得很大，看了又看。她觉得这几乎是她成年后最好看的一张照片，而且还是和姚望的合影。在这张图片中，她和姚望并没有想象中那么不般配。至少，比白天健身房里的卷发女人和教练般配得多。唯一遗憾的是，这张图里，主角是茶室，人物所占比例很小。放大以后，人脸都有点模糊了。

她赶紧把这张照片存了下来，又给陈柔樱发了信息，问：这张照片你有原图吗？

陈柔樱很快就回复了：有呀。那是一开始摄影师趁人少的时候拍的。可惜你走得太早啦，后来我们拍了比之前更多的照片呢。

陈柔樱把所有跟谭丽莎有关的照片都发了过来。大部分都是开场前摄影师的全景图，虽然有几张不错的抓拍，但人物都比较小。谭丽莎看着这些精美的照片，万分后悔自己那天提前离席。难得去一次这样的场合，应该留在那里，拍几张好看的照片。如果以后再有这样的机会，她一定要做到一脸假笑，撑满全场，绝不会再这样落荒而逃。

图片里的烘焙香气 ● ● ● ●

健身后的夜晚总是睡得很好。第二天早上，谭丽莎神清气爽地起来，开始试着化个全妆出门。不常化妆的人最怕被人看出来化了妆，她用海绵蘸着水，把本来就不多的粉底稀释到将近于无。眉毛、眼线、口红也都只用了一点点。但化完还是觉得妆感很重，恨不得洗掉再来。可再不出门就要迟到了，只得硬着头皮出了门。

到了公司，并没有谁对自己的妆容发表意见，她松了一口气。这里大家都像螺丝钉一样各司其职，同事之间不大闲聊，倒是自在。

她照例开始看上周的数据，有几个商品的浏览量一直不理想，调整好几轮都效果平平。刘总监说，这都是常见的家用小电器，全网都在卖，没什么优势。

谭丽莎说："我觉得问题出在图片上，这些图片都不清楚。"

刘总监诧异："这还不清楚？这清晰度多高啊。而且所有重要参数都标出来了。"

"参数很不直观。光看尺寸数字，根本感觉不到实际大小。而且，一有参数，就想货比三家。我觉得照片还是应该直观一点。"

刘总监不以为然，但谭丽莎是皇亲国戚，让她自己去胡乱搞好了。他说："烤箱这种功能性的东西，大部分人都是直接搜型号买的，照片对销量没啥影响。不过既然你想试试，那就去跟美工沟通吧。"

美工是个吊儿郎当的男生，长发梳个马尾，气质介乎艺术家和发廊小弟之间。谭丽莎提了要求，美工说："这图片是厂家给的，我只是加了字。"

"我知道。我就是想说，咱们能不能把图片改得更直观一点？"

"那你说怎么改？"

"比如旁边加个参照物，能看出来烤箱到底是多大？"

美工刷地点开一张图片："这个有吃的，用这张？"

这是厂家的另一张图,烤箱旁边放了一大堆食物。很多店会选用这张做第一展示图。

谭丽莎不满意:"有没有旁边有个人,看起来确实在用烤箱的那种?"

美工又刷地点开一张图:"这张,有代言人的。用这张也行。"

这个代言人是个当红的女演员,在很多电视剧里演大女主。她穿着华丽的衣服坐在烤箱旁边,看起来不像是烤箱的使用者,更像是烤箱帝国的女总裁。谭丽莎觉得这样的图片完全不能刺激自己的购买欲。

她试图描述自己心中的想法:"这些都还是产品图,没有氛围感。我想要的图片是,让人一看,就觉得烘焙的香气,可以从图片里传出来。明白吗?"

"明白明白。"美工态度很好,还是那句话:"那你说怎么改?"

谭丽莎被问住了。她只知道感觉不对,但不知道怎么改。她只好说:"我想一想吧。"

回去她问刘总监:"美工好像听不懂我说的话,老问我该怎么改,该怎么办?"

刘总监听了详细过程,笑了:"你这么说,他肯定听不懂。你去网上找一个你喜欢的图,直接拿给他,让他照着做。"

谭丽莎如梦初醒:"太好了,我怎么没想到!"

她找了样图给美工参考。然而,美工第一版基本上就是直接抄。让他自己做,他就胡乱改几下,丑得没法看。谭丽莎没想到跟美工沟通这么费劲,只得再去请教刘总监。

刘总监说:"哎呀,这帮人,一个月几千块钱工资,你还能指望他们有多高的水平?水平高的美工也不会在这种地方干。"

"可我看很多店的图都很漂亮啊。"

"那要么就是外包给专业公司做,要么是店主自己会弄。我们这些大路货日用产品,就是薄利多销,没有请专业模特和摄影的预算。别跟这几个玩意儿较劲了,也不是所有产品都能卖得好。"

谭丽莎不甘心。平时Tiffany用手机给照片调个颜色加个特效,做出来的图都比这美工强百倍。如果这么笨都可以做美工,说不定自己都可以做得更好。她在网上搜了美工入门教程,发现图片编辑并不难,但是图片要想好看,一张拍摄成功的照片是必不可少的。她决定在家里试试拍出心目中那种"散发着烘焙香气的图片"。下了班健身完,跑去超市买了一堆烘焙材料,回到家就开始忙碌。

陆霞不在家,Tiffany因顾峰出差,难得没去约会,看谭丽莎做饼干,兴奋地说:"我也要做。"

谭丽莎诧异:"你不是最讨厌做饭了吗?"

"好歹也要学两样啦。男人还是吃这一套的。"

原来,顾峰喜欢传统女孩,经常说完美女人就是要上得厅堂,下得厨房。Tiffany就有点心虚。她平时根本不做饭,厨艺的巅峰之作,就是煮方便面时打个鸡蛋进去,还经常煮破。她怕顾峰嫌她不够贤惠,就想进修厨艺。

这让谭丽莎又有了新的拍摄灵感:恋爱中的女孩子为爱人烹饪的感觉。

Tiffany在广告公司工作，很有些拍摄经验，会设计动作。她开了音乐，搬来几个落地灯补光。两个女孩子一边做曲奇，一边说说笑笑，才思泉涌，拍了很多有意思的照片：在烤箱旁边和面；把托盘放进烤箱；一脸期待地看着烤箱里的饼干，等着它出炉……

等曲奇凉下来的功夫，Tiffany已经迫不及待地发了一堆朋友圈。

她一边发一边说："咱们这简直就是广告大片啊！要是我公司现在接个烤箱公司的广告，我就把咱们这图推给他们。"

谭丽莎看着这些照片也爱不释手，只遗憾家里的烤箱不是公司要卖的型号。

"你们公司有样品吧？你拿回来一台咱们再拍一次不就行了？啊啊啊！他夸我了！"Tiffany尖叫起来："你看，你看！"

顾峰给Tiffany的照片点了赞，留言：美丽的小厨娘，什么时候给我做一顿大餐？

Tiffany屏住呼吸，回复：你哪天有时间呀？

顾峰秒回：周末吧。等我出差回来。

Tiffany又开始对谭丽莎尖叫："天啊！你真的要赶紧教我做菜了！周末我就要去给他做饭了！我还什么都不会啊！"

谭丽莎笑着捂住耳朵："喂，你镇定点。放心吧，保证一教就会。"

两人正在开心，陆霞回来了，一脸的疲惫。

Tiffany笑道："你怎么回来这么晚？快洗手过来吃曲奇啦。"

陆霞摇摇头："我不饿。"

谭丽莎问："怎么了？你是不是不舒服？"

陆霞苦笑："你们知道我今天去干什么了吗？"

不等两人回答，她就自己往下说："我今天去见了我以前的一个老大，他说帮我介绍工作。我跑了大老远，倒了三趟地铁去见他。结果，他问我要不要加入他的保险团队，一起卖保险。"

"啊？你以前的老大？那他不也是程序员吗？怎么会找不到工作呢？"

"不知道，可能真的是年龄吧。他明年就四十了。"

陆霞颓然说："他好歹工作这么多年，认识的人多，还能卖保险。我呢，一共也不认识几个人，就算要卖保险，我能卖给谁？"

曲奇带来的快乐时光被陆霞的忧愁覆盖。她们都没想到学霸也会有找不到工作的一天。

Tiffany问："如果真是学历问题，要不然，你考个研？"

"可是我每个月要还月供，没有考研的条件啊。再说，读完研我年龄更大了，说不定更不好找工作。"

"考公？"

"公务员的薪水怎么供房子？"

"一个面试的都没有吗？"

"有。老板见面就跟你谈梦想，许诺股权。仔细一问，月薪五千块。那我还不如去送外卖，辛苦点还能上万呢。之前创业的同事白忙活很久，项目也没拿下来。"陆霞发愁地说，

第二章 是时候开启新征程了

"如果实在找不到工作,我就只能把这个房子卖了。"

"不至于,不至于。"谭丽莎和Tiffany都安慰陆霞,可言语此时显得那么苍白无力。

陆霞回房间里去了。谭丽莎悄悄问Tiffany:"顾总没有帮陆霞推荐工作吗?"

其实后来Tiffany又去求过顾峰,可他把陆霞贬低得一钱不值,说陆霞学历、年龄、形象一无是处,只是在小公司干过,又不是科班出身,根本没法推荐。

Tiffany只是含糊地说:"他也不认识这方面的人,隔行如隔山。"

谭丽莎信以为真,就没再问。她打开手机通讯录,想翻出一些有可能帮得上忙的人。看到陈明硕的名字时,想起了陈柔樱说过,我哥哥什么都搞得定。

此刻已经九点多,她觉得有些晚了。可想到陆霞难受的样子,还是试着给陈明硕发了信息:陈总,我有事想请您帮忙,不知道您方便接个电话吗?

过了一会儿,陈明硕回了电话:"抱歉,我刚才在哄圆圆睡觉,回复晚了。"

谭丽莎赶紧说:"是我不应该这么晚找你。"

"没事,我睡得晚。什么事?"

谭丽莎把陆霞的情况简单介绍一番。陈明硕问:"你说你这位好朋友工作能力很强?你确定吗?"

"确定。她真的很厉害,人又聪明。编程是她自学的,裁员不是她的问题,是那个公司不行了。"

"那为什么没有人帮她内推?"

"内推?"

"如果她工作能力强,应该会有很多同事或合作方帮她内部推荐的。"

"我也不知道。好像别的同事混得也不好。"

陈明硕说:"这样,你让她把简历发给我,然后让她找时间到我公司来一趟。我要见她一下,才能确定我是否可以帮这个忙。"

谭丽莎连忙问:"你什么时候可以见她?"

"明天上午早一点过来可以吗?我早上八点半就到公司。"

"应该没问题,我跟她确认一下!"谭丽莎高兴极了,赶紧把这个好消息告诉了陆霞。

陆霞道了谢,可并没有太欢欣鼓舞。Tiffany的霸总男友要求先见面,可见了面,却把她从头到脚贬低一番,甚至建议她简历造假。莎莎的霸总朋友也要先见面,他们又不是做这行的,见面能问出什么来?直接推个简历会死吗?但她还是马上就发了全套简历过去。陈明硕飞快地就回了"收到",让她稍微安心了点。

第二天一大早,陆霞提前十分钟就到了陈明硕楼下大堂。正在犹豫要不要直接上楼,一个成熟干练的男人走过来:"你是陆霞吗?"

陆霞知道这就是陈明硕了,连忙点头:"陈总,您上班好早啊。"

陈明硕说:"早一点出来不那么堵车。咱们去办公室谈吧。"

陆霞跟着他往电梯走去。心想,这个霸总,可比福妮儿的那个霸总看起来正经多了。

谭丽莎此刻正在通勤路上，靠着地铁的扶杆刷手机。她昨晚把烘焙成果发了朋友圈，但为着陆霞的事操心，忘了看。此刻一看，留言很多，她期待地点开，果然，第一条就是姚望的。

他说：天才啊！西点你也会做？

仿佛已经看到了他一脸佩服地猛拍她肩膀的样子。她在心里默默哀叹：以前怎么就没看出他是这么个货呢。

白灼、油焖总相宜的大虾 ● ● ●

谭丽莎心念一动，去翻了陈柔樱的朋友圈。她想看看姚望在陈柔樱面前，是否也这样不解风情。果然，他在那里，除了点赞，几乎没有任何留言。他和她一样，在喜欢的人面前小心翼翼，想让对方多看自己一眼，可又生怕多做多错。千言万语，化为一个安全卑微的点赞。

算了，好兄弟就好兄弟吧，好歹也算是一种感情。

到了公司她就申请了一台烤箱样机，可把样机抱回座位上，却犯了愁：这玩意儿还挺重，晚上不仅要打车，还得自己搬上楼。这时有人在身后拍了她一下。一回头，姚望正笑嘻嘻地看着她。他穿着一件挺括的白衬衫，外面套着件剪裁得体的浅灰色西装外套。头发并没有特别打理，但是天生秀发浓密，有款有型。看惯了他穿T恤衫牛仔裤的样子，突然正经起来，又帅得令人耳目一新。她问："你怎么穿这么正式？"

"上班就要穿得像个上班的样子呀，别人也都衬衫西装。"

真的，刘总监就每天衬衫西装。可不知为何，别人穿西装，一看就是个苦巴巴的打工族，而姚望穿上，就像要去走红毯。

这人的姿色真是没得说，打扮不打扮都好看，把他当好兄弟的难度实在太大了。

她绝望地想：我还是想当他女朋友啊！

姚望看着烤箱，好奇地问："你怎么在座位上摆个烤箱？"

"我想拍几张新的展示图片。"

"难怪你昨晚上发那些图片，是手机拍的吗？效果不错呀，你还挺会拍的。"

他似乎没什么正经事，只是闲聊。她觉得他乱了她的心神，也会让别的同事感觉不好，就小声说："你要是没什么事，咱俩下班再聊？上班时间聊天，影响不好。"

他恍然大悟："哦！你说得对！"

她以为他要走了，可他却对刘总监说："我找莎莎有点事儿啊，开个小会。"

刘总监面对少东家，脾气自然很好："好的好的，没问题。"

他对她笑一笑："走吧。"

她疑惑地跟着他到了一个小会议室："你找我有什么事？"

他理直气壮地说："你不是觉得在工位上聊天不好吗？所以我们来会议室聊呀。"

"你上班找我闲聊天？"她瞪着他："大少爷，我跟你不一样，我很忙的！"

她转身就要走，他连忙叫住她："哎呀，别走别走，我真的有事想问你。"

"什么事？"

第二章 是时候开启新征程了

"你们女孩子过生日,都想收到什么礼物啊?"

她心里一动,她下个月要过生日了,难道他居然想到了?

她说:"这怎么好一概而论?每个女孩子不一样的。"

"那你呢?你想要什么礼物?"他的笑容里带点腼腆。

她看着他这张帅脸心神荡漾,真想说我生日的时候,想要你做我的男朋友。

她以玩笑遮掩:"我最近的目标就是减肥,要是老天让我在生日那天变瘦就好了,哈哈。"

"说点现实的嘛。就那种,你们女孩子都想要的那种,浪漫的惊喜?"

她突然反应过来了——他并不是在问她的愿望。他每次露出这个表情,都是为了那个人。她的心一下子变得又酸又涩。原来只是让她出主意。她戴上了毫不在意的面具,故作轻松地问他:"是不是陈柔樱要过生日了?"

果然,他红着脸承认:"对。可我不知道送什么好,觉得送什么都很俗。"

她勉强笑道:"你不是情场经验挺丰富的吗?还用我教?你以前都怎么追女孩子的?"

他无辜地说:"我……没追过呀。"

"……那你至少交过女朋友吧?你以前给女朋友都送过什么礼物?"

"我以前都懒得想,她们要什么,我刷卡就行了。"

她听见"她们"两个字,酸溜溜地说:"你这恋爱谈得倒是真轻松。"

他叹口气:"是啊。以前不懂事,现在遭报应了,人家视我如草芥。"

自从与姚望关系熟络后,谭丽莎发现此人的蠢气经常盖住了帅气。可现在他一沮丧,睫毛轻轻垂落在黑白分明的眼睛上,不仅更帅了,还很让人心疼。

她那毫不在意的面具差点就掉了下来。她只想让他得偿所愿,免得他这么难过。

她不由自主地说:"这样吧,我帮你问问她。"

话一出口,她被自己身体里隐藏着的圣母型人格惊呆了。

他惊喜极了:"真的吗?她会告诉你吗?"

"我帮过她的忙,她应该会给我点面子。"她淡淡地说,"好了,我回去工作了。"

她转身回自己的座位去。他颠颠地跟在后面,一脸谄媚地小声说:"莎莎,你可太够意思了。你要有什么需要帮忙的地方,兄弟我绝对赴汤蹈火,在所不辞!"

她真想对他说,"再叫我兄弟我就跟你绝交"。可回到座位上,看到了烤箱,又觉得这个"兄弟"还真有点用。她说:"也不用赴汤蹈火了,你下班帮我把烤箱送回家吧。"

"没问题。保证送货上楼!"

刚工作了一会儿,陆霞兴奋地打了电话过来:"莎莎,太感谢你了!这个陈总确实靠谱。"

"工作搞定了?这么神?"

"那倒还没有,反正就很靠谱,晚上回家跟你慢慢说!"

随后很快就收到了陈明硕的信息,简短地告诉她已经和陆霞见过面,他会帮这个忙。

她高兴又感激,连忙打电话道谢。陈明硕接电话很快,但是他说:"谭小姐,我接下来要开会,晚些咱们再聊好吗?"

097

她顿觉打扰了人家，赶紧说好的好的，就挂了电话。放下电话，她想，陈明硕这人真不错。百忙之间抽出时间帮陆霞，态度又这么好，真该好好感谢人家才对。可是怎么感谢呢？人家有钱又有能力，什么都不缺。

下午Tiffany又发来信息：莎莎，晚上咱们做什么菜？列个单子给我，我去买。

她想起晚上说好了要教Tiffany做家常菜，就写了食材清单发过去。

发完了又琢磨昨晚的图，发现加了人物，在手机上看货就小了。想要主题清晰和氛围感兼得并不容易。难怪大部分商家就简单粗暴地用烤箱加上标题字。

正琢磨着，刘总监又过来商量店铺促销活动的事，这一忙碌就到了下班。

姚望如约送谭丽莎回家，还帮她把烤箱搬上楼。陆霞听见门响，连忙兴奋地跑出来，想跟谭丽莎分享今天和陈明硕的见面。她看到谭丽莎打开了门，身后跟着一个抱着烤箱的西装帅哥，而谭丽莎不客气地对那帅哥说："好了，把烤箱放门口就行了。"

那帅哥殷勤地说："我帮你拿进去吧。"

"不用，我们宿舍男士免入。"谭丽莎看见陆霞过来，以为她介意男生进门，就解释说，"他就是帮我搬个烤箱，我不让他进来。"

陆霞一时没搞清楚状况，以为是送货的，就说："那就搬进来呗。"

姚望得令，马上把烤箱搬进来，问谭丽莎："放哪儿？"

谭丽莎说："放餐厅，把原来的烤箱先搁到地上。"

姚望就去帮着把旧烤箱挪走，又帮忙拆新烤箱。

陆霞吃惊地看着，小声对谭丽莎说："妈呀，现在找工作这么难了吗？送货的都长这样了？态度还这么好？"

谭丽莎一怔，失笑道："什么呀，这是我那个高富帅同学。"

"啊！就是他啊，难怪难怪。"陆霞松了一口气，"吓死我了。我就说，就算是北京，找工作也不能难成这样吧。"

正说着话，Tiffany拎着几大包菜回来了。她看见谭丽莎就喊："莎莎！你要的菜我都买齐了！你看，这虾还是活的呢！快点教我做饭吧！"

姚望听见"做饭"两字，马上眼巴巴地看着谭丽莎，赔笑问道："你们晚上要吃海鲜啊？"

Tiffany这才看见姚望，立刻就明白了："你是莎莎的同学吧？"

姚望说："对，高中同学。"

Tiffany在这方面一向嗅觉灵敏，立刻笑着对陆霞说："高中同学可以算到亲戚里吧？可以留下来吃饭吧？"

陆霞当初制定这个规矩，是为了安全和避免麻烦。姚望这样的男生，一望而知就是没问题的。她说："吃饭可以，付钱就行。"

姚望赶紧拿出手机："付多少？"

陆霞大大咧咧地说："吃完结账。"

Tiffany笑着打陆霞一下:"喂,你快别丢脸了。人家第一次来,就让人家付钱?东西都是我买的,算我请客。"

姚望好脾气地说:"应该付,这样我才能敞开了吃。"

Tiffany笑道:"哎呀,你能吃多少呀。"

谭丽莎冷笑:"他还真能吃不少。"

姚望获准留下吃饭,笨手笨脚地帮着干活。Tiffany把谭丽莎拉到屋子里,悄声笑道:"这也太帅了吧?脾气还这么好!他是怎么剩到现在的。"

"呵呵,一会儿你就知道了,咱们先去做菜。"

她们来到厨房,Tiffany做恭敬状,笑道:"谭老师,开始授课吧!"

谭丽莎故作深沉地走过去,拿起大虾:"知道我为什么要让你买虾吗?"

"因为海鲜上档次?"

"不仅如此,更因为大虾是最理想的食材。做饭最重要的其实不是手艺,是选食材。食材质量好,怎么做都好吃。就好像人要是好看,怎么打扮都行。在所有的食材里,挑虾最简单,活的就行。活虾用水煮了吃,就是白灼虾,高档粤菜。"

"所以今天你要教我的就是白灼虾?"

"白灼虾不用教,会煮方便面就会煮虾。我要教你的是油焖大虾。"

Tiffany睁大了眼睛:"油焖大虾?这不是那种电视上的大厨做的菜吗?这难度会不会太大了啊?"

"一点都不大,会摊鸡蛋就会做这个,难度接近零,绝对是最适合晓人的新手菜。"谭丽莎说着把袋子打开:"你买的虾好多啊,这样吧,分三份做,白灼,油焖,再用咱们的烤箱,来个盐烤大虾。"

"盐烤是把虾埋在盐粒子里那种吗?"

"那叫盐焗。盐烤就是撒上盐烤熟了。"

Tiffany笑道:"原来起名字这么重要!叫盐烤听起来就很特别。"

谭丽莎也笑:"对,菜名也是美食体验的一部分。比如秘制红烧肉,就比红烧肉听起来好吃。"

"有道理啊。"姚望恍然大悟,"难怪我爸买的那种破餐厅,总会有几个比较贵的菜叫'秘制''招牌''特色''宫廷'。也不一定好吃,可是点的人就是多。"

陆霞点头:"那我的麻辣烫,如果改名叫秘制麻辣烫,是不是就可以多收点钱?"

"然也!"

除了大虾,谭丽莎制定的教学菜单还有日式茶碗蒸、麻婆豆腐、腊肉炒油菜,以及一道番茄蛋花汤。

谭丽莎介绍说:这些菜全都好做又好看。

茶碗蒸是蒸菜,火候很容易控制,而且占用的是蒸锅,可以提高灶头利用率,做出来又显精致。麻婆豆腐红亮下饭,既可以自己调制酱料,也可以买超市现成的料包。而腊肉的好处是已经过处理,有特殊的香气,随便配点蔬菜炒着就好吃又色泽鲜艳。否则,普通的炒肉对于新手来说,是有点难度的。番茄蛋花汤好做又漂亮,有了汤,就会显得一顿饭特别完整。

Tiffany佩服得五体投地,说:"我真应该早点拜你为师啊!"

姚望在一边骄傲地说:"那当然了,莎莎这做饭的手艺,一般的餐厅都比不了。真的,莎莎,你要是开个谭家菜,绝对能扬名立万。我觉得你都可以去别的私房菜踢馆,到时候我给你买一套特别厉害的刀具,拿个布包儿背身上那种……"

谭丽莎推他进厨房:"你去挑虾线!快点干活!吃完我还想去健身房呢。"

Tiffany忍着笑,小声说:"我好像有点知道他是怎么剩下的了。"

大家说笑着在谭丽莎的指挥下工作。

谭丽莎犹如将军上了战场,娴熟地讲解、指挥、操作、示范。Tiffany积极学习,陆霞和姚望也跟着打下手。不到一个小时,一份色香味俱全的大餐就上了餐桌。

这小餐桌平时三个女孩子坐都不宽裕,加上姚望,更是挤得不行,但也因此显热闹。姚望突然感慨了一句:"我觉得今天好像过年啊!你们每天都这样吃吗?"

陆霞笑道:"也不是。平时大家都比较忙,也就是吃吃我的秘制麻辣烫。"

姚望说:"好羡慕你们啊。"

Tiffany好奇地问:"你们男生就不一起吃饭吗?"

"当然也会聚,但是不一样。"姚望笑一笑,"男的稍微大一点以后,就比较现实。"

谭丽莎捕捉到了姚望的伤感。她能隐约感觉到,他经常来找她,背后是一种说不出来的寂寞。他这样的人,也会少了朋友吗?

陆霞兴奋地说:"对了,要不要我跟你们说我今天去见陈总的事?"

Tiffany和谭丽莎一起说:"快讲,快讲!"

成功人士的效率早餐

陆霞像说书一样,绘声绘色地开始讲:"人家这陈总,可真是个霸总!就吃个早饭,就特别有范儿!"

原来,早上陆霞和陈明硕见面之后,就一起去电梯厅。路过大堂里的小咖啡店时,店员看见陈明硕过来,就把一个纸袋放在取餐台。陈明硕走过取餐台,对店员微笑点头,拿起纸袋,脚步都不曾停下,就继续走向电梯。

整个过程行云流水,双方一言不发,默契异常,好似地下党接头。

看出陆霞有些好奇,陈明硕解释说:"这是我定的早餐,反正我每天都吃一样的,这样最省事。"

陆霞说到这里,特意解释说:"他八点十五到了楼下,跟我约开会八点半,取餐加上楼进门五分钟,吃早餐十分钟。安排得明明白白,严丝合缝。"

Tiffany好奇地问:"他早餐吃什么呀?"

"一杯咖啡,一个鸡蛋火腿三明治,永远不带换的。"

第二章 是时候开启新征程了

Tiffany敬佩地说:"他吃不腻啊?"

姚望在一边说:"对于陈明硕来说,吃饭就是给车加油,越快越省事越好。"

谭丽莎问:"那工作的事呢?"

陆霞继续讲:因为吸取了和顾峰交谈的经验,她对陈明硕介绍完自己的情况后,主动总结说:"我履历不太好,学校一般,编程是后来自学的,年龄可能也有点尴尬……"

"这都不是问题,学历只是对应届毕业生最重要。自学能力强是加分项,年龄也还好,再说年龄也要看具体职位。"

陈明硕吃完了早餐,把三明治包装纸扔到纸篓里,继续说:"关键问题是,既然这个公司并不是很理想,你为什么还待了四年?这四年中,你就没想过去更好的公司吗?"

"想过,但是平时很忙,没时间找新工作,也怕简历挂出去被老板发现。"

"你的合作方和以前的同事,就没有人挖你过去吗?"

"我主要做技术,客户沟通那边,我很少参与。以前的同事……"陆霞想了想,"有人挖我出去,但是他们是自己创业,许诺股份,收入完全没有保障,我得还房贷。"

陈明硕点了点头:"你需要稳定的收入,不敢轻举妄动。"

"对,对,对。"

陈明硕说:"我会帮你找几个内推的机会。不过,内推只能增加你面试的概率,不能保证你被录取,你还是要好好准备面试。"

陆霞没想到陈明硕这么快就答应了,她感激地说:"太感谢您了!我一定努力!"

"如果对方问你:为什么想来我们公司,你知道该怎么回答吗?"

"因为您这里是业内最强的公司,我相信在这里,我能得到最好的成长。"这是陆霞当年找工作的答案,她自认为这个理由谦虚又实在,是完美答案。

陈明硕无情地摇头:"刚毕业的学生这么说没问题,你已经毕业好几年了,这么说不行。"

陆霞呆住了。

好在陈明硕并没有继续批评她,他直接公布了答案:"你必须表现得目标更清晰,让对方觉得这个职位非你莫属。你要告诉面试方,我知道你们是做什么的,我就是想到你们这里来做这件事,并且我已经具备了能力——至于这件事具体是什么,就要你自己去做功课了,我不懂你们的专业。"

陆霞恍然大悟,连忙说:"明白了。我面试之前,会努力把这些问题都搞清楚。"

"你要多向推荐人请教,学会让他们帮你准备面试——我稍后会把他们的联系方式推给你。"陈明硕直言不讳地说,"你可能有点习惯于闷头自学,但是你必须学会沟通。不管做什么工作,机会经常都从沟通里来。所有人都喜欢积极沟通的人,积极沟通本身就是一种良好的职业态度。"

陆霞发现陈明硕一下子就切中了要害,她本来就是打算自己闷头搜索来解决面试问题。

陈明硕又言简意赅地嘱咐了几条面试经验,看了看表,说:"一会儿我还要开会,今天先这样?"

陆霞赶紧说："好的，我不耽误您了。但是我能再问您最后一个问题吗？"

"请说。"

陆霞问出了自己心中的疑惑："像我这样学历、履历都不行的人，如果没有您这样的人帮我内推，是不是就永远没有机会跳槽到好公司了？"

"我不这么认为。既然你已经入行了，按说你接触内推的机会，应该比我多。如果我是你，进那个小公司的第一天，我就知道这里只是我入行的一个跳板。我会争取一切机会和甲方、客户、同行多交流、多表现，一定要让行内更多的人看到我的能力，然后伺机跳槽。"

陆霞听得既惭愧又佩服："我是太笨了。"

"你这个年龄，经验不足很正常。"陈明硕一边说，一边站起来，"祝你成功。"

陆霞不敢再耽误他的时间，连忙道谢离开。果然，几个小时后，陈明硕就推了几个联系人给她。此刻陆霞已经填了好几个公司的内推表，很快就要有面试机会了。

陆霞说到这里，兴奋不已："我跟你们说，我这辈子，就没这么明白过！以前听人家说，听君一席话，胜读十年书，还觉得夸张，今天才知道原来真有这回事，就觉得真有层窗户纸，被他捅破了！你们说，怎么才能成为人家这种大佬啊？"

Tiffany笑道："有这么神吗？"

谭丽莎作证道："真的有。上次在派出所我就见识过了。陈总确实不是一般人，那能力，那派头，总之就是两个字：靠谱。这可真应该好好地谢谢他。可人家有钱有能力，咱能怎么感谢人家啊？"

姚望说："你不是帮过他们了吗？这次算是他感谢你吧？"

谭丽莎说："可我那次就是举手之劳，人家这可是帮陆霞找工作呀。"

Tiffany就问姚望："你也是有钱的男人，你给点建议？你们这种不愁钱的人，喜欢别人怎么谢你们？"

女孩子们对陈明硕的崇拜，令姚望说不清地就酸溜溜起来。

他啃着大虾，说："要是感谢我，那就简单了，莎莎请我吃顿谭家菜就行。至于人家陈霸总怎么想，我就不知道了。"

谭丽莎眼前一亮："对呀！我可以做点可爱的面包送他。"

姚望没想到自己居然提醒了莎莎去给陈明硕做面包，还是可爱的面包！

他怎么想那个场景怎么别扭，好像自己最要好的后进生铁哥们突然投奔了班干部。

他说："你给陈明硕烤面包，又不怕你男朋友吃醋啦？"

陆霞以为姚望说的是李泽，就说："莎莎跟她男朋友已经分手了。"

姚望一愣，问谭丽莎："分手了？你怎么没说呢？"

谭丽莎上次是随口撒谎，就含糊地说："这有什么好说的。"

姚望自以为是地恍然大悟："难怪你最近有点气儿不顺。"还有句话他没说出来——难怪你看陈明硕这么顺眼。他不好直接反对，就旁敲侧击地说："你知道陈明硕有孩子吧？"

谭丽莎说："知道呀，面包就是给他女儿做的呀。"

姚望一怔："哦，你是要给他女儿做面包啊。"

谭丽莎诧异地问："不然呢？"

姚望支支吾吾正在想怎么回答，Tiffany在一边说："莎莎，能不能再教我几个硬菜？顾峰超级爱吃肉，红烧肉好做吗？"

谭丽莎说："不太好做。选肉就很讲究，还是个功夫菜。羊排和肥牛怎么样？他吃牛肉羊肉吗？"

"吃！太好了！明天我就去买！"

姚望赶紧说："我去，我去！我开车买，很方便的，还可以一次多买点。"

陆霞立刻捕捉到了发财的机会："那你多买点，要不再来点排骨？鸡翅？我们家的米也快没了……还有酸奶……"

"没问题！你写个单子，我一次性都给你们买齐了。咱们明天吃羊排，后天吃鸡翅，再之后是排骨……"姚望摩拳擦掌地说："太好了，太好了！明天我下班就送菜过来。莎莎，你还需要什么调料吗？"

谭丽莎吃惊地看着他："明天？后天？你难道还想天天来我们家吃饭？"

陆霞说："他要是每次来都带菜，我就不介意。"

Tiffany说："我也不介意。我想在顾峰回来之前好好学习。"

"咱寝室的规矩还要不要了？"

陆霞笑道："没办法，失业期间，我得开源节流呀。特殊时期，特殊办法。"

Tiffany笑道："这样好不好——这个礼拜，就是我们的美食周。我学做菜，姚大少负责买食材，莎莎做教学总监。到周末我就出师了，陆霞的工作可能也快搞定了，咱们就回归苦行僧生活，怎么样？"

除了谭丽莎，所有人都欢呼："好！"

"你们这简直是给我挖坑啊。我先说好，我只管做，我可不能放开胃口吃。"谭丽莎站起来，"你们慢慢吃，我去健身房了。"

Tiffany说："刚吃完就去啊？你这样我压力好大啊。"

"我坐车到健身房也得四十分钟。先在跑步机上走一会儿，然后上最晚的团课，时间正合适。"

姚望说："请个私教呗，时间比较灵活，效果也好。"

谭丽莎说："买不起私教课，没钱。"

Tiffany说："那我也跟你去一会儿好了。你等等我好不好？我快一点吃。"

姚望说："都别急，等我吃完，我开车送你们，这样就来得及了。"

Tiffany欢呼："太好啦！"

有姚望开车相送，又过了晚高峰，平时坐公交车四十分钟的路程十几分钟就到了。

快到健身房时，谭丽莎好意说："你就在路边停一下就行了，省得进去还要交停车费。"

姚望说："没事儿，我开进去，正好去楼下便利店买点东西。"

Tiffany和谭丽莎进了健身房后,看看旁边没人,恨铁不成钢地说:"你干吗总把帅哥往外推啊!我看姚望明明很愿意和你在一起,你怎么还一副多嫌他的样子!"

谭丽莎叹口气:"他愿意跟我混,是把我当哥们。他有喜欢的人了,是个大美女。人家条件也好,就是陈明硕的妹妹。"

Tiffany微笑:"但是人家不喜欢他,对不对?"

谭丽莎惊讶:"咦?你怎么知道?"

"这不是明摆着吗?人家恐怕根本没有把他放进考虑名单里吧。要不然,他现在肯定天天追着人家约会,哪有时间跟我们混。他现在心里失落,你趁机多陪他,让他习惯你的存在。这样他就离不开你了。"

"就算他习惯了我,他喜欢的也是别人,我并不是他的理想型。"

"他是你的理想型不就行了?其实我肯定也不是顾峰遇到的最好的女人,但反正他是目前我能遇到的最好的,我就一定要抓住这个机会。只要我投其所好,不断进化,总能变成他的理想型。"

谭丽莎轻轻叹了口气:"可姚望喜欢的是大美女啊。"

"大美女又怎样?娱乐圈那么多整容以后变大美女的呢!既然姚望是你见到的最理想的男人,你就应该竭尽所能抓住他。试过了,好歹不后悔!"

Tiffany的真诚感动了谭丽莎,她忍不住说:"亲爱的,谢谢你。有句话我一直想跟你说——顾峰好像很老练,你要小心,别吃亏。"

Tiffany笑道:"放心吧,我又不傻。他要是不老练,我还不喜欢呢。最多不就是睡了以后没结成婚吗?只要做好措施,我也没吃亏,对不对?起码以后跟别人说起来,也算有过一个开劳斯莱斯的前男友。"

两人说着话,就到了跑步机的区域。

大大的落地窗外,是璀璨的京城夜色,看过多少次也觉得心旷神怡。

Tiffany看着漫天繁星的夜景,轻声说:"你想过没有,像这样的地方,本来是我们不配来的。但是咬咬牙,我们也在这里了,不是吗?"

谭丽莎点点头:"是。以前我从来没有觉得,这里是我这种人可以消费的地方。"

Tiffany微笑:"所以,遇到想要的就一定要抓紧,没什么好怕的。只要还没结婚,大家都有选择的权利。再说,他在选,我也在选呀。万一有更好的男人来追我,我也没那么老实。"

说着,两个女孩子按动了跑步机,开始运动。

一整排的跑步机上,都是夜晚仍然来锻炼的人。

所有的人都面对着同一片夜色,在不停歇的履带上,咬牙向那个理想中的自己迈进。

第三章

情场失意，职场得意

做女人，最傻的就是为了感情放弃事业，结果往往是两头都没落下。

画蛙点睛的早餐会议

Tiffany的话让谭丽莎重燃斗志。回家的路上，两人继续商量起"作战计划"。谭丽莎有些懊悔地告诉Tiffany，她刚刚因圣母心作祟，答应了帮姚望追陈柔樱。

Tiffany笑道："那正好将计就计！想想看，你帮他追女神，他有心事肯定就总来跟你说。"

"可是我总觉得事情到了我这儿就变味。都说什么走进男人的心要通过胃，可我给他做了几顿饭，就成了他的饭搭子。"

"不要总做饭，也做点可爱的。那个卡通面包，你也给他做一份呀。对了，要不你多做点，我也送一份给顾峰。"

"他那种霸道总裁，也想要卡通面包？"

"你没听说过那句话吗？无论男女，只要被当小孩子对待，没有不驯服的。哪个大人不想当一会儿小孩儿呀。就算不喜欢，他至少也会觉得你很可爱。"

谭丽莎一呆："对呀！我怎么没想到。你怎么懂这么多呀？"

Tiffany笑眯眯地说："多交往几个男人，就能发现共性。"

Tiffany的话让谭丽莎大受启发。回到家她就发信息给姚望：明天八点半来公司吧，咱们商量一下你最关心的事。

姚望问：为什么是八点半啊？太早了吧！

我总不能占用工作时间，跟你讨论怎么给陈柔樱过生日吧？

谭丽莎尽量装作无意地说：你要是怕来不及吃早餐，我给你带一份。

姚望抱怨：你怎么变得跟陈明硕似的……

你是不是起不来啊？也对，不能要求人人都跟陈明硕似的，那就午休的时候……

姚望果然最受不得这句话，他立刻回：我当然起得来了，我是怕你起不来。

那明天早上见。

第二天早上，姚望如约到了公司，他打电话给谭丽莎："我可到了啊，公司里一个人也没有。"

谭丽莎说："我在茶水间，你要咖啡还是红茶？"

"我要咖啡。"

姚望往茶水间走去，途中遇到了青姐。他吃惊地问："青姐，你这么早上班？"

青姐奇怪地看着他："我每天都来这么早——我如果每天十点来，员工就会默认正式上班时间从十点开始。倒是你，今天怎么来这么早？"

"我找莎莎有事。她说不能占用上班时间，就提前来了。"

青姐点点头："那你们忙吧。"就回办公室去了。

姚望想：原来青姐也和陈明硕一样，每天这么早就到公司。

他到了茶水间，谭丽莎见他来了，递过来一个纸盒和一杯咖啡："这是你那份，我们要不要去找个小会议室？"

两人来到小会议室。

姚望打开盒子，里面是两个可爱的小面包。

第一个是张开大嘴的青蛙，嘴里是火腿片和生菜，像吐出来的舌头。另一个是小老虎，但不是脸，是后背，胖乎乎的很可爱。

姚望饶有兴趣地先拿起青蛙："你做的吗？真可爱。但是它怎么没有眼睛呢？"

谭丽莎递给他一支巧克力笔，说："你自己画。"

"这么好玩？这个笔是从哪里买的啊？"

姚望马上兴致勃勃地给青蛙画了两个斗眼，还画了一滴汗珠。

谭丽莎说："这是我打算送给圆圆的礼物——可以DIY（自己动手制作）的小餐包套装。因为是礼物，送之前肯定要多试验几次。所以，就请你帮我尝尝味道，也看看好玩不好玩。"

"好玩，也好吃。"姚望端详着自己画好的青蛙，悻悻地说："你对陈明硕够上心的呀。"

谭丽莎微笑："谁让他是陈柔樱的哥哥呢？我也是为了帮你追你的女神呀。"

她说了她的计划：以感谢陈明硕帮陆霞找工作为由，开一个DIY卡通面包的小派对。把陈明硕、圆圆和陈柔樱都请到家里，吃谭家菜、做烘焙、画面包。好吃好玩，气氛轻松。大家闲聊着，就可以不露痕迹地把陈柔樱的喜好打听出来。

姚望很高兴，问道："在你家请这么多人，陆霞能同意吗？"

"陆霞同意也不能在我们家啊，我们家地方太小。这就是我计划的最重要的部分啦——我家里地方太小，所以要借用你家，在你家里请客，很棒吧？"

姚望意外地问："在我家？哦，行，没问题。那你哪天用？我把钥匙给你。"

谭丽莎万万没想到姚望迟钝至此，惊呆了："你是傻瓜吗？我费这么大劲，就是为了让陈柔樱到你家里做客啊。人家来了，你把钥匙给我，自己躲出去，我这瞎忙活什么呢？"

姚望这才恍然大悟，感动得无以复加："莎莎，你可太聪明了！这……大恩大德，没齿难忘！你说吧，需要兄弟帮什么忙？赴汤蹈火，在所不辞！"

谭丽莎听见"兄弟"二字就想打他，但忍住了："我倒还真有件事请你帮忙——我还要试做好几批面包，你愿意每天早上帮我试吃吗？我减肥，不敢吃。"

姚望一听，这个忙可真是太好帮了。他恨不得猛拍胸脯："这种忙，你找我，那可算是找对人了！"

"那明天早上我再拿几个给你尝尝？辛苦你了啊。"

"不辛苦，不辛苦！"姚望吃着小青蛙，称赞说："这个火腿片真好吃！薄厚正合适！"

"这个面包发得还可以？"

"完美。"

"味道呢？哪个好一点？"谭丽莎认真地问，好像真的在做评测。

姚望也认真回答："两个都很好吃，但如果是我小时候，我会更喜欢小老虎。因为小老虎是巧克力馅儿的。"

"那明天继续吧。"

"那就还这个时间见？"

"好呀，那我回去工作了。"

谭丽莎转身向座位上走去，此时还不到九点，别人还没上班，她已经和男神共同享用了简单快乐的早餐。陈明硕的早起效率大法还真是不错。

她没有注意到，姚望一直看着她的背影。

他觉得她好像长大了，变酷了。昨天她那么晚还要去健身房，回家后还做了可爱的面包，又想出了这么好的派对计划。

她变得能干而精力旺盛，像青姐，甚至像陈明硕，像那些一天手里可以有四十八小时的人一样。

他回到自己的办公室，看到员工们陆续进了公司，第一次觉得，或许以前是过得太舒服、太懒散了一点。

其实谭丽莎没有他想的那么轻松。为了这几个面包，她昨晚回家还要做面团，临睡前放入冰箱。今天不到六点就起来，面团昨晚在冰箱里低温发酵一晚，长出了筋，正是最好用的时候。

她将面包回温，再次发酵、整形，放入烤箱，很快面包的香味溢满全屋。

Tiffany起床时，她已经开始用巧克力笔给"青蛙"画脸。

Tiffany说："天啊！莎莎，你的手也太巧了吧！我要是姚望，我现在就娶你回家，然后我这辈子天天享福就好了。"

谭丽莎把一个没有眼睛的青蛙递给她："要吃吗？我做了好几个呢。这东西一烤就是一炉。"

"当然要！但是为什么我的青蛙没有眼睛？"

谭丽莎递给她一支巧克力笔："你自己画，我来不及了。"

Tiffany拿起笔，给青蛙画了长长的睫毛，红脸蛋和性感的嘴唇。一边画一边说："我这叫画蛙点睛！"

谭丽莎立刻就来了灵感：对呀，为什么要自己画呢？应该做好面包胚，让每个人自己画，做一个DIY面包派对！

在此之前，她的计划是请大家吃谭家菜和她精心做好的面包。而"DIY面包派对"的念头一出，她就知道，这才是更完美的，更令自己满意的创意。

那一刻，她对自己满意极了。

这是一种还没见到结果就已经足够开心的满意。

就像那次在胡同里，她突然发现了新的商业机会，成不成都不重要，那一刻的灵感已经足够闪耀。

这种快乐令她着迷，她想无数次地重复。

和姚望吃完早餐后，她回到座位上，迫不及待地开始工作——她发现，灵感总是在她全力以赴去做一件事之际，毫无征兆地突然降临。

晚上姚望如约带来了大量的食材，Tiffany早早下班准备帮厨。陆霞在餐桌上放了个空瓶子，插了几朵花——那些不久前她捡来的盆栽，经过她一番侍弄，起死回生，盛开如云。

谭丽莎惊叹："你也太厉害了吧。"

"这有什么厉害的？这比种地容易太多了。"

谭丽莎指挥Tiffany做了煎羊排，小炒肥牛，番茄炒蛋，还有一道蔬菜鱼丸汤。

煎锅中的羊排香气四溢，让人充满期待。

谭丽莎夸奖姚望："这羊排不错，只要肉好，随便弄弄就好吃。"

Tiffany说："姚大少很会买菜呀，有什么诀窍吗？"

姚望笑道："就都买最贵的就行了。"

吃饭时，陆霞笑眯眯地说："要不是我快要上班了，我真希望这种生活天天继续。"

"啊？你要上班了？这么快？"

陆霞说："还没有。但是今天去了一个面试，感觉不错，这内推就是不一样。"

女孩子们又开始夸陈明硕，姚望不爱听，只顾闷头猛吃。过了一会儿他问："你们一会儿还去健身房吧？我开车送你们。"

Tiffany说："我昨天去过了，今天不去了。我一周最多练三天。"

姚望转向谭丽莎："那你呢？你可别不去。"

谭丽莎说："我要去的。"

姚望笑道："那就好，我就怕你又偷懒。"

谭丽莎生气地道："我就那一次低血糖，才提前结束训练的！"

吃完饭，姚望开车送谭丽莎去健身房。刚上了车，他的手机响了，车载屏幕显示"老侯"。

姚望看了一眼，轻轻叹了口气，接了电话："老侯，我开车呢，回头打给你好吗？"

老侯热情地说："哎呀，对不起，对不起，那我先挂了。"

谭丽莎问："是咱们班那个老侯吗？"

"对。他让我帮他找工作，但是简历发过去，青姐没给他回复。青姐好像有点不想要他。"

谭丽莎说："谢谢你啊。"

"啊？什么事谢我。"

"青姐要求那么严格，没有你帮我力推，她肯定不要我。"

姚望诧异："我没有力推啊。青姐一看简历，就说，条件挺好的，有空随时过来面试。"

谭丽莎面试时，只觉得青姐很嫌弃自己，什么都不会。她问："真的？"

"当然是真的，我骗你干吗。"

说着话就到了健身房，姚望说："我把你放路边，你自己走进去吧。"

谭丽莎下车时，他又一脸促狭地笑道："好好练啊！别偷懒！别偷喝苹果汁！"

她又好气又好笑："我就喝了那么一次！"

他笑着开车走了。

她进了健身房，到了前台，一个穿着短袖运动服的女教练热情地对她说："莎莎是吧？我叫芳芳。咱们第一次课先要互相了解一下，我带你去做一下体能测试吧？"

谭丽莎诧异地问："第一节课？什么课？"

"私教课啊。"

谭丽莎吓了一跳，心想这难道是强买强卖？她几乎是惊恐地说："我没有买私教课呀。你搞错了吧？"

芳芳笑道："是你哥哥今天上午过来给你买的，一共二十节课。今天这节课也是他给你约的。"

谭丽莎懵了："我哥哥？我哪来的哥哥？"

芳芳听成了"我哪个哥哥"，就一边比画一边说："就挺高的，挺帅的。昨晚上他就过来咨询了，但是当时刷不了卡，所以今天下午他又过来了一趟……"

谭丽莎突然就明白了。她说："你等一下。"

她拨通了姚望的电话。他一接听，她就问："你跟健身房说你是我哥？"

他在电话里得意地笑了起来："哈哈哈！被你发现了！"

她呆住了。他送她这么贵的礼物。

他笑道："你不是说生日想变瘦吗？现在好好练，到了生日就可以变瘦了。但是你要不好好练，我可就没办法啦。"

她彻底傻了，他居然把她随口说的话放在了心上。这是她生平第一次收到男生苦心安排的惊喜礼物，居然是来自他。难怪他昨晚非要停进来，难怪他今天反复确认她会来健身。

她想对他说谢谢，可还没开口，就发现自己的喉咙哽咽了。他的笑容和他的善意狠狠地击中了她。她只想找个没人的地方，安静地、没出息地让眼泪流个痛快。

生无可恋的健身餐 ● ● ●

姚望在电话的另一端，笑着说："我不跟你聊了，你快去接受教练的虐待吧！"

谭丽莎努力抑制住声音里的颤抖，说："好。"

说完她就挂断了电话。她怕再不挂断电话，姚望就听出她声音中的异样了。

她转回身，对芳芳说："我去一下洗手间。"

她跑到洗手间，把自己锁在隔间里，捂着脸，无声地哭了起来。她想起了很多年前，朱美俏冒犯她时，他为她仗义执言。他是人群中最耀眼的那个人，可他却从来没有像有些男生那样，嘲笑过她的外表。就在不久前，他以为她不舒服，还宁愿放弃和喜欢的女孩相处的机会，也要先照顾她。她知道，这只是他善良天性的自然流露。就像在工地上，如果天气热，他会给工人买冰镇饮料。可对一个自卑的、不起眼的女孩来说，这些微不足道的温暖瞬间，是她漫长漆黑的成长岁月里为数不多的明亮星光。她说不清自己到底在哭什么。这么多年过去了，他还是那么好，这让她欣慰，可又莫名地伤感。

等她终于镇定了情绪，从隔间里出来，来到镜子前，才发现自己脸上的妆容都花了。下定决心变美之后，她开始习惯于每天化妆出门。此刻，泪水模糊了眼线，眼睛多了一圈滑稽的黑色毛边。原来化了妆的女人是不能随便哭的。

她狠狠地用乳液擦干净眼妆，收拾了半天，才算平静了。她给姚望发了信息：谢谢你，我很感动。

等谭丽莎回到芳芳面前时，脸上依然看得出情绪的痕迹。

芳芳理解地说："好感动是吧？你哥哥对你真好啊，我也想有这样的哥哥。"

谭丽莎点点头："他就是特别好。"

芳芳带着谭丽莎去做体能测试。站到一台机器上，手里握住两个手柄，很快结果就出来了，密密麻麻一堆数据。

芳芳一条一条给她讲解："你身高168厘米，体重是71.9公斤，你的BMI（身体质量指数）是25.1。按照国际标准，健康的BMI是18.5到24.9，所以你也就超重了一点点。"

谭丽莎吃惊地问："超重一点点？我明显就很胖啊！我的目标体重是55公斤。一个半月达到，你觉得有没有希望？"

再过一个半月，就是她的生日。

芳芳说："你胖，是因为体脂率偏高——38%，女性健康范围是20%到30%，所以你应该做的是减脂，而不是减重。你看我多重？"

芳芳比她矮一些，穿着一件短袖健身T恤和长款运动裤，薄薄的后背，细细的腰肢，一丝赘肉都没有。Tiffany身高与芳芳相似，没这么紧凑，体重常年徘徊在100斤左右，经常念叨"好女不过百"。

谭丽莎就试探地问："不到50公斤？"

芳芳往体重秤上一站："看。"

谭丽莎吃惊地问："56公斤！这怎么可能？"

"都是肌肉，当然就重啦。所以你要明白，胖瘦和体重并不是完全挂钩的。最理想的是肌肉多，脂肪少，这样你的体重不会太轻，但是会非常苗条好看。"

"那我减脂就行了吧？我这块头再练肌肉，那得多壮啊。"谭丽莎脑子里浮现出那种健美女冠军的样子：肌肉比男人还粗壮，上面还抹了油。

"肌肉可以提高新陈代谢，也就是说，能帮你消耗卡路里。你放心，女生没有雄性激素，练不成那种大力士的。"

"反正我就想变苗条，我绝对不想变那种高大壮。"

"没问题。我会给你制定详细的健身计划，外加饮食指导。如果你能做到一日三餐都严格按照标准吃，我保证一个月以后，你所有的衣服至少小一号。你可以从今天起就拍照记录你的体型变化。"

芳芳底气十足的样子让谭丽莎多了些信心。第一节课的很多感觉都出乎她的预料。芳芳的课并不累，很多时间花在了动作调整上。健身完，芳芳还给她一罐运动饮料，告诉她健身完如果不适当补充碳水，身体就会开始分解宝贵的肌肉。

随后芳芳给她发了一份三餐建议食谱，教她每顿饭用营养结构和热量的角度来搭配食物。又让谭丽莎把每顿饭都发给她看，她随时提供建议。

谭丽莎以前没请过私教，以为私教就是训练时在一边监督动作和给你数数的人。没想到私教还负责饮食指导，几乎是个私人生活指导了，顿时觉得这个高档健身房的私教服务果然不一般。如果没有姚望，她肯定体验不到这种服务。

她想报答他，晚上回家就给陈明硕发信息敲定派对，问本周末是否可以。还发了两张自己做的面包图，特意说是为圆圆准备的。

以为很晚了，他也许已经睡了。没想到他立刻就打了电话过来："我周末都没问题，你周末哪天有空？"

谭丽莎说："我都行，看你们方便。"

"周六可以吗？"

"没问题。也叫柔樱来吧？上次派对她请了我，可惜我走得早。我很希望她能来。"

"没问题，她最喜欢party（派对）了。要不要我准备点什么？"

"什么都不用，你们来赏光就好。"

"谭小姐你真是太能干了，每次都帮我很大的忙。"他的声音充满感激。

"就只是聚会呀，你太客气了。"

他千恩万谢地夸了她半天才挂了电话。谭丽莎暗暗好笑，这人也太戏剧化了，总一副把她当恩人的样子。

殊不知她的这个电话，还真是救他于水火之中了。在她打电话之前，他正在发愁怎么跟圆圆说周末的烘焙课取消的事。刚刚接到通知，区域内发现了多例手足口病，早教中心要关闭一段时间，烘焙课自然也就取消了。

根据他的经验，听到这个坏消息的第二秒，圆圆就会不遗余力地大哭。任他口才一流，也很难说服自己四岁的女儿理性对待烘焙课取消。

他正在挖空心思寻找替代方案，就收到了谭丽莎发来的面包派对邀请。他看着那几张可爱的面包照片，觉得她简直就是老天派来拯救他的神奇女侠。

他赶紧打了电话，把这个救命派对给定了下来，这才长长地出了一口气。他在工作中无往而不利，从没有他搞不定的事。可女儿的情绪比所有的工作都难以控制，纵然他全力以赴，也常常产生无力感和挫败感。

上次陈柔樱在公园遭遇泼妇之际，他本来正要出门去见一个很重要的客户。电话里他判断出女儿并没有受伤，最明智的处理方式就是置之不理，只当作什么都没发生，事情可以最快得到解决。

以前他会这样做的，他很早就学会了权衡利弊。可当了家长之后，他反而没有以前圆滑

第三章 情场失意，职场得意

了。他开始变得理想主义，有时正义感过强，近乎天真。他宁可冒着失去那个客户的风险，也不想让圆圆觉得只要足够不讲理，就可以为所欲为。更不想让圆圆觉得，原来爸爸面对这些事也没有办法。

这一点正义感让世界变得更麻烦了。他也因此学会了欣赏那些曾经在他看起来有点傻、不会算计的人。十年前的他遇到谭丽莎，大概看都不会多看她一眼。但现在的他懂得了善良和勇气的可贵。这个姑娘怎么总是在他最焦头烂额的时候出现。他想，真是要好好感谢人家才行。可她看起来没有任何需要帮忙的地方，他决定在聚会时好好了解一下她的喜好。

第二天早上起床时，谭丽莎并没有迎来那种"练到了"的强烈的肌肉酸痛感，她只是觉得臀部和后背稍微有点酸痛。她想，会不会女教练太温柔了？也许应该找个那种牢头狱霸一样的凶恶男教练？

到了公司，与姚望共进早餐，告诉他派对已经订好。他开心极了，再三道谢。

她说："是我应该感谢你。那个私教课很贵吧？"

"行了，咱们之间就别说这种见外的话啦。你昨天被虐了吗？"

"没有特别虐。第一节课，教练可能比较手下留情。"他兴致勃勃地拆开餐盒，看今天的面包。

今天是小兔子热狗和豆沙小熊，他把小兔子画得面目狰狞，小熊画得一脸颓丧。然后笑着对小兔子说："先吃你！"

而她啃着一个很厚的全麦三明治。

他好奇地问："你的三明治也是自己做的？怎么这么厚？"

"对，健身餐。"

谭丽莎给他看：全麦吐司里夹着切成薄片的水煮蛋、生菜与西红柿。颜色鲜亮，层次分明。看起来很厚，是因为生菜很多。

他有点眼馋，说："给我尝点？"

"不好吃，你不会喜欢的。"

"我不信，你做的肯定好吃。"

"不信你就尝尝。"她撕了一个角给他。

他尝了尝，诚实地说："也不难吃，就是……"

"就是也不好吃，对吧？这玩意儿就没啥好吃的。"

"你昨天做的那个小青蛙三明治就很好吃，是因为少了火腿片吗？"

"是少了热量——健身三明治里没有沙拉酱、没有油，鸡蛋是煮的，面包是全麦的，没滋没味，还比较干。简直就是饲料。"谭丽莎叹了口气，"所有好吃的东西，没有不发胖的。"

他笑道："你看你，一副生无可恋的样子。不过谁都不能想吃就吃啦。比如，昨晚我本来想喝可乐，但想到还得早起，喝完睡不着了，就没喝。"

她一怔，想起以前，只有她这个打工人要早起，不敢晚上喝茶和咖啡。现在他居然与她一样了。然而看着他毫不忌口地吃"发胖面包"的样子，她又觉得，人与人的悲欢并不相同。

早餐后她回到座位上，秘书过来，说青姐有事情找她。她一路忐忑地走到了青姐的办公室。

鲜香热辣亲子宴

青姐招呼谭丽莎坐下，递给她一页纸，问："这人你认识吧？"

谭丽莎接过一看，是老侯的简历，内容简单。本地普通大学毕业，之后一直在本地一个工程公司做文员。

她点点头："我们高中都一个班的。"

"你对他有什么印象吗？"

老侯最大的亮点是班长。开学时老师指定的，大概是看他小小年纪就长了一张中年人的脸。其实老侯并不太自律，学习也一般。好在他人缘好，也不惹祸。老师就让他一直做下去了。

她就说："他是我们班长。"

"同学选的，还是老师指定的？"

"老师指定的。"

"那他有什么长处吗？"

谭丽莎想着老侯是姚望的好朋友，很想为他说几句好话。可实在想不起老侯有什么过人之处。想来想去，说："他人缘很好，和同学们关系都很不错。"

青姐若有所思地点点头："行，我知道了。"

谭丽莎以为自己可以走了，青姐又问："你对工作还满意吗？"

谭丽莎赶紧点头："满意。"

"那你愿意提前转正吗？"

谭丽莎一怔，连忙道谢，"好啊。谢谢青姐。"

"不必谢，你进步很快。对于值得培养的人，我是绝对不会拖拖拉拉的。"

谭丽莎有些意外，她不觉得自己表现出众。广告策略还没有太明显的效果，因为还有平台算法、推荐权重、屏幕显示等多种因素。

大约是刘总监替她美言了。她谦逊地说："主要是刘总监教给我很多。"

青姐说："小刘是不错，很会带人，但也要这人值得带。你放心，公司发展很快，你以后的机会多得很。姚望这次总算没看错人。"

谭丽莎心里一动：难道姚望以前看错过人？但和青姐还没熟到可以问这种事的地步。

回到座位上，新合同很快就送过来了。偷偷打开，薪水比之前约定的试用期后数目还高一点。再一看，职位从运营助理改成了运营经理。高兴是高兴，只是有点心虚，不知道自己哪里做得好，可以获得这样的优待。若是因为姚望的面子，可老侯怎么发个简历就被嫌弃了。领导的心思可真难猜。好在她马上就能见到陈明硕，可以细细请教。

这天晚上，谭丽莎的教学餐号称"亲子宴"——既有可乐鸡翅，又有辣椒炒蛋。她介绍说：可乐鸡翅是最适合新手的菜，简单易做，用可乐来代替水，不仅香甜入味，还能给鸡翅上色。

而炒鸡蛋则是无人不爱的国民菜，看似简单，也有诀窍。鸡蛋和辣椒要分开过油来炒，炒蛋用食用油混合少量香油，这样香而不腻。

等到成品上桌，果然色香味美，大家争相下箸。谭丽莎却只吃自己做的健身餐盒。

Tiffany说："莎莎你不用这么严格吧？鸡翅去掉鸡皮可以吃的呀。"

谭丽莎抱着健身餐盒子："记得我倒进锅里的那两罐可乐吗？那些焦糖全都藏在鸡肉里了。"

姚望说："辣椒炒蛋总可以吧？这都是素的了。"

谭丽莎轻轻叹了一口气："你知道这个辣椒炒蛋为什么这么好吃吗？因为它用了三道油。炒蛋一道油，炒辣椒一道油，最后出锅前，还加了一点油提味。这道菜油少一点都没有这么香。所有的鸡蛋做法里，炒鸡蛋是最油的。"

姚望笑道："难怪！所以也是最香的！"

Tiffany说："妈呀，你现在这么一分析，我都不敢吃了。"

谭丽莎指着那道虾皮小白菜说："青菜随便吃。但不要吃虾皮，虾皮其实热量很高。"

姚望问："那周末聚餐你难道也不吃？"

谭丽莎说："周末可以吃一顿欺骗餐。"

Tiffany问："你们周末要聚餐？"

谭丽莎把情况大致一说，Tiffany马上兴奋起来："周六？那我去给你帮厨好不好？"

"你不是要跟顾峰约会吗？"

"我和他定的是星期日，正好周六我先演习一下！"

于是周六上午，Tiffany成了最忙碌的人。她买了很多漂亮的一次性餐具，还有卡通气球等装饰物，把姚望家布置得热闹漂亮。她素来喜欢精致可爱的东西，只是住处窄小，无处施展。得此机会，正好大显身手。她一会儿指挥姚望和陆霞布置房间，一会儿跑进厨房做实习大厨。

姚望想着一会儿女神驾到，心里紧张，被Tiffany指挥着和陆霞一起干活，反倒觉得放松。

干活的人一多，谭丽莎就闲了下来。快到中午时，门铃如约响起，圆圆和陈明硕进了门。谭丽莎对圆圆笑道："圆圆，好久不见啦。"

圆圆疑惑地看着她。陈明硕说："这是谭阿姨，你忘了吗？上次在公园的游乐场，谭阿姨帮了我们忙。"

圆圆又看了看谭丽莎，说："上次不是这个阿姨。"

陈明硕笑道："这孩子，才几天你就忘了？"

圆圆说："上次是个胖阿姨。"

陈明硕虽然在感情方面不太细腻，也明白这话女孩子不爱听，连忙制止："别瞎说……"

这时圆圆看到屋子里的气球，高兴地大喊一声："Peppa Pig（小猪佩奇）！"就丢下大人们跑进了屋子。

陈明硕歉意地对谭丽莎笑道："小孩子不懂事，不要听她瞎说。"

谭丽莎大度地一笑："没事儿，童言无忌。再说，这话我挺爱听，说明我减肥没白忙活。"

其实陈明硕心里也觉得谭丽莎变样了。第一次见面时，他记得是个又高又壮的姑娘。派

115

对那次见面，觉得她胖乎乎的。这次看，其实只是微胖。或者说，丰腴。

他递过一份精美的礼盒："这是小柔茶室的茶。"

姚望听见"小柔"二字就格外关切。谭丽莎知道他的心意，就问："她什么时候来啊？"

陈明硕说："她磨蹭得很，经常迟到。估计这会儿正打扮呢……"

身后一声娇柔的埋怨："又说我坏话！我今天可没迟到！"

陈柔樱拎着一大堆纸袋，穿得颇具童趣：白色的上衣，上面有布艺拼贴的卡通字母。洗白的牛仔裤，白色休闲鞋，单肩背着一个牛奶盒子一样的小包，上面是做工精致的布艺Hello Kitty（凯蒂猫）。

谭丽莎觉得她的包很眼熟，仔细一想，Tiffany也有一个。

这身装扮就像是把小朋友的衣服成人化了，可爱得恰到好处。她每次打扮风格都不同，但都赏心悦目。即便是同为女人，都觉得她可真好看，难怪姚望为其倾倒。

谭丽莎没勇气去看姚望的眼光，只怕自己的心碎掉。可又不由自主地去看他的反应，却发现他表情微妙。好像不太高兴，但又不到生气的地步，还夹杂着几分意外。

她转回头，发现陈柔樱身后还跟着一个人，是Catherine，手里拎着个大大的保温袋，对姚望说："前两天我回大连，王阿姨让我把这个带给你。本来是打算让快递送，但正好早上和小柔约好了去做头发，就顺路送她过来了。"

姚望淡淡地道了谢。

Catherine好奇地耸一耸鼻子，问："你们在做什么好吃的？好香啊！"

陈柔樱热情地说："我们给圆圆开DIY面包的party，你有空没有？有空就一起呗。"

Catherine惊喜地说："哇！这么有趣？我下午倒是没什么事。但是，会不会太打扰了？"

陈柔樱笑道："怎么会？party就是要人多才好。"

她拉着Catherine就进了屋。陈明硕看着那一堆纸袋，问："你又去买东西了？"

"对啊！今天早上Catherine的柜姐打电话给她，说这个包包到货了，要赶紧去拿。手快有，手慢无！可爱吧？就这么一个，Catherine让给我的！"她兴奋地把那个Hello Kitty小包给陈明硕看。

陈明硕摇头："你怎么背着个牛奶盒子在身上？"

这时Tiffany从厨房出来，看到陈柔樱，便知道这是姚望的女神，好友的情敌。她带着三分敌意的挑剔打量着，陈柔樱却对她惊呼："你这个围裙好好看！好像童话里的！哪里买的？"

Tiffany一怔，不禁佩服陈柔樱的眼光："这是我们一个做童书绘本的客户专门定制的赠品，是照着《爱丽丝漫游仙境》里的那个围裙做的。"

陈明硕就说："你看看人家，衣服都是工作里来的。你要是真喜欢衣服，就自己好好学一下服装设计，也算是个正经事。"

陈柔樱笑道："我就是个废柴米虫，家里有你一个有出息的就行了。"

陈明硕对牛奶盒子实在看不上眼，摇头："你直接给牛奶盒子拴根绳子不好吗？花这么多钱买这个。"

第三章 情场失意，职场得意

谭丽莎悄声问Tiffany："这个包很贵？你不是也有一个吗？"

Tiffany小声说："官网一千多美金。我那个是淘宝的仿款，细节看得出来的。"

陈柔樱又拿出手机给陈明硕看："哥，你帮我订这个吧？我生日那天想穿。可是店员说这个只在米兰和巴黎的店才有，国内这边订不到的。我不用你花钱——你帮我想办法订到就行。这个裙子太火了，我自己抢不到。"

"那就去找裁缝做一套。他们不也抄的名画吗？反正你也不过就是穿一次。"

"那怎么一样呢？剪裁做工不同的呀。"

"我不能助纣为虐。过生日又大了一岁，应该学会节制物欲了。"

"哎呀，你帮我找找关系嘛。我生日就想要这条仙女裙，我爱上它很久了！正好配我前几天买的那个橄榄叶的桂冠发箍。"

谭丽莎和姚望互望一眼，没想到情报来得如此容易。谭丽莎问："什么裙子呀？给我看看好吗？"

陈柔樱把手机伸过来："漂亮吧？是不是超美？"

那是一条某个大牌以文艺复兴时期名画为灵感的小礼服裙，确实梦幻又美丽。但谭丽莎完全顾不上欣赏这条裙子，她被价格吓了一跳，在心里偷偷数了两次。

她不知道姚望能不能给陈柔樱买这条上万美金的裙子。

Catherine笑道："等我发财了，我就送你一条。"

陈明硕似乎不肯放过一切教育妹妹的机会："你听听，人家这话是有志气的。"

陈柔樱横她哥哥一眼："反正在你眼里，谁都比我有出息。"

大家说着话便进了屋，Tiffany和谭丽莎去厨房，陈柔樱把她的茶泡了给大家喝。Catherine把姚望母亲的食物给姚望。陆霞向陈明硕道谢，圆圆已经找到了面包和巧克力笔开始画。

谭丽莎在厨房里把裙子的信息发给了姚望，转眼他也进了厨房。她以为他要说裙子的事，但他只是拎着Catherine拿来的保温袋，将里面大大小小的餐盒分门别类放入冰箱。

谭丽莎问："你看见我给你发的信息了吗？"

姚望说："没呢，刚才没看手机。"

"你怎么不开心？"

姚望无奈地叹口气："也没有，就是没想到她偏偏今天过来替我妈送吃的。"

谭丽莎说："她来就来呗，也不多她一个……"

姚望苦笑。门铃又响了，他叹了口气，出去开门。谭丽莎跟着出去，只见门口站着一个高大的男人，方面大耳，目光炯炯有神，神气十足。

姚望叫了一声"爸"。谭丽莎吓了一跳，没想到在这种时候见到传说中的姚总。

姚父说："你妈让我过来拿一趟吃的，这么热闹？"

"我和几个朋友聚会呢……"

说着话陈明硕就出来了，一声热情的"姚总"就开启了商务寒暄模式。转眼二人已坐在沙发上谈笑风生，看起来一时半会儿不会走了。

117

谭丽莎同情地看着姚望，他已经是一副生无可恋的表情。

她小声问："你爸怎么突然来了？"

他低声无奈地说："我妈给我送吃的也会给我爸一份，让他来拿。他们俩就这样在我面前假装相安无事，我还得假装配合。"

谭丽莎这才明白为什么他一看到Catherine就那样一副表情。同情之余，又有些感慨。

男人们的切熟食大赛

屋子里只有陈明硕一个中年男人时，气氛还像个派对。姚父一进门，气氛就介乎于过年走亲戚和公司聚餐之间。在谭丽莎印象中，姚父好像从未到学校参加过活动。初次见到自己意中人的父亲，自然细心打量。

姚望父亲比想象中看起来年轻，浓密的头发与姚望如出一辙，只零星略有白发。身材高大，腰杆挺直，望之如四十多岁的人。

姚望的一对浓眉和直挺的鼻梁最像父亲，但他脸型柔和，睫毛浓密，嘴唇丰润，是个漂亮的男孩子。而姚父脸型和五官都更硬朗粗犷，没姚望秀气，但更有气势。

姚父已经认识谭丽莎，便主动和她打招呼，语气中充满领导接见下属的和蔼："莎莎啊，早听我们青总说起你能干，刚才陈总又夸了你半天。"

谭丽莎连忙赔笑说："谢谢姚总。青姐对我很好，陈总对我是过奖了。"

陈明硕笑道："我可没有过奖。其实都怪我晚了一步，谭小姐已经被姚望挖过去了。谭小姐才干过人，帮小柔做茶室新风系统的时候，我就看出来了。姚总，小柔那间茶室您去过吗？也是姚望的作品。他们搞得相当不错呢。"

姚望平时不大和父亲提自己的事，姚父对茶室只略有耳闻，以为又是宝贝儿子不来公司的借口。如此一说，来了兴趣："那我可要去看看，你们那茶室适合开会吗？"

"我们有个大包间，是专为开会设计的。还有几个小包间，特别适合请朋友喝茶聊天。"陈明硕招呼陈柔樱："小柔，过来一下。"

陈柔樱和Catherine陪着圆圆画面包，闻言便笑嘻嘻地走过来，边请安边说："姚总好。"

陈明硕说："你赶紧给姚总一张茶室的VIP（贵宾）卡。"

陈柔樱笑道："卡片多麻烦。姚总的名字就是VIP卡，不管我在不在，提名字就打88折。姚总要是方便，给我一张名片留着吧，我收藏起来。您公司的人来了，也有单独的折扣。"

姚父觉得这女孩说话十分讨人喜欢，笑眯眯地给了她一张名片。陈柔樱接过来，惊叹道："哇！姚总的名字好威风呀，大大地有！很直白的意思，我喜欢！"

陈明硕无奈地说："这是易经里的吉卦，火天大有。得此卦者，主天命所归，大有所成。姚总公司名字里就有'火天'两个字。人家这是国学精髓，你不懂就不要瞎说。"

姚大有竖起大拇指："陈总果然有学问！"

他幼年时家贫，这名字是他父亲求了算命先生起的。年少时正赶上小资情调盛行，很嫌这名字不够文雅，听着像暴发户。可毕竟自己确实一路发达，不由得也觉得这名字大概是起

118

第三章 情场失意，职场得意

得不错。此刻陈明硕把这名字解释得这么有文化，他心里十分受用。

陈柔樱笑道："我是学渣，和你比不了。但我理解的也不错呀——大有所成，不就是大大地有？"

Catherine在一边笑道："小柔你谦虚了，好歹也是留学生呢。"

陈柔樱连连摆手："我那是因为高考什么也考不上，胡乱去英国混了个文凭。"

姚大有看陈柔樱美貌又讨喜，家世还好，便开始想着儿子的终身大事。他知道现在女孩子忌讳直接问年龄，就问："小柔属什么呀？"

陈柔樱笑道："今年是我本命年。"

姚大有便知道她今年二十四岁，更是满意得不得了，眼前仿佛已经出现了自己含饴弄孙的美满场景。他想给儿子制造机会，就对陈明硕笑道："现在的孩子们都差不多。姚望也是高考不行，只好送他出去。他们之间倒是应该多聊聊——姚望呢？躲哪儿去了？谁去找他一下？"

谭丽莎就站起来去找姚望，找了一圈才发现他躲在厨房的最里面——他家厨房外面是西式的餐厨一体，里面还有一块封闭的中厨。Tiffany正在指使他："姚大少，虾线挑完了，再把这几棵菜洗一洗。"

谭丽莎对姚望说："你爸叫你呢。"

姚望抱怨："他找我，自己不动弹？就知道指使人。"

但他还是擦了手出去了。谭丽莎接过他的活儿接着干，Tiffany气着说道："你是不是傻！我特意让他在这里干活，省得他跟那个妖精说话。"

陆霞忍不住笑道："人家进门就夸你，你却管人家叫妖精。"

Tiffany没好气地说："我这是褒义，是承认她漂亮好吗？我还巴不得别人觉得我是妖精呢。"

谭丽莎叹气："他们俩说不说话还重要吗？我要是男的，我也喜欢这样的美女。"

Tiffany有几分姿色，又自诩时尚，一贯在这方面不轻易服输，但心里也承认陈柔樱美貌又会打扮，气质又好。虽锦衣玉食，却没有Catherine那股高高在上的劲儿。

但看见好友遇此强敌，她还是不甘心。她说："你去听听他们说什么，别在这里躲着。"

"我还是顺应天命，留在这里帮你干活吧。再说，就陆霞一个人帮你，也忙不过来。"

"你这个食神要是出手，我还怎么练得出来？你去跟姚望待着吧，知己知彼，才能百战百胜。"Tiffany很有心机地一笑："我去叫Catherine来帮忙，给你清除点障碍。"

正好这时一大锅可乐鸡翅烧好了，普通盘子装不下，Tiffany便拿了个双耳平底锅装着，放到餐桌中间。陈明硕就去喊圆圆别画了，先来吃饭。但圆圆正画得起劲，不想离开。

Catherine劝道："等她们把菜都做好了，大家再一起吃吧。不是还有好几个菜吗？估计还要做一会儿。"

Tiffany顺势说："是呀，还有好几个菜呢。要不你进来帮帮我们？这样可以快点。"

Catherine最讨厌做家务，更讨厌被指使。但姚望父子都在，得表现得贤惠点，就大方地说："好的。我不太会做家务，你们多教教我。"

她就这样被Tiffany赶进了厨房。

119

姚大有看了看桌子："会不会坐不下？姚望，你还有折叠桌没有？椅子也不太够。"

姚望说："我去书房把办公椅拿过来。"

姚大有继续发号施令："拿几个盘子过来，把鸡翅分几盘。这一大锅放在中间，坐边上的人都够不到。"

谭丽莎说："那我去拿盘子。"

陈柔樱说："可是我觉得鸡翅这样摆着很好看，很有气氛。我们不如就像吃自助餐一样，谁饿了谁过来拿吃的，自在又方便。这样沙发和餐桌这里都可以坐人，也不用担心椅子不够了。"

大家都觉得这个主意好。姚望刚推着办公椅回来，姚大有又指挥他说："小柔说得有道理，那就先整几个凉菜大家吃着，正好把你妈拿来的熟食切一切招待大家。"

谭丽莎就说："那我去厨房切一下吧。"

陈柔樱笑道："别总让你们忙活了。我们把熟食拿到餐桌上，让圆圆来切，好不好？"

圆圆马上欢呼："好！我来切！"

陈明硕反对："小孩子哪能切菜？担心把手切了。"

"用吃面包的小餐刀嘛，圆圆今天本来就要上烹饪课呀。姚望，你拿几个案板来好不好？"

姚望说："没有那么多案板。"

谭丽莎说："我来吧。我知道怎么办。"

她去厨房拿了熟食，又找了几个西式大盘子，平平的，当案板用。回到餐桌上，她把熟食打开，是各式香肠熏肉之类。其实北京也有，但人们总觉得味道最正的，还得是家乡老字号。

谭丽莎把最好切的红肠给了圆圆，圆圆兴奋地坐在餐桌前就开始切。

陈明硕不放心，在旁边盯着，不自觉地就开始指导："圆圆，你应该这样拿刀，才比较好用力——"

陈柔樱笑着推他："烦死了，切个香肠也要教学指导。姚总，你看我哥是不是好烦？"

姚大有年纪大，对幼儿比较慈祥，笑道："小柔说得有道理，小孩子随便切一切就可以了。难看点就难看点，没什么大不了的。"

这话让圆圆不爱听了，她抗议说："我切得不难看！咱们比赛！"

姚大有一愣，陈柔樱笑了起来："好啊，好啊，都来切，比赛了，比赛了！"

她发给几位男士每个人一个盘子一把餐刀："来，看谁切得好。"

转眼间，几个大男人就在她的指挥下，和圆圆一起比赛切熟食。陈柔樱笑眯眯地在一边看着，还加以点评。对圆圆，当然是："圆圆好棒啊！圆圆切得好可爱呀！"

陈明硕切得一板一眼，陈柔樱笑他："你切得这么慢，要都让你切，这辈子也吃不上了。"

陈明硕生气地道："我这叫精耕细作，宁缺毋滥！"

姚望也还好，切得中规中矩。陈柔樱笑道："姚望可以呀。留学的时候练出来的吧？"

而姚大有居然手势娴熟，刀工精湛。陈柔樱惊呼："姚总好厉害啊！您可真是深藏不露。"

姚大有得意一笑："我们那个年代哪像现在，超市里到处都是现成的吃的。那时候什么都得自己做，我还摆摊卖过海鲜呢！我跟你说，那海鲜可不好切。很滑，一不小心就把手划破了！"

陈柔樱就这样像个裁判一样转来转去地点评,还不忘对一边呆呆看着的谭丽莎和Tiffany眨眨眼,小声说:"让这帮男的也干点活。"

大家切完了,她又指挥他们摆盘。姚大有切着熟食,想起当年创业的岁月,忍不住就开始讲古。什么自己当年怎么摆摊,怎么瞅准时机赚到第一桶金。这些话姚望听得耳朵都生了茧子,但陈柔樱却兴致勃勃,不断提问,令姚大有谈兴大增。不知不觉中,整个派对都在陈柔樱的控制之下。所有的男人莫名其妙地就听她安排,哪怕是她那个堪称职业黑的亲哥哥。

谭丽莎和Tiffany对望一眼,Tiffany叹了口气,小声说:"这不是普通的妖精,这是千年的妖精啊。"

谭丽莎也小声说:"不是我不努力。"

"实在是敌人太强大。"

"没事儿,输给这样的,好歹不丢人。"

"而且你这个男神好像有点呆傻……"

两人正感慨,Catherine走过来,好声好气地说:"打扰一下,那个锅里的虾,冒出了一些烟,好像还有一些烧焦的气味。我不知道这样对不对。"

随着厨房门打开,谭丽莎和Tiffany也闻到了焦味,她们连忙冲进厨房,关了火。Tiffany问Catherine:"大姐,你怎么不关火啊?"

Catherine一脸无辜地说:"陆霞是说要关火,可我不知道你们是不是要做烟熏虾什么的。所以我就跟她说,先别关,还是问一问好。"

那一锅虾很多,烧焦了一些,上面的还能吃。经此一役,Tiffany也不敢再指使Catherine。好在鸡翅和大虾都已经完成,剩下的就是几个简单的素菜,三两下就做好了。

那边厢熟食组也准备停当,热热闹闹摆了一桌子。别看都是快手菜,但鸡翅大虾怎么看都诱人,何况调味指导是谭丽莎。姚大有心情大好,就要喝酒,陈明硕自然作陪。陈柔樱和Catherine也在一边陪着喝几杯。谭丽莎她们几个不大喝酒,陪着圆圆喝汽水。姚望只觉得又烦又闹,独自开了一罐冰镇啤酒一口气灌下去。

酒足饭饱之后,派对很自然地分成了几个组团:姚大有坐在沙发上举着酒杯忆往昔,陈柔樱和Catherine给他捧场做听众。

Tiffany忙完了厨房里的事,自觉今天实习圆满,明天肯定可以给顾峰露一手。她看还有几个面包,就跑过去跟圆圆一起画着玩。

而陈明硕看圆圆就在视线范围之内,还有人陪伴照顾,难得地暂时脱离操心老爸的状态,放松了下来。正好陆霞和谭丽莎也闲了,他们就在另一个角落里聊工作。

唯有姚望无所归属。

他想和陈柔樱待在一起,可是那就要听他爸痛说革命家史。他想去找谭丽莎发几句牢骚,可谭丽莎正专心致志地听着陈明硕高谈阔论,眼中闪着崇拜的光芒。

看来莎莎是真看上陈明硕了。也罢,别打扰她了。虽说他总觉得莎莎和陈明硕在一起很别扭,但既然是朋友的选择,自然应该成全祝福。

看来看去，只有圆圆那组最好参与，就干脆也走过去画面包。可走过来一看，面包刚好被画完了。圆圆想看动画片，姚望就找了动画片播放给她看。那动画片十分低幼，Tiffany倒是看得津津有味。姚望无聊得开始刷手机，这才看到了谭丽莎给他发的"生日礼物情报"。他知道这裙子的品牌，看到价格就已经压力倍增，再试着点击购买链接，直接显示就是"无货"。

他只觉得头大如斗。

出师未捷的海鲜粥

Tiffany正和圆圆一起看动画片，看姚望独自闷闷地坐在旁边，心里好奇他怎么不去跟女神套近乎，就听见他这声牢骚。

Tiffany讥讽地说："大家为了帮你追女神开party，你怎么还唉声叹气的。"

姚望就把手机给她看，叹气："她过生日想要这条裙子，可是已经没货了。"

Tiffany因姚望对谭丽莎熟视无睹而生气，故意贬他："只要有心，怎么会买不到？连我都能搞定，姚大少还搞不定吗？"

姚望吃惊地问："真的？你能买到？你怎么买？"

"找关系呀。这个牌子跟我们公司合作过，我们总监和他们关系很好。再不行，还可以买古代着装。办法多着呢。"

姚望惊喜地说："你们总监可以搞定？那你帮我问问她行吗？实在不行，加钱也行！"

Tiffany方才不过是随口一吹，哪里能当真。此刻已经夸下海口，就敷衍道："我帮你问问吧。我们总监很忙的，不一定愿意帮你干这种破事儿。"

"我明白，反正帮我问问，太感谢了，太感谢了！"

Tiffany给他泼冷水："买了，人家也不见得领你的情。"

"送礼物是为了让人家高兴，又不是为了让人家领情。"

Tiffany见他对陈柔樱一往情深，心里替谭丽莎气苦。可看了一眼远处的陈柔樱，又觉得情敌是这样的角色，这场爱情的战争实在也是没得打。

她不再搭理姚望，又跟圆圆看动画片。姚望又想去找谭丽莎，可看她还在跟陈明硕聊得开心，只好不去打扰，继续坐在圆圆的另一边发呆。姚大有远远地看着，觉得他们三人倒是挺和谐默契，宛如一家三口。

谭丽莎完全没有注意到姚望的失落。起初她只是不想再看陈柔樱，以免自惭形秽，就去找陆霞待着。而陆霞生怕自己在新公司表现不好，逮着机会，向陈明硕问个不停。

陈明硕有经验，脑子又清楚，很复杂的问题三两下就说得明明白白。谭丽莎被吸引了，想起了老侯的事，也来请教。

陈明硕听了情况，笑道："你的简历确实比他好多了，这人简历问题很大。"

谭丽莎很意外："可是我的学校排名比他的还低一点。而且，他还是男的呀。"

"你专业是工科，工科就没有太差。而他学的什么房地产管理，念这种专业的，多半就是混个文凭，毕业靠家长找工作。你再看他现在这个公司做的项目，一看就是个裙带公司，全凭关系吃饭。他从大学到工作都在家乡本地，估计高考的时候就想好怎么走后门安排工作了。"

谭丽莎惊讶地说："真的！他家里是我们那里建设委员会的。"

"对不对？其实靠家里也没什么，如果他是工程技术专业的，又从事这方面工作，那反而加分。可他的职位是文员，那就是打杂混日子嘛，一点上进心都没有。"

"但我的专业也是胡乱报的，当时什么都不懂。工作的头几年，也没什么雄心壮志，每天都浑浑噩噩的。"

陈明硕摇头说："完全不同。你公司的这种私企小老板，绝对不会养闲人，对下属最苛刻。你能干这么久，起码职业态度没问题，跟姚望的合作也证明了这一点。最重要的是，你毕业后一直在北京。"

"可我也没有拿到户口……"

"不是户口不户口的。一个女孩子，能靠自己做北漂好几年，起码能吃苦，有拼劲。你这个同学要来北京第一步就是拉关系，想去同学的公司上班。我看，八成是原来的关系有了变故，混不下去了。不过就算他能力还行，这种人我也不会要。"

"为什么？"

平时的陈明硕总保留着适度的审慎与圆滑，但此刻毫无防备，实话就越说越多："这种一直靠关系的人，一定要求钱多事少离家近，不直接封个领导给他干干，他心里还恨你呢。到了公司，一副皇亲国戚的嘴脸，败坏公司风气。最后一定是不欢而散，反目成仇。"

陆霞和谭丽莎都傻了。她们从来没想过，从一张简历里，可以看出这么多名堂。

谭丽莎想起替姚望担心起来："那遇到这种情况，是不是只能拒绝他，得罪他了？"

陈明硕低声笑道："所以姚总凡事都让青总出头呀，得罪人的事都让青总干——做老板的基本功。"

谭丽莎想起自己进公司时，姚望一问三不知，凡事都要青姐出面，感觉公司简直都是青姐的。那时无法理解，现在才明白这是姚大有的精明之处。

两个女孩子都对陈明硕佩服又感激，而陈明硕也很享受这种指导后辈的感觉。Tiffany和圆圆看完动画片，瞧见这边热闹，就也凑过来。正听见陆霞夸陈明硕比算命先生还神，她心里一动，就把顾峰的资料拿给陈明硕看，故作无意地问："陈总，那您看这人怎么样？这是我朋友的男朋友。"

陈明硕扫了一眼："估计有点钱。不过，做这种生意的，人品多半有问题，为了利益不择手段。"

Tiffany心里不爽，表面装得天真："这不是研究型公司吗？有什么不好吗？"

"凡是叫这种'某某研究院有限公司'的，十有八九，是做保健品的。卖保健品的有几个好人？"陈明硕带着三分酒意，口无遮拦地说，"不过，这话你别跟你朋友说，找这种男人的女孩子，看重的是钱，不是人品。"

Tiffany生气地道："做保健品怎么了？不也是合法生意吗？"

陈明硕虽然有点酒意，但并不因此折损智力。他立刻明白原来Tiffany的朋友就是她自

己。他微笑道:"我喝多了,随便乱说的。当然不能一概而论。"

他很聪明地将话题转移到爱好上:"你们平时下了班都做什么?"

傍晚时分,陈柔樱和Catherine先行告退,随后陈明硕也带着圆圆走了。谭丽莎就起身开始收拾屋子,陆霞她们也跟着帮忙。姚大有说:"你们都回吧,我跟姚望弄就行了。"

谭丽莎说:"我们来吧,人多收拾得快。"

"不用不用。在公司你是员工,到这儿,你就是姚望的同学。"姚大有呵呵笑着,"哪能都让你干活,我也活动活动。"

说着就把她们轰走了。其实,姚大有是想顺便和儿子谈谈心。父子俩干着活儿,姚大有试探地问:"小柔挺不错的,是吧?"

姚望在父亲面前就是半个哑巴,他说:"嗯。"

"陈总说,你帮小柔做茶室了?"

"对。"

"那个什么妮,是做什么的?"

姚望放下手里的活儿,无奈地问:"你打听人家干什么。"

"你的朋友,我问问怎么了?"

"她是广告公司的。"

姚大有心想,果然猜得不错。到Tiffany这里,姚望的话变多了。

谭丽莎她们回到家里,自然免不了将派对上的人讨论一番。陆霞对陈明硕佩服得五体投地,不停地说:"人家的脑子是咋长的呢?人家怎么就那么聪明呢?"

Tiffany与谭丽莎同仇敌忾,再加上陈明硕说顾峰唯利是图,对陈氏兄妹都没好感。她冷笑着说:"那兄妹俩,一个老狐狸,一个嘤嘤怪。谁还能比他们会算计,你看他们对姚望他爸那副谄媚的样子!"

陆霞笑道:"你就是对人家有偏见。"

"喂!你帮着他们还是帮着莎莎?"

"就算嘤嘤怪是敌人,可陈总并不是呀。"

"反正我看这兄妹俩不简单。嘤嘤怪随口一说,姚望就要给她花钱了。我看她就是故意让别人听见的!"她愤怒地把姚望和她的对话说了一遍,又说,"我才不给他问呢!"

谭丽莎说:"你们总监要是真能搞定,你就帮帮他呗。"

"你疯了吗?帮他追别的女人?他要是真追上了怎么办?"

谭丽莎笑一笑:"那至少他高兴了,总比我们都不高兴要好。"

陆霞说:"我觉得可以去问问。陈总说,不要怕跟领导沟通。你去求总监帮你买裙子,不正好是一次沟通机会吗?"

Tiffany听见陈明硕三个字就来气,她说:"我看你要变成陈明硕小号了,满脑子就是工作工作。这是工作问题吗?这是感情问题!"

谭丽莎打圆场说:"问问也好,先跟总监搭个话。也许总监直接就说不行呢。"

第三章 情场失意，职场得意

Tiffany也好奇总监是否真能搞定，想了想，说："也行。"

第二天Tiffany精心打扮，准备好去顾峰家一显身手。顾峰如约来接她，小别重逢，Tiffany有点激动，脸上期待之色十分明显。

顾峰前几天是出差不假，但适时的冷落也是他惯用的手段。

路上Tiffany问："我们先去超市买菜吧？"

顾峰笑道："我家里正好有朋友送来的上好海鲜，就等着你的手艺了。"

Tiffany有点忐忑，她的拿手菜只有可乐鸡翅和烧大虾，本想着任何超市都有这两种东西。没想到顾峰居然真把自己当烹饪高手，搞起了自主命题。

不过，莎莎说过，海鲜最好做，无非就是油焖和白灼，都是她复习过的。

顾峰家在一个高档小区里，是个宽敞的两居室。从进门开始，Tiffany就细心地暗中观察。这房子看起来住了有些年头了，半新不旧的真皮沙发和实木家具，布置不太讲究，确实像个单身汉的住所。

顾峰带她来到厨房，兴奋地指着地上的一个大泡沫箱子说："看，今早上我一个哥们送过来的。"

Tiffany打开盖子，先看见一块湿毛巾。她把湿毛巾揭开，立刻倒抽一口凉气：一堆冰块里，放着一大堆没有处理过的生蚝，中间趴着一只捆着脚的、浑身是刺的硕大帝王蟹，豆粒一般的小眼睛仿佛正看着她。

顾峰兴奋地说："活的！从阿拉斯加空运过来的！"

Tiffany在心里咆哮：你真当我是厨子了啊！谁没事在家里吃这种东西啊！

她之前发朋友圈时，不但没说自己是个学徒，还把谭丽莎的美食经发出来，做厨神状。惹得顾峰以为她真的厨艺很好。

正在抓狂，顾峰手机响了，他走到一边去接电话。Tiffany赶紧给谭丽莎发短信求援：帝王蟹怎么做啊？生蚝怎么打开啊？

谭丽莎正在健身房挥汗如雨，手机不在手边，就没回复。Tiffany只好在网上搜"最简单的帝王蟹做法"。还没搜出个所以然，顾峰接完电话回来了。她只好把手机收起来，再次面对帝王蟹。

顾峰兴致勃勃地说："这么大的螃蟹，咱们把它劈开，一半清蒸，一半做个海鲜粥吧。"

Tiffany看着这满身是刺的大螃蟹，很怀疑自己是不是能成功地将其劈开。

她急中生智，做害怕状，说："我不敢杀生呀。要不然，我们就直接蒸一下吃好了……"

顾峰豪迈地搂一搂她："小姑娘就是胆小。别怕，我来宰它。"

说着，他就弯腰要把那箱子搬到台子上。Tiffany心乱如麻地想，不行就只能把他劈开的螃蟹胡乱煮到粥里了，应该也不会难吃的……

可就在这一瞬间，顾峰突然"哎哟"了一声，然后他仿佛被点了穴，僵在了那里。他平时也算个硬汉，不愿意在女孩子面前如此狼狈，就试图慢慢直起腰，但稍微一动就痛得厉害，他只好用手撑住台子，弓着腰歪在那里。

Tiffany目瞪口呆地看着，心想：这是螃蟹不想死，显灵了吗？！

不锈钢盆里的病号饭

顾峰挣扎不起。Tiffany连忙问道："你怎么了？你还好吗？"

顾峰平时身体健壮，生平从未有过这种感觉，他只觉得自己的腰好像被一股电流电了一下，再一动，就痛得要命。

他扶着后腰，说："我这里好痛。"

Tiffany问："抽筋了？"

顾峰仍然歪在那里："不是抽筋，说不上的感觉，就是突然动不了了。"

Tiffany想去扶他，但她身材娇小，哪里扶得动。

Tiffany既要显示关心，又要逃避帝王蟹，就说："那我叫120，送你去医院吧？"

顾峰觉得丢人："我试试，应该还能走，你能开车吗？"

Tiffany吓一跳："能开。但我可不敢开你那辆劳斯莱斯，怕给你剐蹭了。"

"也对，那打个车去就好了。你帮我叫个车吧。"顾峰艰难地弓着腰缓缓行进。他勉强蹭着走了几步，Tiffany胆战心惊地看着，生怕他跌倒了自己扶不起来。她说："叫了车会不会进医院又不方便？要不还是叫120吧？"

这次顾峰不再逞强，实在太痛了，而且他几乎无法抬脚，只能勉强挪动。

顾峰就这样躺在120车上到了医院。等了半天，见到医生，又去拍片子。一路上Tiffany跑前跑后帮他拿东西缴费，等片子结果出来，终于再次回到了医生面前。

医生扫了一眼X光片，说："没事。腰脊神经后支痛。"

"什么什么？"

"就是闪腰了。"

顾峰疑惑地问："可是我这痛得厉害啊。"

"有的闪腰严重的，一步都走不了呢。你是不是之前搬重物了？"

"就一盒海鲜，没多重，不应该啊。"

医生笑道："哎呀，你这个岁数，不是大小伙子喽，做什么动作都得悠着点。这两天卧床休息，尽量多趴着吧。"

顾峰素日浪荡，信奉男人四十一枝花，六七十都还可以风流，何况他还不到四十。医生说他岁数大，他可太不爱听了。但不能跟医生较劲，忍着气问："那怎么治？"

"从片子上看，没啥大问题。没大事儿，中老年常见病，不用有太多心理负担。"

医生是好言安慰，顾峰却气得脸都绿了。

Tiffany关心的则是另一件事，她问医生："那这两天饮食有什么要注意的？是不是不能吃发物？"

"对，少吃发物，吃清淡点。"其实闪腰没什么饮食禁忌，但是医生遇到这种病人，就一律来一句"饮食清淡"。反正现代人多半都需要饮食清淡，闪了腰需要卧床，本就不宜大吃大喝。

而这正是Tiffany想得到的答案：这回可彻底不用跟那只螃蟹较劲了。

医生又补一句："其实，岁数大了，消化能力弱，平时也是吃清淡点好。"

这医生态度和蔼，却一口一个岁数大，顾峰气得腰更痛了，但也只好忍气吞声地被开了理疗和止疼药。理疗的医生以为Tiffany是顾峰的家属，就教了她几个按摩的手法。理疗后也没什么直接的效果，依然行走不畅。

折腾一圈，千辛万苦地挪到了家里，抵达卧室，顾峰趴在床上动弹不得。平时挺威风的一个大男人，这时候看着有点可怜，又有点好笑。

Tiffany按照医生教的，帮他按摩了腰部，又给他盖了条被子，防止受凉。她把医生传授的和自己所知的民间习俗都胡乱施演一遍，最后贤惠地问："你饿了吗？海鲜是发物，就别吃了。我给你煮点白粥吧？"

她想：白粥我还是会煮的。

顾峰趴着说："我想吃病号饭。"

"病号饭？"

"就是部队里的那种汤面，里面有荷包蛋和肉丝。没有肉丝，多打个荷包蛋也行，记得多放葱花。"

Tiffany忍了半天才没有说出那句"你就不能吃个方便面吗？"。

她只好走到厨房里，这时谭丽莎健身完毕，回了信息："帝王蟹？你要做帝王蟹？那东西不难做，主要是不好切。你家里的蒸锅还得够大……"

Tiffany如获至宝，赶紧回复：不用做帝王蟹了！快教我做个病号饭吧！

病号饭其实就是放了鸡蛋的肉丝汤面。有鸡汤最好，没有鸡汤，就把青菜炒一炒，然后加水煮成高汤。面汤里有点油花，味道就不那么寡淡。

她教给Tiffany用一个大碗装面，在碗底放入酱油、香油、葱花的混合物，如果有榨菜、虾皮和紫菜，也可以放一些进去。

等面、青菜和蛋都煮好了，连汤浇在碗底，喜欢酸味的人还可以加一点醋。

Tiffany依法实施，果然简单好做。虽然没有肉，照样香气扑鼻，引人食欲。她按照谭丽莎教的，先将面高高挑起，折一下放入碗中，摆得十分漂亮。唯一不完美的是顾峰家里根本没有装面的大碗，只好找了个不锈钢的小盆子洗干净了，用来装这碗面。

顾峰见了这碗面，愣了一下，说："我好多年没见过不锈钢盆子装的面了。"

Tiffany以为他嫌用盆子装不讲究，却听他低声说："小时候我爸给我做的病号饭，就是用这么个盆装着。"

原来这盆子居然无意中勾起了他的情绪。她连忙乖巧地说："我做的肯定没有你爸做得好吃。"

顾峰说："他只会做这个。小时候我最讨厌吃面条，但现在，想吃也吃不上了。"

他说得伤感，她就岔开话题："你方便起来吃吗？要不我喂你？"

顾峰说:"好。"

她喂他吃了一口,不等她问,他就说:"真好吃。"

然后他居然勉强歪着坐了起来,自己接过盆子,将面吃了个干净,然后又"哎哟"一声,趴下了。嘴里骂道:"什么破理疗,根本就没用。"

她觉得今天他心情不好,不太好伺候,也累了半天了,就打算开溜:"要不然,你好好休息吧,我先回去了。"

顾峰却说:"你别走,再陪我一会儿。"

Tiffany一怔,看到他眼神里都是留恋之意。

她决定留下来照顾他吃水果时,他跟她说了自己家里的事。原来他自幼跟爷爷奶奶长大,母亲早逝,父亲当兵,平时回家很少,他总被欺负。偶尔父亲回来,总是给他煮面吃。

她没想到他的身世这么凄惨,同情之心顿生,再看他的眼神就格外温柔。

同患难总是最容易产生感情。顾峰身心难受之际,觉得自己该为下半辈子好好考虑考虑——是时候找个固定的女人照顾自己了。

想法一变,再看Tiffany就与别的女伴不同了。

恋爱的男女之间,对气氛的变化最为敏感。Tiffany很快就感觉到今天顾峰对她不同寻常。她发现,她和他之间的距离缩小了。

顾峰把Tiffany当自己人以后第一个举动,就是让她把那一盒子海鲜拿回家吃。既然自己不能吃,趁着螃蟹还没死,让她吃掉,这样才不浪费。

于是,晚上陆霞和谭丽莎看着那只帝王蟹,匪夷所思地问Tiffany:"所以你报答人家的方法就是吃掉人家?"

Tiffany理直气壮地说:"我也想养着它啊!可帝王蟹很难养的。反正它现在已经奄奄一息了。我想,被你这个食神认真地烹制,也算是对它最大的尊重了吧。"

陆霞看着那只螃蟹,咽了一下口水:"也对,这样它可以早些往生。"

谭丽莎说:"嗯,螃蟹倒是优质蛋白,不发胖。但是我也不太敢杀这么大个儿的螃蟹。"

陆霞说:"这事儿我擅长!鸡我都杀过,何况一只螃蟹。杀完我给它念一段往生咒。"

谭丽莎点头:"我看行,你会念咒?"

陆霞说:"网上肯定有,说不定都有现成的。"

Tiffany深情地望着这只螃蟹:"那我先给我的恩人……不,恩蟹起个名字吧。它显灵让顾峰闪了腰……就叫它闪灵吧!"

谭丽莎说:"这名儿有点不吉利啊!"

陆霞说:"没事儿,我再多念两段经!行了,那我这就去送闪灵大人上路啦。"

于是,三个女孩子的晚餐就是清蒸闪灵、葱姜炒闪灵、避风塘闪灵,以及闪灵蚝仔粥。这次Tiffany没敢再发给顾峰看,生怕他以后再搞一只来让她当面表演厨艺。

谭丽莎到公司后,走到空无一人的茶水间,给自己泡了一杯简单的黑咖啡,想着上周和姚望一起吃早餐的快乐时光。

这时听见有人走过来，回头就看见姚望对她笑道："原来你每天都来这么早呀。"

她惊喜地问："你来这么早干吗？"

"早上忘了改闹钟时间，早早就醒了，干脆就来了。其实这样早起也挺好的，一天时间就变得很长。"姚望拿出一个便利店买的面包，又盯着谭丽莎的三明治，"我的面包看起来没有你的好吃。"

谭丽莎笑道："今天你可是猜对了——我今天做的是帝王蟹肉三明治。分你一半好了。"

"这么豪华？"

谭丽莎就把蟹肉的来历说了一遍。姚望幽怨地说："你们好开心呀，为什么不叫我。这个礼拜我还能去你家蹭饭吗？"

"真的不行了，Tiffany下班后要去照顾她男友。陆霞今天正式上岗第一天，肯定要好好表现，晚上都不一定能回家吃饭了。我就正好减肥，吃健身盒子。"

姚望一脸失望。谭丽莎忍不住问："你为什么总跟我们混？不约陈柔樱出去吗？"

"约不出来啊。"

"吃饭看电影总可以吧？"

"她不喜欢看电影，对吃也一般。"

谭丽莎想，果然是仙女，大概吃风喝烟就能活着。她又想："郊游？"

"她很怕晒，不喜欢户外运动。"

"博物馆？展览？"

"之前有个奢侈品牌过来做展览，我请她了，她也不想去。她说买不到就不想看，否则白白难过。"姚望苦恼地说，"你们女孩子到底要怎样才愿意跟男生出来啊？"

谭丽莎默默地想：喜欢你，自然就会招之即来。

她说："我回头再问问陈明硕，看能不能再探听点情报出来吧。"

姚望感激地看着她："莎莎，你对我太好了。"

谭丽莎半真半假地说："谁让我欠你的呢。"

姚望以为她说的是私教课，说："哎呀，那不算什么了……"

谭丽莎笑了笑："好了，我去上班了。"

姚望看着谭丽莎的背影，心想：莎莎好像有点不开心，这是为什么呢？

这一天，谭丽莎忙得焦头烂额。最近她把很多店铺的一些关键词和图片都做了调整。一开始效果不明显，但渐渐回头客开始明显地多了。然而头疼的事很快也就来了：马上就有一些店家开始盗图，跟风模仿。虽然可以投诉，但收效甚微。

除此之外，常规工作也非常忙碌，姚大有的商业策略就是勤能补拙。他永远盯着任何可能的利润点，随时调整。所以公司总是充满了变化和调整，电商部门尤为忙碌。

午餐刚过，Tiffany发了信息过来："我们总监好像真的可以搞定，我要不要帮姚望买那条裙子啊？"

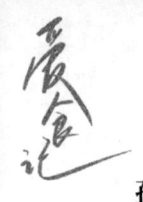

孤独的健身盒子

原来，今天Tiffany午餐时特意找机会坐在总监旁边，以讨论八卦的方式说："我朋友看上一条大牌的裙子。没想到，国内根本就订不到。"

说着，她就把裙子照片给大家看。总监扫了一眼："挺有眼光的嘛。这条确实设计得不错。但也就是件成衣，没那么难买。"

"那为什么不在国内的店里卖呀？"

"这个价位的裙子，本来就不是面对大众的。要是铺货铺得到处都是，就不显金贵了。真想要就订货，让他们调货。"

"可是销售跟我朋友说订不到呀。"

"任何高端产品，最好的货都只供VIP。如果你的销售不能替你搞定这条裙子，不是你的销售没能耐，而是你的顾客级别还不够高。高到一定程度，总部都知道你的名字。裙子还没做好，店长就先问你要不要了。"

一个同事好奇地问："要花多少钱，才是您说的这种VIP客户呀？"

"像这个牌子，起码每年在一个店里消费大几百万吧。偶尔买一买，当然拿不到这种特别款。"

"妈呀。一个店里消费大几百万，那别的店里肯定也要买，这一年要花多少钱啊。"

"单品价格门槛都是有限的，就算是工薪阶层，存钱买一件奢侈品也做得到。店家当然要区分谁是真正的大客户。"总监淡淡地说，"那些一掷千金的富豪客户，走到哪里待遇都是不一样的。"

Tiffany一听有门路，就赶紧给谭丽莎发信息。

谭丽莎想着姚望早上那副失落的样子，叹了一口气："帮吧，就当是帮我。"

"你不怕他真跟嘤嘤怪好上啊？"

"人家要亲是看对了眼，也不在这一条裙子，对吧？裙子寄来了，咱们也跟着开开眼。"

"我怕他们俩真好上了，你心里难过。"

"放心吧，我早就淡定了。"谭丽莎做若无其事状。

Tiffany转念一想，万一姚望送了这么贵的裙子也没成，说不定倒能加速他对嘤嘤怪死心。再说她也好奇总监到底有多大的能量，就真的去求了总监。

于是，没过几天，姚望就去总监介绍的门店顺利完成了订购。Tiffany虽然帮了忙，终归心有不甘，她特意对姚望说："求我们总监一次可不容易了！要不是看在莎莎面子上，我可不帮你这个忙，莎莎对你真的没得说。"

姚望连忙说："我知道。莎莎跟我是从小的交情，她是我最好的哥们！"

Tiffany小声嘟囔道："谁是你哥们啊……"

姚望没听清，笑道："啊？你说什么？哦，对，莎莎就跟我妹妹差不多。"

Tiffany知道跟这人没法生气，只在心里替谭丽莎不值。但她也顾不上太多，这些天她每

第三章 情场失意，职场得意

天下了班，就去顾峰家里照顾他，趁机像个特工一样留意每个角落里的蛛丝马迹。

她看到了他的驾照和身份证，得知他比自己大十岁。她知道他衣橱里有个保险柜，床头柜里有安全套，但是没见到任何女人的照片、用品和头发。顾峰的电话繁忙，大部分是工作。偶尔他会看一眼号码就直接按掉，说一句"垃圾电话"。但她自己也会如此，此举不算令人生疑。她很有心机地说为了方便，想买一些拖鞋之类的随身小物放在这里。顾峰不但支持，还让她在网上挑好了他付款。

总之，一番调查之后，她至少确信，他没有固定的女人。

几天后，顾峰虽然仍然行动不便，但已经可以开车走路。他又开始老练地调情，隔三岔五就往她的办公室送鲜花礼物，令她在同事面前挣足了面子。

这期间，公司接了个生活类产品的项目，Tiffany想起了她和谭丽莎一起拍烤箱照片的经历，贡献了几个令总监难得说了句"不错"的创意。再加上裙子的事，她好像突然就跟总监的关系变亲近了。

总之，不知是否是闪灵大人的保佑，近来万事顺遂。

同样忙碌的还有陆霞。她本就勤奋过人，现在到了新公司，要珍惜机会好好表现，越发早出晚归。

不过最忙的人还是谭丽莎。姚望现在总是早早到公司，也总是眼馋她的早餐。于是她总是带两份早餐，看起来一样，但给他的那份，多加了调味料和油脂。

刘总监有了谭丽莎之后，业绩稳步上升，公司开始把更多的资源向他们倾斜。第一个月的工资发下来，奖金丰厚，名目清晰。工作一忙，又招了几个新人。不知不觉中，谭丽莎的角色已经带点管理性质。

健身也没落下，她按照芳芳的建议，认真规划饮食，每天吃健身盒子度日。其内容是：一份几乎没有油水的新鲜蔬菜、一份含有大量粗粮的谷物、一份脂肪含量低的优质蛋白，比如鸡胸肉、煮虾仁、无油烤鱼块。

健身盒子的拍照效果很好，五颜六色，清新悦目。但吃起来没滋没味，完全没有饮食的快感。Tiffany在约会，陆霞在996，谭丽莎经常晚上独自咔啦咔啦地啃着健身盒子，恍惚觉得自己是一只独自站在山坡上啃草根的羊。

生活积极又充实，但多线开战，也是真的累。尤其是管理下属，让谭丽莎很好地体会到了"他人即地狱"。原来安排别人干活，比自己干还累还难。

有天她正被一个糊涂新人搞得焦头烂额，姚望叫她去会议室聊天。一见面他就很开心地说："那条裙子已经到店里了！谢谢你啊。有什么需要兄弟帮你做的，你随时说话。"

谭丽莎本就心烦，看他为这事高兴，雪上加霜。她说："你少在上班时找我闲聊，我就谢谢你了。"

说着她转身要走。姚望连忙说："等一下，我还有事问你呢。"

谭丽莎以为他又要催她去找陈明硕打听情报，心里烦躁，就说："我跟陈明硕没什么交情，打听不出来你的女神喜欢干什么。"

姚望却以为她在跟陈明硕生气，关心地问："怎么了？他对你不礼貌了？"

谭丽莎闷闷地说："没有，跟他没关系，好了我回去工作了。"

姚望拽住她："别走啊，我找你真有工作上的事，正经事。"

原来，姚望最近一直在积极谋划开餐厅，想到餐厅食材控制最重要，就决定干脆新开一个专做食品的电商部门。他笑嘻嘻地问她："你觉得怎么样？"

谭丽莎点点头："很好。你加油吧。"

"咱俩一起啊！你到我的部门做主管怎么样？"

"啊？"她这才明白他是这个想法。她犹豫了，她还没做好独当一面的准备。

他看她没有立刻答应，就笑道："喂，我好不容易要认真学做霸总了，你不支持一下？"

谭丽莎心里一酸，难怪他突然努力起来。陈柔樱喜欢霸总型的男人。

她淡淡地说："我不行，你另找别人吧。"

姚望没想到她拒绝，愣了半天："为什么？"

她说："我现在啥也不懂，还得好好学东西呢。咱俩都没经验，肯定干不好。"

"学着学着就会了呀，多好的机会啊，我第一个就想到你了。"

"你还是找个有经验的项目经理帮你吧。还有事没有？没事我回去了。"

谭丽莎离开会议室以后，姚望百思不得其解。他觉得莎莎最近心情很不好，也不那么阳光了。这么好的升迁机会，又是做食品，她都提不起劲。

他想：莎莎肯定有烦恼了。他回想着这些天以来她的表现，终于自作聪明地恍然大悟，得出了一些自以为是的结论。

下午，谭丽莎正在工作，接到了老侯的电话。废话了半天，终于说到了正题：让谭丽莎帮他在北京介绍工作。

谭丽莎实话实说："我也就是个打工的，没啥人脉。"

"莎莎你这可就谦虚了。谁不知道你现在混特好，出入都是高级场合，连姚望都给你面子。"

谭丽莎觉得这话有些奇怪："姚望给我面子？你指的是？"

"上次朱美俏对你泛酸，姚望可一点都没客气。你不知道？"

"我不知道啊。我没有朱美俏的微信。"

"我给你找找。"老侯说着，很快发了一张截图过来。

那是几个月前，谭丽莎和姚望在河边试吃甜品摆摊拍的纪念照。他们把后备厢摆得像个咖啡馆，笑嘻嘻地站在照片的角落，穿着围裙戴着厨师帽，做介绍自己的店铺状。姚望把这张照片发了朋友圈。

朱美俏留言说：好像咖啡馆的帅老板和他的胖厨师。

而姚望回复：是你眼睛的问题吧，凸透镜看什么都胖。

谭丽莎怔住了，朱美俏的眼睛确实有点凸。而姚望一贯温和，很少对别人这么刻薄。

她想到每次朱美俏欺负她，他都不客气地替她还击。再想起上午对他不耐烦，歉疚之情顿生。她觉得自己不知足也不讲理，他喜欢大美女又有什么错呢？把自己当哥们又有什么错呢？他明明就是个很好很好的人啊。连现在这个颇受重视的工作，都是他帮的忙。

老侯又唠唠叨叨了半天，谭丽莎无法承诺帮他找工作。谭丽莎挂掉了老侯的电话，就去姚望的办公室找他。姚望以为她决定来帮他做食品，正在开心，却看见她一脸歉意地说："对不起，上午我对你态度不好。"

他愣一下，大度地说："没事儿，我都知道了。"

她疑惑地看着他："你知道？"

他微笑："我知道被喜欢的人忽略是什么感觉。"

她的眼泪猝不及防地流了出来，她想要掩饰，可是来不及了，就狼狈地转过身去，胡乱用手背擦着眼泪。

他递给她一张纸巾，轻轻拍着她的后背，像安抚小孩子似的说："莎莎，你别难过，你的心思，我都明白的。"

她惶恐极了。难道他真的知道了？谁告诉他的？还是他自己发现的？会不会他问了Tiffany？

却听他很有把握地说："你放心！哥肯定帮你到底！"

谭丽莎觉得这话味道不太对，抬头看去，发现在他脸上，又出现了似曾相识的那种贼头贼脑的笑容。

他坚定地看着她，握拳："包在哥身上了！"

她看着他这副义薄云天兼沾沾自喜的德行，突然产生了古怪的预感，还觉得自己刚才的伤感有点多余，又有点浪费。

几天后，周末的晚上，谭丽莎坐在一家颇有情调的高档法国餐厅里，听着琴师现场演奏的音乐，看着对面穿得整整齐齐的陈明硕，突然就想起了几天前姚望那句"包在哥身上了"。

她放下菜单，怀疑地问："是不是姚望让你请我吃饭的？"

缤纷的普罗旺斯炖菜 ● ● ● ●

陈明硕一怔，随即失笑道："你为什么会这么想？姚望对我还没有那么大的影响力。"

随即他又补一句："他爹出面的话还差不多。"

这句话把谭丽莎逗笑了。她放下了心，说："其实你没必要请我吃这么贵的饭。"

"吃饭是次要，主要也是想跟你聊聊。平时太忙，总是没机会。我知道你在控制体重，法餐比较健康。"

谭丽莎不再推辞，开始看菜单。看到普罗旺斯炖菜时，她惊喜地说："太好了，我要点普罗旺斯炖菜！"

陈明硕好奇地问："这是什么菜？"

谭丽莎兴奋地介绍："你看过动画片《料理鼠王》吗？就是一只小耗子想在巴黎做名厨的故事。那里面就有这道菜！"

服务生笑道："没错，就是这道菜，您真是懂行。"

谭丽莎点了这道菜就不再点了，陈明硕又点了些蜗牛、鹅肝、海鲜拼盘之类。她看他专

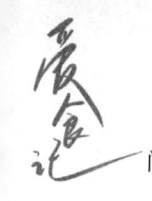

门挑贵的，就说："太多了，吃不了。"

陈明硕笑道："吃不掉我们就打包分一分，下顿饭就不用花心思了。"

点完了菜，他用手机搜索《料理鼠王》："回去问问圆圆看过没有。要是没看过，下次可以放给她看。"

她由衷地说："陈总，你真是个好爸爸。"

他苦笑一下："我这是被逼上梁山，她妈妈不要抚养权。"

她惊讶地问："为什么？她不方便带孩子吗？"

"说来话长了。"他叹了口气，"其实圆圆三岁以前，我几乎从来没有带过她。她妈妈那时候全职带她，什么事都不用我操心。后来有一天，她问我能不能替她去一次家长会，因为她约了朋友喝茶。我当时有个重要的会议，实在排不开，就跟她说不行。"

"她生气了？"

"她当时没说什么，也去了家长会。但是当天晚上，我回到家，她就跟我说：陈明硕，我不干了。然后她就提出了离婚。"

"就为这事儿？就要离婚？"

谭丽莎张大了嘴，她无法相信会有女人为了一个下午茶就放弃陈明硕这样的男人。

"对，她不要抚养权，只要婚内财产。"

"就是说……要钱不要孩子？然后呢？她就真的不管圆圆了？"

"真的不管了，起初我也不相信，你不知道她曾经是个多么负责任的母亲。我一开始很生气，觉得她无理取闹。后来看她真的要离婚，就求她，让她替孩子考虑，不要任性。你猜她说什么？"

"说什么？"

"她说：陈明硕，我要是现在死了，你是不是也得自己带孩子？你就当我死了吧。"

"可是，她就这么突然走了，圆圆不会想妈妈吗？"

"她跟圆圆说她要出差，然后她就出去租了房，开始找工作。像我出差时一样，每天晚上和圆圆视频。如果我肯离婚，她就周末把孩子接走。否则，我就得一直这么一个人带孩子。"

"所以你就同意离婚了？"

"僵持了三个月。起初以为她闹两天就算了，但后来发现她是来真的，最后只能同意离婚，这样好歹她还肯周末给我搭把手。"

"你父母不能帮你带孩子吗？"

陈明硕沉默了一下，说："我父亲在我上大学时去世了。母亲……现在来往不多。而且她也不可能给我带孩子。"

"啊，对不起。我不应该问。"

"没关系，我不介意告诉你，只是那又是个很长的故事了。"

谭丽莎一开始觉得圆圆的妈妈有些不负责任。想了想，又觉得其实她也有点道理。她问："是不是带孩子带久了，也挺享受当爸爸的感觉的？"

陈明硕叹了口气："时间长了，确实放不下，但也实在谈不上享受。我现在一看到幼儿园老师的微信群就肝儿颤，生怕又搞出什么幺蛾子。你根本想象不出来幼儿园怎么会有那么多事要家长做。"

"圆圆妈妈不分担吗？"

"她倒也不是故意不管，但她三十多岁重新出来找工作，职位不高，朝九晚五，时间没有我灵活。"陈明硕自嘲地说，"现在我天天要安排时间带孩子，其实你看，也都安排出来了。人啊，就是这样。不吃点亏，就学不会真正的教训。"

他这一堆烦心事，平时也很少对旁人讲。说完之后，心里舒服多了。

谭丽莎小心地问："那现在你已经好好带孩子了，你们不能复合吗？"

陈明硕迟疑了一下："我想她不会同意的。而且，我自己也不想再回头了。"

她糊涂了："可是你以前的生活不是很完美吗？"

"算不上完美吧，终归还是我们不合适。"他自嘲地笑道，"现在是不是觉得我很失败？"

"怎么会，我只是有点意外。我们都觉得你特别厉害，什么都行。"

"工作上也许还可以。感情上，我一塌糊涂。"

她触动心事："我也没好到哪去。不过，我跟你不一样。我条件不好。"

他笑了，说："如果你是觉得自己不够漂亮，那我可以告诉你一句男人的真心话——其实看久了，美女和丑女就趋于中和。再美的美女，看久了也就还好。再丑的人，看久了也会越来越顺眼。"

她第一次听到这个说法，笑道："这么说，长得太漂亮的人，反而吃亏了。"

"没错，有潜力的美更好，会让人越看越觉得美——比如你。"陈明硕凝视着她："我每次见到你，都觉得你比上次更漂亮。"

谭丽莎没想到他会这样说。她还很不习惯享受这种来自异性的赞美，尤其是这样的优质异性。她几乎有些惶恐地说："谢谢。"

这时，服务生上了主菜，其中就有那道普罗旺斯炖菜。厚厚的烤盘中，薄薄的西葫芦、茄子和西红柿片不同色地摆放成环状，色彩缤纷，赏心悦目。

谭丽莎尝了尝，说："嗯，好吃。我以为味道会有点寡淡，但是并没有，这个酱汁和这几种蔬菜意外的搭配。感觉这个菜在家里吃、在外面吃，配中餐西餐都很合适。"

陈明硕笑道："那么，这是一道很好相处，又值得品味的菜。"

谭丽莎觉得他形容得很妙，就听他接着说："——就像你。"

谭丽莎一怔，看见陈明硕微笑着看着她，这笑容里的温度似乎远不止感谢一个给他女儿做面包的人。她从未想到过与陈明硕之间的可能。在她潜意识里，这样优秀的男人和她简直有生殖隔离。她想大概还是自己搞错了。但是他为什么这样看着她，又这样跟她说话？

慌乱之间，她胡乱应答："谢谢啊，你……挺会说话的。"

"只是我的真实感受。虽然认识的时间不长，但我非常欣赏你。如果，你也觉得我不讨厌，也许我们可以试着多了解一下对方。"

她彻底傻了:"你……你……你这什么意思啊?"

他微笑着问:"如果我追求你,会不会让你觉得不舒服?"

谭丽莎吃惊地问:"你?追求我?"

她无法理解地指一指自己,又指一指陈明硕:"我吗?你是说你要追求我吗?我没听错吧?"

陈明硕没想到她的反应这么怪异,也有点怔住了:"怎么了?我不能追求你吗?"

谭丽莎迷茫地问:"不是……你为什么要追求我啊?"

陈明硕只觉得谭丽莎像看怪物一样看着他,纵然他涵养好,也有点挂不住了。他淡淡地说:"对不起,是我不自量力了吗?如果你觉得荒谬,就当我没说。"

谭丽莎吓了一跳:"不是不是。我不是这个意思。我是说,你条件这么好,为什么会追求我啊?"

陈明硕这才明白她是在自卑,他笑道:"我一个带着个孩子的奔四中年男人,哪里条件好了?"

"你长得帅,收入高,你就是有两孩子,也有的是美女愿意跟你结婚呀。"

陈明硕冷笑:"那这种人不就图我的收入过得去吗?要是就图色,我花钱不就行了?还能天天换样呢。"

谭丽莎笑道:"你还真坦白。"

"既然要交往,当然要坦诚相见。"

谭丽莎好言相劝:"但是我的条件也太差了啊。我工作普通,长相普通,还胖……"

"我不这么看。我看到的是你善良正直,对生活和工作都很有热情。而且很自律,越来越漂亮。"

"你真的不觉得我胖?"

"至少现在的你不能算胖。"

"可也不苗条啊……"

陈明硕无奈地看着她:"我不知道是谁传出的谣言,男人都喜欢瘦女人。实际上在多数男人眼里,女人丰满一点是优点。"

谭丽莎的脸一下子就红了。

陈明硕突如其来的追求好像一道闪电,一下子把谭丽莎劈晕了。吃完饭,两人又去看了场电影。他很体贴,也很有风度。她全程恍恍惚惚,只是很被动很礼貌地配合着,完全不在状态。直到他送她回家,上了楼,见到自己的两位好姐妹,她才有点回过神。

她对两位好姐妹说:"我跟你们说个特别奇怪的事。"

Tiffany的眼睛马上放光:"什么事?灵异事件吗?"

"还真差不多——陈明硕跟我说,他打算追我。"

Tiffany惊喜地说:"哇!看不出来他这么讨厌的人,还挺有眼光的呀!太好了!你答应了对吧?以后陈总就是咱妹夫了对不对?"

"没到那一步呢，我们得先互相了解了解。"

"你还犹豫什么呀？姚大少已经被嘤嘤怪迷得五迷三道的了。解决失恋最好的办法，就是赶紧开始下一段恋情。"

"可是，陈总这种条件怎么会来追我啊？这不科学啊！"

陆霞说："莎莎你不要妄自菲薄，陈总是很优秀，但他这个岁数，还离婚带孩子，条件也没那么好。"

"就是的！再说我们莎莎本来就很可爱！"Tiffany雀跃，"你们进行到哪一步了？"

"吃完晚饭，看了电影。"

"哇！看电影！头靠在禁欲系总裁身上什么感觉？有没有心头小鹿乱撞？"

"什么呀。可能是我还没反应过来吧，就觉得，好像在跟领导看电影。"

"你就是之前把他看得太高了。"Tiffany坏笑："在一起就自然了。"

陆霞也跟着起哄："我看可以。"

"你们胡说什么呀！我跟他根本还不熟啊！"

Tiffany嬉皮笑脸地说："不熟才刺激呀，熟了就没激情啦，你们俩明天还见面吗？"

"见面。我们约了去西山爬山。"

Tiffany皱眉："这陈明硕是不是有毛病啊？干吗爬山啊？"

陆霞说："成功人士好像都爱爬山。智者乐水，仁者乐山嘛。"

"可是爬山还不把体力都耗光了？"

谭丽莎一怔，随即明白了，笑道："你想什么呢？"

Tiffany长叹一声："唉，想想又不犯法。我现在这日子，太无趣了，顾峰清心寡欲，也不知道是不是不行。"

原来，顾峰日渐行走如常，但两人的关系一直未能再进一步。Tiffany试着主动一些，可每次明明气氛也到了，顾峰就是不接招。

陆霞说："估计是腰没好利索，怕一使劲儿，又趴下了。"

Tiffany有些烦躁地说："又不是骨折，怎么好得这么慢呀。"

"哎呀，伤筋动骨一百天嘛。"

大家闲聊一阵，各自回房睡去。谭丽莎躺在床上，收到了陈明硕发来的信息。他是个称职的追求者，陪她闲聊问候，然后道晚安。

她想起了她的上一任男友李泽。他最讨厌程式化，与她的联络就像古代君王上朝：有事启奏，无事退朝。如今她终于也有了一个主动嘘寒问暖的追求者了，还是个如此优秀的男人。互道晚安之后，谭丽莎却睡不着了，她越想今天的事越兴奋。

今天晚餐时，陈明硕问她，是否愿意和他更多地交往，互相了解。她觉得自己当时完全是无意识地就同意了。现在才明白，那不是无意识，那是内心深处的下意识。她还是喜欢姚望，可这不代表她不想和陈明硕试试。她给自己找了很多理由：反正姚望也不喜欢我，陈明硕对我一直很好，就算是给面子也该跟他试试。但她心里知道，最重要的理由是，陈明硕的条件足够

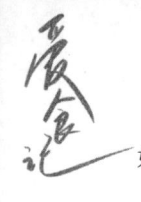

好，她不可能对这样一个追求者视而不见。他的追求，让她的虚荣心获得了前所未有的满足。

原来一个人的心里不是只能容得下一个人，也不是只有一种动心的方式。

未能上山的野菜杂粮饭团

第二天早上，谭丽莎想到和陈明硕爬山，心里很期待，特意做了小巧的野菜杂粮饭团，还认认真真地化了个妆。化完妆，她开始纠结穿什么。

她发现确实瘦了，不是改天换地的那种瘦法，也还谈不上纤细美，但镜子里的女孩，已经不再是个胖姑娘，最多是个不那么瘦的姑娘。她测了体重，68.1公斤。她记得和芳芳做体能测试那次，她71公斤，那时感觉很胖，还觉得减肥效果不佳。

原来2公斤的视觉差异这么明显。再看现在的衣服，越发不顺眼，她需要新衣服了。

正在纠结，陈明硕发信息来，他已经快到楼下了。最终谭丽莎穿着牛仔裤和T恤衫，套了件轻薄的拉链帽衫下了楼。而陈明硕穿着一身看起来很专业的运动衣。

她问："这是登山服吗？看起来很专业。"

"确切地说是行山服，或者健走服。西山比较平缓，主要是健走。"

"我还以为你喜欢珠穆朗玛峰那种登山。"

他笑了："以前喜欢登山，但现在我是有孩子的人了，登山对我来说，危险系数大了一点。"

两人聊着天，很快就到了西山八大处。他停好车，体贴地给她一瓶矿泉水。她也拿出一个小巧的饭盒："我做了饭团。"

他接过来，赞叹："好可爱的小饭团，是送给圆圆的吗？"

她笑道："这是我们吃的，圆圆不一定喜欢。如果圆圆要吃，我可以给她做卡通饭团，再放一点美乃滋酱。"

"太好了，那我先放在后备厢的保温袋里。"

谭丽莎说："我们带到山上，休息的时候吃呀。"

"山上洗手不方便，不适合吃东西，我们拿两瓶水就好了。"

"哦哦，你说得对。"

她有点窘。

两人说着话，就去公园门口买门票。还没走到售票处，陈明硕的电话响了。他看了一眼手机，面色微变，走到一边，接了电话。很快一脸歉意地回来："莎莎，实在对不起。圆圆发烧腹泻，我要赶紧到医院去。那……你还爬山吗？还是我先送你回去？"

谭丽莎一怔，马上大度地说："没事儿，那我陪你去医院吧，说不定我还能帮点忙。"

他尴尬地说："圆圆妈妈也会在。"

她明白了，脸一红，笑道："我没想到这一层，你也别送我了，我自己打车回去好了。"

怕他为难，还特意开玩笑："幸亏还没买票。"

"那怎么行，现在这样已经很过分了，我送你回家。"

谭丽莎想了想："要不这样吧，那你把我放在沿途的商场或者地铁站吧，我正好去逛一会儿街，买点东西。"

"也好。那实在对不住了，改天补偿你。"

"别这么客气，孩子的事要紧，咱们赶紧出发吧。"

路上，陈明硕苦笑着解释："真是太对不住了，小孩子就是这样，永远都在你最怕她生病的时候生病……"

他说起带孩子的话就一肚子苦水。她毫无育儿经验，不知道怎么接好，只能胡乱地应和："做家长可真不容易啊。"

开了一会儿，他把她放在商场门口，再次诚恳表达歉意。她也再次诚恳地表示真的不介意。双方都不想让对方不舒服，一个在车里，一个在车外，像两个日本人似的面带微笑，互相客气了好几个回合。

等他的车开走了，她不由自主地松了一口气。刚直起腰，就听见一个熟悉的京腔问道："你男朋友啊？"

回头一看，是李泽。谭丽莎说："也不是，就是朋友。"

李泽说："那哥们看着还行，就岁数大点，是不是挺有钱的啊？"

谭丽莎不想回答，就问："你怎么在这儿？逛街吗？"

"我等小伟和魏洁呢。我们一发小儿在这儿开了个米线店，大家过来给他捧个场。"李泽打量着她："你怎么瘦成这样了？你这新公司剥削得够狠的呀。"

"我在减肥。"谭丽莎诧异地问，"你怎么知道我换工作了？"

李泽有点不自在地说："我猜的，你不是一直很讨厌你们老板吗。"

两人说着话，小伟来了，跑得呼哧带喘的："不好意思，来晚了，来晚了。"

"魏洁呢？"

"临时出任务，来不了了。"

魏洁是民警，经常被叫去临时出任务，经常加班，谭丽莎和他们也算是熟人。

小伟一见谭丽莎就惊呼："莎莎，你变样儿啦？猛一看我还以为这小子换人了呢。"

李泽笑着打他："别瞎说。"

小伟拿出手机："对了莎莎，咱俩加一下微信。"

李泽说："又来了，你加也没用。你那一天天发的，我都不爱看，屏蔽你的比屏蔽微商的还多呢。"

"反正这是媳妇的要求，我就得做。"他笑着对谭丽莎解释，"魏洁她们最近在宣传反诈。别人都就那么回事，就她当真，跟搞传销似的，天天让我帮她拉人头宣传。咱俩加一下，你没事儿的时候看两眼我朋友圈发的反诈内容，要能点个赞就更好了。"

"没问题。这是好事。"谭丽莎和小伟加了微信，"那我先走了。"

小伟一怔："不一起吗？"

谭丽莎客气地笑道："不打扰你们了，我这会儿也不饿，我去买点东西。"

李泽说："那要不，我先跟你逛会儿。"

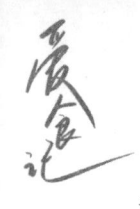

她在他的眼神里看到了留恋，毕竟也曾是一起分享过亲密状态的两个人，她能捕捉到他未曾言说的期待。她不讨厌他，在街头与他偶遇还有点高兴。可这不过是看到老熟人的那种"好巧啊"的小小兴奋，和一点点对前任现状的好奇心。

大家一起进了商场，在自动扶梯边上分道扬镳。谭丽莎走向楼上几个女装店，而李泽和小伟去往地下的小吃街。

自从上次和Tiffany买健身服后，谭丽莎忙于工作，再也没空购物。当时还是春末夏初，此刻已近八月底，这个夏天好像没看清楚就过去了。商场里的夏装早就被堆到角落打折，热卖的已是秋冬装。

她进了一家店，在折扣区随便看着。一个白净秀气的小男生店员自来熟地与她搭讪："现在买夏装其实特别划算，天气这么热，买了还可以穿一两个月呢。而且我家都是经典款，什么时候穿都不过时。姐你来得正合适，今天刚开始折扣，号码挺全的。"

他指着一片衣服说："这边都是中号，我们家的衣服都特显身材，你上身一试就知道了。"

谭丽莎说："我得穿大号的。"

秀气小哥认真端详了她一下，斩钉截铁地说："姐，你听我的，你就得穿中号的。大号你穿就大了。咱家是欧码的衣服，尺码比较合适，不是那种日本码的都偏小。"

他摘菜一般摘了好几件衣服，又塞给谭丽莎一个试衣服的号码牌："试衣间就在那边，你就拿这几件过去试，绝对好看。"

谭丽莎看了一眼："这吊带的就算了吧，还是白色的……"

店员小哥简直是娇嗔了："这件是我专门为你挑的！剪裁绝对不一样，姐我求你了，这件你必须试！我把话放在这里——穿上不好看你打死我！"

他不由分说地就把她推到了试衣间那边。

谭丽莎试探着先穿了一件T恤衫。有一点点紧绷，或者说，过分合身，而且领口很低，令她不习惯，可是居然不难看，和她的紧身弹力牛仔裤搭配起来，显得很精神，也显露了腰肢。她有些意外，这店员小哥推荐得还挺合适。

她又试穿了那条米白色的低胸吊带裙，抬头看一眼镜子，惊呆了。

如同多数胖女孩一样，谭丽莎一向走可爱风，穿衣服宽袍大袖，尽量藏肉。

这件衣服露胳膊露腿还低胸，把她平时不敢见人的肉全暴露了出来，并且还是显胖的浅色。可镜子里的女孩居然异常顺眼，妩媚又有活力。

真的好看，意外的好看。好看到她忍不住打开更衣室的门，在更衣室的走廊里，远远地转来转去地看。

旁边的一个苗条精致的女生看见了，惊呼："这条裙子真好看，在哪里？我也要试。"

十几分钟后，试衣完毕，谭丽莎拿着所有的衣服出来："这几件我都要了。"

秀气小哥一手拿衣服一手拿手机："姐，咱俩加个微信吧。以后有折扣我第一时间告诉你。我叫Chris，这边的几件我觉得也蛮适合你的，要不要再试试？"

"要要要！"

结账时，Chris（克里斯）已经跟谭丽莎亲如姐妹："莎莎姐，要我说你就干脆换上这件T恤，跟你现在的裤子和鞋就很搭。这条裙子回头你配个白色漏脚趾的高跟凉鞋，绝对美爆了！再拿卷发棒把头发弄几个大卷，梦露什么样，你就什么样！"

他一边说，一边把那件大领口的T恤衫拿出来："我这儿有剪子，我帮你把标签剪了。听我的，这就穿着它出门。"

谭丽莎已经对Chris言听计从。她拿了衣服去试衣间换，正看到刚才那女孩穿着她的同款白裙子出来，问她坐在休息凳上的男友："好看吗？"

谭丽莎惊讶地发现，这苗条女孩穿上居然远不如她穿的效果好，少了那种相得益彰的性感味道，显得十分平庸，扁塌塌空荡荡的。

她蓦地想起陈明硕的那句：女人丰满是一种优点。

那女孩的男友敬业而又敷衍地说："好看好看，你穿什么都好看。"

Chris走过去，直言不讳地说："姐你听我的，这件不太适合你。咱这个身材，那就是要走时尚风，就得穿出老娘我最拽最酷的气势，你等我给你挑几件……"

谭丽莎不禁莞尔。这Chris真是个奇才，和那种睁着眼说瞎话的销售不同，他是真心在帮顾客挑选合适的衣服。这种诚恳专业还带点霸气的服务方式，一定可以提高回头访问率，回去可以好好培训一下组里的客服。

谭丽莎带着崭新的衣服与着装观念走出了这家店，她生平第一次感觉到她的身材并不是这么一无是处。原来穿对了衣服，她也可以比瘦女孩更美。

不存在的荔枝罐头

谭丽莎又逛了几家店，尝试了很多她以前看都不敢看的衣服。而且，不知为何，所有的店员都对她异常热情，这是她前所未有的购物体验。

以前她进服装店就是一种折磨。

今天她存心要改换风格，气场自然不同。进店时她那志在必得的狩猎者目光一扫，店员就接收到了"这人今天不买点什么不会走"的信息。

这是谭丽莎数年来购物斩获最多，感觉最快乐的一次。

然而，很快她还是不得不停止了购物，不仅是钱花得太快，还因为东西太多，实在拎不动了。难怪有钱人都要有辆车，否则，买多了衣服，拎回去都费劲。

她提着大包小包离开商场时，又在一楼遇到了李泽和小伟。李泽明显愣了一下，他笑了笑，说："你没少买啊，身上这件也是刚买的？"

"对。"

"挺好看的。"

"谢谢。"

小伟说："我们俩刚才看人多，也还没吃呢，要不现在一起去吃点？"

谭丽莎犹豫了一下。

她确实有点饿了，也愿意给李泽的朋友捧场，也许他没有别的意思。

李泽看出了谭丽莎的犹豫，他也犹豫了，要不要再努努力呢？她似乎有点愿意的。

可是，如果他主动，那么就意味着他要更多地承担未来的责任。如果真的和好，就要再次面对结婚的问题。

终于，谭丽莎说，"今天就不了吧，回头把你们朋友的店名发给我，有机会我过去尝尝。"

李泽也悄悄松了口气："那你忙你的，有什么需要帮忙的地方，别客气。"

谭丽莎对他们挥挥手："我先走了啊。"

李泽目送谭丽莎离去。小伟笑道："是不是舍不得了，那赶紧再追回来吧。"

李泽也笑："是有点，但跑不动，也懒得追。"

小伟恨铁不成钢地说："你就等着后悔吧你。"

李泽叹口气："总比结了婚，生了孩子再后悔强吧。"

谭丽莎提着大包小包，打车回到小区，拎着纸袋爬上楼。

陆霞家里是两道门，外面的防盗门有些老旧，开门的时候声音很大。开完了防盗门，袋子倒了一个，她扶起袋子，正要开里面的木门，就听见Tiffany问："是莎莎吗？"

"对啊。"

"你能先别进来吗？"

谭丽莎以为自己听错了："啊？什么？"

这时她手机响了，原来是Tiffany隔着门给她打了电话。Tiffany在电话里窘迫地说："莎莎，你……能不能先出去逛一会儿？"

"啊？我刚逛了半天了，现在拎着一大堆东西……你怎么了？"

"我现在不太方便。"

"不方便？"谭丽莎傻呆呆地问，"你跟我有什么不方便的？"

"家里……有别人……"

"什么？"谭丽莎吓了一跳，尽量镇定地说，"你不舒服吗？要不要我给你买荔枝罐头？"

这是她们之间的一个暗号。陆霞说女生独居要有暗号，万一被坏人劫持，求救暗号就是：不舒服，买荔枝罐头。

Tiffany窘迫地说："不是……你放心我没有危险，你就下楼待一会儿再上来就行，求求你了。"

"一会儿是多久啊？"

"十五分钟？或者要不然，半个小时？二十分钟吧……"Tiffany语无伦次。

谭丽莎有点不高兴，但看Tiffany说得可怜，只得答应了："好吧。"

她拎着东西又下了楼，不知道去哪里好。

手机响了，是姚望的信息：一个笑脸和一句"干吗呢？"。

谭丽莎回复：无家可归呢。

姚望一个电话就打了过来："怎么了？停电了还是停水了？要是没地方住，你就来我这儿吧。她们俩有地儿住吗？"

"没那么严重，我不去你家了，我得先找个地方吃饭，吃完饭应该就可以回去了。"

"我也没吃呢，一起一起，我几分钟就到。"

谭丽莎到小区门口去等姚望，目光漫无目的地落在了一辆巨大的轿车上。然后她就认出了这是顾峰的那辆劳斯莱斯。

她疑惑地想：顾峰什么时候来的？刚才怎么没看见他呢？

突然之间，她恍然大悟，明白了Tiffany的声音为何那般窘迫。她脸都红了，不知道该说什么好。

Tiffany此刻的感觉也糟透了。昨晚顾峰送她回家时，又提起想去她房间里看看。她就想起今天陆霞加班，谭丽莎有约会，都至少下午甚至傍晚才回来，她就不太敢违逆他。何况她的房间收拾得浪漫可爱，也乐于对他展示自己的内在美。

于是她就同意今天两人约会之前，他可以上楼小坐片刻。

上午两位室友都出了门之后，顾峰如约前来。他带了玫瑰和一个精致的礼盒，轻轻地敲门。她开了门，他把花放在背后，进了屋才把花拿出来。她接过花，玫瑰映红了她的脸，脸上有甜蜜的笑容。他把她的手按到一边，开始吻她，玫瑰掉在地上。

Tiffany心醉神迷，自从腰伤以后，他许久没有对她这么热情了。她觉得当初那个撩拨得她心跳不已的风流霸总又回来了，这才是她想要的恋爱的感觉。

他把礼物盒子塞到她手里，里面是两朵白色的玫瑰绢花。她以为是装饰品，就说："好漂亮。"

他一脸神秘的笑容："这可不是一般的玫瑰。你带我去你房间，我告诉你怎么摆。"

"这么神秘？"她一边笑，一边带他进了自己的房间，问他，"要摆在哪儿？"

他把那两朵花拿起来，轻轻一拽，原来这是一套轻薄镂空的内衣，卷成了玫瑰的样子。

她失笑道："你从哪儿买的这种东西？"

他在她耳边说："换上让我看看。"

她一怔："现在？可是……"

话未说完，他已经一边吻她，一边开始撕扯她的衣服，她心里觉得不妥。

她轻声说："别在这儿好吗？这不合适……"

他喘息着笑道："不在这儿？那到厅里去好不好？"

"我不是这个意思，我不能……"她想推开他，然而她越是慌乱他就越是兴奋。

Tiffany怎么也没想到，她和他的第一次，是如此的糟糕。他动作粗暴，急吼吼凶狠狠的，完全不顾她的感受。昔日的浪漫男友此刻几乎是只野兽，这野兽还没有采取任何措施，只顾自己痛快。她觉得不对劲时，他已经嘶吼着发泄完毕。

Tiffany又羞又气，怒道："你怎么这样！"恨不得赶紧把他推到一边下楼去买事后药。

顾峰心满意足地淫笑道："你怕什么，有了就生下来，老子养得起。"

Tiffany只想赶紧处理现场，不想跟他再废话。她说："你先下去，我要去洗澡。"

顾峰这才从她身上下来，突然间就愣住了：他看见了几丝血迹。

Tiffany看他表情古怪，低头一看，心里气得直骂脏话，大姨妈要来了。

好消息是大概不会怀孕了，坏消息是担心这样对身体不好。她心烦意乱地想着得去找个医生问问，顾峰却腻歪起来，搂着她，在她脸上亲了一下。她耐着性子说："你别乱动，我的床单都被你弄脏了……"

他搂着她不撒手，说："原来我老婆这么乖啊。"

她一怔，就听见外面门响。她大惊失色，叫道："完了，我室友回来了！"

顾峰一丝不挂，四仰八叉地躺在床上，笑道："我跟我老婆在一起，有什么好怕的。"

Tiffany来不及跟他理论，胡乱套了件睡袍，关上房门飞奔到门口。好在谭丽莎拿的东西多，开门慢，总算是及时挡住了门。

再听见是谭丽莎而不是陆霞，她才彻底松了一口气：莎莎肯定是好说话的。

果然，她央求一番之后，谭丽莎就真的没进门。

Tiffany劝走了谭丽莎，只觉得自己的脸都丢光了。她回到房间里，冷着脸说："你快起来，我室友一会儿就回来了。"

顾峰仍旧瘫在床上，说："你让我歇会儿。"

Tiffany忍无可忍地斥责道："你要点脸行不行！你好歹先穿上衣服！"

顾峰看她生气的样子，心里更喜欢了。原来他看见血迹，又想到之前Tiffany抗拒害羞的样子，就以为她毫无经验，还是处女。之后她那么生气，在他看来就全是处女的娇羞。

他一脸宠溺地说："老婆你放心，一会儿我就带你挑戒指去。"

Tiffany一肚子气："你赶紧给我起来！什么戒指不戒指的。"

顾峰笑道："给我老婆挑个结婚戒指呀。"

Tiffany疑惑地问："你什么意思？"

顾峰拉住她的手，吻了一下："怕我老婆跑了，赶紧娶回家踏实。"

她没想到他居然这么认真，满腔怒火顿时烟消云散，自动为他刚才的行为解释起来：他刚才是粗暴了点，倒是至少证明了生理方面没问题。急吼吼色眯眯的，是渴望她的表现。

她脸一红："谁说要嫁给你了。"

他哈哈大笑："怎么，后悔了？已经是我的人了，后悔也晚了。"

Tiffany去卫生间迅速冲洗了一下，想赶紧催促顾峰离开。莎莎是暂时走了，但万一陆霞加班提前回来，那就真的糟透了。

然而回到房间，顾峰居然睡着了。他赤条条地躺在Tiffany漂亮的单人床上，还发出了鼾声。没有了衣服的修饰，他的肌肉不再紧凑，腰部有点窝囊，小腹躺着都有点凸出。

闪腰的事她还以为不过是偶然，是闪灵大人在做法。而此刻他这真相毕露的睡姿，让她第一次意识到，他的确是个中年人了。一种说不清的复杂感觉在她心头掠过。

她有点别扭，因为这一幕实在太不浪漫。他进门时还带着花与她调情，像个最佳男友，这会儿就睡得像个结婚十年以上的糟糠之夫。

她有点嫌弃，但她只能安慰自己，毕竟别人也看不到他这副真容。

可同时，她也有点怜惜。

像他这样的男人，大概平时总是紧张，他是真的在她面前放松了才这样睡着的吧。

可随即她心底又咆哮起来：这不是我家啊！你跑这儿放松来了！

怀旧的台式西餐

按照Tiffany本来的脾气，只恨不得一盆凉水泼过去让他清醒。但此刻他已晋升为未婚夫，她的体贴就又进化了些。

她收拾了屋子也收拾了自己，忙完了还给他泡了杯茶，把温度调整得合适了，这才贤惠地叫他起床。顾峰迷迷糊糊地睁开眼，看见Tiffany漂漂亮亮地坐在身边，端茶递水，顿觉十分舒坦。她伺候他喝了茶，催促说："我们快走吧，要是我表妹回来看见就不好了。"

"好好好，不让我老婆为难。"他总算是肯爬起来穿衣服了。

他又恢复了平时神气的模样。可她的眼光，总不由自主地瞟向他被衣服掩饰的腰腹部。

下了楼，坐进了劳斯莱斯里，她才长出了一口气。她发信息给谭丽莎：莎莎，没事了。你可以回来了。今天的事，千万别跟小霞说。

谭丽莎和姚望正坐在一家台式咖啡简餐厅里等着上菜，看到这条信息，她无奈地笑了一下，回复：放心吧，我已经彻底忘了。

十几分钟以前，姚望开车来找谭丽莎，他帮她把东西放进后备厢，问道："去逛街了？陈明硕呢？"

"我自己去逛街的。本来是要和他爬山，结果……"谭丽莎突然反应过来，"你怎么知道我和陈明硕出去了？"

姚望一怔，掩饰道："我……就瞎猜的……你不是饿了吗？想吃什么？"

"都行，别太油就可以。"

车子驶出小区，姚望看到了顾峰的车："咦？这不是Tiffany男朋友的车吗？他们俩在家？"

谭丽莎不太会撒谎，一脸尴尬，不知道该说什么好。

姚望就明白了。他笑道："给他们俩腾地儿啊？"

谭丽莎不想暴露朋友隐私，就只说："哎呀，别问了。"

"嗨，这有什么呀。君子有成人之美，应该的，应该的。"

谭丽莎见瞒不过，只好叮嘱："那你别跟陆霞说，我们的规矩是不让男友来的，这样不安全。"

"倒也是，安全最重要。不过那男的好歹也是个开魅影的，不至于怎么着。"

谭丽莎叹气："那么有钱，就不能去开房吗。"

"有的男的就这样。"

谭丽莎疑惑地问："哪样？小气省钱抠？"

姚望本来想说，有些男人就喜欢各种"新场景"。可突然觉得和莎莎说这个话题有点别

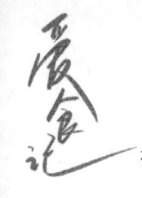

扭，脸莫名开始发红。

他一眼看到个招牌，岔开话题："咦？这家还没倒闭呢？我们去怀旧一下。"

那是一家曾经风靡全国的台式咖啡简餐厅。他们中学附近就有这样一家咖啡馆，谭丽莎总是偷偷羡慕那些去那里吃饭做作业的同学。等她工作了，吃得起了，这家餐厅也没落了。进了店，仿佛进了时光机。装修都显得过时，故而怀旧亲切，就像每个人的家乡。菜单上除了经典的三明治、铁板牛扒之外，居然还有各种川湘风味小炒。

谭丽莎点了鲔鱼三明治，姚望点了牛扒，都是曾经的经典招牌菜。

姚望问："你刚才说，本来你要跟陈明硕去爬山？怎么又改一个人逛街了？"

谭丽莎叹口气："刚到公园门口，他前妻打电话。他女儿发烧了，在医院呢。"

"他就这么扔下你走了？有点过分啊！"

"没有，他很周到。说要先送我回家，是我想着顺便去逛街，让他把我放到商场。你怎么突然想起来找我了？"

他兴奋地说："餐厅现在有几个选址了，想发给你参考一下。现在正好，你陪我去看吧？"

她很惊喜："好呀，好呀。"

手机响了，陈明硕发了张图，是谭丽莎做的菜团子。他说：忙得没空吃午饭，幸好有你做的丸子。

谭丽莎心想：这是饭团，不是丸子。但看他特意吃了饭团还告诉她，她有点感动，问他圆圆好些了没。

他回复：好些了。但是我今天恐怕不能再出门了，今天实在是对不起了。

她不知道该说什么，只能不断地说：没关系，真的没关系。

客气了几句，这一轮对话终于结束，她把手机放在桌子上，一抬头看到姚望正贼头贼脑地观察她。他问："是不是陈明硕？"

"是啊，他们已经从医院回家了。"

"那你是不是要去陪他了？"

谭丽莎一怔，她压根儿就没往这里想。

姚望看她不说话，以为她在犹豫。他看她和陈明硕进展顺利，心里替她高兴，又有点失落。就像是收到昔日好兄弟的喜帖，嘴里说恭喜，心里却遗憾他从此不得自由，要从单身伙伴的世界里淡出了。

他劝自己，莎莎这么够哥们，我也不能太小气。他故作大度地说："那吃完饭我送你去陈明硕家？场地我自己去看也行。"

"不用，我跟你去看场地，工作重要。"

"你还是去找他吧，要不然穿这么漂亮，都浪费了。"

谭丽莎愣住了，这是他第一次说她漂亮。如果没有Chris，她大概再瘦十斤，也不会主动尝试这种偏性感风的衣服。她恨不得马上给Chris发个大红包以示感谢。

她还不惯于这样的恭维，尤其是他的恭维。她局促起来，好在服务员过来上菜了，鲔鱼

第三章　情场失意，职场得意

三明治和铁板牛扒，牛扒也号称菲力，但显然不是姚望请她吃过的那种。

她尝了一点三明治："还行。你的牛扒怎样？"

"就以前那种味儿，你尝尝。"姚望切了一块给她。

很平常的肉，大约在冷库里冻了太久，没了香气，便加了大量的胡椒和作料，试图营造美味的假象。

她吃了一口，笑问："你现在还能吃得下这种肉吗？"

他咬了一口："没问题，世界上有两种好吃，一种是真的好吃，另一种是小时候的味道。坐在这里，就像回到了以前。"

谭丽莎点头："是，好像中学的时候。"

"还是以前好啊，长大以后，周围的人就不单纯了。"

"你的环境还不单纯？"

他轻轻地叹了口气："跟我关系最好的哥们，几乎都跟我借过钱，或者想拉我投资。"

她笑了："你以为小时候大家就不知道谁是该巴结的了？只是你这种天之骄子没感觉而已。我们普通人从小可没少看势利眼。"

"但毕竟还是小时候好一些，对吧？"

"不开心的时候，我也以为童年很美好。然后我就去游乐场，看见小孩子欺负人，比大人更肆无忌惮。我就想起来，其实，小时候我也没少挨欺负，还是长大了好一点。大家比较收敛，哪怕是我以前的坏老板，平时也尽量装得很和蔼。"

她的语气带了几分讥讽："你是众星捧月的帅哥，当然都是美好回忆。可我不同，我是不起眼的女胖子，那时候连喜欢的人，都不会正眼看我一眼。"

他惊讶地问："谁？你中学时候喜欢谁？他不理你？谁这么不开眼？"

她一言难尽地说："不提也罢，他也不是故意的，他人挺好的，就是脑子不太好。"

他想了想，自作聪明地说："我知道了！李星对不对？坐你后面，我看你经常问他题目。绝对是他！他长得有点像陈明硕……"

"李星脑子还不好？他是数学课代表呀！谁都跟他问过题目。"

"但是李星很呆啊，要么是篮球队那个……"

"好了，别瞎猜了。不是要去看场地吗？赶紧的吧。"

姚望要去的第一个场地位于三里屯，是巷子里一个不起眼的小楼。这一区人气很旺，挨着商业广场，也算好停车。

走过去就看见姚大有正在附近转悠。姚望问："爸，你怎么来了？"

姚大有说："不是看场地吗。"

姚望心里不爽，要是跟他爸一起看，又成了听他灌输生意经，他想自己做判断。

他说："那你先看吧。我等你走了再看。"

姚大有明白儿子的心思，也不想打击儿子的热情。

他说："这样吧，你们先看，我去逛会儿，一会儿咱再聊。"

147

姚大有走回商场。突然看见一个女孩子很眼熟,是Tiffany。她亲热地偎依在一个高大的男人身边,进了一家珠宝店。他马上联想到姚望最近的不正常消费——先是在一个高档健身房刷了好几万,很快又在一个名牌店里刷了十几万的衣服,给女朋友花点钱也就罢了,人品不好可万万不行。

他恨不得赶紧把姚望给叫来,当面拆穿这个捞女的本质。可又担心姚望受刺激,就决定先把这一幕拍下来。他刚悄悄地拿出手机,就听一个娇俏的声音喊他:"姚总?"

他一抬头,看见是陈柔樱和Catherine。陈柔樱穿着一件宽大如短裙般的T恤,牛仔短裤若隐若现地埋在里面,凸显出一双纤长的玉腿。脚上一双精致的白色运动鞋和头上的白色棒球帽一样都有涂鸦的红心。Catherine则是小背心配上宽松的牛仔九分裤,也穿着运动鞋,戴着一顶小巧的米色渔夫帽。

两个女孩子打扮得慵懒可爱,随便哪个都比刚才那拜金女强。姚大有暂时停止偷拍工作:"逛街啊?"

陈柔樱笑道:"是呀,没想到姚总也喜欢逛这里。"

"我过来给姚望的餐厅看场地。他在那边呢,你们要不要过去找他?"

Catherine果然来了精神,问:"好呀,在哪儿?"

姚大有热心指路,希望两位优秀的儿媳候选人赶紧过去跟儿子联络感情,自己也好继续偷拍坏女人Tiffany。

Catherine对陈柔樱说:"咱们也过去看看吧,听起来挺有意思的。"

陈柔樱拉了一张椅子坐下:"我歇会儿,你自己去吧,我在这儿等着你。"

Catherine就独自离去。陈柔樱对姚大有笑道:"姚总,您喝的是红茶吗?"

"对,我不爱喝咖啡,他们这儿茶也不多。"

"我也不爱喝咖啡。"陈柔樱站起来,回来时带着一杯同样的茶和几块茶点。再坐下时,正好就挡住了珠宝店的视线。

而Tiffany已经进了店,偷拍的机会失去了。姚大有想看Tiffany出来了没有,忍不住就往那边看。

陈柔樱抬起头,以为姚大有在看她,就对他大方一笑。姚大有这才注意到她宽松的一字领歪在肩头,露出一点点白皙的肩膀。他觉得这是儿子的潜在女友,就不好意思再往那边看。陈柔樱轻轻喝了一口茶,悄声笑道:"好难喝啊,这种地方的茶,卖的就是个座位。姚总你要是尝过我们家的茶,就肯定再也不会喝这种茶啦。"

姚大有这才想起答应过去光顾她的茶室,只是早就把这件事忘了。他略带歉意地说:"下次一定,我有客户,就带到你那里去。"

他一边说,一边忍不住往珠宝店看去。陈柔樱看他眼光总往那边看,就试探地问:"姚总,我想去那边的店看两眼。要不,您陪我一起去?"

姚大有一听,正中下怀,连忙说:"好,一起去看看。"

从来佳茗似佳人 ● ● ● ●

姚大有在陈柔樱的掩护下进了店，可Tiffany和顾峰已经不在店里。大概是他方才和两个女孩寒暄之际，这两个人走了，他没看见。陈柔樱进了店就走到角落里去试耳钉。姚大有找到一个看起来最没经验的店员，以慈祥又八卦的口气，描述了Tiffany和顾峰的样子，笑问："刚才我侄女的那个男朋友，给她买了没有？那小子大方吗？"

那店员是实习生，对顾客殷勤过度。看这两位客人器宇不凡，更无戒心，以为是长辈关心自家侄女，就低声笑着爆料："他们比较挑，只看一克拉以上的婚戒。所以还要再看看，没在我们家买。"

姚大有一听居然是要结婚了，第一反应就是得把那些消费追回来。随即才想到感情问题：结婚？难道这女孩已经甩了姚望？或者，姚望居然是插足？单相思？他觉得自己得好好过问一下儿子的感情生活了。

陈柔樱远远地看他不再和店员说话，知道他的目的已达到，便叫店员结账。她买的是一对小巧的钻石耳钉，后面垂下来一条细细的铂金线。虽然细巧，也要两千多。姚大有说："我来吧。"

陈柔樱惊讶地说："真的呀？早知道我就买个钻石手镯了。"

姚大有一愣，笑道："小柔如果喜欢，那也没问题。"

陈柔樱笑得花枝乱颤："开玩笑啦姚总，我已经刷卡了。"

她把旧耳钉取下一只，对着镜子，略歪着头，换了只新的，姿势优美，犹如仕女簪花图。戴好了，她回过头，对他笑道："这种小东西就是总丢，隔三岔五就要补充。"

她另一边仍然戴着原来的耳钉，只有一边的铂金线，随着她走路晃来晃去。姚大有的想法也随着转来转去——刚才她与他配合如此天衣无缝，是故意的体贴，还是无意的默契？

两人回到座位，茶已经被服务生撤走，地方也被新的客人占了。陈柔樱笑道："这倒好，人走茶凉。干脆我请您去我的茶室喝茶吧，离得也不远。"

姚大有问："你们不是还要逛街吗？你不等小于回来了？"

Catherine姓于。

"他们聊起工作肯定没个完，我就不凑这个热闹了。"说着她拿起手机，嗒嗒地发了一条语音："亲爱的，你慢慢看场地吧。我有点累，先回去了。"

随即Catherine回复就来了："好吧。可是，那你只能自己打车回去咯，我们确实还要看好久呢。"

陈柔樱举着手机给姚大有听了这条回复，口气软软的，央求似的说："姚总，去我那里看看吧。就当让我搭个车嘛，这会儿叫车好难的。"

她刚才心照不宣地帮了他的忙，他又早就答应去她的茶室光顾。何况，开车送美女这样的美差，本来就没几个男人能够拒绝。

姚大有便笑道："也好，择日不如撞日，早该去看看的。"

149

两人到了地库，姚大有开一辆银色的大众SUV（运动型多用途汽车），看起来很不起眼。但陈柔樱识货，知道这车价格不菲，是很多低调富豪的最爱。她上了车就开始玩手机，姚大有心想，现在的年轻人就是一天到晚抱着手机。只听叮咚一声，自己手机响了。居然是陈柔樱当面发了信息给他。

陈柔樱笑道："是我茶室的地址，方便导航。"

又做鞠躬状："谢谢姚总啦。"

人在车里，本就离得近，一鞠躬，更近三分。一阵淡淡的香味飘过来，若有似无，越发令人想细细分辨。随即她系上安全带，舒服地往座椅上一靠："好舒服的座儿。"

她这一连串的小动作让人眼花缭乱，一双长腿慵懒地搭在一起，让人不看都难。姚大有觉得儿子放着陈柔樱不追，却喜欢Tiffany，简直不可理喻。大概是在美国待的，审美观跑偏。又一想，也许是陈柔樱条件太好，已经名花有主。

他随意地问："小柔，有男朋友了吗？"

陈柔樱大方笑道："没有呢。姚总要是有什么靠谱的朋友，就介绍给我，我不排斥相亲的。"

姚大有笑了："我的朋友对你来说年纪太大了，你看不上的。"

"我喜欢成熟的男人，再说我也老大不小的了。"

"二十多岁怎么就老大不小了？现在女孩子三十岁也还年轻得很。"

陈柔樱一怔，笑出了声："姚总，你这话可够让我开心半年了。但是，我就要过三十六岁生日了。"

姚大有惊得差点没撞上前面的车："啊？真的？"

陈柔樱笑道："姚总你真可爱，差不多就行啦。再恭维我可受不了啦。"

"不是恭维，我真以为你刚大学毕业。"他心里想着：难怪。按说年轻女孩总难免有不懂事、让人不舒服之处。而陈柔樱虽然看似天真烂漫，却一举一动都妥帖之极，这通常是有一定阅历的成熟女人才有的功力。

他好奇地问："你怎么会找不到对象呢？"

"因为我不愿意生孩子呀。大部分男人听到这一条，就把我一票否决了。"

姚大有马上也暗暗把陈柔樱的"儿媳妇候选资格"给一票否决了。这绝对不行。难怪姚望对陈柔樱没意思。儿子审美观没毛病，挺传统，是个懂事的孩子。

他安慰她："找找还是会有合适的，现在好多男孩子也不要小孩。我有个亲戚的孩子就是这样——丁克。"

他说的是一个远房侄子，三十大几，有车有房结了婚，却不肯生孩子，养了一只猫和一只狗。他们亲友间说起来就摇头叹息，认为这孩子堕落程度堪比吸毒。此刻在她面前，他却把那侄子说成了正面榜样。

陈柔樱笑着摇头："男人的丁克可靠不住。我前夫结婚时对我百依百顺，说以后生不生孩子都听我的。谁知他刚过了四十岁生日，就疯了一样的想要孩子。他自己没法子生，只好来逼我。我也没办法，只好让他变成前夫了。"她说得轻松俏皮，仿佛只是在说前两天买错的衣服。

在姚大有的世界观里，女人因为拒绝生孩子而离婚，岂止大逆不道，简直不配为人。可放在陈柔樱身上，他就奇异地能接受，只是略替她遗憾。说着话就到了，陈柔樱体贴地让店员把预留车位的路障拿走，让姚大有停好车子。姚大有跟在她后面，进了茶室，立刻从喧闹走进了清幽。屋内微冷，令人精神振奋。轻柔的音乐中，飘荡着隐隐的香气。

陈柔樱问："怎么样，装修得还不错吧？"

姚大有由衷地说："很好，很精致，很有品位。"

陈柔樱笑道："要是不好，就只好怪姚望。"

姚大有问："这是他设计的？他还会这个？"

"他是总监，设计师和施工团队都是他找的。全程沟通也都是他——他说打算开餐厅，需要有项目练一下。我正发愁怎么弄，就正好让他练手了。"

"你胆子也够大的，不怕这小子给你搞砸了。"

"一开始我哥哥也不放心，可后来他都说姚望靠谱。得我哥哥一个'好'字可不容易呢。所以恭喜姚总咯，虎父无犬子。"

姚大有心里高兴，儿子这阵子好像是懂事了不少，不像以前那么游手好闲了。

陈柔樱和店员叮嘱询问了几句，带着姚大有进了一个雅致的包间。她歉意地说："今天别的房间都定出去了，就剩这间小的了。"

"又不开会，小房间很合适。"

服务员送了茶具茶点进来，陈柔樱亲自斟茶，一样样介绍，又推荐茶点。她上次已经知道姚大有的喜好，这次轻车熟路，句句投其所好。姚大有平时是个闲不住的人，可今天却不知不觉在这里消磨了整个下午。手机响了很多次，他一概不接。只是在姚望跟他说"我看完了，你要是过来就过来吧"时，他才回了一句：知道了。我这有点事，你忙你的吧。

姚望看着姚大有简短的回复，心里有点纳闷。老爹刚才还盯他这么紧，这会儿又懒得理他了。倒也好，落得自在。

他对Catherine说："我们看完了。"

Catherine问："不是还要看别的地方吗？"

"你也去？你不是跟朋友逛街吗？"

"我朋友已经回去了，我想跟你们一起去看项目。"她只字不提那朋友便是陈柔樱。

"那我把地址发给你。"

"开两辆车太麻烦了，我就搭你的车吧，看完我再回来好了。"

"也行吧。"

三个人来到姚望的车前，Catherine毫不客气地坐进了副驾。谭丽莎心里暗暗不爽——今天Catherine一出现，就让人觉得不对劲。往常她对谭丽莎虽居高临下，但很友善。可今天却有一种说不清的敌意。她和姚望说话时态度格外亲热，还总提起姚望的妈妈，炫耀她与姚望的交情。她还试图赶谭丽莎走，对姚望笑道："你怎么大周末地让员工出来加班，好过分

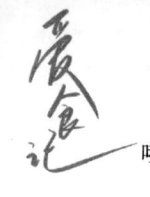

哦，快让人家回去吧。"

姚望分辩道："餐厅是我和莎莎一起做的项目。"

Catherine嗔道："做老板的这样讲话，可真是太讨人嫌了。莎莎，你别理他，我替你做主，你快回去吧。"

谭丽莎说："我挺愿意参与前期工作的。没事，这不算加班。"

此刻，她又当仁不让地占据副驾，俨然一副女主人的样子。她的一举一动似乎都在暗示谭丽莎：我才是配得上他的那个女人，你只是个"下人"罢了。

这态度激怒了谭丽莎，心底那个不甘心的小人儿又开始作怪了。不行，我得反击。

谭丽莎对姚望说："我拿了驾照，一直都没机会练车，你能不能让我练练？"

姚望一呆："现在？"

"对，行吗？我开慢点。"

姚望笑了："没问题，你早说啊，随便练。"

他去了后座。

谭丽莎坐上了驾驶位，对身边的Catherine笑笑："我开得不太好，你多担待。"

Catherine眼珠一转，笑道："那这位置可危险了，安全起见，我还是坐后面吧。"

她拉开车门，到了后座，又和姚望坐在了一起。

姚望说："也对，莎莎是新手，那还是我坐副驾吧，我盯着点。"

他去了副驾，坐在了谭丽莎身边，把Catherine一个人留在后排。

谭丽莎心里大叫一声yes！她由衷地感激他："你放心，真要是剐蹭了，我赔你。"

"不用你赔，有保险呢。谁都是新手过来的，别着急，来，咱先打灯……"

谭丽莎鼓起勇气上了路。自从拿了驾照，她就再没摸过车，心里其实是怕的，全凭一股赌气在支撑。好在自动挡的车不需太多技术，SUV视野又高，还算好开。

尽管如此，一路上也险象环生。姚望平时脾气很好，但男人坐上了副驾驶位，莫不驾校教练附体。谭丽莎本就紧张，两人对话渐渐充满激情。

"慢点！别急！让他过去，别跟他抢……打灯慢慢等着，总有好心人会让你的……我去！你轻点！！"

"并进来了！"

"你差点撞栏杆上……刹车！这儿有个灯……哎哟！你怎么踩这么猛啊！"

"你让我刹车的呀！"

"轻点刹车，急刹车容易追尾……啊，错过口了。完了！至少绕出去半个小时……"

这一路谭丽莎开得乱七八糟，忽快忽慢。姚望一直在副驾上指导，凡事有心理准备，感觉还好。Catherine孤零零地坐在后座，忍受着一次次不可理喻的急刹车，心里生气，胃里难受，无数次想中途弃车逃跑。接下来的几段路，都是谭丽莎开车。Catherine只觉得看场地时安全又幸福，可以暂时逃离谭丽莎开的车。

到了最后一程，她终于忍无可忍地说："我开吧。"

谭丽莎觉得自己有点上手了，就说："没事儿，我开吧。"

姚望夸她："莎莎进步挺快的！"

Catherine无奈地一笑："求你了！我晕车，再不让我开，我该吐了。"

姚望说："也行，那莎莎你坐副驾，好好学习一下。"

于是接下来，就成了两位女生在前面，姚望像个大老板似的坐在后面。

Catherine开车娴熟稳健，有条不紊。大家一起看房子时，她分析利弊也很专注认真。谭丽莎虽然不喜欢她，可也暗暗佩服。

不过，几个月以前，她初见Catherine时，自卑得无以复加。而此刻，她与她，勉强算是平起平坐了。

新鲜清爽的波奇碗

这一下午谭丽莎过得紧张刺激，但也很有收获，晚上回到家都还带着一脸兴奋。陆霞问道："你爬山爬了一天？"

谭丽莎说："没爬山，我今天活活开了一天的车！太刺激了！"

Tiffany瞪大了眼睛："和谁？和陈总吗？"

"和姚望呀。"

Tiffany张大了嘴："你和姚望开车？天啊！这是什么进展方向？"

"啊？什么啊！是驾驶机动车辆！"谭丽莎又好气又好笑："你都想到哪儿去了！"

"那叫练车好不好！你说什么开车呀！"

陆霞笑道："好啦。要不要一起看个剧？今天上线的一集里，有我弟的镜头。"

"对哦，我正要问你呢。"Tiffany说，"我妈都给我发了，说你弟要当演员了。"

"就是个龙套。"

原来，去年陆霞的弟弟被朋友拉去拍了几天戏，还挣了几百块钱。最近，这剧终于播出来了，是个古装戏。到了陆霞弟弟出现的时间，只见漫山遍野的尸体，配着凄凉的音乐。

本来大家还想着，会不会这时候有个兵跑过，也算露个脸。但根本没有，就这么一个远景镜头，别说脸了，连头发都看不清。

Tiffany说："这哪儿看得出谁是谁啊，好歹演个路人，也比这强呀。"

陆霞也笑："我妈那口气，就跟我弟马上就要当明星似的，还说我弟决定就在横店发展了。真是服。"

谭丽莎："趴地上就给几百块钱？那也还行啊。"

"嗨，我妈提起我弟，一向夸张。几十块钱，那就叫百十来块钱。但凡超过一百块钱，那就是几百块。真要有几百块，那就是千把块钱了。"

大家笑了一阵子，Tiffany突然严肃起来："我跟你们说一件事。"

大家都安静下来。

Tiffany说："我要结婚了。"

谭丽莎一怔："这么快？"

陆霞问："你不再考察考察了？"

Tiffany说："是快了点。可是，我想，要再找一个肯花十几万给我买订婚戒指的男人也不容易……"

谭丽莎和陆霞瞪大了眼睛："十几万？多大的钻戒啊？"

"一克拉多一点，六爪经典款。我们俩今天一起在专柜订的。"

谭丽莎很无知地问陆霞："一克拉多大？"

陆霞说："我也不知道，待我搜之。"她对着手机念，"一克拉是零点二克……这儿还有张图。"

谭丽莎好奇地看了，问："这是那什么鸽子蛋吗？"

Tiffany说："当然不是了，所谓鸽子蛋，都要五克拉以上才算。"

"一克拉十几万，五克拉，那就要几十万啦？"

Tiffany给她科普："不是这么算的。克拉数越大，价格贵得就越多。我老公本来看上一个三克拉的，是我没敢要，那个要大几十万了。五克拉的钻戒，多半要上百万。"

陆霞问："为啥不敢要啊？又不是你花钱。"

"丢了怎么办啊？我现在想到那个十几万的戒指，压力已经很大了。戴着这玩意儿，以后都不敢挤地铁了。"

陆霞问："那你们什么时候结婚？"

"十月份去马尔代夫拍婚纱照，春节回我家摆酒，顺便领证。"

谭丽莎问："不回他家？"

"他父母都去世了，他自己都不回老家。"

谭丽莎同情地说："也是个苦孩子啊。"

Tiffany吞吞吐吐地说："所以，下个礼拜，我就搬出去了。"

陆霞吃了一惊："啊？这么早？"

Tiffany愧疚地说："小霞，我知道我这么仓促搬出去不合适。你放心，我不会让你吃亏的。我会多付两个月的房租，让你有时间找新房客。"

陆霞和谭丽莎怔怔地看着Tiffany。那一刻，她们体会到了"嫁人"的伤感，Tiffany要搬走了。这段时间以来，三个人一直相处融洽，难得有这么合拍的姐妹，气氛一下子沉默起来。谭丽莎眼圈就红了："我们舍不得你。"

Tiffany红着眼圈说："我也舍不得你们。可是，今天是我第一次有勇气进那家店。挑钻戒的时候我就想，像他这样的男人，要下定决心结婚是很不容易的，我必须抓住机会。"

女孩子们都明白。平时大家嘻嘻哈哈，总说年龄不过是个数字，可看着越来越近的三十岁，没几个女人完全无所谓。谁都怕孤独终老，怕肉身老去，怕看起来不再漂亮，空有骄傲的灵魂，却已无法吸引自己喜欢的人。

大学毕业的女孩子，二字头的黄金年龄就那么几年，一晃就过去了。难得有一个自己喜

第三章 情场失意，职场得意

欢，条件合适，又肯结婚的男人，确实不容错过。当初谭丽莎和李泽分手都纠结过一番，何况是顾峰这样的成功人士呢。十几万的钻戒不是假的，这可是一枚货真价实的钻石王老五。

这天晚上，谭丽莎躺在床上，陈明硕又发来了例行问候。他问她明天是否愿意到他家里来。他不能出门，但如果她不介意，可以在下午与他一起喝茶聊天。

她答应了。Tiffany的事让她颇多感慨，她需要和这样一位睿智的朋友聊一聊。

第二天上午，谭丽莎先去健身房，简单热身之后，就去器械区做力量训练。器械区的女生比较少，但她很快爱上了练器械的感觉。器械的动作比较容易上手，不像舞蹈类，没有十年八年的功夫，很难跳得像个样子。而且，只有在这里，女人力气大也是优点。

她不是没想过学人家娇俏柔弱点，但对镜自顾，觉得自己这副身板，硬要娇俏实在是吓人，只能继续走"身大力不亏"的女汉子路线。

而芳芳第一次给谭丽莎上私教课时，就惊喜地夸她力量大，做负重深蹲很快就可以上重量，臀部塑形速度会很快。

芳芳建议谭丽莎重视背肌和臀大肌的训练。背肌练好了，人比较挺拔。臀部练好了，不仅性感，还可以起到拉长腿部的视觉效果。今天芳芳不在，谭丽莎独自做了几组背肌练习。一个年轻男孩走过来，站在她旁边的。谭丽莎不喜欢健身时有人盯着，刚觉得不自在，那男孩提醒她说："你稍微有点梗脖子了。"

谭丽莎立刻注意到了，说："谢谢。"

那男生又说："练器械还是有人指导一下比较好。"

谭丽莎注意到他穿着教练的衣服，就知他要开始兜售了。他大概是新人，不认识她，把她当潜在客户。她说："芳芳是我的教练。"

那男生竖个大拇指："有眼光，芳芳特别靠谱。"

谭丽莎看他推销不成仍然很大方，就友善地一笑："是呀，我运气很好。"

男生指着旁边一个器械："其实练背肌这个效率更高，我帮你看着动作。"

谭丽莎刚要推辞，这男生压低声音说："其实我是想让你帮我个忙。我都晃半天了，一节课也没卖出去。我帮你看着，别人看我指导的还行，说不定就会感兴趣了。"

他说得可怜，她笑道："好吧，那就麻烦你了。"

"应该是我谢谢你，我叫齐天天，你叫我天天就好了。"

谭丽莎忍不住笑道："大圣吗？"

天天也笑："你非要这么叫也行，你叫什么名字？"

"谭丽莎。"

"是不是你爸妈特别喜欢蒙娜丽莎？"

很少有人问她名字的来历。谭丽莎出生的时候，一场奥运会刚刚结束不久。谭氏夫妇看奥运会时，觉得很多中国运动员的名字被念得乱七八糟，就决定给女儿起一个将来站在领奖台上，外国人也能念得出来的名字，便选了丽莎。每个婴儿降生时，父母都憧憬着无限光明的未来。可是长大后，别说登上奥运领奖台了，能坚持在健身房里抵抗赘肉已经算很有出息了。

她笑一笑："哪有那么多讲究，就随便起的。"

她继续力量练习，天天在一边帮她看动作，一板一眼的，很认真。谭丽莎在芳芳的指导下已经有了一定的基础，配合相当默契，果然产生了不错的广告效应，引来了几个人看。

有个苗条纤细的女会员看谭丽莎练负重深蹲，也想试试。然而，她连杠的重量都扛不起来，更不用说加重量片了。

天天说："你还是先从自重深蹲和哑铃深蹲开始吧。"

那纤细女孩问谭丽莎："你练多久了？"

"不到一个月。"

那女孩羡慕极了："一个月你的屁股就可以练这么好了？"

谭丽莎一怔，不由得侧头向镜子里看了一眼。她发现，这个动作确实让她的臀部看起来很漂亮。其实她仍然不算瘦，腰腹只是赘肉少了些，马甲线还遥遥无期。但因为臀胯明显，显得凹凸有致。相比之下，那女孩因为浑身都很瘦，反而腰肢不明显。

天天对那女孩说："你不要看别人的效果。她这身材，天生就容易练出来。每个人有每个人的基础，不能盲目攀比。"

谭丽莎一向自卑于自己的粗腿和宽胯，纤细才有少女美。没想到她的缺点居然成了别人眼里的优点。健身完，洗完澡，换上衣服，神清气爽地去等电梯。电梯的不锈钢镜面映出她的影子，不够瘦，可是窈窕好看。她忍不住拿出手机自拍了一张，身后一个声音说："这儿自拍效果不好，走廊那边有个地方光线好，适合拍照。"

谭丽莎仿佛做贼被拆穿，回头一看，是刚才的齐天天。他换了牛仔裤T恤衫，看起来像个大学生。她对他笑笑："下班了？"

"午休，去吃个饭。你要不要一起？"他给她看手机里的优惠券："原价七十八元的波奇碗，买一赠一，相当于五折。今天再不用，就过期了。"

"在哪儿啊？"

"地铁一站地。"

波奇碗源自夏威夷，据说是船上的渔民发明的一种吃法：把生鱼切块，混合酱汁米饭与蔬菜，就成了一份饭。夏威夷日裔多，调味有些东洋风，清爽可口，很适合健身党的一种轻食。

谭丽莎就点头说："好呀。"

到了餐厅，新装修的店很漂亮，只是人比较多。好在点餐方式很高效：顾客沿着一条长长的柜台，逐一对店员说出自己想要的食材，点完也就直接做好了，最后在款台结账。

结账时，天天出示完优惠券以后，却怎么也刷不过去钱。他诧异地说："咦？你们信号不好吗？怎么回事啊？"

店员说："不应该啊，要不您现金结账吧。"

"我今天没带现金呀……"

后面的顾客排很长的队。谭丽莎怕影响别人，连忙说："我来。"

她扫了码，天天不好意思地笑道："哎呀，太丢脸了。"

"没事儿。"

两人找了座位坐下，天天在手机上点了几下，说："咦？又有信号了，加你微信号？我转账给你。"

"不着急，我请你吃也行，你还出了优惠券呢。"

"那不行，那不成了我蹭你饭了吗，一码归一码。"天天催促她，"你扫我还是我扫你？"

"哦，都行。我扫你吧。"

加了微信，天天就把饭钱发了过来。谭丽莎没多想，就收下了。

天天暗喜，他是故意的。手机偷偷改成飞行模式，自然付款刷不过去。一开始搭讪她，确实是刚上岗想要卖课。但聊了几句，他觉得这个身材性感的女生大方又友善，就想和她保持联系。他约她吃饭，她答应得爽快，之后又毫不介意地付账。他对她的好感不断增加，也很有心机地发现她很热心，不介意帮别人的忙。

他决定继续走装可怜路线套近乎，就说："在这个健身房压力好大啊，我觉得别人都比我能干。"

谭丽莎也刚从新人状态脱离不久，颇有共鸣。职场新人就如初学游泳，都要经过一番手忙脚乱。她语气里不由得带了点关切："刚工作？"

天天想，我可不能让她觉得我太不成熟。他含糊地说："当私教是第一次。"

也不算撒谎，只是别的工作压根没做过。

手忙脚乱的皮蛋粥

谭丽莎问天天："那你以前做什么的？"

"也是体育方面，偏理论一点。"天天怕她追问太多，就转移话题，"我第一次做销售，都不知道怎么才能把课卖出去。销售好难啊，感觉总被拒绝。"

谭丽莎想起了自己在写字楼里盲目扫楼的窘迫经历，有些同情这个刚入行的小男生，就传授经验说："销售是有技巧的，你要先做一些基本的数据分析，才能筛选出目标客户。"

"基本数据？"

"对。比如大部分买私教课的人是男是女？多大年龄？健身的目的是什么？还有，会员办卡之后，通常都什么时候买私教课？根据规律分析原因，就能找到初步的目标客户群。"

天天本来只是随便找话题，没想到谭丽莎这么专业。他开始真心请教："那这些数据都从哪儿来呢？"

"你们健身房不做吗？"

"我不知道啊，没人告诉过我。"

"那应该就是没做。如果他们做了，培训的时候会告诉你。"

"那怎么办？"

"自己搜集。最简单的办法就是观察，比如每天有多少个上私教课的人，都上多久，是男是女，年龄大致多大。也可以问问跟你关系好的教练，负责办卡的行政人员什么的。"

天天茅塞顿开："你好厉害啊。"

"我是做电商运营的，每天就琢磨这些事。"

"难怪这么专业！我以后可要向你多请教了。"

"我也是边做边学，其实做销售也才几个月而已。"

"那你以前是做什么的？"

"设备。"

天天瞪大了眼睛："理工科啊？"

"对啊。"

"学霸啊！"

谭丽莎啼笑皆非："不是什么学霸了，我们学校很一般。"

天天坚定地说："能进理科班的，在我看来，就都是学霸。设备是不是很难学？"

"还好，不算难。"谭丽莎吃完了饭，看天天也吃得差不多了，就问，"我吃完了。你是不是也得回去上班了？"

"我不着急，晚一会儿也行，反正我还没有学生呢。"

"那我先走了，下午还有事。"谭丽莎对他笑笑，"今天谢谢了。"

天天顿觉刚才没发挥好，不应该让她觉得自己很闲，工作不积极。他赶紧也站起来："我也吃完了，一起走吧。"

两人一起去了地铁站，天天盲目地跟着她，想着怎么跟她多待一会儿，谭丽莎提醒他："你回健身房要去那边。"

天天只得装出一副恍然大悟的样子："哦，对。差点忘了，还以为是回家呢。"

其实谭丽莎要去的根本不是他回家的方向。他希望这个小小的谎言，能为下次和她同行打下基础。

他看着人群中谭丽莎的背影，觉得今天真是美好的一天。果然高档健身房里的女孩子就是不一样，身材和头脑都这么性感。他迫不及待地开始看她的朋友圈。她只展示最近的内容，就有一个很高很帅的男生出现了好几次。她和他在一起总是穿得很可爱，笑得很甜，像个小孩子。

这男的是她男朋友吗？有点像，又有点不像，也许是亲戚？

他要尽快打听出她是不是单身。

谭丽莎回到家，想起今天被人羡慕身材，心情大好，就大胆地挑了一套Chris推荐的衣服：黑色吊带配同色短裤，外面搭一件白色的长款衬衫，质地轻柔，一动便会从肩膀滑落一半，露肤露得无意慵懒。

吊带和短裤都是她以前从来不敢尝试的衣服。以前她的着装风格就是一个"遮"字诀，永远裹得严严实实的，生怕暴露自己的胖。Chris却告诉她应该露，只是要露得有技巧。像这条A字形（上边大下边小）宽松短裤，长度讲究，腰部还有适当的褶皱设计，最是遮肉显瘦。

买衣服那天，她独自在更衣室里穿上这条短裤时，觉得简直见证了人类奇迹：露这么多都不显胖！如果早就掌握了这样的造型方法，即便是以前的身材，也可以再美上几分。

第三章　情场失意，职场得意

此刻，她在镜子前着迷地看着自己，心里美美地想：我好像，真的有点好看了呢。说不定一会儿可以跟陈明硕发个自拍，也偶尔炫耀一下自己的优质追求者。

陈明硕住在四五环之间一个高档中产社区。快到小区时，他发来信息：莎莎，一会儿你到了直接给我打电话，我就给你开门。别按门铃，谢谢。

她按他说的发了信息，果然门禁自动开了。上了楼，他已经开了门等在那里。一见她就小声说："抱歉啊，圆圆睡了。"

她连忙噤声，做贼一样进了屋。他给了她一双软底拖鞋，招呼她坐在沙发上，又给她倒茶，很是殷勤。他在家也穿得像是上班，只是没有西装外套。

安顿好谭丽莎，他又跑到卧室去看看女儿。看圆圆睡得很熟，略略放了心。

他没有把卧室门关上，为的是孩子醒了可以随时听见。随时拎着耳朵听孩子动静是做父母最自然不过的举动。在谭丽莎眼里却有点不可思议：既然怕吵醒圆圆，为什么不把门关上呢？这样说话多不方便啊。

陈明硕歉意地低声说："按说这么不方便不该把你叫来的。但是，我想我应该让你知道我平时的生活状况。"

她这才明白他的用意。她感谢他如此坦诚，可又觉得他这种话说得有点太早了。

她客气地说："没关系，我能理解的。"

他说："你对我有什么想要了解的地方，都可以随便问我。"

她笑了笑，说："那我可真问了啊。"

"没问题。"

"你多大了？"

他笑了："这倒是个该问的问题。"

他从钱包里拿出身份证，笑着递过来："真实信息都在这里了。"

她看了一眼，好奇地说："你的生日就是下个礼拜？咦？这不是和小柔一样吗？"

"对呀，她是我双胞胎妹妹。"

"什么！"谭丽莎吓得忘了控制音量，随即又捂住嘴，难以置信地问："你们俩一样大？"

陈明硕无奈地说："人人都是这个反应，都说我看起来比她至少大十岁。"

她疑惑地问："可是你们俩长得也不是一模一样啊。"

"龙凤胎都是异卵双胞胎，不那么像是很正常的。"

谭丽莎被陈柔樱的容貌彻底震惊。陈明硕看起来就是三四十岁中年男人的样子，但陈柔樱看起来简直比自己还小。她暗想：姚望知道陈柔樱的真实年龄吗？

她说："她看起来……真的很年轻。"

"小柔这辈子不干别的，就是爱美。你不知道她在那张脸上花了多少心血。"

"我觉得好多明星都没她漂亮。"

陈明硕对妹妹似乎无限挑剔："明星要上镜，要能吃苦，经常起早贪黑。她要是能吃这些苦，也不用一把年纪还让我操心了。"

两人又聊了一会儿，谭丽莎得知陈明硕的工作是企业管理咨询，而姚大有那看起来管理得井井有条的公司，就有陈明硕的贡献。

她说："难怪我觉得公司特别正规，还以为都是青姐的功劳。"

"当然青总的能力也是一流的，只是有了我们，公司扩大规模时，上轨道可以快一点。"

"我以前看电视剧里，觉得咨询公司都是那种说着英文，放着PPT，说的话一般人都听不懂的……"谭丽莎一边说，一边学着电视里那些人的样子。

陈明硕笑着道："那是做战略咨询的，那种是比较虚，比较看包装。他们收费也非常高，一般都是很大的公司才会找他们。"

他谈工作的样子很有魅力，永远把很复杂的问题讲得很清楚。聊天中她得知，姚望父亲的公司规模比她想象的要大，而且财务十分稳健。

她提到有朋友闪婚，介绍了顾峰的情况。陈明硕微微一笑："我好像看到过这位朋友的资料。"

"对，就是他，你记忆力真好。"

"他的公司看起来没什么问题，保健品利润确实比较高。不过，公司不是很大，产品也没什么名气，估计是有一些特殊的销售渠道。"

"特殊的销售渠道？"

"做保健品的，如果能跟几个医院的大夫搞好关系，人家随便给你推一下，就可以赚得很不错。这玩意儿没什么成本，胡乱吃一吃，也吃不死人。"

谭丽莎好奇地问："那你觉得，他跟姚总比，谁的实力强？"

陈明硕笑了："如果他只有这一个公司，那绝对是姚总实力强得多，姚总只是比较低调。"

"可这个人开劳斯莱斯呀。"

"二手车可以便宜很多，甚至还可以租。"

"十几万的订婚钻戒呢？"

"珠宝是保值的，如果是订婚戒指，万一对方悔婚，还可以追回。"

"这么精明？"

"做生意的嘛。不过，现在只能看到他的公司没有不良记录，个人征信记录查起来会麻烦一些，需要对方配合。"

她发愁地说："我朋友肯定不敢跟那男的提，她很怕失去他的，一般男的肯定不接受这么被查吧。"

他微笑："反正我没问题，我随时可以提供我的征信记录。"

她本没往这方面想，他这么一说，倒真显得自己好像一直在旁敲侧击似的。她脸红了，窘迫地说："我不是这个意思，你当然没问题。"

他笑着看她："你怎么知道我没问题？"

气氛变得微妙起来，可这时卧室里传来了一声"爸爸！"。暧昧散去，他赶紧走过去看。过了一会儿，父女俩一起出来了。陈明硕对圆圆说："叫谭阿姨好。"

第三章 情场失意，职场得意

圆圆穿着睡衣，睡眼惺忪，明显没什么精神，但还是说："谭阿姨好。"

谭丽莎顿感压力，连忙说："圆圆你好。"同时后悔自己忘了给人家孩子准备点礼物。

陈明硕问圆圆："你饿不饿？爸爸给你煮了粥，你要不要喝？"

圆圆点点头。

陈明硕拿了白粥出来，圆圆吃了两口就不吃了："不好吃，我想吃上次的那个皮蛋瘦肉粥。"

"那家很远的，要不爸爸去超市给你买一份吧。"

"超市里的不好吃。"

谭丽莎忍不住问："你冰箱里有皮蛋和肉吗？有就可以做。"

"你会做吗？"

"会啊，很简单的。如果要快，直接放皮蛋，再加点肉松就好了。"

"家里不一定有这些东西，都是阿姨买的。"

"没事，我看看。如果没有，我下楼去超市买点，这些都是很好买到的东西。"

谭丽莎问圆圆："阿姨做肉松皮蛋粥给你尝尝好吗？"

圆圆点点头："谢谢。"

谭丽莎去冰箱里看了看，又下了一趟楼，买齐了食材。她细心地把皮蛋切成丁，放了姜丝和调味料，撒了一点肉松。又拿出几个小碟子，把肉松、榨菜、花生等小菜单独放着佐餐。

没一会儿，一份漂漂亮亮的皮蛋粥加小菜就做好了。

圆圆坐在桌边吃起来。谭丽莎期待地问："好吃吗？"

圆圆使劲点头："好吃。"

陈明硕说："莎莎阿姨做得肯定好吃。"

谭丽莎问："你要不要也尝一点？"

他说"好"，她也给他盛了一碗。他问："你不吃？"

"我减肥，而且这会儿也不饿。"

他尝了一口，称赞道："确实很好吃。"

圆圆说："我还要。"

原来她转眼间就把一碗粥和一份肉松吃光了。

陈明硕惊喜："这么爱吃呀？"

他连忙又给圆圆盛了一份，一边说着："这孩子是饿了，早上起来到现在都没怎么吃东西。"

谭丽莎很欣慰，产生了介乎于厨子和母亲之间的成就感。

圆圆吃完了粥，陈明硕就让她去自己房间里玩玩具，又问谭丽莎要不要一起在客厅里看个电影。两人正在挑影片，圆圆走过来，哭着说："爸爸，我难受。"

陈明硕连忙问："怎么了？"

"恶心……"话没说完，就把刚吃下去的粥全都吐了出来。

陈明硕手忙脚乱地拿纸巾清洁，谭丽莎赶紧拿了厨房纸，一起帮圆圆擦。

圆圆看自己吐了，哭得更厉害了。一哭就上气不接下气，又吐了一些。

161

陈明硕带着圆圆去洗手间，让她吐干净了。又给她漱了漱口，帮她擦了脸，喝了一点点水，哄着她。

半天，才安抚完毕。他又过来对谭丽莎说："不好意思啊，这孩子刚才吃得太急了。"

她惶恐地说："对不起，也许是我不应该放胡椒和姜丝。"

他安慰她："不是你的问题，小孩子发烧就容易吐，有时候就是吃什么吐什么。"

他试图以玩笑缓和气氛："是你做得太好吃了。"

但她更内疚了："我不应该给她吃那么多……"

"真的没事……"

圆圆又在喊爸爸了，陈明硕马上义无反顾地奔向女儿，照顾这小小的生病的人儿。谭丽莎手足无措地站在原地，想提出离开，又怕显得自己这样是嫌弃人家孩子，何况自己刚煮粥闯了祸。

不走，又实在是别扭尴尬。想帮忙，可刚刚才帮了倒忙。

突然之间一个念头冒了出来：如果真的跟这个男人结婚，这是否就是我以后每天要面对的生活了？

水果盘里的前任品味 ● ● ● ●

圆圆吐完，精神好了点，她歪在父亲的怀里，试图加入对话。忽而又高兴起来，拉着谭丽莎参观她的卧室。

那是一间风格梦幻的儿童房，粉色的壁纸，富有童趣的家具。一张造型可爱如童话小屋的木质小床足以唤起所有成年女性的少女心。谭丽莎由衷称赞："圆圆，你的小床好可爱呀！"

圆圆高兴地说："妈妈给我买的！"

陈明硕打开对面一间房门，很大方地笑着道："这是我的房间，也欢迎参观。"

那是一间宽大漂亮的主卧。阳光明亮，装修雅致，有单独的更衣间和卫生间，收拾得干净整洁，井井有条。

她称赞屋子整齐，他笑着道，这都是阿姨的功劳。阿姨今天休息没来，有些乱，平时更整齐一些。

下一站是他的书房，落地书架上摆满了书，一张大大的书桌上全是工作的痕迹。一个被知识和事业填满的房间，犹如他本人。

最后一站是客房，也是唯独没有太装修的屋子，只放了一些玩具和杂物，还有一张单人床。这间房子平时没人住，本是给圆圆的弟弟妹妹预留的另一间儿童房。陈明硕笑着道："那时候的计划是至少生两个，现在也觉得孩子多一点肯定更热闹，但一个孩子倒也没什么不好。"

似乎是在暗示她，在生孩子方面，他并无执念，可以随她的心意。

参观完毕，他请她吃茶点，是各色进口零食和一个水果盘。所有的器皿都是带着细密纹路的玻璃，薄薄的很好看，水果盘是高脚的，比例和谐雅致，与色彩缤纷的水果搭配得很漂亮。

谭丽莎暗想，这套精美的器皿大概也是"前妻之选"，他看起来不像是会花心思在这上面的人。

第三章 情场失意，职场得意

盘子里装着葡萄、蓝莓、进口樱桃、西瓜和切好的橙子与菠萝。每一种都很好吃，显然是超市里最好的货品。她说："真好吃，都很甜。"

"都是阿姨买的，我们家这个阿姨很会挑水果，在我家干了很多年了。"他又笑着道："不过你放心，都是你来之前我刚刚切的，不是昨晚上阿姨做的。"

美味的水果让约会变得愉快了些，但孩子的影响仍然无处不在。他们打算选一部电影来看。谭丽莎的目光落在一部刚刚上线的大片上。那是一个她很喜欢的系列电影，香车美女，飙车爆炸，男女主角十分性感。可上映时她工作太忙，没顾上看。

但是圆圆的小脑袋凑过来，指着《料理鼠王》说："爸爸我想看这部！"

陈明硕说："这个前两天看过了呀。"

"我还想再看一遍。"

"可是莎莎阿姨也看过了呀。"

谭丽莎赶紧表态："没关系，我可以再看一遍。"

"真的吗？要不我们还是挑个新的……"

圆圆已经伸手点开了，谭丽莎连忙说："真的没关系，这本来也是我最喜欢的动画片。"

陈明硕说："那好吧。"

为了看电影，他把窗帘拉上，让屋子暗一点。他们一起坐在沙发上，等待影片正式开始时，他终于说："你今天很漂亮。"

她转过头，看见他眼里有一点点光亮，男人对漂亮女人的天然倾慕。暗淡的光线让他的脸看起来轮廓清晰，眼前这个中年男人仍有吸引力。如果此刻家里只有他们两人，或许是可以发生一点什么的。但是在两人之间，还坐着他的女儿。电视上都不可以有少儿不宜的镜头，现实中更要以礼相待。她大方地对他笑一笑："谢谢。"

就这样，她陪着他和他的女儿，看一部早就看过好几遍的动画电影。她不由自主地走神了，盘算着要不要一起吃晚餐。圆圆喝粥都会吐，肯定不能出去吃了。但她也不敢再贡献厨艺，她不想再承担一次让孩子不舒服的责任，或许应该找个借口提前溜走……

门禁响了，陈明硕走过去，按了开门键，松了一口气似的汇报："小柔来了。"

谭丽莎诧异：这约会有了孩子还不够，连妹妹都要掺和进来？

很快，陈柔樱提着一堆购物袋进了门。圆圆很高兴地跑过去，直奔购物袋："这些是给我的吗？"

陈柔樱笑着道："当然啦，这是给你准备的party衣服！"

圆圆开始翻袋子里的东西，都是些精致的小衣服小鞋子。款式复古，好像洋娃娃的衣着。

陈柔樱称赞谭丽莎的打扮："我喜欢你这件衬衫，质地看起来很舒服。"寒暄完毕，又对她哥哥笑着道："好了，你们可以出去玩啦，这里交给我就好啦。"

陈明硕叮嘱道："小柔，你今天不要带她下楼了，她还病着。还有，别给她吃冰，她上午吐了……"

陈柔樱说："知道啦，你放心，我哪儿也不去，就跟圆圆在屋子里待着。你们俩好好逛

163

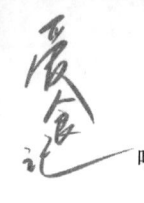

哦，到时候你可不许又穿着上班的衣服去。"

陈明硕无奈地笑着道："行，没问题。"

谭丽莎不知道什么情况，陈柔樱笑着道："他是不是还没跟你说呀？我生日party的主题是美国黄金时代。莎莎你穿那个风格的衣服，肯定特别美！"

谭丽莎想起姚望斥巨资准备的惊喜礼物，心里泛酸，不想去，推脱说："我看情况吧，最近工作比较忙。"

陈柔樱笑着道："不许推，一会儿我就给姚总打电话，求他别让你加班。"

又悄声在她耳边笑着道："你不想看我哥哥复古首秀吗？这可是我同意过来帮他带孩子的报酬呢。陈总配合party的着装要求，那可是百年不遇的奇观，走过路过，不要错过。"

谭丽莎这才知道，陈明硕为了这个约会如此煞费苦心。她有点感动，觉得自己刚才还想逃走简直过分。

他带她乘坐电梯来到地下车库。他开一辆电动车，开门方式与普通车子不同，他体贴地教她，又歉意地笑着道："这辆车就是什么地方都非要玩个性，我第一次开的时候也手忙脚乱。但是没办法，有孩子至少要有两辆车，当时就只有电动汽车还可以买。"

谭丽莎第一次坐这种电动汽车，很好奇，但又不好意思表现得太明显。这要是姚望的车就好了，可以借来开一开，体验一下。

他带着她去了一个高档商场，说："小柔推荐了几个店，我们可以一起买衣服去参加她的生日party。"

"这难道不也是你的生日party吗？"

"我从来不过生日，都是小柔爱搞这些。"

"为什么不喜欢过生日呢？"

"倒也不是不喜欢过生日，只是不太喜欢被打乱计划，每天都有每天的安排啊。"

路过一家名店的橱窗，陈明硕看了一眼，说："那条裙子总算不见了，小柔可以死心了。"

原来这正是陈柔樱想要的那条裙子的店，谭丽莎只知道裙子已经到了北京，但不知道是在这里展示。她要替姚望保密，就佯作不知："什么裙子呀？"

"她看上一条什么特别款的裙子，让我找人帮她买。本来说中国区没货，她也就死心了。谁知道后来在这家店看见了，她就赶紧过来要买，人家说早就被订走了，只是展示几天。"陈明硕使劲摇头，"一条裙子十几万，还要求人去买，简直是疯了。"

谭丽莎突然有点替姚望紧张：这条裙子是他取走了吗？不会被别人抢走了吧。这时陈明硕带她进了一家店，店员立刻热情地迎上来。

这是一家个性设计师品牌店，风格复古。她平时都敬而远之，觉得又贵又穿不出去。

店员热情地给他们介绍起男装和女装。谭丽莎第一眼就看到了价格标签，虽然不至于像陈柔樱那条裙子那么吓人，也相当可观，差不多是她平时衣着价格的五倍以上。

她对店员敷衍了一句"我随便看看"，就抽空给姚望发了个信息：那条裙子是不是你取走了？

第三章 情场失意，职场得意

姚望很快就回了一个喜滋滋的表情："对呀，刚刚来拿的，你怎么知道？"

"我逛商场呢，看见那条裙子不在橱窗里了。"

姚望一个电话就打了过来："我现在就在一楼，你在哪儿？我去找你。"

谭丽莎赶紧走到一边，低声说："我跟陈明硕在一起呢，你赶紧走，别让他看见。"

旁边的店员小妹看谭丽莎无心购买，正要走到一边去，听见这句话，八卦天线一下子竖了起来，又待在附近不走了。

姚望会错了意，揶揄她："你约会还怕人看吗？大庭广众之下，你们俩能做什么呀？"

谭丽莎被他气笑了："你是傻瓜吗？你干吗来的？被看见了，小柔不就知道了吗？"

姚望这才明白，她是怕陈明硕看见是他买了那条裙子。他说："哦。也对。你在哪个店？买什么呢？"

谭丽莎就去问店员小妹。店员小妹吓了一跳，以为自己偷听被发现，赶紧把眼神挪到一边。然而谭丽莎只是问："你们店叫什么名字？"

店员小妹报了名字，谭丽莎发给了姚望：你女神推荐的店。

这时陈明硕走过来："看上哪一件了？"

谭丽莎说："我不用买了，都不合适。我帮你挑就好了。"

陈明硕一怔，问："是不是觉得这家不好？"

"不不不，这家很好，但不太适合我。"

陈明硕以为她说的是风格："那我们换一家，小柔推荐了好几家呢。"

他们一起走出店，谭丽莎手机突然响了，是姚望，他就发了两个字：回头。

她回头，看见身后不远处有一组穿高尔夫服装的造型模特，姚望借着这组模特的掩护，贼头贼脑地对她挥手。他个高腿长，猛一看像是那一群塑料模特里有一个突然会动了。她忍不住笑着发信息给他：你干吗呢，做贼一样。

过来看看你春风得意的样子。

别闹了，赶紧回家去吧。

啧啧啧，我可从没见过你穿这么漂亮。

平时是上班啊，不能穿成这样。

我有事想和你商量，你们俩什么时候完事儿？

谭丽莎真想扔下陈明硕去找姚望，可是陈明硕为了与她单独相处，特意请了陈柔樱过来帮忙看生病的孩子，她不能这么不领情。

她说：要吃完晚饭了，晚上回家给你打电话。

哼。重色轻友。

事先约好的……

好了，不为难你了。

他发了个bye（再见）的表情包，对她挥挥手，转身离去。

谭丽莎不敢对他挥手，只是回了个表情包，但脸上的笑意，无论如何也遮不住。

165

陈明硕注意到她在忙，微笑着问："你很忙吗？要不然我们去那边坐一会儿？"

谭丽莎像是被抓包的贼，掩饰说："没有没有，就一个朋友问点事。已经问完了。咱们走吧。"

她生怕陈明硕向姚望的方向看，就拉着他往另一个方向走。

而店员小妹站在门口，把这一幕尽收眼底，羡慕得无以复加。店长注意到了，过来问："看什么呢？"

店员小妹回过神，摇摇头，感慨一句："男人果然还是喜欢有料的，我决定从今天开始不减肥了。"

店长无奈地笑着道："什么乱七八糟的，上班呢，别胡思乱想了。"

他们又进了几家店，可每次她都兴趣寥寥，说不合适。

陈明硕疑惑地问："到底是哪方面不合适呢？"

谭丽莎压低声音："价格不合适……"

陈明硕会错了意，以为她嫌不是大牌。他想，也许第一次约会，是应该更大方一点。

谭丽莎接着小声说："买条裙子我半个月工资都快没了。平时也不好穿，太不值了。"

陈明硕很意外。她定期在很好的健身房锻炼，工作能力不错，会打扮，举止大方，在法餐厅也能娴熟地点菜，显然是那种都市优质女孩。他没想到她消费观念这么朴素，而且完全没有让他买单的意思。

谭丽莎觉得他的表情怪怪的，疑惑地问："怎么了？"

他的语气里不由得就带了几分柔情："怎么能花你的钱，当然是我买单了。"

永远得体的烤三文鱼

谭丽莎连忙说："真的不用。"

陈明硕微笑："我们不是在约会吗？除非你觉得我还没有这个资格。"

她确实觉得两人关系还没有这么近。可他这么说了，她就不好承认。她说："不是谁花钱的事儿，主要是我已经有一条合适的裙子了，就不用再买了。"

"我听说女孩子都不会嫌衣服多。"

"我家里地方很小，衣服多了，都没地方放。而且我工作比较忙，东西太多了也麻烦。万一以后搬个家，打包都费劲。"

也不算撒谎，这的确是她真实的生活状态。他看她真的不想买，也就作罢。

他很配合地听了店员和谭丽莎的建议，试穿了复古的西装马甲，还戴了一顶鸭舌帽。他身材保持得很好，效果不错，像民国电影里的成熟男主角。导购半真半假地惊呼"好帅啊"，谭丽莎也说很合适。

陈明硕看着镜子里的自己，笑着叹了口气，说："太傻了。就是小柔喜欢瞎折腾。"

谭丽莎说："还好吧，也不是很夸张。"

"对，这次总比什么汉服卡通风格要好。"

第三章 情场失意，职场得意

完成了购买任务，他请她吃西餐。选这里是考虑到档次、情调以及她健康饮食的需求——他注意到她中午连粥都不肯喝。如果是他自己，他更愿意去日本餐厅吃一份套餐，轻松简单快捷。

她毫不犹豫地同意是因为她不挑食。但如果是她自己，她更想去一家人很多的云南菜。那里有一道薄荷牛肉，独特爽口，热量不高。可他肯定不愿意排队等太久吧，家里还有孩子等着。再说，他看起来生活很上档次，大概不喜欢这种乱哄哄的平价餐厅。

男女约会，吃西餐是永远不会出错的。她点了一份烤三文鱼，配菜选了田园沙拉。上好的挪威三文鱼排，配上标准化的腌料，烤得外焦里嫩，呈现出鲜艳的橙红色，在绿色的混合蔬菜叶子的衬托下，赏心悦目。

而他则选了牛排，扎实、简单、不会难吃。说到那场生日派对，谭丽莎说："你和小柔虽然是双胞胎，可性格一点都不一样。"

"这是因为，从小家里对我们俩完全不同。我父亲对我很严厉，生日礼物都得考好了才有。但是小柔就怎么都行，从来都是要星星不会给月亮。"

谭丽莎同情地笑着道："听起来你父母偏心小柔。"

陈明硕沉默片刻，说："我也一直这么以为。直到父亲去世，我才知，他把大部分财产都给了我，小柔只拿到很少的一部分。"

"啊？怎么会这样？"

"我当时也很惊讶，甚至以为搞错了，明明父亲平时更宠小柔。可直到我有了孩子，我才明白，他确实是更重视我，更爱我——父母之爱子，则为之计深远。"他叹了口气，"所以我绝对不会让圆圆像小柔一样，被宠成一个毫无生存能力的人。"

"也不能这么说吧，她茶室开得挺好的。"

"你不知道我劝她开这间茶室费了多大的劲。从执照到店员面试都是我给她弄好了。说起来还要感谢你和姚望，装修这部分要不是他正好要实习，也会是我的事。还好生意过得去。小柔人缘倒是挺好，运气也不错，做事总有人帮忙。"

谭丽莎酸酸地想：这是运气好吗？这是长得好啊。

陈明硕看她没说话，歉意地笑着道："抱歉，不应该总对你说这些家务事。很无聊对吧？"

"没有啦。我只是觉得小柔不像你说的那么没本事——漂亮也是一种本事。"

"这叫什么本事？花钱的本事吗？家里就算有点家底，也禁不住她这么挥霍。我说你这么坐吃山空，钱花光了怎么办。她说那就自杀，还省得看自己老了的样子。"

"我觉得你有点杞人忧天了。美女总有办法，最不济还可以嫁人。"

陈明硕笑了："你们女孩子是不是以为长得漂亮点，就有豪门排队等着娶了？太天真了。豪门太太是竞争最激烈的岗位之一。要听话，要肯生孩子，要会伺候人，有的还要能干，去公司里给老公卖命呢。"

谭丽莎惊骇地笑："这么难吗？我还以为嫁入豪门只有对我们这种普通女孩比较难。"

"男人真到娶老婆的时候，都现实得很，越成功的男人越现实。"陈明硕凝视着谭丽

167

莎,眼睛里又有了那种光芒,"再说,你也不是普通女孩,你很特别。"

她不自在地开玩笑应对:"我听说,你很有个性的意思就是你不好看。如果找不出具体优点,就说你很特别。"

"我当然能说出来你的很多具体优点。比如,你很独立能干,可是又不咄咄逼人。"

"我不独立,谁给我交房租呀。我们普通打工人,只能低调做人。"

"你注重生活品质,健身和饮食都很讲究,可并不虚荣。"

"那是你没有见到半年前的我。"

"那时候你很虚荣?"

"不,那时候我还没开始健身和减肥。虚荣我确实一直都没资格,毕竟凡人一个,想吹也得有点素材呀。"

陈明硕笑着道:"你看,你还很谦虚,多么美好的品质。"

谭丽莎也笑了:"那么你的优点就是擅长发觉别人的优点,还特别会夸人——这是不是你们这些成功人士必备的本事啊?"

"可不是?武功秘籍已经被你发现了一半……"

没有了孩子的干扰,这顿饭他们吃得很愉快。他对她的印象越发好了,与她说话很舒服,她笑起来尤其可爱。而她也觉得,他也会发牢骚,开玩笑,并没有那么强的距离感。

像这样的夜晚,如果约会能持续到晚餐以后,甚至更晚,气氛大概可以继续热下去。

然而,陈明硕的手机响了,他看了一眼就赶紧接起电话。圆圆的声音透过手机传出来:"爸爸,你什么时候回来呀?"

这个刚刚开始有点活泼的男人,转眼又变回了慈祥柔和的父亲:"乖,爸爸一会儿就回去了。"

他挂了电话,再看向她的眼神就充满了歉意,她不等他开口就赶紧表态:"我吃完了,咱们走吧,我明天还要上班。"

他知道她在迁就他。其实,他也不想回去,可是责任已经剥夺了他享受的权利。

从餐厅离开时,他有一点点的犹豫。他想牵她的手,甚至对她有多一点的动作。在地下车库,在车子里,很适合有一些更亲昵的表示。

他知道男女之间身体上的亲近是感情的催化剂。他想要将这段关系升温,可这个分寸很难把握——她的人品那么好,又没结过婚,这让他觉得对她必须非常尊重和慎重,每一步都不能随便踏出。

在谭丽莎看来,陈明硕如此彬彬有礼,自己就更不能轻浮主动。而且,虽然她在造型上已经开始变得大胆,可心里那种平凡胖姑娘的拘束感并未完全消失。

更何况,圆圆的电话让陈明硕又变成了父亲,而不是情人。

谨慎与客气在他们之间组成了结界,两个人都不是情场高手,不擅长打破僵局。他只能继续保持绅士风度,表达对她的重视。他坚持送她回家,而她再三坚持把她放在小区门口就好。

下了车,她与他挥手告别,看着他开车离去,觉得他简直就是到了十二点就要回家的男

第三章 情场失意，职场得意

版灰姑娘。

谭丽莎回到家，Tiffany一见她就喝了一声彩："穿得这么美，约会去了吧。"

"算是吧，下午去陈明硕家了。"

"哇！那陈霸总有没有把持不住？"

谭丽莎叹口气："他女儿倒是把持不住了，差点吐我一身。"

Tiffany惊骇地笑："什么情况？"

"圆圆病了，要喝皮蛋粥，家里没有，我就给她煮了。"

"她不爱吃？"

"爱吃——连吃两碗，可能是吃猛了，没一会儿就吐了一地。"

陆霞说："正常的，小孩发烧了就容易吐。我弟小时候一发烧就吐，我妈就骂我没照顾好他。"

Tiffany又问："他家大不大？条件怎么样？"

"四居室，装修得挺好的，地下车库里停着两辆车。今天那辆跟平时他开的不一样，车门我都不会开。家里还有个雇用了好多年的家务阿姨。总之就跟画报上那种高尚中产似的……"

Tiffany笑着接："真的，连孩子都给你准备好了，就等你随时拎包入住了。"

"什么我就拎包入住啊。我现在有点发怵，小孩可真不好弄。在他家看个电影，都不能选少儿不宜的。后来他把陈柔樱叫来看着圆圆，我们俩才能出去吃顿饭。你说要是以后我跟他结了婚，是不是压根儿就没有二人世界了呀。"

陆霞说："我早就说了嘛，陈总条件再好，这带孩子的二婚男人，也得大打折扣。"

Tiffany却说："我觉得其实陈明硕还挺理想的。家里什么都现成的，不用你再费劲。我老公跟我说，等我们结婚，要搬到另一个大房子里，我得负责装修。我倒是巴不得他有个前妻把房子给我装好了，让我拎包入住呢。"

"你不是挺喜欢布置房子吗？这么豪华预算的装修，不是正好过瘾？"

Tiffany就诉起苦来。原来，顾峰说既然两人要结婚了，就要搬到一套比较大的房子里去。那是个近郊区的叠拼洋房。她初看十分满意，想找个口碑比较好的装修公司，但他嫌贵，让她上网去找愿意先免费出方案的设计师。而且，说是让她弄，他的要求却特别多。看上任何家具，都要找他在南方开家具厂的哥们仿造。布置要请风水先生看，以让他继续生意兴隆，多生儿子。

而且，这时候Tiffany才知道，顾峰居然已经让人算过她的八字了，算命的说她是旺夫命。顾峰跟她说的时候，一副得意的样子。Tiffany心里却不是滋味："如果算命的说我不旺夫，他是不是就会甩了我？"

陆霞笑着道："这你就想多了，算命的都是骗人的。我听说，只要是男的拿女的八字过来，他们就说旺夫。因为人家既然过来算，就是想结婚了，这样说皆大欢喜。以后就算过不好，就胡乱说个流年不利就行了。"

谭丽莎也安慰她："反正先恭喜你要住进大房子啦。"

Tiffany苦恼地说："他要搬进大房子，是急着生儿子。我可不想刚结婚就生孩子，我还

想享受几年呢。我现在宁可他已经有个孩子了，这样起码不会催我马上生。"

谭丽莎提醒她："那你可小心点，别搞出意外。"

Tiffany笑着道："放心吧，我才没那么傻呢。感谢高科技，发明了短效避孕药——可别说出去啊，得瞒着他。"

大家聊得热闹，谭丽莎的手机响了，是姚望打来的电话："你在哪儿？怎么不回我？"

谭丽莎这才注意到他发了好几条信息，问她完事儿了没有。她歉意地说："刚才跟我室友聊天呢，没听见。"

"半天不回我，我都快报警了。"

"没事儿啦，找我什么事？"

姚望有点扭捏地说："我选了几个包装盒，你帮我看看，哪个比较好？"

她酸酸地想，原来是为了陈柔樱。她劝自己：别这么小气又双标，你自己不是也在考虑陈明硕吗？

她说："你发过来吧，我帮你看看。"

他马上发了几个礼品盒的图片过来。她打开一看，眼前险些一黑：各种印着玫瑰或者心形图案的包装盒子，配色浓艳到惨烈：黑红配，蓝紫配，玫红配薰衣草紫。真是服了他，从哪儿淘出来这么多丑盒子。

他还喜滋滋地问："哪个好看？"

她婉转地说："我觉得太普通了，配不上那条裙子。"

"你说得对，其实我还找了几个特别华丽的，发给你看看。"

一个金色的缎面的礼盒，细看有同色的玫瑰暗花，打开里面也是黄金色的锦缎衬里。

"这个很华丽吧？而且有玫瑰！"

谭丽莎忍无可忍地说："你不觉得这玩意儿猛一看像庙里送的吗……"

他又发来了一个："那这个呢？"

这个是红配金。

谭丽莎无奈地想：算了，帮帮他吧。要不然陈柔樱看见这么难看的盒子，说不定嫌弃得直接就扔进了垃圾桶，这十几万就真的打水漂了……

她说："我给你搞定吧。"

"我选得不好吗？"姚望发了个疑问的卡通表情包。

她回了一个皮笑肉不笑的微笑："可以说是直男品位的巅峰了。"

青姐的谈心茶 ● ● ● ●

姚望问："那你说应该买什么样的呀？"

谭丽莎耐心教导："这么浪漫的裙子，包装盒子肯定要别致一点呀。别致你懂吧？要有点心思，有点不一样的。"

"要特别一点？"

第三章 情场失意，职场得意

"对。"

"搞怪的？"

"……你别管了，我给你弄吧。"

第二天谭丽莎早早到了公司，而姚望早就等在那里。两人在茶水间泡咖啡，他一个劲地问："你选的什么包装啊。"

"我已经订好材料了，明天应该就送到了，下班我去你家帮你包。"

"先给我看看呗。"

"你明天看了就知道了。嫌不好，可以再用你自己挑的。"

"你做的肯定好，我只是想早点看见。"姚望一脸讨好地说，"莎莎，你可太够意思了。要不我给你当一个礼拜的司机吧？"

"那你还是给我当一个礼拜的乘客吧，我再练练车。"

"没问题！我现在就把车钥匙给你，这个礼拜我这车就归你了。"

"那我还得找地方停，我们小区没地方……"

"行，明白了。我就是陪练对吧？那今天下班就陪你把车开回家？"

"对，很聪明嘛。"

"那我是不是又可以蹭饭啦？"

"我不跟你吃饭，我减肥。"

姚望嬉皮笑脸地说："你在我面前就别装了，你昨天还跟陈明硕大吃大喝呢！"

谭丽莎生气地道："谁大吃大喝了！我就吃了个三文鱼配蔬菜沙拉！我都没放沙拉酱！"

"干吗过得这么辛苦呀。少了美食，人生的乐趣简直就少了一半。"姚望打量着她："再说，你现在这样就很好了啊，不用再减了。"

谭丽莎心里窃喜，最近确实很多人都说她瘦了，健身效果卓著。

姚望又诚恳地接着说："有的人胖了不好看，但你胖点挺好看的。"

谭丽莎气得恨不得把帮他订好的礼品包装都退了。他还乐呵呵地说："那就这么定了？去你家，要不我买点菜吧？"

"你想得美，我下班直接去健身房。我就开到健身房，然后你就回家吧。好了我不跟你聊了，我要去工作了。"

回到座位上，谭丽莎处理了一些工作，就开始把周末在Chris那里体验到的销售技巧整理出来。一个好的销售，要能分析顾客的需求，并且帮顾客做选择。Chris帮她选衣服，最让她满意的地方是他同时推荐了好几套不同的单品。如果网店能有一些设计好的组合产品，应该也会吸引一部分顾客吧。

她埋头设计起来，正在投入，旁边有人问她："写什么呢？"

谭丽莎抬头一看，居然是青姐正在饶有兴趣地看着她。她连忙把自己的想法简单介绍，解释道："不过这个想法还不成熟。"

青姐点点头："你到我办公室来一趟，我有话和你说。"

171

谭丽莎有点忐忑了。青姐以前找她都是开门见山，有事说事。到了办公室，青姐拿出一盒精致的茶叶，给她斟了一杯茶。谭丽莎觉得这茶叶十分眼熟，再一想，这是陈柔樱茶室的礼盒。酸水又冒了出来，肯定是姚望买了支持陈柔樱生意的。

青姐自己也泡了一杯茶，语气和缓："姚望跟我说，你不愿意去他的新部门？"

原来是这件事，想必是姚望让青姐来说服她，谭丽莎点了点头。

"为什么？去了新部门，你就是负责人，这个他告诉你了吧？"

"我知道，但是我觉得自己经验还不足以独当一面。"

青姐笑了，笑得意味深长，然后轻轻地摇了摇头，说："我工作这么多年，就没见过男的拒绝过升职，只有女的总在怕自己干不好。再笨的男人，都觉得自己当个领导绰绰有余。而很多女员工，已经很能干了，还在反省自己能力不足。"

谭丽莎怔住了，她从来没往这个方向想过。

青姐说："莎莎，我现在不是作为公司上级跟你讲话，我是作为一个过来人跟你聊几句。"

青姐平时不苟言笑，公司员工见了她，大气都不敢出。谭丽莎第一次见青姐如此慈祥，受宠若惊之余，连忙点头，表示明白。

"我想先问问你，如果这不是姚望的部门，给你这么一个独当一面的机会，你还会拒绝吗？或者，如果我把这个机会给小刘，你觉得他会拒绝吗？"

谭丽莎被问住了，她想了想，老老实实地回答："两个答案都是应该不会。"

青姐喝了一口茶，继续说："公司既然选择了你，你又怕什么呢？做不好又怎样？谁能保证生意是稳赚不赔的？从头开始组建一个业务部门，相当于公司出钱让你自己练习创业。这个本事，你以后走到哪里都用得上。如果出于感情拒绝了，我保证你十年以后会后悔。做女人，最傻的就是为了感情放弃事业。结果往往是两头都没落下。"

谭丽莎一下子脸红了，本能地否认："我也不是因为感情什么的……"

青姐淡淡地说："你不就是怕给老同学丢脸吗？你很忠诚，也很重感情，性格又随和肯吃苦，这都是很好的品质，也是姚总和姚望都很器重你的原因。"

谭丽莎没想到姚总对她也有这么好的印象，心里暗暗高兴。

可青姐话锋一转："不过，作为一个女人，我想提醒你一点：男人从来不会在职场上谈感情，他们只看利益。可是女人呢，不知道为什么，总喜欢把感情的事情掺和到职场上来。姚望想让你去帮他，是因为他觉得你能干。不是因为你是他的老同学——你应该还记得，之前他那个哥们儿来求职，他可没同意。"

谭丽莎疑惑地看着青姐。她想：难道不是青姐拒绝了老侯吗？突然之间，她想起了陈明硕曾经说过：恶人都让青总做，这就是姚总的聪明之处。那一瞬间，谭丽莎福至心灵，她笑道："啊，我还以为是您把我招进来的呢。姚望跟我说，公司里的事，都得您说了算。我一直以为，姚望就知道玩。"

青姐笑了："怎么会？姚望一直希望在公司有自己的团队，以前他没经验，搞砸过几次。最近他进步很快，会挑人，也会变通。实话告诉你，姚望让我给他推荐新的人选呢。是我觉得还是你最合适,就和你再谈一谈。"

谭丽莎如醍醐灌顶,她说:"我明白了,我愿意去新部门负责。"

青姐点头:"这就对了。你今天把交接工作做一下,明天就开始新工作吧。有什么不明白的地方,直接来问我。"

谭丽莎感激地说:"谢谢青姐,我保证努力好好干,不让您失望!"

青姐笑一笑:"我的眼光一般都很准,我相信这次也不例外。"

谭丽莎离开青姐的办公室时,脑子里纷纷乱乱的都是新的信息。她到姚望的公司来,是因为以前的工作不理想,但更是因为,她喜欢他。

可是姚望呢?她突然想到,那天在展会上和姚望重逢,他也只是请她吃了饭,叙叙旧,并没有邀请她来工作。后来,在空调项目中,他看到了她的工作能力,才邀请她来公司的。

他还巧妙地让青姐出面,拒绝了老侯。她突然意识到,青姐是对的。姚望当然和她有同学情谊,可他并没有把这件事和工作掺和起来。原来,哪怕是姚望这样看起来天真到有些傻气的男人,也可以把事业和感情分得这么开。她回到座位上没一会儿,姚望就把一堆资料发给她,她细细看了,发现他其实做了不少功课,他是在认真工作。幸亏有青姐提醒,否则,自己差点感情用事,错失良机。

下班后姚望如约陪她开车去健身房,她心里就有了点复杂的想法。他对我这么好,到底是出于情谊,还是因为我很有用。

上下班高峰期路格外不好走,她一路全神贯注地驾驶,忘了这些纠结。好不容易到了健身房,比平时还晚了点,车位也不好找。

谭丽莎说:"原来开车这么麻烦,明天我还是坐地铁吧,还快点。"

姚望抗议:"喂,明天你要去我家包礼物呀,你不会这么快就忘了吧?"

他笑着埋怨她,依稀还是高中时的模样。她想起他们重逢时,在胡同中漫步,他跟她说父母离婚的秘密。她在他家包饺子给他吃,他和她絮絮叨叨地说着掏心窝子的话。

他当然把我当朋友,这跟工作关系也不矛盾。就像他是我的老同学,也是我的好老板。

那一瞬间,她的脑子清楚了。青姐说得对,感情归感情,工作归工作,要改掉混在一起的毛病。她点点头:"放心吧,忘不了。我走了啊,快迟到了。"

说着,她匆忙下了车,姚望也下车。他站在车边看着她,她对他挥挥手,给了他一个开朗的笑容,随即匆匆离去。

那一瞬间,他突然觉得,莎莎越来越像个大人了。

谭丽莎匆忙赶向健身房,正遇上也同样匆匆赶来的天天。他很自然地问:"刚才那是你男朋友吧?"

谭丽莎只顾着看电梯,随口说:"哦,不是。这是我同学。"

天天笑着说:"让这么帅的同学送你,不怕你男朋友吃醋啊?"

"什么男朋友?我没有男朋友啊。"

天天心中大喜,却装作疑惑的样子,继续打探:"你上次不是说你有男朋友吗?还说,

健身完你要跟男朋友约会？是我记错了吗？"

既是套话，又先留了"没记住"的余地，解除对方的警惕。

谭丽莎果然上当，以为自己无意中提到过陈明硕，就说："那个还不算呢，就是比较好的朋友。"

天天立刻听出来这一定不是普通朋友，大概又是个追求她的人，至少现在已经有两个竞争对手。刚才那位又高又帅，另外那个条件也不会差。有人抢的东西总是格外诱人，他越来越觉得她迷人。电梯到了，他很聪明地并没有纠缠："我到了，先去打卡了啊，回头见。"

谭丽莎并未多想，她换好衣服，就去和芳芳上私教课。下课回家时，她走到电梯厅，看到天天在玩手机。电梯都来了，他也没注意。她提醒他："电梯来了。"

他这才恍然大悟地惊醒，注意力从手机上转移，说："哎呀，光顾着看手机，都没注意，谢谢啊。"

说着，他把手机给她看："我在看一个免费的同城活动呢，是健康饮食讲座，你有兴趣吗？"

"我可能没时间。"

"我发给你吧，万一你有空，可以去听一下。"他发了链接给她，又很随意地问，"你一会儿怎么吃饭？"

如果她说没想好，他就邀请她共进晚餐。如果有约，就问她吃什么。

谭丽莎说："我做了健身盒子在家里。"

他顺势说："真不错，你做的健身盒子什么样呀？能不能发一份给我？"

"你也需要吃健身盒子吗？"

"我不用，我运动量大，我是想给我的会员参考一下。对了，多亏你帮忙，我昨天卖出去二十节私教课，回头我请你吃饭吧？"

"不用那么客气。我也没帮什么忙。"

他跟着她往地铁那边走，她诧异地看看他："你也去坐地铁？"

"是呀，我往东，你呢？"他赌了一把。如果赌错了方向，下次他就说住在西边，这次是去找朋友。

"我也是。"

"太好了，顺路。"

就这样，天天很自然地得到了跟谭丽莎一起坐地铁的机会。虽然晚高峰已过，但地铁里人仍然不少。他一路很有风度地帮她挡开人群，减速加速时，会体贴地稍微扶她一下。等她到站了，他并没有直接跟着她下车，而是假装自己还要再坐几站，微笑着和她挥手告别。

谭丽莎并未多想，只觉得现在的小男生还挺有礼貌的。

秀外慧中的健身餐盒

回到家里，谭丽莎就收到了天天的信息：Lisa（丽莎），别忘了帮我拍照。

第三章 情场失意，职场得意

居然直接给她起了个英文名。她笑了笑，从冰箱里取出餐盒，拍了照片发去。

天天收到照片，很是吃了一惊。他没想到谭丽莎的餐盒做得这么漂亮。

简单的透明玻璃餐盒，中间是色彩缤纷的杂粮饭，饭的两端，一边是煎鸡胸肉配胡萝卜，另一边是绿色蔬菜。色泽明艳，比例搭配得当，可以直接拿来做健身餐的广告。

他由衷赞美：好专业的餐盒！一会儿等你吃完饭，可以跟我简单说下是怎么做的吗？

于是，等她吃完饭，他就顺理成章地打电话给她。她毫无保留地介绍了做法：鸡胸肉炒胡萝卜虽然只用一点点油，但可以让味道和口感提升很多。鸡胸肉可以和很多种蔬菜搭配着炒，除了胡萝卜，还有西蓝花和西葫芦等。

天天说："你做的餐盒太棒了，应该每天都发出来，造福大家，还有别的照片吗？"

"工作太忙了，没空搞这些。"谭丽莎翻了翻相册，又找出几张以前拍的发给天天。

天天惊叹："太好看了！简直是艺术品。惊艳！"

谭丽莎觉得他太夸张："还好吧。"

"真的，我见过那么多健身餐，你这个最好没有之一！你以后再做了新的，可以都拍照发给我吗？我真的很想跟你学习一下。"

"行，我尽量记得拍一下。"

天天又恭维了几句，友好地挂了电话。这一晚上，他都在想着她。好特别的女孩啊，和他平时认识的那些女孩都不一样。她对他的种种示好淡定自若，不是那种简单幼稚，等着男人对她献殷勤的女孩。她在健身房健身时专注努力，不是那种把健身房当成高档摆拍背景的女孩。她能力很强，工作忙碌，她从驾驶位上下来的样子很酷，不是那种乖乖坐在副驾等着男人送的女孩。

天天生来就懂得如何体贴，体育又好，长相也不错，一向很招女孩子喜欢。如同所有桃花旺盛的男孩子一样，只要他稍有表示，女孩子就对他钟情，进而热烈到令他窒息。

他发现很多女孩子最初的矜持，不过是等待对方主动的姿态。一旦男生足够主动，她们很快就会招架不住，为他患得患失起来。

撩拨的方式也很简单，表示出对她的兴趣，有一搭无一搭地示好，若有若无的关心，多制造几次巧遇。他无师自通了一些具体的技巧，可以量化到天数。比如，第一次搭讪后，三五天之内不要急着和女生联系。这几天很多女孩子就会开始胡思乱想：他是不是对我有意思？

再过几天，他再出现在她面前时，她的态度就会不同。也有些女生会对他这类型的男人格外冷淡，觉得他花心，但防备其实也是一种关注。这种女孩子一旦撩拨动了，感情往往会更炙热，更疯狂。他渐渐地被惯坏了，年纪轻轻就自诩情场高手，觉得俘获女人心没什么难的。只要我想，什么样的女生我都追得到。而现实中，女孩子也确实少有不吃他这些小伎俩的。他常惊讶于她们怎么这么吃套路，就像是有人给她们集体安装了芯片一样。

谭丽莎令他第一次觉得无处下手。她对他友善又淡定，这是他从未经历过的一种轻视。她真的对我毫无感觉？她难道是高手？对我欲擒故纵？

从小受异性青睐的人，常会有种自恋心态，以为异性都难免多少对自己有意思。一旦见到例外，就忍不住胡思乱想，认为其中必然有了差错。越是想不明白，就越觉得她与众不

175

同。她在他心里的地位就越来越特殊了。

其实，谭丽莎和他正相反。从小有几分自卑的人总是默认异性对她熟视无睹，生平最怕自作多情讨人厌，惹人笑。只有面对她喜欢的人，爱情雷达才会变得格外敏感，甚至会想入非非。

最近谭丽莎虽然建立了一些自信，但内心深处，还是本能地觉得自己是无人问津的，见到异性不会轻易往那方面想。天天在她眼里就是个年轻的小教练，她不知道，也想不到他居然对她还有这种想法。感情的事情往往如此，越不在意，越显得淡定有魅力。

第二天谭丽莎就正式到了姚望的新部门。她的第一个举措，就是拒绝了自己的单独办公室。她自己的工位和员工的工位在一起，只面积稍微大一点。

她自己常年做下属，明白进办公室对于多数员工来说，多少都有点心理障碍。在刘总监的组里，大家都坐在一起，有什么事问起来就很方便，她就延续了这个做法。

姚望听了很受启发，也打算有样学样，从自己的办公室里搬出来，却被青姐阻止了。

青姐告诫他：总有些事是不能在员工面前谈的。大老板，还是得有点距离感。

于是姚望又留在了他的办公室里，他在这里和谭丽莎开了第一个人事任免会。两人商量起要招多少人，开多少薪资，哪些新招，哪些从公司内部调……两人一边聊，一边在电脑上写，很快就做出了一份岗位需求说明书。交谈中，谭丽莎发现姚望虽然在大方向上很有想法，但对具体的细节非常生疏。比如，他甚至不知道一个淘宝店应该用几个客服和运营。而姚望则惊讶于谭丽莎对各种数据和细节的娴熟，到了后面，他几乎是用崇拜的目光看着她了，而她也第一次感受到了自己的经验已今非昔比。

几个月以来，她每天埋头苦干，对自己的进步毫无知觉。此刻从零开始建立一个新店，才意识到从她第一天进公司做的那些数据分析，到后来的运营策略调整以及和下属的沟通，全都是扎扎实实、缺一不可的宝贵经验。

她发现自己是真的"会了"。也许还有很多需要提高的地方，但至少她知道该怎么提高。同时，她也感受到了进公司以来青姐对她的照顾。姚望说过，有青姐在，一切都可以放心。确实如此，青姐看起来冷淡，其实一直在非常用心地培养她。每次她刚刚做熟练了，就会被提升。难怪姚总这么器重青姐，这才是真正的好老板啊。

下午，谭丽莎订的包装材料送到了，下班后她就跟姚望去了他家。她买的是一个漂亮的浅粉色樱花图案的盒子和一些亚麻色的包装纸。

到了姚望家一看，原来那裙子本身就带一个礼品包装盒，做工精良，大小合适。

谭丽莎"呀"了一声，说："早知道有品牌的盒子，我就不买盒子了。"

姚望说："用品牌提供的盒子不会显得很没有诚意吗？"

"至少比你买的那些盒子强，而且品牌的盒子显得上档次。"

"她应该不会在乎这种事吧。"姚望一边说，一边把谭丽莎买的盒子拿出来看："果然是你买的盒子好看。"

说完，他又有点不好意思地问："盒子上印的是桃花吗？会不会太直白了一点？"

谭丽莎瞪着他："什么桃花！这是樱花呀——人家名字里有个樱字，人家的茶室叫徒名，这是樱花的别称。"

"啊，真的，我怎么没想到。"

谭丽莎翻个白眼，嘟囔说："真不知道咱俩是谁在追她。"

姚望又好奇地指着亚麻色包装纸问："这又是什么？做衬里吗？"

"这就是有心思的部分了。给我一支铅笔、一把剪刀。"

姚望好奇地递过工具，只见她细心地把包装纸在盒子周围弄好，做好折痕。然后在中间位置上，画了个简单的小人儿、长长的胳膊，圆圆的头。

她小心地把小人儿从头部开始剪出轮廓，但腿部仍然连在整个包装纸上。剪好后，把小人儿腿部推到拱起，那原本躺在纸上的小人儿，就坐了起来。再把两只长长的手臂圈在一起，固定住膝盖。一个立体的、抱着膝盖的、充满渴望的怯生生的小人儿就跃然纸上。那裁剪出来的空白轮廓，就好像它的影子落在纸上，仿佛是内心的暗示。

姚望惊呆了："这也太好看了，你怎么想出来的呀？"

她笑一笑："网上学的告白小人儿。而且你看，这样做，撕开包装的时候也很方便。"

他看着这个小人儿爱不释手："哎呀，这怎么舍得撕开呀，真可爱，莎莎你的手太巧了。"

她有点心酸，这本来是她为了他收集的创意。

她尽量轻松地笑着："那当然，我可是劳动委员啊。好了，把你那条宝贝裙子拿出来，放到盒子里，咱们这就包上。"

姚望把那条裙子拿了出来。这条裙子比图片上更好看，手感轻柔，颜色有着说不出的浪漫柔雅，细腻的花样不是印染出来的，而是极为精致的刺绣。谭丽莎在盒子里铺了轻薄的奶白色衬纸，小心地把这条裙子放进盒子，又把品牌防尘袋轻轻叠好铺在最下面。两个人像小孩子做手工一样，沉浸在具体的劳作里。

突然间，姚望的电话响了，姚大有问："你在家呢？"

"在啊，怎么了？"

"我在你小区门口。我这就上来。"

不等姚望反应过来，他就挂了电话。

姚望诧异地说："我爸来了，不过也没什么吧……"

谭丽莎一听大老板居然要来了，本能地紧张："那我先走了，反正我也弄好了，你把它包上就行了。"

"其实也没什么，他又不是不认识你……"

"不不不，我还是走吧，而且你爸可能有事找你。"谭丽莎已经逃到门口穿鞋。

姚望还企图挽留："还没吃饭呢！我爸可能就是送个东西过来。要不你等会儿，我送你回去。"

"真不用，你要是搞不定我明天再过来帮你……"

谭丽莎一开门，姚大有正好站在门口，两人同时被对方吓了一跳。谭丽莎尴尬地说："姚总，对不起。我正要走呢。"

姚大有态度亲切，并不挽留："那行，莎莎，以后有空多来玩啊。"

他进了门，姚望问："爸，你怎么突然来了。"

"我找你有点事。你们这是做什么呢？"姚大有进了屋，好奇地拿起桌上的包装盒和裙子。他看到牌子和价格标签，立刻想到了上次查看的信用卡记录。再想到Tiffany和谭丽莎是朋友，就认为既然是谭丽莎过来帮忙包装，那必然是送给Tiffany的。

他心里暗恨儿子不开眼，但面上还是尽量和颜悦色地问："你这是要送谁啊？"

姚望没好气地说："放心吧，一个女生，不是男的。"

姚大有心里更气了，压着火问："你了解她吗？就给她花这么多钱？"

钱确实是姚望的软肋。他气势矮了，但仍然嘴硬："你要是觉得我钱花多了，就从我工资里扣吧。"

姚大有气道："这是钱的事吗？你要是追个好女孩，你花多少钱都行！为这么个拜金女，你花了钱人家也不念你的好！人家都跟别的男人去挑结婚戒指了！"

姚望一怔，不敢相信自己的耳朵："你说什么？你怎么知道？"

"我怎么知道？我亲眼看见的！"

姚望顿时心乱如麻。难怪她一直对他不冷不热的，原来已经有了未婚夫。她为什么不告诉我……

姚大有说："这裙子还能退不能？赶紧退了吧。"

姚望赌气道："她要是真的结婚，这就是我送她的结婚礼物！"

"你这是什么蠢话？人家当你是冤大头你知不知道？都要结婚了，也不告诉你！"

"不告诉我也正常，我又不是人家什么人。她要是真有了心上人，我当然会祝福她。"

姚大有愣了一下，心想，看来儿子是真喜欢这个Tiffany。他沉吟片刻："你要是真喜欢她，就当着她的面把话说清楚，去把她抢回来！"

姚望烦躁又难过，说："你别管我的事，感情的事勉强不来。"

姚大有生气地道："什么勉强不来？事在人为！你条件又不差，喜欢就大大方方去抢！你偷偷摸摸地送这么贵重的礼物，你这是做好事不留名，送温暖呢？"

姚望无奈地问："你今天过来就是跟我说这个？好，我已经知道了。行了吧？没事儿了吧？"

姚大有一愣，这才想起自己来的目的。他的表情突然变得不自在起来，姚望很少见父亲这样，诧异地看着他。

"你现在也不小了，有的事，我觉得也可以告诉你了……"姚大有深吸了一口气，终于说了出来，"其实，我和你妈已经离婚好几年了。"

深夜的居酒屋 ● ● ● ●

姚望意外又不意外地看着父亲。他早就知道了，只是他没想到，父亲突然决定对他公开。

他看着父亲，平静地问出了很多年以来，一直想问出的那句话："为什么？"

姚大有说:"我和你妈,其实一直都不太合得来。"

姚望冷冷地问:"是吗?那你们为什么要结婚?结婚的时候也合不来吗?生我的时候也合不来吗?"

他以为父亲会举出很多很多的理由,那些理由他都知道。在父母的争吵中,他听到过很多次,父亲嫌母亲没有女人味、嫌母亲落伍、嫌母亲发胖的身体、嫌母亲在人前不给他面子,说话不温柔、嫌母亲不会打扮、不够妩媚,那么唠叨,没有一句话得体中听、嫌母亲舍不得丢弃旧东西,家里经济条件已经很好,却被各种廉价旧物弄得像个垃圾堆,飘散着剩菜的气味。

可是姚大有并没有说这些。他说:"人是会变的,你妈是个好女人,但我不想再跟她过了。这不犯法吧?"

姚望愣住了,他没想到父亲这么坦白,借口都懒得找。他愤怒地说:"我知道你为什么变了。因为你只顾你自己!你穷的时候需要我妈给你当牛做马,累死累活。等你有了钱,有别人给你卖命了,你就嫌她不温柔不听话了!可是如果当初没有我妈陪你打拼,你能有今天吗?"

姚大有毫无愧疚之色:"我说过了,我承认她是个好女人,我也承认她对我好。所以离婚时我一分钱都没少给她!感情上我是对不起她,但是你敢说你妈当年如果嫁给别人,也能得到这么多钱吗?"

"钱就能弥补一切吗?"

"没钱的男人就不会变心吗?至少我给了她钱。"

"为什么我妈就可以做到不变心?她从没做过任何对不起你的事,到现在她也没有别人……"

姚大有忍无可忍地打断他:"那是因为她找不到比我更好的了!"

姚望吃惊地看着父亲。

姚大有冷冷地继续说:"你不是想听实话吗?实话就是她能找到的男人,连我的一个零头也比不上!还有,就算我对不起你妈,我也没有对不起你。老子这辈子就为了一个人忍得这么辛苦,那个人就是你!"

姚望气势软了下去,他颤声说:"你为什么不能一直维持下去呢?我妈并不管你,她只要面子上过得去——"

"你在教训我?你在教我做人?老子这些年吃苦受罪供你长这么大——"姚大有指着那条裙子,理直气壮地说:"你为了泡妞买这么贵的东西,我问过你一句没有?你开的车、住的房哪一样不是老子辛苦挣的?怎么老子还不能过两天舒心日子了?你心疼你妈,你怎么不跟她住一起呢?你还不是一样躲着她?"

姚望彻底哑了,父亲说的句句是实话。母亲的爱令他窒息,他和母亲也没什么话题。他爱母亲,同情母亲,可他没办法停留在母亲的世界里陪她。父亲的世界更丰富广阔,更吸引他。

他的身高早就超过了父亲,可在父亲面前,总是矮了半截。

姚大有盯着儿子,掷地有声地说:"老子就只有你这一个儿子,所以才把你惯成这样!我能容你这么在我面前说话,是因为我在外面没有别的孩子!老子问心无愧!"

说完，他站了起来，甩下一句"你好好想想吧！"就出了门。

门关上了，屋子里只剩下姚望一个人。他想着父亲的话，委屈夹杂着后悔。他想起小时候，父亲每天起早贪黑地忙碌，摆过摊卖过菜，都是最苦最累的活。父亲省吃俭用，每一分钱都用来创造更多的财富，唯有给他买东西从不吝啬。那时父母很少争吵，彼此无言，却配合默契，像两个疲于奔命的战友。

第一次记忆深刻的争吵，发生在家里已经富裕之后。父亲指责母亲出门不收拾不打扮，在生意伙伴面前丢了他的脸。也是从那时起，他发现很多人在见到父母时，都一脸愕然。

扪心自问，他也嫌弃过母亲。他不愿意母亲去学校参加家长会。其实年轻时的母亲浓眉大眼，英姿勃发，绝不是个难看的女人。可岁月如刀，在女人身上似乎格外狠毒。加之创业的那些年，母亲学会了泼辣，学会了凑合，学会了锱铢必较。可不知为何，岁月和历练在父亲身上，却变成了霸气、不拘小节与精明，反而增添了魅力。

母亲开始学着打扮，可从不打扮的女人，一旦打扮起来，往往很灾难。艳丽的颜色，可怕的妆容，还不如不打扮。也就是到了这两年，母亲彻底老了，放弃了挣扎，专心做一个不修边幅的老太太，反而又顺眼起来。一个老太太不好看是正常的，为人称道的。

可说一千道一万，孩子对妈妈的嫌弃，不过是带着埋怨的期待。而丈夫的嫌弃是真正的厌弃，导致渐行渐远。小时候开班会，他看见谭丽莎的父母一起干活，说说笑笑，心里羡慕极了。他恨父亲为什么不能像别的大款那样：外面彩旗飘飘，家里红旗不倒，可他也知道这样的要求并不正当。

他心情糟糕，无法自处。他试着给谭丽莎发了信息：莎莎，干吗呢？

可她迟迟没有回。她是在健身，还是在忙着跟陈明硕谈情说爱？好朋友们都有自己的生活。其实谭丽莎今天在忙很特别的事：她和陆霞正忙着报警。

这两天，陆霞接到弟弟的电话，要给他寄钱。弟弟跟了个经纪人，正式开始做职业群演，已经在影视城周围住了很久，可总不发工资。弟弟就求陆霞给他充话费，说等剧组发了钱就还给她。一开始陆霞怀疑弟弟撒谎，可一番盘问之后，发现弟弟确实在努力，吃了苦也受了罪。群演每天要起早贪黑，泥里爬地上滚。弟弟想着要当大明星，居然都坚持下来了。

经纪人收了他们押金和培训费，说月底结账，却又一直推后。群演吃住都很差，久而久之身体熬不住，钱也花光了。陆霞觉得弟弟难得肯为工作吃苦，听起来也不是他的错，就给他充了话费，转了些饭钱。

她跟两位室友抱怨："我弟真是做啥啥不行，找的什么破工作，演员那么好当的吗？"

Tiffany笑道："你妈可是到处吹，说你弟都当上大明星了！"

陆霞叹气："是啊，所以他都不敢跟我妈说。算了，难得他工作超过两月了，我就支持一下吧。"

谭丽莎却说："不对！这是骗子！你弟被骗了！"

"骗子？"陆霞惊讶地问，"我弟比谁都穷，他们能骗他啥啊？再说，骗子难道还为了骗他，专门拍一场戏？这成本也太高了吧？"

第三章 情场失意，职场得意

"骗工资啊！从一个群演身上骗个几百，几十个群演，你想想是多少钱？我有个朋友的女朋友是民警，发过这个骗术！"谭丽莎打开朋友圈，找到小伟的头像开始往前翻，找到了那条反诈宣传。

原来，影视城周围利用明星梦诈骗的人非常多。有的以拍戏之名收培训费，过几天"剧组"就消失。有的则是拿了剧组的钱，却克扣，甚至干脆不给，两头骗，从中渔利。

陆霞赶紧给她弟弟打电话，弟弟还将信将疑。陆霞说："你去问问那个人，说群演是按天结算的，让他给你钱！"

她弟就去找负责人要钱，负责人抵赖、拒绝，最后几个男的把弟弟打了出去。

谭丽莎打电话给小伟。魏洁建议她弟弟在当地报警，又教他保留证据。大家一同忙乱，谭丽莎就没顾上回复姚望。她看到了姚望发来的信息，以为还是包装的事，就想反正也不急，晚点回复也无妨。

等她终于得了空闲，问他怎么了，他却又没回复了。

此时此刻，姚望正和Catherine坐在居酒屋的吧台边上喝闷酒。谭丽莎冷落他时，Catherine却适时打来了电话。她朋友的公司做了个江南豪华游项目，专门服务富裕老人。一路吃喝玩乐，还去佛教名山祈福。此刻是初秋，那边鱼丰蟹肥，正是好时候。

Catherine笑道："你要不要也给阿姨偷偷订一份，让阿姨惊喜一下？这样她和我妈一起，也算有个伴儿。"

Catherine的妈妈于太太和姚望妈妈状况相似，同病相怜，是很好的朋友。不同的是，Catherine的父母没有离婚，只是各过各的，相安无事。当然，所谓相安无事，是指于总可以风流快活，而于太太却必须守活寡，否则就会被扫地出门。

于太太性格柔顺，颇具女德，自愧生了两个女儿仍能维持婚姻，已经感激涕零。每日里吃斋念佛，经常劝姚望妈妈想开点。

Catherine的姐姐嫁到了海外，只剩她在身边。她对母亲极好，买东西，陪逛街，订旅行产品。她在父亲面前乖巧可爱，很会讨父亲的欢心。她隔三岔五组织些活动，不动声色地让母亲有机会与父亲公开同框。

这些努力并未白费，至少在外面，母亲仍保有"于太太"的无上尊荣。

Catherine带母亲逛街旅行吃饭时，经常叫上姚望妈妈一起。既孝顺了自己母亲，又博得了姚望妈妈的好感。惹得姚望妈妈各种明里暗里给姚望施压，让他跟Catherine"试试"。在姚望妈妈看来，Catherine的模样、家世都没得挑，懂事孝顺，跟自己处得来，再没有比这更理想的儿媳妇人选了。

姚望知道Catherine的这番心思，他感激她对母亲的好意，也把她当朋友。可不知为何，他就是对她没感觉。

在这个心乱如麻的夜晚，从头到尾熟悉此事的Catherine就成了一个可以倾诉的人。他破天荒地第一次主动问她："你有空吗？要不要出来坐会儿？"

Catherine笑道："正好我有点饿了，就去你家附近那个居酒屋吧？"

181

居酒屋里窄窄的、乱乱的，只剩吧台还有两个座位，两人挨着坐了。Catherine叫了生鱼片、毛豆、烤鱼等小菜，又叫了一小瓶梅酒。

姚望喝了一杯梅酒，说："我爸刚才来找我了。他跟我说，他和我妈离婚了。"

Catherine同情地"啊"了一声："就刚才吗？"

姚望又喝了一杯，冷笑着点点头："对，就是刚才，大晚上的，突然跑过来对我官宣了。有意思吧？"

Catherine疑惑地问："为什么突然跟你说了呢？"

"不知道，他说他想过几天舒坦日子。我不知道他的日子还能怎么更舒坦。"姚望看看梅酒被自己喝了一半，就把店员叫过来，又叫了一瓶清酒。

Catherine试探地问："会不会是叔叔想再婚了呀？"

姚望一怔："难道那个女的离婚了？"

Catherine摇头："那倒是没听说。"

她看姚望的杯子空了，就帮他斟满，又劝道："算了，父母的事，我们也别掺和了。我们说了也没用。"

姚望闷闷地说："我就是替我妈觉得憋屈。"

Catherine触动心事，轻轻叹了口气："其实，你爸离婚，愿意分财产给你妈，已经很负责任了。我爸要是和我妈离婚，什么都不会给我妈，我妈根本斗不过他。"

姚望苦笑："我爸今天也这么说，理直气壮的，说没有几个男人比他做得更好。可怜我妈，跟那女的斗了一辈子，这回又要受刺激了。"

Catherine安慰他："那女的也不算赢。你爸肯定会签婚前协议，她什么钱也拿不到。"

姚望伤感地说："我妈在意的从来就不是钱。"

"那当然，叔叔就是信得过阿姨的人品，才分这么多钱给她啊。不过，阿姨不在乎钱，小三在乎呀。我们做儿女的，就是多陪一陪妈妈，让她们开心点，你说呢？"

"有道理，以后我也要多陪陪我妈。"

Catherine趁势说："那不如这次你就陪她们一起去江南玩吧？每次我陪她们出去逛街，阿姨都羡慕我妈，说要有个女儿就好了。你也孝敬一回，让别的阿姨也羡慕羡慕你妈妈。"

姚望有点迟疑："我最近工作有点忙，在筹建新店。"

"几天的旅行而已。你离开几天，手下就不做事了吗？"

姚望一想也对，何况有莎莎在，没什么不放心的。他说："也行。"

"那我替你预订了啊，你要不要现在就跟阿姨说一声，让她高兴一下？"

"好，那你帮我订吧。订好了，我直接发给我妈。"

第四章
要美要爱要前途

知道自己是谁，为之付出，就是英雄。

香脆的牛肉卷饼 ● ● ● ●

Catherine拿起手机，正要预订，见酒没了，就又要叫一瓶。

姚望连忙阻止："不喝了。明天还得上班呢。"

Catherine笑道："晚会儿去有什么关系？难道姚大少还要打卡吗？"

"我最近都早上八点多就到，先开个短会。最近开新店，要忙的事还挺多的。"

"这么早？会不会来不及吃早餐？"

"莎莎会带早餐过来。"

"她还帮公司买早餐啊？"

"就我俩。早上一边吃早餐，一边开个小会，效率高。莎莎可是食神，你吃过她做的面包吧？就是给圆圆做面包的那次，特好吃。"

Catherine暗暗心惊：可真不能小看每一个姚望身边的女人。就连谭丽莎那样的"土肥圆"居然也这么有手段。她自然也听说过那句"通往男人心的路要经过胃"，只是她这样的富家女，很难常年下厨，何况又离得远。而谭丽莎居然不声不响地借着工作之便，搞了个固定的特别二人时刻。姚望今天拒绝她的反应近乎本能，看起来已经对小胖子的早餐约会形成依赖了。

她想起第一次见谭丽莎，只觉得她是个不起眼的，小土豆似的胖姑娘，怯生生的，面目模糊，坐在高档餐厅里浑身不自在。直到上次在项目场地旁的偶遇，突然惊觉小胖子居然有点好看了。不但人变美了，与姚望说话的态度也判若两人。以前很拘谨，现在不但平起平坐，而且熟悉中透着亲昵。那天她清晰地感觉到了谭丽莎对姚望的企图，就刺激几句，果然谭丽莎锋芒毕露地与她抢座位。

Catherine从小锦衣玉食，人又自律，一直都被捧为白富美，是资深美女。面对谭丽莎这种逆袭的后起之秀，就像是家里有老钱的贵族看见暴发户，虽然看不起，也有点酸，还隐隐觉得被威胁。她全部的斗志都被燃起，迅速把谭丽莎放到了头号情敌的位置上，心里迅速有了计划。

她把服务生叫来，又叫了一瓶梅酒，对姚望笑道："刚才都是你喝了，我还没喝呢。"

酒送来了，她给两人都斟了一杯，却不忙着喝，预订了那个旅行产品，然后把信息发给姚望妈妈，给他看了手机页面："已经发给阿姨了。"

她同时拨通电话："我跟阿姨说一声啊。"

电话接通了，Catherine甜甜地笑道："阿姨，我和姚望在一起呢，他有话跟您说。"

姚望就对他妈妈说："妈，你看到刚才那个旅行团了吗？那是我帮你订的，到时候我陪

第四章　要美要爱要前途

你去，刘阿姨也去。"

刘阿姨就是Catherine的妈妈。姚望妈妈很高兴，嘴里说着"哎呀不用花钱，我有钱"，脸上却乐开了花。

聊了几句，姚望妈妈问："你们这是在哪里呀？听着怪乱的。"

Catherine笑道："阿姨，我们在一个居酒屋吃夜宵呢，周围都是人，有点吵。"

姚望妈妈连忙说："那就先不聊了，你们忙吧。"

"好的，一会儿给您发视频看。"

她挂了电话，把手机调到自拍模式，招呼姚望一起对着镜头挥手，说："给阿姨看看环境。"

姚望不解："这有什么好拍的？这不就是个居酒屋吗？"

"当妈妈的都很喜欢看孩子在做什么呀。我走到哪，都会给我妈妈发一段视频。"

Catherine一边说，一边环绕拍摄。姚望想着给母亲看，就很配合地对着镜头微笑挥手。

Catherine录完，就把这段视频发给了姚望的妈妈，又把回复给姚望看："看，阿姨多开心。"

姚望一看，他妈妈说：挺热闹，你们俩好好玩。

还发了个竖起大拇指的卡通表情包。

姚望欣慰之余，又有点愧疚。

这样小小的关怀并不费事，为何自己一直都忽略了去做呢？

他问Catherine："你每天都给你妈妈发信息？"

"对呀。我是女孩子嘛，从小家里就怕不安全，走到哪里都要跟妈妈说的。别说我了，我姐姐那么远，每个礼拜都还和我妈视频呢。"

姚望心有所感："你对妈妈真好，比起你，我差远了。"

她回以理解、妩媚的笑容："现在开始也不晚。"

他点点头："你说得对，以后我也要多多向你学习。"

他转过头，对她友好地一笑，可笑容中带着伤感的余韵，她觉得此刻的他格外动人。从第一次见到他开始，她就认定了这就是她心目中的理想男人：外形足够帅，家世足够好，人又足够单纯。

Catherine给他和自己都斟了酒，举起酒杯，笑道："来，庆祝一下姚大少开始醒悟。"

姚望和她碰了杯，两人聊着天，又喝了几杯，姚望拿出手机："我先把钱给你。"

"明天他们上班了才正式付款呢，不着急。"

打开手机，姚望就看到了谭丽莎的信息。大约一个小时以前，她问他有什么事。他回复她：没事，你忙吧。

Catherine又要叫一瓶酒，姚望阻止说："别叫了，真不能再喝了，我明天还要早起。你开车了吗？"

"你叫我出来喝酒，我当然没开了。"

"那我给你叫个车。"

"我陪你走到小区门口吧，我也溜达两步，消耗一下卡路里。"

两人慢慢走到小区门口，Catherine有点尴尬地笑道："我能不能用一下你们家的洗手间？刚才忘了去了。"

姚望便带她上了楼，她进门看到那一堆包装，心里就明白了几分。她先去了洗手间，精心补了妆，在毛巾和洗手台上都轻轻喷了点自己常用的香水。又脱掉外套，在洗手间的镜子前拍了好几张妩媚暴露的性感自拍。做完这些小动作，她才穿好衣服，从洗手间出来。她先是笑着道谢，然后对着礼物的包装惊呼："好巧妙啊！这是你做的？"

姚望看见礼盒，想起父亲说陈柔樱要结婚了，心里一阵难过。他淡淡地说："是莎莎帮我做的，还没做完。"

Catherine一听"莎莎"二字，情敌警惕指数又上升一级。小胖子可以呀，为了讨好姚望，居然肯给他的女神精心准备礼物。大概，她也知道女神根本没看上姚望吧。

她好奇地问："我可以打开看看吗？"

"看吧。"

Catherine打开盒子，看到了那条裙子，一阵巨大的醋意涌上心头。她陪着陈柔樱去过那家店，亲耳听到店员说这裙子是一位贵客订的。她早就发现陈柔樱其实财力有限，并不是这家的大客户。没想到，这贵客居然是姚望。她知道陈柔樱根本对姚望无意。可亲眼看到他为另一个女人花了这么多心思和钱，心里还是极不舒服。她陶醉地说："太美了，我也好想穿一下试试。"

姚望心不在焉地说："那可能不行了，店员跟我说全中国区就这一条，店里没有第二条了。"

Catherine撒娇说："那就让我试试你这条好吗？"

姚望面露犹豫之色。Catherine就靠近他，低声说："求你了……"

他喝了酒，又正值敏感低落之际。她刚刚陪他谈心聊天那么久……她甚至想好了让他帮她拉上后背的拉链。

姚望看Catherine软语央求，心里有些过意不去。她今天开解了他，又宽慰了他的妈妈。

他无奈地说："那我跟你说实话吧，这条裙子是给柔樱的生日礼物，我本来打算给她个惊喜的。"

Catherine当然知道，她就是想先穿一下，一种隐秘的领域感与好胜心。

她调皮地对他眨一眨眼睛："放心吧，我绝对不会告诉她的，这是我们之间的秘密。"

她的意思是，试穿这件事是秘密。

姚望却以为她说的是礼物保密。他神色黯然地说："其实现在保密也没什么意义了。也不会有惊喜了……总之，你就放心吧。她那么大方，你们俩关系又好。等周末我把裙子送给她，她肯定会借给你穿的。这是我最后一次送她礼物了。"

Catherine没想到姚望居然是这种思路，一时没想出新的策略，只能明知故问："怎么了？"

姚望低落地说："她就要结婚了。"

Catherine吓了一跳："啊？这么快？你听谁说的？"

第四章 要美要爱要前途

她的惊讶货真价实，因为陈柔樱确实没跟她提过要结婚。可在姚望看来，这是另一种佐证。他不好意思说是父亲告诉他的，就只说："反正都不重要了，总之，礼物的事儿，你也先别告诉她。我还是希望她打开盒子的时候，能开心一点。"

说着，他一看时间："哎呀，都这么晚了。你赶紧回去吧，我也得睡了。我送你下去，看着你上车，这样安全。"

Catherine再不情愿，也不好再赖着不走。只得由他陪着下了楼，心中全是不甘。

以前的姚望生活没什么规律，总是兴之所至，一醉方休。没想到如今居然被小胖子驯化成了个早睡早起，喝酒点到为止的工作狂。果然好男人都是要抢的。刚解除了陈柔樱的威胁，小胖子又异军突起，要靠女助理身份上位了。她坐在车上，打开手机，把自己在居酒屋拍的小视频精心编辑后发了朋友圈，配的文字是：喝酒的时候也别忘了告诉妈妈，这样妈妈才放心。等到了家，她又把在姚望家洗手间拍的照片挑了两张最具暗示性的，修得美美的，发了个"嘘"的表情包，说：这条只有女孩子可以看。然后在朋友圈设置了只有谭丽莎和陈柔樱可见，发了出去。

姚望完全不知道Catherine的小动作。他送她下了楼，回到家，看见包了一半的包装纸，心里难过。他坐下来，慢慢地把盒子包上。他想：她终究是看不上我，那个能娶到她的男人，到底有多优秀？他睡得很晚，第二天仍然早早到了公司，像平常一样等着谭丽莎的投喂。她照例带了早餐给他：一份漂亮的牛肉卷饼。金黄色的面饼酥脆香软，卷上薄薄的牛肉片和生菜，刷上口味丰富的酱料，方便美味。

她的那一份颜色很浅，是少油版本的。可她的表情似乎没有平常那么开心。

他以为她会问他昨晚怎么了，这样他就可以顺势跟她诉苦。可她只跟他说工作，一种莫名的疏远气氛。

他试图缓和，说："真好吃，这饼也是你做的吗？"

"对，我做的。我正好要跟你说一下，以后我不给你带早餐了。"

姚望一怔："怎么了？"

谭丽莎努力挤出一个光明磊落的笑容："咱俩的关系，我天天给你做早餐，不太合适吧。"

姚望怔了怔，也只能尴尬地笑笑，说："哦，行，知道了。"

他心里一阵失落，以为她和陈明硕有了实质性的进展，就要与他保持距离。她在这方面是很自觉的，和上一届男友在一起时，就说过不跟他单独吃饭。

其实谭丽莎是看了Catherine的朋友圈，受到了重大的打击，她昨晚上也没有睡好。

她一直以为，姚望对陈柔樱一往情深，把自己当哥们。她尊重他对女神的感情，也珍惜他的同学情谊。可Catherine的朋友圈让她觉得，原来她只是他打发时光的玩伴之一。或许她排名比较靠前，可她没有回应，他立刻就找了Catherine。

他和她喝酒就是兄弟间掏心窝子讲话，可跟Catherine喝酒却拍亲热大头贴，然后一起回家，做了什么不问可知。她恨自己蠢，为什么一厢情愿地以为他是个纯情大男生？青姐都说他根本没那么幼稚，她也知道他没少交女朋友。她想起初见Catherine时，他请人家吃饭，

187

恭维人家是美女。是有点暧昧的。谭丽莎酸涩地想：我在你心里，就只是个没有性别的哥们吗？喝酒这种事，都完全不考虑我吗？

她说以后不给他带早餐，是有点赌气。可他答应得那么痛快，在她看来，是压根不在意的表现。那一瞬间，她觉得自己每天早上精心准备的早餐都喂了狗。她努力让自己潇洒地想着：别多想了。如果只把他当老板，他风流不风流，又与我何干？万一他真的娶了Catherine做老板娘，大不了我就辞职。

美味不再的麦乳精

谭丽莎回到自己的座位上，用工作淹没自己。

开店有无数琐事要处理，大到货物来源，小到一个包装，件件马虎不得。一旦投入这些具体的忙碌中，就顾不上为感情烦恼。她给自己定了下周出差，把南方的供货商认真走一遍。以前她会跟姚望汇报，但现在心里赌气，也不跟他说。

下班去健身，谭丽莎又遇到了天天。今天她并没有私教课，天天有自己的学员，但仍在间隙时帮她指导一二。她离开健身房时，他又和她"偶遇"在电梯前，然后便是一路同行。他陪着她讨论了几句健身，又恭维她："你的健身餐盒特别好，我那几个会员可喜欢了，还发给别人看呢。回头要是有了新会员，我可得好好谢谢你。"

谭丽莎心不在焉地说："那就好。"

"你的私教课还有多少节？是不是快上完了？然后你还续课吗？"

谭丽莎会错了意，以为他要推销，就说："我要是继续买课，肯定也还是买芳芳的。"

"我不是要卖课给你，我是想到时候免费送你几节私教课，你帮了我这么多忙。"

"哦，没事儿，不用客气。"

天天微笑道："不是客气，你就当是给我个机会吧。"

天天很擅长言语暧昧，如果谭丽莎问他"什么机会"，他就故意说"报答你的机会呀"之类的。

谭丽莎确实听出了暧昧，却蓦然间想起了那个为富婆献身的健身教练。她本来就心情不好，顿时有点恼了，心想你这小子把我当什么人了？我还没有难看到需要花钱买男人的地步吧！

她冷冷地对天天说："那我跟你说实话吧，我根本就买不起私教课，之前那是朋友买了送我的。你也看见了，我每天都要挤地铁，我大概是这个健身房里最穷的人。"

天天一时没明白，问："那我送你点课不是正好吗？我又不让你花钱。"

谭丽莎诧异了："那你图什么呀？"

这时天天反应过来了，失笑道："图个心安理得不行吗？我不爱白占别人便宜，你帮了我这么多忙。我又没钱，就送你点课。怎么了？有什么不正常吗？"

这话说得冠冕堂皇，谭丽莎顿觉自己是小人之心。她尴尬地笑着说："哦，这样啊，那倒也不用。"

天天瞪着她："等一等，你倒是解释解释，你刚才以为我图什么？"

第四章　要美要爱要前途

"我……以为你想卖课给我。"

天天板着脸，嘲弄地说："是吗？我看你紧张的样儿，还以为你怕我要卖身给你呢。你放心，卖身也是买卖，得你情我愿，我不会强买强卖的。"

谭丽莎以为他真生气了，连声道歉："对不起，对不起，我不是这个意思……"

天天故意做幽怨状："Lisa啊Lisa，我真没想到，我把你当朋友，你却这么误会我！你以为我是什么人？你也太……"

"我不是，我没以为……"

天天忍着笑说："你太低估现在的行情了吧？你知道现在这帮有钱的阿姨多抢手吗？人家要求高着呢。想找阿姨，那得排队、摇号、竞聘上岗。哪儿轮得到我啊。"

谭丽莎一愣，才知他在说笑。她笑道："这么说，你很向往啊。"

"开个玩笑啦，真给我介绍个阿姨，我可接不住。"

"怎么，嫌人家年龄大？"

天天做严肃状："你怎么能这么说呢，感情的事跟年龄没关系，我真不在乎对方多大年纪……"

他故意停顿片刻，然后郑重地说："主要还是得看阿姨能给我多少钱。"

一番玩笑后，气氛自然松弛下来。聊天时他听说她下周要出差，就说："出差也可以坚持健身的。你酒店订了吗？有些酒店的健身房很值得体验。"

她很感兴趣："还没有呢，哪些酒店的健身房比较好？"

这时到站了，她有点遗憾地说："哎呀，我得下车了。"

"没事儿，晚上咱们打电话，我帮你找酒店。"

谭丽莎进了家，Tiffany和陆霞正在餐厅聊天。Tiffany见到她就兴奋地举起一个方头方脑的包："好看吗？"

谭丽莎并不觉得好看，但既然这样问，肯定是名牌。她说："挺好看的，看着很高级。"

"果然还是莎莎比较懂行，小霞就看不出来好，这可是爱马仕哦！"

"爱马仕？哇！顾总给你买的？"

"是呀。这款虽然说是入门级，但颜色好，也很难买的。哎，我老公对我太好了！"

陆霞问："这多少钱啊？"

"十万出头吧。"

谭丽莎好奇："这是什么纪念日的礼物吗？"

"也不是。嗨，说起来，这是我老公给我赔罪的。有个女的给我老公发裸照，被我看见了。那是他很久以前认识的一个女的，一直不死心，隔三岔五就犯贱，他都没注意！我一说，他才赶紧把她给拉黑了，然后今天就专门买了礼物给我赔罪。"

谭丽莎觉得这过程好像有点问题，她很难想象顾峰看到裸照还能"没注意"。她想提醒，又怕不合适。

陆霞直言不讳地问："顾峰这么有钱，长得也还行，肯定有女人盯着。万一要是他结婚

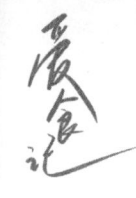

以后，有点花花草草的，你想好怎么办了没有？"

Tiffany故作轻松地说："我老公以前是有点风流。但是他说了，老婆就是老婆，老婆是唯一的。像今天这个女的，他直接拉黑，一点都没含糊。他跟我保证了，他分得清家里外面，绝对不会有什么麻烦找到家里的。"

谭丽莎觉得这话怎么听都是"你别管我在外面怎么风流"的意思。

她有点想劝劝Tiffany，可又觉得人家也不至于傻到真听不懂。

谁不知道做阔太太是有代价的呢？实力完全不对等的婚姻，哪有什么讨价还价的余地。

像这样的成功男人，喝花酒，在外面不三不四，都可以冠以"事业""娱乐"之名。看看新闻，有钱的丈夫在异国他乡因涉嫌性侵被送进警局，妻子也只能假装什么都没发生。

每个人对幸福的定义是不一样的，或许不该多嘴。

陆霞也不再说话，作为表妹，她已经尽力劝谏过了。和顾峰这样的男人结婚，自然意味着失去话语权。但从财富的角度看，她也承认，Tiffany恐怕再也找不到更好的了。

陆霞算是能干的，拼了命996，一个月的工资还不够人家买半个包。难道劝Tiffany找个普通男人？普通男人就不出轨了吗？大家默契地聊了些无关紧要的话题，各自回了房间。

晚上谭丽莎的手机很热闹，先是天天跟她说酒店的事，然后陈明硕又发来例行问候。他现在每晚都和她聊一会儿，非常有规律。有时候说工作，有时候谈谈孩子。

今天他聊了几句后，发了一张劳斯莱斯车的图片，问："这是你那个室友男朋友的车吗？"

谭丽莎认出车牌号："是啊。"

"他们俩还在一起？"

"对，马上结婚了。怎么了？"

"没什么。就是我今天看见这辆车了，想起来了。"

谭丽莎没多想，两人聊了几句，就睡去了。第二天她依旧早早到了公司，也仍然带着早餐，只是没有给姚望带。到了茶水间，她正想着姚望可能不会这么早来了，就看见他从对面走来，拿着个便利店的袋子。

见到她，他开心地笑了："太好了，我刚才还在担心，怕你以后不来公司吃了呢。"

他由衷期待的样子，让她的怨气消散了一大半，她又开始反省自己昨天对他有点过分。如果只是当哥们，他是无可挑剔的。

她在心里对自己说：人家对你没意思，也不是人家的错啊。有谁规定哥们非要对你有想法？

他看到她手里的三明治，问："你以后还是来公司吃早餐，对吧？"

她点点头。

他很高兴："要是你来不及做，你跟我说一声，我也可以给你带吃的。"

她见他如此磊落，越发觉得自己小气，心里歉疚，搭讪着说："你买了什么？"

他把袋子打开，一样一样地拿出来给她看：一盒寿司，一个水果杯，还有一小盒麦乳精，正是他们小时候喝过的那一种。只是小时候是大的铁皮桶，现在是类似于速溶咖啡的小袋装。

谭丽莎笑道："居然有这个！"

"是啊。我也觉得很怀旧，就买了一盒。好久没喝了，不过这个热量很高，你是不是不敢喝？"

他冲了一杯，分了一点给她："尝一点没问题吧？"

她轻轻啜了一口："好像是这个味儿，但是没有小时候好喝了。"

他也尝了一口："嗯，好像是那个味儿，又有点不对，也不知道是配方变了，还是我们的口味变了。"

谭丽莎觉得这话有点伤感，又默默地喝了一小口。麦乳精有一种介乎于巧克力和麦芽糖之间的味道，像是甜腻版本的热可可。她现在喝惯了咖啡，有点不接受这种味道了。

她决定还是泡一杯咖啡。与此同时，姚望默契地笑道："我还是泡杯咖啡吧，这太甜了。"

两人泡了咖啡，姚望一时兴起，往咖啡里加了点麦乳精，又把他买的东西拿出来，问她要不要吃一些。他一如既往地与她分享食物，忙忙碌碌好像过家家。她发现他就有这个本事，让她很难坚持和他赌气。

他们拿了早餐去他的办公室，在聊工作之前，她终于忍不住，问："你前天晚上本来找我什么事？"

姚望一愣，尽量潇洒地说："没事儿，就是……我失恋了。"

其实父亲的态度对他刺激更大。可此刻在父亲的公司里，享受着父亲对他的荫庇，实在没办法再理直气壮地控诉父亲。

谭丽莎怀疑地问："你前天晚上失恋了？你……跟她说了？"

"没有。但是有人跟我说，她有男朋友，而且快结婚了。其实我心里一直也有点感觉，我也知道我不是她喜欢的类型。没事儿，没什么大不了的。"

"那，裙子你还送吗？"

"送啊，都费那么大劲儿买了。我已经把它包好了，所以，从今天开始，我就正式成为一个孤苦伶仃的单身狗了，连你都不给我带早餐了。"

他故意做出开玩笑的样子，以掩饰自己的失落。

她酸溜溜地说："你也不是真单身吧？明明有美女陪着。"

姚望以为谭丽莎指的是喝酒拍视频的事，就笑了："嗨，那主要是为了给我妈看。Catherine有一点挺好的，就是她走到哪儿，都拍视频照片发给妈妈，让妈妈放心。我以后也要对我妈好一点。"

谭丽莎听他夸Catherine，心里就酸。又听说双方家长很乐意看他们俩在一起，已经要脑补出"豪门联姻"的大戏。正想多问几句，助理过来敲门，说工作的事，也提到了出差。

姚望问："你下周要出差？怎么没跟我说？"

谭丽莎说："昨天刚决定的，还没来得及跟你说。你要去吗？"

她心里暗暗盼着他说也一起去。可他听了日期，"啊"了一声，说："那几天我要陪我妈去旅行，已经订好了。其实也在那一带，太不巧了。"

谭丽莎顿时后悔昨天为了赌气，没有事先与他商量。

再一忙碌就到了晚上。到家后，她看到陆霞正在帮Tiffany打包行李，预备周末搬家。

Tiffany和顾峰在一起后，有了些值钱的名牌衣物，要小心包裹，十分讲究。谭丽莎看见名牌，就说起陈柔樱有男朋友了，那条天价裙子要打水漂了。

Tiffany好奇地问："你们说，这么贵的礼物，嘤嘤怪真的会收吗？她要是收了，她男朋友不会生气吗？"

谭丽莎一怔："对呀，她要是不收，那钱还能退吗？"

Tiffany冷笑："我看她肯定不舍得不收。咱们可以打个赌。"

陆霞说："这不能收吧？不是一万，是十几万啊！"

正在猜测，谭丽莎的电话响了，居然是陈柔樱。谭丽莎吓了一跳，觉得陈柔樱简直是听见了她们在说她。大晚上的，她能找她有什么事？她疑惑地接起了电话。

临别的蒸汽海鲜 ● ● ● ●

陈柔樱开心地问："莎莎，你的妆发有人给做了吗？"

"妆发？什么妆发？"

"就是party造型的妆发呀。复古的打扮，妆发最重要了。"

原来，陈柔樱特意为派对请了专业造型师，给很多明星做过造型的那种。谭丽莎想到茶室开业派对上，陈柔樱穿汉服古装，头发精致得如古装片女主角。当时谭丽莎还以为她手巧，原来出自专业人士。

陈柔樱亲热地说："我第一个跟你说的。因为他就过来几个小时，不可能帮所有人做。所以，先到先做啦！"

谭丽莎每天满脑子都是工厂供货方，人家郑重其事地为一个派对准备妆发。这大小姐的人生简直是活体芭比娃娃，真有点嫉妒。到了这个年龄，有几个人还能活得这么梦幻呢？

谭丽莎婉拒："不用了，我简单弄一下好了。"

陈柔樱发嗲："可是大家都打扮得漂漂亮亮的，拍照才好呀。这是我的大生日呢，我不想留下遗憾。"

这话没有恶意，但是谭丽莎听得别扭。好像自己是陈柔樱生日装饰物的一部分。

以前的她最不懂如何拒绝，但现在升任管理层，天天被员工推诿拒绝，头疼之余，倒也无意中学会了如何对别人说不。

她说："那太感谢了。不过，我倒是有个朋友可以帮我做妆发，所以就不用了。"

反正有时候"一个朋友"指的就是自己本人。至于妆发嘛，只说了做，又没说保证效果。

陈柔樱也就作罢，反正她已经对哥哥的潜在配偶表达了诚意。

挂了电话，Tiffany问："谁给你做妆发啊？"

"做什么妆发啊，我就正常化个妆，提前洗个头。"

Tiffany劝她："有没有造型师可不一样呢，还是好好做一下吧，留几张漂亮的照片多好啊。"

"算了，怪麻烦的。"

"哎呀，不麻烦啦。上网找点教程，咱们自己认真弄一下呗。她的派对什么风格？"

"什么美国黄金时代，复古。"

谭丽莎一边说，一边把之前买的那条"梦露裙"拿了出来："所以我打算穿这个。"

"这个风格现在最时髦了，嘤嘤怪确实会打扮，你准备好礼物了吗？"

"陈明硕准备了，就算我一块送的。好像是个她很想要的包。"

"那不是陈明硕也过生日吗？你送他什么礼物？"

"他不用礼物。"

Tiffany瞪大了眼睛："你们不是在交往吗？他过生日你不送礼物？"

"他说他不爱过生日，对这种事没兴趣……"

"可是你送了他也会高兴啊。有谁会介意收到礼物呢？总归是一份关心。"

"那怎么办，现在买还来得及吗？而且，送什么呀？"

"实在不知道送什么，就送个车载香氛。让他的车子里，充满你挑选的味道——这是我们最近的一个广告词，我想的，很棒吧？"

"哇！这个广告词厉害啊。你怎么想出来的？"

Tiffany得意地说："很多女的都会洒一点自己用的香水在男朋友的车里、家里。这样他不知不觉，就会习惯你的味道。所以，我就想到啦。"

谭丽莎又笑又叹："大家咋都这么会呢？感觉我好像白痴啊！"

陆霞坏笑说："我们乡下的猫啊狗啊也这样，到处撒尿，是为了留下自己的气味，圈地盘。"

Tiffany笑着打她："讨厌啦！"

谭丽莎笑道："还别说，原理没准儿是一样的。"

陆霞说："当然有道理了，气味好像是跟荷尔蒙有关……"

Tiffany捂着耳朵做尖叫状："别再说了！再说我以后无法直视香水了！"

女孩子们笑成一团，又商量了周六一起逛街、买礼物、聚餐。好像离别的事还很远，但大家心里都知道，下周Tiffany就要搬走了。

周末上午，谭丽莎带她们去了Chris的店买配饰，也顺便推荐这个好销售。Chris很兴奋，认真帮谭丽莎挑选了发带和配饰，还给了她一大堆建议。

他说，复古妆容一定要配发带，我给你选一条！眉形一定要高挑妩媚，可别做韩式平眉。发型你准备好怎么做了吗？姐我跟你说，你这个发质和头发长度，就做个蓬松的花苞头。卷发棒简单弄一下，用几个卡子和发夹固定。哎呀，那绝对好看……

Chris是真喜欢这些，谈的时候脸上都在发光。他央求谭丽莎把派对的造型发给他看，言语里都是对这种生活的羡慕。他还小声跟她说，这个商场里有家首饰店，价格不贵，但设计很好看。

Tiffany觉得Chris很有才华，就问他是否专业学造型的。

Chris害羞地说："我就在我们老家读了一个美容美发职高。老师都很土的，就教你画那种很老气的新娘妆什么的。我就是自己比较喜欢……"

大家惊叹："那你太厉害了，天赋一流啊。"

Chris觉得遇到了知己，忍不住话痨起来。

他的组长一直嫉妒他业绩好，看谭丽莎她们只买点发带配饰，觉得这就是几个穷姑娘，没什么油水，就板着脸走过来，训斥Chris："你别光顾着聊天了，上班呢。"

Chris吓得连声道歉。

Tiffany看着生气，就问Chris："我买了衣服，算你业绩吗？"

Chris点点头。Tiffany说："这店里所有你觉得我们三个人穿着好看的衣服，一样来一件。只要穿得上，我全都买单。"

Chris没想到Tiffany如此阔，惊呆了。他小声说："姐你不用这样，没事儿。"

"干吗不用？我们本来也是来买衣服的呀。"Tiffany故意大声说，"这么便宜的衣服，我就是把整个店都买了也没什么。只不过我们穿不了那么多而已。反正我就信任你的眼光，你挑的，我就都要了。"

Chris只好帮她们挑衣服。他敬业又克制，按照每个人的气质认真挑选，并没有挑很多。Tiffany嫌不够，又自己挑了些，加上配饰和包包，足足买了一大堆，这才去结账。

结完账，Tiffany派头十足地说："这些东西先放在你们店里，等我逛完了再回来拿。"

那组长谄媚地连连点头哈腰，等她们出了店，才把腰直起来。再看看Chris，也不敢随便训了。心想这小子还真有一套，他是怎么看出这几个女孩是小富婆的呢。

出了店，谭丽莎忍不住笑道："行啊你！我还以为你要把他们店都买下来呢。"

Tiffany吐了吐舌头："我也是看了价格标签以后才放心大胆地耍这个威风的。要是太贵了我也不敢乱买，毕竟这是我老公的附属卡。他有点抠，不过这点钱还好啦。"

谭丽莎笑道："是不是觉得老过瘾了？"

Tiffany笑道："太过瘾了，原来当暴发户的感觉这么带劲！"

陆霞感慨："原来有钱还真能主持正义。"

三个女孩子一边说笑一边逛街。最后在Tiffany的建议下，谭丽莎买了三套大牌沐浴礼盒。这个礼物符合"气味定律"，包装好看，牌子过硬。Tiffany说，这种溢价高的日常用品，单价不高，相对价格贵，最适合做礼物。又是日用品，不喜欢用还可以送人。

之所以买三套，除了陈氏兄妹每人一套，还送了一份给圆圆。

Tiffany说，既然还没结婚，最好不要让男方觉得占便宜。给陈柔樱的礼物，最好还是谭丽莎自己送。

"跟这些优质男人的约会阶段，女生一定要适当地花点钱，别让人家觉得你拜金。我老公跟我说，那种一毛不拔的女人，再漂亮，男人也看不起。"

谭丽莎听了这话，又隐隐有点担心，也不知道这顾总约会过多少一毛不拔的漂亮女人。

给圆圆买，是因为陈明硕肯定会带圆圆去，小孩子看到别人都有礼物自己没有，会不开心。Tiffany给圆圆挑礼物最用心，不但选了敏感肌肤适用，还另外买了个草莓形状的毛线小篮子来装着。她做这些事兴致勃勃的，仿佛在为未来的贤妻良母生活提前实习。

第四章 要美要爱要前途

陆霞说："我还以为你很讨厌陈明硕呢。"

"他确实很烦，但他女儿还挺可爱的。我将来也想要个女儿，打扮得漂漂亮亮的。"Tiffany叹口气："可惜我老公是个儿子迷。"

吃饭时，Tiffany请她们吃了"海鲜荟萃"：硕大的椭圆形深盘里，丰盛地摆着各种颜色鲜亮的海鲜。

陆霞叹道："海鲜版大丰收啊。"

Tiffany说："我一直就想点这个。省得每次吃海鲜，都觉得不过瘾。再说，海鲜也可以算是我的媒人，对不对？"

陆霞说："但是这盘子里，好像没有闪灵大人。"

Tiffany指着那几只梭子蟹说："闪灵大人还是太贵了，就吃点闪灵大人的侄子外甥凑数吧。"

"你这不但是恩将仇报，还株连九族啊。"

她们一边笑，一边拿出手机，对着满盘子的海鲜一通拍。

谭丽莎看着照片，说："真是又实惠又奢侈。"

Tiffany开心地说："而且海鲜热量不高，不用担心发胖。"

谭丽莎说："你最近没去健身房了，你这卡可白费了啊。"

"是啊，我正发愁呢。以后离得远了，更没法去了。"

"你们公司离健身房不是还挺近的？"

"可我老公让我辞职呢。我有点犹豫，最近我们总监对我不错，而且我现在干得还挺顺手，刚觉得有点开窍了。"

谭丽莎连忙说："别辞职啊。你这个工作挺好的。"

陆霞也说："不工作可绝对不行。"

"我也不想辞职，可我老公总催我，说我应该好好照顾家里，而且新房子也要装修，确实事情也挺多。没事儿，反正手头的项目总要先做完。"

下午陈明硕来商场接谭丽莎，看到三个女孩子都在，又买了一堆东西，他很绅士地问："我把你们先送回家吧，正好也顺路。"

大家就一起挤进了陈明硕的车里。谭丽莎和陈明硕坐在前排，Tiffany和陆霞还有圆圆坐在后排。到了小区，圆圆要上厕所，大家就一起上了楼。

等圆圆从洗手间出来，一眼看见Tiffany的卧室床上摆着一只毛绒玩具兔子，就要过去看。陈明硕连忙阻止："不要进去，那是阿姨的房间。"

圆圆马上站住了脚，但眼睛还盯着那只玩具兔子。

Tiffany笑着招呼圆圆进来："没事儿，进来玩会儿。"

她把兔子递给圆圆："喜欢就送给你。"

圆圆不敢拿，抬头看着爸爸。

陈明硕连忙说："那怎么行，不合适。"

"我要搬家了，有些东西也不好拿，都是些不值钱的小破烂。"Tiffany大方地招呼圆

195

圆,"这些你都可以拿去玩。"

陈明硕看她确实在打包准备搬走,圆圆又一脸渴望,就同意了。

Tiffany平时喜欢买些小东西,卡通小钱包、小戒指、桌上的小摆件之类。圆圆流连忘返,开心地拿了好多。

陈明硕催了好一会儿,她才恋恋不舍地问Tiffany:"我以后还可以来玩吗?"

Tiffany莞尔一笑:"不行啦,阿姨要搬走啦,以后你可以到阿姨的新房子里玩。"

等回到车里,陈明硕问谭丽莎:"Tiffany要搬走了?"

"是啊,她要结婚了。"

"结婚?这么快?"

"顾总岁数不小了,着急要儿子。而且条件确实好,有钱,没结过婚。赶上个这样的也不容易。"

她是无心的,他却听着有点别扭。她也意识到了,尴尬地不知如何是好。好在这时候圆圆问东问西,把话题岔了过去。

陈柔樱的派对就开在她的茶室,进门的瞬间,谭丽莎险些以为进错了屋。

那平时清雅古典的茶室,此刻布置得纸醉金迷,霓虹闪烁,放着黄金时代的老歌。到处都是水晶玻璃的装饰,流光溢彩,又有很多镜子,让人仿佛坠入了一场瑰丽奢华的梦境。

陈柔樱高高兴兴地在门口迎接客人。她的头发不知是烫了还是定了型,做成水波纹的样子,油光水滑地贴合在她的脸上,上面别了一只镶满珠钻的华丽发卡,与她腕上的繁复手镯以及手上的戒指显然出自同一个设计师,又和她身上那身淡金色的、做工细致的蕾丝裙子相映生辉。她的妆容也十分讲究:细细的眉毛、精致的眼妆、深棕色的红唇,全身璀璨华丽,宛如从古老的时空中穿越而来。

缤纷玲珑的手指餐

见到陈柔樱的打扮,谭丽莎顿时庆幸自己从善如流,认真打扮了一下——在这样的奢靡场景里,不打扮就成了乱入片场的小剧务。

谭丽莎的妆发是Tiffany和Chris通力合作的结果,自觉已经远超预期。早上Tiffany帮她把头发做好,后来到了店里挑发带时,Chris又帮她选了一条丝巾做发带,打了个漂亮的结,另一端垂下来。

吃饭时Tiffany又帮她再次按Chris的建议调整了妆容,最终的效果精致又不过分夸张,谭丽莎满意之极,自觉很惊艳了。

但此刻见到陈柔樱,原来自己只是勉强达到了派对的底线。

陈柔樱看到陈明硕的复古西装马甲和鸭舌帽,扑哧一笑:"难为陈总啦,莎莎穿得就比你好。"

然后她俯身对圆圆笑道:"还是我们圆圆最可爱!"

她拉着圆圆的小手走到一边:"圆圆,姑姑带你去挑一个发带。"

第四章　要美要爱要前途

这是一张细长的桌子，贴墙摆放，后面的背景挂着金箔细带子，点缀着奶白色和香槟色的气球。桌子上琳琅满目地摆着很多装饰物：白色珊瑚形的架子上插着鲜花，挂着珍珠链子，高高的瓶子里插着大大的羽毛。几本皮质封面的英文书随意摆起来，上面一个方形的金色盒子，里面插满了五颜六色的鲜花。

一个浅金色的大盘子里，散放着羽毛和珠链，甚至还有男士们可以贴在唇上方的八字胡。陈柔樱拿起一个带着粉色羽毛的发带，问圆圆："喜不喜欢？"

圆圆开心地点头，陈柔樱就细心地帮圆圆戴上，又笑着对谭丽莎说："这些饰品都是给大家随便戴的。不过你已经有发带了，就不用啦。"

她对宾客的造型执着到近乎霸道，但她表现得温柔体贴，让人很难生厌。

她又对着谭丽莎身后笑道："哎呀，你穿得倒是和圆圆很搭，这是报童吗？"

谭丽莎回头一看，姚望来了。白衬衫，束腿卡其色五分裤配吊带，长袜皮鞋，戴着个小帽子，背着个大大的卡其色帆布包，果然很像老式片里的报童。

蛮可爱的一身打扮，可配上他的身高和长腿，就像偶像剧里在逆袭之前尚在落魄的男主角，送个报都能被大小姐看上的那种。

但谭丽莎顾不上欣赏姚望，她心里泛酸：他和Catherine一起来的。

Catherine也认真打扮过了。与陈柔樱那种奢靡梦幻的格调不同，她是另一种较为凌厉的风格。她和谭丽莎有点撞造型，都是卷发，都用了丝带。只是她是波波头，把头发染成了红棕色，做了有规则的卷烫。她的发带是红色的，配上她的红唇和红色丝绸礼服，奢华中带着一种侵略性，也是黄金时代的女士经典造型之一。但不知是否出于偏见，谭丽莎觉得Catherine虽然夺目，但有些夸张，像个假人，不像陈柔樱的造型那么浑然天成。

陈柔樱称赞Catherine用色协调，又夸她的衣服有型。

Catherine笑道："你的大生日，我当然要好好捧场。我昨天就说姚望了，你这什么呀，童装似的。跟我的造型都不搭了，穿西装不好吗？"

姚望呆着脸，他是故意穿成这样的，意思是：我只是个送东西的人。

而谭丽莎只注意到了Catherine和姚望商量穿衣服，一边发酸一边劝自己别双标：你自己也算是带着"男朋友"来的，这吃的是哪门子醋呢！

陈柔樱对Catherine笑道："你们的妆发都好专业哦，难怪都不用我的造型师。莎莎，你的造型师在哪个工作室啊？分享一下？"

谭丽莎据实已告："不是什么造型师，就是我室友和一个柜员朋友一起帮我弄的。"

陈柔樱惊呼："哇！也太厉害了吧！哪里的柜员？"

Catherine抿嘴一笑："人家的秘密武器怎么会告诉你？"

姚望看到陈柔樱的装扮，觉得她如梦中女神般高不可攀，心情糟糕透顶。此刻有一搭无一搭地听她们说谭丽莎的头发，不由得好奇地看了一眼，问："你自己扎的呀？这玩意儿怎么固定的？"

谭丽莎以为他要乱拽，连忙阻止说："别乱碰啊，我朋友给我扎的，你拽掉了我可弄不上去。"

姚望本来没打算拽，她这么一说，他倒真有点手痒了。老同学之间的气场，就是不犯欠难受。他边伸手边问："是吗？这是活结还是死结啊，我试试……"

谭丽莎捂着头大叫："喂！你不要手欠！"

陈柔樱笑得直不起腰："莎莎你放心，他给你拽掉了，我再帮你扎上，我会打这个结，咱们不用怕他。"

Catherine没想到谭丽莎一个发带都能引来姚望动手动脚，醋意大发又无可奈何，只差没喊一句"我头上也有发带啊"。

陈明硕笑道："别堵在门口了，先进去吧。"

陈柔樱便领着大家往里走，宛如走进梦境深处。到处都摆着晶莹剔透的玻璃和银色金属花瓶，里面插着鲜花，鲜花上挂着珍珠宝石链子。珠宝和鲜花的搭配意外的和谐，尽显奢靡之气。

酒水台上一排排五彩缤纷的鸡尾酒杯，插着彩色的吸管，装饰着柠檬或水果，杯子边缘抹着洁白的盐或是糖。另有颜色各异的整瓶洋酒、饮料、冰桶和各式糖浆，供客人自行搭配取用。

更惊艳的是派对食物，谭丽莎一直觉得陈柔樱在美食方面并不擅长。茶室的茶点都是她帮着选的，然而这次却让她大开眼界。

所有的食物都精巧细致，色泽美丽，放在洁白的长条瓷盘子或是高脚托盘中，有饼干大小的比萨饼、酱料裱花装饰的魔鬼蛋、小巧的烤土豆配起司馅，上面插着一小片培根、贝壳般的薯片上有绿色的酱料，里面插着一只剔透的虾仁。最漂亮的是一小片罗马生菜上托着的迷你沙拉碗，像放在一片花瓣里。甜品和水果更是琳琅满目，美轮美奂。

并没有太名贵的食材，做法也都很简单，全凭一番巧思而显得奢华精致。

谭丽莎忍不住问："这是哪里订的？好专业。"

陈柔樱笑一笑，压低声音说："是我在网上找了finger food（便于用手指取食的食物）的方子，让店员做的。都很简单，摆一摆烤一烤，有些还是冷冻食品。不一定好吃，就是好看。"

"这些花搭配的珠宝也很漂亮。"

"都是淘宝货，全屋子加在一起也就几百块钱。下次你过生日，我发一些图片给你。"

陈柔樱毫不藏私，真诚分享。谭丽莎感慨万千，她在心灵手巧和美食天赋方面一向很有信心，可和人家这点石成金的本事一比，自己只算是会卖傻力气。

这间屋子、这个派对、这位女主人，像嘉年华式的游乐园，又像狐狸精变化出的迷人幻境。这里热闹、绮丽、无忧无虑，每个人都可以假装自己只有二十岁。

人人在岁月中都要被迫长大，但陈柔樱有她抵抗的方式。在她柔弱的外表下，有一颗坚定不移，摧枯拉朽的少女心。

初识陈柔樱时，谭丽莎严重地自卑。后来得知她的年龄与个性，又暗暗佩服。而现在，她彻底心悦诚服。

她放下自卑，全心投入这个游乐场，像个最没见过世面的游客一样，拿出手机，疯狂拍照。

第四章 要美要爱要前途

  Catherine也暗暗震惊，在得知陈柔樱的真实年龄与财力之后，她是有点心理优势的。综合条件，当然是她更好，几次暗暗"较量"下来，觉得自己并没落下风。

  然而今天她彻底望尘莫及，宾客纷纷惊艳，她心里酸味更浓。谭丽莎拍照询问，她以己度人，心里暗骂小胖子工于心计。正想讽刺两句，却见姚望也跟着谭丽莎录视频，还提醒她："你不拍点给你妈妈看吗？"

  Catherine就把准备好的难听话咽了回去，再看这派对实在难得一见，干脆自己也开始了疯狂的拍照与自拍。

  礼物桌子在最里面，旁边有香槟杯和造型繁复华丽的蛋糕。墙面流光溢彩，深色的背景、红色的天鹅绒幕布、霓虹闪烁的"生日快乐"灯牌，宛如旧时代的剧院舞台。

  谭丽莎和好友过生日，都是几个人吃饭，坐在一起开心地拆礼物。而在这样的大型派对中，礼物堆积如山，精心包装的盒子顿时没了意义，满是思绪的小人儿，也许瞬间就会被别的礼物压扁。

  她甚至还很穷人思维地想：这么多人，万一有谁趁乱偷走了那个盒子，那可是十几万的损失呀……

  姚望也在犹豫着是否合适把礼物放上去。他想让她知道这是他送的，可又怕她知道。

  陈柔樱忙着和客人交际，压根儿没空理他。姚望悲壮而中二地想，算了，就直接把礼物放在桌子上，她不知道是我送的也好，反正在她心里我什么也不是……

  他刚从包里拿出礼物盒子，圆圆就注意到了，欢呼道："这里有个小人儿！"

  陈柔樱闻声转头，终于注意到了："哇！真的！好可爱哦！"

  姚望便顺势把盒子递给她："生日快乐。"

  陈柔樱看盒子包装得文艺，以为是不值钱的小玩意儿。她开心地做了个双手合十的动作："谢谢姚望！"便将那盒子放在礼物台子上，便去招呼别人。任由那精心包装的盒子淹没在一堆礼物中。

  谭丽莎替姚望心酸，而Catherine只装做什么都没看见。

  谭丽莎把她的礼物也放在台子上，又拿出一份给陈明硕："生日快乐啊。"

  陈明硕愣了一下，惊喜到有点不好意思："我也有礼物啊，谢谢，谢谢。"

  谭丽莎笑道："毕竟你也过生日呀。"

  说着，她又拿出那个草莓小篮子，递给圆圆："圆圆，这是给你的。"

  圆圆早就眼巴巴地看着姑姑和爸爸都有礼物，没想到自己也有。她高兴极了，一把将小篮子抱在怀里，仰着小脸，软糯糯地对谭丽莎说："谢谢莎莎阿姨！"

  谭丽莎平时对孩子无感，但此刻面对这小天使般的笑容，也略有母爱泛滥之感，忍不住微笑着摸摸圆圆的头："不客气！圆圆真可爱。"

  陈明硕的感动已经升华成了感激，多么和谐的画面呀，几乎就是珠联璧合的一家人。

  他有些动情地对谭丽莎说："莎莎，你想得太周到了。认识你，我觉得自己很幸运。"

  谭丽莎生平最不会贪功，本能地解释："其实不是我想到的，是我室友提醒我的。"

陈明硕一怔:"是Tiffany吗?"

谭丽莎点头:"对啊。"

陈明硕的表情变得有点复杂。他本来对Tiffany印象不太好,当她是拜金女。但今天Tiffany送玩具给圆圆,态度友善,让他觉得这女孩子人其实不错,便犹豫要不要把自己看到的事情说出来。

这时他听见谭丽莎吃惊地说:"姚……姚总?"

甜中带酸的柠檬蛋糕

顺着她的眼光一看,果然是姚大有来了。他并不意外姚大有的出现,毕竟是重要客户。只是他没想到姚大有不但很赏脸地来了,还更赏脸地认真打扮了一番。

今天到场的男士多半都穿复古西装,辅以有年代感的配饰,比如怀表、圆形眼镜或礼帽。姚大有却一身戎装,他头上戴着个墨色钢盔,上面有四颗星呈品字摆放,下面是个蓝底红圈的A字。他上身穿着一件浅橄榄绿的夹克衫,敞开着,露出里面的同色系衬衫和领带,领带斜插进两个扣眼之间,下面配马裤和马靴。

这一身说不清是像军官还是土匪,倒跟姚望的造型异曲同工——都不是绅士的打扮。

谭丽莎没想到大老板亲自莅临,感觉生日派对秒变公司年会。

陈柔樱眼前一亮,欢呼道:"姚总你今天的造型好帅啊!"

姚大有笑道:"陈总和小柔的生日,我当然得认真地凑个热闹。"

Catherine也乖巧地赞美:"哇!民国军服!"

谭丽莎想:还真是,好像是哪个军阀。

陈明硕问:"这应该是美军的军服吧?二战时期的?"

姚大有竖起大拇指:"果然还是陈总有眼光。"他的手上还戴着好几个夸张的戒指。

陈柔樱恭维道:"姚总真是别出心裁,这一身搭配得好酷!怎么想到戴头盔的呀?"

姚望忍不住说:"这是巴顿将军的经典造型。"

陈明硕不是军迷,对巴顿造型不熟悉,经姚望提醒,立刻从知识库里调取出合适的内容,笑道:"巴顿将军勇往直前,不拘小节,是二战最富个人魅力的将军。"

陈柔樱不知巴顿为何物,只由衷地觉得姚大有比那些穿复古西装的男人有创意多了。她好奇地问了几句,姚大有便滔滔不绝地介绍起来:手上这个戒指是教皇给巴顿的,巴顿是天主教徒……

陈氏兄妹陪着姚大有聊天,Catherine也在一边奉承。谭丽莎觉得姚大有的打扮实在有趣,不由得笑着看了姚望一眼,他立刻会心地在她耳边低声吐槽:"我爸特喜欢巴顿将军,收集了好多军服。如果是冬天,他就会穿一件翻毛的皮夹克,搭配他的军装,还会戴上一堆勋章呢——要是穿上那身,就更像军阀了。"

谭丽莎忍俊不禁,低声说:"好像那个贺岁片……为什么他们都喜欢巴顿将军?"

"因为巴顿最嚣张呗。"

"二战霸总？"

"没错。什么'成功就是一连串冒险的积累''不想让你的敌人攻击你，就要先去攻击他'……有空我可以给你背几十条巴顿语录，这些我从小听到大。"

"还别说，跟你爸的风格挺搭的……原来姚总也追星呀！"

正聊着，陈明硕招呼谭丽莎去认识一位供货商朋友，姚望也被Catherine叫到了一边。

屋子里的人越来越多，三三两两地聚在一起。谭丽莎彻底放松心态，不停拍照。她给自己拍，给圆圆拍，看到摄影师，还主动让人家帮她拍。派对上的食物味道一般，但谁又是来这里大吃大喝的呢？这样的食物，反而不喧宾夺主。

上次在陈柔樱的开业派对上，她满腹自卑临阵脱逃，这次存心享受，体会到了变装派对的好处。平时一本正经的人，因这戏谑的打扮，自然松弛下来，而派对主人的朋友圈，就如同一道精英品质保证——这里不会有你不应该认识的人。

陈明硕也不时叫她过来认识新的人，她仿佛跟着导师开会的实习生，完全进入了学习模式。

最孤独的人就是姚望。陈柔樱今天如众星捧月，好多男人围着她，不知道哪个是她的未婚夫。谭丽莎跟陈明硕宛如一家三口，连气质都越来越像。

Catherine陪他聊天："姚叔叔今天好会扣题哦，大家都没想到穿军装，他一下子可把别人都比下去了。"

姚望说："我爸本来就喜欢巴顿将军。"

Catherine抿嘴一笑："那也是为了给小柔面子，姚叔叔对小柔真是没得说。带客户来茶室开会还不算，还帮小柔做产品，我爸对我都没这么好呢。"

姚望一怔："我爸帮小柔做产品？"

"对呀，你们公司的茶叶、茶包和送客户的礼盒已经都由小柔的茶室供给了。姚叔叔还帮她设计了产品，从找代工厂到网店上架都由你们公司搞定。小柔什么也不用做，等着收钱就好，真是名副其实的甩手掌柜，羡慕死我了。"

姚望觉得有些不对劲了，他完全不知道父亲做了这些。

Catherine故意说："莎莎没告诉你吗？她不是负责运营吗？"

"莎莎在我的部门，应该不会再管别的部门的产品了。"

正说着，音乐停了下来，灯光变暗。唯有一道光落在舞台背景墙前方，陈柔樱就站在那里，犹如黄金时代的百老汇女伶，流光溢彩，仪态万千。她面前的生日蛋糕造型浪漫，洁白的奶油做成浮雕，曲线优美如古希腊神庙的装饰物。

灯光下的陈柔樱轻盈美丽，快乐如高中女生。她兴奋地向所有宾客致谢，再逐一拆开礼物。每打开一个礼物，她都会做一个体贴而特别的道谢。

礼物并没有想象中奢华。

谭丽莎的沐浴用品并不寒酸，还有人送的是玩具。Catherine作为富贵闺蜜，送的是大牌的特别款丝巾。

陈柔樱对每一个礼物由衷赞美，诚恳表示这就是她最想要的，玩具正适合放在她的书

房，沐浴套装恰是她最喜欢的味道，大牌丝巾超美，简直是艺术品……

陈明硕的礼物最贵，他送的是一个价值数万元的名牌手袋。

陈柔樱表面笑靥如花，心里却有一点点失望。她更想要的其实是那条裙子，在橱窗里看到时，她偷偷幻想着会不会是陈明硕为她订下的。现在看来，那条裙子，注定与自己无缘了。

但她明白陈明硕的礼物也足够昂贵。她拥抱了哥哥，说："谢谢。你一直都是对我最好的人。"

陈明硕笑道："发票我还留着呢，要是买错了或者不喜欢，你就去退了换钱。"

大家都笑了，陈柔樱也莞尔。哥哥就是这么实在的风格，虽然嘴上嫌弃，但她知道，他是世界上对她最好的男人。

她终于拿起了姚望的礼盒，那个小人儿果然已经被压扁。她笑着把小人儿扶起来，看着姚望笑道："以后送礼物都不要包装得这么可爱好吧？我都不舍得撕开了。"

她小心翼翼地撕开包装，打开盒子，看到那条裙子，愣住了。

她没想到真的有人送了她梦寐以求的礼物，更没想到这人居然是姚望。心想事成的狂喜陈柔樱只维持了万分之一秒，随后便开始头疼如何妥善地处理，裙子当然不舍得不要，何况拒绝也会让场面尴尬难看。可收礼物就意味着同时收下了某种表示。

她当然知道姚望对她有好感，但并没太当回事。她深知男人对于美色的倾慕是多么廉价。他们乐于在付出较小代价的前提下和美女保持亲密关系，把她们当虚荣的装饰物，真到选择终身伴侣时，他们比女人要现实一万倍。

在她眼里，姚望就是个无所事事、条件好得过分的小少爷。对她感兴趣，大概是因为爱慕他的适龄迷妹里，没有她这一款吧。所以，她早就跟姚望透露过自己的年龄和情况，之后姚望果然冷淡了些，她就以为他是知难而退了。

谁知姚望的不作为背后，居然是在偷偷酝酿大动作。她并不觉得惊喜感动，恰恰相反，她觉得这种毫无预警的巨大奉献行为有些吓人。不成熟的男人真可怕，他们分不清惊喜和惊吓的区别。

可必须尽快处理得体。因为，这是姚大有的儿子。

姚大有比她更震惊。他看到那个盒子就明白了一切，他也看出了陈柔樱的错愕，那不是惊喜，是惊吓。

他看到陈柔樱迅速恢复了镇定，对姚望露出了惊喜的笑容："哇！你真的帮我买到这条裙子啦？太感谢了！"

这意思是说：我会把钱给你的。

姚望听懂了，但不知如何反应。她没有提钱，他也不好意思说你不用给钱。

而姚大有在那一瞬间就做出了反应。他对陈柔樱笑道："他不是帮你买的，是帮我买的，这是我送你的。"

姚望吃惊地看着他的父亲，而谭丽莎则彻底放弃了表情管理，张大了嘴。

第四章 要美要爱要前途

姚大有看都不看姚望，只对着陈柔樱诙谐地说："我工作忙，又不太会买东西，只好让姚望去操办礼物。又怕这小子眼光不行，还让我们公司最优秀的运营经理莎莎把关，包装就是莎莎做的。你要是喜欢，这就是我安排得好；你要是不喜欢，那就都是他们没做好，我回去扣他们的奖金！"

所有人都笑了，在那一瞬间，陈柔樱把姚大有的心思看得一清二楚。之前他对她的种种示好与照顾，都无法与此刻这份表白的分量相比。

他在用这种方式告诉她：就算是我唯一的儿子，也不能成为我与你之间的障碍。

她无须判断这是不是他临时编出来的谎话，反正她决定收下他的礼物，那么事实如何就不再重要。

她对姚大有嫣然一笑，一语双关地说："我怎么会不喜欢呢？这一直是我最想要的。"

姚大有满意地笑了，果然是个懂事的女人。他走到她面前，模仿二战电影中的绅士们，轻轻拿起她的手，吻了一下，看着她的眼睛，说："小柔，生日快乐。"

陈柔樱回以甜蜜的笑容："谢谢，我快乐极了。"

宾客们善意地起哄，而姚大有干脆就站在陈柔樱旁边，像个男主人似的陪着她拆开后面的礼物。

谭丽莎目瞪口呆地看着这一幕，分不清自己是更佩服还是更鄙视。

姚大有反应迅速，不动声色地抢了功劳又控制了场面。可这人未免也太狠了吧，当众这么做，完全不考虑儿子的感受。她同情地看着姚望，只见他一脸呆滞，不知所措。这是男人对男孩子的碾压，男孩子完全不是男人的对手，输得一败涂地。

可派对不会因为姚望的心碎而停止。一片欢声笑语中，切蛋糕仪式开始了。工作人员拿来了蜡烛，上面写着一串"HAPPY BIRTHDAY（生日快乐）"的彩色字母，没有数字，正如过生日的这位仙女，没有年龄，只有快乐。

仙女在她新男友的陪伴下，听着众人为她唱的生日歌，幸福地许了愿，吹了蜡烛，开始切蛋糕，一块块分给大家。

谭丽莎陪着圆圆，成为第一批尝到了蛋糕的滋味的人。甜腻中裹着酸，是柠檬蛋糕。原来那浮华的雕花并不是轻盈的奶油，而是厚重的奶油奶酪霜。

也对，奶油虽然好吃，可是做裱花没有奶油奶酪霜好看。陈柔樱的派对，永远是美丽排第一。

Catherine知道的内情最多，也就最从容，像早就看过剧透的观众。她温柔地拉着姚望吃蛋糕，他如同行尸走肉般，任她牵着手。这刺痛了谭丽莎的眼，她转过头，却看见陈明硕一脸铁青地走过去，对姚大有说："姚总，这裙子的钱，我马上转给您。"

姚大有一怔，笑道："陈总这话就见外了，这是我送小柔的。"

陈明硕礼貌中透着怒气，尽量压低声音："那不合适吧，我猜姚太太未必同意您送我妹妹这么贵重的礼物。"

陈柔樱愣了一下，忙笑着低声解释："哥你胡说什么呀！姚总已经离婚了。"

203

陈明硕更怒了："你怎么能干出这种事？你就算再缺钱，也不能破坏别人家庭啊！"

姚大有尴尬地小声说："陈总，我其实早就离婚了，只是一直没公开。"

陈明硕呆住了。

陈柔樱马上笑着抱怨："喂！你还是不是我亲哥哥啊？这么不了解我。我就算有做小三的心，也没有那个胆子呀。到时候人家老婆打上门来，我打得过谁呀！"

陈明硕看自己搞错了情况，赶紧笑着道歉："对不起啊，误会，误会。"

气氛一片祥和，仿佛喜剧片结尾。姚望突然从泥塑状态活了过来，他盯着这一对志得意满的新晋情侣，轻轻地问："你们俩，是从什么时候开始的？"

小火慢熬的炖牛肉 ● ● ●

陈柔樱微笑着看向姚大有，目光闪闪，在外人看来，这是少女般的羞涩。

她当然不会回答这种棘手的问题。一朵花没有必要因为自己的美丽而产生负罪感，她是无辜的。姚大有应该负责解决他的儿子，这是他的家事。

姚大有对姚望说："晚上咱俩一起吃个饭吧。有什么话，咱们在家里说。"

姚望讽刺地问："你有空？不用陪女朋友吗？"

姚大有根本不回答儿子这种赌气而无意义的问题："你来找我，还是我去找你？"

"我去找你吧。"

"好得很，你也好久没回家吃饭了。"

父子俩对话时，陈柔樱早就走到一边，吩咐工作人员清场。陈明硕看着这一幕，再迟钝也明白了几分，真是尴尬，可也没什么可劝的，这是妹妹自己的选择。

陈明硕对这场忘年恋并无意见。姚大有诚意十足，主动亮明未婚身份，其金钱优势足以弥补年龄差距，再说妹妹也不小了。唯一棘手的就是姚望，在陈明硕心目中，妹妹一向单纯无用，他担心她处理不好这种复杂的家庭关系。

陈柔樱见哥哥走过来，笑吟吟地做劳累状："开party最麻烦的就是收拾啦，好在不用我自己动手。"

陈明硕小声问："你跟姚望没什么吧？他当时帮你装修，你没看出他对你有意思？"

陈柔樱瞟一眼姚望和姚大有，确定他们都在远处听不到，才小声抱怨："当然没什么了，我还莫名其妙呢。姚望一直跟我说他需要机会，还感谢我让他练手，谁知道他自己在那里胡思乱想。"

陈明硕的情感能力与工作能力成反比，觉得妹妹说得也没错，他自己就真以为姚望是为了实习。他松了一口气："反正别让人家为了你闹矛盾就好。"

陈柔樱抗议："那是他父子之间的事，跟我没关系。什么都往我身上赖呀，这个锅我可不要背——"

她突然笑道："圆圆，怎么啦？"

原来，谭丽莎带着圆圆跑过来找爸爸。圆圆吃饱喝足，看也没有新节目了，就不耐烦起来，问什么时候回家。陈明硕连忙哄她，说这就回去。

姚望直直地向着他们走了过来。陈明硕见状，轻轻对谭丽莎说："他们俩可能有话要说。咱们先走吧。"

谭丽莎点点头，跟他出去，心里却牵挂着姚望。她早就知道陈柔樱对姚望无意，只是没想到她竟如此无情，为了向姚望父亲表达诚意，不惜将姚望的心踩碎在地上。

她一直对陈柔樱并无恶感，但此刻却心生怨怼。着什么急啊？就算你看上了姚望他爹，晚两天答应他也不行吗。她不相信陈柔樱看不出姚望的心思，他看向她的眼神都那么不同，而陈柔樱又是那么玲珑剔透的人。

她想回去陪着姚望，虽然不知道自己陪着又能如何，可就是想回去陪着他。

一路想着就走到了陈明硕的车子旁，他很绅士地打开一侧的车门。在那一瞬间，她急中生智："我周一要出差，有点工作要跟姚望谈……得回去一趟。"

陈明硕体贴地问："那我等你一会儿，大概要多久？"

"不好说，事情挺多的，你跟圆圆先回去吧。"

陈明硕犹豫了一下："你自己回去方便吗？"

"方便，没问题。快回去吧，圆圆都累了。"

陈明硕点点头，开车带着圆圆离去。他不知道谭丽莎回去的真正原因，只觉得她大气又懂事，从不给别人添麻烦。

谭丽莎沿着胡同往茶室里走，不过一两分钟的路程，可到了一看，姚望已没了踪影。姚大有陪着陈柔樱，见到她匆匆回来，问："莎莎，你怎么跑这么急？忘什么东西了？"

谭丽莎说："我明天出差，找姚望问点事，姚望呢？"

姚大有看她惦记着工作，十分满意。他慈祥地说："他刚才跟小于一块走了。你给他打电话吧。"

谭丽莎没想到Catherine这么快就把姚望带走了。虽然有点酸，又觉得有人陪他也好。陈柔樱和姚大有神态自若，想必方才并没有什么冲突。或许姚望只是可怜巴巴地说了句"恭喜"。他那么的善良，不会口出恶语，那么她应该也不会特意刺激他。

她离开茶室，这回可没有车子了。胡同里不好叫车，她只好穿着这华而不实的衣服，踩着高跟鞋往胡同外面走，仿佛灰姑娘现了原形。这样的派对不适合没有车子接送的人，这样的衣服和鞋子不适合走路。

千辛万苦坐上了车，她自嘲地想着：真是自作多情，两边落空。人家早有美女安慰。早知道还不如搭陈明硕的车。

她没猜错可也猜错了，姚望没有兴师问罪，但并非没受刺激。他走过去时，并没有想好要说什么，思绪如一团乱麻缠在心里。爱一个人，就希望她快乐，也许该说"恭喜"，最好再来几句调皮话，玩世不恭一点，显得不那么在意，不让她为难。

可伤心之余，又如何笑得出来。

恍惚中他看见一双理解关切的眼睛，那是谭丽莎。她看着他，满眼的担心，可随即她就

被陈明硕带走了。女孩子总归是要选择现实的依靠,连莎莎都会对霸总钟情,更何况小柔早就说过,她喜欢她哥哥那样的成熟男人。她并没有瞒着他什么,错的是他自己。

可是父亲不是陈明硕,也不像他的偶像巴顿将军那样对爱情忠贞。小柔知道父亲还有别的女人吗?

他忍不住替她担心起来,觉得她一定是被父亲的手段欺骗了。他问她:"你真的喜欢他?你了解他吗?"

陈柔樱却会错了意,她把他的担忧,理解成了挑拨和警告。

她轻轻地说:"姚望,那是我跟他之间的事。"

他见她误会了,连忙说:"我不是那个意思,我只是想告诉你……"

她温柔但坚定地打断他:"我不想听你说你父亲的坏话,我一直觉得你是个很好的男孩子。"

她神色如常,保持着她一贯的风度。她的微笑里总带着一点娇嗔、一点体贴、一点理解。她总是很友善,初识便不介意与你成为朋友,而她的风姿更令人觉得这近乎恩赐。她那么高贵又那么天真,说不清是远是近,让他第一次见她就怦然心动。

可此刻,她的微笑里,带着冷淡与戒备。

他被刺痛了,她以为他猥琐到用这样的方式与父亲竞争吗?她居然这么看他?他帮她装修时,她那些带着惊喜却婉转的话语"你真是太好了",就完全不带感情吗?只是敷衍吗?

他想起刚才她在父亲面前的那副乖巧合作的模样,那臣服的姿态,柔媚的眼神,才猛然发现,她和别的那些对父亲"一见钟情"的女子,并无本质的不同。

或许区别只是,她是最玲珑剔透的那个。

梦境破碎,女神幻灭,比失恋更糟糕,好比在游乐园里与可爱的人偶温馨互动后,转头看见那里面是个疲惫的中年男人,他摘了头套,一脸猥琐,还往地上吐了一口痰。

Catherine在一边劝道:"我们走吧。"

姚望点点头,转身离开了这个他曾经甜蜜地为之付出心血的精致小屋。Catherine默默地陪着他,一起往转弯处的停车场走去。就在他们的身影刚刚消失在那个转角时,谭丽莎告别陈明硕,转身向茶室走来,他们谁也没看到谁。

Catherine同情地说:"真没想到,姚叔叔突然公开离婚的事,居然是为了小柔。我还以为是为了那个女人呢,也不知道姚叔叔跟她断了没有。唉,其实我早该想到的,也只有姚叔叔这样的男人,才能解决小柔的麻烦。你也别怪小柔,她有她的难处,她现在找个男朋友也不容易。小柔虽然看起来年轻,但年龄实在不小了,她花钱又多……"

姚望并不回答,只是默默地听着。快到停车场时,Catherine问:"要不要到那边的咖啡馆坐一会儿?"

姚望说:"不用了。我想一个人回家静一会儿。"

Catherine担心地问:"你不要紧吧?"

姚望对她勉强一笑:"不至于。"

第四章　要美要爱要前途

他开车回家，半路上突然改了主意，去了父亲家。姚大有住在郊区的别墅区，这套房子买得很早，母亲也曾经来住过一阵子，却嫌不方便。那时园区的花木刚刚栽种，光秃秃的，很难看。出了院门一片荒芜，交通也不便，去最近的超市开车要十几分钟。

此刻正值秋天，花木经历了多年的成长，繁荣茂盛，秋色缤纷。周围环境配套设施也很完善，地价翻了十倍不止。父亲在投资方面一向有眼光，这里现在是珍贵稀缺的老牌豪宅。

可是姚望仍然不喜欢这里。父亲和母亲在这里有过多次争吵，还好房子够大，真生气时，可以彼此不见面。但最终母亲选择回家乡生活，而姚望也搬了出去，留下父亲一个人在这空荡荡的大房子里。他进了门，家里只有保姆阿姨在。厨房里飘来熟悉的香味，仿佛多年前，母亲和父亲在一起的日子。

他上了楼，进了父亲的房间。一切如常，并没有看到女人的痕迹。也对，他自嘲地想：今天刚刚表白嘛，最快也要明天才搬进来。他看着父亲卧室那张硕大的红木大床，无法想象事情为什么会变成这个样子。

卧室令他产生了糟糕的联想。他下了楼，在客厅里坐着等父亲，从下午坐到黄昏，天色渐暗。突然，满室的灯亮了，姚大有的声音响起："怎么不开灯？"

姚望没说话。姚大有自顾自地走到厨房，对阿姨说："可以开饭了。"

然后他站在餐厅门口，对姚望说："过来吃饭吧。"

姚望走到餐厅，很大的餐桌，足以坐满八个人。父子俩挨着坐下，更显得桌子空。菜并不多，一份胡萝卜炖牛肉，配上两个简单的小炒。

姚大有舀了一勺牛肉给姚望："今天你说了要来，我就让阿姨把肉炖上了。"

牛肉并不漂亮，是家里最普通的那种炖法。深棕色的扎实的肉块，红红的胡萝卜，下面是泛着油光的汤汁，这是姚望小时候很喜欢吃的一道菜。他不爱吃胡萝卜，母亲就把胡萝卜炖在肉里给他吃——据说胡萝卜对眼睛好。

熟悉的香气进了鼻子，唤起了他的饥饿感。这一下午，他什么东西都没吃。吃了一口牛肉，还是那么好吃。不知道为什么，餐厅里的牛肉都没有家里炖的好吃。

姚大有问："好吃吗？"

姚望点了点头。

姚大有尝了一口，有点遗憾地说："时间还是短了点。炖牛肉最好是头天晚上，用最小的火，保持着热乎气儿，盖着盖子，焖上一晚上，肉才能真正酥软入味。不过要是肉不行，那就怎么炖都不好吃。你小时候要吃炖牛肉，都得是我去买。你妈图便宜，买的肉总是有点咬不动。"

姚望听他又在指摘母亲，刚要说话，就听见父亲说："我是今天看见那个盒子，才知道你喜欢的人是小柔，之前是我搞错了。如果我早知道，也许我会离她远一点。"

这句话让姚望稍微好受了一点，但他嘴上仍然冷冰冰地说："是吗？你今天知道了，也没跟我客气。"

"因为她已经拒绝了你。"

"对，你赢了，恭喜你。"

"你以为我在跟你抢女人？你知道为什么你送裙子她不收，我送她就要吗？"姚大有淡淡地说，"因为她知道你刷的是我的卡。我今天就是想让你看看，这世上没有什么女神。她如果说不要，那就是嫌你能给的还不够多。"

姚望吃惊地看着父亲："你这是什么意思？你不喜欢她？"

便利店里的零食篮子 ● ● ●

姚大有笑了："我当然喜欢她——哪个男人不喜欢小柔那样的女人呢？不喜欢我会在她身上花那么多钱吗？但我再喜欢一个女人，也不会傻到把她当仙女供着。儿子你记住，越高贵的美女越爱钱。没了钱，你看她们还高贵不高贵？"

姚望被父亲的庸俗态度惊呆了："你看不起她还要追她？你把她当什么人了？小柔没有你说的那么爱钱。我帮她装修时，她一分钱便宜也没有占我的。"

姚大有怜悯地看着儿子："那只是她在告诉你，她不是个没见过世面的傻妞。小柔第一次跟我喝茶也是她自己付的钱，连个几千块的耳环也不让我买，但十几万的投资她可是眼都不眨地就收下了，这条裙子并不是第一次接我的钱。"

姚望反问："所以你觉得小柔喜欢你，就是图你的钱？你就这么没自信吗？"

姚大有不耐烦地说："你怎么还不明白呢！她当然不会只喜欢我的钱。但如果我没有钱，她绝对不会喜欢我。包括你也一样，你以为你那些女朋友就喜欢你这个人？你要是个送快递的，长得再帅，你看她们还喜不喜欢你？女人都一样，这世上没有不爱钱的女人。"

姚望直视着他："我妈跟你在一起的时候，你并没有钱。而且我知道当时她还有更好的选择。"

姚大有说："所以离婚时，我……"

姚望无奈地打断他："所以你离婚时给了她很多钱！我知道你就想说这句。但是你也知道我妈根本花不了多少钱，她要的也从来都不是钱。我不想跟你争论，但我知道不是所有人拿了钱就觉得快乐。还有，小柔不是个坏女人，你要是不爱她，也别玩弄她。"

姚大有被儿子的蠢话气笑了："你放心，小柔聪明得很，她轮不到你替她操心。老子对喜欢的女人一向很大方，只要她愿意，我可以跟她结婚。但她如果接受不了我的条件，那就不怨我了。"

姚望怀疑地问："你们都开始谈婚前协议了？你不是今天才……表白吗？"

"废话，不谈得差不多了，表白个什么劲儿？你以为老子也跟你似的，连人家怎么想的都没搞清楚，就直接送厚礼？小柔当然早就把她的条件开给我了，我同意了，但我也有我的条件。"

姚望瞪大了眼睛："你们……怎么谈的？她怎么开的条件？就像谈生意那么谈吗？"

要不是长得实在太像，姚大有简直要怀疑这蠢儿子是否亲生。这孩子从小看着也不傻啊，学习过得去，留过洋，交过女友，也学着做生意，怎么感情上跟个白痴一样。看来是随

208

第四章　要美要爱要前途

他妈妈了，这娘俩都是糊涂的好人。姚大有深知有钱而愚蠢的危险性，暗暗怪自己这些年忙于事业，任由孩子他母亲教育。亡羊补牢，为时未晚，他决定现在就给儿子补上这一课。

他问姚望："你知道你为什么追不到小柔吗？因为你根本听不懂她的话，也不知道她要的是什么。小柔是个聪明的女人，我们俩第一次单独在一起时，她就告诉我，她想嫁个有钱的男人，她不介意年龄，不介意对方有孩子，但她自己绝对不肯生孩子。"

姚望惊呆了："第一次就能说这么多？就……直接说？"

"当然不是了，听话听音你懂不懂？"

姚大有把那天开车送陈柔樱，她如何巧妙地用几句玩笑就透露自己情况的过程都告诉了姚望。他说，这就是聪明女人的做法。在车上把话说清楚，若对方有意，就可以进一步发展；如果对方无意，交情就止步于熟人。话不用说透，就不存在尴尬和得罪。而姚大有听了她的条件后，当天就在店里消费了一张大额充值卡，理由是做生意正好要用，冠冕堂皇，手也没碰她一下，表明他的财力与尊重。

她果然越发热情，亲自在茶室里陪了他一整天，晚上又一起吃了晚饭。双方都知道对方不是会无谓浪费时间的人，如此长时间的独处，足以证明初步的兴趣。他对她是满意的，这正是他在这个阶段想要的女人。她仍然美貌，又褪去了青涩之气，不像那些没经验的小姑娘，略略得了宠便蹬鼻子上脸。她家世清白体面，虽然离过婚，可是前夫也是一号人物，又没孩子。美人如名画，被收藏过一两次也不要紧，别转手太多次就好。适当的折旧，反而更宜人。

他立刻对理想的美人进一步展示实力。他帮她经营茶室，体面又安全地炫富。生意往来之间，账目与身家看得更清楚。就算不成，也不至于太太吃亏。他的店本来就要上架产品，他的公司本来也要请客户喝茶。她也发觉他的条件相当理想，财力雄厚，出手大方，相貌堂堂，站在人前仍然体面。她喜欢比自己大一些的男人，这样才能永远维持年轻的优势。聪慧如她，知道男人对前妻不薄并非坏事。她见到过太多仗着自己有钱，就试图利用女孩子，贪且一毛不拔的色男人。相比之下，姚大有堪称伟岸正派。

她甚至想到，姚望这样的继子也是加分的——这样天性淳厚的男孩子，大概不至于在老爸死后与她争夺家产，把她扫地出门。条件交换完毕，就进入了细则洽谈阶段。看似甜蜜的每一次约会，都暗藏机锋。

他会无意似的说，他的一个生意伙伴，因为小女友不接受婚前协议而分手。

她便会理解地说："事业有成的男人，注意财产保护是应该的啦。要不然，结个婚就分一半走，谁还敢结婚呢？不过女孩子也未必是贪财，就只怕万一哪天被甩了，人老珠黄，又没了保障，那可就惨了。"

他满意地一笑："那当然，其实现在保障的办法多得很。信托、保险，想解决总是有办法。连自己的女人都照顾不好，就不叫有本事的男人。"

她会在浪漫餐厅里，穿着可爱的小裙子，目光闪闪地说，如果结婚，她想要一套真正的法国高级定制婚纱，也会假装自我批评花费太多，撒娇似的担心谁能养得起她。

他的回答是："漂亮女孩子就这么点要求，一点都不过分。"

这是一支不动声色的双人舞，他们互为猎物，也彼此欣赏。所有的算计都掩藏在调情下面，金钱的交换成了情欲的助燃剂。正因如此，姚大有完全没想到儿子居然是"情敌"。以陈柔樱的聪慧，该说的她肯定早就说过了，谁知儿子蠢到了完全听不懂。

他像个教授似的倾囊相授，起初姚望还问几句，到了后来，他彻底沉默了，只是静静地听着。他终于点点头："你说得对，我确实什么都不懂。"

姚大有以为儿子心悦诚服，心里满意，语重心长地说："追女人跟做生意一样，投其所好，没有不成的……"

姚望打断父亲，心平气和地问："你这么谈恋爱不累吗？"

"上档次的女人当然要费点心思……"

"我不觉得人应该分档次，我也不想谈个恋爱还要谈条件。"姚望站起来，对父亲说："很晚了，我回家了。"

姚大有愣了一下，仿佛下课铃还没响，不上进的学生们就要去食堂抢饭吃。他问："你这么早回家干吗？"

"把工作弄一弄，然后准备下周陪我妈出去玩几天。你的新桃花我妈知道了吗？需要我帮你隐瞒吗？"

"我的事你就别管了，你赶紧回去弄你的工作吧。"

姚望出了门，下了楼，坐在自己的车里，突然觉得疲惫至极，刚才他完全是在硬撑。他觉得父亲太过得意、太过卖弄。父亲穿着他那身军服，毫不保留地讲他的情史，像是在炫耀一场压倒性的胜仗。在情场上赢了自己的儿子，以父亲的个性，心里是得意的吧？可他就是不想让父亲那么得意。

他承认，父亲确实段位高。他从不知道男女交往过程中还有这样的机关算计。语言下面漂浮着含义，每个举动都是试探。从小就听父亲说母亲"糊涂"，今天才知道这话的意思——父亲和小柔是一样的"明白"，而他与母亲是一样的"糊涂"。

可他并不羡慕，也不打算为此自卑。然而说不自卑，又有点犹疑。他有很多很多的困惑，迫切地想要找个可以信赖的朋友聊一聊。

他拨通了谭丽莎的电话，可谭丽莎的电话占线。

他酸溜溜地想：她又在和陈明硕聊天吗？

他没猜错。谭丽莎正在收拾出差的行李，陈明硕打了问候电话来。他听见了她收拾箱子的声音，就问："在忙什么？"

"收拾行李，明天要出差。"

"那你是不是很忙？"

"还好……"手机又响了，有电话要进来，是姚望。谭丽莎连忙对陈明硕说："我有个工作电话进来，我要接一下，我们晚点再说好吗？"

陈明硕说："没关系，你先忙吧。等你有空，你再告诉我。"

于是，姚望正要挂断时，电话通了，他听见她说："喂？姚望？你还好吗？"

他突然就心情好了些，问："你能出来待会儿吗？"

"那你等我一会儿好吗？等我把箱子收拾完。明天要出差嘛。收拾好就踏实了，大不了明天早上我直接拎着行李去机场。"

姚望想了一下："那你直接拎着行李下来吧。"

"啊？"

"去我家，明早我送你去机场。"

她只犹豫了几秒钟就同意了，放下电话才意识到这同意意味着什么。她甚至觉得，是不是应该先去跟陈明硕分个手？可又觉得她好像也不太算他的女朋友，他们在"进一步了解"的尴尬阶段上停留了太久。

只是她突然发现，只要姚望喊她，她就会义无反顾地同意。哪怕他只想找个临时的慰藉，她也愿意。她甚至飞快地换了全套性感内衣，并庆幸自己还没来得及卸妆。

姚望如约而至，表情平静，但她看得出来他心情不好。他沉默地开着车，到了一个便利店，停了下来，说："我们进去买点东西。"

谭丽莎的心狂跳不已，不会吧，不会吧，他家里没有吗？是用完了吗？还要重新到便利店里去买？

可他只是买了一堆吃的和几罐能量饮料，说："这样早餐也有了，彻底不用着急了。"

谭丽莎看着那一篮子纯洁的，毫无暧昧气息的食物和饮料，觉得好像这人不像是要跟自己发生点什么，更像是要跟自己开茶话会，或者去春游。

他买了东西，两人上了车，向他家开去。他突然问："莎莎，要是我不是你哥们，也没有钱，你作为一个女生，觉得我怎么样？"

她疑惑地说："我觉得你人挺好的呀，这跟你是不是我哥们，有没有钱都没关系。"

"我是说从女生的眼光，如果我是送快递的，别的都一样，咱俩还是同学，你作为一个女生，会愿意找个像我这样的男朋友吗？"

可乐与大都会 ● ● ● ●

谭丽莎问："身高、长相都不变吗？"

"对啊，我还是我，但身份变成了快递员。"

谭丽莎爽快地说："那没问题！我可以的！"想了想又补一句："其实都不用这么帅，你这个颜值，打个八折都没问题的。"

姚望为之一气闷："……所以你就只看长相吗？算了，咱俩太熟了，你假设不出来。我换个假设——如果陈明硕是个送快递的呢？"

这个问题把谭丽莎问住了。她想了想，诚实地说："那肯定不行。"

姚望有些伤感地说："所以，女孩子谈恋爱果然都是要看条件的。"

谭丽莎反问："男孩子不看条件吗？你不看吗？"

"我当然不在乎对方条件了。我一开始就知道小柔比我大，离过婚，不想要小孩，但是我不在乎这些。"

"那你交过又穷又不好看的女朋友吗？"

姚望怔住了。

谭丽莎已经明白这只是又一次的"兄弟夜谈"。他总是说爱情不看条件，可是，如果她条件好一些，他会只把她当中性人吗？

她冷笑着把心里话说了出来："你一直喜欢有钱又漂亮的女生。身材好长得好，一身名牌。陈柔樱，你之前在美国的女友，还有Catherine，全都是这样。没钱又不漂亮的女人在你眼里就和男的一样，还说什么不看条件。"

姚望没回答，他把车减速了。

谭丽莎瞪着他："你停车是什么意思？你回答我呀！"

"……到家了呀。"

原来车子已经开到了小区门口，谭丽莎情绪过于激动，连路都没看。

临时的停顿缓和了激烈的气氛，两人默默地停好了车，上了楼，开了门又开了灯，姚望终于打破了沉默："你喝点什么吗？"

"喝咖啡。"谭丽莎心里想，今天豁出去不睡了，也要把话跟你说清楚！

他泡了一壶菊花茶，倒了一杯给她："给你喝个杭白菊吧，我看你火挺大的。"

"……那你问什么呀？"她气鼓鼓地接过茶，可看他一脸苦涩，满腔怒火变成了心疼。她说："对不起，我知道你今天失恋了，心情不好。"

他苦笑一下："我现在才明白，其实从头到尾，都是我蠢。"

她吓了一跳。难道陈柔樱对他……始乱终弃了？天啊！如果她已经和姚望……那她现在和姚望他爸……这也太乱了吧！

她磕磕巴巴地问："怎么了？是她……欺骗了你的感情吗？"

"不，恰恰相反，她从一开始就拒绝我了，只是我根本没听懂。今天被我爸好好地上了一课，才明白，小柔确实什么都说过了。"

离开父亲家以后，他独自坐在车里，想起了与陈柔樱的初识。这一次，就像是看了一次加了注解的复盘，终于读懂了每个暗语的含义。他们在一个商业艺术馆举办的活动上相识，那里附带开设的酒吧很出名。陈明硕请了姚大有，他没空，就让姚望去打发时间。

他一眼就被她吸引。她穿着简单利落的白衣白裤，简洁又夸张的配饰，像个刚从纽约回来的现代派艺术家。他不由自主地走向她，问她从事何种艺术。

她笑道："不敢当，我只懂一门艺术——花钱的艺术。"

"你一个人来的吗？"

"我陪我哥来的。我们俩难兄难妹，都离婚了，只好一起凑热闹。"

她对陈明硕招招手。陈明硕走过来，为他们正式做了介绍。姚望的身份是姚总的儿子，公司的副总。而陈柔樱不等哥哥说话，就笑道："我是无业游民，一事无成，就会吃喝玩乐。"

陈明硕无奈地说："一天到晚没个正形。"

陈柔樱就笑道："瞧瞧这个人，不过比我大了几分钟，就天天一副哥哥的样子。"

姚望惊讶极了："你们俩是双胞胎？"

陈柔樱笑道："他是不是很显老？我告诉你，都是被他孩子折磨的。不是岁月催人老，是孩子催人老，所以我是死也不会要孩子的。"

酒保问他们喝什么，陈柔樱问姚望："你开车了吧？"

"没事儿，我可以叫代驾。"

"那多麻烦，年轻人少喝点酒也好。"陈柔樱笑着对酒保说，"给他一杯Virgin Cuba Libre（无酒精的自由古巴）。"

Cuba Libre意为自由古巴，是一款加了可乐的鸡尾酒，而virgin就是无酒精，所以陈柔樱的意思就是给姚望一杯可乐。这是一部著名美剧里的片段。

酒保听懂了，拿起一罐无糖可乐，笑问："是不是还要去糖？"

陈柔樱对姚望笑道："你这个年龄，应该还不用控糖吧？"

不等他回答，就对酒保说："给他一杯普通可乐。我要一杯Cosmopolitan（大都会鸡尾酒）。"

Cosmopolitan就是大都会，最受女性欢迎的鸡尾酒之一。

姚望并非不会点鸡尾酒，他想很老练地点一杯Vodka Martini（伏特加马提尼），甚至像007那样说一句"Shaken, not stirred.（摇晃，不要搅。）"可他又怕太刻意显得傻。

而且，可乐是她给他点的，他不能不喝。

酒保手势花哨地把那杯大都会做好送过来，玫红色的鸡尾酒，与她的白衣服莫名相配。她和他闲聊，用诙谐幽默的口气。她说自己不仅不工作，而且拒绝生孩子，因此与前夫分手。

"你讨厌小孩？"

"不讨厌，只是自己不想要。"

"你不过去看艺术品？"

"我是个俗人，看不懂，觉得无聊，今天的人也都很无聊。没什么好玩的，我待一会儿就走了。"

"那我送你吧。我也想早点走。"

她想一想："也好，我哥大概会待到比较晚，那就多谢了。"

他庆幸自己刚才没有逞强喝酒。他甚至自作多情地想，原来她让他喝可乐，是为了搭他的车。

有大腹贾色眯眯地过来对她献殷勤，她冷淡敷衍两句，转头就对他小声吐槽："这个韩总最恶心了，明明有老婆，还一天到晚风言风语。"

他不由得产生了一种骑士般的使命感，觉得有义务保护她。

那天他彻底被她迷住了。他周围的女孩子都竭力表现优秀，而她却洒脱不羁，说自己是无业游民。她对有钱男人不屑一顾，显然拥有高贵的灵魂。姚望说得很动情，可谭丽莎听得

心酸又失望。她想：你不就是喜欢人家美貌，追求者多，而且，不把你当回事吗？

她觉得他就像是初入风月场，就被手段老练的花魁迷住的公子哥儿。

她对他有无数的近乎愤怒的不满，可终归还是情谊占了上风。她只是听着，这举动无心插柳地符合了心理咨询师该有的沉默，让他的倾诉欲越来越强。他不知道谭丽莎的心思，彻底沉浸在了自己的情绪里，良久才迷茫地说："可是，我为她做了那么多，难道她真的一点都看不出来吗？"

这句话点醒了谭丽莎。她对他，和他对他的女神，其实是完全一样的。她也为他做了很多，却把这些示好掩藏在冠冕堂皇的借口之下。她又何尝不是利用哥们这个身份，在掩饰自己对他的企图呢。为何要掩饰，为何不敢说清楚？因为知道点破就会遭遇拒绝。

她突然很想彻底试一试。行就行，不行就算了。她鼓足勇气说："其实你也一样，喜欢你的女生对你再好，你也视而不见，只当别人是哥们，是朋友。"那句"比如我"已经到了喉咙口，却卡住了，她还是不敢说出口。

姚望愣了愣，问："你说Catherine？"

她的心碎了满腔。他居然第一时间想到的是Catherine。看来，她在他眼里真的没有任何可能。

姚望见她无言，以为自己猜对了，解释说："我没有对她视而不见，我只是对她确实没感觉。"

"没感觉你和她那样？"

他疑惑地问："我跟她哪样了？"

她没好气地说："你自己心里清楚。"

"你到底在说什么呀！你能不能说明白点呀？"

她翻出Catherine的洗手间自拍，举到他面前："自己看，人家都昭告天下了。"

他看了一眼："我怎么没见过她发这条？而且，这里也没我啊，这能说明什么呀？"

"这不是你家的洗手间吗？大晚上的，你们俩喝完酒，别告诉我她就是来上个厕所。"

"可她就是来上个厕所呀！"他把那天的事简单说了一下。

她这才意识到原来这居然是Catherine在故意刺激她。她有点不敢相信：难道她真的把我当情敌了？

姚望还在唠叨："这是给客人用的洗手间，又不是我的洗手间。"

"她这个人就是走到哪里都要自拍。还有，咱俩都认识这么久了，你把我想成什么人啦？我看起来有那么随便吗？"

他善良地帮助Catherine开脱让她不爽，她翻着白眼："当然当然，我最了解你了——从校花到班花，个个都是你的女朋友。不漂亮的女人在你眼里就没有性别。"

"别瞎说，我高中没交过正经女朋友。"

"呵呵呵呵，天天一起放学回家，都不算女朋友吗？"

这是她心里的酸楚之一，他有阵子天天跟一个舞蹈队的女生一起回家。那女生身材极好，是很多男生心仪的对象。

"那就是因为顺路呀，赶上了就一起走，我难道为了躲她不回家？"

"你敢说你对她就没有一点意思？"

"没有。她这个人很烦的，总是莫名其妙地不高兴，而且她后来也不跟我一起走了。"

"过生日请人家去游乐园的总是女朋友了吧？"

这是另一次扎心情景：班花过生日时，姚望陪人家去游乐园玩了一整天。第二天所有人都知道了班花是姚望的女朋友，之后姚望很快又对人家淡了。大家都说姚望太花心。

姚望无奈地说："实话告诉你，当时她骗我说她得了绝症，可能活不过20岁了，最后一个愿望就是让我陪她去游乐园过生日，当一天她的男朋友。"

谭丽莎眼睛瞪得大大的："那你就真的相信了？"

"她说的时候都哭了，我怎么会想到她在骗我！谁平白无故咒自己啊？后来我去问老师能不能给她登报求助找专家医生，你是没见咱们班主任当时那个表情啊！我这辈子也没有那么丢脸过！"

谭丽莎惊骇地笑："你是傻瓜吗？她运动会短跑前三名，她得绝症？"

"所以我后来不理她了！这事儿老侯也知道，不信你问他。"

"我不敢跟老侯联系了，他上次对我很不满……"

他们就这样谈起了中学往事，说起那些他们共同认识的人，那些老师，那些同学，那些因为青春期而放大的，细微却永生难忘的情绪与感受。自从他们重逢以来，还没有这样叙过旧。他们越说越兴奋，直到窗帘发亮，才意识到一晚上快过去了，也终于有了点倦意。谭丽莎决定干脆去书房工作一会儿，上了飞机再睡。

姚望回到卧室，睡了一会儿，被闹钟叫醒。他把在便利店买的早餐准备好，又泡了杯咖啡，就去书房叫谭丽莎起来吃东西，然后准备出发。他叫了两声无人回应，就走过去看。笔记本电脑还开着，她人不知道哪儿去了。再一看，背对着他的休息椅上露出卷曲的头发，原来她半躺着睡着了。他暗暗好笑，她总是这样，说要用功，却做不到。她说要减肥，却被他抓到偷偷喝果汁。他走过去，想推她起来，笑她像个在课堂上睡着了的差生。

在手伸出去的那一瞬间，他看到她靠在那曲线形的休息椅上，腰肢很明显地凹下去。衬衫领口被这姿势挤得有点变形，露出一点点深色蕾丝内衣的边。他注意到她的皮肤很白，嘴唇很红，健康饱满，仿佛在引诱人吻上去。欲望的来临毫无征兆，等意识到自己在想什么时，他被自己吓了一大跳。

流水线上的天妇罗 ● ● ● ●

此刻天已经亮了，晨光被窗帘滤了一层进了屋，变成了一种黎明时特有的暧昧气氛。

他本是过来捉弄像小熊一样憨态可掬的小伙伴，可他只看见了一个酣睡中的性感撩人的女人。

他简直怀疑自己走错了时空，看错了人。她是什么时候变成这样的？就在前两天，他还觉得她减肥好像也不怎么成功，并没有改天换地成为一个纸片人。他只是觉得她好像有点长大了，变得爱打扮了。甚至昨天晚上，她瞪着圆圆的眼睛，气鼓鼓地问他"你就不看条件吗？"时，还像一个生了气的大儿童，可转眼她就姿态旖旎如海棠春睡图。

姚望发现他的潜意识一直在试图罗织论据，说服他应该和莎莎放纵一下。他被自己的猥琐震惊了。几个小时前，他把人家叫来诉说失恋的烦恼，此刻看见人家睡着了却起了邪念。这简直是既欺辱了莎莎，也"背叛"了小柔。

他正要往后退一步，谭丽莎醒了，睁眼就看到一个人站在自己面前，吓得"啊"的一声叫了出来。看清楚是姚望，她才安心，抱怨道："你干吗啊？吓死我了。"

她刚睡醒，眼帘微垂，目光散乱，嘴唇微张，语气熟稔中带点埋怨。他完全不敢再看她，飞快地说了一句"我来叫你起来"，转身就逃出了书房。

谭丽莎看他转身就走，心里纳闷。她站起来，看见自己的衣服被压得皱皱巴巴的，Chris和Tiffany联手打造的慵懒发型彻底成了鸟窝。她甚至怀疑是不是刚起床口太臭，把人家熏得落荒而逃。

她讪讪地逃进洗手间，对着镜子收拾一番，这才又出来。他站在厨房岛台边上，远远地对她说："我泡了咖啡，这是早餐。你吃点东西，我送你去机场。"

她走过去："你还会做早餐呢？"

他说："就昨天便利店买的，热了一下。"

他坐在岛台的这一端，她的早餐放在岛台的另一端，相隔甚远，简直像在谈判。她忐忑地想：难道我身上真的有味？不应该呀！我也没怎么出汗呀。

吃完早餐，她借着收拾行李躲进书房，从化妆包里拿出香水，偷偷喷了两下。

去机场的路上，两人默默无言。车厢狭小，香水味若有若无地飘过来，让姚望更加心烦意乱，欲望来了就不肯走。他只希望赶紧把她送到机场，自己回家去冷静一下。

谭丽莎的手机响了，是陈明硕。

她这才想起昨晚答应与他联系，却因为在姚望家里忘了。

她歉意地回了一条语音："昨天有事，忘了打电话给你。我这会儿在去机场的路上，晚上我打电话给你吧。"

姚望问："陈明硕吗？"

"对啊。昨晚他好像有事找我，结果我给忘了。"

她是因为他而怠慢陈明硕。他有点说不出来的快意。他刺探军情："你们俩……挺好的啊。"

她叹了口气说："其实我对他，就没什么感觉。"

"没感觉？你不是很崇拜他，觉得他哪里都好吗？"

"我觉得他很聪明能干，不代表我对他有感觉啊，能干的人多了。"

"一点感觉都没有？"

"也不能说一丁点都没有。可能偶尔吧，有那么一丁点的小感觉。但是，就还没有我在地铁上随便看见一个帅哥的感觉多。所以，四舍五入，约等于没有。"

"那你为什么还跟他交往？"

她没好气地说："好不容易有个条件好的男人追我，我没见过世面，受宠若惊，不敢放弃这么好的机会。可惜天生没这个命，跟他看个电影我都浑身难受。"

"你一直暗恋的人不是他？我要是早知道……"

他突然住了嘴，可是她捕捉到了。她瞪大了眼睛："你早知道什么？"

他试图掩饰："早知道我就多说几句他的坏话，哈哈哈哈。"

他不擅长撒谎，这笑话也实在太勉强。她的怀疑又被勾起，追问道："当时陈明硕突然来追我，是不是你跟他说了什么？"

他抵赖："没有没有，绝对没有……哎呀，到了！"

车子开到了机场附近，下客区不能久留。他殷勤地帮她拎箱子，然后贼头贼脑地说："我回去了啊，到了发信息报个平安。"

谭丽莎看着他忙不迭地钻进车里逃走，也有点搞不清到底该不该怀疑他。

谭丽莎此行主要是去舟山一带看海鲜水产。姚望在美国留学期间，发现美国很多连锁餐厅的招牌菜甚至可以直接在超市冷柜里售卖，标准化程度极高。而做到这一点，食材品控就很重要。于是他打算依托自家的电商平台，食材先行，再做餐厅。

谭丽莎非常喜欢这份新工作，她热爱美食，又熟悉电商。她联系了很多供货方，尽量多看多学习。

在食品加工厂，看着流水线，她觉得新奇极了。新鲜捕捞上来的虾被清洗、分拣、剥壳后变成了虾仁，然后有的直接冷冻，有的裹上面衣拿去炸。

她试吃了几种半成品食物。冷冻鲜虾天妇罗给她留下了最深刻的印象。味道中正平和，面衣香脆可口。假如说谭丽莎这样的厨艺高手做出来的是九十多分，这机器制作的天妇罗，也能超过八十分，已经比很多品控糟糕的小店做出来的品质稳定得多。

难怪炸物风靡全球，腌制和捶打等工序，机器比人做得更好。肉类速冻后解冻再炸过，风味损失并不明显。年幼的她，会觉得父母在家复刻的肯德基更好吃。可现在的她，宁愿选择这样的优质半成品。

她仍然热爱美食，吃得出最细微的差别。但她的生活中早就不只有美食，太多的快乐要去体验，时间才是最宝贵的。即时可得的八十分美味，胜过漫长等待后的一百分珍馐。

平时她的工作都是在格子间里对着电脑琢磨，此刻见识到生产环节，顿觉进入了更广阔的新世界。她沉浸其中，询问、学习、思考，在心中暗暗做出判断。

工厂派了几个年轻的男性工程师一路陪同。他们本就乐于接待这样有诚意的采购方，何况还是一位生机勃勃的年轻女士。异性间的欣赏会不由自主地转化为一种若有若无的殷勤，这是谭丽莎自青春期以后从未体会到的一种感觉。

她在工作中流连忘返，如同进入了五光十色的游乐园。她彻底忘记了姚望，也忘记了陈明硕。到了晚上回到酒店，她想到白天试吃了高热量食品，决定去运动一会儿。酒店是天天

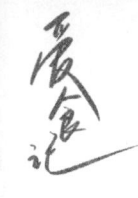

推荐的，健身房虽然不大，但设备很好用。

健身房里只有她一个人。她练得过瘾，就拿出手机自拍，这才看到陈明硕发了信息给她。他的晚间问候总是如闹钟一般准时，通常也没什么正经事，她想，晚些回复也不要紧。

其实这一次，陈明硕找她，是因为再次看到了顾峰的不轨行为。他想应该由谭丽莎决定是否告诉Tiffany。她应该更知道Tiffany到底是否愿意面对现实。

按他以前的习惯，他会连谭丽莎也不告诉，他从不是个多嘴的人。可那天Tiffany带着圆圆挑玩具的样子总是浮现在他眼前。也许她真的不知道她未婚夫是那种人，或许他至少应该提醒她一下。

优雅的大闸蟹 ● ● ● ●

陈明硕看信息久久未回，想到谭丽莎大约是太忙。出差就是这样，白天谈事情，晚上要整理内容。他想了想，决定去问陆霞。她是Tiffany的表妹，他还帮她找过工作。

陆霞接了电话，诧异地问："您认识顾峰？"

陈明硕说："我不认识他，但我看到他有别的女朋友。"

原来，圆圆的钢琴老师是音乐学院的教授，住在音乐学院的家属楼。有天陈明硕带圆圆去上课，看到楼下停了辆劳斯莱斯。

等上完课出来，他带着圆圆进了电梯，只见一男一女缠在一起，亲热如刚炸出来的两股油条。见有人带着孩子进来，才略略收敛了点，但身体仍黏得分不开。

陈明硕觉得这男人莫名眼熟，一时想不起是谁。等出了电梯，这男人挽着那女人进了劳斯莱斯，他突然反应过来：这是Tiffany给他看过的，那个开保健品公司的男人。陈明硕并不意外，大老板的荒唐事他可见多了。如果眼里容不下沙子，那就做不成大款太太。

所以那一次他连提都没跟谭丽莎提。顾峰这种男人，在外面风流太正常了。很多大款酒店开房腻了，就喜欢钻民房。民宅小区里的外围女比较有"良家风范"。这里是高教小区，估计这女的对外的标签是"音乐学院的学生"。

最近圆圆要准备钢琴考级，上课次数比平时频繁。陈明硕又看到了几次，还见过两人拎着超市的袋子一起上楼。

问题比想象的严重——如此频繁地撞见，说明是固定女友。他把车子拍了照，发给了谭丽莎，确认没认错人。可谭丽莎说，人家要结婚了。他就想，也许，Tiffany属于能容忍到"别闹到家里"的那一种人。

他再次保持了沉默。

直到那天Tiffany的善意触动了他，他终于决定多一次嘴。他尽量保持分寸，轻描淡写地说："本来我不想多嘴，可我听莎莎说，他们还没有结婚，所以我想也许我应该告诉你一声。你和她是亲戚，要不要告诉她，你来决定吧。"

陆霞问："你有他们俩在一起的照片吗？"

"没有，我只是看到了。"

第四章　要美要爱要前途

"你要是下次见到他们，能不能拍一张照片？"

陈明硕温和地拒绝了："我去那个小区是带着孩子上课，不适合做这种事。如果你觉得需要证据才行，那就当我什么都没说过吧。"

"我不是这个意思，我是怕她不相信。"陆霞苦恼地说，"我不知道该怎么跟她说。"

他说："如果你怕她不相信，就别告诉她了，就当是我看错了。"

挂了电话，陆霞心里犯了愁。她当然相信陈明硕。他居然开口忠告，显然是看不下去了。但她也为难到底要怎么说。如果有张照片，无意地让Tiffany看到，就最好不过。如果Tiffany想计较，自然会来问她。不想计较，可以假装没看见。

她甚至想过自己去盯梢，可她工作忙碌，连周末都没有休息，盯梢起码要拿出几天的空闲时间，对她这种打工人来说实在太奢侈。

她想着Tiffany拿着名牌包高兴的样子，无法理解为何这么多女人如此迷恋那不能吃也不能喝的非硬质容器。但是在亲友乃至普罗大众的眼中，Tiffany才是正常女孩，陆霞简直是怪胎。

陈明硕知会过陆霞，自认已经做到仁至义尽。晚上又要哄孩子睡觉，就没再与谭丽莎联络。而谭丽莎则是彻底把陈明硕抛到了脑后。她健身后回到房间，电话就响个不停。第一个电话来自天天，他问她有没有选他推荐的酒店，健身房好不好用，又问她接下来的出差计划。他很会接话，她出差兴奋，不知不觉就聊了很久，直到被姚望的电话打断。

姚望送谭丽莎去机场之后，一路上都在想着她。回到家里，他觉得房子很空。他不由自主地走进她停留过的书房，觉得里面都是她留下的香气。

她说她对陈明硕没感觉，与他看电影都浑身难受。那，他们会分手吧？也许等她回来，我可以先约她看一场电影。

他算计着飞机该落地了，可她迟迟没发平安信息给他。他发了信息问她，隔一会儿她回复了，汇报了行程，说她已经开始忙碌，晚上到酒店后再向他汇报。

他看着这些公事公办的内容，突然产生了巨大的动摇：她对我好，除了同学情谊，会不会还因为我是她老板？

总之他今晚必须跟她通话，他要听她的声音。好不容易等到了晚上，发了信息她却没回复。静音了？睡着了？

看了看表，刚过九点。但她昨晚没怎么睡，也许今天睡得早，打个电话试试，响三声还没接，就是睡了，就明天再说……啊，电话占线，她在和别人通话，一定是陈明硕。

她接了电话："对不起，刚才有个朋友的电话。"

朋友？不是陈明硕？他脱口而出："男朋友还是女朋友？"

"男的，健身房的一个教练。这酒店就是他推荐的，物美价廉，健身房很好用。"

什么时候又冒出来个健身教练了？

她开始说工作，说得很详细很认真。

她说将来的餐厅，想做成大唐长安集市的感觉，为都市小资青年提供简单易得的各国美食。因为，想做网红餐厅，一定要拍照好看。

这正契合他的商业目标，他们谈得很投机。

只是他有些分不清，她的用心和体贴，到底是为了他，还是为了他提供的工作机会。

他突然发现根本不了解她，这些年她都在干什么呢？她前男友是何方神圣？她对自己到底是什么印象？朋友？同学？老板？

他不想挂电话，但他听到她的声音略带倦意。怎么她连声音都变性感了？

他小心地问："你昨天都没怎么睡，困了吧？"

她确实困了："有点，明天还要早起。"

"那你睡吧。对了，明天我陪我妈过去玩，我看离你不远，也许晚上会去找你玩会儿。"

"好，到时候再说。我们随时联系。"

挂了电话，谭丽莎很快就睡着了。昨天没睡好，今天兴奋了一天，又跟姚望聊了很久，彻底放松下来后，这一觉睡得无比香甜。

姚望却辗转反侧，杂念纷飞。一旦对她有了邪念，好像就上了一条回不去的邪路，再也没法纯粹地把她当哥们。

第二天谭丽莎继续走访供货商，有了昨天的经验，今天更有的放矢。厂家也觉得她是个有经验的老手，沟通更加高效。

而姚望和Catherine则一起踏上了陪玩之旅。旅行团不大，单身阿姨居多，只有零星几个是老两口——不知为何，有钱富裕的阿姨出来玩，身边多半没有老公。

女儿陪妈妈的也有几位，但年轻的男孩子陪妈妈的，就只有姚望一人。

他立刻成为团宠，若不是Catherine以"正牌女友"身份晃来晃去，阿姨们早就给他介绍一大把相亲对象了。

姚望妈妈一路都开心得不行。姚望看妈妈如此快乐，心里愧疚以前做得太少，又暗暗担心妈妈知道父亲再婚的消息会大受刺激。

当晚阿姨团下榻一个湖畔的度假村，然后去湖边一个码头吃饭。这里有很多邻水而建的漂亮餐厅，主打的是当地特产河鲜。工作日人不算多，唯有他们所在的餐厅比较热闹。座位一半在室内，一半在外面的水榭上。旅行社很周到，考虑到老年人怕凉风，安排大家坐在室内。

正值大闸蟹上市，餐厅给每位客人发了一对。螃蟹数量不多，噱头很大，都配上整套的吃蟹工具，名曰：蟹八件。

姚望一看到螃蟹，就要拆开吃。Catherine笑着制止他："人家提供了工具！"

她特意穿了漂亮的旗袍，优雅地示范用工具拆蟹。她细心地用撬棒开壳，拿起蟹剪把螃蟹腿逐一剪下："看，这样——"

可姚望已经用手掰开蟹壳，把螃蟹腿拧下来吃上了。

大家都笑姚望心急。姚望妈妈便对于太太称赞说："玲玲从小就是个小淑女，我要是有这么个女儿就好了。"

Catherine的乳名是玲玲。

于太太就笑："我倒是想要个又高又帅的儿子。"

第四章 要美要爱要前途

两位妈妈撮合之意明显，Catherine暗暗开心。姚望吃着螃蟹，心里想着，这东西虽然好吃，但恐怕没法标准化推广。

菜一道道上来，Catherine没怎么吃，只顾张罗着拍照，大家轮番合影。

拍照这种事，只要开始，自然会排列组合个不停："你们俩也拍一个！你们仨也拍一个！"

姚望存心尽孝，有求必应，全力配合。

在很多张照片中，姚望和Catherine分列于妈妈们两侧，若不加以说明，任谁看了，都会觉得这是谈婚论嫁的一对。

天色渐暗，餐厅的灯亮了，映衬着湖水，闪着宝石般的色彩。Catherine拉着姚望到水榭上给她拍照。她特意选了人少的一侧，可以照出后面漂亮的湖景和旁边餐厅的灯光。

她美美地摆出各种妩媚的姿势。他拍了一张，她看了看，嗔怪他拍得不够好，让他重新拍。他好脾气地按照她说的调整了角度，重新拍摄，却怔住了：谭丽莎和几个人一起出现在旁边餐厅的水榭台子上。那些人对谭丽莎亲热客气，显然是供货商的工作人员。

谭丽莎完全没打扮，她今天要跑好几家供货商，怎么舒服怎么来。

牛仔裤，休闲款的黑色小西装外套，头发束成马尾，平底帆布鞋，挽着个工作用的托特包。她专心地跟那几个工作人员说话，眼神完全没有看向这边。

他知道她也在附近，可没想到这么巧。心里一阵高兴，想跑去吓她一跳。转念一想，干脆拿起手机对着她偷拍了好几张，打算发给她。

这时Catherine摆了半天姿势，觉得姚望动作很慢，就问他："你拍好了吗？给我看看？"

异曲同工的南北熏鱼 ● ● ●

姚望怕被谭丽莎发现，破坏恶作剧计划，就做了个"嘘"的手势。Catherine疑惑地看着他，他压低声音笑道："莎莎出差，就在那里吃饭，等我去吓她一跳。"

Catherine只觉得刚才吃螃蟹蘸的醋全都涌了上来。他拍照用的还是她的手机。

他还乐呵呵地说："你把这几张照片发给我，我发给莎莎。"

她立刻计上心来，笑道："好啊，让我们来吓她一跳。"

她接过手机，直接把几张照片发给了谭丽莎，还捎带着发了几张她和姚望的亲密合影，说："哈哈，看看我们在哪儿！"

谭丽莎正在跟供货商说话，手机放在桌上。她瞥了一眼，正纳闷Catherine怎么突然给她发信息，就看到了那些照片，心里一阵不爽。姚望嘴上说对Catherine没感觉，却又跟人家出来旅行。

她假装没看见，继续跟供货商谈工作。

Catherine就说："咦？我发了照片，莎莎怎么不理？大概是在忙吧。"

姚望这才知道她把照片直接发过去了。他觉得有点怪怪的，但也没多想。说："那我过去跟她打个招呼。"

Catherine便说："那跟妈妈说一声吧。"

221

水榭并不相通，要从前厅绕过去，也就路过了两位妈妈的座位。Catherine主动汇报："姚望公司的员工正好在旁边餐厅，我们去打个招呼。"

姚望说："妈，这是我那个餐厅的项目。要是我跟他们谈得时间长了，你们就先回酒店。我晚上自己回去。"

Catherine心想，难道他还要跟这小胖子到酒店里去？她的笑变得不自在起来。

姚望妈妈说："行，我们跟团回去。"

于太太擅长察言观色，冷眼一看，便知端倪，对姚望笑道："员工出差，也是难得放松，做老板的别去给人家压力了，晚上打个电话不就行了？"

姚望解释："没压力，那是我同学。这餐厅是我们俩一起做的项目。"

姚望妈妈好奇地问："哪个同学？美国的？"

"高中同学，莎莎，我们班劳动委员。她爸妈特别会做饭，我跟你说过的。"

姚望高中时，他妈妈正被丈夫日益旺盛的桃花困扰，对姚望的同学毫无印象，只说："那你去吧。"

于太太却不同于姚望妈妈这种气不过小三就离婚的粗线条女人，她是常年迎战各路小三的资深宅斗选手。同学，会做饭，女孩儿，现在为姚望工作，而且他提到她就脸上带笑。

这不就是青梅竹马的事业伙伴？难怪这小子迟迟不愿意跟女儿定下来。

于太太便笑着对女儿说："那正好，玲玲你也跟着去学习一下。待久点也不要紧，反正有姚望，你们俩一起回来就行。"

Catherine会意，乖巧地点头，和姚望一起去找谭丽莎。

姚望走近谭丽莎时，她正背对着他，倾听对面的年轻男人说话。

那人眉飞色舞地介绍着什么，眼中有种不自知的兴奋，那是男人见到有吸引力的女人会有的自然反应。

她听得很认真，轻轻点头，马尾辫随之晃动。恍惚间好像回到了中学时光，她是认真听讲的前座女生，那么认真又那么可爱，让人很想突然拽她的马尾辫。然后看她回头气呼呼地说：喂！你干吗！但这里不是学校的教室，旁边又有供货商，他当然不能这么逗她。何况Catherine已经满面春风地寒暄起来。

谭丽莎回头的那一刹那，他莫名有点紧张。她见到我会不会很惊喜？

可是她的表情淡淡的，既不意外，也不惊喜。她简单地介绍：这是我老板，公司副总，姚望。他有点失落，只能告诉自己：她敬业才这样的。其实谭丽莎心里很不爽。她觉得姚望和Catherine出双入对地跑过来，简直像是老板带着老板娘过来巡视。

供货商一听老板来了，态度越发殷勤。大家说了几句闲话，冷菜一道道上来，有一道苏式爆鱼，也叫熏鱼。

谭丽莎以前只吃过北京熟食店里的苏式熏鱼，觉得味道普通，类似罐头。今天第一次在江南地区吃了，才知道原来正宗的苏式爆鱼外酥里嫩，风味十足。她问了做法，发现和家乡的熏鲅鱼很像，只是调味不同，用的鱼不一样，还有熏鲅鱼是先腌后炸，而苏式爆鱼是先炸后腌。

第四章　要美要爱要前途

供货商介绍这是江南名菜，在过年的餐桌上很受欢迎，做冷盘、做面的浇头都好吃。谭丽莎就聊起了这道菜有没有标准化的潜质。

姚望常年由老爸耳提面命，知道空降老板要学会藏拙。他不知道谭丽莎白天与对方谈到哪个地步，寒暄几句就走就最恰如其分。即显得重视对方，又不过分打扰。

他只是莫名其妙地舍不得走。

这时谭丽莎说："你要是忙，就先回去吧，我们还得吃一会呢。我晚上打电话给你汇报。"

他说："也好，那我们先回去了。"

Catherine暗暗松一口气，心里笑自己小题大做。那天在陈柔樱生日派对上，小胖子打扮得很惊艳，但此刻看起来普普通通，就是北京街头一个略有姿色的女白领。头发没有造型，包和鞋子都不上档次，全身没有一件名牌，和精致二字毫不相关。

姚望一向喜欢的都是出众的美女，和这小胖子大约只是工作关系。

Catherine与姚望陪着妈妈回到酒店。酒店有温泉泡池，于太太提倡大家一起去，泡了温泉睡得香，这当然是为女儿安排的显露身材的机会。姚望妈妈很高兴地答应了，约好一会儿在温泉泡池见面。

Catherine回到房间，赶紧换了适合泡池的清淡妆容，把头发盘得美丽又慵懒，其实是略微模仿那天谭丽莎的发型，再穿上一身性感的比基尼，裹上浴袍，袅袅婷婷地就去了泡池。

结果到了只有姚望妈妈在。

姚望妈妈说："姚望不来了，他去找他同学说工作的事了。"

于太太打探道："姚望最近好像事业心很强。"

姚望妈妈喜滋滋地说："是啊，大了，懂事了，不像小时候那么傻乎乎的了。"

两位妈妈聊着天。Catherine失望又泛酸，勉强打起精神应付，晚上回到房间，和妈妈单独在一起，脸色就垮了下来。

于太太知道女儿的心事，问："姚望那个女同学有男朋友了没有？长什么样？"

Catherine拿出手机里的照片让于太太看，又把刚才的情况说了。

于太太细细看了照片，评价说："离太远，也看不清，好像是丰满型的？"

Catherine撇嘴："以前根本就是个胖子，后来玩命减肥，瘦了点。最近嘚瑟了，觉得自己是美女了呢。"

"能减肥的女人可不能小看，这心里都有一股劲儿呢。这女孩子一直单身？"

"怎么会？人家可风流呢，勾着一个离过婚的金领，又一天到晚往姚望身边凑。"

于太太脑子里便勾勒出了一个心机辣妹的形象。

她教育女儿："男人都是吃伺候的，这种放得下身段的女的，最受欢迎。你看香港那个富豪，交往过那么多女明星，女博士，最后娶了中学毕业的女助理。"

Catherine生气地道："他要是这种眼光，这种男人我不要也罢！我又不是找不到男朋友。"

于太太说："你这话，跟妈妈赌气说说就算了，可千万别当真。有几个男孩子有姚望这样的条件？家世好，模样好，人还单纯，又知根知底。"

223

"可是他桃花太旺了。你看看他周围的女人，一个个玩命往上扑。他这个人又花心，说是对小柔一往情深，转眼就跟那个女胖子搅在一起。真要是跟他结了婚，我还不得气死。还不如找个条件没这么好的，对我还忠诚点。"

"你以为找个丑的、穷的，他就不出轨了？记得咱家的那个阿姨吗？"

Catherine为之语塞。她家里有个阿姨，本是餐厅的老板娘。跑出来打工，就是因为老公跟店里服务员搞上了。服务员小三小学都没毕业，长得也不好看，笨得一塌糊涂。而阿姨漂亮能干，还是店里的顶梁柱。

阿姨本以为自己一发威，小三就得滚。没想到老公既不想离婚也不肯跟小三了断，做着一妻一妾的旧社会美梦。阿姨想离婚，娘家都不同意。她一气之下，就跑出来打工。

Catherine印象最深的是：那小三几乎不需要钱，只要免费吃喝就行。

以前她以为小三是一种奢侈品，最"便宜"的每年也得花掉大几十万。阿姨的故事让她知道了，原来小三也有"下沉市场"。所有的男人，都可以出轨。

于太太劝道："咱们也不是就图姚望的条件，关键这孩子是妈妈从小看着长大的，心眼好。我跟你说，男人天生好色，没有不偷腥的。找个品性好的，将来他就算有了新欢，你也不至于太吃亏。"

Catherine闷闷地说："可他又不喜欢我。这些年他换了多少个女朋友！穷的富的、老的小的、胖的瘦的，就是轮不到我。"

"他那还不就图个新鲜？真要是结婚，他想任性，他爸也不容他任性。姚望没跟你随便，说明他心里重视你。"

Catherine含恨说道："可我一想起他对那个女胖子的样儿我就生气！我难道还不如那个胖子？"

于太太想了想，问："这女孩是他老同学，以前两人也有来往吗？"

"从来没听过。好像就是给小柔装修茶室的时候冒出来的。在姚望面前可会表现了，一副工作特别拼的样子，弄得姚望把她招进公司还不算，现在工作上的事都和她一起。"

"这说明姚望现在开始重视事业了，所以你就要投其所好，男人都离不开能辅佐他的女人。"

于太太安慰着女儿，帮着出谋划策。Catherine靠在妈妈身上，心情好了一点。妈妈说得对，要找就得找最好的。为了安全感退而求其次，对方也不见得就能一辈子领情。

只是一想到谭丽莎，她就特别不是滋味。输给陈柔樱她是服气的，但小胖子根本就不该有资格进入赛场。

派对那天，这小胖子打扮起来居然还挺亮眼的。虽然胖，可胸是胸，腰是腰，胳膊腿儿都不细，反而更夺人眼球。难怪陈柔樱那不苟言笑的哥哥都被她迷住了。她忍不住又给姚望发信息，可姚望一直没回复。

她仿佛看见这两人在一间奢靡的豪华酒店大床房里，难分难解，无暇他顾。她越想越气：什么中学同学，都是骗人的！搞不好这酒店都是姚望给她订的。

224

其实谭丽莎住的是个朴素的商务快捷酒店，完全没有超过公司的出差标准。

酒店位于一条热闹的街上，大堂面积很小，直接临街，毫无档次可言。

姚望到了酒店，发信息一问，谭丽莎还没到，他想着等她回来吓她一跳。终于看见供货商把谭丽莎送到门口，他就躲在门边，伺机而动。

谭丽莎刚走到门口，想起买纸巾，转身进了旁边的便利店。

姚望等了一会儿，看她还没进来，忍不住探头探脑地往外看。正撞上谭丽莎从便利店出来。两人同时看见对方，吓了一跳又同时愣住，好像看到镜子里的自己一般。然后又同时忍不住笑了出来。

这一笑，之前的那点别扭一下子就烟消云散了。

大份薯条最好吃

谭丽莎笑着问："你干吗啊？"

姚望也笑："埋伏了半天，全白费了。你怎么半天不进来？"

原来他刚才发信息问她到了没有，是在等她。她有点开心："我去了趟便利店。你怎么还特意跑来了？"

"晚上也没什么事。就过来找你。"

"那我们去旁边的麦当劳吧。"

他把那句"去你房间"咽了下去。其实他只是下意识地觉得酒店是她临时的家，想去她家里坐坐。但保持距离是对的，可对的事不一定会让人开心。

他杂念纷飞地跟着她进了麦当劳。

她对着餐单纠结一番，点了一瓶矿泉水。他难以置信地看着她："你在麦当劳喝矿泉水？"

"那怎么办？别的都发胖啊。如果是白天，我可以点无糖可乐或者咖啡不加糖。但这么晚也不敢喝，怕睡不着。"

他点了大份薯条和带冰激凌的特饮。

她嫉妒地说："你是真不怕胖。"

他把番茄酱挤在薯条的盒子边上："你也来点。"

"不吃。"

"你小时候不是很爱吃吗？大份薯条最好吃呀。"

她脸红了。中学时，学校附近有个麦当劳，有阵子搞促销，加一块钱薯条就变超大份。她去买薯条，队伍好长，一眼看见他在前面，已经快排到了。他热情招呼她："莎莎！你吃什么？我一起帮你点了。"

"我就买个薯条。"

他点了套餐，又单独要一份薯条。店员问："要不要加一块钱升级成超大份薯条？"

她赶紧说："要！"

他说："那我那份也加大。"

领了餐，两人一起吃。他说："薯条就是要大份才好吃，对吧？"

"嗯嗯嗯！"她幸福极了，和男神一起吃大份薯条！双倍的快乐！

如果穿越回去，谭丽莎一定要对年幼无知的自己大吼：你是不是傻！都那么胖了，还在男神面前吃薯条！还是大份的！还全都吃光了！

她尴尬地说："小时候不懂，现在要减肥。"

她可不再是那个没心没肺的小胖子了。

他们开始谈工作，她与他分享工厂见闻。她的描述让他也产生了向往，计划接下来抽空一起去看看。

不知不觉聊了很久，薯条和饮料都吃完了，她终于说："不早了，回去吧。"

"那我送你。"

走到酒店门口，他问："怎么不订个好点的酒店？"

她诧异地笑："公司出差标准就是这样呀。"

"那你下次出差跟我说一声，我给你订和我一样的。"

"不用，这个酒店位置很方便，健身房很好用，而且没什么人。"

"是吗？那我想去看看。"

"快捷酒店有什么好看的，肯定跟你住的酒店没法比。"

她有点不好意思，仿佛家里条件不好，羞于招待客人，但还是带他去了。

走进健身房就看到里面已经有人。

一个男生背对着他们，坐在健身器械上玩手机。健身房里的自拍党，谭丽莎正在鄙夷，手机响了。天天发来了一张照片，他说：看看我在哪儿？

谭丽莎心想：今天怎么所有人都在问我这句话！

再一看照片，天天在一个健身房里，背景十分眼熟。与此同时，健身房里那男生听见有人进来，回过头，吃惊地笑道："你来得也太快了吧——"

然后才看到她身后还跟着一个人，是那个经常出现在朋友圈的帅哥同学。此人开一辆豪车，曾经送她到健身房。

她瞪大了眼睛："你怎么上这儿来了？"

天天以为谭丽莎是看了他发的照片才下来找他，而谭丽莎惊讶于他出现在此处。

可在姚望听起来，这两人是早就约好了。他突然就多了心，莎莎直接约我在麦当劳，不会是因为这人吧。

他疑惑地看着她："你们约好的？"

谭丽莎几乎是惊悚地连声否认："没有，没有！我不知道他会来！"

她惊慌得简直有些此地无银三百两。

天天确实是特意跑来找谭丽莎的，出差最容易发生浪漫故事。没想到她身边已经有人陪伴。这是初次近距离见到姚望，果然又高又帅，有种一切都无所谓的派头，一看便知是个一切得来都不费功夫的天之骄子。

她对这个帅哥是有些不同的，而帅哥对她也不一般。不过，既然没有在一起，那就说明有障碍，有障碍他就有机会。

男人在这方面本来就好胜，天天的好胜心又格外强。

他对姚望笑道："别多心，巧合，巧合而已。"

说着大方地伸出一只手："我叫齐天天，是莎莎在健身房的朋友。"

这种时候，越是撇清，就越是可疑。姚望立刻想到昨晚莎莎就是在跟一个健身的朋友打电话。八成就是这人，两人是什么关系？

他礼貌地握手："你好，我叫姚望，是莎莎的……同学。"

在他说"同学"时，谭丽莎同时说："老板。"

姚望一怔，天天好奇地看着他们。姚望解释说："莎莎现在跟我一起工作。"

又是同学又是老板，还大晚上送到酒店来。

天天笑着说："原来是老板大驾光临。你放心，我推荐酒店给莎莎，完全没有别的意思，就是一些适合出差健身的酒店。我们这些练友平时也住的。"

好像是表示谭丽莎选酒店并无内幕交易，而姚望果然被提醒了：酒店是他推荐的？莎莎连住酒店的事都跟他商量了？

两个男人互相揣测，谭丽莎觉得气氛怪怪的，问天天："你怎么也出差啊？教练还需要出差吗？"

"我过来参加一个街头健身的推广活动。想起你好像也在这边，就订了这家酒店。没想到还真遇上了。你今天练了吗？要不要一起？"

这番话说得坦荡又亲热，介乎熟悉的练友和暧昧对象之间。"要不要一起"也包括了姚望。

谭丽莎犹豫："今天有点晚了……"

天天就把手机递到她手里："那你先帮我录几个动作吧，多谢啦。"

他走到龙门架前，双手抓住上方的横杆，做了个引体向上。然后对谭丽莎说："可以开始录了。"

谭丽莎说了声"哦"，按动了录制键。

姚望心想：引体向上有什么可录的。

可天天做的并不是普通的引体向上。

他双臂缓慢地弯起，双脚凌空虚踏，身体随之上升，仿佛空中有个不存在的台阶，他踩着一步步往上走。

谭丽莎第一次见天天秀此绝技，忍不住惊呼："你好厉害啊！"

天天做完，轻轻落地，走到她身边，拿过手机一看："这看得不清楚啊。这样，你再帮我录一段——"

他直接把健身体恤脱了，露出一身结实流畅、线条分明的漂亮肌肉。

他平时在健身房都穿着T恤衫，身材不算高大，一脸孩子气，并不显眼。这一脱堪称惊艳，荷尔蒙指数瞬间拉满。她忍不住用目光去数他的腹肌。

天天又走到一个立式训练杆旁边，笑道："我就喜欢健身房有这个——"

他双手抓住竖杆，双腿一摆，整个人悬停在空中，仿佛一面旗帜迎风展开。

谭丽莎忍不住惊呼："这个好酷啊！"

天天停了两秒，对她一笑："五大神技我只会这两个，别的还不行。"

"这是杂技吗？"

"差不多，街头健身，回头我发些有趣的视频给你。"

"女生也可以练吗？"

"也有女孩子练，也很酷的。"

天天又做了好几个炫酷的动作，像街舞又像健身，全都需要极强的核心和力量，宛如一只色彩缤纷的雄鸟在情敌面前炫耀风姿。人类对运动的痴迷与生俱来，谭丽莎不由自主地被这表演打动。她一边录视频，一边发出不自觉的惊叹。

天天有如神助，动作越发顺畅。姚望被眼前这一幕惊呆了，这小子也太嚣张了吧！

姚望运动天赋其实很好。运动能力和协调性都不错，校运动会上拿过名次，野球场上颇能出点小风头。肢体灵活，精力充沛，加上肩宽腿长，走到哪里都被人夸身材好，衣裳架子。

他从来没有一星半点的身材焦虑，都是他碾压别人。但此刻，生平第一次，他体验到了被碾压的感觉。男生之间的雄性竞争比女生更直接。他知道天天在对他挑衅，不服输的男生应该立刻予以还击。但对方实力过于强大，轻率地挑战只是自取其辱。

天天一边炫技一边讲解，街头健身起源于欧洲，因其因地制宜、人人都可以参与而备受欢迎。他去参加的是一个小型活动，地点在一个公园里。

他当然不会告诉她：他大老远跑来参加这个活动，就是为了她，只没想到夜遇情敌。但越是这样，他就越想赢。天天是专业练体育的，最擅长赛场风度，知道让情敌过于出丑，反而会引起女生的怜悯。他并没有冷落姚望，还热情地邀请姚望"试试"。

他又做了一次"人体旗杆"，说："这个主要是要练背。"

说着，他示范了一个宽距离引体向上："比如你可以从这个动作开始练。"

姚望终于看到了一个自己可以完成的动作，马上就做了两个。

天天夸奖道："不错啊，基础挺好。再来几个，背部挺直，不要含胸——"

谭丽莎举起手机录视频，笑道："可以啊你，加油加油！"

姚望本来只想随便做两个，表示一下自己也不弱，见好就收。

此刻骑虎难下，不想在谭丽莎面前丢脸，就凝神静气，拼尽全力又做了几个。凑够了十五个，觉得数字不那么丢脸了，终于下来，装作轻松的样子说："我没穿运动服，就先做这几个吧。"

天天笑眯眯地又示范了一个宽距俯卧撑："这个对背部肌肉也很好，要不要试试？"

谭丽莎已经开始欢呼："好呀，好呀！我给你录。"

姚望看了看兴奋如高中女生的谭丽莎，深吸一口气："好，我试试。"

小小的健身房瞬间成了中学的操场。姚望就这么莫名其妙地训练了一晚上。

终于他以"太晚了，要回去了"为借口停止了特训。可一想到这天天也住这里，就觉得不踏实。他想跟谭丽莎嘱咐两句，就小声说："你也早点睡吧，明天不是还要早起？"

天天看出了姚望的紧张，也看出了这两人关系还没到那一步。他索性大方笑道："我先回去洗个澡。"

姚望觉得这句话简直暗示意味十足，又挑不出毛病。这小子太明目张胆了吧。

等天天走了，他忍不住问谭丽莎："你真的不是跟他约好的？"

"当然不是了。他来参加活动的呀。我跟他其实也没有很熟……"

他略放心了点，可后面的一句话又让他的心悬起来了："我都不知道他还这么厉害呐！难怪能进我们健身房当私教。"

她好像很欣赏他。而自己今天的表现，好像，不够优秀啊。

他觉得自己需要一个门神，挡在她房间门口，于是鬼使神差地冒出一句："你早点休息吧，是不是还得跟陈明硕聊两句？"

她毫无心机地说："真的，他好像有事找我，那我回去了。"

姚望坐上回酒店的车，浑身精疲力尽。

脑子里都是耀武扬威的天天和惊叹不已的谭丽莎。

他决定回去就办卡请私教。

谭丽莎带着兴奋余韵回到房间，洗漱完毕，正要给陈明硕打电话，陆霞找她："莎莎，睡了吗？"

"没呢。"

"你什么时候回来啊？"

"大概一个礼拜，怎么了？"

"三号计划还能用吗……"

"啊？你弟又来了？什么情况？"

陆霞懊丧地说："都怪福妮儿她妈，在群里说她女儿要结婚要住进豪宅了，我妈就知道我这里有空房了。"

菜市场里的炸糖糕 ● ● ● ●

Tiffany并非有意泄露，她只告诉了自己妈妈。她妈妈忍不住在亲友间吹嘘，陆霞妈妈就开始盘算：弟弟该考虑结婚了，不如就在北京住下。有这套房子，不愁娶不到媳妇。

陆霞推说要还房贷，必须找房客。可她妈妈早有备而来："那你把你弟名字加上，福妮儿那点房租的钱，我来出！"

陆霞妈妈常年打工，确实出得起。陆霞只能找谭丽莎，询问三号计划。

三号计划和一号以及二号计划一样，意在抵抗陆霞弟弟入侵。一号二号上一轮大获全胜，但这次不管用了——弟弟在横店受过罪，再也不嫌弃北京，表示以后哪儿也不去了，就在北京打工，守着"自己的"房子。

独生女谭丽莎无法理解，为何陆霞拼了命加班买来的房子，在她全家眼里，天经地义地要归弟弟。不给又怎样？房产证上不是陆霞的名字吗？

可陆霞说，那就永无宁日。她妈妈有一百种方法找到她，骚扰她，强行住进来。这种家务事，报警也没用。

谭丽莎一度以为自己就算社会底层了：学历一般，家境一般，长得一般，还是个胖子。

可看到陆霞这随时要暴雷的家庭负担，她才意识到：原来，身为出生于大城市被父母宠爱的独生女，是多么珍贵的命运。

问题是，"三号计划"还是和李泽在一起时定的。当时他听说了陆霞的事，就吹嘘万一弟弟赖着不走，他可以找派出所的片警发小去吓唬。

他说："估计他一个外地小孩也分不清刑警片警"。

大家就开玩笑，说这是三号计划。本来就不当真，何况后来她知道所谓的片警朋友，是小伟的女友魏洁。人家一个宣传反诈的民警，有纪律约束，还是女孩子，怎么可能帮这种忙。还不如雇俩刺青金链子大哥呢。

陆霞听出她为难，反过来安慰她："没事儿，我弟也不见得马上就能结婚。他那个德行，哪个女孩愿意跟他。福妮儿那件事，陈总跟你说了吧？"

"什么事？没有啊。我这两天都没跟他联络。"

陆霞把情况大致叙述一遍。谭丽莎问："那你跟Tiffany说了吗？"

"还没有。我不知道该咋说啊！"

"别急。这样吧，你弟的事，我问问陈明硕。他肯定有办法。"

陈明硕很快地给出了建议。他说："让她弟弟去做保安。有宿舍，就不用住陆霞家里。跟他说，陆霞那边房租省下来，给他娶媳妇。花钱买平安。"

"那是不是大餐厅的服务员也行？管吃住，做好了可以升领班。"

"服务员不行，人家都要机灵能干的。保安好混一些，适合她那个游手好闲的弟弟。关键是，"陈明硕笑道，"保安队里都是男的，不好找对象，可以让他晚点结婚。"

"原来如此！那你能帮他推荐一个保安的职位吗？"

"这个忙我不能帮，建议你也别帮，推荐人不要随便当，这是你信誉的一部分。到处都在招保安，让他自己上网找一个就行。"

"明白了，你太聪明了！"

"这只是临时之策。她弟弟总归要结婚生子，这个雷早晚还是要爆。至于Tiffany的事，陆霞是她表妹，都不愿意跟她说，那你又何必多嘴？也许她早就知道了，你说了，人家反而难堪。"

谭丽莎沉默片刻："如果陆霞都不敢跟她说，那就只能我来说了。"

陈明硕惊讶："你不介意做恶人？"

"假如她不知道，我瞒着，不是害了她吗？如果她已经知道了，嫌我多嘴，那我也就落点埋怨。大不了我以后不说了就是，埋怨就埋怨，又不少块肉。"

说着,她自嘲地笑道:"真要能少块肉倒好了。"

陈明硕有些感动,她有一种亮堂堂的勇气,就像那天在公园,她对陈柔樱拔刀相助。最可贵的是,她并非无知者无畏,她知道麻烦,可她还是愿意。

他说:"那你这样,你告诉她,是我看见了,但是我不确定是不是她男友。你把时间地点告诉她。这样,她想了解就有了线索。不想计较,也可以装傻。万一她不高兴,也是我做恶人。"

谭丽莎很感激,连声道谢。

陈明硕笑道:"你怎么总是对我这么客气,太见外了吧?"

"对不起……"她又开始下意识地道歉,随后自己也笑了。

两人又闲聊了一会儿。谭丽莎挂了电话,看看很晚了,想着Tiffany大概已经睡了,就决定明天上班时间再和Tiffany联系。

其实Tiffany并没有睡,她躲在洗手间里,对着几个小药盒发呆。她刚刚照镜子卸妆,凑近镜子,无意中发现镜子有些厚度,伸手一拉,原来背后是个小储物格,零散地放着几盒药:蓝色的、橙色的、黄色的。她随手拿起一盒蓝色的看,上面写着几个晦涩难懂的字:枸橼酸西地那非片。什么玩意儿?翻过来看侧面的说明:治疗勃起功能障碍。再一看另外两盒,全是这类药物。

突然间,她就明白了顾峰的种种怪异。自从与他正式在一起后,她就对自己的身体魅力产生了前所未有的怀疑。首先就是他的浪漫值断崖式下降,别说情话了,连聊天都比以前少了。一张嘴就是些现实问题,还全是质问:装修的事怎么样了?你什么时候辞职?咱儿子来了没有?

他对生儿子那么积极,床上表现却不好。起初以为是闪了腰所致,可腰好了也还不行。最热情的还是去她家那第一次,当时还嫌他粗暴。可后来他淡定敷衍的表现,又令她有点怀念他的粗暴。现在他常对她的暗示无动于衷。

她并不是那种欲望强烈的女人,但也想爱人对自己充满欲望。一次就没新鲜感了?难道我就这么乏味?她沮丧又自卑,只能用"他愿意结婚"来安慰自己。现在真相大白,原来他已经需要吃这种东西了,难怪这么淡定。男人四十一枝花,这哪像一枝花,分明是药渣。

她轻轻地把几盒药放回去,心情复杂地回到药渣未婚夫的身边。他已经睡了,仰面躺着,发出鼾声。她轻轻推了他一下,他稍微换了个姿势,鼾声停了。她却一时难以入睡。

她之前的男友都与她年龄相仿,没有这种问题。她并不知道男人"应该"何时开始不行。她一直以为老头才需要药物。

他床上显老就算了,整个生活方式也很老气。她喜欢吃简单的西式早餐,面包、咖啡、鸡蛋、香肠、三明治。他却要吃油条、豆浆,得大早上去地摊上买。拿回来油脂麻花地摆在桌子上,简直像是过年回了长辈家。

起初觉得他人没问题,只暗暗担心他财力有问题。现在知道他钱没问题,可人又实在问题太多。她后悔这么早就搬来同居,现在连跟朋友吐槽几句都不方便。她想念和姐妹们畅所欲言的快乐时光。

而她的好姐妹谭丽莎此时躺在酒店床上，正享受着单身女孩的自由。她的手机响个不停。天天问她想不想明早去吃当地的小吃早餐，还地发了一堆诱人的美图——晶莹剔透的小笼包、金黄色的锅贴、白色的豆腐脑……

谭丽莎已经戒这种东西很久，大晚上突然看这么一堆图，十分动心，可又担心热量。

天天体贴地说："我找到了一个好地方，距离酒店三四公里。咱俩一路快走过去，相当于先来一轮空腹有氧，再吃就不怕了。"

她动摇了。

他补充说："再说，早餐吃多点不怕，白天还有的是机会平衡热量，只要你能早起就可以。"

她彻底动心了："好，那我就早点起来。"

电话里送走了天天，又来了姚望。他问她睡了没，又打听她在做什么。听她说起陆霞弟弟的事，又替她担忧，问她以后怎么住，他可以帮她。

她这才想到自己。真的，如果陆霞弟弟在那个房子里结婚生子，自己也只能搬出去。还有，陆霞怎么办呢？陈明硕的计策可以一时奏效，可是几年后呢？

他们都为陆霞捏一把汗，也都想起了不久前的快乐美食周。原来美好的时光这么脆弱。

第二天清早六点钟，天天如约在楼下等她。清晨的空气湿润，十分怡人。街上人不多，正适合快走。他们穿街走巷，渐渐走到了一个热闹的地方，行人繁忙，路边停满了自行车。

这是个很大的菜场。上面有高大的天棚，两边都是小店，中间一条宽阔的走道。很多店门口排着长长的队，不用问也知道里面的东西一定特别好吃。等食物的人有男有女，有老有少，大家都满心期待着即将出炉的美味。卤味、包子、生煎、油条……一股股热闹的香味飘过来，带着原始直接的诱惑，比高档餐厅里的精美食物更难抵御。

谭丽莎很久没来过这种纷乱热闹的地方了。

此刻她好像被拉回了旧时光。那时候她是个不高档的人，拥有很多廉价易得的快乐。就像眼前的这些人，全都是普通的长相，普通的身材，穿着普通的衣服。可那份闲适与笃定却一点都不普通。

现在她周围的人，总觉得一切都不够好。什么都有，就是不满足。

猝不及防间，她想起了李泽家的炸酱面。在那个破旧的院子里，他们一丝不苟地对待每一份平凡的食物，用宏大叙事赋予其非凡的意义。她曾经很嫌弃那种生活，于是告别了他们，转身投向新的欲望。

她确实得到了很多，但代价是每天都过得像个苦行僧。比如此刻，她的食欲在疯狂渴望这些热腾腾的早餐，可她的脑子却在煞风景地计算着卡路里。

天天仿佛看穿了她的心思，说："偶尔吃一顿高热量的没关系。再说，出差本来新陈代谢就会升高。如果晚上有空，我再陪你练会儿。"

谭丽莎决定向食欲投降，偶尔放纵一次。她点了小笼包又点了锅贴，手里拿着豆浆，又在豆腐脑和馄饨之间犹豫。

天天说:"没事儿,尽管点,还有我呢。"

她羡慕地问:"你怎么就吃不胖呢?"

"男生新陈代谢本来就快一些,而且我练得多。"

小桌子转眼就摆满了,她甚至点了甜蜜至极,也罪恶至极的炸糖糕。一口咬下去,又甜又热,酥脆可口,油和糖都是腻的,可放在一起反而不腻了,只觉得丰盈充沛,结实过瘾。

她简直热泪盈眶。几个月没有碰这种东西了,太美妙了。

她激动地拍了照又发了朋友圈。

而姚望正与妈妈和Catherine母女一起,坐在高档度假村的自助餐厅里,刚挑完了一盘子吃的,忍着肌肉酸痛坐下来,习惯性地翻手机看看,就看到了这满目的街头美食。

他忍不住回复:这是哪儿啊?远不远?吃好东西怎么不叫我?

色鲜味美江南菜

谭丽莎发完就只顾着品尝美食,不再看手机。姚望看莎莎不理他,又发信息过去。可菜市场乱哄哄的,她没听见。

他又看了两眼照片,这回看出问题了:食物太多了,对面还另外有套餐具。

他忍不住拿起手机,把图放大,一抬手肌肉酸痛,忍不住嘶了一声。

姚望的妈妈看儿子龇牙咧嘴的,问:"你怎么了?"

姚望说:"昨晚去健身房了,练得有点猛。"

姚望的妈妈笑道:"怎么大晚上的想起来运动了。"

"嗨,就赶上了,随便练会儿。"

Catherine鄙夷又纳罕:恐怕是床上运动吧。只是折腾成这样,到底是做了什么大动作?

她不自觉地把盘子里的烤鳕鱼戳得粉碎。

姚望提起想和谭丽莎去看工厂,姚望的妈妈很高兴:"那很好,你多看看。工厂里能学很多东西,可惜我们家没有工厂。"

姚望的妈妈年轻时做过工人,后来也想过开厂。但是姚大有喜欢短平快的生意,嫌工厂回款慢,占人手,就一直没做。

于太太马上说:"我们家在这边倒是有个工厂,做衣服的,就不知道姚望想不想看。"

姚望有点感兴趣,就问:"远吗?可以去参观吗?"

Catherine迟疑地道:"那就是个小厂子,不上档次。"

于太太劝道:"姚望想看,你就带他看看呗。"

Catherine不太想去。那是她父亲投资的一个制衣厂,做外贸订单。不是什么牌子货,都是些外国超市和低档小店里的大众廉价成衣。厂长是于总以前的司机。她看过那个厂的照片,觉得乱哄哄脏兮兮的。

姚望的妈妈说:"服装厂好呀。姚望不是要做文化衫吗?"

Catherine问:"你要做服装吗?"

"就是做一些有设计感的品牌周边文化衫，有利于品牌推广。"

Catherine看姚望感兴趣，赶紧和父亲联系。于总一听，正中下怀。

那个厂子经营状况不佳，一直没什么利润。于总靠资源发家，带点官气，平时也没空操心。

他说："你去看看也好，实在不行，卖了得了。"

Catherine一听这个厂这么差，就抱怨母亲："就不应该提这个厂子，带别人去看，还不够丢脸的呢。"

于太太劝她："这你就不懂了，到时候去了，经营不好，正好请教姚望，让他给你出主意呀。"

"他自己都没开过，还没我知道的多呢。"

"懂不懂的，男的都喜欢女人向他们请教。在男人面前，你得学会示弱。"于太太循循善诱，"姚望为什么对那个女助理有意思？还不是人家姿态放得低？"

"低个鬼！那女的厉害着呢。她就是扮猪吃老虎。"

"那说明人家在姚望面前温柔呀。你啊，性子还是太强了点。"

Catherine有点不服气，可突然间想到陈柔樱，又觉得妈妈说得有道理。陈柔樱就特别擅长提问和倾听，迷倒了姚大有父子两人。

这大概需要天赋。她就没长一张见了男人就能自动笑靥如花的脸。

谭丽莎回到酒店才看到姚望的信息。她急着洗澡换衣服，语音回复说早上去菜场吃了早餐。

洗完澡神清气爽地出来，姚望又发了一大堆信息，问谭丽莎和谁在一起。又说她没良心，不叫他。可她时间紧张，来不及详细解释，只匆忙回了句"我得出门了，回来再跟你说"。

姚望觉得被冷落了，可她是为了自己的生意在忙碌。一时之间，他不知道自己该满意还是失落。

今天旅行社安排去一个有名的寺庙，据说很灵验。进来时正赶上要做一场法事。大殿里众僧如云，排场很大。导游做惊喜状，招呼大家进殿跪拜，说今天这位主持法事的大师不一般，平常是见不到的。

于太太赶紧虔诚地进去找了蒲团跪下，Catherine也陪着。别的团友也都进去了。

姚望的妈妈却连大殿也不进去，只站在门口看看。导游招呼说："王阿姨，进来吧，机会难得。"

姚望的妈妈说："我不去。命好不好，不在这个。再说，我许了愿菩萨就真管事儿吗？"

导游说："这里香火很灵的。"

姚望的妈妈说："我许愿世界和平，也能实现吗？"

姚望不由得笑出了声。

导游也笑："阿姨，这恐怕不行。这是人间业力，菩萨只能渡人。"

导游陪着团友们进去了。姚望陪妈妈坐在大殿外的长廊下闲聊。他笑道："妈，你真的要许愿世界和平呀？"

"对呀。别的事还用菩萨管？我自己是没什么不满足的了。"

第四章　要美要爱要前途

他想起父亲的事，心里不忍，想给母亲打预防针，就说："我爸前几天来找过我……"

姚望的妈妈毫不意外地说："我知道，他跟我说了。其实你刚上大学我们俩就离了。一直没敢告诉你。"

"为什么不告诉我呢？"

"觉得对不住你，说不出口啊。其实我不想离的，但你爸他不干，天天跟我干仗。我也是忍不住这口气，其实要是死拖，他也不好离的。"她叹了口气，愧疚地看着儿子，"就是苦了你，害你没有家了。妈妈对不住你。"

姚望没想到妈妈不想离婚居然是为了自己。他说："我其实也没吃什么苦。"

"唉，说是没吃苦。可说不定将来找个对象，人家介意呢。"

姚望笑了："我不至于那么没人要吧？"

"都怪你爸。他这个人就顾他自己痛快。"

"那，如果再选一次，你还会不会跟我爸结婚？"

姚望的妈妈毫不犹豫地说："结呀！"

姚望愕然："你不是说过，我爸当时的条件不是最好的吗？"

"嗨，吵架吗，还不得把自己说好点。其实当时那个高干子弟不咋地，别的不说，长得矮！说是一米七二，我看最多一米六八。才二十几岁，就快秃了，小老头似的，要不怎么找不着对象呢。你爸可不一样，年轻时，帅着呢！"

他忍不住笑道："妈，你怎么就看他不帅。"

他妈妈也笑："他不帅，我儿子能这么帅吗？就冲落下个好儿子，这婚我也没白结。"

"那我爸对你好过吧？你们恋爱的时候？"

"那当然。有次我过生日，你爸刚挣了点钱，给我买了瓶进口香水。你知道那一瓶香水多少钱？那个时候就要上千块！我就偷偷想去退了，可我没小票，人家不给退。你爸知道了，还跟我发火呢！"

"好不容易买的香水，干吗不用？"

"就是觉得没必要。还不如给我儿子买点好吃的呢，净整那没用的！"

姚望笑了。妈妈就是这样的风格，这么多年了，一点都没变。

母亲谈起了往事。与父亲相识之初，两人相见恨晚，都是积极、能干、务实的人，对外形也彼此满意。父亲脑子活想法多，常被人批评不安分，母亲却欣赏他胸怀大志。那时两个人志同道合，从没想过有一天他们会离婚。

这是姚望第一次和妈妈细细聊起她的感情生活，就如不久前和父亲的那次。他从小目睹父母的战争，可家里却从不讨论这个话题。仿佛只要回避，问题就不存在了。

他从不知道母亲不肯离婚居然是为了他。如果那时候大家好好聊一聊，他会鼓励父母离婚吗？他其实也不知道，那时他还不懂事。

大殿中突然响起法器的奏鸣，伴随着僧人的吟唱，犹如交响乐般绵密庄严。姚望被乐声吸引，目光落入大殿中，看到Catherine陪着她的母亲，深深地匍匐于地，向不知名的神佛祈祷。

235

突然之间，他想也许父亲坚持离婚，是对的。至少母亲此刻，比Catherine的妈妈更轻松，更快乐。

出了大殿，导游满面春风地带大家进了一间屋子，推销开光的玉器。有个柜台卖卡通文创，有个袋子上是个胖乎乎的梳着双丫髻的小女孩，姚望觉得有点像谭丽莎，就买了下来，打算回头见面了送给她。

午餐安排的是团餐素斋，沾了佛气，不能轻佻地以好不好吃来评价，反正姚望只觉得跟没吃差不多。想起谭丽莎的早餐，忍不住又给她发信息：我中午吃的素斋，你吃的什么？

这次谭丽莎倒是很快就回了一大串图片，有晶莹洁白的水晶虾仁、黄澄澄的土鸡汤、红彤彤的酱鸭、银亮的蒸鱼、碧绿的蔬菜，还有一杯色如春柳的绿茶。

姚望生气地道：你这也吃得太好了吧！

谭丽莎回复：这个供货商自己有养殖基地、种植农场和度假餐厅，晚上跟你汇报。

他说：晚上咱俩一起吃饭？

她回：看情况吧，先不聊了啊。

谭丽莎拍照踊跃，但她并没敢放开胃口吃。美食固然诱人，但更吸引她的是经营模式。这个供货商把养殖、度假、直销、网店全都盘活了，形成了极好的商业生态。

她觉得江南更接地气，又欣欣向荣。在北京，大家都只想做高端的大生意。在这里，一毛钱甚至一分钱的小生意都有人愿意做。初到北京，已经觉得天地为之一宽，现在才知道离开北京，还有更广阔的天地。

她简直有点不想走了。

午休时她抽空给Tiffany打了电话，接通了才意识到还没有组织好语言，仓促之下，她简单直接地说："陈明硕好像看到顾峰和别的女的在一起了。"

Tiffany沉默片刻，问："在哪儿？什么时候？"

谭丽莎把所知信息尽数告知后，才想起陈明硕的叮嘱，补充说："但是他不确定，也许他看错了。他也没见过顾总……"

Tiffany轻轻地打断她："行，我知道了。"

Tiffany风格活泼，突然这么静默，令谭丽莎很不踏实。她小心翼翼地说："我不是要多嘴。我就是……当然可能也只是误会……陈明硕可能也没看清……"

Tiffany笑了笑："没事儿。我怎么会怪你多嘴。亲爱的，谢谢你。"

谭丽莎稍微松了口气："我还在外面开会，那我先挂了啊。"

"好，忙你的。等你回来咱们吃饭。"

Tiffany挂了电话，有些蒙，就像是去了满地小偷的旅游胜地，拍了照，吃了饭，兴高采烈，爱死了这个地方，突然发现钱包、证件全部消失不见，宛如一盆冷水劈头浇下。并不仅仅是因为被偷了，更难受的是：原来自己并不是拥有豁免权的幸运儿。

她知道顾峰是风流的。可下意识里，她以为这种事会出现在很久以后，或者不至于出现在自己身上。

可陈明硕那种人，没事不会乱说。

她的脑子纷乱如麻，唯有一个念头最清晰——像所有初遭此事的女人一样，她本能地想要去亲眼见见"那个女人"。

一掷千金吃野味

Tiffany的第一个想法是下了班就去那个小区。可还没下班，顾峰就给她发了个地址：你下班到这儿来一趟。

地址在五环外面，接近京津交界，Tiffany问：去干吗？

顾峰似乎心情不错，发了个笑脸：去了你就知道了。

她只好听他的，下班后开车去那个地方，暗暗抱怨他总这样事到临头才发通知。她开的是一辆黑色奥迪A6，这是她住进来以后的待遇。

一开始她有点嫌弃。按理说这也算一辆好车，可很旧，款式又老。打开门，一股老旧的真皮座椅特有的臭气。

顾峰倒是坦诚，说当初买这车，是因为很多领导开这款，有些傻保安看了就不敢多问。现在就图它占个车牌号。

她尽量做出很高兴的样子，安慰自己怎么也算有车了，还是奥迪。也侧面说明了他的财力——在北京，有两个车牌号的人，堪称富可敌国。

辛辛苦苦开了快两个小时才到地址，是汽车交易中心里的一家店。店里陈设着好几辆不同品牌的亮闪闪的豪华车。

顾峰到了，亲热地挽着Tiffany进去，向一个年轻男人介绍："小董，这是你嫂子！"

小董笑容满面："嫂子好！"他殷勤地走到一辆双开门的红色宝马敞篷车前面，拉开车门："就这辆。"

Tiffany不明所以地看着顾峰。他宠溺地笑道："哪能让我老婆开旧车，给你换一辆。"

Tiffany怔住了。这几乎就是她梦想里的那辆车，宝马，毫无争议的名牌；红色，最耀眼的颜色；两门，不需要它拉货载人；敞篷，可以最大限度地让路人看到我。

她不知道这车多少钱，想必很贵。她抗拒不了这辆车，就像她抗拒不了那个钻戒。考虑到顾峰平时的吝啬，这份豪阔就更珍贵。

她对自己说：他是爱我的。

顾峰看Tiffany一脸震惊，心里舒坦又得意。男人喜欢宠女人，就是为了看她们受宠若惊的样子。不同于那些老吃老做的女人欢欣鼓舞的"老公真好"，Tiffany的彻底呆掉，更让他龙心大悦。

Tiffany想问价格，又怕显得没见过世面，就只尽量不说话。

旧奥迪当场折现，顾峰签了购车协议刷了卡。换车牌办手续需要几天，两人坐着劳斯莱斯离开。

路上她忍不住问："那个车很贵吧？"

他哈哈一笑："二手的，买下来三十多万。车况特好，才开了不到五万公里，跟新的一样！我兄弟特意给我留的，别人买可没这个价。"

原来豪车并没有自己以为的贵。她以为这种车总要大几十万甚至百万。她有点失望。不过再一想，开出去谁知道呢。

他并没有开回家，上了小路，笑道："我带你去吃点好的。"

此时天色渐暗，郊区的路尤显荒凉，路边都是歪斜破败的小店。终于到了一个店门口，下了车就有保安迎上来，引导他们将车停到后院。那里是个很大的停车场，车子很多，只有角落还有车位。

顾峰挽着Tiffany的手下了车，进店就有个胖子亲热地迎上来。

秃头金链子，中式裤褂，就差没把"黑社会"三字直接写脸上。

顾峰笑呵呵地介绍，又是那句"这是你嫂子。"

胖老板满面堆笑："嫂子好。"

Tiffany今天第二次被叫嫂子，心里暗暗不爽。她不喜欢"嫂子"这个称呼，土里土气的。刚才的小董年轻，叫声嫂子也罢了。这胖子看起来快四十了，也管她叫嫂子。

但看顾峰逢人就介绍她，又有点开心。这是正宫大房的待遇。

餐厅里装修得还算整齐，胖老板引着他们进了个小包间坐下，笑道："还是老规矩，您先看一眼？保证是活的。"

顾峰乐呵呵地说："看一眼。"

服务员拿着个白色的塑料箱子进来，揭开盖子。Tiffany以为是活鱼活虾，往里一看，吓得尖叫起来。

盒子里趴着一只胖乎乎的，大壁虎似的黑色动物。

顾峰哈哈大笑，在她脸上亲了一口："我老婆就是胆小。"

Tiffany失声问："这……这什么呀？"

顾峰笑道："娃娃鱼啊。"

"这……让吃吗？不犯法吗？"

胖老板隐晦地说："养殖的可以吃。"

顾峰得意地说："谁吃养殖的啊，吃还不就吃野生的。"

胖老板笑道："那当然。要不是顾总亲自过来，可绝对没有这东西。瞧瞧，这么大个儿，还是老做法？"

"对，你安排。"

胖老板带着服务员出去了。Tiffany惊魂未定："干吗吃这个？"

"这可是大补！北京没劲，管得严。最多也就吃个娃娃鱼。过一阵子，咱们去缅甸玩，那边什么都有，随便吃！"

Tiffany公司不少同事出于环保吃素。吃野味在她的世界里，不但犯法，简直近乎野蛮人。她还听说野生动物常带病菌以及重金属超标。可顾峰兴致勃勃，也不敢扫兴科普。

第四章 要美要爱要前途

顾峰压根不看菜单就点了几样菜，什么炖野鸡、山野菜，显然是常客。Tiffany好奇地看了菜单，原来是个野味菜馆，价格不菲。"娃娃鱼"是时价，不知道多少钱。

满篇的菜式都很吓人，她看来看去，点了个摊土鸡蛋。饮料要了个"野生山楂汁"。

须臾，菜上来，娃娃鱼被切成了块，炖成一小锅。Tiffany不想吃野生动物，但顾峰再三让她尝尝，她不好违抗，转念一想，看那胖老板奸猾的样子，八成是养殖的拿来冒充。

心一横，吃了一块。味道并不特别，有点像牛蛙又有点像黑鱼，只是更肥腻些。

别的菜也不好吃。野味肉都偏硬，带着腥臊味。野菜都有点苦，还是连锁餐厅里不野的东西更好吃。

她点的土鸡蛋是唯一称得上好吃的东西，虽然有点油腻，但喝两口"野生山楂汁"就还好。顾峰虽然开车来的，却照样要喝药酒，里面泡了奇怪的东西，她都不敢细看。

顾峰吃得大汗淋漓，还招呼她："老婆多吃点。"

Tiffany说："我饭量小，吃饱了。"

顾峰笑道："你得补补，身子好才能生儿子。"

Tiffany觉得这话简直愚昧到家了，也不敢反驳，只得又象征性地挑出能接受的肉吃了两块。

酒足饭饱结了账，居然将近上万。这是他们一起吃的最贵、也最难吃的一顿饭。吃完出来，停车场的车已经不多了，郊区的夜晚黑如锅底。他们的车子停在角落里，更显得孤零零。

Tiffany觉得有点怕，不由自主地缩在顾峰身边。他笑着搂住她，还亲一亲她的头发。到了车子旁边，他说："你坐后面去。"

她一怔，不明白为什么。他已经拉开后座车门："乖，听话。"

她疑惑地坐进去，他也跟了进来，把车门一关，扑上去就吻她，同时手已经开始脱她的衣服。她一开始还没反应过来，等明白他的企图时，又羞又怕，拼命推："不行，这里有人啊——"

他眼中又出现了在她家里的那种扭曲的兴奋，他就喜欢这种刺激的感觉。Tiffany虽不算保守，但也没有开放到这个地步。停车场有保安，还有别的车。她接受不了。

她说不行，住手，回家再说。他喘息着说乖，听话，我就想在这儿干。但她拼命推他，甚至尖叫起来。那次在她家里，她是有点半推半就的。这次是真的不愿意。

虽是豪车，但后座空间毕竟不方便，她不肯配合，他很难继续。何况他并没打算伤着她，只是突然来了兴致，想抓紧机会享受一下他时灵时不灵的雄风。

看她如此抗拒，他心里一阵扫兴，就住了手，皱眉道："不愿意就算了。"

Tiffany见他停了，松了口气，可又闪过一丝惶恐的后悔，觉得自己没尽到义务。

顾峰气鼓鼓地直起身，Tiffany小心地看着他的脸色，道歉说："老公，对不起，我……接受不了。"

顾峰看她楚楚可怜的样子，心里的气消了点。他一直以为自己是她的第一个男人，看她束手束脚，只当她没经验。

他想：媳妇老实点也好。反正外面有的是怎么都行的。

他做宽宏大量状："行了。知道我老婆是乖女孩，放不开。"

说着还摸了她脸一下。

Tiffany放了心，却更内疚了。说到底，他不过是想和她来点刺激的。也不算是错，是一种情趣。他刚刚还给她买了新车，又带她吃这种犯法的野味，对她毫无防备。

她讨好地说："老公，你喝了酒，我开车吧。"

"行，那你开吧。"顾峰去前座副驾了。Tiffany用手撑了一下座位，直起身，突然觉得有砂子硌她的掌心。拿起来一看，是一粒小小的浅粉色水钻。她怔住了。

顾峰在前面催促她过来开车。她连忙把水钻偷偷放进了兜里，顺从地来到前座。

一路上她很沉默，仿佛在专心驾驶。可那颗小小的水钻一直硌着她的心。

若是耳环项链，那就绝对有问题。但水钻的可能性很多。也许只是包上的装饰掉了下来。她想不起自己的衣服或者包上有没有这种水钻，她觉得是没有的。她想找人商量，可住在他家里，日日相对，连喘息之机都没有。那一瞬间，她无比后悔从陆霞家搬出来。

而陆霞也正遭遇人生挑战。谭丽莎刚把陈明硕的建议告诉她，弟弟就来了。

几个月不见，弟弟长进了不少，不用老妈护送，自己就找上门来。陆霞故意说加班，回来比较晚。弟弟就在一个24小时营业的麦当劳里坐着等，还找了个有插座的位置给手机充电，显然已经掌握了在城市流浪的初级技能。

陆霞见了弟弟，就在麦当劳给他买了份快餐，弟弟很高兴地吃了。到了家，看到Tiffany留下的小屋，居然还道了谢。他行李不多，就一个双肩背包，有套被子就能睡觉。

陆霞有点感慨，上次弟弟还眼高于顶，对北京诸多挑剔，被社会毒打了几个月就懂事了。但这对自己可不是好事，意味着保卫家园难度升级。这些年她韬光养晦，让家人以为自己毫无前途，成功地把钱留在手里，买了房升了值。但随着实力一步步增加，露富越来越难以避免，他们已经发现她是一座金矿。她得尽快说服弟弟去做保安。

唯有谭丽莎此刻的生活逍遥自在，丰富多彩。她的眼前是五颜六色的海鲜、烧烤、各色小菜、啤酒饮料；她的耳朵里萦绕着卖唱的音乐、灶头的翻炒、食客的聊天、小贩的叫卖；她的面前是好几个小塑料桌子拼成的长桌，摆满了一次性餐具和丰盛的食物；她身边坐着姚望、Catherine、天天，以及十几个街健达人和他们的男女朋友。

原来，天天参加完活动，选手们说晚上要一起去当地著名的大排档聚餐。天天怕谭丽莎被姚望约走，灵机一动，干脆邀请他们俩一起来。

谭丽莎忙了一天，有人安排，并无意见。姚望一听带他吃大排档，欢欢喜喜地跟妈妈请假，于太太就笑吟吟地让Catherine"学习""长见识""跟着去"。

于是他们这个桌子人气十足，点菜量惊人。平时，这里晚上，难得来此豪客，排档老板们喜气洋洋，乐得合不拢嘴。

大排档里的烤生蚝 ● ● ●

谁也没有Catherine开心。她正在开今晚的不知道第几瓶啤酒，面前的海货甲壳堆成了小

第四章 要美要爱要前途

山。她身后站着几个吹拉弹唱的街头艺人,正在合奏她点的《好汉歌》。每唱到"嘿嘿嘿嘿参北斗""嘿嘿嘿嘿全都有"时,所有人就跟着一起唱。

就在几个小时之前,Catherine还对"大排档"的建议撇嘴说:"换个地方吧,万一拉肚子了,还怎么工作。"

姚望说:"是莎莎朋友定的。"

"什么朋友?"

姚望把情况大致一说,Catherine惊讶夹杂着鄙夷,几乎生出了一股敬意:这小胖子道行这么深?同时吊着陈明硕和姚望,又冒出个健身教练,从北京追到这里来。她攒这么多备胎,是要开轮胎厂吗?

到了吃饭的地方,她更是眼前一黑。

这里比想象中的还要脏。这个大排档由街边小脏店组成。食客吃完东西的签子和食物残渣随意丢弃在地上。她觉得所有人都坐在垃圾堆上吃喝。

她是真不明白姚望为什么喜欢这种地方。就像她不能理解为何他对谭丽莎那么好。

那健身教练还带了一大群闲杂人等,坐她左边的男生穿着个跨栏背心,一直在晃腿,像个小混混,右边的大哥稳重些,三四十岁,可一脸土相,过于憨厚,状如民工。

她这辈子没跟这么低档次的人同桌吃过饭,再一看姚望,心里就更气了。

姚望见到谭丽莎就挨着她坐下,他另一边的座位却被一个不知趣的男生给占了,她只好选了他对面的座位坐下。人多嘈杂,姚望说话时会本能地凑近谭丽莎,越发显得亲密。她看见他拿出福袋送给谭丽莎,谭丽莎做生气状,而他还在赔笑,分明就是在打情骂俏。

其实谭丽莎是真有点生气。本来他送她小礼物,她还很开心,可伴随着小袋子的还有他一句嬉皮笑脸的话:"这个胖娃娃像不像你?哈哈哈哈。"

她抗议:"你有必要一天到晚提醒我胖吗?"

他很欠揍地笑道:"胖点好呀,胖点挺可爱呀。我想胖点,还胖不起来呢。"

这就是姚望独有的本事,谈笑间就让两个女生都想用不锈钢盘子打他的头。

谭丽莎气得扭过头去,而坐在她另一侧的天天就聪明多了。他细心地说:"Lisa,毛豆热量比花生低得多,做主食的替代物,吃一点没问题的。"

Catherine看谭丽莎左右逢源,越发酸水直冒,突然胳膊发痒,低头一看,被蚊子咬了好几个包。她穿着一件露肩T恤配牛仔裤。腿上有保护,但胳膊露着。

她皱着眉头想:脏地方就是苍蝇蚊子多。旁边的大哥见状,喊店员拿花露水来。Catherine喷了一些,果然好了点。大哥说:"秋天蚊子厉害。"又把花露水传递一圈。

这份友善让Catherine舒服了一点,她对大哥道了谢。各色小吃陆续上了桌。别看环境乱,菜品却十分漂亮。白白胖胖的生蚝、红亮亮的小龙虾、金色的烤串,黄绿相间的"花毛一体",全都放在亮晶晶的不锈钢小盘子里,还垫了一张雪白的油纸。

好像也没有那么脏。Catherine有了点兴致,拍了几张照片。大哥说:"这家生蚝最好吃了,所以比别家都贵。"

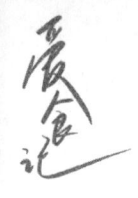

她另一侧的男生也推荐："赶紧吃，趁热尝尝。"

这些热衷于街头健身的粗糙直男看不出Catherine的嫌弃，还以为她不动筷子是出于漂亮女孩的矜持。

Catherine想海鲜不至于太脏，就尝了一口。此刻是秋天，生蚝开始储存脂肪，预备过冬，变得肥美。蒜蓉咸香，生蚝鲜甜，两种味道融合得恰到好处，口感丰厚多汁。再配上一口冰镇啤酒，简直宛如味觉的烟花在口腔中绽放。

这浓墨重彩的做法，可比高级馆子里的冰镇生蚝好吃太多了。

她再要吃第二个，发现已经被一抢而空。她看了一眼桌子上的人数，直接把店伙叫过来："再给我来十份烤生蚝！"

谭丽莎劝道："你先少点一点？这家生蚝比较贵。"

Catherine微笑地刺激她："我点的东西，自然是我请客。吃个大排档还要算计，也不用活了。"

谭丽莎不说话了。周围的直男听不出好歹，叫起好来。姚望受了启发，说："今晚上都我来，好不好？谢谢大家带我来这么好的地方。"

练友们纷纷说："别呀，大家AA（各人平均分摊所需费用）。"

Catherine干脆站起来："这样吧，今晚我和姚大少一起请大家吃饭，海鲜我来，其余的姚大少来，好不好？"

姚望马上说："没问题！大家给我个面子。"

天天心想，不吃白不吃，这种威风你们随便要。他带头笑道："那先谢谢啦。"

有个男生说："哎呀，怎么好意思让客人请客呢？"

Catherine笑道："要不你们把白天练的表演一个给我看吧。"

谭丽莎觉得她不太尊重人，但那帮男生并不在乎。他们觉得Catherine漂亮又豪阔，说什么都是对的，再说他们本来就喜欢没事露两手。

有男生立刻说："孙大哥先来个俄挺！"

Catherine身边的大哥马上笑道："好！没问题。"

Catherine不知道什么叫俄挺，好奇地问晃腿男生："什么是俄挺？"

"就是俄式挺身，街健五大神技之一。孙哥做这个最拿手。"

孙大哥站起来，走到旁边的空地，俯下身，似乎要做俯卧撑，但手臂的位置在身体中部，不像普通的俯卧撑，手臂与肩膀平行。然后他就把双腿抬了起来，身躯呈一条直线悬停空中，只靠手臂斜斜地支撑着。

Catherine没想到这土头土脑的孙大哥居然身怀绝技，忍不住就"哇哦"了一声。别的男生已经开始读秒。孙大哥大约撑了十五秒，结束了动作。大家一片欢呼叫好。

又一个男生笑道："俄挺我不行。趁着还没吃，先来个倒立吧。"

说着他真的在马路边倒立了起来，还走了两步。

男生们本就好胜，美女在侧，越发兴奋，你一个我一个的表演起来。有的人功夫不行，动作滑稽可笑，更增添了欢乐。大家一边表演一边轮番喝酒，气氛越来越热烈，连店员和别桌的客人都跟着看热闹。

Catherine越喝越开心，突然笑着站起来，叫道："我也给大家表演一个！"

大家好奇地看着她。只见她将一条腿侧着抬起，用手扶住脚跟，腿慢慢伸直的同时，把脚搬到了头顶的位置，做了个极为标准的"搬旁腿"。

练友们先是惊讶，然后爆发出一阵叫好。Catherine又站到一个墙边，贴着墙，把一条腿抬起，笔直地贴在墙上，笑道："本来想表演劈叉。但地太脏了，我竖着来一个吧！"

所有人都欢呼，Catherine也笑。她表演完毕，回到座位上。姚望惊讶地问："你还会这个啊？"

Catherine抿嘴一笑："我从小练跳舞的啊。"

大家都说："难怪难怪。"

Catherine是真的兴奋。跳舞是她和姐姐从小的必修课。

母亲请了严师，可她天赋不好，总被老师说身体硬，没乐感。她自幼不服输，乐感没办法，柔韧度总是咬牙练出来了。

可这样吃苦得来的"才艺"，平时并无展示的机会。总不能没事就劈个叉给别人看吧。今天看这帮直男才艺比拼，忍不住技痒秀了一把。练体育的人自带江湖气，对她的身手由衷欣赏。她感觉到了，也更开心了。

她乘胜追击，对姚望说："姚大少也来一个？"

姚望笑道："我可不行。要是有个篮筐，我还能勉强表演个扣篮，别的可真不会了。"

大家笑成一团，Catherine就叫了卖唱的艺人来唱歌助兴。

她如鱼得水，越来越享受。

谭丽莎的自卑却涌了上来。小时候她最羡慕跳舞的小女孩，人家走路时姿势都与别人不同。可她家里没有钱，又胖，学校里排集体跳舞都只能站在角落。

出身，就是起跑线吧。陈柔樱那美妙的身姿，大约也是从小练功的成果。自己会什么呢？什么也不会，只会吃和做饭。可这又算什么呢？难道抢过大厨的炒勺表演个炒菜吗？

其实男生对Catherine格外殷勤，最直接的原因，就是她看起来是单身。谭丽莎显然已经名花有主，不是跟姚望就是跟天天，反正肯定是个"朋友妻"，不能对她太热情。

但谭丽莎的感受却是所有的男生，包括姚望，都被Catherine惊艳了。

她觉得自己又成了无人问津的小透明。她不是嫉妒，她也觉得今天的Catherine非常可爱。她只是为自己沮丧。

她尽量不表现出低落的情绪，而天天捕捉到了她的感觉。

他说："这也没什么，练跳舞的都要练这个。你要是从小练，你也会。"

谭丽莎轻轻地说："可是我小时候没有机会练。"

"谁能从小什么都练呀。"天天压低声音，悄悄地对她说，"这种从小训练出来的漂亮没特色，你比她好看多了。"

她笑了笑："倒也不用这样安慰我。"

天天认真地说："我是说真的，她长得让人记不住，可我第一次见你就记住了。你和别人都不一样。"

他声音很轻。在夜市嘈杂声中，只有她听得到。她一直把他当健身房里的小孩，后辈，实习生。但此刻，他以她最需要的方式安慰了她。

她突然想道：难道他对我有意思？

人总是容易对喜欢自己的人产生好感。突然之间，她觉得他好像有点不同了。心动就如微风下的涟漪般若有似无。但从此他在她眼里真正有了性别。

姚望注意到谭丽莎一直和天天说话，就搭讪说："Catherine家在这边有个服装厂。你想不想一起去看看？"

他把搭讪掩藏在正经事下，这样她就不得不回应他。她确实回应了，而且很积极。她说好的，没问题，并且迅速安排了时间。只是她心里有点别扭，觉得他好像看重她就是因为工作。其实平时她并不常这么想，但人在自卑时，就是会这样疑神疑鬼。

这个夜晚，陆霞在电脑前疯狂搜索保安招聘信息。Tiffany心里硌着那颗碎钻。谭丽莎被突如其来的自卑笼罩。唯有Catherine意气风发，觉得"下层的"生活好像也不是那么糟糕，她对即将到来的工厂之行充满了期待。

不过，没有人可以总是得意。几天后，当Catherine带着姚望和谭丽莎还有天天去看工厂时，她被眼前的景象吓坏了。

厂长办公室里坐着三个供货商讨要货款。会计苦着脸说还欠着税，账上已经没钱。几个工人头目对她爱答不理。车间里的进口机器无影无踪。

而她曾经很熟悉的父亲的司机老韩，也就是现在的韩厂长，一脸颓废，好像刚刚被人打了一顿："玲玲啊，你是不知道现在的生意有多难做啊！"

被忽略的船菜与风景 ● ● ●

Catherine问老韩："那几台进口机器呢？"

"付不出钱，被供货商拉去扣押了。"

"什么？这不犯法吗？"

"我们付不出钱，闹到法院也得赔人家啊。"

"之前那批欧洲货的回款呢？"

"别提了！工人把扣子全都钉歪了，被退回来了，损失了二十多万。"

"歪成什么样了？拿来给我看看？"

"求爷爷告奶奶处理掉了，挽回了十万块的损失，勉强把工人的工资发了。"老韩哭丧着脸："我对不起于总啊，没有把厂经营好。"

Catherine心中还存留着对老韩的好印象：和蔼慈祥，有求必应。

于太太性格温柔，对下属也算礼貌客气。她一直称老韩为韩叔，有点类似于亲戚的感觉。

所以她的第一反应是相信，同情。她安慰老韩："韩叔你别急，我想想办法。"

"唉，有什么办法呢，年景不好啊。"

谭丽莎纳闷：工厂都要有品控，少量货损正常，二十多万的货都把扣子钉歪，实在有些不可思议。

她脱口而出："谁负责品控啊？"

老韩意外地看了她一眼，叹了口气："一言难尽啊。这样，我先去把那几个供货商劝走，然后咱们再商量。"

Catherine说："就是那几个人把我们的机器拉走了吗？我跟你一起去！"

老韩说："你就别去了，那些人都跟流氓一样，根本不讲理。"

他以为Catherine一个娇小姐，吓唬两下就算了。但Catherine的性格岂是受得了气的。她看老韩这么可怜，心里火大，心想做生意回款不及时也正常，凭什么拉走机器。

她说："我不怕。大白天的他们还敢打我不成？"

她对姚望和天天说："莎莎要是害怕就别去了，你们两个男的陪我过去。"

谭丽莎说："没事儿，一起去吧。"

天天附和："同去同去。"

其实他有点不耐烦，本以为服装厂很好玩，又恋着谭丽莎，就跟着来了。没想到无聊枯燥还麻烦，要给Catherine当免费保镖，又没机会和意中人单独相处。

大家穿过厂房，走到厂长办公室。可那几个供货商已经走了。Catherine扑了个空，有点不甘心，就跟老韩要那些人的电话，让他们把机器先还回来。

这期间谭丽莎接了个工作电话，打完又跟姚望说了几句。随后Catherine过来："我订了个特别好的餐厅，咱们去吃饭。"

姚望和谭丽莎都觉得奇怪，刚才她还一脸怒气，这会儿又平静地安排起吃饭了。

唯有天天如得大赦，马上跟着往外走。

老韩也松了一口气："对不起啊玲玲，都是我没用……"

Catherine点点头："韩叔你别难过了。等过两天我和我爸商量完了，我再跟你说。"

"我叫司机送你们吧……"

"不用了，我叫了车。"

Catherine订了一辆豪华商务车。路途遥远，开了足足一个小时，到了一个有名的大湖边上。路上她一直在手机上忙活，谭丽莎和姚望谈工作。天天无事可做，看着窗外，一会儿就睡着了。

餐厅十分别致，桌子都设在古香古色的中式小船上，称为"船菜"。大家进了船舱，预订好的精致江南菜铺满了桌子，白鱼、白虾、银鱼，美食、美器、美景。

Catherine优雅地喝了一口茶："总算离开那个糟心的工厂了。"

姚望说："我爸就一直说工厂不好弄，必须有靠谱的人盯着。要不然，一塌糊涂。"

天天笑着说："不好玩吧？下次不自己找罪受了吧？"

Catherine说:"不是好玩不好玩的问题——莎莎,你刚才说的品控是怎么回事?"

谭丽莎解释:"我就是觉得,哪有二十万的货都扣子歪了呀,总要有人负责检查的吧。可是韩叔也没回答。"

"你觉得还有别的不对劲吗?"

"搬机器也很奇怪。这种大型机器不好搬,搬一次就要调试一次。而且,供货商要回款,搬了机器还怎么干活?那不是更没有回款了吗?"

Catherine冷笑:"果然,我就觉得不对劲,说机器被人抢了,又一直不给我打电话,这是把我当傻子糊弄呢。我非把这事儿弄清楚不可,你明天还要看厂吗?"

"还有几家,都是些食品水产啥的。"

"你带我一起去看看行吗?我得恶补一下。"

谭丽莎同意了。她也好奇韩叔到底在搞什么鬼,并设想若自己身临其境,该怎样去解决和战斗。

他们顾不上欣赏眼前的美食美景,就热烈讨论起来。Catherine从韩叔的态度察觉出了问题,谭丽莎从工厂管理运营角度觉得不对。姚望自幼耳朵里灌满来自父亲的生意经,熟知各种欺上瞒下的常用招数。他说改账本和供货商串通,都是最常用的伎俩。

唯有天天听不懂也插不上话。好在他天生体贴,张罗着给大家布菜,又叫服务员送茶送水。中间也说几句笑话,比如:"咱们这么在船上开会,可真像要干大事啊!"

姚望和Catherine平日被人伺候惯了,习以为常。但谭丽莎以前很少体验这等殷勤,不由得又对天天多了几分好感。

吃完饭,谭丽莎和Catherine决定明天一起看工厂,姚望陪两位妈妈继续旅行。谭丽莎问天天:"你呢?你还和我们一起吗?你是不是得回北京了?"

这些天他一直陪着她,她有点习惯了,语气里不由得就带了一点邀约和期待。

天天本想趁势回答"对,我得回去了"。可她眼中那一点点期待让他无法拒绝。

他说:"我正好也没事,跟你们一起去看厂子吧。"

晚上Catherine把情况和母亲说了,大骂老韩没良心,于太太却不愿相信。老韩是她的心腹,斗小三时没少给她提供情报。她觉得老韩老实又可靠,厂子经营不好,也不会是故意的。

她劝女儿:"既然这样,就让你爸去处理吧。工厂的事本来就麻烦,万一弄不好,你爸又不高兴。"

但Catherine生平最恨别人轻视她。她心里那股狠劲儿上来了:"我总要把事情搞清楚!他要是敢糊弄我,我要他好看!"

于太太劝不动女儿,后悔当初提那个破厂,只盼着她折腾两天就算了。

第二天,Catherine参观工厂时,有的放矢,积极学习。工厂很多问题是相通的,有些人亦有服装厂的经验。她长了很多见识,心里越发有底。

天天本以为可以跟谭丽莎亲近亲近。但她工作起来眼里也没旁人,他彻底沦为跟班。好在是食品厂,不但可以试吃,还可以拎点走。

第四章　要美要爱要前途

Catherine出行，大小姐派头十足。她包了豪车，车里摆着她指定的鲜花，喷上她喜欢的香水。每到出门，司机在门口等着接驾。

上车时，天天拎着厂家送的样品和小册子，瓮声瓮气地说："师傅，咱们是把这行李就在这儿分了，还是放后备厢啊？"

谭丽莎不由得一笑："你不是悟空吗？怎么说八戒的台词？"

Catherine也笑："那这就不是行李了，这是我们从厂子里取的经书！老韩就是路上的妖怪。"

上了车，她俩又开始商量什么时候再回去对付老韩，谭丽莎干脆决定把出差再延长几天。

天天心里叫苦：怎么还没完了啊。

这时谭丽莎的电话响了，是个陌生的号码。接了电话，姚大有的声音传来："莎莎，我是姚大有，你那边的工作完事了没有？"

"差不多了，还有几家……"

"后面的下次再看吧，明天上午赶紧回来，我们开个会。"

谭丽莎诧异，但大老板发话，必须答应。

她有点不安，打电话给姚望："你爸催我明天就回北京，说要跟我开会，好奇怪啊。"

姚望叹气："我爸就这样。每次我做项目，他都要伸手。他肯定是要告诉你怎么做。"

"不是嫌我干得不好，要批评我吧？"

"不会的。批评都是青姐出面。我爸要见你，只会是好事。"

谭丽莎稍稍放心，歉意地对Catherine说："我明天就要回北京了。"

天天连忙说："正好，我也该回去了。"

Catherine嘴上不说，心里不舍。

谭丽莎是她敢去和老韩对阵的底气之一。她沉吟片刻："那你们俩能不能辛苦点，现在就陪我去厂里再看看情况？"

谭丽莎问："现在？就这么突然过去？"

Catherine微笑："对，给他一个惊喜。其实上次就不应该事先打招呼，让他有所准备。"

他们跟姚望一说，他马上也赶过去。突如其来的特别行动总是让人兴奋。这就是准备给别人"惊喜"的人的心态。而被迫接受惊喜的人就不一定了，比如最近的Tiffany。

那天吃完野味后没几天，她的车子就送来了，开到公司就引起了同事们的注意。

顾峰来公司咨询过几次，很多同事都知道他和那辆劳斯莱斯。Tiffany的"飞黄腾达"让她备受瞩目，引发无数复杂的遐想。

总监那样的女人开豪车没人多想，人家能干到简直跟大家不是同一物种。但Tiffany这种略有姿色的小白领突然飞上枝头变凤凰，会让人觉得"她行我也行"。

有个与Tiffany不睦的女同事，到处说顾峰先约过自己。她嫌他老土是暴发户，岁数大，看不上，才轮到Tiffany。这话是背后说的，由快嘴人士讨好地告诉Tiffany，以一种贴心闺蜜的语气。

Tiffany面上淡淡的很矜持，其实心里烦得要命。这些天顾峰总回家很晚，问他就是不耐烦的"有应酬""你都不认识"。而那颗水钻也一直黏在心头。种种不安折磨着她。终于她

还是去了谭丽莎说的那个小区。

单元楼下没有车位，她把车停在远处走过去。突然又觉得不该开车来，万一顾峰看见，她还没有想好怎么应对。

这是她第一次盯梢，在楼门口站了五分钟就度日如年。路过的人似乎都在看她，她找了个隐蔽点的长椅坐下，假装休息。楼门一开，她就紧张，但是进进出出的并没什么美女。

坐了两个小时一无所获，倒被秋天的蚊子咬了好几个包。她站起来，对自己说：算了。

突然一个稚嫩的声音大喊："Tiffany！"

她吓一跳，随即看到圆圆高兴地对她挥着手，由陈明硕牵着向这边走来。他正在教育女儿："不可以这样没礼貌，要叫阿姨。"

阳台上的玫瑰茶

圆圆高兴地问她："你来做什么呀？"

陈明硕看Tiffany一脸窘迫，替她回答："阿姨过来办事的。"

圆圆举起小手，喜滋滋地说："看！"

她的小手上戴着个水果手链，是上次Tiffany那堆小破烂里的收获。细细的金属链子，缀满了水果：菠萝、草莓、香蕉、樱桃……Tiffany想起，这是上大学时买的，十几块钱的地摊货。后来她工作了，学会了自抬身价，不再戴这些不值钱的玩意儿，可还是喜欢，不舍得扔。

此刻她腕上戴着的白金链子花了她两个月的工资，勉强配得上顾峰给她买的钻戒。

她强颜欢笑："圆圆戴真好看。"

圆圆看见她包上挂着一个硅胶的小面包，大喊："Squishy（史乖宝）！"伸手就去捏。

这玩具胖乎乎的，捏扁了会慢慢回弹，很解压。Tiffany解下来递给她："你喜欢？那送给你吧。闻一闻，它有面包味。"

陈明硕连忙阻止："不行，怎么每次都乱拿别人的东西。"

Tiffany说："没事，我还有好几个呢。"

圆圆开心得不得了，连声说谢谢。

陈明硕说："我们请阿姨一起上楼，看你弹琴好不好？"

圆圆高兴地说："好呀！我老师家里可漂亮啦！"

Tiffany以为他是客气，说："不用了……"

陈明硕小声说："老师家里的阳台，正好可以看到楼下。"

Tiffany一怔，明白了，跟他们上了楼。

教授家里布置得很雅致。圆圆跟教授进了书房，陈明硕带着Tiffany到了阳台。阳台用玻璃封上，墙边的架子上摆满了漂亮的盆栽，旁边的老式木头小书桌上摆着咖啡机，茶具，音乐杂志，还有两把简洁舒适的藤椅。

陈明硕指了指阳台的窗户，Tiffany走过去，正好就可以看到单元门入口和来往车辆。

她木呆呆地看着楼下，突然问："那女的，长什么样？"

陈明硕尽量客观地描述道:"我没有太仔细地看过。个儿挺高的,打扮得比较艳丽。"

她冷笑:"风骚型的?"

"应该算吧。"

果然,在家里不满意,就去外面觅食。和别人在一起不需要吃药吗?是她太不性感了吗?

陈明硕补充说:"我也只看到三四次。而且,最近没有再看到了。"

她轻轻地问:"三次和三百次有区别吗?"

"也许他们已经断了,已经是过去式了。"

她听出了他的善意,苦笑:"我也很想相信,可是我信不了。"

陈明硕没说话,他不擅长安慰女孩子。

她讽刺地笑:"你是不是觉得我很可悲?"

他走到台子边上,挑了个茶包,泡了杯茶,递给她:"这茶是我妹妹茶室的,你尝尝。"

Tiffany这才觉得确实有点渴了。她接过茶杯,透明的茶包,里面有玫瑰花苞和一点茶叶。很好看,是嘤嘤怪的风格。

茶很烫,一时喝不下去。她握着杯子,发现自己手已冰凉,目光飘向书房里。教授一头银发梳成发髻,十分优雅。圆圆穿着精致的小衣服,认真地练习。不愧是陈明硕的女儿,才这么小,已经弹得有模有样,一首好听的曲子。

她心酸地想,真是小公主。她从小也被父母疼爱,可她没有体验过这样的日子。

陈明硕突然说:"这个老师很好,通常不收小孩子,托了关系才收我们。一节课八百块,还是友情价。有的学生接受一次指导,要一千五。"

Tiffany意外:"这么贵?"

"是的,很贵。我也试过便宜的老师,但效果很糟糕。圆圆的幼儿园学费一年十万,条件只是过得去。我们家阿姨不带孩子,只做饭,每个月工资要好几千,这还是念了旧情。至于吃的喝的,偶尔出去玩,累了不想做饭,想买几套漂亮的玩具衣服,就更是没数了。去一趟好点的游乐园,一天就是几千块。"

Tiffany疑惑地看着他,不知道为什么他跟自己报起账来。

他温和地说:"当然,没有这些也能活着,但生活品质就不太好。所以,如果一段婚姻能解决钱的问题,也不算太糟糕。很多婚姻里,既没有钱,也没有忠诚。"

原来他在安慰她。

她低头想了想,诚恳地问:"我能不能问你一个问题,请你从男人的角度告诉我实话。"

"我尽量诚实。"

"是不是男的只要有钱就一定会花心?"

"那要看你对忠诚的定义是什么了。夜总会喝酒时,腿上坐着个女的算不忠诚吗?"

"算。"

"那么我没有见过忠诚的有钱男人。"

她怔住了。真相可真丑陋啊。

"男的都这么恶心吗？"

"女皇武则天有不止一个面首，那些权倾朝野的太后也有很多情人。所以，我猜有权有势的人，都不太容易忠诚吧。"

圆圆上完了课，他们一起下了楼，又一起往停车的地方走去。圆圆拉着Tiffany的手，一直嘀嘀咕咕说个不停。

突然陈明硕低声说："是这个人。"

对面走过来一个艳女。天黑看不清面容，但看得出身形窈窕，丰满高大。Tiffany想看清楚点，可难道冲过去盯着看吗？正不知所措，陈明硕突然走过去，对那女人客气地问："您好，请问您知道物业在哪里吗？"

那女人站住了脚："我也不知道，你问问保安吧。"

陈明硕说："其实我是想问问这个小区住着感觉怎么样，我正在看这边的房子。"

那女人看他一表人才，又在看房子，就笑道："还行吧，高教小区嘛，就是价格贵点。要不然，我们加个微信？"

她拿出了手机。路灯下，Tiffany看到她指甲上亮光闪闪，是美甲的水钻。

陈明硕没有拿手机出来，只继续问："你的房子是租的还是买的？"

"我是租的……你问这干吗？"

陈明硕说："其实我是房产中介。今天刚上班——你知道谁要卖房吗？"

那女人一听，看着一身西装人模狗样的，原来是个房产中介！她把手机收起来，冷淡地说："不知道。你找别人打听吧。"扭身走了。

陈明硕走回来，看Tiffany一脸茫然，问："你还好吧？"

Tiffany呆呆地说："还真是她。"

陈明硕看到她手都在抖，担心地问："你要不要紧？需要我送你回家吗？"

Tiffany回过神，勉强笑笑："不用。你赶紧回去吧，还带着孩子。"

她走到车边，打开车门，笑着挥挥手："圆圆再见！"

黑暗中，他觉得她小小的脸苍白至极，整个人都在抖，却还强作镇定。他说："我给你叫个代驾吧。"

她摇头："不用，我没事。多谢你了，你先走吧。"

他犹豫了一下，还是带着圆圆开车走了。

Tiffany独自坐在车里，突然一阵反胃，觉得那辆劳斯莱斯恶心得要死。而她居然曾经以坐在里面为荣。

她的第一反应是"回娘家"。她拨通了陆霞的电话："我能回去住吗？"

陆霞问："你是就回来一天，还是就不走了？"

"怎么，不方便吗？"

"我弟来了，但你可以先住我的房间。问题是，那样我弟就知道了，他可能就会往外面说。"

Tiffany沉默了。她即将嫁入豪门的消息已在亲友间传遍。她妈妈已开始拟定婚礼宾客名单。她婚姻的一点点风吹草动，都将再次成为全家族的新闻。

她说："那不用了，我还是回家吧。"

她挂了电话，后悔当初太高调。跑得太急，只顾往前冲，急着定下来，怕他反悔，却突然发现自己没了退路。

陈明硕那几句安慰冒了出来。也许这已经是他的过去式了。有的婚姻里，既没有钱，也没有忠诚。看那女人的样子，估计是逢场作戏吧。至少今天他没和她在一起。成功的男人都是花心的。一片思维混乱中，车子仿佛有了自己的灵魂，带着她回了顾峰的家。

家里没人，她松了口气。这才觉得有点饿了，翻冰箱给自己煮了一碗面。刚煮完顾峰就回来了，见她在吃面，凑过去说："好香啊。"

Tiffany问："那我再给你煮一碗？"

"好，我先洗个澡。"

顾峰经常回家先洗澡。以前她觉得这是爱干净的好习惯，今天却起了疑："你等一下。"

顾峰问："干吗？"

她抱住他，把头埋在他身体里，闻是否有可疑的气味，只有点烟味。

今天他回来晚确实是工作所致，难得地问心无悔。他以为她只是撒娇，就摸摸她的头发，笑道："是不是想老公了？"

他身材高大，两人相处这么长时间，那熟悉的气息和动作让她心酸。她觉得他是爱她的，可她与他实力太悬殊，她控制不住他。她突然就哭了起来。

顾峰诧异地问："老婆怎么了？谁欺负你了？"

Tiffany抬起头，满脸都是泪水："你会不会对不起我？"

顾峰在外面胡搞，对Tiffany多少也有那么一星半点的歉疚。风流男人总觉得女人为他争风吃醋的样子最可爱。他看着眼前这张哭得梨花带雨的小脸，觉得她深爱自己，得意中夹杂着怜惜，突然就来了劲。

他亲了她一口，坏笑道："老婆不放心我，那就好好给你检查检查。"

他干脆抱着她进了浴室，一边温柔地哄着劝着亲着，一边开了热水脱了衣服，拉着她的手让她"检查"，Tiffany情绪低落，没了平时那些小算计，像个溺水的人似的一直紧紧抱着他。这脆弱中产生的依恋，经由身体语言传达给他，他感觉出来了，也由衷地心动了。两人都有几分忘我，居然成就了前所未有的和谐的一次。

顾峰最近状态一直不好，经常要靠药物，弄得他在Tiffany面前其实有点紧张，表现就更差。今天情之所至，纯天然地振作了一回，完事后自我感觉良好，"为之踌躇满志"，再看Tiffany就更顺眼了。他心满意足地搂着她，说："老婆你放心，我这辈子都会对你好的。"

Tiffany最近的不安和自卑，和两人不够和谐有关。此刻终于恢复了些自信。她想，只要他以后不再胡来，那就还是个好男人。

从浴室出来，她收拾了一下，去给顾峰煮面。手机响了，是陆霞，她接了电话就听见一声抱怨:"你在哪儿?可吓死我了!怎么半天都不回我?"

Tiffany不好思说实话,只说:"刚才在厨房,没听见。"

"你回家了?"

"回家了。"

"我已经找了几个保安公司,明天争取就让我弟过去。你要是想回来……"

"不用了,小霞,我没事儿了。那个房间,你赶紧租出去吧。"

陆霞刚刚为了Tiffany,豁出去请了一天假,打算明天亲自押送弟弟面试。没想到人家这会儿又没事了。她听见顾峰问"老婆跟谁说话呢",Tiffany回答"我表妹",只觉得自己怪多余的,便草草结束了对话。

然后陆霞发信息给陈明硕:她到家了。跟她老公挺好的,放心吧。

陈明硕看了,脸上有些发烧。他当时看Tiffany失魂落魄,又开着车,心里担心。但他没有她的联系方式,几番犹豫,还是问了陆霞。还好最终虚惊一场,不过是床头打架床尾和,旁人白白尴尬。

陆霞尴尬一下就算了,陈明硕却无法原谅自己。他恨自己多事,一而再再而三地多嘴。他想找个人聊几句,这个人应该是谭丽莎。可他知道她在出差,工作很忙。他比任何人都更理解,可是理解不等于就没了需要。而谭丽莎正在和"取经团队"在小旅馆里开会。突访老韩果然得到了新情报,但也让局势变得更复杂了。

好吃的鱼头刺太多 ● ● ● ●

老韩的车间是租的,位于一个厂房大院里,旁边还有几个别的厂子。下午到了工厂,大家都很默契地把车停到别的厂前面,悄悄走过去。

工人们正在缝纫机上工作。车间刘主任见Catherine来了,怔了一怔,说:"韩厂长不在。"

Catherine问:"大家现在做的是哪一批货?"

刘主任说:"我只是干活的,有事你问韩厂长。"

"老韩给你开多少工资?"Catherine拿出手机:"加个联系方式吧,只要你听我的,工资直接加三成。你手下的工人,也直接同比例涨薪水。"

刘主任小声说:"别的工人看着呢。"

这时谭丽莎、姚望和天天分散到各个地方查看。谭丽莎跟工人大哥聊天,姚望跟女工大姐套近乎,打探他们在做的是什么衣服,每天挣多少钱,累不累,以推测工厂实际运营情况。天天则拿出手机到处拍照,把他们在做的货物都拍了下来。

Catherine轻声问刘主任:"厂子的情况到底有没有那么糟?"

刘主任正在犹豫,老韩急匆匆地从外面进来,显然有工人给他报了信。

见到Catherine,他满面堆笑,背过脸却狠狠地瞪了刘主任一眼。刘主任低着头,大气也不敢出。

谭丽莎他们几个分散在缝纫机前,看到了老韩的双面表演,老韩却没注意到他们。天天

第四章　要美要爱要前途

小声说："他好凶啊，两面人。"

老韩对Catherine虚伪地笑："玲玲，你怎么突然来了？这里又脏又乱，咱们去办公室说话。"

Catherine淡淡地说："我家的工厂，我不能随时进来吗？韩叔，你不是说没活了吗？现在做的是哪一批货？"

老韩说："这是替别的厂代工的，临时拉来的活儿。挣的钱刚够给工人发工资。要不然，工人就都跑了。现在到处都缺人手……"

Catherine微笑着打断他："韩叔，这厂既然这么不好干，你就别干了。"

老韩一怔："玲玲，你这是要把我扫地出门？"

Catherine惊讶："韩叔你这是什么话？这厂不赚钱，又累。我怎么好意思让你如此操劳呢。你回家歇着吧，剩下的事交给我就好了。"

老韩没想到Catherine居然要把他就地免职，不过他也并非全无准备。

他笑了笑："既然这样，那我就回去了。你慢慢弄吧。"

他站在厂子中间，大喊一声："都给我回家去！今天的活儿不干了！"

工人们迟疑着停了手。

Catherine喝道："我是老板。你们别听他的，继续干！"

老韩说："现在不走的，别管我要工资！"

此言一出，工人们站起来，都走了。

Catherine怒道："你这是什么意思？"

老韩摆出一副无赖的架势："这些工人都是我招的。玲玲你既然不满意，以后你自己再招新人吧。明天供货商过来催款，你也付一下。还有，厂里经营不善，钱都紧着给工人，我的工资已经好几年没发了。一共八十多万，有合同有账本，你别忘了给我。"

说完他就走了。剩下空荡荡的厂房，倒是可以随便看了。大家都看着Catherine，等她发号施令。她一时也想不出办法，连刚才那个刘主任的电话都没有。可她又不愿意服输，只愣在了那里。

这时天天说了一句："我饿了，要不咱们先去吃饭吧，吃饱了继续商量。"

这个最没用的建议打破了僵局。Catherine说："也好。"

大家走出车间，往车子那边走去。谭丽莎突然说："其实咱们可以跟旁边的厂子打听打听，对吧？"

姚望也反应过来："对，还有这个院子的房东！"

他们向隔壁厂子打听了房东的信息，一个电话打过去，房东异常热情，居然要请他们吃饭。

他们如约来到镇上的一个家常菜餐厅。装修粗糙简单，毫无特色。没有菜单，菜品都在楼下摆着个样品，食客记住要吃什么，跟服务员报菜名。

房东姓郑，是个中年汉子，本地人，说一口急促的南方普通话。他带大家找了个包间坐下，点了一大堆菜，就开始大骂老韩。

原来，郑老板自己也有厂子，也做服装。老韩做人阴损，挖了他的工人，又抢了他的客

户。他正想着怎么把老韩赶走,一见Catherine,只觉得神兵天降。

他把老韩的伎俩悉数揭发。账目是平时串通做的,经营不善根本就是鬼扯。老韩的两个孩子都在海外留学买房,厂子不赚钱,哪来的钱?他是厂长,账户上搞搞手脚,不细细地查,查不出问题的。

工人怕他,是因为他开的工资比别处高一点,活也算稳定,又压一个月工资,胡萝卜加大棒。供货商和他关系好,过来演个戏不难。机器也是他自己指挥别人拉走藏起来的。哪个供货商会过来拉机器?弄坏了哪里说得清?

最后,郑老板义愤填膺地对Catherine说:"这个老韩,处心积虑,小动作可没少搞。小姑娘,我跟你说,你就跟他斗到底!我在这里熟得很,不管是税务还是工商,我都可以帮忙找人。你的机器被他藏在哪里,我也都可以帮你打听出来的。有几个工人,以前都是我的手下,我也可以帮你们联系!"

Catherine大喜,觉得胜券在握了。谭丽莎是做商务的,问:"但是销售那边怎么办?客户是不是都在他手里?"

郑老板犹豫了一下:"这个确实是个问题,客户都和他熟的。这个你们要自己解决一下。老外那边我也试过撬他的,撬不动。他小孩在国外直接跟老外联系,是有这点优势的。"

说着话,砂锅大鱼头上来了,是本店招牌菜。白白的汤,大大的鱼头。郑老板招呼说:"尝一尝,很嫩的。"

鱼头确实好吃,只是刺多。大家小心地挑着刺。郑老板笑道:"越好吃的鱼,刺就越多。要不然,早就被吃光了!"

Catherine听懂了,笑道:"再多的刺,也不过是盘菜。大不了我慢慢挑,总能吃得到。"

晚上大家就在镇上的酒店住下,条件不好,但无人在意。情况已经十分明白:虽然有房东郑老板的助力,但面对有备而来的老韩,这场仗显然不好打。

姚望提出了一个建议:把厂子低价卖给郑老板。他说:"如果你不能亲自坐镇,那前脚走,后脚他还是能捣乱。重新建立客户关系是大工程。要换厂长,从招聘到上岗,怎么也要几个月。郑老板本就跟老韩不对付,是最合适的接盘人选。"

姚望提携老同学有过几次惨痛的教训,深知项目负责人的重要性。

Catherine沉吟不语。天天强忍着没打哈欠。

谭丽莎问:"现在这种时候跟他说,价格会不会吃亏?"

姚望说:"那肯定。这是个烫手山芋,有人肯接就不错了。试试谈一个分期付款,头笔款要低一点,也许整个价格可以好些。负资产只要能甩脱,早点比晚点好。"

正商量着,Catherine的手机响了,是她父亲。她接了电话,父亲说,有个买家联系了他们,愿意出150万买这个厂。厂房加上机器设备的折旧费之类,这个价格勉强算是没太亏本。当然,这些年投资的利息就别想了。

放下电话,Catherine问:"你们觉得怎样?"

谭丽莎说:"我觉得很合适了。时间和精力成本也很重要,对吧?"

第四章　要美要爱要前途

姚望却问："你爸已经公开说要卖厂了？这是哪里来的买家啊？"

Catherine讥讽地一笑："不愧是姚大少，就是聪明。没猜错的话，这买家，不是韩叔本人，就是他老婆或者他儿子。"

姚望点头："他把你架在这里，然后以战求和。"

谭丽莎这才明白此中关键。这几天，Catherine和姚望都让她刮目相看。姚望看问题总能直击要害。Catherine能干又有魄力，有一种令她羡慕的气势。

关键是，人家赢得毫不费力。比起来，自己的那点本事，不过是经验积累的笨功夫。遇到新情况，总是判断失误。她再次被巨大的自卑感笼罩。

姚望说："莎莎提醒得对。别人看这种情况，出价也不会太好。我们索性装不知道，卖给老韩，把这包袱甩脱了也行。我爸经常说，强龙不压地头蛇。"

Catherine发狠地道："不行！我咽不下这口气。要是一上来好好说，还有的商量。这么要我，我就是豁出去在这鬼地方住上半年，也不能让他得逞！大不了我把整个厂里的人都换个遍！"

姚望劝道："你一个人留在这里跟老韩斗，也不安全啊。莎莎他们明天就回去了，我可以尽量多待几天，但也不是长久之计。"

谭丽莎知道姚望是出于义气要帮Catherine，可还是忍不住泛酸，又恨自己不大气。

Catherine却干脆利落地回绝了："不用，你陪你妈继续旅行，我自己能搞定。放心吧，不就是地头蛇吗，我又不是没有帮手！"

"你说郑老板？"

"还有孙大哥他们呀！我临时雇几个司机保镖，谁还敢欺负我不成？"

姚望不由得赞叹："真的，亏你想得到。"

Catherine嫣然一笑："那当然，那顿大排档，我可不白请呢！"

谭丽莎佩服Catherine调兵遣将的本事，也愈发自卑，就表现得格外矜持冷淡。她对所有人说：太晚了，我要去休息了，明天还要回北京；对Catherine说：有什么要我帮忙的，想要问的，随时联系；对天天说：明天咱们几点出发？最后要回房间时，才对姚望点点头，说了句：走了啊。

在姚望看来，莎莎自从那天之后，就对自己不冷不热。晚上想打电话给她，又怕影响她休息。同学和老板这两重身份束缚住了他，令他的举动格外谨慎。

第二天谭丽莎和天天一起飞回北京，一路上天天殷勤伺候。她就像怀才不遇的落魄书生，遇到慧眼识英雄的美人，难免因感动而眷恋。他察觉到了，想趁热打铁，把她的时间全都约走。可她下了飞机马上就要去工作。

天天问："晚一点去有什么关系？就说你不舒服，明天再去，你们老板也不会怎么样你吧。"

谭丽莎笑着摇摇头："那不行。工作要紧。"

"也不能就顾着工作，也需要放松呀。"

255

"嗯，等眼前的事告一段落，我就去休假。现在只能躺在家里床上时，假装是躺在海滩。"

天天把头靠在飞机座椅背上，笑道："要这样的话，现在就可以假装在海滩。"

他指一指窗外："那就是蓝色的大海。"

谭丽莎忍不住笑了："那这是我们北方的海——大部分时间都很冷，下不去。"

两人说笑了一路。他是个好伴，只是有点幼稚。她五年前大概会喜欢他，但那时候，他大概也看不上胖乎乎、灰头土脸的她。

到了公司就面见姚大有，他询问几句出差的事，问："喜欢做电商业务吗？"

谭丽莎点头："喜欢，我觉得很有意思。"

"那有没有信心做整个电商部门的负责人？"

谭丽莎吓了一跳："整个电商部门？这……不是青姐负责吗？"

姚大有轻松地笑道："你不用压力太大，这就是个人才储备计划。公司规模大了，不能什么都指望青总一人，她也太累了嘛，青年管理层也要提前培养起来。怎么样，愿意接受这个挑战吗？"

原来是个长期培养计划，谭丽莎连忙点头："愿意，我保证好好努力。"

"姚望那边的事你还是要管，青总的项目，你作为副手和她配合，工作量肯定是要增加了。"

"没问题。姚望这边的前期做得差不多了，后面的事可以交给运营去做。"

"好得很，井井有条，很有前途啊莎莎。好了，一会儿青总会找你的。"

原来就这么几句话，甚至都不是一个委任状，就急召自己回来。她没好意思问候选人除了自己还有谁。几分钟后，青姐就把答案主动告诉了她。姚大有选定的人有七人之多，谭丽莎资历最浅。她正窃喜又惶恐，青姐补充说，这是因为，"嫡系"在姚大有这里很加分。

谭丽莎有点小小的失落。她一直格外卖力，从未把皇亲国戚当成底牌。

青姐仿佛看穿了她的心思，温和地说："不过，你知道我是一视同仁的。我升你的职，都是因为你的表现。"

说着，青姐开始给她介绍公司的经营思路，告诉她如何从全局把控。公司的产品看似五花八门，其实分类很讲究：常销型的大路货，正式授权的渠道货，以及少量的独家货源。这些产品分布在看起来互不关联的店铺里，其实背后老板都是一个，使用同一套仓库和配送系统。这样重叠覆盖的方式，可以提高市场占有率。无论店铺怎么竞争，都是自家内部竞争，肥水不流外人田。就像有些商场地下一层的美食街，看起来有十几家风格不同的特色小店，背后都是一个老板。你挑来挑去，都是让他赚钱。

这一堂课下来，谭丽莎茅塞顿开，觉得自己整个人都比刚才聪明了。她连连道谢，又问："青姐，每个人你都要这么讲吗？这太辛苦了啊。"

青姐淡淡地说："如果我要让每个人都听到这些，我就把大家一起叫过来了。我可不想在不值得的人身上浪费时间。我只看好你。"

谭丽莎怔住了。

青姐苦笑："没办法。姚总太信任我了，总觉得我是万能的。一口气找出七个人，都让我培养，我实在是顾不过来，只能重点辅导好学生了。不过，这话你别告诉别人。"

谭丽莎连忙承诺："明白明白，我保证跟谁也不说。"

"我听说你的男朋友，是姚总女朋友的哥哥？"

谭丽莎腼腆地说："就是普通朋友，走得近一点而已。您放心，我说了不跟任何人说，当然也包括他。"

"女孩子年轻时多在工作上努努力，以后不会后悔的。好了，你出差也累了吧，今天早点回去休息吧。"

谭丽莎心潮澎湃。公司要培养自己当青姐的接班人！这可是以前想都不敢想的事。

她美滋滋地下了班回家，意外地看到陆霞早早就回到了家里。她问："今天这么早就下班了？"

陆霞高兴地说："我今天就没上班，陪我弟面试去了！"

原来，陆霞弟弟对当保安的建议欣然接受，一圈面试后，有个公司马上就可以上岗，工作内容是街道巡逻、阻拦乱停车。她弟弟一听可以理直气壮地管那些开车的北京人，迫不及待就签了合同，领了制服，住进了宿舍。这一工作，起码又能拖个一年半载。

谭丽莎为陆霞高兴，也觉得幸运。出个差回来，陆霞弟弟就自动走了，生活全不受打扰。她哼着歌，把出差的衣服放到洗衣机里，想起需要些职业装，难得有空，就去了Chris的店。

进店却不见Chris，她问店员："Chris呢？"

店员冷冷地说："他不干了。"

谭丽莎很意外，连忙给Chris打电话："你怎么不干了？你在哪儿？"

半小时后，她在一个繁忙的街头见到了Chris，他在发奶茶店的传单。见到她，他大方地笑道："姐，你稍等一会儿啊，我这就发完了。"

发传单是让人厌弃的工作，以前公司实习生都偷偷把传单扔垃圾桶。但Chris仍然笑容满面，兢兢业业。谭丽莎伸出手："给我一半，我帮你发。"

Chris过意不去："哎呀，姐，你怎么能干这个……"

她笑一笑："我也是发传单起家的呢。展会、街头、写字楼都发过。"

他们一起发完了传单，Chris说："最后一张我们自己用。"

他带她来到传单上的奶茶店，点了两杯。她选了无糖的，两人站在街边边喝边聊。

Chris说："发传单可以按天结算，我就是临时干几天，新工作已经在联系了。"

谭丽莎放了点心："是哪家店？我肯定还去支持你。"

"现在有个淘宝店招我去做客服，卖护肤品的。不行就先干着，别的工作也在看。"

谭丽莎吃惊地问："你愿意做淘宝客服？"

Chris有些不好意思："工作不好找，我也想接触一下电商。"

其实他是在粉饰太平。电商冲击下，实体店生意不好，商场柜员竞争很激烈，有些大牌店的柜员要大专以上文凭。他的县城职高，被默认为初中毕业，之前那个店，是他能找到的最好的工作。他天生对时尚有着异常浓厚的兴趣和天赋，虽出身偏远小镇，却勇追潮流。有才华的人都有点小个性。他给自己起了英文名，穿衣做事都很讲究，随时忘我地发表时尚见解。可因他出身低微，店里的人就看他百般不顺眼。

"他以为自己是谁啊？一天到晚得瑟得那样儿！刚进了城，就不知道自己几斤几两了。"

前几天上面过来个经理巡店，看他不错，夸了几句，又去跟店长要他的简历，想提拔他。可一看他学历低，就又作罢。

目前的店长没有什么大错误，业绩也还行。经理怕贸然提拔一个初中生，以后的业绩不好，自己有责任。大机构里，经常是一动不如一静。

经理走了，却在店长心里种下了祸根。Chris是个威胁，必须找机会扫地出门。吹毛求疵抓点把柄不难，很快Chris就面临两个选择：自己写辞职报告，拿到当月工资奖金。或者被店长以违规为由，灰头土脸被开掉，奖金也扣掉。

他只能选择前者。

所谓的淘宝客服，是那种完全没有门槛的工作，三千块钱一个月，根本无法负担在北京的生活。只是面对谭丽莎的关切，好强的他不想显得太惨，就逞强说有工作了。

谭丽莎激动万分地对Chris说："你怎么不早说啊！我就是做电商的啊！你愿意来我们公司试试吗？我跟你说，你做客服是屈才了，你应该做运营！我们公司很大，有升职空间，还有个很好的食堂！"

Chris怔住了："可以吗？真的可以吗？卖什么的？有服装吗？"

"……什么都卖，就是没有衣服。"

Chris笑了："没问题姐！我就是问问。我不挑，卖什么都行！卖咸鱼都行！我会努力的！"

谭丽莎大喜，恨不得立刻就带Chris去入职："你发个简历给我，我去跟行政打个招呼，你什么时候可以入职？"

"下周一就行。"Chris又踌躇起来，"姐，但是我学历不好……"

谭丽莎霸气十足地说："你放心，这事儿我说了算！"

虽然她还没想好怎么用好Chris，但她知道这样的人才绝对不容错过。

回到家她就给姚望打电话，说了Chris的事，强调说："他虽然学历不行，但绝对是个一流销售！"

姚望看她主动晚上打电话过来，正在开心。听见是说工作，略有点失望，依然配合地说："既然你觉得合适，那就没问题。"

"但是他学历不好，所以我先跟你说一声。万一行政那边有意见，你一定要帮我啊。"她语气不由自主地就带了点央求，"求你了！回头我给你做好吃的！"

她从没对他用过这样的语气，他哪里禁得住，满口答应："你放心，我就说是我招的。"

她高兴极了，语气越发甜蜜："你太好了！你什么时候回来？"

一句"你是不是想我了"在喉咙边滚了几滚也没敢说出来。他说："我后天就回来。"

她眉飞色舞地跟他说着青姐教她的商业概念。他告诉她：父亲的想法是商业上经典的

"多品牌策略",以看似眼花缭乱的不同子品牌占领市场,比如宝洁公司就喜欢这样。而他更喜欢单一品牌策略,即用一个品牌带动全线产品,比如联合利华。

她佩服他懂得这么多,两人聊到很晚才挂了电话。姚望打开Chris的简历,意外地发现是个男生。莎莎说是她买衣服时,认识的店员,还以为是女孩。

再一看Chris的照片,他长得眉清目秀,顿时后悔刚才答应得太快。我该不会是引狼入室吧?这小子又是从哪儿冒出来的呀?

谭丽莎不知道姚望的胡思乱想,满脑子都是怎么用好Chris,突然想起Catherine的工厂就是做服装的,就忍不住给她发了信息。

Catherine此刻正在厂子附近的酒店里,思考最后一个棘手的环节:销售。

大战已经接近尾声,新的经理人基本敲定,将老韩扫地出门只是时间问题,但是接管后销售还没搞定。目前工厂主要做外贸,供海外超市等低端市场,这些年被东南亚工厂抢走了不少订单。好在老韩的子女在海外,有点联络优势,目前还算稳定。

Catherine就想顺势转做内贸,但是内贸的渠道其实比海外要更复杂。

谭丽莎的信息令她精神为之一振。这些天,她不是没想到过问问谭丽莎,可是受之前的情敌心态影响,总有点小别扭。

她立刻打了电话过去,谭丽莎把情况一说,Catherine大喜:"太好了!你那边只需要上架,我们这里可以直接发货!"

"现在还谈不到那么远。我是想定做我们自己的品牌。销售方面也要再想想。当然也要跟公司商量,看能不能做。"

"定做没问题,我们本来就是做外贸加工的。"

"那我和公司汇报之后,再和你联系?"

"没问题。反正咱们任何细节都好商量。我在北京有时尚公司,设计什么的,我可以找人。"

两个女生隔着千里,一拍即合。谭丽莎开始连夜写报告,越写思路越清晰。临睡前看一眼手机,发现又错过了陈明硕的问候,她赶紧回复几句,等到他再次回复她时,她已经进入了梦乡。

直到次日早上醒来,她才又看到他的信息。他们好像是电报时代的人,消息总是延迟到达。也顾不上多想,到了公司,第一件事就是让Chris入职。

事情比想象得顺利很多。谭经理是公司的红人,一路高升,还是小姚总的老同学。人事虽然注意到了Chris学历不行,也没说什么。

谭丽莎给Chris安排的职位和她当初一样:运营助理。

正在忙碌,秘书叫她去会议室。去了一看,居然是陈柔樱。她惊讶地问:"你找我?"

第五章

告别与新的开始

我不是不愿意。我是太在意了，所以不敢。
现在，我终于更勇敢一些了。

健身后的铁板鱿鱼

陈柔樱笑道:"莎莎,我的婚礼,你来做伴娘好不好?"

"啊?你们……要办婚礼吗?"

"当然啦!我婚纱都订好啦!你放心,我保证给你订特别美的伴娘服!"陈柔樱撒娇,"你和我哥正好去实习一下嘛。"

谭丽莎愣了半天,才反应过来这话里的意思。当初接受陈明硕,只因为,来自他这样优质男人的追求,就像是一枚认可她进步的勋章。可她根本没法把他当男朋友,更不用说结婚了。

陈柔樱看她表情古怪,会错了意,笑道:"你放心,我哥对待感情一向认真。你们俩,早晚的事儿。"

谭丽莎吓了一跳,心想,陈明硕不会真想和我结婚吧?这也太可怕了。不行,得尽快和他说清楚。她含糊地说:"再说吧,我得看工作安排。"

陈柔樱也就作罢。对这位未来嫂子,面子给到了就行。她是来等姚大有的,顺便想起来了,就问一问。她其实不在乎谁是伴娘。

晚上下了班,谭丽莎去健身房,看到天天在门口等她,才想起好几天没见到他了。她招呼他一起进去,他笑道:"我已经离职了。"

"啊?为什么呀?"

"换了个工作呗。你几点完事?"

"一个小时以后。"

"那一会儿见。"

临下课时,谭丽莎问芳芳:"天天离职了?"

芳芳叹了口气:"这孩子业务不错,也讨人喜欢,可人也太不着调了。请假说是三天,结果一个多礼拜也不回来。本来就是实习生,还这么任性,当然就留不下了。"

谭丽莎下了课,见到天天,问:"你为了陪我看工厂被开除了?我要是早知道……"

天天打断她:"是我自己想陪着你。"

她一怔。他又指着路边一家小店笑道:"Lisa,不要想得那么严重啦。这样——我请你吃个烤鱿鱼吧!庆祝我被炒鱿鱼!"

他真的跑过去买了两串烤鱿鱼,举着递给她。谭丽莎又好气又好笑:"你就这么不在乎工作吗?"

第五章　告别与新的开始

"没事啦，健身房有的是。我这技术，还怕没工作吗？趁热吃吧，高蛋白低热量！"

"这倒也是。"谭丽莎吃着鱿鱼，看他完全不发愁的样子，心想，大概现在教练找工作确实不难。

回到家就看到陆霞神情沮丧，谭丽莎问："你怎么了？"

陆霞说："今天我升职了。"

"那不是很好吗？"

"我顶替的是我们老大，当初就是他招我进来的。现在项目平稳了，公司为了节省成本，就卸磨杀驴。"陆霞内疚极了，"我觉得很对不起他。他有两个孩子，老婆没工作，还有一大堆房贷。如果我讲义气，我应该辞职。没有我，也许公司就不敢辞掉他了。可我不敢，我也要还房贷。"

谭丽莎安慰她："别这么想，没有你，也会有别人。再说，你们老大那么努力，肯定能找到新工作。"

"职位越高越不好找。老大已经四十多了，没法再跟年轻程序员拼九九六。我不知道他能怎么办。"

陆霞常说她们老大人很好，勤奋，老实，在他手下工作很开心。职场人都知道这样的上司多么珍贵。能干的好人应该前途无限，谁知天道有时并不酬勤。

她们都还不到三十岁，年轻、单身、勤奋，有工作经验，是职场上最物美价廉的熟练兵。她们渴望升职，渴望成长，渴望成为"老大"，可老大却因为资历高，年龄大而被无情地扫地出门。

晚上陈明硕打电话来问候，约她周末吃饭。她说："正好，我也想约你。"

她说了陆霞老大的事，陈明硕沉默片刻，说："其实，我也被公司裁掉了。"

谭丽莎吃惊极了："啊？什么时候？"

陈明硕语气平静："就上个礼拜，你出差的时候。当时想跟你说，但看你太忙了，就没顾得上。"

"可是，你这么能干，怎么会？"

"不是我的问题。公司成本居高不下，对未来预期不好，决定放弃整个北方市场了，算是战略性收缩，发了一大笔遣散费。"

"那你现在找到新工作了吗？"

"我带着几个手下单干。基本业务都还在，客户基础也还好。不过为了节省成本，我们已经在家办公了，有事去咖啡馆开会。"

他笑道："现在就很像一个骗子公司。但少了通勤时间，方便照顾孩子。"

谭丽莎想问他收入是否受影响，又怕他多心，就只说："你这么能干，肯定没问题。"

"大环境不好，所有的业务都在收缩，我们做企业咨询的也不好过。只能说幸亏之前有点准备，还不至于太狼狈。"

"我觉得你很厉害，居安思危。"

"到了我这个岁数,必须手里有点属于自己的东西,否则公司有变动就惨了。但陆霞她们公司的业务严重依赖平台,很难单干。我也帮不上他什么忙。"

"那他接下来能怎么办?"

陈明硕的声音里透着无奈:"只能尽量找工作,找不到就过苦日子。房子卖掉换个小的,孩子从国际学校转回公立学校,老婆出去工作,自己开车,送外卖。"

"这么惨?"

"人生啊,爬上去不容易,沦落起来快着呢。当然我还不至于担心这些,我算是有点家底,又只有一个孩子,也没有太太要养。"

他是在暗示什么吗?她有点接不上话。本想周末跟他"分手",可人家刚失业就提分手,显得自己嫌贫爱富。

她决定等他事业步入正轨了再说。他这么能干,也许很快就东山再起了。

她也没好意思提起自己被升职的事。

晚上躺在床上,她翻看手机,看到Catherine在朋友圈发了很多意气风发的照片。她穿着一身黑衣服,一副女老大的派头,和几个男人在一个江湖菜餐厅吃吃喝喝。满桌子鸡鸭鱼肉,十分豪爽。配文是:跟兄弟们喝酒太爽了!

这就是富二代的生活吧。永远不需要担心失业,想创业就有充裕的资金支持。

姚望是在某个下午突然回到办公室的,来了就直接让谭丽莎去他办公室。他在桌子上铺满了零食:山核桃、云片糕、香榧子等等,还有好几罐茶叶。

他对谭丽莎说:"这些零食你挑吧,这几罐茶叶都是给你的。"

那几罐茶叶包装精美,有龙井,也有碧螺春,看起来价格不菲。谭丽莎不懂茶,推辞说:"我喝公司的茶包就行了。这些茶这么好,你留着送别人吧。"

姚望说:"我不想让你喝公司的茶包。"

公司的茶包都是陈柔樱茶室的产品。谭丽莎一怔,问:"是因为他们要办婚礼吗?"

姚望气鼓鼓地说:"那可不是普通的婚礼,那是个挥金如土的婚礼!小柔想在欧洲古堡结婚,因为她上次结婚在海岛,这次要不一样。她还要穿真正的法国高级定制婚纱。那一条裙子就将近一百万!我爸简直是疯了!"

谭丽莎吓一跳:"这么多钱?"

"这么多年我妈花的钱都没有这么多!莎莎,我不是还喜欢她,我也不想干涉我爸再婚。可我心里就是很难受。你知道,小柔当初找我装修茶室的时候,她对我的态度是不一样的……总之我知道我不大气,我计较,我自私。我也很讨厌现在的自己……"

他越说越激动,谭丽莎打断他:"我知道你为什么难受。"

姚望怔住了:"真的吗?"

"真的。我跟我前男友分手的时候就是这样。其实我早就不喜欢他了,也是我提出的分手,提分手时,我还挺过意不去的。结果,"谭丽莎苦笑,"人家如释重负。这件事我想起来就不爽。直到后来有天我又遇到他,他有点想复合,我感觉才好了点。然后我也终于明白了，为什么我分手时那么难受。"

"为什么呢？是留恋吗？"

"不，不是留恋。是因为我和他在一起时付出了很多。他们家是老北京，事儿特别多，我对他处处迁就体贴。我觉得，我就是一条狗，要走了，他也应该有点舍不得。他那种毫不留恋的样子，把我这个人都彻底否定了。我觉得自己没有魅力，还觉得自己很蠢。人家那么不喜欢我，我都没看出来。最可气的是，其实我也不怎么喜欢他。那我以前那些委屈是图什么呢？"

姚望吃惊地看着她，觉得心里话都被她说了出来。是的，就是这种感觉。其实，看到她对父亲妩媚地笑时，他心里的高贵小仙女就消失了。

现在他明白了。莎莎说得对——我就是一条狗，你这样对我，未免也太无情。你就这样踩着我嫁给我父亲，还要大张旗鼓地举办婚礼。甚至连一句解释和道歉都没有。我对你的付出，在你眼里就那么一钱不值吗？

被人理解的感觉实在太美妙，他忍不住轻轻叫她的名字："莎莎，其实我这些天一直想跟你说……"

她的心猛烈地跳起来。他是不是终于发现了我的好？

"最近这段时间，就……幸亏还有你。"他局促不安地补充了一句，"我是说，有你这么个朋友，我觉得自己运气特别好。"

满腔的期待落了回去，比以前跌得更低。"还有你"就够备胎的了，还要再强调一下"朋友"。倒没说哥们，进步还是退步了？总之都是在友谊的金光大道上。

那个自卑的矜持的小人儿又回来了。她挤出一个笑容："是吗，那就好。"

工作救了她，同事过来找她，有事情要她处理。她跟着同事出去了。姚望留在办公室里，还觉得自己操之过急，突然吐露心声，她会不会被吓了一跳啊。

次日是周末，谭丽莎约好了和陈明硕吃饭。他订了位，是个环境很好的云南菜餐厅，在公园边上，对着大湖，舒服的露台上摆着座椅。天气好的时候，有几分像是在大理的洱海边上。

这是陈明硕偶尔在朋友圈看到的，不知怎的，他突然就被那张图片打动了。人到中年的事业型男人，受挫之际，常会萌生退隐山林之意。他平时没什么情调，但这次突然来了灵感，一丝不苟地提前订好了水边最美的座位。

天气很好，他如约开车前往谭丽莎所在的小区。一路上都不怎么堵车，心旷神怡。这两天一切都很顺利，等工作彻底步入正轨，或许可以试着约谭丽莎一起去云南旅行一次。她应该会是个很好的旅伴……

快到小区时他接到她的电话："你到哪儿了？"

"我马上就到了。"

"是这样，陆霞弟弟出事了，我们要去郊区一趟。可是Tiffany马上要回来住，还得把钥匙给她。所以，你帮我们在楼下等她一会儿好不好？"

他问："那你还跟我吃饭吗？"

"我不知道什么时候能处理完。我还要跟我朋友一起，她是民警，然后可能会请人家吃个饭吧……要不然，你就别等我了。"

"好的，没问题。你慢慢处理，别着急。"他痛快地答应，不让她感觉到自己的失望。

到了楼下，谭丽莎和陆霞把钥匙交给他，又给他推了Tiffany的微信，就匆忙走了。

陈明硕不知道Tiffany什么时候回来。等了五分钟看没有人，正要打个电话问问，就看见一辆车停在单元门口，Tiffany下了车，司机帮她往外搬箱子。旅行箱、大号整理箱、大号袋子……看起来不大的车子里，搬出了无数件行李，简直像是在变魔术。

陈明硕看着她搬箱子的样子，心想，她好像走到哪里，都带着一大堆东西。

香辣惹味的小锅米线

Tiffany把东西堆在单元楼门口，好像一座小山。陈明硕走过去，说："莎莎让我在这里等你。"

Tiffany转过头说："谢谢。"

东西一大堆，一趟没法搬上楼。陈明硕说："你在这里看着，我帮你搬上去吧。"

"不用，不用，我自己搬得动，你帮我看着就好了。"

"没事，我就当锻炼了。"陈明硕一边说，一边拎起一个箱子上了楼。他上上下下跑了好几趟，最后一趟，两人一起把最后的行李都搬了上去。

进了门，他帮她把行李都放回原来的屋子。Tiffany回到自己的小屋，看到她的小床和书桌还在，她贴在墙上的画也没有被撕去。但以前那些零七碎八的东西都没了，床架上只有一个床垫，显得简陋且残酷。

几个星期的生活，好像梦一场。原来的生活已经变得像一座废墟。她急切地想让屋子变好一点，打开箱子找出她的床单铺上去。床单是极浅的肉粉色，边缘有漂亮精致的镶边和小小的卡通图案，扑克牌和兔子剪影。

接着，她拿出一个同色的枕头摆上，那上面有个小女孩的影子。她又从整理箱里拿出靠枕，放在床上。

床铺好了，屋子里立刻有了点温馨的气氛。

陈明硕突然认出来了：这套床品的图案，是爱丽丝漫游仙境。

他觉得自己这么盯着人家女孩子铺床不太好，而且Tiffany一直也没理他。他尴尬地清了清喉咙："那我先走了。"

Tiffany这才想起陈明硕的存在，歉意地说："啊，不好意思。陈总，今天太感谢了，辛苦了，回头我请你和莎莎吃饭。"

陈明硕知道她大概是感情有了变故，忍不住担心地问："你没事吧？"

Tiffany说："心情确实有点不好，但没有关系。"

他发现她眼眶有点发红，大概是哭过了，只是口气淡淡的，想必是强作镇定。他见过她的钻戒和那辆红色的小宝马，知道她放弃了怎样的物质享受。他突然觉得，如果自己当时不

第五章　告别与新的开始

多事，或许她还过着幸福的小阔太生活。

他歉意地说："对不起。"

Tiffany一怔："跟你有什么关系？"

"也许我当时不应该告诉陆霞，是我多嘴了。"

Tiffany诧异地看着他："你不会以为，你不说我就没感觉了吧？放心吧，不是因为你告密。"

"我不是这个意思……"

其实他就是这个意思。他觉得是他的"告密"让Tiffany下不来台，最终导致分手。

他解释道："我上次对你说的话可能太偏激了一点。"

"上次？上次你说什么了？"

"就是我跟你说，我没有见过忠诚的大老板。但这话是有失偏颇了，毕竟我见到的大老板也没有多少。一个人的见识是有限的……"

Tiffany这才明白他这一脸愧疚，是以为自己听了他的话才分手的。她忍不住在心里翻了个白眼。看在他刚帮她搬了这么多行李的份儿上，这个白眼没有翻到脸上来。

她没好气地安慰他说："放心吧，陈霸总，我分手不是因为你的教导。你对我还没那么重要。"

他听出她的讽刺，觉得自己一片好心，却被她这样说。他心里生气，淡淡地说："果然是我多事了，告辞。"

Tiffany略觉歉意："我不是那个意思，对不起，我今天心情有点不好。"

陈明硕摆摆手："不必解释了，再见。"

他下了楼，心里还带着气。果然人就是不能得意，早上还觉得一切顺利，现在不但约会泡汤，给别人当了免费劳动力，还莫名其妙地被损了两句。这女孩子真是性情古怪！又要钱，又受不得气，如此拧巴，怎么能过得快乐。

他本想打电话取消餐厅订的位置，转念一想，干脆一个人去吃算了，就仍然开车去了那家餐厅。

服务员带他到了水边的位置，他看了看菜单，给谭丽莎发信息，问：有什么想吃的吗？我可以点了带给你。

谭丽莎此刻根本顾不上看手机，她们正忙着处理陆霞弟弟的事情。

陆霞的弟弟在饭馆一条街边上维持秩序。有些食客为急吃饭乱停车，保安们就叫他们挪车。

看着这些豪车老老实实听令于自己的样子，陆霞弟弟十分满足，自觉威风八面。他无师自通地学会了一种官腔，一举一动都透着牛哄哄的劲儿。

这天有辆车停在了错误的位置上，司机是个戴墨镜的女人。陆霞弟弟让她挪车，她不耐烦地说："我就停一会儿。"

陆霞弟弟做秉公执法状："一会儿也不行，这是规定！这里不能停车！"

那女人理都不理他。陆霞弟弟来了气，就敲着窗子，冲那女人吼，做手势让她挪车。

那女人见他一脸凶相地敲窗子，就恼了。她气冲冲地打了个电话，没一会儿来了几个男的，揪住陆霞弟弟就拳打脚踢。直到路人报了警，警察来了，这些人才住手。

陆霞闻讯赶到医院时，只见弟弟半张脸彻底肿了，头破血流，十分吓人。有个保安同事陪着，还没看到医生，等着陆霞交钱。

陆霞也顾不上问单位怎么不管，赶紧交了钱照了片子。还好年轻，没骨折，只是眼眶轻微骨裂，外加一些淤青和皮外伤，养几天就好了。

这时候李泽和小伟、魏洁他们也赶到了。谭丽莎和陆霞义愤填膺地把情况说了，表示一定要告死对方。

魏洁是民警，看了医生的诊断，把他们拉到一边，小声说："这个算轻微伤，都够不上轻伤。对方很可能都没有触犯刑法，最多拘留几天。"

谭丽莎和陆霞都惊讶极了："这还轻微？都肿成这样了！流血了！"

小伟当民警家属久了，比较有经验，解释道："轻微伤和轻伤的分界线，主要是看能不能自己愈合。"

谭丽莎和陆霞面面相觑，无法相信把人打成这样最多就拘留几天。

李泽说："对方肯定是老手，知道怎么打得重，又没有大事儿。"

"那怎么办？"

魏洁说："那就看你们愿意接受赔偿，还是让他们拘留几天了。"

谭丽莎愤怒地道："当然要让他们拘留！谁要他们的臭钱！"

李泽提醒："这帮人根本不怕拘留，都是没事儿就进去的主儿。进去次数多，他们还拿出来吹呢。"

谭丽莎问："如果打了人可以拿钱摆平，他们以后不是更嚣张了吗？"

李泽叹了口气："没办法，就这样啊。法律也不是万能的。"

谭丽莎问陆霞："小霞你觉得呢？"

陆霞很犹豫，其实她觉得能赔钱就很好了。到底是在北京，还真有王法，换了别的地方，都不一定能赔钱。

魏洁说："金钱赔偿也是一种代价，对方也算是受到惩罚了。"

陆霞的弟弟开口了："他们能赔多少钱？"

魏洁说："争取得好，或许可以几万。"

陆霞的弟弟毫不犹豫地说："那我要钱。"

陆霞暗暗松了一口气。

魏洁就教她弟弟如何应对。很多事情都可大可小，有些模糊症状可以自述，确认病症需要大量的检查。策略是先假装要让对方判刑，逼对方用钱解决。既然是开豪车的大款，搞出几万块钱不会太难。

陈明硕发来信息时，大家正在忙着培训陆霞的弟弟。

陈明硕没等到回复，就自己点了菜。

等菜时，他看着湖里的荷花。此刻已经是秋天，荷花都残了，却比全盛的时候更有诗

第五章　告别与新的开始

意。他欣赏着游人如织，湖光水色，虽然寂寞了点，但没有孩子在身边，倒也闲适。

突然之间，他看见了Tiffany走了过来，往座位这边张望。他诧异地对她挥挥手，她一脸意外地走过来，两人同时问："你怎么在这儿？"

Tiffany说："我看看有没有人快吃完了，服务生说我前面还有四个小桌在等。"

陈明硕说："不嫌弃的话，你就坐我这儿吧。我本来是和莎莎订好了要吃饭，但她来不了。我想着订位不容易，就还是来了。"

Tiffany犹豫了一下，坐下了。从昨晚到现在，她都没怎么吃东西。想着恢复单身应该有点仪式感，就决定去吃一顿好的，没想到又遇到了陈明硕。

服务员过来上菜，汽锅鸡、黑三剁、石屏豆腐，都是经典菜。

Tiffany对服务员说："我要一个小锅米线。"

服务员问："要什么辣度？"

"正常辣。"

陈明硕招呼她："一起吃吧，我点多了。"

他盛了一小碗汽锅鸡递过去。

Tiffany接过汽锅鸡，歉意地说："陈总，刚才对不起了，这顿饭我请客吧。"

陈明硕哑然失笑："道歉我收下了，请客就算了吧。实在过意不去，你把米线钱给我就行了。"

Tiffany低声说："我今天心情非常不好。"

陈明硕客气地点点头："能想象。我听莎莎说，你们是要结婚的。做这种决定，需要点勇气。"

Tiffany摇头："不是我有勇气，是我想做鸵鸟，也做不下去了。"

原来，有陌生人发给她很多不堪入目的照片，照片中是顾峰和别的女人。她愤怒地问对方是谁，对方又发了一堆图片过来，这次是那女人拎着各种名牌包和首饰的样子。Tiffany惊讶地发现，这都是很高端的名牌包，比顾峰给她买的贵很多。

她再三追问是谁，对方却又不回复了。她愤怒地拿着这些照片问顾峰，他皱眉道："那都是以前的事了。"

Tiffany指着照片里的一个包说："这是这个月的新款！"

顾峰愣了一下，说："她自己买的。"

"钱哪儿来的？"

"我哪儿知道？人家自己有钱行不行？"顾峰不耐烦地说，"你别一天到晚疑神疑鬼的。老子天天在外面辛辛苦苦挣钱，不是回来看你脸色的！"

说完了他摔门而去，到了晚上也没回来。Tiffany坐在屋子里沉默了很久，开始打包行李。然后她联系了陆霞，就搬了回来。到现在，顾峰也没有理她。

她苦笑着说："他连装都懒得装了，你说我不走怎么行？"

陈明硕并不意外。这种男人当然会在婚前立规矩，隐瞒也是需要精力的，自私的男人可

269

不想一辈子这么费劲。

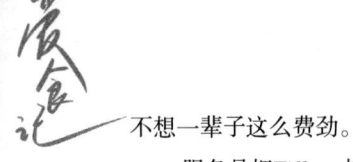

服务员把Tiffany点的小锅米线送来了。Tiffany问陈明硕："你要分一点吗？"

米线色香味俱全，香气扑鼻，他点了点头。

Tiffany分了一小碗给他，说："这家店是我大学时的男朋友带我来的。当时我们都是学生，他只能请我吃一份小锅米线。点菜时，我们俩装作很挑剔的样子，生怕服务员看不起。不过，这家的小锅米线真的很好吃，到现在我也很喜欢，只是没空过来。"

米线新鲜热辣，混合的香料层次丰富，不高级，但是直接又刺激。

陈明硕点点头："而且这里不好停车，来一趟不容易。"

Tiffany笑了笑："倒不是因为停车难，我也是刚刚才混上一辆车开。只是有时间时，总想去尝试新店。总觉得北京这么多好东西，应该都享受享受。其实新的、贵的，不一定好吃。"

陈明硕笑了笑，问："那你现在后悔和当初那个只能请你吃米线的男友分手吗？"

Tiffany摇头道："不，完全不后悔。他毕业以后就回老家了，他爸妈给他安排了工作。我怎么可能跟他回那个十八线小城市，过那种找个星巴克都不容易的生活呢。当然，这肯定还是不够爱。"

陈明硕看她如此坦白，倒有点佩服了。他的目光落在Tiffany的爱马仕手袋上，揶揄道："那种男友，当然也买不起这样的包给你。米线吃完了就没了，包分手了还可以用。"

Tiffany低头看了看自己的那个包，突然抓起来，把里面所有的东西倒在了桌子上。

然后她把那个空包拿起来，就往湖里一扔。

陈明硕手疾眼快，一把将那个包抓住，问："你这是干吗？"

Tiffany生气地道："你不是讽刺我甩了他还留着包吗？我扔了它！"

陈明硕被她的喜怒无常气笑了："那你也不能扔湖里呀！好歹找个垃圾桶吧？"

大逆不道的老北京炸酱粉

Tiffany瞪着他："你有必要随时随地都素质这么高吗？你是不是从小连个红灯都没闯过？"

陈明硕反问："闯红灯很光荣吗？不闯红灯是为了自己和他人的安全！"

这话就是默认了，这人可真是规矩。Tiffany忍不住问："陈总，你跟我说句实话，你以前没离婚的时候，对你太太忠诚吗？"

"你上次问过了，我也回答过你了。我当然很忠诚了，那些乱七八糟的事我一概没有。"

"你怎么做到的呢？你是……忍着吗？"

陈明硕心想，有些女人就喜欢问这种问题，期待得到"所有的男人都是好色的垃圾"的结论，以获得心理平衡。

他说："原因多着呢。没时间，嫌麻烦，怕老婆发现要闹离婚。再说了，那些女的，免费谈恋爱我还看不上，难道还让我付钱？"

Tiffany呆了一呆，认真地问："你这种人才，就没有不要钱也愿意的？比如真心爱上你的小姑娘？"

第五章　告别与新的开始

"如果人家就图感情，那我还不得天天陪着？那肯定早晚露馅啊，我知道你想听什么。但我告诉你，不是所有男人每天就琢磨这点事的。"他把包放到她面前，"这包你还是先留几天吧。小心他跟你追讨财产。"

Tiffany说："我早就咨询过律师了。包和衣服通常会被认定是恋爱期间的赠予，他很难提出证据的，不用还。"

陈明硕点点头："倒也是，车子和钻戒还了就行。"

"车子本来也不在我的名下，钻戒等他过来要。否则我直接摘下来给他，他硬说没拿到，我不是傻眼了？"

陈明硕有点惊讶。一直以为她很糊涂，没想到她倒也不傻。

Tiffany看他一眼，自嘲道："当然啦，我们拜金女，钱上可一点都不傻。要不然怎么会找他这种人呢。"

这是那次聚会时，他喝了酒，口无遮拦冒犯了她的话。他略觉不安："对不起，我当时不知道……"

"不用道歉，你不过是酒后吐真言。你说得没错，他就是不择手段，而我也确实是拜金，只不过我是个失败的拜金女。"

陈明硕尽量公允地说："成功的男人，在家庭生活上，往往比较强势和任性。"

Tiffany笑出了声："在家庭生活上比较强势和任性——啧啧啧，有文化的人就是会说话。这弯儿绕的，猛一听还以为是夸他呢。"

陈明硕没好气地说："否则你要我怎么说？难道直说你想嫁大款就应该做好受气的心理准备？"

Tiffany一怔："也许你不信——可是我并不是仅仅因为他有钱才喜欢他的。"

"当然，个儿还高，长得也不难看。带出去有面子，是不是？"

"对，这些我都承认。不仅如此，他虽然岁数大了点，但没结过婚，也没孩子。父母都早逝，只有个姐姐，根本不敢管他。他是个不折不扣的钻石王老五，可我说的不是这些条件。"

她这样说着，完全没意识到对面坐着的男人与顾峰年龄相仿，且离异有娃。而陈明硕被她冒犯的次数实在太多，已经彻底放弃了计较的念头。

跟这个性情古怪的女孩根本没法讲理。他干脆埋头吃饭，这样就可以不用说话了。

Tiffany轻轻地说："我刚认识他的时候，觉得他什么都懂，特别厉害，和他在一起什么都不用想，都听他安排就行了。"

陈明硕边吃边腹诽：那么喜欢被安排，可以去做他的员工啊。

"可是真在一起了才知道，我简直就像霸总雇的一个长工。每天回家比上班还累，凡事都要看他的脸色。当然他也有对我好的时候，我也试过尽量适应。可我没本事，打不了这份工。"

她长叹一声："那句话怎么说的来着？又当又立，说的就是我吧。"

他有点同情。年轻时，人不够了解自己，就会这样纠结。她不过是个年轻女孩。

他想安慰她两句。她叫来了服务员，要了一个打包的塑料袋，把自己所有的东西都装了

271

进去。她拿了点现金放在桌子上，是那份小锅米线的钱，随后对他说："好了，陈总，今天谢谢你了。跟你聊了一会儿，我心里舒服多了，我先回去了。"

她拎着塑料袋，推开椅子，转身就往外走。

陈明硕连忙说："你的包——"

"不要了，你帮我找个垃圾桶扔了吧。"

"我也吃完了，你等一下，我送你回去吧。"

"谢了。我自己坐地铁。"

Tiffany摆摆手，头也不回地走了。

陈明硕留在座位上，愣了一会儿，看着这个爱马仕包，一时不知如何是好，只能先帮她收起来。这么贵重的玩意儿，要扔也得她自己扔。

大男人拎着这么个包怪傻的，他只好也让服务员拿了塑料袋，把爱马仕像剩菜一样打包带走。车子停得有点远，要沿着湖边，走过一座小桥，再穿过胡同。北京的秋色很美，沿途满是游人，年轻的情侣、带着孩子的父母、结伴而行的老人，形成绵密嘈杂而快乐的人海。他的心情也随之轻快，目光不由自主地一直在看行人，想着如果看到Tiffany，可以让她搭车。

他想着她抓起那个包要扔到水里的样子，真是个不理性的、喜怒无常的女孩儿。有时候糊涂，有时候又挺精明。

回到车里，他才看到谭丽莎的回复：不用给我带了，你吃吧。

陈明硕突然就有点心虚，他早就忘了给谭丽莎带吃的。

他发了信息过去，问她事情解决得怎样了。信息送达之际，谭丽莎和李泽他们坐在人声鼎沸的商场餐厅里，没有听见。

两个小时以前，在魏洁的指导下，他们商量好策略，又做了彩排。陆霞弟弟在横店当过几天群演，此刻真情实感，很快就把握住了角色要领。

在派出所的调停室里，大家分别扮演红脸和白脸，上演了一出好戏。陆霞弟弟执拗地表示"俺就是要讨个说法"，又说自己浑身难受。李泽和小伟撇着京腔，讨论着陆霞弟弟的基础疾病。魏洁故意跟派出所的民警闲聊，表明自己身份，给对方造成压力。

对方是横惯了的老手，常来这条街，知道陆霞的弟弟是新来的，一脸傻气，觉得打了也没事，才这么嚣张。没想到这外地小保安好像有点根基，一堆本地人陪着，其中还有警察，便有点担心把事情闹大。一番谈判后，最终得到的数额是三万块钱。除了谭丽莎，所有人都很满意。付了钱，签了调解书，事情就算了了。

出了门，陆霞的弟弟忍不住就要咧开嘴笑，可一笑牵动伤口，只得又将表情调成淡定模式。这是他有生以来"挣"得最多的一笔钱。三万块！

李泽他们看事情结束，就要告辞。

陆霞犹豫要不要请大家吃饭。

这时谭丽莎对她说："小霞，你送你弟回宿舍吧，我带他们去吃饭。"

陆霞暗暗松了口气。她小声说："那你回头把钱数告诉我。"

第五章　告别与新的开始

莎莎替她决定请什么，那倒也轻松，照单付钱就是。

大家分头行动，谭丽莎想起陈明硕，建议道："要不就去吃云南菜吧。"

李泽说："你想吃米线？那去我发小那儿吧，就上次那个商场里。"

谭丽莎说："那多不好意思，还是找个好一点的餐厅吧。"

小伟说："嗨，都自己人，甭瞎客气了。那家你还没吃过呢吧？特好吃，也算帮衬一下他们的生意。"

到了商场，虽然过了午餐时间，但用餐区的人仍然相当多。这家小店的名字很有趣，叫"粉好吃"，并不拘泥于某一种风味，而是有很多种米粉：广东牛腩粉，柳州螺蛳粉，湖南米粉，但并没有云南米线。

谭丽莎饶有兴味地看着菜单，赫然发现居然有"北京炸酱粉"。她问："这是什么？"

李泽说："这是他们家独创——用老北京炸酱拌米粉吃。"

谭丽莎笑道："这种东西在你们家是不是得算大逆不道？"

"嗨，肯德基还有老北京鸡肉卷呢。好吃就得了呗。"

谭丽莎诧异，这可真不像他了。他们家可是炸酱面的酱不对都要唠叨一晚上的。

她点了这个离经叛道的老北京炸酱粉。李泽点了个湖南米粉。他在吃东西上好像变得宽容了，以前他吃东西执拗到烦人。

店里忙碌，店老板小树是他们的朋友，特意过来招呼，还送了小菜。谭丽莎跟小树加了联系方式，以后餐厅开张可以取取经。

李泽问："小悠呢？怎么今儿没来？"

"后厨老李今天陪孩子考试，小悠在后厨临时顶着呢。"

大家聊了两句，李泽说："那行，你赶紧忙去吧。我们这桌你就别招呼了，我自己来就行。"

他说到做到，主动帮所有人拿餐具纸巾、端茶递水，轻车熟路，几乎像半个店员。他以前可真不是这样的，总是大爷似的往那里一坐，等着她伺候，也不会这么包容"老北京炸酱粉"。

等餐时，他们聊着漫展之类的话题，头头是道，热情洋溢。很多的术语，很多的知识点，也是一门学问。以前她觉得他玩物丧志，不思进取，可现在她自己足够进取了，又有些羡慕他们如此投入而认真地娱乐。

米粉上了桌，都很漂亮。李泽絮絮叨叨地介绍着粉们的特点与来历，这点倒没变，一点小破事儿都能扯出一大篇学问。

吃完了粉，他们问她要不要一起去打游戏。她有点想去，可又怕给他错误的暗示。再说她也有很多工作要准备，明天Chris要入职。

她就带着点遗憾地说，还有事，下次吧。

李泽送她到商场门口。她再次对他道了谢。

他笑一笑："没事儿，应该的。你挺好的？"

"挺好的，老板对我不错。"

"那还是你能干。你男朋友也挺好的？"

谭丽莎猜他说的是陈明硕。她不想让他误会，就含糊地说："嗯，还行。"

叫的车子来了，她上了车。他对她笑着挥挥手，目送她离去才转头回去。几个月不见，他变得殷勤了，体贴了，成熟了。

她回到家，看到小小的餐桌上放着个漂亮的蛋糕。Tiffany房间的门开着，房间里传来陆霞的声音："福妮儿，这个放哪儿啊？"

谭丽莎连忙跑过去，看到Tiffany的小屋已经恢复了大半旧貌。陆霞正帮着收拾。

Tiffany见到她也笑了："你看见那个蛋糕了吗？快来一起庆祝我单身！"

说着她走过来拥抱了谭丽莎，说："亲爱的，谢谢你。"

谭丽莎有点脸红："我还怕我多嘴了。"

"怎么会呢。我当然知道你是对我好。不是真朋友，谁愿意做这种恶人？"

谭丽莎有些不好意思地笑道："应该的啦。对了小霞，你弟怎么样？"

陆霞说："他没事儿了，在宿舍里养几天就行了。他还想回来住呢，我跟他说：已经租出去了！"

Tiffany笑道："你也是的，不是说了让你赶紧租房吗？这次你怎么这么磨蹭？差点就让你弟登堂入室了。"

陆霞笑了笑，没说话。

谭丽莎忍不住说："小霞说要等你真结婚了再往外租的。"

Tiffany怔住了。她这才明白陆霞为什么一直空着这间屋子。抠王陆霞，一分钱掰成两半花的陆霞，做一份麻辣烫都要跟她算账的陆霞，居然默默地一直顶着房贷的压力，没有把这间屋子租出去。

陆霞不好意思地说："一开始我是想着，至少也要等你的房租到日子了，再往外租。后来，听说他不太靠谱，就想再等等——"

Tiffany再也忍不住，她走过去，抱住陆霞，泣不成声。她觉得自己幸运极了。她在心里暗暗发誓：这辈子她们都会是最好的朋友。

分手的鸡胸肉沙拉

这天晚上，吃蛋糕时，Tiffany说，她比过生日还开心。谭丽莎也很感慨，这间小小的三居室经历了多少波折啊，失而复得是人生最美好的感觉之一。

但陆霞并没有完全放下心来。弟弟这保安的工作恐怕做不长，弟弟被宠坏了、宠废了，心比天高，本事全无。他的能力支撑不了他的欲望，更凶猛的风浪早晚还会到来，她必须早做打算。

第二天早上，Tiffany坐地铁上班，很快就有人注意到她手上没了婚戒。午餐时，有同事阴阳怪气地问："咦？今天怎么没戴鸽子蛋？"

Tiffany干脆利落地说："分手了。"

第五章　告别与新的开始

她回答得这么坦然，倒让发问的那位有点脸红了，在心里组织语言，试图以更得体隐蔽的方式继续刺探隐私。

Tiffany索性自己爆料："主要是他不行。我以前没跟岁数大的男人交往过，不知道这个问题这么严重。"

那同事哑然，有人开始笑。总监问："他年纪很大吗？有四十岁吗？"

Tiffany说："不到四十。但不健身也不锻炼，腰上已经有小型救生圈了。"

总监冷笑："难怪。三十五往上的男人，要是不自律，那真是糟糠一样的，要不伟哥卖那么好呢。"

一个中年女同事说："而且，越是不行的男人，越容易瘾大！"

"为什么呀？"

"嘿！你可不知道这些男人的心理——他以为换个女的，他就行了呀！"

大家哄堂大笑。Tiffany也笑。

饭后总监特意叫她去办公室，说："公司年底要提一个副经理上来。本来我想把你放进候选名单，但又怕你结了婚会辞职。"

Tiffany连忙表态："我真的分手了！我想清楚了，我不能这么过一辈子。工作现在就是我唯一的依靠。"

总监淡淡地说："既然如此，那就看你接下来的表现吧。"

Tiffany感激不尽："我明白！我保证好好努力！"

"行了，赶紧回去工作吧。"

Tiffany却没有走，说："现在我才真正理解了，你总说'女人一定要有工作'的真正意义。"

总监很感兴趣地问："哦？"

"以前，我以为工作就是为了赚钱。我就会想，如果老公给我的钱比上班多，那上班不就没意义了？但就是刚才，我突然明白了，女人有工作的意义，是有一个好环境。如果我身边都是靠嫁人为生的女人，我和他分手，所有人都会骂我疯了。可是在我们这里，大家都是自食其力的女人。就算我和开劳斯莱斯的男人分手，也没有人大惊小怪。"

总监略觉惊讶，难得地微笑："没想到你倒很有悟性。"

Tiffany想说吃一堑长一智，话到嘴边突然福至心灵，调皮地一笑，说："是您教导得好啦，强将手下无弱兵！"

总监彻底笑了："好了，别拍马屁了，我可是看业绩的。"

Tiffany美滋滋地出了总监办公室，觉得自从工作以来，从未如此得意过，还是职场给人的回报最直接。难怪莎莎换了工作就跟换了个人似的。

其实谭丽莎此刻情绪糟糕透顶，必须冷静一下。

早上还很好，她和姚望都照例早早到了办公室，姚望提到Chris，特意说："公司没有做过成衣，开拓这个业务可能需要时间。他得先在别的部门做一阵子。还有，你记得跟任何人都说这个运营是我招进来的。"

275

"怎么了？"

姚望犹豫了一下，告诉了她。原来姚大有特意问他，听说莎莎招了个初中生进来。

谭丽莎诧异："你爸为什么会注意到我招了个运营？"

"可能是因为要提拔你，就格外关注。公司对运营还是有学历要求的，按理说他是个中专生，应该先去做客服。不过没关系，我跟我爸说，这是我让你招进来的。"

原来他是怕Chris万一表现差影响到她，就先把责任揽到自己头上。

她感激地看着他，轻声说："谢谢。"

两人谈工作时，不由自主地就离得比较近。她这样抬着头看他，目光温柔，他又开始心猿意马。如果能就这样吻上去该有多好。可随即他想起周末她还说过约了陈明硕出去。

仓促间他的心里话就冒了出来："你周末跟陈明硕吃饭了？你们聊什么了？"

他期待的答案是：我们谈分手了。

她说："没吃饭。陆霞的弟弟被人给打了，我和几个朋友一起去帮忙了。"

"啊？什么情况？"

谭丽莎就把陆霞弟弟挨打挣钱的历险记一说，姚望愤愤地说："可是这样他们以后就更嚣张了！"

"你也这么觉得？"

"对呀！这不就是仗势欺人吗？只要有钱，就可以随便打人！"

谭丽莎怔怔地看着他。突然发现，和他在一起，最舒服的就是他们永远在乎同样的事，有同样的感受。

她急切地想与他交换意见："我也是这么想，可是他们都觉得……"

手机响了，是Chris，他早早到了公司门口，前台还没上班，没有门卡进不来。他们俩一起去接他，刚寒暄介绍完毕，就看到青姐来了。

青姐和蔼地问："去哪个组定了吗？"

谭丽莎说："去家居部或者家电部。"

这两个部门相对时尚一点，女性用户多，比较利于Chris发挥。

青姐说："可这两个部门现在都不缺人，要不还是去汽车用品那边吧？"

汽车用品那边业绩平平，调整了好几次销售策略也不见效。谭丽莎怕Chris初来乍到，无法胜任，就说："那边专业性太强了，等熟悉一点再去吧？"

青姐就问Chris："怎么样，你愿意去哪边？"

Chris大方地说："我都行。"

谭丽莎暗暗着急，觉得Chris太没心机。青姐满意地说："很好，那就去汽车用品那边锻炼一下吧。不愧是莎莎招来的人，工作态度不错。"

姚望笑道："青姐，这次可是我招的人。"

青姐笑道："怎么，这点功劳还要跟莎莎争吗？"

他们带Chris去见汽车用品组长，介绍说这是新来的运营。

第五章 告别与新的开始

组长还没给他分配"师傅"，Chris就很直率地问："我的工作就是制定销售策略，对吧？"

完全没有新人的缩手缩脚。谭丽莎说："对，不过，你先跟组长学习熟悉一下。"

Chris很有把握地回答："放心吧。我研究研究，晚一点我和你汇报。"

谭丽莎又交代了几句，就和姚望一起回座位去了，心里忐忑不安，有点后悔。Chris好像不太会做人，刚来就一副自己要拯救世界的样子。

姚望低声在她耳畔说："别担心，他做得不好，就都算我头上。"

她一怔。他笑道："反正我又不是第一次不靠谱。他们都习惯了。"

她悄声问："你觉得他不靠谱？"

"我觉得他挺好的，很积极。但是怕有人看不惯他，也怕他没经验。不过没事儿，有我呢。"

他在保护她。

她想起中学时被朱美俏欺负，他也在众人面前为她仗义执言。

如果他是个同性别的朋友，她会毫不犹豫地对他表达喜爱、感激、欣赏。可心里那点超乎友情的情愫，反而束缚了她的情感表达。而他也一样。

很难说是友情阻碍了爱情的发展，还是爱情的萌芽让友情变了质。

跟他说着话，办公室仿佛也变成了初夏的林荫路。就像重逢之初，他们为了那个茶室，经常一起在胡同里一路走一路聊。

她留恋这一刻的感觉。她说："我去茶水间，你要喝咖啡吗？我给你也泡一杯吧。"

"好呀。一起去。"

两人往茶水间走去，迎面看见了陈明硕。他似乎早就看见了他们，站在那里。

谭丽莎惊讶地问："你怎么来了？"

陈明硕如梦初醒地说："啊，姚总约我谈点事。"

他与公司有业务往来，这倒并不奇怪。

可他的表情怎么怪怪的？她莫名心虚：是不是自己跟姚望太亲密了，他多心了？像陈明硕这样骄傲的人，遭遇失业，心里肯定会不舒服吧。

她不由自主地离姚望远了一点："那你忙吧。"

陈明硕说："等我开完会，要不要一起吃个午饭？"

"好啊，我请你吃我们公司的食堂。"

"我们出去吃吧。我看旁边有个西餐厅，开车应该很近。"

谭丽莎点点头，陈明硕就去姚大有的办公室了。

谭丽莎和姚望继续去茶水间，姚望酸溜溜地说："他追你追得够紧的呀。是不是感觉出你要跟他分手了啊？"

谭丽莎苦恼地小声说："可他现在刚失业啊，不能现在说吧？"

姚望一怔："他还会失业？"

"他们公司整个地区业务都撤了，你不知道吗？"

"不知道。咦？那他来我们公司干吗？"

277

"他好像单干了，估计你爸会和他的新公司合作吧。"

"那他这不叫失业，这是创业成功，自己做老板了呀。"

只差没直说"请不要有任何顾虑地和他分手吧"。

"也不容易呢。他说他连办公室都没租。"

她怎么这么关心他？听说，女孩子都很容易因为同情而爱上对方？

反正陈明硕春风得意，他就会觉得莎莎会被霸总迷住。陈明硕失意，他就觉得她会因怜生爱。一个人要是紧张另一个人，难免会风声鹤唳草木皆兵。

如果他现在坐在他爸的办公室里，这些顾虑就会烟消云散。姚大有正看似八卦地问陈明硕："听说，莎莎是你的女朋友？"

而陈明硕笑道："没有啦，只是关系比较近一点。莎莎以前帮过小柔，她人不错。"

姚大有笑道："这么好的姑娘，你没打算发展发展？"

陈明硕诙谐地一笑："没戏。莎莎看不上我。我这拖家带口的，莎莎是事业型女性。"

姚大有打趣："陈总谦虚了。"话题就转入了工作。

快午餐时，姚望看见陈明硕和谭丽莎一起出去了。他心里泛酸，又无计可施。恨不得跟着跑去看看他们俩什么情况。偏偏这顿饭吃的时间还挺长，难道陈明硕加紧攻势，要求婚了？

谭丽莎和陈明硕坐在西餐厅里，吃着一份乏善可陈的鸡胸肉沙拉。这是个西式简餐厅，环境不错，但食物一般。两个人在窗边的火车卡座里面对面坐着，看似一对般配的情侣，其实气氛有点尴尬。

尴尬的感觉主要来自陈明硕。

他问了她的工作，又问了陆霞弟弟的后续情况，中间一直夸她人好又聪明善良。态度格外客气，弄得她不得不更客气。

说了会儿闲话，菜也上了，他终于说："莎莎，有件事，我想和你确认一下——就是，你对我，其实也没什么感觉，对吧？"

谭丽莎怔住了。

她不知道该不该回答"是"。

陈明硕继续说："你知道，我非常非常欣赏你。但是我想，也许我们更适合做好朋友。那样对你，对我，可能会更轻松一些。"

这是她最近以来一直想说的。他先说了出来，表情还很紧张，又让她莫名地不舒服。怎么，怕我不肯答应吗？

她尽量轻松地笑了笑："也好。毕竟，我们都太忙了。"

他不由自主地松了一口气，她真是个懂事的姑娘，马上就给了他足够合理的理由。

可他的如释重负刺痛了她。每个与她分手的男人都是这副德行。

他说的是"你对我也没什么感觉"。所以，他对她，也没感觉。那他当初为什么要追求她？

灵光乍现。她知道该怎么问了。

她做出轻松的样子，笑着问："其实当初你追我，是因为姚望瞎说的吧？"

陈明硕犹豫了。她笑着补了一句："不用抵赖了，姚望都跟我说了。"

她在他心里正直善良，怎么也没想到她也会使诈。

他不好意思地笑了："应该说，是他提醒了我。我平时工作比较忙，又要带孩子。所以，一直没往那方面想。"

"他是不是把我说的一往情深啊？是不是都吓着你了？"

"姚望是有点夸张。但我当时可是受宠若惊，因为我觉得你很完美，没想到你会看上我。"

无懈可击的回答，但她的自尊被炸成了粉末，她简直可以想象姚望是怎么"告密"说她对人家一往情深的。难怪人家一直对她不冷不热，交往活像受罪。

她不恨陈明硕。她恨姚望。我就这么没人要吗？我在你眼里，是不是连个女人都不算？

她维持着表面的平静，不停地用叉子把沙拉里的蔬菜和鸡胸肉送到嘴里。

姚望在自己的办公室里，没事就往楼下看两眼。

终于看到陈明硕的车子开了回来，谭丽莎下了车，他们挥手，微笑，告别。

他特意跑到她必经之路上等着，假装无意撞见。

看她表情淡淡的，忍不住贱兮兮地问："你们吃什么好的了？"

她冷淡地说："吃什么也跟你没关系。"

说着就往一边走去。他本能地跟着她，却发现她往洗手间走去了。

他讪讪地站在原地。不知道她为什么突然这么不高兴。难道陈明硕得罪她了？可这也不是我的错呀。

酸辣爽口的老友粉

谭丽莎说完就后悔了。本来是自卑和愤怒，现在又加上了懊恼。她把自己锁在洗手间的隔间里，不停地默默劝诫自己：冷静、冷静、冷静。这是公司，他是你老板。

洗手间隔间狭窄、私密、安静，像个忏悔室。走出来时，心情仍然糟糕，但表情已经可以控制。

刚回到座位上，Chris就过来找她，胸有成竹地说："我已经想好怎么办了。咱们一起去找帅哥老板谈吧。"

谭丽莎觉得Chris简直是她命里的魔星，但工作的事耽误不得，只好硬着头皮带他去见姚望。

姚望并没有计较她的坏脾气，反而是一脸关切地看着她，这更让她惭愧，觉得自己举止不当。

好在Chris根本不看他们俩，满脑子都是自己的计划，一坐下就开始侃侃而谈。

他建议请美女模特做直播来推销汽车耗材，因为汽车用品的客户多半是大男人。这种东西总是要买的，那为什么不从美女手里买呢？这帮男人，美女主播发个嗲就能打赏。现在看着美女视频，买点必需品就能听美女谢恩，哪个男人会不乐意？

没等说完，姚望就同意了："有道理！我怎么没想到！就这么办！"

279

谭丽莎说："这……会不会有点低级？"

Chris说："直男就是这种生物呀！否则为什么车展的模特都最漂亮，最性感呢？"

谭丽莎问姚望："你也是这样吗？"

Chris霸气地对姚望说："咱都别装，把真相告诉她！"

姚望有点害羞地说："反正，美女肯定是会加分的。如果是一样的东西，会照顾美女卖的吧。"

谭丽莎目瞪口呆地看着他们："男的都这么好色吗？"

Chris理直气壮地说："谁不好色？女生也一样！现在很多店都用帅哥给女顾客服务，美女给男顾客服务，连化妆品柜台都是帅哥给女生试妆。谁不想被漂亮的小哥哥小姐姐伺候呢？这是每个人都有的欲望呀！"

"请美女主播，会不会成本很高？"

Chris笑了："加滤镜，加变声，我再给打扮打扮——这么说吧，其实男的戴个假发化个妆，再加个胸垫也可以的！"

"这听起来简直像是在行骗……"

姚望兴奋地说："就这么办！先找个兼职模特试几次，打个样，然后公司可以从客服里内部招聘。但是要防止主播做大了直接跑路……"

"没问题！都包在我身上。这些事情我早就想好了。"

Chris的建议简直是一股清新的妖风，吸引了他们俩的全部注意力，也缓解了尴尬的气氛。他们都迫不及待地想看到这条邪路的结果到底如何，开完会便分头忙碌起来。

谭丽莎迅速和运营制定了策略，先做个低价限量秒杀促销，并特意为这个活动买了流量。争取第一次就把影响力做出去。

这一忙碌就到了晚上七八点钟。姚望建议去谭丽莎家附近的商场吃饭。那里美食多，离家近，还有个超市。Chris欢呼地说他也住那附近，一说小区名字，谭丽莎惊讶："那个小区还挺贵的呢。"

Chris笑道："我住地下室。便宜，一个月两百块钱。"

姚望吃惊极了："两百？"

"对，我那间屋子比较小，反正我一个人嘛，小点就小点。其实地下室也蛮好的，就是衣服容易发霉。所以我经常偷偷拿了自己的衣服在店里熨烫，被我们那个破店长抓到过好几次。"

"地下室不能熨衣服吗？"

"怕我们用电炉子，所以限电。熨斗一开，就停电，没法用。"

大家都很意外。没有想到看起来时尚个性的Chris，过着这样的生活。

Chris继续说："我们那个地下室可传奇了，经常发生那种很恐怖的事情！有次警察都来了，你猜怎么着？有个女的生了孩子，扔在了厕所里！"

谭丽莎惊呼："天啊！你不害怕吗？"

Chris骄傲地说："怎么不怕？当然怕了。可是为了梦想，吃点苦不算什么。"

谭丽莎由衷地说："Chris，我觉得你真棒。"

Chris嫣然一笑："我也觉得我很棒！"

说着话就到了商场，几个不错的餐厅居然都要排队。谭丽莎说："要不去我朋友的店吃吧，吃米粉。"

Chris很开心："是楼下新开的那家吗？那家很好吃的，就是有点贵。一碗粉要二三十块，我平时都吃不起。"

进了店，居然是李泽在跑堂。谭丽莎失笑："怎么是你？你这是彻底过来打工了吗？"

李泽笑道："今天好几个员工请假了，我帮个忙。"

"这都是我公司的同事。这是……"

李泽笑着自我介绍："我是莎莎的朋友。"

传菜口的铃铛响了一下，李泽说："你们先看着菜单，我这就过来。"

Chris说："哎，等一下，你们的老友粉正宗吗？"

李泽说："正宗不正宗这事儿可不好说。每个小店还做得不一样呢，你得自己尝尝。"

Chris苦恼地说："可我也有点想吃这个花溪粉——"

传菜口里，一个女孩子探出头，叫道："李泽！你怎么这么慢！蜗牛似的！送个菜比我做个菜还慢！"

李泽的脸转过去就带上了不自觉的笑意："我有朋友来了，我跟他们打个招呼。"

那女孩一愣，笑道："就你这么讨厌，还有朋友呢？"

话虽这么说，她还是跑了出来，自己给别的桌子送了餐。然后来到这边，看到谭丽莎，愣了一愣，热情地问："你是莎莎吧？"

谭丽莎诧异地说："对，你是……？"

李泽有点腼腆地笑着介绍："这是我女朋友，小悠。"

那女孩笑道："哇，你比照片上漂亮多了。难怪李泽他妈一天到晚念叨你。我要是她，我也惦记你。"

李泽脸一红："嗳，你说这个干吗呀。"

那女孩斜着看他一眼："怎么啦？我当时都没说什么，背后还不能抱怨几句啦？"

李泽做投降状："能，当然能。"

这时别的桌的客人要点菜，李泽要过去，那女孩大度地说："行了，我招呼别的客人吧。你跟莎莎他们聊会儿，我一会儿再过来。"

她去到一边。李泽歉意地对谭丽莎解释："我妈其实特喜欢你，就老在小悠面前说你怎么怎么好。小悠就抱怨两句，不是冲你。"

谭丽莎尽量大方地笑道："我知道。祝贺你啊，我觉得你们俩挺合适的。"

李泽不好意思地笑道："嗨，我们俩就都胸无大志，瞎混呗。"

点完了餐，又来了些客人，李泽就忙去了。小悠也跑进跑出地忙活着。谭丽莎呆呆地看着他们，心里五味杂陈。

她一直以为李泽懒到连谈恋爱都不起劲，今日才知道，那只是因为他和她不算是真正的恋爱。他看小悠时眼睛都在发光，整个人都不自觉地变了，变得和小悠同步。

谭丽莎不嫉妒小悠，可她因自己不曾拥有过这一刻而莫名惆怅，就像她没有对陈明硕动心，可知道他也没有感觉时，她还是心中失落。

姚望小声问："他是你前男友吗？"

谭丽莎点点头。

姚望问："哪个？"

"……什么哪个？"

"我记得你有好几个前男友。有一个因为我跟你吃饭不高兴了，有一个你为了陈明硕把他甩了……"

"……没有那么多。就这个。"

Chris在一边笑出了声，揶揄姚望："帅哥老板，你也太傻了吧！没听说人家妈妈都惦记着吗？这肯定是已经谈婚论嫁的正式前男友啊。"

姚望一惊，问谭丽莎："真的吗？"

谭丽莎点点头："真的。"

"啊？为什么？"姚望看她表情失落，思索一番，自以为是地恍然大悟，"是不是因为他移情别恋了？是因为这个小悠吗？"

谭丽莎轻轻地说："不，是我移情别恋了，是我提出的分手。"

"哦！那就是因为陈明硕了……"

谭丽莎一言难尽地看着他："你是不是爱上陈明硕了？怎么一天到晚把他挂在嘴边？实话告诉你，我和他分手了。"

"啊？什么时候？"

"就是今天中午。他提出的。"

姚望吓了一大跳，心想难怪莎莎心情如此不好。

粉上来了，是小悠上的菜，她还送了小菜。她对谭丽莎充满好奇，但并不妒忌。小悠是个阳光、可爱的女孩。

等小悠走了，Chris小声对谭丽莎说："姐，我觉得她长得跟你有点像。"

姚望说："真的。"

谭丽莎一怔。确实，小悠也有点胖乎乎的，有一双圆圆的眼睛，只是黑一点，个子没有她高。

Chris安慰地看着她："说明他喜欢的就是你这种类型的女孩。但是你太好了，他配不上你，跟你在一起肯定很有压力。"

谭丽莎笑了笑，没说话。当然不是这样，和他在一起时，她还是个自卑的胖子呢。或许，她就是那种永远被发好人卡，却很难被人真心爱上的人。李泽、陈明硕，甚至姚望，都说她是个好人，可他们都没有爱上她。

第五章　告别与新的开始

Chris点的是老友粉。他吃了两口，赞道："哇！这个酸酸辣辣的好过瘾啊！你们要不要尝一点？"

谭丽莎摇摇头，她默默地吃一份花溪粉。选这个是因为看起来肉比较瘦，热量低。

而姚望抱着一碗湖南粉，一边吃，一边想：看来莎莎还是有点喜欢陈明硕啊，所以才这么难过。

这天晚上谭丽莎没去健身房，晚上天天打电话问她："你今天没去健身房吗？"

"我加班，工作忙。怎么了？"

"没事儿，就路过那边没看见你，随便问问。"

其实他在那里等了她很久。他觉得旅行那几天，他已经离她很近了。在飞机上，她与他挨着坐，面对面，说窗外的蓝天就像是大海。

那一刻，他能感觉到，她喜欢有他陪伴。

可出差回来以后，她对他又冷淡了。他忍不住胡思乱想：是因为我失业了吗？可她应该不会那么势利。是和那个帅哥老板有进展了吗？有可能，他们朝夕相处，好像很谈得来。

谭丽莎并非对天天的情意毫无知觉。她不讨厌他，只是顾不上细想。Chris这些年积攒了无数的创意要实施，每个细节都考虑得很清楚，有大量的事情要做。

在姚望的支持下，Chris的计划迅猛推进。很快他们就搞了第一次直播。Chris找了两个业余泳装模特，相貌普通，但胸部丰满。他用在淘宝上买来的便宜货，布置了如老式照相馆一样的假布景：阳光、沙滩、大海、游艇。猛一看像是在海滩上野营度假，但其实桌子上，小推车上、冰桶里，摆的都是机油、防冻液之类的汽车耗材。

两位模特由他亲自设计造型，她们妆容妩媚，穿着漂亮的比基尼，销售方式简单到近乎拙劣。一共就几句台词，两个主题：第一就是发嗲，管所有直播间的男人都叫帅哥老板。第二就是装可怜，搞竞争——都可怜兮兮地说对方业绩比自己好，请帅哥老板们也帮帮小妹。

谭丽莎在镜头外远远看着，觉得此情此景滑稽可笑，十分怀疑是否有人买单，而直播间大哥们的订单却像潮水一样涌了进来。

秒杀的便宜名额并不多，剩下的几乎都是原价，也都顺利卖掉了。两三个小时的直播完成后，这一天的销量就几乎顶上了以前一个月的总和。

谭丽莎彻底傻掉了。直播结束后，她呆呆地问大家："男的，就这么好骗吗？"

Chris笑道："跟你说了女的也一样呀。面对女性客户，帅哥销售员同样好使。"

谭丽莎细细一想："真的！姚望陪我推销空调的时候，胡同里那些姐姐妹妹，大妈大婶什么的，对他可好了！"

Chris说："对哦，比我们姚老板帅的帅哥也不多哦……那要不要下一场卖化妆棉和面巾纸的模特就……"

他们俩齐刷刷地转头盯着他，姚望抗议："不许打我的主意！"

大家都笑了。之前的那点别扭，在这样热烈的气氛中烟消云散。

失落的越南春卷

这场胜利让大家下了班也舍不得走，趁热打铁地商量下一场做什么。

谭丽莎想到她从江南订的食材即将上架，正好用直播的方式促销一次。她把产品给Chris看，都是她亲自精挑细选的速冻美食。好做、好吃、好储藏，适合现代人忙碌快捷的生活节奏。

Chris的灵感马上就来了，决定干脆就搞个金秋美食节，把食品和厨房小家电捆绑在一起售卖。姚望说："莎莎厨艺一流，形象又好，可以做这个直播，对吧？"

Chris摇头："厨艺好反而不适合。要让大家觉得，不会做饭的人也可以做得很好吃。"

谭丽莎一指姚望："走帅哥路线？反正咱们这里有现成的帅哥。"

Chris打量着姚望："你坐厨房台子后面我看看。"

公司有个开放式厨房，拍摄广告图用的。姚望乖乖地坐了过去，拿起一个铲子，笑道："这样吗？要穿围裙吗？"

Chris泄气地摇了摇头："不行。他在厨房里不是那么回事，怎么看都是别人给他做饭的，最好去找个大学生。"

"大学男生做饭？在宿舍里吗？"谭丽莎想起了陆霞在宿舍里开店的往事。

Chris正要进一步解释，谭丽莎手机响了，是天天，说在她公司楼下。

她连忙下楼："你怎么来了？"

天天想说，我想见你。你难道忘了我吗？这么多天了，你一点都不想我吗？

这些天他彻底被冷落了，每次找她都在加班，偶尔在健身房门口等到她，她也匆匆回家，晚上电话都没空与他聊太久。

他只觉得她忽冷忽热，猜不透她到底喜不喜欢自己。越是琢磨不透他就越是停不住地想她。他一贯主动，就索性跑过来找她。

可她眼中只有诧异，没有惊喜，他知道自己还没有资格直接倾诉思念。他假装随意地说："我正好有事路过，就过来看看你。你在忙什么？"

"商量下一场直播的细节呢，就是前阵子跑工厂订的那批货。"

"听起来很有意思，我能看看吗？"

"可以呀。"

两人往里走，他把手里的纸袋递给她："正好我顺路买了份越南春卷，给你做加班餐吧。"

其实根本不顺路，这是他特意跑很远去一个价格不菲的越南餐厅打包的。半透明的米纸包裹着鲜虾，薄牛肉片和五颜六色的蔬菜，晶莹剔透，整齐地摆在牛皮纸餐盒里，他知道她肯定会喜欢。

果然，她一看就高兴地说："哎呀，这个好漂亮啊。又很健康！谢谢！"

他立刻觉得一切辛苦和付出都物有所值。

第五章 告别与新的开始

可她又遗憾地说:"但是我们刚才吃了加班餐了。"

他说:"没事,你放冰箱里,明天早上也可以吃。"

说着话就到了办公室,Chris一见到天天,眼前一亮,欢呼道:"对对对!这就是我想要的那种小帅哥!"

天天吓了一跳,再看Chris长相秀气,对他双眼放光,天天更是紧张。这哥们什么情况?不会是……看上我了吧?

谭丽莎恍然大悟:"明白了!你眼光真好,他是健身教练,身材可好了,穿泳装绝对没问题。"

姚望出差时在酒店健身房吃的那壶醋又泛了起来,在一边阴阳怪气:"那是,他可会脱了,专业的。"

Chris点头称赞:"嗯,看得出身材不错。又年轻,气质像个大学生,真是太好了……"

天天觉得Chris简直在用眼睛脱他的衣服,忍不住惊恐地问:"你们……这什么公司啊?为什么我要穿泳装啊?"

谭丽莎解释:"我们要做直播,这次需要一个男生主播。他觉得你的形象很合适。"

姚望故意说:"而且正好发挥你喜欢露肉的特长。"

Chris沉吟:"也不用脱那么光,姐姐们还是喜欢含蓄一点的。适当的性感就最好了,露太多了反而油腻。"

天天问:"你们这电商是卖什么的啊?不会是在招色情主播吧?"

谭丽莎一怔,笑了:"什么呀,卖食品和厨房用品啦。"

"那为什么要脱衣服啊?把吃的摆我身上吗?听起来很不卫生啊!"

Chris笑得直不起腰:"你在想什么啊?谁说要脱了啊?"

谭丽莎诧异:"不是阳光海滩美男计吗?让他穿着泳装管顾客叫美女小姐姐?"

"当然不是了!那多恶心啊!女孩子喜欢的是都市浪漫风——帅气弟弟一边准备简单又漂亮的美食,一边在家里等着加班的姐姐回家。带感不带感?"

谭丽莎疑惑了:"为什么不让他也用海滩的氛围呢?我觉得女人也喜欢海滩美景啊。"

Chris毫不犹豫地说:"男的喜欢代入自己在海滩游艇上被美女包围。女的喜欢代入有个好男人在家里等她。符合梦想的,就是最吸引人的。"

谭丽莎和姚望交换了一个心悦诚服的眼神,同时说:"行,就这么定了!"

方案既定,Chris注意到了那盒越南春卷:"这个好漂亮啊。"

谭丽莎就说:"大家一起尝尝吧。"

Chris和工作人员都不客气地过去拿了吃,偏偏到姚望和谭丽莎时,春卷只剩下一个。两人同时伸手去拿,又同时停住了,相视一笑,姚望说:"一人一半吧。"

他把春卷一分为二,递给她一半。

天天看他们亲密,心里吃醋,也有点失落,后悔不如不买这盒春卷。

大家收工往外走,姚望对谭丽莎和Chris说:"我送你们俩吧,反正你们俩住得都不远。"

285

谭丽莎犹豫，看着天天，觉得把他丢下不好。天天身段柔软，马上主动说："可不可以让我搭一段车？我和莎莎住得也不远。我可以在莎莎家下车，然后去旁边搭地铁。"

姚望只好同意，心想：他住得离莎莎不远？他是不是经常送莎莎？

车子开到谭丽莎家小区门口，天天对姚望说："我送莎莎上去。你们俩继续往前走就好了。不用停进来了，我看里面也不好停车。"

姚望心想，你倒是会安排，这样我成你俩的司机了！

他说："没事儿，我停进去。这里面我很熟的，我知道停哪儿。"

暗示自己也常来常往。

谭丽莎诧异："你们都不用送我啊，我自己走进去就行了。"

Chris笑眯眯地说："开进去！我们一起送我莎莎姐！"

停好了车子，走到家门口小路上，就看见一辆巨大的车子停在不该停的地方，挡着单元门口，完全不管别人——是顾峰的那辆劳斯莱斯。车里亮着灯。

谭丽莎一怔，姚望也看到了，小声问："你是不是说过他们俩分手了？"

"对啊，难道，和好了？"

"你先发个信息问问Tiffany？咦？有人下来了！"

车门开了，顾峰走了下来。而Tiffany手里抱着一大堆东西，从另一个方向走了过来。

谭丽莎看见顾峰大踏步走向Tiffany，以为他要动手，正在紧张，就听见顾峰亲热地叫道："老婆，下班了？你买了什么？我帮你拿。"

Tiffany站住了，皱眉道："谁是你老婆，我和你分手了。"

谭丽莎这才看到，顾峰手里居然还拿着一束花。

他一边伸手去搂Tiffany，一边说："行了，老婆，别耍小性儿。差不多就得了。"

谭丽莎目瞪口呆：Tiffany搬回家已经好几天了，顾峰连问都没问过一句。此刻却跟什么都没发生似的。这脸皮厚得真让人佩服。

Tiffany生气地道："你别碰我！"

可是顾峰人高马大，早就拽住了Tiffany，她手里的东西掉了一地。三个男生见势不好，正要过去，却见有个男人一把推开顾峰，冷冷地说："跟女孩子说话，别动手动脚的。"

居然是陈明硕，所有人都愣住了。

Tiffany疑惑地问陈明硕："你怎么没走？"

陈明硕说："我看挺黑的，有点不放心，就想着等你到了家再走。"

顾峰愤怒地冲Tiffany吼叫："难怪你这么多天不回家，原来找了野男人了！"

Tiffany生气地道："你嘴巴放干净点！我甩你跟别人没关系！陈总只是顺路送我一段。"

顾峰打量着陈明硕，觉得对方器宇不凡，醋意顿生。他冷笑着对陈明硕说："你不会以为她是什么清纯少女吧？告诉你，她前两天还在老子床上浪叫。"

Tiffany没想到他这么恶毒，气得脸色都变了。

谁知陈明硕耸耸肩，淡淡地道："那也不代表你真的表现好，人家女孩子可能只是给你

第五章　告别与新的开始

点面子。"

三个男生全都偷偷笑了起来，Chris忍不住赞叹："他好帅啊！"

随即他醒悟过来，想起陈明硕曾陪着谭丽莎买衣服。他小声说："姐，这好像是你那个……男朋友？"

谭丽莎勉强一笑："没有啦，从来都不是，也已经分手了。"

这话其实自相矛盾。姚望迟钝，还没反应过来。天天看着谭丽莎的脸色，已经明白了几分。他试探地问："那咱们先别过去，先看看他们说什么？"

这时顾峰仗着自己块头比陈明硕大，挥拳就打了过去。可他平时疏于锻炼，而陈明硕是常年把健身当必修课的那种人，反应敏捷，力量又好。顾峰被陈明硕反手一推，倒退了好几步，险些摔倒在地。

陈明硕警告他："你再敢纠缠她，我就报警。"

又回头对Tiffany柔声说："你回家吧，我来处理就好了。"

Chris又差点喊"好帅"，但想起谭丽莎，赶紧闭了嘴。

顾峰看动手无法占上风，口气软了下来，对Tiffany叫道："你先跟我回家！"

Tiffany冷冷地说："我已经跟你没关系了，你回你自己家去吧。"

顾峰气急败坏地说："你能不能别闹了？你已经跟老子睡过了，还有哪个男人真愿意娶你？你现在跟我回家，别的事咱们好商量。"

Tiffany吃惊地看着他，这才醒悟过来原来那天他突然求婚，是以为她是处女。这一瞬间，她把这个男人看得一清二楚。

陈明硕想替Tiffany反唇相讥两句，却见Tiffany走到顾峰面前，瞪着他，一字一句地说："你个土鳖！居然以为老娘没见过别的男人。实话告诉你，和我上过床的男朋友多了去了，个个年轻帅气，没有一个像你似的，吃了药都硬不起来！"

顾峰没想到一向温顺的Tiffany居然如此泼辣，气得都结巴了："你你你……别以为有个野男人开车送你，你就是天仙了，他就是想玩玩你！你知道自己几斤几两吗？"

Tiffany冷笑道："我看你倒是真应该称一下自己几斤几两——瞧瞧你那肚子，跟怀胎三个月似的。我现在正式通知你：你被我甩了，以后不要再来找我！"

顾峰气得直翻白眼，半晌才说："那你把老子送你的东西还回来。"

Tiffany说："没问题，你等着，我这就给你。"

她上了楼，转眼抱着个整理箱下来了。她把整理箱往他面前一放："这是你送的那堆破包儿和首饰。"又把戒指递给他："这是你的戒指。正好陈总在，给我做个证人。我可都还清楚了。"

顾峰没想到她连东西都收拾好了，彻底傻掉了。前几天他是故意冷一冷她，以为她过几天自然会乖乖地低头回来。以后她就会知道什么是她该问的，什么是她不该问的。

谁知等了几天，Tiffany根本没动静。而家里没了人伺候，自己倒有点不习惯了。这些天，只要回家就有Tiffany嘘寒问暖，跟他说话，有时候吃吃醋，撒个娇，跟小猫似的。Tiffany

又很喜欢收拾家，把屋子弄得漂漂亮亮的，进门就感觉有一股活泼温馨的气息。

　　他其实挺想让她回来的。可能是岁数大了，家里有个贤惠的小女人，感觉还是比单身的时候舒服多了。

　　于是他自认为大度地想：算了，自己的老婆，哄两下就哄两下吧，下次做得隐蔽点。

　　结果一打电话才发现，他已经被拉黑了。他气了半天，终于决定彻底服个软，去把Tiffany接回来，还贱兮兮地买了花。在她家楼下等她时，他简直都被自己感动了。

　　本以为只要他一露面，Tiffany肯定就哭着扑进他怀里，没想到她对他如此强硬绝情。

　　Tiffany在他面前一直忍气吞声，隐藏个性，他便觉得她"本来很乖"，此刻突然"不乖了"，必是受了他人——比如陈明硕这个疑似奸夫的人——的引诱。

　　他痛心疾首地指着陈明硕问Tiffany："你跟我说实话，是不是为了他？"

　　Tiffany不耐烦地说："跟你说一百次，这跟人家没有关系，人家就是顺路送我一趟！"

　　这时Chris忍无可忍地在车子后面喊道："你有完没完呀！死缠烂打的，一点风度都没有！还是不是男人啊！"

　　这话把Tiffany他们吓了一跳。原来他们几个专心吵架，谭丽莎他们又被顾峰的车挡住了，就一直没发现。

　　顾峰一看突然来了这么多人，也觉得丢脸。

　　他瞪着Tiffany，甩下一句："你会后悔的！你再也找不到老子这么好的男人了！"

　　说着气呼呼地抱着箱子开车离去。

　　劳斯莱斯消失在黑暗中，大家一时陷入了沉默。

　　Tiffany看着谭丽莎，突然感觉到了巨大的不安，她语无伦次地说："莎莎，我今天只是碰巧和陈总遇到了……"

　　与此同时，陈明硕也开了口："莎莎，我今天……"

　　谭丽莎连忙挤出满脸微笑："没事没事，你不用跟我解释。我们本来也没什么关系。"

回味无穷的煲仔饭

　　陈明硕还要解释，可谭丽莎转过头对大家道了谢，就上了楼。而Tiffany也跟着她上去了。

　　姚望平时和陈明硕关系很好，此刻却恨他不顾及莎莎的感受。他冷淡地打了招呼，就和天天他们一起走了。

　　陈明硕待了一会儿，也转身离去。

　　Chris看陈明硕走远，愤愤地说："那个陈总好过分哦！刚和莎莎姐分手，就对人家闺蜜献殷勤！还表现得那么……"

　　他本想说"那么帅"，但又气陈明硕让莎莎姐难过，就不肯再夸他帅，换了个说法："他以为他是谁啊？踩着五彩祥云来英雄救美吗？"

　　天天问："那个陈总是她前男友吗？"

　　姚望说："不算吧，就是处着试试。"

第五章　告别与新的开始

"相亲对象？"

"差不多吧……"

"看起来条件是不错，是个高管吧？"

"嗯。算个金领吧。"

Chris尖刻地说："有钱又怎样？他起码也三十多了吧？"

天天笑着说："还好吧，看起来经常锻炼的样子。"

"哼！渣男！谁那么不开眼给莎莎姐介绍的这种人呀，真是的！"

姚望无地自容，好在黑暗中大家也没注意。

同样无地自容的还有Tiffany，她进了家门，就慌张地跟谭丽莎解释："莎莎，其实今天是……"

她突然停住了。她发现，她需要解释的，比她以为的要多很多。

今天快下班时陈明硕给她打电话，说正好有空到她家附近办事，问她在不在家，说要把那个爱马仕还给她。

他说："这么贵重的东西，我不能替你保存。你拿去自己处理吧。"

Tiffany说："我在公司，要晚一会儿才回去。"

"你公司远吗？如果不远，我开车过去一趟。我正好今天有空。"

其实她今天并不方便，要拿的东西特别多：有个做食品的客户送了吃的给她们，最好当晚就放冰箱。

可她知道陈明硕工作忙碌，不好意思让他再专门跑一趟，就连忙说好的。

见了面，他见她拿了很多东西。此刻晚高峰未过，不好打车，就说："我送你吧，反正也顺路。"

在写字楼的地下车库里，她看见一个大号垃圾桶，就说："你等我一下，我去把这个包扔了。"

"还跟这个包较劲呢？那么不想要，还给他不就行了？"

"别的我都打包好了，但这个我就是不想还给他。凭什么他就一点损失也没有！"

"要不然，卖了换钱？"

"那他就会觉得，我就值这个包。我不想要他的钱，可也不想便宜了他。"

他没说话。

Tiffany自嘲地笑笑："你一定在想，这人真无聊。"

陈明硕解释："我只是在想，如果你直接扔了，他肯定不信，以为你在骗他，其实是拿去卖钱了。你的目的就没有达到。"

Tiffany一愣："对啊。"

"所以最好扔的时候全程录像，然后发给他。扔的地点也要好好考虑一下，要让他明白这一扔，你就拿不回来了。否则他就会怀疑你假装扔一下，实际马上就捡回来了。"

没想到他居然帮她想"扔包注意事项"。她哑然失笑："你做事……还真是认真啊。"

"毕竟也是个贵重物品，对你来说也有一定的象征意义。随随便便地就扔了，岂不是有些可惜。"

Tiffany说："那我就扔到大马路上去，让车子把这个包压烂！"

"在马路上扔垃圾是不对的，而且搞不好会吓到司机造成事故。"

"……那我看有没有路过的货车，扔到货车上，让货车带它去远方，可以吧？"

"这个不错，还挺浪漫的。"

两人来到地面上，沿着马路找大卡车。此刻晚高峰未过，车速缓慢，可是货车很少。偶尔有几辆，也都是封闭的。

现在的北京，已经很少见到那种敞着的大卡车了。

Tiffany泄气地说："算了，就扔车库那个大垃圾桶里吧。"

他们沿着马路往回走，突然看到路边停着一辆货车，后门大敞四开，大约是正在送货。

两人同时互望一眼，陈明硕立刻打开手机："赶快行动！我给你录！"

Tiffany拎着那个包，踩着模特般的步伐走过去。经过车厢时，掷保龄球一般将爱马仕扔进深处，完事还潇洒地搓了搓手。

敞开的车门掩护着她，没人注意。她神气活现地走回来，看他还在带着一脸笑录着，就对着镜头，一脸轻蔑地说："看到了吗？这个破包儿再贵，但是我不稀罕，它就一钱不值！"

她甩了甩头，摆了个最拽的姿势停住。可他还在录，她笑道："可以卡了吧，导演？怎么还录啊？"

陈明硕把手机举起，对着远处。Tiffany随之望去，原来搬运工人关上了车门，跳上车，开往下一个送货点了。

那只爱马仕就这样躺在一堆杂货里，从此不知所终。

陈明硕等货车进了大路，逐渐远去，才按了暂停键："完美！"

Tiffany笑道："你应该说——卡！快给我看看录成什么样了。"

陈明硕把手机递给她。她意外地发现他居然很会找角度，懂得如何把女孩子拍得腿长显瘦。

她惊讶地说："可以呀老陈！你还挺会拍的！"

陈明硕笑道："都是给小柔拍照练出来的，她要求可多了。"

Tiffany说："原来是嘤嘤……"

随即意识到不对，连忙把那个"怪"字吞了回去："……的功劳。"

看到自己最后的亮相，她又遗憾地说："哎呀，应该戴个墨镜，气场才足！"

他笑道："够美的啦，你还要怎样？"

"赶紧发给我，我要气死他。"

陈明硕发了视频，她才想起已经把顾峰拉黑了，就笑了："算了，先不搭理他了，留作纪念吧。"

两人一起向写字楼的地库走去，陈明硕说："这会儿好像很堵车。"

Tiffany连忙说："那你赶紧去接孩子吧，我自己回家没问题。"

第五章　告别与新的开始

"我是说，要不要一起简单吃点东西？然后晚高峰可能也就过了。搞不好时间是一样的。"

"也行，那我请你吧。"

她带他去了公司楼下白领们经常午餐的港式茶餐厅，风格怀旧，墙上贴着香港黄金时代的电影招贴画。

他看了菜单就点了煲仔饭，那个饭要等二十分钟才能上。他好像完全不着急。她再次问他今天不需要接圆圆吗？他说圆圆和她妈妈去和亲戚吃饭了，很晚才回来。

煲仔饭比想象中上来得要快，浅褐色的滚烫的砂锅，洁白晶莹的长粒米饭，铺着深红色的广东香肠和碧绿颀长的油菜心。服务生把一碟料汁浇上去，趁热用两只勺子飞快地拌匀，香气四溢，有一种小小的仪式感。

那顿饭意外地好吃，每一道菜都有滋有味，每一句谈话都轻松愉快。他向她道歉，说以前对她有误解。她笑道："没事儿，我背后说你的坏话更多。"

在某个四目交汇的一瞬间，她从他的眼睛里看到了自己的样子，突然意识到自己在不由自主地流露风情。是故意的也不是故意的。她没有想要和莎莎的男朋友怎样，只是面对有好感的异性时，人总难免会不自觉地释放魅力。

扔掉那个爱马仕其实就是因为他的一句话。她的大脑说这是为了与顾峰赌气。可在心底最深处，那里无法欺骗自己并埋藏着真正的原因——她不想被眼前这个高傲的男人看不起。

她飞快地结束了这顿饭，叫服务员结了账，一路上几乎再没跟他说几句话。到了家门口，她坚持让他在小区门口放下她就行。只是因为后备厢东西太多，他才不得不把车子开了进来。

她拿了东西，飞快地逃离，以为一切就此结束。可顾峰居然会突然出现，而陈明硕居然没有走，他留下来保护她。

更可怕的是这一切都被莎莎看见了，现在要解释，她不知道从哪个环节开始才好。

仓促之间，她拿出手机，拉黑了陈明硕，给谭丽莎看："我已经把他拉黑了！"

谭丽莎怔了怔，说："你真的不用这样。我们俩已经正式说过了，既然彼此没感觉，做朋友就好了。"

Tiffany做出一副大大咧咧的样子，笑道："哎呀，就算你不喜欢他，但怎么着也曾经是你的男人，该避嫌还是要避嫌。我真的对他没意思，我对中年男人已经够了。哈哈哈哈。"

这时陆霞从房间里出来，话题便岔开了。

谭丽莎回到自己的房间，这一晚上就没再出来。

Tiffany回到自己的小屋，心里懊悔又难受。错了，从头就错了。那天干吗非要去吃米线？干吗非要在他面前扔掉那个包？干吗要跟他录视频又说笑？干吗要搭他的车？还有他为什么非要跑到公司来送那个包，发个快递不行吗？为什么他还默默在后面看着，又那样护着她，像个从天而降……盖世英雄。

如果这一切都没有发生，莎莎就不会不开心，自己也不会这么难受，心底就不会冒出那一声细细的哀叹：他要不是莎莎的前男友，该有多好。

眼泪居然不打招呼就流了下来，她被自己吓了一跳。她打开窗户，让深秋的晚风吹在脸

上,深吸一口气,默默地对自己说:一个离异带着孩子的中年男人,没什么可稀罕的。莎莎的心情比他重要一万倍。老娘还年轻,后面还有更好的。

而陈明硕,也在辗转反侧,备受煎熬。见到谭丽莎,自己莫名心虚的那一刻起,他就意识到,那是因为,某种情愫的萌芽,发生在与她分手之前。他厌恶自己的不可理喻——很明显莎莎是那个更"应该"被喜欢的女孩,但他心里渴望的却与之相悖。

他懊悔当初听了姚望的话就贸然对谭丽莎展开追求。他分析不出为何会对那个乖张古怪,还有些虚荣浮夸的女孩动了心。心情一团糟,稳定的世界失去了秩序。越觉得不应该,就越留恋这种感觉。

他是个理性的人,并没有把这责任怪到姚望头上,整晚上都在自省。但始作俑者姚望却没有这成熟大度。在Chris的煽风点火下,他觉得Tiffany和陈明硕过分又自私。他愤愤地想,他们接下来大概就要在莎莎面前秀恩爱了。那么莎莎得多难堪啊!不行,我得想点办法。

姚望替谭丽莎担心,天天却松了一口气。他看谭丽莎失落,以为她喜欢的是陈明硕。既然陈明硕已经出局,那么,竞争者就只剩下姚望了。

唯有Chris对这场风波过了就忘。

他满脑子都是雄心壮志,每天去公司就忙着实施计划。

忙碌的工作也让谭丽莎每天可以名正言顺地早出晚归。

有意或者无意地,她与Tiffany的交流就没以前频繁了。

没过两天,谭丽莎就被姚大有叫到办公室,表扬她破格发掘了Chris这样的人才。听说Chris生活条件很艰苦,而她也一直和别人合租,他决定给两位人才简单实惠的回报:提供公司内部的"廉租房"。

谭丽莎早就听说过这项福利。姚大有当年在房价低且不限购时买了很多套档次不同的房子,以远低于市场的优惠价格租给员工,解决员工租房难的问题。高级经理可以有自己的小公寓。普通员工就是普通小区,几个人合住。

姚大有此举并非出于善心,而是深知人都有惰性。员工住进了便宜又省心的公司廉租房,就算对工作有点不满意,能忍也就尽量忍了,而房子又能保值升值,一本万利且一箭双雕。

这些房子暴涨得远超他的预期,有些还成了学区房。姚大有做生意很成功,但他身家中最雄厚的部分,却是这些早期买下的房子。

这个例子让谭丽莎彻底明白了什么叫"时代红利"——公司这么大,这么多人辛勤工作,盈利居然还不如几套什么也没干的房子。难怪以陈柔樱的条件,也要毫不犹豫地抓牢姚大有。时代红利的产物,就如时代本身,错过就很难再有。

Chris满心欢喜地接受了。可谭丽莎却犹豫了。

陆霞给她的房租已经很优惠,她没有搬家的刚需。何况这时候搬出去,Tiffany恐怕会内疚。而且,陆霞需要她这样的稳定租客还房贷。

她就如实把自己的情况说了。姚大有笑道:"你室友这贷款至少要还二三十年吧,你难道也陪她二三十年?"

谭丽莎愣住了。真的，总有曲终人散时。

姚大有又劝道："莎莎啊，我知道你这个孩子厚道。但是你想想看，你搬出去了，你室友才有机会涨房租嘛。公司给你提供的那个房子好得很，就在姚望那个小区里。你上班还可以搭他的车。哈哈哈哈。"

不知道是否做贼心虚，她觉得姚大有好像话里有话。可这时候再说答应，岂不是显得……

踌躇间，办公室的门突然被打开了，一个中年女人走了进来。秘书在后面尴尬地说："对不起姚总，我拦不住她……"

那女人五十岁左右，并不凶恶，温婉的面容，清瘦的身材。谭丽莎觉得她有点眼熟，可一时之间，又想不起她像谁。

那个女人的玫瑰茶

姚大有看着这个女人，并不意外，只是轻轻地皱着眉头，问："你什么时候来的？"

那女人不答，只是环顾办公室，轻轻地说："这是我第一次进你的公司，你连个请坐都不说吗？"

姚大有语气平静："我在开会。我让秘书带你去会议室等我吧。"

与姚大有"开会"的人就是谭丽莎，她顿觉坐立不安："姚总，要不我先出去……"

姚大有还没回答，门外又进来一个人，嘴里说着："爸，刚才那个事儿……"

是姚望。他看到那个女人，愣了一下，惊喜地叫："杨老师？您怎么来啦？好多年不见了！"

谭丽莎彻底糊涂了，这是姚望的老师？那为什么气氛这样怪怪的？

姚望对谭丽莎笑着解释："杨老师以前教过我钢琴，可惜我没坚持下去。"

杨老师见到姚望，犹豫了一下，勉强微笑道："我来求姚总办点事。"

姚望高兴地说："那你们先聊着。爸，咱们一会儿跟杨老师一起吃饭吧？"

姚大有不置可否地"嗯"了一声。

姚望对谭丽莎说："咱俩先出去吧，正好我有事找你。"

谭丽莎不知所措地看着姚大有，他点点头："去吧。"

他们俩刚要出门，迎面看到青姐急急忙忙地进来，劈头盖脸地问杨老师："姐，你怎么不打招呼就跑来了？"

谭丽莎突然意识到，杨老师长得很像青姐。只是青姐有几分男人相，气质威武。而杨老师的五官轮廓却很柔和，就秀气了很多，虽然不年轻了，但身材纤细苗条，举止温柔，女人味十足。

她气质有点像陈柔樱，但没那么天生丽质，可也正因如此，倒多了一种亲和的感觉。

青姐对姚大有急促地解释："姚总，我不知道我姐要来……"

杨老师笑道："小青，你不用慌。姚总要结婚又不是什么秘密，你瞒着我，不代表我就听不到了。"

她又对姚大有轻轻地说："我还以为你这辈子都不会离婚呢，原来只是不会为了我离婚。"

姚大有凝视着她："思竹，我离婚已经七年了，是你一直没有离婚。"

杨思竹一怔："你说什么？你离婚七年了？"

她又转向青姐："你为什么不告诉我？"

青姐无奈地哀求道："姐，你别闹了。姚望还在这里……"

姚望难以置信地看着他们。青姐大名杨青，根本联想不到与"思竹"的关系，居然是亲姐妹。没有任何人告诉过他，公司副总是他年幼时钢琴老师的妹妹。

他轻声问："杨老师，你……"

杨思竹面对姚望，脸上才有了一点愧疚之色。年幼的姚望长得可爱，性格有点憨憨的，不喜欢学琴，但很有礼貌。起初是他母亲送他来，后来父亲送了一次，从此就是父亲送了。那男人长着一双鹰隼一般的眼睛，仿佛能直接看到人的心里去。

她轻轻地说："姚望，对不起。"

姚望不愿相信，转过头看着姚大有："你们俩……是在给我上课的时候吗？"

姚大有避开儿子的眼神，尽量平静地说："你和莎莎先出去。"

姚望瞪着他，不说话。谭丽莎不忍，小声说："走吧……"

姚望突然对他父亲吼道："你就不能找个我不认识的女人吗？兔子还不吃窝边草呢！"

他气呼呼地对谭丽莎说："我们走！"

两个年轻人出去了。姚大有看着杨思竹，有点伤感地叹了口气："你满意了？亏我这么多年，还以为你真的对姚望有点感情。"

杨思竹颤声问道："你离婚为什么瞒着我？"

姚大有站起来，拿起一套精美的茶具，慢慢地泡了杯深红色的玫瑰洛神茶，推过去。

杨思竹冷笑："你这是端茶送客吗？"

姚大有提醒她："你嗓子都哑了。"

杨思竹啜了一口茶，问："你和她在一起多久了？"

姚大有想了想："三四个月？"

"三四个月？你跟她在一起三四个月就决定结婚？"杨思竹冷笑，"一向精明的姚老板，是被什么狐狸精迷昏了头？"

"这些和你都没关系。我不是故意瞒你，只是我太忙了，还没有找到时间跟你说。我还有事，不陪你了。"姚大有对青姐吩咐，"小青，你照顾你姐姐吧。"

说着他站起身来，出了办公室。

办公室里只剩下姐妹两人。杨思竹两眼发直，坐在椅子上。青姐轻声劝道："姐，别闹了，我带你回家吧。"

杨思竹喃喃地说："我一直以为他不会变心……他为了我来北京……"

青姐无奈地叹了一口气："说这些有什么用？姚总说得没错，这些年，你也没有离婚。"

"他不先离婚，我怎么敢离？谁知道他偷偷离了却不告诉我？"杨思竹面色苍白，不甘心地问，"你见过那个女人吗？"

"我没注意。那是姚总的私事。"

第五章　告别与新的开始

杨思竹冷笑："可我听说，人家亲哥哥已经要替代你了，你都不关心吗？"

青姐一怔："你怎么知道？"

"这种事，我亲妹妹都不跟我说，倒要外人告诉我呢。你对他倒真是忠心耿耿，"杨思竹悻悻地道，"我倒要看看离了我的关系，你这个副总能做到几时。"

这句话让青姐忍无可忍地爆发了："我能在这里站稳脚跟是靠我自己的本事！我是从打杂的小助理一步步做到今天的！我在公司从来没有因为你有过一星半点的特权，可是现在却要因为你被姚总猜疑，搞不好要被扫地出门！我还没有抱怨你，你有什么资格抱怨我？"

杨思竹吃惊地看着妹妹："你怨我？"

"我怨你有什么问题吗？从小爸妈就偏心你，好东西都给了你。你学钢琴学跳舞，我只能穿你剩下的衣服！爸妈花钱让你上最好的学校，我差五分可以进重点学校，爸妈都不给我交赞助费！连我的名字都没有你的好听！"

青姐学着父母当初的口吻："小青，你看你的长相，再看你姐姐。小青，你这脾气，将来可不好嫁人。现在你终于知道不受宠的滋味了？你不是想知道那个女人的事吗？好，我告诉你，她年轻貌美，家里有钱有产业，姚总宠她宠得上了天，不但为她挥金如土，还支持她的事业——"

她指着那杯茶，冷笑道："你现在喝的，就是那个女人茶室的茶！"

杨思竹如被毒蛇咬了一般，险些把手里的茶打翻。她惊愕地看着妹妹。从小到大，她都是最受宠的。妹妹不漂亮，甚至也不聪明，只会死用功，连个重点学校都考不上。而她，因为从小被父母培养了文艺特长，再加上关系运作，轻松就进了好学校。

妹妹和自己有争执，父母根本不问是非，永远向着自己。她知道妹妹在公司做得还不错。但她想：那还不是姚大有看在自己的面子上。

此刻，一向在自己面前矮三分的妹妹突然翻了脸，她猝不及防，半晌才颤声道："好啊，亏我这么多年提携。原来我妹妹是这么一条冷血的蛇！"

"好心？提携？我想让你在姐夫面前说好话，在大学里找个工作，你怕我丢人，把我放到姚总这里。我那时一个月三千块什么事都要做。我吃了多少苦，一路勤勤恳恳才有今天！当初是你贪恋做教授夫人不肯离婚，嫌姚总一没学历二没社会地位。后来看他发了大财，你又后悔，让他先离婚。最冷血，最自私的人就是你！"

"你……居然向着外人？姚大有给你几个钱，就把你收买了吗？"

青姐直视着她的姐姐，轻声说："姐，你以为我不知道吗？姚总对你来说不是唯一的，只不过他是那个最好的。"

杨思竹又惊又怒："你说什么？"

青姐冷冷地说："你知道我在说什么。我劝你踏踏实实地和姐夫好好过日子吧。闹大了小心鸡飞蛋打。"

"好啊，你当初求我找工作的时候，可不是这副嘴脸！"

"别说这些了，给自己留点体面吧。我安排司机送你回去。"

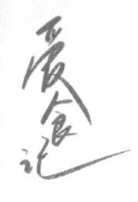

"用不着,我自己叫车回去。"

青姐语带讽刺:"何必客气?说不定明天我就被一脚踢开,这个福利以后可就享受不上了呢。"

她叫秘书安排了司机,秘书带着恭敬的笑意进来,温和地对杨思竹说:"您跟我来,司机在楼下等着了。"

杨思竹看妹妹在公司威风八面的样子,心里一阵巨大的惶恐袭来。曾经她以为自己是不会老的,可原来所有人都有老的那一天。再多的保养,再擅长巧言令色,也抵不过年轻的后浪。

她下意识地拿出一面小镜子,看了看镜子中自己的样子,确定妆容不乱,才跟着秘书走了出去。

青姐在楼上看她离去,才给姚大有打电话:"姚总,我把她送走了。"

姚大有语气平静:"知道了。姚望这会儿干吗呢,是不是一气之下又乱跑了?"

"我马上去确认。"

青姐先去了姚望办公室,没看到人,谭丽莎的座位也空着。她又去前台问:"姚望出去了吗?"

"没看到他出去。"

正在着急,旁边一个员工说:"他们好像在会议室。"

青姐闻讯赶过去,果然老远就看到Chris正说着什么,而姚望和谭丽莎都在认真地聆听点头。年轻人根本没有想象的那么脆弱,人家转头就去工作了。

她打电话汇报:"姚望没有走,他在和莎莎他们开会。"

姚大有本以为姚望一气之下又要几天不来上班,没想到儿子居然变成熟了。他有点高兴,但只是淡淡地说:"行,挺好。"

其实,姚望本来确实是要"愤而离场"的,去哪儿并没想好,反正就是想拉着莎莎找个没人的地方待一会儿,跟她诉苦。

然而谭丽莎小声问:"你要去哪儿啊?"

姚望说:"你陪我出去待会儿。"

谭丽莎一脸为难地说:"要不……你先等我一会儿?我这里还有些工作要处理……很快就好!"

姚望只好回自己办公室等。难怪小时候突然有一天,妈妈不让他去学钢琴了。他当时还很遗憾。他并不喜欢钢琴,可是杨老师温柔可亲,总夸他,每次下课还会给他一颗糖。

突然间他想到,妈妈知道青姐就是"小三"的妹妹吗?

他忍不住给妈妈打了电话。

听到妈妈的声音后,他说:"妈,今天杨老师到公司来了。"

姚望妈妈愣了一下,冷笑道:"看来你爸要再婚的消息刺激到她了。哪个嘴快告诉她的?"

"不知道,青姐也很意外。"

姚望妈妈幸灾乐祸地说:"杨思竹一直以为她多有魅力,男人都被她迷得死死的。现在她老公退休，人走茶凉，啥待遇都没了。你爸也不要她了，活该！她这个人就是自私，这么闹也不怕给小青惹麻烦。"

姚望意外极了："你早就知道青姐是她的妹妹？为什么你没有告诉过我？"

"不想让你一个小孩子知道这些乱七八糟的事啊。再说，恐怕你在公司里跟小青又处不好了。你这孩子跟我一样，忍不住气。其实小青人不错的，跟她姐不一样，这些年没少帮我。"

姚望妈妈继续念叨着："哎呀，你不用担心我受什么刺激。我跟他离了多少年了，只要他别少给我儿子钱就行。你放心，你爸跟我打过招呼了，他说他不会跟那个小媳妇生孩子的……"

她语气洒脱，可是姚望听出母亲在担心自己。他小时候很喜欢杨思竹，总说杨老师温柔善良。甚至还说过"妈妈你要是像杨老师那么温柔就好了"。

可妈妈在得知丈夫和杨思竹的关系之后，一个字也没有跟他提起。她只是默默地停了他的钢琴课，借口是反正你也不好好练琴。他现在才知道，真正温柔体贴的是自己的妈妈，不是那个会笑、会说好听的话、会发糖果的杨老师。

这时谭丽莎回来了，看他在打电话，刚要出去，就听他温和地说："好了妈，我还要上班，先不跟你聊了，回头我去看你。"

Chris也来敲门，进门就一脸兴奋。

谭丽莎担心姚望的心情，小声对Chris说："姚望这会儿有事……"

Chris期待地张望着："你们在开会吗？那你们什么时候开完会？我过一会儿再来？"

谭丽莎迟疑着，姚望却在她身后平静地说："不用过一会儿，咱们现在就去会议室。"

谭丽莎转过头，却发现他神色如常，仿佛什么都没发生过。

大家一起去了会议室。姚望努力把全部注意力都集中在工作上。母亲的谈话，谭丽莎的表情，让他突然意识到，一直以来，所有的人都在照顾他的感受，连他的员工开会都要考虑他的情绪。

很多人说他被宠坏了，他一直不服气。现在他承认，自己确实是被宠坏了。

在那一瞬间，他无师自通地学会了控制好自己的情绪，把工作放在前面。他认真听着Chris的汇报，及时给出反应。Chris收到这样的回馈，越发积极表现。当青姐路过时，看到的就是这样的场景。

而谭丽莎看着姚望镇定自若的样子，突然觉得，年少时看他在篮球场上挥洒自如的感觉又回来了。她觉得他穿着衬衫那么好看，他对Chris的建议赞许点头的样子好迷人。

她以为自己早就对他平静了，可是突然之间，她的心又开始跳个不停——他真的，好帅啊。

含义丰富的怀石料理 ● ● ● ●

工作谈得差不多了，姚望说："今天别加班了，你们俩要准备搬家了吧？"

Chris说："我不用准备，我的东西很少，都放在箱子里。今天晚上就可以搞定。"

谭丽莎有点为难："我还没决定住过去——陆霞要还贷款。我要是突然搬出去，对她不太好。"

"我带你先去看看那个房子吧。"

"也行。"看看就看看，她也好奇。

这时秘书过来找姚望，他就先出去了。谭丽莎正看着姚望的背影心旌摇曳，冷不防Chris在一边笑呵呵地说："你喜欢他啊？"

谭丽莎吓了一大跳，本能地遮掩，可又心虚："没，没，没……没有！"

Chris惊奇地道："你否认什么呀？这又不丢人！这种又帅又可爱的男人，谁不喜欢？你喜欢他不是很正常吗？"

"……我表现得很明显吗？"

"一般明显吧。反正太直的直男，恐怕看不出来。我要是你，就先把他给睡了。"

谭丽莎脸都红了："你在说什么呀！"

Chris理直气壮地说："直男都很简单的。睡第一次就有第二次，形成习惯，他就是你的人了。"

谭丽莎没好气地说："你说得轻巧。我跟他聊天聊一晚上，他碰都不碰我。"

Chris笑道："姐，你怎么这么傻？他不主动，你主动不就行了？我看帅哥老板对你也有意思，保证一推就倒！"

谭丽莎怔住了："你觉得他对我有意思？"

"当然啦，他对你那么好。相信我，直男不会平白无故地对一个女人那么好的。"

"但我们是老同学，他把我当哥们……你不觉得他对谁都很好吗？"

"但你毕竟不是男的呀。再说你看天天来的那次，他吃醋吃得好明显哦。万一他推三阻四假正经，你就这样看着他——"Chris活灵活现地表演着深情款款兼可怜兮兮："你就让我快乐一天，好不好？直男都好色又心软，他绝对会顺水推舟从了你。"

他笑道："只要你把他睡了，他就不会把你当哥们了。百试百灵！"

谭丽莎想起班花的假装绝症策略，觉得这话有些道理。她心里也隐隐地觉得，每次只要天天在面前，姚望好像就真的有点不同。

可是——

她不甘心地问："如果他对我有意思，为什么不来追我呢？"

"哎，帅哥嘛，从来都是人家追他，他不会追别人啦。"

谭丽莎叹了口气："你错了。他不但会追别人，还追得特别有诚意。他默默地给人家做了好多事，甚至都不敢承认是自己做的。"

Chris有些意外："啊？什么时候的事？那女的是什么人？"

"就是不久之前。人家是个大美女，颠倒众生的那种。"

"哎呀，追那种大美女，就像排队买包一样，就是看大家都抢，脑子一热，也跟着抢。大半都是为了虚荣和攀比，不作数的。"

Chris推心置腹地说："姐，帅哥老板这样的极品男人，必须先下手为强。这时候你还讲什么矜持呀！赶紧把他拿下！"

第五章 告别与新的开始

"我不是矜持。我就是……哎呀，算了算了，不说这些了。我那边还有些事要做。"

她以工作为借口，仓皇逃出会议室。她终究还是没好意思把真正的理由说出来。如果是几个月以前的她，能在他心里混个备胎的位置，都会喜出望外。可人总是得陇望蜀，她亲眼见到他对陈柔樱的追求，就无法再接受自己需要用这样的方式上位。

怎么，我就那么不配吗？如果要我用尽心机，他才接受我，那么这样的感情，我宁可不要……可是，真这么错过了，我老了以后会不会后悔啊！

正在胡思乱想，秘书请她和Chris一起去直播间那边。过去就看到Catherine来了，正笑意盈盈地跟姚望说着什么。

Catherine兴奋地说："莎莎，我带了一些样品过来，你看看哪些可以在你们的店里上架？"

原来Catherine终于搞定了工厂，得胜回京。代价是给了老韩一些遣散费，以及失去了一些老客户，急需开发市场。她把之前做好的一些样衣拿过来，看是否有合作机会，也是取取经。

Chris拿起一件T恤看了看，撇了撇嘴："这种小领口，真不知道是谁发明的，就算不勒脖子，也容易显脖子短。这世上有谁会嫌自己脖子不够短的吗？领口挖大一点又不会真的露出什么。"

说着又拿起一条裤子："这种低腰裤，最容易显腿短，还容易勒出一圈赘肉。除了超模，没有几个人穿上好看。也不知道怎么就可以流行这么多年。"

如果是几个星期以前，Catherine大概会当场翻脸。但此刻她在工厂历练过，马上意识到这是个人才，惊喜地问："这位是？"

姚望说："这是我们的销售主管Chris，负责电商和直播业务。"

Chris惊讶了一下，但没出声。他的头衔本来是运营经理，当时已经算是破格，没想到姚望又当场给他升了官。

谭丽莎明白这是姚望挽留人才的手法，暗暗佩服他反应快。到底是姚大有的儿子，只要用点心思，马上就不一样。

大家正聊着，她手机响了，居然是陈柔樱。她走到一边接电话，诧异地问："小柔？"

陈柔樱愉快的声音立马从电话里传了过来："莎莎，晚上我请你吃饭好不好？我有件事想求你呢。"

谭丽莎惊奇地道："你有事求我？"

"是呀。那个餐厅超难订的，保证你会喜欢，但是我只能订到今天晚上。"

说着，她把餐厅定位发了过来。

谭丽莎实在是好奇陈柔樱能找她什么事，就答应了。

打完电话，她把姚望叫到一边："小柔晚上约我吃饭，说有事求我。那房子我明天再看吧。"

这时Catherine过来，笑道："都别推辞，晚上我请客！我们去吃小龙虾！"

谭丽莎说："小柔刚刚约了我吃饭。"

Catherine一看餐厅名字，惊呼："哇！这家很不好订，是怀石料理呢！我去过一次，超棒的！"

谭丽莎依稀知道怀石料理是一家又贵又不好订的高级餐厅，但从没吃过。再一看价格人

299

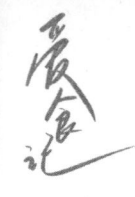

均上千，更疑惑不知陈柔樱要求她做多为难的事，请这么昂贵的客。

姚望把谭丽莎叫到一边，小声说："肯定又是说她婚礼的事，我爸肯定会借机说奖励你，请你免费去欧洲。咱们都别去，谁爱去谁去！"

他气鼓鼓地说着，又变回了那个拉帮结派的中学生。

她觉得他很可爱，就故意遗憾地说："可是我还没去过欧洲呢……"

"不就是个破欧洲吗，回头我请你去不就好了？"姚望悻悻地说，"对了，你别忘了跟小柔说清楚，你跟陈明硕已经没关系了。"

他说要请她去欧洲，是两人单独去吗？他让她赶紧说清楚与陈明硕分了手，是不是在吃醋？她想起Chris说的：他对你也有意思。

心又开始跳，也又开始犹豫。或许还是应该放弃那点莫名其妙的自尊，自己又不是什么国色天香的美人，哪来的那么多矫情的想法……

Chris的叫声打断了他们："我有想法了！我觉得这个可以做！你们快点过来一下！"

下班后，谭丽莎如约去见陈柔樱。餐厅外面低调，进了门别有洞天，清幽雅致。服务员把她带到包间，陈柔樱已经等在那里。她穿了一身用色大胆，对比强烈如浮世绘风格的衣服，粉面朱唇和餐厅的日式风格相得益彰，像个精工细作的绢人娃娃。

陈柔樱笑道："这家没菜单，看大厨的心情，按季节搭配。不用点菜，倒也省事。"

服务员出去了。谭丽莎问："你找我，有什么事？"

陈柔樱撒娇道："那你先答应我，听了不许拂袖而去。好歹也要吃了我这顿饭才可以走。"

谭丽莎说："没问题，你说吧。"

"还有，咱俩今天的谈话，你可别说出去。最好也别告诉别人我请你吃饭了。"

谭丽莎一怔："但是姚望和Catherine已经知道了。"

"他们俩倒是无所谓。最主要别让我哥知道，也不能让姚总知道——他跟我哥太熟了。男人之间也八卦得很呢。"

"到底什么事呀？"

这时服务员进来开始上菜，玩具似的小盘小碗，五颜六色的食物，每种都只有小小的一片、一块、一团，以考究的方式组合在一起，漂亮得好像迷你景观。就是太美观了，以至于都看不明白是些什么食物。

服务员边上菜边介绍，专有名词一大堆：什么先付、八寸、这物那物的。而每一道菜又都有寓意，暗合季节，门道很多。说完了这些，又催她快吃——"现在吃就是最合适的，过一会儿温度不对，就不是最佳口感了"。

总之还没开始吃饭，先灌了一堆知识点。第一轮菜上了之后，总算消停了一会儿。

陈柔樱开门见山地说："你知道我哥喜欢你室友吗？就是Tiffany。"

谭丽莎一怔，没想到她居然说这个。她点点头，尽量大度地说："那很好啊。"

陈柔樱同情地说："我觉得他这样不好，让你多别扭呀。你知道，我当然是希望他和你在一起了，毕竟你是我的大恩人呢。可是你也知道，感情这种事……"

谭丽莎打断她："如果你是替他道歉，那就没必要了，我不介意的。其实我和陈总也没正式开始过。"

"可是Tiffany把他拉黑了，我哥也不敢去找她，所以我只好来求你了。"

"求我？可我没不让他们来往啊。"

陈柔樱轻轻叹息："可他们都怕你心里不舒服呀。我哥其实特别看重你，他不想让你感觉不好。Tiffany把他拉黑了，他什么也没说，也没有再找她。可是我想，莎莎你是最大度的。所以，你能不能把他们俩约出来，让他们见个面？"

如此大费周章，原来是为了这个。谭丽莎问："这都是陈总跟你说的吗？"

陈柔樱哑然失笑："他？他有这个本事，就不会被离婚了。我哥在感情上就是个大笨蛋。他根本就不承认他喜欢Tiffany，可这种事怎么瞒得过我？所以我刚才跟你说，可千万别让他知道我来找过你。"

原来，陈柔樱前阵子见哥哥家里居然摆了个爱马仕包，就好奇地问了问。陈明硕只说有个女孩要扔，暂时放在他这里。

陈柔樱在感情方面何其敏感，马上就意识到哥哥对这个女孩不一般。果然没多久就听说了他和谭丽莎分手。略一试探，就套出了那晚的尴尬局面，也知道了哥哥的心思。

谭丽莎心里五味杂陈，想不到陈明硕也会像个幼稚的小男生一样患得患失，遮遮掩掩。他"追求"她时就毫无障碍，就像他谈工作一样有条不紊。

服务员又过来上菜，打断了她的伤感。等服务员走了，她对陈柔樱说："行，我知道了，我去跟他们说。"

"你就约他们爬山好不好？我哥很喜欢爬山的。你约他，他肯定会来，到时候你就让Tiffany出现？"

谭丽莎坚定地摇了摇头："不。我不要搞那些小动作，我会光明正大地告诉他们不要介意我，如果彼此喜欢，就应该在一起。"

"可是我哥这个人在感情方面其实很不开窍……"

"没有不开窍。不开窍，就是还不够喜欢。"

她说给陈柔樱，也说给自己听。

陈柔樱点点头："好吧。你说得也有道理。"

然后她做瘫倒状，笑道："反正我是尽力啦。好丢脸啊，这辈子第一次做媒婆！又和你说这么讨厌的话。不说他们的事啦，我们好好享用美食！"

谭丽莎晚上回到家，正撞上Tiffany，还没等她说话，Tiffany就主动说："莎莎，我有话跟你说。"

谭丽莎以为她要说陈明硕的事了，连忙说："好呀，说吧。"

Tiffany小声说："这房子，我们可能住不长了。"

谭丽莎吃惊地问："怎么了？"

Tiffany说:"我妈跟我说,陆霞她弟交女朋友了。接下来肯定要催陆霞把房卖了,给她弟结婚用。"

陆霞弟弟在饭馆一条街巡逻,认识了一个服务员小妹。他上次挨打换了几万块钱,手头阔绰,又跟人家吹嘘自己在北京有一套房,在横店做过群演,很快就打得火热,已经开始谈婚论嫁了。

谭丽莎吃惊地问:"她弟才多大啊?有没有二十岁?"

"过了年就虚岁二十二了。在农村,可以结婚了。陆霞她妈还等着抱孙子呢。"

"那陆霞知道了吗?"

"我妈都知道了,她怎么会不知道?"

正说着话,门开了,陆霞加班回来。谭丽莎和Tiffany还没商量出个所以然,只是看着陆霞。

陆霞看了看她俩,面有难色地说:"我有话跟你们说。"

Tiffany问:"是不是……你弟要结婚了?"

陆霞叹了口气,说:"对不起,房子我得卖了。我跟家里说了,春节回家的时候,就把钱给我弟。"

工作餐里的心思

谭丽莎着急地说:"凭什么呀?这是你辛苦挣的钱呀!"

陆霞垂着眼睛,慢吞吞地说:"没办法,当初我答应我妈的。"

"当初?你答应了什么?"

原来,陆霞的父母本来没打算扶持陆霞升学,想着让她初中毕业就赶紧出去打工。可偏偏陆霞的学习太好,居然不声不响地考上了县里的重点寄宿高中。父母得知后,脸色变得非常难看。考上高中,意味着她要晚几年出去挣钱了。一个女孩子,读那么多书干什么!

绝望之际,陆霞的班主任出手相助。班主任是个胖胖的中年妇女,因为有正式编制,不担心失业,在教学上没什么进取心,平日爱打麻将,爱贪小便宜,幸福地混日子。

听说陆霞家里不让她上高中后,班主任居然把陆霞单独叫到办公室,嘱咐一番,又跑去跟陆霞的父母唠家常:"这挣钱的事,我们的目光要放长远一点。现在小霞一个初中生,去打工挣的钱也就够她自己吃饭。哪怕你们让她混个高中毕业,她都可以当个组长啥的,工资高好多呢。"

陆霞妈妈有点动心,陆霞爸爸却简单粗暴地说:"她能读个啥出来?过几年嫁个人,给她弟弟换彩礼!"

班主任不慌不忙地笑道:"哎呀,说了你们可别生气——小霞这个样子,还能嫁什么好人家?可要是读个大学,去个北京上海啥的,最多一两年,就把读书的钱都挣回来了。再说,你家弟弟还小,姐姐趁这两年读个书,等弟弟该结婚了,她也挣大钱了,多好!"

陆霞的爸爸心思也活动了。班主任又补一句:"读个大学,彩礼都能多要点。万一小霞在城里嫁了人,那弟弟不就更有的依靠了?"

陆霞从小不爱打扮,姿色平平,还戴个眼镜,嫁人的潜在价值不高。陆霞的父母被说动了,就去试探女儿。陆霞早被班主任叮嘱过,马上主动跟父母赌咒发誓挣的钱都回报弟弟。

也幸亏弟弟不争气，念书连及格也难，眼看升学无望。陆霞父母嘟囔着一句"看不出这女孩子倒是会死读书"，就给陆霞读高中开了绿灯。

去县城上高中之前，陆霞特意去找班主任辞行道谢。班主任正在麻将桌上奋战，都懒得下来，只是笑道："哎呀，谢啥谢，就是说几句话吗。你呀，考个好大学，留在城里，好好挣钱，比啥都强！"

谭丽莎被陆霞的故事震惊了。在她的世界里，大部分女孩都是独生女，上不了大学的唯一原因就是没考上。她不知道陆霞连上高中都要这么大费周章。

Tiffany出主意说："那你也别都给他们，自己留点。反正他们也不知道你到底卖多少，做个假账糊弄他们还不容易？"

陆霞笑一笑："没事儿，就当是我买自由的钱了。反正这回卖了，以后他们就不惦记了，就是对不住你们俩了。"

谭丽莎说："其实我倒是有地方住了——我最近业绩很好，公司奖励我一套房子住，租金很低。"

她又对Tiffany说："你要是一时找不到房子，也可以去跟我挤几天。"

Tiffany不好意思地说："我最近已经开始存钱，不再买那些东西了。我没问题的。你们放心吧。"

陆霞又钻进房间忙碌去了。Tiffany和谭丽莎留在小小的餐厅里。

谭丽莎先开了口："你拉黑陈明硕，是不是怕我别扭？"

Tiffany一怔，强颜欢笑："避嫌是一方面啦。关键是，我跟他又没什么交集，拉黑不拉黑也没什么区别……"

"怎么会没区别呢？他那天当时护着你的样子，真的很帅。他在我面前，从来没有那么有魅力过。"谭丽莎轻轻地说，"你知道吗，就是那一刻，我才明白，我的每一个前男友，跟我在一起就是凑合。所以他们和我在一起的样子都那么乏味，那么不可爱。"

Tiffany又愧疚又难过，她连忙说："莎莎，不是这样的。他当时可能就是偶尔路见不平拔刀相助了一下。也可能，他就是看不起顾峰那种人。总之，那就是个纯粹的偶然！什么都不能说明！"

谭丽莎认真地说："可那样的时刻，就算是偶然，也很珍贵呀。我到现在也没有遇到一个这样对待我的男人。所以，我不想让你错过你这缘分。"

Tiffany触动心事，低头道："可也许他并没有那么想，我觉得他其实很看不起我……"

"不管他到底怎么想，你也得把他从黑名单里放出来，才能知道啊。再说，我可不希望你们俩到七老八十了，对自己的孙子孙女说——"谭丽莎一边笑，一边学着苍老的声音，"啊，奶奶我本来有个真爱，就是因为他跟我好朋友处过几天，我怕我好朋友别扭，我们俩就错过了！"

Tiffany被她逗笑了，嗔道："什么真爱啊，最多就是有点小火星……"

谭丽莎马上盯着她："咦？你承认有小火星啦？"

Tiffany脸红了："我这个人不像你那么认真，我跟好多人都能擦出火花。所以我也不是

303

非他不可……"

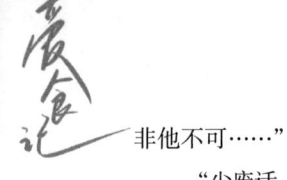

"少废话，先把他从黑名单里放出来。"

Tiffany拿出手机，突然又犹豫了："莎莎，你真的不介意？我不想因为你人好、大度，就做让你不开心的事。"

谭丽莎坦白地说："我确实别扭了几天，不是为了你也不是为了他，是为了我自己没有体验过那种感觉。可是现在我完全不介意了——跟小霞的事比起来，我们这点感情上的小破事儿，又算得了什么呢？"

Tiffany也感慨："是啊。我一直都觉得我父母好普通，平时帮不上我任何忙。可现在才知道，原来他们已经帮了我很多了。"

"再说，有一点你尽可放心，我是真的对陈明硕没感觉。我只是没有被这么上档次的男人追求过，所以就愿意跟他试试。"她又自嘲地笑了笑，"当然现在也明白了，他其实也不算追求过我。就算是，跟我尝试着凑合了一阵子吧……"

"莎莎，我这话可能听着有点假，但我真的这么想的——你值得更好的男人。陈明硕能给你提供的那种生活，可能对于很多女孩子来说已经足够满意，但远远不是你想要的，对吗？"

谭丽莎点点头："至少我不想在我这个年纪谈恋爱的时候就有个小孩儿跑来跑去的。而且说现实点，我喜欢出差、喜欢到处跑、喜欢工作。我不想现在就跟他过那种居家日子。"

"那姚望倒真是很适合你了。你和他怎么样？"

"说了你不要笑我——也许我姿态低一点，和他是有戏的，但我就是不甘心。我想要他像当初追陈柔樱那样追我。当然我知道那是痴心妄想，可如果不是这样，我觉得就没意思。"

Tiffany点点头："我明白。你不想再凑合了。"

"也许有一天我会愿意和别人凑合。但是他，就绝对不行。"

话音未落，她的手机就响了，是姚望发来的信息：吃完了没有啊？怎么都不理我？

谭丽莎就回复：刚吃完。在家呢。

姚望马上就打电话过来，谭丽莎对Tiffany说："我接个电话。"

Tiffany一脸八卦地笑道："是姚望？"

谭丽莎一边点头，一边往屋子里走，Tiffany笑着说："看起来好像倒也不是痴心妄想哦。"

谭丽莎走回屋子，姚望埋怨地问："你们俩怎么吃这么久？"

"那个饭就是很高级，也很累人。"

"好吃吗？"

"好吃，但是没事儿也不想再去吃了，好耽误时间啊。"

"适合小柔那种闲人。她是不是为了她哥找你？"

谭丽莎意外，陈柔樱明明叮嘱她不要告诉别人。她问："你怎么知道？难道她也跟你说了？"

"她当然不会告诉我了，但是我也有我的情报！"

"情报？"

"陈明硕要到公司来工作了，他那么对不起你，所以她赶紧替她哥向你赔罪，对不对？"

第五章 告别与新的开始

"啊？陈明硕要来公司工作？"

"啊？你不知道？她没跟你说？"

两人都糊涂了，交换了信息。谭丽莎只说陈柔樱是替她哥哥道歉，没有提Tiffany的部分。而姚望则是从Catherine那里得知，姚大有正在考虑让陈明硕接替青姐的工作。

"陈明硕答应了？"

"肯定会答应吧。他新公司没多少业务。我们公司本来也是他帮忙弄的，过来轻车熟路。我爸给他的不会比给青姐的少。"

谭丽莎暗想：姚大有简直像个土皇上，热衷于任用外戚。只是这话当然不能当着姚望的面说出来。

"你爸会开掉青姐吗？"

"开掉可能不至于，但至少不会再像以前那样信任了。我爸这个人，做派就跟土皇上一样，任人唯亲，就爱用外戚。"

谭丽莎差点笑出了声，他总是和她想得一样。

姚望絮絮叨叨地说："唉，我现在才知道，小柔也不单纯。嘴上说着婚前公证都听我爸的，实际上把自己哥哥安插进来。反正以后我的部门不许陈明硕插手，我全都要独立出来。"

谭丽莎笑道："没必要在这种事上赌气吧？陈明硕工作上应该很靠谱的。"

姚望悻悻地说："那当然，谁能比他精明呢？好处都让他占了。一边装正人君子，一边勾三搭四！不过，我不是为了跟他赌气，主要是，我要做我自己的事情。"

这话有几分成熟了，可随即他又说："不过你也是傻，还在替陈明硕说话。"

"喂！你说谁傻？我这是客观评价！"

两人在电话里拌起了嘴，一会儿又笑了。说起陆霞的事，姚望说，卖房子其实是好事，因为这一套房子的坐标已经暴露，不卖也会被找上门。折现之后，反倒好做手脚。

两人聊到困倦了，才各自睡去。

第二天到了公司，姚望居然没来。谭丽莎暗想，这人昨天还一副要好好工作的样子，今天就做翘班老板。午餐时，她在公司食堂见到了陈明硕，他正用员工餐卡买饭。

陈明硕主动解释："最近我会来得比较多一点。你们公司食堂的饭不错，我就干脆去领了个饭卡。"

谭丽莎问："你是要过来工作吗？"

陈明硕犹豫了一下，小声说："情况有点复杂，回头我单独跟你说。"

谭丽莎就说："那我们让餐厅打包，拿去会议室吃吧。"

他们带着简单的食物找了个小会议室坐下。陈明硕说："我的公司现在经营得不太好，正好姚总希望我过来，我就临时来帮忙一阵。"

谭丽莎问："你是来代替青姐的吗？姚总是不是要赶青姐走？"

陈明硕叹了口气："不是姚总要赶青姐，是小柔——青姐是姚总前女友的妹妹，小柔很介意。"

谭丽莎怔住了："为什么？小柔不是懒得管公司的事吗？"

"她没有安全感。正好我又失业，她就觉得我过来是一举两得。但我最多只临时过渡一下，不会总在这里的。"

"你不想靠她的关系？"

"这只是很小的一方面。主要是我不看好姚总的生意——我不是说他会赔钱，而是他发大财主要是赶上时代红利，在地产上狠狠赚了一笔。他自己也复制不了过去的成功。如果没有独家货源，电商不过是个二道贩子，没什么核心竞争力。"

陈明硕指着餐盘里的食物，说："就事论事地说，青总对公司没得说。就说这个食堂吧，你发现了吗？所有的鸡肉鱼肉都没有骨头。这样降低了很多风险和时间成本。她的工作就可以做到这么细。虽然小柔是我妹妹，可姚总为了她疏远青总，这是任人唯亲。这种态度，公司做不大的。我已经被裁员过一次，难道等着第二次被公司裁员吗？"

谭丽莎佩服地说："你真的很清醒。"

"这不过是经验。对了，还有件事，我想跟你解释一下——那天我突然跟你提出我们做回朋友，其实还有一个原因——当时姚总已经特意来问我了，如果我和你关系太近，他就不会再重用你。"

谭丽莎疑惑地问："为什么？他不是很信任你吗？"

"那他就会觉得公司被小柔的人彻底控制了。他这人，大概除了对姚望，对谁都不会真正信任。"陈明硕似乎有点不好意思地笑了笑，"我就是想说，我当时真的不是急着恢复单身什么的。像我这种失业又有孩子的离异男人，除了好好带孩子，也没资格惦记别的女孩子。希望你别误会。"

谭丽莎忍着笑，说："但是'别的女孩子'已经把你从黑名单里放出来了。"

陈明硕一怔，手里的食物差点掉在了桌上："啊？"

谭丽莎悠悠地说："陈总啊，女孩子总是希望有人追的。人家都把你从黑名单放出来了，接下来的事，不需要我教你吧？"

陈明硕无法否认，又不好意思承认，有些局促不安地说："莎莎，我，其实我没有，不是……"

谭丽莎从没见过陈明硕如此狼狈，忍不住笑出了声："行了，快别想词儿了，越抹越黑！我可是准备好磕你们俩的CP（couple的简写，夫妻）了，你别让我失望啊。我要看到进度！"

他不好意思地笑了，又带着感激。他想起那天他在派出所第一次见到她，只觉得这是个正直勇敢的女孩，仿佛一个小太阳，把周围都照得亮堂堂的。后来，他看她渐渐绽放光彩，越来越优秀。

他由衷地说："莎莎，我这话没有别的意思，但是我真的觉得，我配不上你——你是前途无量的。"

谭丽莎开朗地一笑："我也觉得！"

多日以来的阴霾都被驱散了。他和她都觉得，对方的确是个值得交往的好朋友，只是他们不适合做情侣。

这天直到快下班时，姚望才出现。他笑嘻嘻地对谭丽莎说："走吧。"

"去哪儿？"

"去看你的房子呀，本来昨天就该去看的。"

暖居的海鲜火锅 ● ● ●

Chris恰好路过，听见这话，马上开心地说："姐你赶紧搬进去吧！公司给的房子超好的！连家具都配好了！拎包入住！"

说着，他拿出手机给谭丽莎看照片。他的宿舍和谭丽莎现在住的房子有点像，只略新一点。装修风格简单大方，确实很不错。

半小时后，谭丽莎被她那套房子"不错"的程度惊呆了——宽敞明亮的一居室，面积比很多两居室都大。窗户正对着园区花园，此刻是深秋，正是叶色最缤纷之际。屋内是浅色的木地板，家具不多，但款式都很好看。

最可爱的是那个小沙发，墨绿色的油蜡皮，薄薄的坐垫和靠背，旁边一个黄铜色的复古式落地灯，美如文艺电影中的场景。

谭丽莎北漂本色尽显，脑子里闪过的全是租房软件上的图片和价格：这个位置，这个小区，这个面积，这个朝向……月租肯定要上万啊！

她从客厅走到阳台，看了卧室又看了厨房。橱柜里准备了一些餐具，台子上放着可爱的多士炉，还有一套款式漂亮的白色木柄锅。

她吃惊地问："这之前谁住的啊？怎么看起来这么新啊！"

姚望含糊地说："以前有人住，后来搬走了。最近又打扫了一下……"

当然不是简单的打扫。短短几天内搞定这样的布置，即便是对姚望这样预算充足，又有装修经验的人也并非易事。

谭丽莎没有继续问。她的注意力完全被房子吸引，像个没见识的游客一样，拿出手机，开始拍照。

姚望问："你还满意吧？"

"满意，满意，太满意了。我真的没想到，我之前都不敢想……"她转过头，感动地看着他。

他有点紧张又有点开心：她是不是知道了？

只听她万分感激地说："原来公司的待遇这么好啊！难怪Chris刚才还在催我赶紧住进来。"

姚望尴尬地笑着。他怕自己做得太明显，给Chris那边也配了新家具。但此刻又恨自己掩饰得太好了。

他问："那你什么时候搬进来？"

几个小时之前，谭丽莎还在为要从陆霞家搬出来而惆怅，但此刻这间梦幻小屋让她彻底变节。新的诱惑冲掉了旧的伤感。她甚至庆幸陆霞必须卖房，免去了她的纠结之苦。

她很没出息地说:"我今晚就想搬进来。但是我还没收拾东西。"

姚望建议:"那我们今晚先在这里吃个火锅吧?也算是提前暖居了。"

于是两人一起去了超市,一起推着购物车选购。她想起那时他们刚刚重逢,也曾经这样一起逛超市。她去他家里给他做饺子,计划着用美食打通那条通向男人心的路,可他把她当哥们。饺子就酒,越喝越有,只差没有当场跟她拜把子。

这次好像有些不同了。那次他只会刷卡,这次他会说:"买这个吧,我记得你很喜欢吃。"

他们一致决定吃海鲜火锅,简单好做,健康营养,适合漂亮的新房子,也适合需要控制热量的她。他们买了海鲜又买蔬菜,然后是水果、小菜、饮料、酒,最后推着满满一车东西去结账。

她说:"太多了吧,吃不完怎么办?"

他笑道:"吃不完我明天接着去帮你吃。反正离得近。"

她的心又开始乱跳了。这是不是他的刻意安排?可太多次的幻想破灭,让她马上警告自己:别乱想,这房子应该还是托了Chris业绩的福。

回到家里,两人一起下厨。她仿照日式火锅的做法准备了锅底,他听她指挥在厨房里洗菜摆盘。一桌赏心悦目的火锅很快就摆在了餐桌上。

他说:"我们跟火锅合影吧?"

她说好。

他很自然地靠近她。他的手在她身后,几乎就是在揽着她了。她突然想起,她曾经为了跟他合影费尽心机。那一瞬间,她很想把头靠在他胸前,而他也想趁势搂着她。但一个为了自尊尽量矜持,另一个怕吓到对方没敢造次。

火锅咕嘟嘟地冒起了泡。她说:"哎呀,水开了。"

她把大虾和鱼丸放进锅里,解除了刚才过分暧昧的姿势。

他起身去拿了一瓶起泡酒,摄定心神。淡金色的酒倒在杯子里,清甜爽口,和色鲜味美的海鲜相得益彰。是该庆祝的时刻了,他举杯:"第一杯,先祝贺乔迁之喜!"

她笑着和他碰了杯:"谢谢帅哥老板。"

"帅哥老板"是Chris发明的称呼,很快就在公司里传开了。但他忍不住想起她曾经说过,如果像他这么帅,就是个送快递的,她也可以。

喝了一杯酒,吃了点海鲜,气氛松弛下来。他又举杯:"第二杯,祝贺我们成为邻居,以后我可以经常来蹭饭了!"

她笑道:"好啊,欢迎蹭饭,但只有沙拉。"

他看着她:"只要是你做的,什么都行。你买的东西都特别好吃。"

火锅是热的,他的眼神也是热的。酒精在身体里发挥作用,她对他妩媚一笑:"是你不挑食,什么都吃。"

他的心怦怦直跳,举起第三杯酒,假装不在乎地笑道:"第三杯,庆祝我们都被姓陈的给甩了。"

第五章　告别与新的开始

她一怔，失笑道："这算什么庆祝？根本都没开始，算什么被甩。"

"反正咱俩现在都没人要了嘛。"

她又好气又好笑，嗔道："知道了。难兄难弟是吧？好好好，庆祝一下。"

她轻轻与他碰了一下杯。

他鼓起勇气说："既然咱们都没人要了。要不然，咱俩凑合凑合？"

她一怔，停住酒杯，看着他："你什么意思？"

这是姚望生平第一次正式告白，完全没有经验。以前都是人家主动，他顺水推舟地同意。此刻看她的表情似乎不怎么开心，心里越发忐忑。他想缓和气氛，就尽量装着开玩笑的样子，说："就是……反正咱俩也这么熟了，你就，试试做我女朋友呗。"

她似笑非笑地看着他："怎么突然想跟我试试了？"

"也不是突然，我一直都觉得你很好。只是以前咱俩太熟了，我没往那方面想……"

"现在喝了点酒，往那方面想了？"

"不是，不是，不是因为喝了酒！其实我最近都在想，我可能……喜欢上你了。"

他的声音越说越低，是羞涩，是紧张，是怕她生气。

可在她看来，这是犹豫，是找替补，是不确定。心里如同被浇了一盆冷水，暧昧的期待荡然无存。追女神失败，喝了点酒，终于看见我也是个女的了。

"觉得我不错，就想跟我凑合凑合？"

她怎么语气怪怪的？他突然有点不安："你不讨厌我，对吧？"

她淡淡地说："我当然不讨厌你，可是我不想跟你凑合。"

他呆住了："为什么？"

"不为什么，我就是不喜欢凑合。你条件这么好，就更没必要凑合了。"

姚望一时不知如何是好，又不甘心就此失败。想起她总说他帅，干脆心一横，想来个色诱。

他靠近她，低声央求："跟我试试，好不好？"

数到三，她不反对，就吻她。她看着这张近在咫尺的英俊的脸，心跳不已，真想就这样答应他。可心底总有个不甘的声音，凭什么？

她轻轻推开他，说："姚望，我不喜欢酒后乱来的男人，别这么随便好不好？"

"随便"二字吓得他欲念全消，慌忙地解释道："对不起！我不是这个意思！莎莎，我……"

"行了，别解释了。我吃饱了，我回去了。"

"我送你。"

"你也喝了酒，不能开车。"她拿出手机，"好了，我已经叫了车。"

"那明天我帮你搬家？"

"我要先打包，具体回头再说吧。"

他只能陪着她下楼，看她上了车，带着一脸傻笑，像个货真价实的好哥们那样挥着手。

等她的身影随着车子消失在街角，他才慢慢地走回家，心里的迷茫多于难过：她为什么

309

连试试都不愿意呢？她和陈明硕都愿意试试，可论交情论条件，甚至论外形，他哪样也不比陈明硕差。陈明硕还有孩子呢！难道嫌我幼稚？对我没感觉？

谭丽莎独自坐在车上，后悔，也不后悔。曾经梦寐以求的机会到了眼前，他终于不再只把她当哥们。可他也不再是她心里的那个遥不可及的男神，笑一笑就能让她放弃原则。对男朋友的要求是不同的。

回到家，正看到Tiffany和陆霞在小餐厅里眉飞色舞地说着什么。

见她进来，Tiffany笑道："回来这么晚，是不是去跟姚大少约会啦？"

"没有啦，去看房子了。你们俩说什么这么开心？"

Tiffany一脸八卦地递过手机："我看到陈明硕的前妻了！看！"

照片里，在一个五颜六色的游乐场似的地方，陈明硕和一个衣着淡雅的女人说着话，圆圆在他们中间坐着。拍照距离比较远，仍看得出那女人眉清目秀，很有气质。

谭丽莎问："这是在哪儿？游乐场吗？"

Tiffany说："不是游乐场，是儿童医院。私立的，环境特好。"

谭丽莎吃惊地问："你跟踪他们啊？"

Tiffany笑道："啊！又要讲一遍——小霞你跟她说吧。"

陆霞就说："陈总跟她约会到一半，孩子他妈就故意打电话来说孩子病了……"

Tiffany笑着打断她："不要乱讲，不是故意的！是圆圆眼睛里突然有了一个大血点，不过已经没事了。还是我讲吧。"

原来Tiffany下午接到了陈明硕的电话，说要接她下班，约她吃晚饭。下了班，见了面，坐到车里，他突然拿出一束精致的玫瑰："送给你。"

她接过来，看了一眼，故意刁难："这是什么？月季吗？"

他吓了一跳："啊？我买的是玫瑰，应该没买错啊。"

他是真的慌张，因为想尽快见到她，一下午忙着安排小孩又安排工作。快到她楼下，又想她喜欢浪漫，他应该搞点惊喜，可实在没有任何创意。正好看见花店，就进去买了一束玫瑰。

Tiffany忍着笑，明知故问："你买玫瑰干吗？"

陈明硕又是一呆，心想这还用问？可她看着他，等他回答，他只好说："玫瑰的花语，就是我想说的话。"

说完自觉十分肉麻。

Tiffany心想，这是什么表达！想要揶揄他老土，可看他窘迫的样子，又心软了。她笑着问："陈总，您这是要告白吗？"

"对……希望你给我个追求你的机会。"

他自认为这话很得体，之前追女孩子，他都是彬彬有礼地说这么一句。

可她斜看他一眼："你在找工作吗？什么机会不机会的。我要听告白该说的那句话。"

陈明硕已经被Tiffany一连串的刁难搞得焦头烂额，心想：哪句？告白该说什么？不会是有什么我不知道的流行语吧？天啊，这女孩子也太难搞了。

Tiffany拉车门作势欲走:"不说我就走了。"

"I love you!(我爱你)"

"我没文化,听不懂英文。"

"……你连名字都起英文的!"陈明硕终于急了,"我喜欢你!听懂了吧?"

"这回倒是听懂了,就是有点不太明白。"她歪着头看着他,"这么有品位的陈总,为什么喜欢一个拜金女呀?好奇怪啊,是不是有什么阴谋……"

陈明硕觉得自己此生从未见过这么刁蛮的女孩子,他怀疑谭丽莎的情报完全错了。她简直在戏弄他。

他气道:"你以为我是故意的吗?我都不知道我为什么会喜欢你!"

"哎哟哟,好委屈吗?"Tiffany瞪大了眼睛,"我还没打算这么快就又跳到中年男人的火坑里呢!"

"中年男人怎么了?你不也就见识过一个吗?人和人的区别大着呢!你不试试怎么知道?我可不用……"

"吃药"两字差点说了出来,他闭了嘴。

她不可置信地看着他,笑出了声:"陈总这么好强的吗?"

陈明硕自知失言,刚要说几句掩饰一下,却看Tiffany微笑道:"好吧,看在你这么不愿意服输的面子上,我就试试好了。"

她突然凑近他,问:"是现在就试吗?"

陈明硕吓了一跳:"你你你……这是停车场啊!"

再一看她笑得促狭,才知道她又在捉弄他。他哭笑不得,求饶说:"好了别闹了。我们赶紧去吃饭吧。我特意定了座位,再不去就晚了。"

Tiffany小声嘀咕:"简直就是个活闹钟,吃个饭都怕迟到。"

"你说什么?"

她抱着玫瑰,笑眯眯地说:"没什么,那快走吧,我饿了。"

可还没到餐厅,他的电话响了。车上的屏幕显示:老婆。

他尴尬地解释:"是圆圆妈妈,我没有改名字,我这就改。"

"没事儿,你接电话吧,我不说话。"

"谢谢……"

"我正好偷听。"

"……"

他接了电话,一个女人说:"圆圆眼睛里有个血点,我在医院等着见大夫,你也赶紧过来。"

他心想,又来了,只要我约会,就准有问题,却看Tiffany用嘴形说:"去吧,去吧,我没事。"

他答应了,挂了电话,心里无奈又烦躁。他歉意地说:"实在对不起。要不然,我先送你回去？"

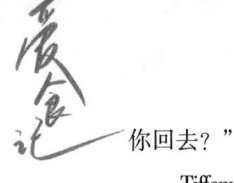

Tiffany却兴奋地说："回去干吗？正好一起去啊！你都见过我的前任了，我也瞧瞧你的！"

他一怔，她又笑着补充："怎么，你不好意思啊？那我就躲在一边偷看，反正她也不认识我。"

说着，她还从包里拿出个墨镜戴上："怎么样，认不出来了吧？"

"这样才显眼呢！"

Tiffany把背上的兜帽翻起来，扣在头上："这样可以了吧？"

"简直像个小贼。"

她拿出个丝巾，绕一圈包住嘴："这样才是贼啦。"

"我的天！你这包里到底有多少东西！"

两个人一路说笑着。他突然明白了自己为何会喜欢上她。她令他狼狈，摸不着头脑，乱了他有条不紊的节奏，也就放松了他一直紧绷的神经。

员工没资格去吃的淮扬菜

到了医院，停好了车，陈明硕问Tiffany："你要跟我一起进去吗？"

"当然不。我得躲起来，要不然圆圆会发现我的。"

"你躲哪儿？"

"别管我了，你赶紧进去看圆圆怎样了。我见机行事！"Tiffany说着下了车。

陈明硕走进大厅，找到圆圆，连忙看她的眼睛。果然有个大红点，但圆圆说不疼，也不痒。他稍微放了点心。前妻性格严谨，说上网查过了，应该没大事，但最好还是看一下医生。

两人一起陪着圆圆，等着看医生。陈明硕悄悄四处看，可没有看到Tiffany。她躲到哪儿去了？

突然收到一条信息：别找了，你看不见我。他忍不住更想找她，回过头看了一圈。唯有角落里一株植物挡住了几个座位，不知道她是否在那里。

圆圆问："爸爸，你在找什么呀？"

"啊，没找什么。"他莫名心虚，做活动脖子状，遮掩道，"我脖子有点酸。"

信息又来了：我回家啦。你安心陪孩子吧。

他做忙公事状，回复：好，我晚些打电话给你。

他自以为掩饰得很好，可女人都是敏感的，他魂不守舍的样子被前妻察觉出来了。他不会是交女朋友了吧？她没直接问，不想让他觉得自己好像多惦记他似的，但难免好奇，又有点微妙的不爽。她决定找机会私下问问圆圆。

其实Tiffany根本就没走到候诊室里面。此刻天黑了，门口一个过厅外光线暗淡，从那里正好看到亮处的他们。她饶有兴味地把手机镜头拉近偷拍，看到他几次试图找她，做得鬼鬼祟祟遮遮掩掩。她觉得甜蜜又好笑，就发信息逗他，然后告辞离去。

Tiffany对姐妹们叙述时，略过了很多细节，可恋爱中的甜蜜总是掩饰不住。大家聊着八

第五章　告别与新的开始

卦着，谭丽莎也给她们看自己新房的照片。大家都惊呼这房子的"美貌"程度。陆霞说："没想到你们公司待遇这么好啊。"

Tiffany说："哪有公司待遇这么好的？大公司也没这待遇呀。是不是姚大少给你的特供？"

"你想多了，Chris也有份。这是对我们卖命的回报。"

"他们可真会拉拢人心。我要去蹭住。"

谭丽莎坏坏地笑："你还是去陈明硕家蹭住吧，他家四居室。"

Tiffany老脸一红："我这次可绝对不会那么早就搬出去了。恋爱是恋爱，那么早搅和在一起，一点浪漫的感觉都没有。我接下来就去租个那种最便宜的住处。我要从现在开始存钱了。"

陆霞眼睛差点没掉地上："你？存钱？"

"对，我要把你的抠王精神发扬光大，存钱买房！明天我就去联络我的学妹，看能不能偷偷住到学生宿舍里去。"

大家说笑着，又帮谭丽莎打包行李。Tiffany搬了几次家，经验丰富。陆霞要卖房，从超市讨了不少免费纸箱。每一个北漂的年轻人，都是打包搬家的熟练工。一起干活的快乐冲淡了离别的伤感，直到晚上一个人躺在床上，谭丽莎才突然觉得有些落寞。她为Tiffany高兴，也为自己和陆霞伤感。

这时，天天发信息问她工作事宜。明天的直播是他做主播。其实Chris早就把一切都安排好了，他只是借故与她打电话。聊完了工作，又跟她说些趣事笑话。

夜深人静，有个不讨厌的异性殷勤备至，许多惆怅便悄无声息地消散了。这个晚上，她睡得很好。第二天她依旧早早就到了公司，而姚望已经早早地就等在那里，提前来到办公室，吃一点简单的早餐然后开始工作，这还是从陈明硕那里学来的高效做派。这几个月里，两人的关系忽远忽近，她心里几次因他起了波澜，数次都不想再和他吃早餐了，可又暗暗舍不得，这默契的小传统就一直没中断。

他是特意来等她的，怕昨晚冒犯了她，以后她就不再赴这个不曾明言的约。见到她还是和往常一样来了，他暗暗松了一口气。他一脸赔笑地迎上来，主动说："昨天晚上的话，你别介意。我没有不尊重你的意思……"

他的意思是道歉，但她听起来简直像反悔。她做大度状打断他："没事儿，我都忘了。"

"你昨天打包好东西了吗？如果东西不多，今天下班就搬家吧？"

"打包倒是差不多了。但今天有直播，下班时间不知道几点，明天再说吧。"

他殷勤地说："没关系，晚点也不怕。我帮你搬。"

见他一脸讨好，她有点心软，松了口："那看情况吧，或者明天再搬也行。"

"如果今晚你搬过去，明天我们可以一起出去吃个brunch（早午餐），小区楼下有个很好的店。"

"是吗？哪一家？"

"明天我带你去。"

她终于笑了："怎么，还保密吗？"

他笑道:"对,跟我去才有的吃。"

两人说笑了几句,又恢复了平时的气氛。随后员工陆续到来,公司里变得繁忙。自从被定为青姐的接班人之一,谭丽莎常需要像个管家似的在各部门之间巡视。姚大有还时不时叫她到去办公室问几句工作。正说着,外面进来了人,是Catherine和她的父亲于总。

于总亲热地笑道:"姚总,在开会啊?"

姚大有也满面堆笑:"哎呀,于总,这么早就到了?没事没事,不是开会,就聊几句。都是自己人。这是莎莎,我们公司最年轻有为的经理。"

而Catherine已经甜甜地叫过了"姚叔叔",又对谭丽莎亲热地叫"莎莎",还对于总说:"爸,当时莎莎还和我一起看那个厂子呢。"

她在父亲面前,那种富贵大小姐的劲儿又回来了,变得甜美娇俏,丝毫不见在厂子里的锋芒。

姚大有笑呵呵地说:"莎莎,那正好,你帮我把姚望叫过来一下,跟他说于总和玲玲来了。"

谭丽莎领命而去,出门前听见姚大有张罗着说:"中午一起吃个淮扬菜吧。那家的花雕酒酿蒸鲥鱼做得不错。我叫秘书订座……"

姚望一进办公室,半天也没出来。快到中午时,谭丽莎看见他与姚大有在一起,陪着于氏父女出了门。他站在Catherine旁边,帮他们开门,很有风度。正看着心里发酸,却看到天天笑嘻嘻地走过来,对她挥手。傍晚直播,Chris要求下午二点以前到,没想到天天还不到中午就来了。

她问:"这么早就过来了?"

"怕堵车迟到,就早点出发了,没想到路上超级顺利,提前太多了。"

"吃饭了吗?"

"没呢,我可以自己随便买点东西吃。"

她看看时间:"那我带你去食堂吃吧。"

他跟着她一路从公司走过,从那些员工客气的表情里,看得出她在公司很受重视。他看见有些餐桌的员工总是一同坐下,又一同离开,就好奇地问:"他们是约好了吗?"

"对,运营各组都这样吃饭,时间比较有保障。"

"对你不用这么严格吧?"

"我不用。我们这边是经理以上的就餐区,没有时间限制。"

他心想:真可怕,在这里工作一定很窒息。也说明她很优秀,是管理层。

他说:"那你很厉害啊。在这种地方做到经理一定很难。"

正说着话,陈明硕端着托盘走了过来,跟她打招呼。谭丽莎突然有点感慨,初见陈明硕时,以为他和姚大有平起平坐。但现在陈明硕事业受挫,也跟着吃起员工餐,没资格进入淮扬菜包间。打工阶层总归是被动,哪怕是他这样的金领。

天天认出了陈明硕,察言观色,想知道女神是否还对这人有所留恋。

第五章 告别与新的开始

这时Chris也来了，坐下就问："帅哥老板呢？怎么没看见他？"

陈明硕说："姚望跟于总他们吃饭谈项目去了。"

谭丽莎问："他们有项目要做？"

没想到Chris居然知情："是啊，Catherine要做服装品牌。她在北京有时尚工作室，又在南方有工厂。"

陈明硕点点头："对，就是那个项目。他们想一起做。"

谭丽莎感觉更糟糕了。Catherine一开始和她谈过这个项目，但没了下文。而现在好像人人都知道事情的进展，就她不知道，连姚望都没有跟她提起过。

其实姚望跟她一样，也是刚刚才知道Catherine的合作计划。

上次Catherine得到了Chris的建议后，把几件样品改版后试穿，果然上身效果好了很多。她在名媛朋友群里联络一番，恰好有人在做一个大型慈善活动，需要一大批志愿者穿的T恤，于是就跟她定制了。

Catherine马上想到，公司活动服装是个不错的市场，适合有人脉的她。她在关系网里按照这个思路推销一番，又搞定了几个订单。

在这期间，她经常给Chris打电话请教。Chris刚刚从受气小店员逆袭出来，有人欣赏自己的才华，自然格外兴奋，就给了她很多无私的帮助。

这些联络都是私下聊天的方式进行，姚望并不知道。几番接触后，Catherine看Chris有才华，有热情，又没什么心机，便动了把他挖过来的心思。

如果是别人的员工，她直接就开价谈判了。但是姚望的人，她就灵机一动，心想不如一起合作，既能发展生意，又可以促进感情，一箭双雕。

于总不懂服装，但看女儿收回了赔钱的工厂，又迅速搞出几个订单，有点刮目相看。再一听和姚家合作，更觉得靠谱，就亲自带女儿过来叙旧兼谈生意。

巧的是，姚大有最近也正为公司的人事安排烦躁。他本来没打算换掉青姐，可不知陈柔樱从哪里得知了杨思竹的事，就不高兴了。她不发脾气，只是带着点烦恼的样子，撒娇说自己没有安全感——老公的公司让前女友的妹妹控制，心里好别扭啊，而且，这样什么事都依赖一个人，会不会对公司也不好呀。万一哪天青姐结婚了，不干了，岂不是很被动。

姚大有这些年把公司所有事情都交给青姐，放心又省心。但他生性多疑，有时也觉得对青姐依赖太重。再加上和陈柔樱正在热恋，耳边风格外奏效，觉得她说得也有道理，就搞出了那个培训计划，心想多提拔几个业务骨干，避免青姐大权独揽也好。

恰好这时候陈明硕失业，陈柔樱再一撒娇，他就决定让陈明硕过来把行政和财务的事情理一理。一开始姚大有只是想让青姐别再那么重要，但杨思竹一闹，终于让他对青姐起了猜疑心，下定决心把青姐边缘化。只是真要替代青姐，也没有想象中那么容易。谭丽莎毕竟年轻，做业务虽然拼，但人事行政方面还太稚嫩，又终归是个外人。陈明硕自己有公司，直言不讳地说只能过渡一阵子，何况他也不想再搞出第二个青姐。

最理想的人就是亲儿子姚望，可这小子天天鼓捣自己那点小破生意，对接班完全没兴趣。这时看到Catherine变得如此能干，再也不是以前那个只会打扮的娇小姐了，顿觉眼前一亮：要是Catherine过来做儿媳妇，和姚望一起掌管公司，岂不是完美？她和小柔是朋友，小柔也不会不高兴。栽培一阵子以后，自己就可以舒舒服服半退休，抱着美人享受人生了。

两个满脑子算计的成功老男人彼此有意，这顿饭就吃得格外融洽，一吃就吃到了下午。吃完饭，于总听说姚望在搞直播，就又回公司去"看看年轻人都在搞什么"。

他们来的时候，Chris他们正在为直播做准备。天天要卖的东西比较复杂，又是面对女性客户，不能像之前那些比基尼女孩只说"谢谢大哥"就行。要认真介绍产品，有时还要当场演示几下。Catherine和大家都认识，很熟络地打招呼。姚大有看着越发满意，心想，玲玲是历练出来了。

于总他们看了一会儿，就又移步去Catherine的工作室谈合作。姚望看谭丽莎忙碌而冷淡，想着他们准备直播，没敢打扰。其实，Catherine这样由父亲陪着来视察，令谭丽莎那种云泥之别的自卑感又冒了出来。这让她格外沉默，表情也一直淡淡的。

可在天天眼里，这是沉稳，是不动声色，是气定神闲。他看她在公司里步履如飞，认真聆听，然后迅速给出回应，觉得她的样子简直像个女王。

他忍不住小声对Chris说："Lisa可真有范儿啊。"

Chris瞥他一眼，无情地说："她心里有喜欢的人了。"

天天压低声音："是那天那个陈总吗？他好像已经出局了。"

"不是陈总啦。"

"那是谁？"

"你自己去问她。我不说人家隐私。"

正说着，谭丽莎走过，天天就没再问下去。他心想：不管她喜欢的是谁，反正只要她还单身，我就有机会。

香气四溢的石锅拌饭

忙碌中，陆霞打来了电话。房子刚挂出去，就有了一个意向很强的买家。这家人现金多，可以给她一大笔首付还清贷款，不用做转按揭，速度会很快。今天下班就要过来看房。

谭丽莎连忙说："没问题，你带他们看吧。我本来也约好了今晚搬家。Tiffany有地方住吗？不行可以住我那里。"

"她说她有地方了。"

放下电话，谭丽莎有点发呆。没想到房子卖起来这么快。

天天问："你晚上还要搬家啊？"

"对。我室友要卖房子了，我搬到公司的宿舍去。"

"那我帮你一起搬吧，可以看看你的新宿舍。"

谭丽莎犹豫，姚望说晚上要帮她搬家的。她说："看吧，有朋友说帮我的忙了。"

天天说："搬家又不嫌人多。这种力气活最适合我啦。"

说着还做了个举重的动作。她被逗笑了。

很快直播开始。天天虽准备过了，仍然很不熟练，比如本来要展示空气炸锅轻松烹制天妇罗，他却设定错了时间温度，炸糊了。

幸亏Chris经验丰富，给他配了能干的助理，用题词版提示，临时解释成演示炸锅安全健康，食物糊了就会发出警报。

出错虽多，总体效果却相当不错。Chris设计的氛围是"一边学着下厨，一边等姐姐回家的年下小男友"。天天脾气好，态度亲和，说错了就大方地笑笑，又足够年轻，手忙脚乱十分青涩，确实像个为了爱情学着下厨的小男友。

再加上最近几场直播累积的人气和谭丽莎精心设计的促销组合价格，这一场的销量虽然没有泳装美女那么瞩目，但也令人满意。

直播完了大家都夸天天，Chris也说："你还挺会演的嘛。"

天天做深情款款状："我这都是发自肺腑，本色出演！脑子里想着我的女神，她工作好忙，我一定要给她做好贤内助。关键是，她太优秀了，除了靠贤惠打动她，我也实在没别的招儿啦。"

大家以为他在搞笑，就都笑起来。其实他这话半真半假，想说给谭丽莎听。可是她在发呆，没注意他的暗示。姚望没有回来，也没给她发信息，显然早忘了要帮她搬家的事。她恨自己在心里居然以为他会回来。每一次相信和盼望，带来的总是失望。算了，无所谓。没多少东西，叫个车，给师傅加点钱就行了。

大家收工回家，天天一脸期待地说："咱们接下来是不是可以搬家啦？"

她点点头："对，我刚才订好了车。"

"太好了，太好了！"他高兴得好像是要给他分个新房子。

她好奇地问："你怎么这么期待？"

天天夸张地叹了口气："直播太累了，我要做点负重训练缓解一下。"

她被逗笑了："有那么累吗？"

"有。简直像要考试，要背下来的东西好多呀。又怕自己做得不够好，给你丢脸。"

"没有啦。你做得挺好的。"

回到家，满屋子的人。穿着西装的中介陪着一个年轻人和一个中年女人，似乎是儿子和妈妈，正在逐一查看她们的房间。

那中年女人说："房子收拾得倒还干净。你们什么时候能搬走？我要找设计师过来看房，想想怎么装修。"

陆霞殷勤地说："我们这个周末就能把房完全腾出来。"

谭丽莎心里伤感，沉默地和天天一起把东西搬到车上。到了新家，进了门，天天吃惊地问："这是你们公司的宿舍？这……你一年得给公司挣多少钱啊？"

谭丽莎笑了："也不是完全白住的，要交房租，只是比外面低一些。"

两人说着就把几个箱子搬进来。天天说："你是我见过的东西最少的女生。我以前帮女生搬宿舍，东西都多得不得了。你居然就这么几个箱子。"

"因为要搬家，所以很多东西都扔了。"她把箱子放在客厅的一角，"好啦，我请你吃饭吧。你想吃什么？"

"中午你都请过我啦，晚上我请你吧。我知道一家很好吃，我带你去。"

天天带着她，坐了两站地铁，来到一个热闹的街边，进了一家不起眼的韩式餐厅。店堂小小的，暖色调的装修，人声鼎沸。菜单就在桌边插着，拿过来就可以看，菜价非常便宜，菜单居然还是中韩双语。

谭丽莎看了看菜单："很便宜啊。"

"对啊，大学附近嘛。"

果然，屋子里坐的都是年轻人。

服务生过来给他们点菜："两位同学，吃点儿什么？"

好久没有人叫她同学了，恍惚间仿佛回到了学生时代。

她看着菜单，计算着卡路里，说："烤鸡肉是不是热量比较低……"

"今天就别算计热量啦。这家牛肉好吃，我帮你点吧。别怕，吃不完有我呢。"他不由分说地点了烤牛肉，石锅拌饭，还有一份烤五花肉，又叫了烧酒。

小店里都是烟熏火燎的气味。满室的年轻人旁若无人地聊着天，有人快乐有人烦恼，但都比成年人的世界坦白无畏得多。她不由自主地放松下来。五颜六色的赠送小菜随着大麦茶先上了桌。别的菜也很快就上齐了。牛肉在铁板盘子上香气四溢，蔬菜和米饭在滚烫的石锅里，飘着香油气息的蛋羹因热气而颤动，红亮鲜辣的豆腐汤咕嘟咕嘟地冒着泡。

谭丽莎忙碌了一天，晚上又搬了家，本来就饿，彻底放弃了节食的想法，对自己的食欲投降。

天天给她斟了一杯酒，笑着问道："Lisa呀Lisa，你为什么不开心？"

她掩饰："我没有不开心，我就是有点累。"

天天认真地说："如果有不开心的事，说出来就会好一些。"

她笑笑："最近好多事都凑在一起，心情有点低落。"

"是因为陈总和你的朋友在一起了吗？那是他没眼光。"

"也不是……就觉得自己也不够好。"

天天失声说："你觉得自己不够好？天啊！你又漂亮又优秀，这么年轻就做到了公司的管理层，你居然觉得自己不够好？"

他声音好大，旁桌的人都忍不住看他一眼。谭丽莎无奈地笑："喂！你小点声。"

天天马上压低声音，凑近她，悄悄警告："你都美成这样了，还自卑，还给不给别人留活路啦？公共场合，别乱说话，小心给别人造成心理阴影。"

她被他煞有介事的样子逗笑了，和他碰了碰杯："你就夸张吧。"

"我没有夸张。我第一次见你，就觉得你特别好看，光芒四射。"

谭丽莎苦笑了一下："那是你没有见过几个月以前的我，那时候我刚失业，灰头土脸，

第五章　告别与新的开始

不会打扮，还是个胖子。"

"你那时候多重？"

"比现在至少重个七八公斤吧。"

"那也没多重呀。就你这个身高，重个七八公斤也不影响你的美。现在很多人的审美都太不健康了。如果那时候我认识你，我就会告诉你，你很漂亮。"

他说得诚恳，她有点感动，吐露心声："可是这么多年，并没有哪个男人真心实意地爱上我。很多人都觉得我不错，可他们最终还是爱上了别人。"

天天瞪着她，突然笑了。

她疑惑："你笑什么？"

"你听过那句话吗——女孩子说没人喜欢她，意思就是有些男人不算人。"他夸张地摇头叹气，"这个世界就是这么的残酷。"

她怔了一下，哑然失笑："我可不是那种人。"

这时服务员过来收盘子，谭丽莎发现自己不知不觉地吃了好多，懊悔地说："完了！今天卡路里超标了！"

"没事儿，旁边就是学校，咱们去操场上活动活动。"

他们进了学校，走过林荫路，路过篮球场，篮球场亮着灯光，男生们在打篮球。她不由自主地看过去，这是她一个下意识的习惯。很久以前，每次路过学校的篮球场，她都会忍不住偷偷地张望，想看到姚望的身影，可又怕别人知道她居然觊觎他，看得躲躲闪闪。

这时一个篮球向他们飞过来，天天一把接住，对那几个打半场的男生叫道："哥们，借我用一下啊——"

他运球到一个空着的篮筐下，跳起来干脆利落地扣了个篮，然后潇洒地挂在篮筐上，笑着对她挥手。他身高并没超过一米八，但弹跳力惊人，动作协调，更显得灵活好看。

她忍不住惊呼了一声。那几个男生马上叫好："一块儿玩会儿？"

天天笑着看向谭丽莎，她对他点点头。他把外套脱掉，随手扔在操场边的地上，加入这场临时的比赛。他身体灵活，频频得分，每进一个球，就会笑着看她一眼，她都会笑着对他挥挥手。

球场上的灯光带着怀旧的气氛，仿佛让她穿越回了很多年以前，球场上最闪亮的那个男孩，每一个动作，都是为了她。比赛结束，男孩子们散去，天天笑着向她跑过来。她说："你打得真好。"

他笑道："我现在打得少了。走吧，我们去喝汽水。"

说着他去拿他的衣服。然而，衣服不见了。他以为自己记错了地方，她也陪着他找来找去，可是衣服已经无影无踪。问了旁边的几个人，谁都没注意。

谭丽莎问："你外套里有什么重要的东西吗？"

天天懊恼地说："钱包、手机和钥匙都在里面。钱包里有我所有的卡和证件。"

"你别急，我打个电话试试。也许是有人拿错了。"

319

她打了电话。手机关机了，对方是故意的。

天天颓然道："完了，肯定找不回来了。"

谭丽莎后悔极了："对不起，我应该帮你看着的，可是我只顾着看球。"

天天尽量开朗地笑道："没事儿，没多少钱。"

她看出他很不开心，可还是尽力安慰她，她想了想说："我们在附近找一找，也许贼只拿了现金，把钱包丢在附近。"

他们一路在夜色中寻找，可一无所获，也看不清楚周围。他叹了口气："算了，估计没戏了。"

"明天我们去学校传达室问问保安，也许会有人捡了交给他们。"

两人慢慢地往外走，路过图书馆前的大台阶。他说："你陪我坐会儿行吗？"

她陪他坐在台阶上，此刻夜色渐浓，行人稀少。深秋的风很凉，她问他："你冷吗？"

他摇摇头："不冷。"

他心里懊恼又烦躁，今天真的太倒霉了，兴冲冲地去她公司，却得知她已经有了心上人，想讨她欢心，一时忘形，钱包、手机、钥匙全都丢了。她看他烦恼，越发内疚。手机、钱包、钥匙一起丢失，简直是都市人最可怕的噩梦。她关切地看着他，歉意地说："对不起，都是我不好，明天我陪你去挂失……"

令他心动的脸近在咫尺。只要轻轻一低头，就可以吻上去。一句男生间流传已久的话突然就冒了出来：该吻的时候不吻比不该吻的时候吻了更糟糕。反正事情也不会更糟糕了，大不了被她讨厌。不喜欢和讨厌，又有什么区别？如果不能做恋人，难道你还要和她做"普通朋友"？

他心一横，带着一股近乎赴死般的悲壮心态，冒失地吻了上去。那双唇和身体都比想象中的还要柔软，身上淡淡的香气让他意乱情迷。他大脑一片空白，只是情不自禁地吮吸，犹如贪吃果冻的小孩子。她有一刹那的错愕，不仅是为这个毫无征兆的吻，更为了自己居然一点都不反感。甚至，有一点喜欢。或许是因为这深秋的校园的夜晚，或许是之前那一点点酒精，或许是因为他是刚刚在灯光下的球场上对她微笑的少年。她知道自己没有爱上他，但她享受这一刻的感觉。

她自欺欺人地给自己找了个放纵的借口：他心情不好。不过是一个吻而已。何必拒绝，让他难堪。给他一点快乐又如何呢，她回应了他。

他们在月光下吻了很久，他才松开她。她本想开玩笑地说："好了，现在心情好点了吧？"

可他一脸的欣喜若狂，痴痴地看着她，整个脸都在发光。他轻轻拿起她的手，不停地吻，吻得小心翼翼，虔诚如教徒，仿佛这是世界上最珍贵的宝物。

他喃喃地说："这真是我人生中最幸运的一天。"

她被他的样子打动了，镇住了。这是她人生中第一次见到这样的面容。她无法对着这样一张脸说，我只是跟你随便一下。她把那句准备好的玩笑话咽了回去。

他们在台阶上偎依着坐了一会儿，她提议今晚先去她那里，明天陪他去挂失。一路上他满脸都是掩藏不住的笑容，拉着她的手。到了小区的楼下，她突然心虚起来，可不能让别人看见她和他在一起了。

她松开了他的手，低声说："这是公司的房子，所以——"

他连忙表态："你如果不方便，我不去也可以的，我可以找个麦当劳待一晚上。"

"那倒也不用。我的意思就是……反正稍微低调一点。"她像个一响贪欢之后不想给名分的渣男，试图把话说得婉转一点。可初入此道，还不熟练，说得十分心虚。

天天忙不迭地点头答应。此刻她就是说让他赴汤蹈火，他也会欣然从命。

谭丽莎带他进了屋，关上门，才悄悄松了一口气。她找了个毯子给他，说："委屈你在沙发上躺一下吧。"

他有些腼腆地说："我出了很多汗，用你的洗手间冲一下可以吗？我不想把你的毯子弄脏。"

她想起他打了一晚上篮球，说："行，你用吧。"

她找出条毛巾给他，他钻进洗手间。她心烦意乱，不知该如何处理这段关系。突然门铃响了一声，她吓了一跳，走到猫眼那里一看，姚望笑呵呵地站在门外："你没睡吧？我看你房间的灯还亮着。"

烤煳了的吐司面包 ● ● ● ●

谭丽莎第一反应是装死，也许他敲两下没反应就走了。可姚望看她没回应，声音有些焦急："莎莎？你在吗？你没事吧？"

他拿出手机给她打电话，手机铃声在室内响起，彻底揭穿了她在家里的真相。她慌乱之下开了门，挤出一个僵硬的笑容："刚才没听见……你有什么事吗？"

他松了一口气："吓死我了，还以为你有危险呢，下午发信息给你也不回。"

她瞪大了眼睛："你什么时候发信息给我了？"

他拿出手机，翻出来给她看。屏幕上，他大概在四点多发了一条信息：估计今天完事比较晚了，明天再帮你搬家。没头没脑，不清不楚，是他一贯的风格，但确实是打过了招呼。她拿出自己的手机检查，姚望的名字上并无新信息提示，点开与姚望的对话框才看到一条新的信息。时间也不一样，晚了很多。信息错乱延迟，常见也不常见，总之偏偏发生在今天下午。

他说着就要进屋，她拦也不是，不拦也不是，僵在那里。他笑道："你怎么了？傻乎乎的。"

他轻轻推她一下："变木头人了？"

她急中生智："要不然，去你家聊吧？我家……刚搬家，太乱了。"

他好奇地往里张望："你自己搞定了搬家啊？这么能干？乱点怕什么……"

"我……想去你家。"

他一怔，笑了："好呀，欢迎串门。"

她松了一口气，就要关门出来。

可就在那一刹那，天天的声音从洗手间里传出来："Lisa，你有吹风机吗？"

姚望一怔，诧异地看着谭丽莎："家里有人啊？"

谭丽莎语无伦次，试图关门："没事，不要管……一会儿再说这个……"

可天天见她没反应，已经一边试探地问："Lisa？"一边从洗手间里走了出来。

他倒是把自己的衣服都穿上了，可他的脸湿润光洁，正拿着毛巾擦着湿漉漉的头发，还带着一脸甜蜜的笑容。再瞎的人也看得出他刚刚洗了澡，并且心情不错。

天天看到姚望出现，颇感意外，也很不爽，但又觉得自己应该表现得大方一些。他微笑着对姚望说了声"嗨"，又对谭丽莎说，"你们是不是有事要谈？进来呗。"一副男主人的大方姿态，他简直想给自己打满分。

谭丽莎浑身的血液都冻住了，大脑彻底死机，说了一句雪上加霜的话："你……这么快就洗完了？"

姚望毫无心理准备，大脑一片混乱，甚至怀疑自己是不是在做梦。他难以置信地回过头，看到谭丽莎一脸被捉奸在床的表情。她看到他质疑的眼神，更是说不出话。两个人就这样古怪地互相看着，仿佛有人突然按下了这个房间的暂停键。

唯有天天的大脑还在运转。他突然就什么都明白了——他们在江南吃大排档时，姚望说，要是有篮筐，我还能表演个扣篮。难怪她对篮球那么感兴趣。难怪她在球场边看他的样子，就像一个货真价实的女朋友。难怪她在那样的情况下接受了他。

原来她的心上人一直是他。高大英俊的、会扣篮的富家子老同学兼老板和他这样一个普通人，任何一个女生都知道该怎么选择吧。

甜蜜的感觉瞬间化为乌有。他回头看着她，这次他看清楚了。她满脸都是慌张，生怕姚望误会。难怪她留宿他时一脸为难。难怪在走近小区时，她松开了他的手。原来她只是兴之所至，吻了一个替身。

可他又想起她陪他找手机，在月光下陪他坐着，她不忍心让他去麦当劳过夜。她是个善良的好女孩。最重要的是，他喜欢她，他希望她快乐。做男人要有风度，他不想让她觉得他没风度。

天天在那一瞬间做出了决定。他笑着对姚望说："你别误会啊，我就是来帮Lisa搬家的。我钱包、钥匙都丢了，没证件也没法住酒店。我本来说去麦当劳待着，Lisa心眼好，就说让我待到天亮，去补办那些东西。"

姚望将信将疑地问："钱包钥匙都丢了？丢哪儿了？"

天天随口说："坐地铁时把外套落在座位上了。"

谭丽莎愕然地看着天天。姚望听出了破绽，怀疑天天在耍心机装可怜，追问道："你什么时候坐的地铁？搬家时都没发现丢钱包？大晚上该走的时候，就发现丢钱包了？"

天天很好脾气地说："是啊。早点发现就好了，我就是很糊涂。"

他尽量装作坦然地对谭丽莎说："对不起啊，我不应该跟你借卫生间。这确实……太容易让人误会了。主要是搬家出了好多汗……"

她意识到他在掩护她，一脸内疚地看着他。他安慰地对她笑笑："Lisa，你借我点现金，我去麦当劳待会儿。"

姚望看天天说得诚恳，便觉得自己方才有些小人之心，就友善地说："别去麦当劳了，去我家吧。"

天天说："不用了。你们俩不是还有事儿要说吗？我先走了。"

他对谭丽莎笑一笑，说："晚安。"

他一直在微笑，可嘴角可以上扬，语气可以轻松，但眼睛里的失落与心碎却无法伪装。刚才那张星光下甜蜜得发光的脸，此刻已经黯淡无光，却还在努力掩饰。

姚望说："我家很近的，就在旁边。"

天天摆了摆手："真的不用，别客气了。"

谭丽莎呆呆地看着天天，觉得自己糟糕至极，甚至卑劣。如果不是为了她，他不会丢那么多东西。她知道只要她假装若无其事，姚望就会相信。可她生平从未这么辜负过人，也未曾被这样全心全意地在意过。说不清是出于怜悯、珍惜、不忍、感动，还是类似于讲义气或是做人要地道的道德感。或者，还有一些对姚望的不满——他从未对她有任何确切的表示。总是不打招呼，随心所欲，仿佛他天经地义地就是她人生的主角。

你对我，永远召之即来挥之即去，这样半夜到我家里来，是不是一会儿又要叫我一声好哥们？思绪混乱不堪，情绪一塌糊涂。总之她突然就做出了一个自己都没想到的举动：她拉住了天天的手，天天诧异地看着她。她鼓足勇气，直视着姚望说："姚望，我刚才只是没好意思告诉你——他确实丢了东西。但我让他来我家待着，是因为，他……是我的男朋友。"

天天彻底傻掉了。

姚望也傻掉了。她和他……在一起了？她不是刚和陈明硕分手吗？这么快就有了新欢？他突然想起她当初甩了李泽就迅速和陈明硕交往。那次出差时，天天就和她在一个酒店。也许，那时候他们就已经……

她说只要帅就可以，原来真的是帅就可以。她说不想随便，原来是可以和别人随便。

他看着这个他精心帮她布置的房子，真讽刺。她在这个房子里拒绝了自己，又在这里招待新男友。

她根本就没把我放在眼里，她只把我当老同学，她当年还拉黑过我。也许，如果不是有工作关系，在她心里会讨厌我？突然之间他有点恨她。觉得她无情、虚伪。那些笑容，那些快乐的瞬间，她说他哪怕是送快递的都可以……全都是客套？虚伪？敷衍？

他想装作满不在乎，可是他不擅长伪装。他想说几句讽刺的话，甚至警告她不许在公司的宿舍与男人同居，可又不忍心那样对她。

终于他一言不发，转身离去。房门关上，他终归还是没有控制好风度。

谭丽莎看着那扇关掉的门，心灰意冷却又如释重负。也好，就这样吧。以后不用再纠结。

天天轻轻地问："你喜欢他，对吗？"

谭丽莎回过神，笑了一下，说："也不算吧。"

天天抱住她，在她耳边喃喃地说："没关系，我不在意。我会努力让你忘掉他。"

他的拥抱温暖有力，每一个动作都充满深情。人在情绪起伏时本来就脆弱，需要一场欢

323

愉来忘掉一切，也需要义无反顾的举动斩断后路，不让自己后悔。何况他又拥有那样美好的身体，以及全心全意取悦她的意愿。

一切都很适合太久没人爱，终于疲倦了的她。不要那么多复杂的情愫，只是纯粹地享受眼前这个恋慕自己的人无微不至的侍奉。一种简单的原始的快乐，犹如一天糟糕的旅行后，终于进了一家品质过硬的干净酒店，打开热水龙头，水压充足的热水从花洒中倾泻而下。所有的糟心事都随之而去。那一刻没有人会介意酒店的装修和氛围，裹着身体的细密温暖的水流，就是幸福本身。她觉得自己做了正确的决定。

第二天早上，谭丽莎醒来就闻到了一股焦味。她吓了一跳，赶紧跑到厨房，就看到了正在做饭的天天。厨房是半开放式的，长长的岛台将用餐区和烹饪区分开，岛台上放着漂亮的多士炉。天天正在忙碌，见她来了，把面包放进多士炉，笑嘻嘻地说："早餐马上就好啦。"

他还做了煎蛋，煮了咖啡。

她问："你闻到什么味道没有？"

"哦，是多士炉的味儿。没事儿。"

随即多士炉弹起，面包出炉，色泽金黄，恰到好处。她以为是多士炉质量不好，就没继续问。

两人一起吃早餐，天天只喝牛奶吃鸡蛋。她诧异地问："你不吃面包吗？"

"没有面包了。不过没关系，我不用吃面包。"

"冰箱里有两袋吐司呢。你是不是没看见？"谭丽莎说着打开冰箱门，去拿吐司，然而她也没找到。

天天不好意思地说："那些被我做煳了。"

谭丽莎这才发现垃圾桶里全是煳掉的吐司，以及打碎的蛋壳和失败的煎蛋。原来他早上不是做饭，是搞试验来着。

天天解释："我不会用这个东西。"

"……你昨天直播的时候不是还卖了多士炉吗？"

"我不太会做饭，这个多士炉又和昨天卖的不一样……"

"你不会做饭？"谭丽莎诧异地问，"我怎么记得你还教会员做健身盒子。"

"我就是把你做的餐盒发给他们，让他们自己参考着做啊。"

"那你都在外面吃？那不会很贵吗？"

"吃食堂，还可以。"

"有食堂啊？你住哪儿啊？这么好的福利？"

"是……大学里的房子。"

谭丽莎来了兴趣，想替Tiffany多问几句："我室友好像也要去学校里住。哪个学校？多少钱？条件好吗？"

"不是租的，是宿舍。"

谭丽莎还没反应过来，以为他是陆霞那样为了省钱去宿舍蹭住，笑道："你也这么会省钱啊？……"

可他的样子太过局促不安，她突然反应过来："你不会还在上学吧？"

"……我马上就毕业了。"

"这不是刚开学吗？最快你也要明年才毕业啊。"谭丽莎简直眼前一黑，"你到底多大了？"

"我虚岁……"

"说身份证上的年龄！"

"二十一。我真的已经大四了！"

"我要看你的身份证！"

"……丢了。但是你可以去健身房问，我在那里实习，他们有我的证件复印件和履历！我没有骗你！"

"所以，你是去兼职打工的吗？"

"那是我大四的实习单位，我是学训练教育的。暑假也没什么事，我就提前去了……"

谭丽莎更惊恐了："你为了陪我看工厂，把你的大四实习搞砸了？"

天天连忙表忠心："为了你，我不在乎的！"

谭丽莎心里咆哮：我在乎啊！

但面上还是尽量平和地问："实习成绩会影响你毕业吗？"

天天迟疑着没回答。谭丽莎瞪大了眼睛："你别告诉我，你要因为陪我毕不了业了。"

"我有重修的科目，考不过的话，可能会拿不到毕业证，但那不是因为你。"

她目瞪口呆地看着他，完全不知道说什么好。难怪这小子好像每天都很有空，难怪他看起来不富裕却也不在乎工作，难怪他这么熟知大学里的情况……原来根本就还是个没毕业的学生。还是个学渣。

天天一脸紧张地说："其实去健身房做教练不需要学历的，我肯定能找到工作……你就当我已经工作了，不就行了吗？"

谭丽莎深吸一口气，耐着性子说："无论如何，你得拿到毕业证，明白吗？"

他点头如捣蒜："为了你，我会努力的！"

她觉得头疼。果然放纵没有好下场，这现世报来得也太快了吧！天啊！我都干了些什么啊？

老爸的豆浆油条 ● ● ● ●

这一天上午，谭丽莎陪着天天补证件，做挂失手续，又勒令他把成绩单拿给她看，发现他已经在肄业的边缘。好在体育大学的功课要求不高，还有希望按时毕业。

天天实习搞砸后，胡乱找了个小型健身工作室瞎混，就图时间灵活，可以离谭丽莎近些。她耐着性子劝他，好的实习单位对就业有直接的帮助。她当年就是不懂这一点，傻乎乎地随便找了个地方实习，而有心机的同学，早就在实习时搞定了好单位的工作机会。

325

他对她百依百顺，说什么是什么，但是她说到找工作时，他乐观地说："没事儿，好多健身房要人呢。都是教课，在哪儿不一样呀。"

"短期可能区别不大，但对于长期职业发展，不同的平台可太不一样了。"

"那我就积累经验，然后创业，自己开个健身工作室。"

"北京的房租这么贵，自己创业很难的，再说创业也得有管理经验啊。你还是先尽量找一份有提升空间的工作吧。"

天天乖巧地说："好，我听你的。"

其实她也没有比他大太多，五六岁的差距而已。可不知为何，感觉自己好像多了个弟弟，又像突然冒出来个儿子。

她像那种一晌贪欢，多年以后突然有个私生子找上门来的风流渣男一样悔不当初。姚望却以为她在跟天天卿卿我我，又难过又生气，躺在床上，早饭也不吃。上午姚大有打电话来，问他在干吗。他闷闷地说："在家里歇着。"

"吃早饭了吗？"

"没呢。"

没一会儿，姚大有就拿着豆浆油条杀到了他家里，质问："你到底怎么回事？"

姚望穿着睡衣，头发乱如鸟窝，烦躁地说："你别管我。我周末睡个懒觉都不行？"

"年纪轻轻的，怎么这么颓废？你这不是没什么事儿吗？为什么不跟玲玲去看度假村？"

这件事姚大有昨晚就不爽——Catherine说有朋友在做度假村，周围升值潜力大，可以过去住一晚，玩一玩，顺便看看投资的可能。姚望却说第二天还有事，拒绝了。

此刻一问，这小子根本没事，只是在家里睡大觉，顿时觉得这儿子又开始不着调了。

姚望说："我对那些乱七八糟的项目不感兴趣，我就做我自己的产品就行了。"

"就算你对项目不感兴趣，人家玲玲一个漂亮女孩子，都这么主动了，你好歹也应该给个面子呀。"姚大有的霸总脾气上来了，"你先把早饭吃了，然后给玲玲打电话，约她出来。"

姚望对"吃早餐"的建议从善如流，立刻开始吃喝，但他拒绝与Catherine约会："我对她没感觉，别瞎撮合了行不行啊？你不是有女朋友吗？大周末的跑来管我干吗？"

姚大有一呆，会错了意，以为他还在惦记陈柔樱。他略有内疚，又有些尴尬，就放缓了声音，劝道："小柔那样的女孩子，是要养着供着的，不适合你现在这个阶段……"

姚望没好气地打断他："你放心，我早对你女朋友没想法了。"

"那你前两天找小柔干吗？说什么着急买古董家具，家具呢？"姚大有打量着姚望的屋子。

姚望前几天着急买一些漂亮的立等可取的小家具，就向陈柔樱请教。陈柔樱最擅长此道，马上推荐了几个高档古董家具商人。这种事她没瞒着姚大有，立刻就跟他说了。此刻前因后果一联想，姚大有怀疑姚望对陈柔樱还是没死心。

姚望说："都在莎莎那儿呢。那是给她用的。"

"你给员工宿舍买那么贵的古董真皮沙发？你是不是傻……"姚大有突然醒悟过来，"你不会是对莎莎有意思吧？"

第五章　告别与新的开始

"我说了你别管我的事。"

不否认就是承认了，姚大有略感诧异。在他的印象里，谭丽莎不算美女，姚望又一向只喜欢漂亮女孩。但再一想，顿觉整盘棋都活了：莎莎忠诚可靠，工作努力，还是知根知底的中学同学。家世虽然不如玲玲，但这样就更贤惠好控制。而且，莎莎看着身体就好，不像玲玲，太瘦了。

他简直喜不自胜："那不是挺好吗？你约她出来呀！"

"她不喜欢我，把我给拒了。"

"拒了？你怎么跟她说的？"

姚望也是无人倾诉，忍不住就把表白的事都跟老爹说了。姚大有目瞪口呆："你这是表白？什么叫凑合？你买东西这么跟人家说话都得挨打！还有，两人在一个屋子里，喝了酒，你都不碰她？你没毛病吧？"

"我试了，她不愿意。她说她不喜欢随便的男人，难道我强迫人家？"

"那你就说你不是随便的，你是认真的，不就行了吗？"姚大有简直咆哮了，"女孩子真那么不愿意，人家跟你大晚上孤男寡女地在家里喝酒？"

"那不代表什么。我们俩是老同学，以前也一起喝酒过夜……"

可他突然停住了。他隐约发现老爸说得好像很有道理。真的，她说不喜欢随便的男人，为什么自己当时不跟她说他是认真的呢？

姚大有还在吼叫："……喝酒过夜那么多次，你都没搞定？"

姚望又悔又气又丢脸："我没你那两下子，行了吧？反正现在说什么也晚了，她已经有喜欢的人了。"

姚大有恨铁不成钢地说："又没结婚。就是结了婚，没孩子也来得及！这女人，只要投其所好，舍得砸钱，多关心多说好听的话，没有搞不定的。你给她挖空心思买古董家具她知道吗？"

"这种事怎么能说？花点钱就跟人家晒账本吗？我不是那种人！"

"废话，你不说她怎么知道你对她好呢？你做好事不留名还做上瘾了？你现在就去找她，跟她说你喜欢她，非她不可。不管她现在喜不喜欢你，你都要努力让她喜欢你——拿出诚意，让人家知道你是认真的，懂不懂？"

姚望不耐烦地说："强扭的瓜不甜……"

"你先吃了再说甜不甜！事情不做，永远不知道行不行……"

姚大有指手画脚，从情场说到生意经，活像拳台边给颓废选手鼓劲的教练。

姚望做投降状："爸，你让我自己待会儿行吗？你在这儿我心里乱。"

"这世界上的好东西都是要抢的，磨磨唧唧的什么也干不成，知道吗？"

"行行行，我考虑，我考虑行了吧？"

好说歹说把姚大有劝走了，整个屋子都回荡着霸总老爹的唠叨。姚大有虽然暂离赛场，并不代表就不再插手。他想起陈柔樱说起，她茶室晚上有个什么音乐活动，就给谭丽莎打电话，让她晚上"过来玩，顺便谈点事"，还让她"有朋友可以一起带来"。这样就可以看看

327

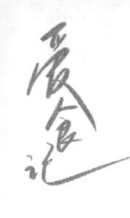

莎莎喜欢的是什么人。

谭丽莎接到这个电话，正中下怀。她对天天说："晚上公司有活动，我就不跟你吃晚饭了。"

"那我去你家里等你好不好？"

她吓了一跳，心想难道你这就要住我家里了？但看他一脸期待，不忍心拒绝得太直接，临时撒谎："我朋友要过来借住几天，她暂时没找到房子。所以，最近都不太不方便让你来了。"

天天有些失望，但心里暗暗告诫自己：别太黏着她，小心她嫌你烦。

他连忙主动说："那我去图书馆学习，我不会让你失望的。"

谭丽莎连忙赞许地说："太好了，你做得对。"

只差没摸着脑袋说一声"乖"。

他请她在学生食堂吃了饭，然后送她到学校门口。说了再见，又恋恋不舍地抱住她："晚上打电话给我。"

她哭笑不得："我又不是去出差。"

"可是今天一晚上我都见不到你。明天你去健身吗？我去等你好不好？"

"我不知道几点下班，再联络吧。"

他看着她，认真地说："Lisa，我知道我现在距离你的理想型还很远。但是为了你，我会变优秀的。你给我时间。"

她本来满脑子都想着逃之夭夭，但看见他这样，又心软了。她点点头，柔声说："好啦，知道了。"

她上了车，他还依依不舍，在后面使劲挥手。她觉得有点甜蜜，可又有点麻烦，还有点头疼。她定了定神，给Tiffany打电话："你能不能帮我个忙，到我宿舍住两天？"

Tiffany笑道："好奇怪的要求，但是我决定满足你。"

大约一小时后，Tiffany到了谭丽莎家，一进门她就吃惊地问："我的天，这么好的宿舍？你们公司这福利也太吓人了吧？"

她走到那个沙发面前："这玩意儿是个古董吧？哪儿淘来的？"

"不知道，怎么看出是古董的？"

"现在哪有这种工艺？这种皮料一看就不一样。"Tiffany怀疑地说，"这会不会是姚望在讨好你？"

谭丽莎一怔："应该不是吧，Chris的宿舍也不错。再说姚望那直男审美，礼物盒子都选得很难看。要弄也不是他弄的，搞不好是青姐统一做的。"

"青姐？也有可能。"Tiffany参观赞叹一番，问，"你怎么想起让我来住了？"

谭丽莎长叹一声："别提了。我惹上麻烦了。"

"怎么了？谁欺负你了？"

谭丽莎把昨天的事情一说，Tiffany睁大了眼睛："天啊！你就这么当着姚望的面，跟天天在一起了？"

第五章　告别与新的开始

"我就是一时冲动，想斩断自己的后路……没想到这辈子就风流这么一回，就遭了报应！"

Tiffany看她狼狈，忍不住笑道："艳福不浅啊莎莎！体育生哎！怎么样，是不是很享受？"

谭丽莎红着脸笑道："还行……但问题是，现在我怎么办啊？"

"那你就跟他说，跟他就是玩玩的，让他以后别来打扰你。"

谭丽莎苦恼地说："他看起来好高兴，我怎么说得出口？"

"谁让你一时心软，渣女不好当吧？"Tiffany幸灾乐祸地笑，"你说老实话，是不是也有点舍不得甩了？"

"嗯，有点儿。他其实也挺可爱的，就是太幼稚了。大几岁就好了……"

"啧啧啧，有得吃还挑食啊你！"

她们好久没有这样聊天了，很快就说到了陆霞的房子。买家意愿很强，已经带设计师过来量尺寸。那家人的儿子硕士毕业以后进入央企留京，最近刚刚获得购房资格。他们已经看了很久，觉得陆霞这套房子地段好，总价低，便宜实惠。这房子没装修，自己装修时反而省事。因此看完就拍板决定全款拿下。

谭丽莎感慨地说："他们好有钱啊。小霞算高薪了，又过得那么省，到现在还在付贷款。我们觉得好贵的房子，人家觉得便宜、实惠。"

"是啊，几百万的现款啊。人家都怎么挣的钱呢？我们总监也不见得有这么多钱。"

"北京的有钱人太多了，这房价永远也降不下来。"

两个女孩子感慨一番，谭丽莎问Tiffany："你怎么今天没约会？"

"老陈晚上要陪女儿参加活动，和她前妻表演一家三口。我就不去凑热闹了。"

"那你晚上跟我去陈柔樱的茶室吧？我们大老板说有个音乐会，还让我带朋友来。估计是陈柔樱又搞party了。"

"好啊，早就想见识一下嘤嘤怪的party了！有着装要求吗？"

"倒是没说。音乐会，穿职业装就好了吧。"

晚上，她们到了陈柔樱的茶室，这里布置得像童话里的美丽森林。周围是森林树木的剪影，上面贴着漂亮的音符。屋子中间有个小小的演出场地，准备好了钢琴和话筒，以花草装饰，十分梦幻。一些年龄不同的小孩子穿着可爱的漂亮衣服，手里拿着琴谱，由他们的家长带着——这居然是一场小孩子的乐器演奏会。

陈柔樱走过来，见谭丽莎就一脸笑容，但看见Tiffany，却愣了一下。Tiffany以为自己不受欢迎，正在不爽，却听见背后有个小女孩叫她："Tiffany！"

回头就看到圆圆兴奋地对她们挥手："谭阿姨，你也来看我演出吗？"

圆圆的身旁，一侧站着陈明硕，另一侧，站着一个面容清雅、气质高贵的女人。

Tiffany立刻明白了陈柔樱刚才为何吃惊。她小声问谭丽莎："你老板不说这是个音乐活动吗？"

谭丽莎也小声说："……也确实是个音乐活动啊。"

只听圆圆指着谭丽莎对她妈妈说："妈妈，这个就是谭阿姨。"

329

不健康却美味的纸杯蛋糕

此言一出，所有人都知道圆圆妈妈私下打听过谭丽莎了。气氛有些尴尬，陈柔樱救场："圆圆，演出前我们去个洗手间好不好？"

圆圆点头，跟着陈柔樱走了。

孩子一走，三个女人同时看向陈明硕。陈明硕深吸一口气，对他前妻说："雅文，我给你介绍一下。这是谭小姐，我们是普通朋友。"

雅文挑了挑眉，心想，你哄鬼吗？

圆圆告诉她，爸爸曾经请一个谭阿姨到家里来，谭阿姨做饭超好吃，还陪她看《料理鼠王》。今天看到谭丽莎温和面善，就知道这是陈明硕的二婚对象了。

她有点不满，怀疑陈明硕在故意示威。毕竟，当初是她甩了他。

可随即陈明硕又指着Tiffany说："这是我的女朋友，Tiffany。"

雅文十分意外。谭丽莎一看就宜室宜家，而这Tiffany时髦中带点轻佻，和贤妻良母毫无关系，跟陈明硕更完全不是一路人。还有，先跟谭小姐看电影，转眼又和Tiffany搞在一起？这两个女孩子看起来关系还很不错。这还是当初那个谨慎到近乎古板的他吗？

她不爽又鄙夷，觉得前夫离婚以后堕落不堪，不负责任兼品位低下。

雅文便淡淡地对陈明硕说："你的私生活我不管。但是，如果你要结婚，就把圆圆的抚养权给我。"

陈明硕问："你什么意思？抚养权当初是你死活不要的，现在又要跟我抢？"

"你自己带是一回事，但有后妈，那就是另一回事了。"

陈明硕还没说话，Tiffany忍无可忍地叫道："谁说我要结婚，要当后妈了？"

雅文被她吓了一跳，反问："你保证不跟他结婚？"

她心目中的陈明硕一向枯燥又不解风情，很难想象有年轻女孩子对陈明硕产生利益婚姻以外的想法。

Tiffany说："第一，我还没有谈够恋爱呢。第二，就算要结婚，我总要搞清楚他每天到底都干什么，生活习惯好不好，洗澡洗头的频率，是不是回家就往床上一摊等着别人伺候，愿不愿意陪我看剧看电影，看的时候会不会说讨厌的话，身体好不好，爱吃甜粽子还是咸粽子，睡觉打不打呼噜……"

陈明硕忍不住说："我睡觉不打呼噜！"

Tiffany斜看他一眼："是吗？我听说打呼噜的人自己听不见的。"又问雅文，"他真的不打呼噜吗？"

雅文公允严谨地说："截止到我们离婚之前，他还没有打过呼噜。现在我就不知道了。"

陈明硕怎么也没想到问题居然纠结在这里，气恼地说："你放心，我如果打鼾的话，会去买止鼾器的！"

他气恼得很认真，所有人都笑了。雅文也忍不住笑了一下，随即又正色对Tiffany说：

第五章　告别与新的开始

"既然这样,我也把话说开了。如果你们结婚,我希望你不要强迫圆圆叫你妈妈。"

陈明硕一怔,不知道该说什么好。他还没考虑过这个问题,他理解雅文,可又担心Tiffany会在意。

Tiffany不屑地说:"你放一百个心!你现在、将来、永远都是圆圆的妈妈,没人跟你争!圆圆叫我名字就行,大家都开心。我这辈子到底要不要孩子还没想好呢。大概率是不要。"

雅文怀疑地问:"你不想要自己的孩子?"

"要孩子是为了什么?不就是怕老了躺养老院里,无儿无女被欺负吗?我又不要圆圆养我,养老院的钱我自己攒。到时候,她只需要偶尔打个电话过去,吓唬吓唬那帮护士,让他们别虐待我。这点交情,我相信,圆圆跟我肯定是有的。而且,你也不会介意,对吧?"

雅文将信将疑地点点头:"那当然……"

Tiffany看雅文仍然一脸狐疑,就说:"我知道你在想什么,你觉得我是贪图老陈的条件,想急着跟他结婚,生个孩子,把他套牢,对不对?"

她瞟一眼陈明硕,霸气地说:"我要是想过那种生活,早就没老陈什么事儿了。"

陈明硕脸一红,跟雅文解释说:"她放弃了很有钱的未婚夫,和我在一起。她也知道我现在的工作状况。"

雅文吃惊极了,忍不住问了一句真心话:"那你图什么啊?"

Tiffany看了看陈明硕,想了半天,苦恼地说:"真的,我也不知道到底图他什么。我可是从来都没想过,有朝一日,我居然会跟这样的人谈恋爱!"

陈明硕忍不住嘀咕:"我还莫名其妙呢。"

一板一眼的前夫居然变得像个小男生似的跟女友拌嘴,互相一副瞧不上的样子。雅文想起了当初她和他在一起时,两人彼此满意,深知自己就是对方能找到的最好的。没有比他们更般配的夫妻了。

她有点惆怅,但也算欣慰。不管怎样,女儿暂时不会落到一个糟糕的后妈手里了。

这时姚大有走过来,笑呵呵地说:"你们聊得很开心啊,聊什么呢?"

大家彼此看一眼,Tiffany笑道:"聊人生呢!"

"哎呀,这个话题可大了。这人生啊……"姚大有的演说欲上来了,幸亏这时陈柔樱带着圆圆回来,笑道:"哎呀,赶紧落座吧,演出就要开始了呢。"

大家就在她的招呼下去找座位。座位排成半圆形,两三排,模仿山谷里错落有致的感觉。学生们坐在一侧,家长们坐在另一侧。谭丽莎就和Tiffany坐在陈明硕和雅文的后面。有个小女孩坐在琴凳上还要垫个小凳子,却弹得行云流水,悠扬动听。Tiffany忍不住一边用手机录,一边跟谭丽莎笑道:"好恐怖。这得挨多少打,才能练成这样啊。"

陈明硕听见,忍不住就笑了。雅文在一边听着,心里轻微地失落。如果陈明硕的女友是谭丽莎,她不会感觉太糟糕。可是Tiffany,她知道那是恋爱的感觉。

离婚的时候他那么不情愿,可还是他先走出来了。

演出完毕,有茶点和拍照活动。陈柔樱定做了漂亮的纸杯蛋糕,小小的,五颜六色,有

331

各式裱花和装饰，像工艺品，又像珠宝。

孩子们都开心地跑过去吃。谭丽莎看这些蛋糕实在可爱，也忍不住拿了一个，尝了一口，又甜又腻，入口就知道不健康，可又有一种结实的愉悦感充斥口腔。配上浓茶或者咖啡，有一种强烈的、堕落的满足感。

健康食品总是很难太好吃，就像正确的事不一定会让人快乐。

陈明硕担心抚养权的问题，找了机会对雅文说："我不建议你要回抚养权。如果圆圆跟着你，对你的工作不利……"

雅文打断他："你放心，我不跟你争了，一切照旧。"

陈明硕松了一口气，第二天按照约定是雅文带孩子。他说："那明天辛苦你了。"

"不必客气。"雅文终究还是忍不住，酸了一句："你还真是精力旺盛，又带孩子，又上班，还能交女朋友。"

陈明硕却毫不在意她话里的刺，他想着Tiffany，腼腆地笑了："我也没想到。"

雅文在那一刻怅然若失。他当初强烈地不愿意离婚，她下意识地一直都觉得他还是她的。但从此以后，他心有所属，而那个人再也不是她。可当初是她自己放弃的，此刻也无法再后悔。

她带着圆圆离开茶室时，看到陈柔樱正亲热地带着Tiffany去她茶室的包间，大概是哥哥新女友的特殊优待。

但雅文随即也就释然。至少她现在拥有自己的时间和人生，而陈明硕也仍是孩子的好父亲。这场离婚，终归是得到的比失去的要多。

此刻，在茶室的一个角落，姚大有正在高谈阔论地勉励谭丽莎，夸她可靠、能干、思路新潮、知人善用。

"和姚望配合得很好。以后是你们这些年轻人的世界了，哈哈哈哈"。

而在另一个小巧的包间里，陈柔樱和Tiffany闲聊喝茶，话题中心却不是陈明硕，而是谭丽莎。陈柔樱以八卦的口吻，偷偷告诉Tiffany，姚大有其实很想撮合莎莎和姚望，因为姚大有想找个可靠又能干的儿媳妇为公司掌舵。这样的好机会如果错过，连她都会觉得可惜。姚望没意见，只是不知道莎莎愿意不愿意。

Tiffany意外极了，立刻就替谭丽莎后悔起来。天啊，这个消息哪怕早来一天也好啊！她问陈柔樱："姚总真的这么支持？"

"当然啦，姚总可上心呢。"陈柔樱一脸为难地说，"姚总让我跟莎莎谈，说女孩子之间好沟通。可是以我的身份突然跑去跟她说这些话，怪别扭的。"

Tiffany马上觉得自己责无旁贷，必须来做这个爆料人。

回家的路上，她迫不及待地跟谭丽莎说了，又催促道："反正你跟天天也不过是一时冲动，赶紧分手，还来得及！"

可谭丽莎却沉默片刻，轻轻地说："这样的话，到底是他追我，还是他爸希望他追我？"

"姚望也愿意的呀。"

"他只是不反对而已……"

两人说着话，到了楼下，看到了Catherine的那辆小跑车。谭丽莎讽刺地一笑："你看，我好像不是唯一的儿媳候选人。姚总的人才储备可丰富呢。"

"可是莎莎，我说句现实点的话——姚望这种条件，如果你不抓住机会……"

"我现在还真不觉得他条件有那么好了。真要跟他在一起，你猜他爸会不会对我和姚望的事儿指手画脚？"

Tiffany笑了："真的，搞不好还要跑到你家里，指导你们生孩子。"

"而且是生儿子！生一个搞不好还不够呢！再说，姚总现在这样对青姐，哪天姚望跟我不好了，我恐怕还不如青姐呢。又不是什么百亿集团，你们家陈总不愿意给他当外戚，我也不愿意。"

"喂！他还不是'我们家'的呢……"

两人说笑着进了门。在进门的一瞬间，谭丽莎觉得她听见了姚望家开门关门的声音。

Catherine走了？她按捺不住想刺探军情，可刚刚才在Tiffany面前夸下了海口，实在不好意思转眼就又表现出对他那么在意。

她决定假装倒个垃圾，虽然垃圾桶还根本没有满。

刚拎着半袋子垃圾要出门，Tiffany看见了，说："搁这儿吧。明早我出门的时候帮你带下去。"

谭丽莎护宝一样攥紧她的垃圾："我去扔一趟……消耗点卡路里！"

她拿着垃圾下了楼，看到Catherine的车子还在。她暗暗失望，正要去丢垃圾，车灯亮了一下，吓了她一跳。回头一看，原来是Catherine从楼道里出来，按遥控打开了车门。

夜色中，只见Catherine打扮得十分妩媚。她似笑非笑地对谭丽莎说："莎莎，是我小看你了。恭喜你，你成功了。那几个备胎该退场了吧？"

谭丽莎一怔："你什么意思？"

Catherine本来就一肚子气，看谭丽莎一副无辜的样子，冷笑道："好歹咱们也算是朋友，何必装傻？你所做的一切，不都是为了姚望吗？自从你再次见到他，一分钟都没耽误，立刻甩了前男友开始减肥。好好的工程师不干了，装可怜去他公司做运营助理，还每天给他带早餐——这叫'通过男人的心要通过胃'，是不是？"

小区路灯微弱的光线下，谭丽莎的脸红一阵白一阵。她没想到Catherine居然把她的心思看得清清楚楚。她从没有跟Catherine说过她以前的事，她是怎么知道的？

"你明明不喜欢小柔的哥哥，还一直勾着他，是为了让姚望吃醋吧？还有那个健身教练。你可真是高手，我甘拜下风……"突然间，Catherine的表情由嘲讽变成了惊讶，她住了嘴。

谭丽莎回头，看到姚望站在后面。手里也和她一样，拎着半袋"勉强的"垃圾。

冰箱里的番茄鸡蛋面

谭丽莎只恨路灯仍然太亮，隐藏不住她无地自容的表情。她不知道从哪一句开始分辩才好。Catherine说得对，可也不对，不对却又对。有些隐秘的心思，或许在当时，连她自己也没有意识到。

虽然她已经决定放弃姚望，可是她不想让他发现自己原来是个处心积虑的女人。

姚望没说话，只是静静地站着。

Catherine有些尴尬："瞪我干吗，我又没说错。行了，你们俩慢慢诉衷肠吧。"

她转身欲走，姚望说："你当然说错了。莎莎和你不一样。"

Catherine愤怒地道："你这人就是双标。她怎么耍手段你都当她老实，我做什么都是心机太重！可是至少我没有养备胎！"

"这次小柔给你的情报不准确。莎莎没有养备胎，她现在有男朋友了。"

Catherine一怔，难以置信地看向谭丽莎："真的？谁啊？"

谭丽莎狠狠地点了点头："天天。"

"那个健身教练？"Catherine只差没说"你不是疯了吧"。

姚望轻轻地说："玲玲，你一直都不了解我。我从来都不讨厌你有心机。相反，我一直都很佩服你。只是，当你撮合小柔和我爸，故意让杨老师到公司来大闹一场的时候，你也没有想过我们俩的交情吧。"

Catherine一怔，随即申辩："小柔和姚叔叔是一见钟情，这事跟我有什么关系……"

"我爸单身的事，连陈明硕也不知道，可小柔却早早就知道了。我爸想再婚，我妈并没有告诉杨老师，青姐也没说，那么，是谁既知道这件事，又认识杨老师呢？"

Catherine沉默了。

"今天上午，我爸来找了我，我跟他说了莎莎的事，下午你就来了。可是你并不知道莎莎其实已经和别人在一起了。这是因为，我就没告诉我爸。我爸不知道，小柔自然也不知道。我说的没错吧？"

"你帮小柔搞定我爸，又透风给杨老师，让青姐被猜疑，这样陈明硕就可以进公司。小柔就欠了你的情。她那么聪明的人，当然会投桃报李。所以我的事，你就全都知道了。"

谭丽莎听得目瞪口呆，跟Catherine的"深谋远虑"一比，自己那点心机简直是幼儿园的水平。

姚望的语气渐渐变得伤感："玲玲，我知道你一直以来对我很好，但我实在是接受不了……"

Catherine冷笑着打断他："行了，你也别自我感觉太好了。既然如此，我也把话说明白点——你不过是命好，天生长得好看家里又有钱，还是你爸的独生子。你生来不用争也不用抢就什么都有了，而我连个破工厂都要先干出样子才能接班！不过，你放心，我绝对不会再来找你——"

她指着谭丽莎，说："她看不上你这个二世祖，我也一样！"

她气冲冲地转身上车离去，只留下谭丽莎和姚望。两人看着对方，同时开口说："你下来倒垃圾啊……"

然后两人又同时停下，呆了一呆，突然又同时笑了。他们走到垃圾桶前，扔了垃圾，又慢慢走回来。姚望终于说："其实这两天，我觉得，幸亏你不愿意。我其实很怕万一将来不好了,连朋友也做不成了。"

谭丽莎点了点头:"我明白。"

这何尝不是她的心态呢,她跟陈明硕就不怕开始,因为不怕结束。

"所以,也许我们……"

突然她的手机响了,是Chris。她很诧异,接了电话,只听Chris为难地说:"姐,有个事,我不想瞒着你。"

原来,就在刚才,Catherine给Chris打电话,说要重金挖他过去——"姚总那里给你多少,我都加30%"。而且在制衣厂给Chris成立设计工作室,让他做设计总监。

Chris一直怀有时尚梦想,Catherine野心勃勃,正是用人之际。之前他们也有过沟通合作。在职业生涯中,这绝对是个难得的好机会。可如果跳槽,又怕辜负了谭丽莎的知遇之恩。

他苦恼地说:"姐,我知道我这样做很忘恩负义,我应该毫不犹豫地就拒绝她,但这个机会对我来说真的很珍贵……"

谭丽莎连忙说:"你千万别这么想。你肯这样对我说,已经是对我讲义气了。我会向公司争取给你更好的机会和待遇。现在你不用急于答应她,告诉她,你需要考虑几天。就算最终要去她那里,这个姿态也是重要的。"

打完电话,姚望苦笑:"她效率倒是真高。"

"那我们怎么办?"

"商量一下吧,尽快给Chris回复。"

他们去姚望家里开会。进了屋,灯亮了,她才注意到他一脸憔悴,胡子拉碴。她吃惊地问:"你怎么了?"

他不好意思地笑道:"昨晚忘了刮胡子。没事,咱们先说Chris的事吧。"

她怕他对Chris不够重视,急切地说:"Chris绝对是个人才,这样的人必须尽力留下!我觉得对于Chris来说,钱也许并不是最重要的,更重要的是发展空间。我们现在不是输在待遇上,而是Catherine那边已经有工厂。但我们的优势是我们已经有了销售渠道……"

姚望认真地听着,可突然间,他的肚子发出了尴尬地咕噜声,打断了谭丽莎的演说。

她一怔:"你没吃饭啊?"

"嗯,没呢,就早上吃了点。你吃了吗,一起叫个外卖吧。"

他没好意思说,其实昨晚也没怎么睡。

"我吃过了。这大晚上的,叫外卖会很慢。我给你弄点吃的吧。你趁这会儿想想Chris的事。"她站起来,打开冰箱,看看只有西红柿和鸡蛋,就问:"西红柿鸡蛋面好不好?"

"好。"

他歪躺在沙发上,看着她忙碌的身影,踏实又放松。这么多年过去了,很多事都变了,其实莎莎也变了。可是在她身边那种熨帖自在的感觉,却一点都没变。

等她做好了面,回过头,他已经歪躺在沙发上睡着了。她又好气又好笑地抱怨:"喂!Chris怎么办?"

335

可他睡得太香了，根本没反应。

眼前这个男人满脸胡茬，蓬头垢面，以滑稽的姿势歪躺在沙发上。可她已经无法分辨他帅不帅。他是她心里最特殊的那个人。

她轻轻叹了一口气，用几乎听不见的声音跟他说，也跟自己说："我不是不愿意。我是太在意了，所以不敢。"

等姚望醒来，已经是第二天早上。桌子上有一张纸条，告诉他食物在冰箱里，加热就可以吃。他打开冰箱，她细心地把面和西红柿炒鸡蛋分别装在两个餐盒里。面被她处理过了，并没有粘成一团。金黄色的鸡蛋，橙红色的番茄，配上白色的面条，最简单，可也最漂亮最美味。

他吃了面，恢复了元气。他发信息谢她，她第一句话就是：大哥！你终于醒了！Chris的事怎么办？

他忍不住微笑了，他知道她着急，是因为不愿意让Chris多受折磨。她总是那样，充满善意和体贴。

他回："好办——我们本来也有做快消服装的打算，把计划提前就行了。告诉Chris，我们不但支持他开工作室，还让他负责找代工厂，或者购买一个新厂子。这样他的发挥空间就更大。待遇绝不比Catherine能给的差。"

Chris听到消息后感激又兴奋，同样的条件，当然是在已经磨合顺畅的老东家那工作更好，何况现在老东家给的条件更优厚。

他语无伦次地对谭丽莎说："姐，你放心！以后你在哪儿，我就在哪儿！"

新业务让姚望和谭丽莎经常在一起忙碌。姚大有看在眼里，暗暗满意。儿子终于开窍了，这是一举两得的追求妙招。既增加了相处的时间，又让两人的利益不知不觉中绑定。到时莎莎离开姚望，连事业也会完蛋，自然服服帖帖。

为了找代工厂，谭丽莎和Chris一起去江南出了趟差。他们都爱上了在工厂里的感觉。站在生产环节的源头，学到的东西是实实在在的，较之单纯的销售更有创造性。而江南的环境也比北京更舒适宜居。

谭丽莎的忙碌使天天越发有危机感，他觉得她的世界太大，他可以占据的空间太小。等她有空的日子太难熬，又怕她看不起，为讨她欢心，硬着头皮用功，好隔三岔五向她邀功汇报，成绩倒有所提高了。

谭丽莎并非故意冷落他。恰恰相反，因为生平未曾尝试过占据优势地位的恋情，总有点知遇之恩似的，就尽量拿出诚意与天天培养感情，抽空便和他约会。

天天性格本来就很讨人喜欢，又费尽心机地讨好她，与他约会不能说不愉快，可更多的感觉是，全无必要，还有些浪费时间。就像工作太忙的时候，人就顾不上逗家里的猫。

因此，和Chris一起出差，可以名正言顺地不和天天约会，她简直松了一口气。

出差的第二天，谭丽莎意外地接到了猎头公司的电话。对方是一个与她合作过的工厂，位于江南地区，想聘请她过去做业务经理，打通从产品到电商直销的环节。对方熟知她的工作状况，给出的职位和待遇精准且诱人。

第五章　告别与新的开始

她惊讶地问："你们为什么会有我的简历？"

对方笑道："我们对市场上人才的风向，是最敏感的。怎么样，要不要先过去见个面谈一下？"

在此之前，谭丽莎并没想过跳槽的事。可就在那一瞬间，她突然意识到，这是一个超好的机会。

当初她歪打正着地为了姚望进入了电商行业，现在终于成长为一名干练的老兵。可是，看似一帆风顺的事业，却离不开与他的交情。她不想重蹈青姐的覆辙，她应该主动寻求更好的机会。

更何况她正好在这里出差，就去面试了。

面谈十分愉快，她几乎已经决定了。唯一的纠结就是如何跟姚望说。没想到刚回到北京，姚望就叫她去办公室，悻悻地说："你想跳槽，为什么不早跟我说？太不够意思了吧？"

她吓一跳，赶紧澄清："我其实也很意外。我都不知道猎头为什么会找我。"

他一怔："不是你自己发的简历？"

"真的不是。我忙得昏天黑地，根本没空想这些。"

"那就奇怪了，难道是Catherine？算了，这不重要。你喜欢那个职位吗？"

"他们给的条件确实很好，职位和机会也很难得。但是……"

他温和地打断她："莎莎，我爸已经知道猎头找你的事了。他让我跟你谈，留住你。可是我想跟你说，我支持你大胆地过去试试。如果不好，你随时回来。我这里永远有你的位置。"

她愣住了："你真的愿意？"

他凝视着她："只要是对你好，我当然愿意。"

他就像一个货真价实的好老板，想得周到，留了余地。可她有一丝轻微的失落，他好像没有以为的那么留恋她。不过，在更广阔的前途面前，这样的遗憾微不足道。

她也非常磊落老练地说："新公司是做食品的，所以Chris不会跟我走。这点你放心。"

他笑道："算你有良心。"

谭丽莎就这样决定前往新公司任职。

没想到陆霞的离别那么突然。陆霞在房子手续全部完成的前一晚，把自己捡来的盆栽都托付给了谭丽莎和Tiffany。那些半死不活的盆栽经过她几个月的打理，已经生机勃勃。

Tiffany把盆栽都放到了陈明硕家，而她自己和考研的学生一起住在大学的破房子里。陈明硕常去大学里和她约会。两人一个要存钱买房，一个正在创业，一切从简，约会时吃食堂，在校园里散步，反而觉得比以前预订座位穿戴整齐去高级馆子的生活自在浪漫多了。

盆栽送出去几天之后，谭丽莎突然接到了陆霞的电话："莎莎，我在机场，一会儿就走了。如果你有空，我们就见个面。没空的话，就以后再说。"

"机场？你去哪儿？"

"巴黎。"

"啊？去旅行吗？"

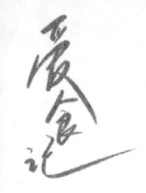

"去读书。"

谭丽莎惊讶极了,连忙赶到机场,Tiffany也同时赶到。她们问陆霞:"你要去读书?怎么不提前说一声?"

陆霞不好意思地笑道:"我不是故意瞒着你们,我是怕走漏风声,惊动我妈,产生不必要的波折。"

Tiffany歉意地说:"小霞,对不起,当时要不是我搬出去,也不会引来你弟……"

"你千万别这么想。他们早晚都会动这个心思。我不跟你们说,就是觉得人总是有保不齐说漏嘴的时候。跟你们说了,也是给你们增加负担。"

"你去巴黎学什么?"

"学种地。"

"……你去巴黎学种地?"

陆霞笑道:"对啊,巴黎高科农业学院。我早就想去欧洲学农业了,据说还挺好找工作的。"

启程的炸酱面

时间还早,三个人决定一起吃饭。快餐厅都排了很长的队,谭丽莎就带着大家进了一间装修高档的中餐厅。陆霞一看菜单和价格,就犹豫了。

谭丽莎阔气地说:"今天这顿,我来——这么多年我吃你的麻辣烫,还省不出这顿饭钱吗?"

陆霞就点了一碗炸酱面,她说:"来北京这么多年,还没吃过呢。总觉得在外面花这么多钱吃这玩意儿不值。"

谭丽莎笑道:"早说就好了,我应该带你去李泽家吃!"

Tiffany和谭丽莎点了几样精致的小菜。吃饭时,陆霞第一次对她们畅谈了自己的人生理想。小时候,当她第一次在电视上看到欧洲的漂亮农场时,那童话般的田园梦就深深地印在了她的脑海里。年幼的陆霞希望自己长大以后,也可以造一座漂漂亮亮的农庄,春耕秋收,采摘酿酒,随时可以招待朋友们来度假。

可很快她就明白了,在父母的规划里,没有给她的梦想留出空间。全家的梦想就是让弟弟娶妻生子,而她不过是这个计划中的一个预算来源。

今天的动作她已经酝酿了很久。公司老大被辞退让她危机感更重,求学计划就在那时悄悄开始实施。

陆霞踌躇满志地描述着她的田园梦。谭丽莎说:"我们还可以合作,我本来就在做食品。"

Tiffany马上说:"广告部分就交给我了!"

陆霞狡黠地一笑:"就等你们俩这句话了!我其实早就把你们俩算计进来啦!"

女孩子们的雄才大略冲淡了离别的伤感。当炸酱面上来的时候,陆霞此行的定位,已经不是黯然出走，而是"替姐妹们打头阵，占领欧洲农业市场"。

谭丽莎好奇地看着这碗炸酱面，分了一点尝了尝，味道和李泽家的炸酱面味道好像有点不同，可也不难吃。其实她从来都不讨厌吃炸酱面，用酱烧的肉丁能有多难吃呢。

她只是不想过那种只能吃炸酱面的人生。

陆霞评价说："这不就是酱味儿！也没啥特别的呀。"

Tiffany笑道："这是有文化的酱！你得就着本文言文吃！"

大家都笑起来。这时，旁边进来一对男女，男的高大，女的妖娆。彼此一照面，都愣住了：是顾峰带着女伴。

Tiffany还在犹豫是打招呼还是装看不见，他已经挑衅地走过来，看着桌子上的食物，酸溜溜地说："上这儿就吃面和小菜啊。实在过不下去，你把那个包卖了吧。回头我把发票给你。"

Tiffany一怔，反应过来他说的是那个爱马仕。她冷冷地说："你那个破包，我早就扔了。"

顾峰吃惊地瞪着她："扔了？"

Tiffany以为他不信，把手机里那段视频给他看："我就知道你不信，自己看。"

顾峰看了视频，眼里都快滴出血了："你是不是疯了？那个包是真的！"

Tiffany愣住了，半天才醒悟过来："什么叫那个包是真的？别的包都是假的？"

"废话，那种破玩意儿都买真的不是冤大头吗？老子念旧情，看你就留着那个真的，心想给你就给你了。早知道你给扔了，我就要回来了！"

Tiffany没想到他送她的包居然都是赝品，更没想到，最贵的那个，反而是真的。突然之间她就明白了为什么那个"外面的女人"拎的包都是新款，而她那个爱马仕只是入门级。

她无法理解地问："那你为什么偏偏就那个爱马仕买真的啊？何必呢？"

顾峰气急败坏地说："还不是因为你喜欢？老子想着给你买个真的让你高兴高兴！你知道那个破包多少钱吗？"

Tiffany又好气又好笑："你要实在心疼，我把钱还你好了。"

"老子对你算过钱吗？你良心都让狗吃了！"他突然咬牙切齿地叫道，"服务员！"

大家诧异他怎么突然叫服务员来，却听他气呼呼地说："她们这桌的账算我的！"

女孩子们都没想到他居然这样，谭丽莎简直有点过意不去："顾总，我来就行了，您今天也算是……破费了……"

顾峰粗暴地对谭丽莎吼："今天谁也别跟老子抢！"

服务员被他的样子吓到，赶紧把账单给了他。

顾峰悲愤地对Tiffany说："老子就是要让你记住！你这辈子也不会遇到比老子更好的男人了！"

Tiffany百感交集地看着这位曾经的未婚夫。在他的标准里，他确实对她已经好得突破了原则。

而他带来的那位妖娆的女伴，面对风波充耳不闻，坦然坐在座位上，左摆右摆地自拍着。毕竟，这家位于机场的中餐厅，也算是个上档次的消费场所呢。也唯有这样的女人，才

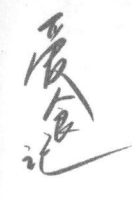

能常伴这样的男人左右。

　　Tiffany看着顾峰气呼呼的样子，想起他带她挑钻戒时，两人也甜蜜过。女人总难免会对爱自己的人心软，她好言相劝："其实，就你这风流秉性，单身不是更好吗？"

　　顾峰委屈地怒吼："哪个男人在外面没点事？我没亏待你不就行了？"

　　Tiffany无语望天。

　　陆霞适时地表示要去安检了，大家一起离开餐厅。顾峰坐下来继续和他的女伴吃饭，而那女人若无其事地等着拍接下来的菜。

　　陆霞到了巴黎后，给母亲汇了三十万元，和一份长长的账单。那账单是她记录下来的家里为养大她付出的全部花销。她不仅把自己的吃穿学费算了进去，还算了房租，甚至还按照北京的工资标准，算了父亲母亲照顾她的劳务费。除了所有能列出来的费用以外，她还算了相应的利息。

　　她算得很细。父母其实没花多少时间照顾她，任由她自生自灭。她从小学开始，就要做饭，照顾弟弟。所以，尽管她按照城里打工的标准给父母算工时，把能算的全算进来，只多不少，统统加起来也不过是二十多万。她还给凑了整数，给了三十万。

　　她说：从此以后，我们两清了。

　　这个故事在家族群里引发了讨伐的热潮。很多亲戚都说：白眼狼，白养了！当初就不该让她上大学！

　　即便是以前同情陆霞的亲戚，也说：这孩子的心也太狠了。

　　谭丽莎和姚望感慨，他说："有时候，离开确实是最好的解决方式。"

　　她怔了怔，一时之间，不知他是否另有所指。

　　与新公司敲定入职时间后，谭丽莎终于找时间正式地告诉了天天。她尽量说得很温和："我不知道以后还回不回来。所以，我们暂时先分开一阵子，好不好？"

　　天天一直以来惶恐的预感成了真。他和她在一起，总觉得什么也把握不住。她的世界太大了，让他毫无安全感。

　　他没有纠缠，只是黯然说："我知道我现在配不上你。但是，我会等自己变得更优秀以后去找你的。"

　　"好啊。但你要先毕业，否则我不会见你。"她笑道，"其实过几年你可能就把我忘了。"

　　"不会的。这世上没有比你更好的女人了。"

　　她啼笑皆非："你才见过几个女人啊。"

　　"那……我是你前男友，对吧？"

　　"对。正式的。以后我出了名，就写在履历里。"

　　他怀疑地看着她："你不是转头就去结婚，对吧？"

　　"真的不是，确实是为了工作。再说，"她笑道，"万一你以后发达了，我结婚以后，也可以为你离婚。"

　　天天笑了，可随即又难过起来。临别时他抱着她，舍不得放手，可终于还是要放手。他

第五章　告别与新的开始

在心里暗下决心，等再去找她的时候，一定要让她刮目相看。

姚大有对谭丽莎的辞职很不满，觉得年轻人终究还是靠不住，翅膀硬了就要飞。连自己儿子都不好好接班。看来看去，还是青姐这样的老臣子最安稳。

他彻底断绝了踢掉青姐的念头。别折腾了，小柔不爽，就让她不爽吧。

陈柔樱确实不爽，可盛大奢华的梦想婚礼在异国等着她，镜子中精致的脸上，细看已经有了年龄的痕迹。权衡下只有一条路：大方地不再计较。

谭丽莎去找青姐辞行，青姐对她热情勉励，夸她年轻有为。

谭丽莎轻轻地问："是你把我的简历发给猎头的吧？"

青姐一怔。没承认也没否认。

谭丽莎诚恳地说："没关系，我是想跟你说，我很感谢你。你一直都在帮我。"

她选择乘坐高铁前往江南。出发那天，正是姚大有和陈柔樱在欧洲举行婚礼的日子。陈柔樱穿上了她梦寐以求的婚纱，预订到了唯美浪漫的欧洲古堡。Tiffany陪着陈明硕去参加了，全程为谭丽莎发送图文直播。只是人算不如天算，偏偏赶上了下雨，地上一片泥泞，户外的部分全都改在了室内。

姚望得知婚礼中天公不作美，送谭丽莎去高铁站的一路上都在幸灾乐祸。

在检票口前，终于等到她要进去了。他拥抱了她，在她耳边轻轻地说："莎莎，如果我们四十岁还没结婚，我们就在一起，好不好？"

她心里一阵伤感，强笑着说："好。但是我不会那么晚都不结婚。我又不是没人要。"

他摇头叹息："你都学坏了！小时候你可不是这样的！好了，进去吧。"

她进了检票口，他对她挥挥手，转身离去。

她独自上了车，找到了自己的座位，把行李放好。身边坐着一个面善的阿姨，对面是一家三口。

车子开动了，北京在窗外渐渐远去。她想起姚望，心里一阵伤感。她不知道自己以后还会不会再回来。

正在出神，一个熟悉的声音说："阿姨，咱俩换个座位行吗？我的座位就在旁边的车厢。"

她瞪大了眼睛，回过头，姚望就站在座位旁，指着她，对阿姨央求："我想和她坐在一起。您要是不方便，我可以加钱。"

他刚才不是已经走了吗？谭丽莎吃惊地问："你怎么也上车了？"

他对她笑笑："我早就买了票，为什么不能上车？"

阿姨饶有兴味地看看他们俩，问姚望："你愿意加多少钱？"

"五百行吗？"

阿姨说："图个吉利吧，八百。"

"没问题！您愿意现金还是转账？"

阿姨笑了："我还真要你的钱啊？逗你呢！对人家姑娘好点啊。"

阿姨笑眯眯地走了。

姚望不客气地往旁边一坐，戳一戳呆呆的谭丽莎，笑道："没想到吧？"

"你……你刚才不是走了吗？"

"就想看你吓一跳的样子。"他笑嘻嘻地看着她，心花怒放。她刚才的失神和骤然见到他的样子彻底出卖了她。

她想矜持点，但忍不住地微笑和脸红。她不想这么快被探知心事，就把头转向窗外，故作平静地问："你去干吗？"

"出差啊，我要收购工厂。我也不能一辈子都和我爸掺和在一起吧？Chris也愿意搬到南方去。"

"你刚才躲在哪儿了？"

他笑道："就躲在一个柱子后面，看你拐过去了，才赶紧冲过去检票。说实话，时间太紧了，当时就怕玩砸了，时间来不及，上不了车。"

她想着他等她进了站再狂奔上车的样子，不由得笑了："你总是这么鬼鬼祟祟的。"

他盯着她，问："你见到我是不是很高兴？我再不来你是不是都要哭了？"

她白他一眼，故意说："路途这么长，有熟人当然好啦。这时候就是Catherine上来，我也会高兴的。"

他笑道："那我是不是比Catherine的分高一些呢？我的排位是不是很靠前？"

她脸更红了。心里暗骂自己没出息，怎么就高兴成这样。她转移话题："你出差几天啊？"

"你待多久，我就待多久。反正无论做什么事，都是和你在一起更开心。所以——"他在她耳畔低声央求，"莎莎，干吗等四十岁啊，咱们现在就在一起吧。"

她努力板着脸："我还没想好呢，还得看你的表现。"

"没事儿，你慢慢想，我慢慢表现。反正我就追着你，对你好，每天求你答应我。"他挨着她，低声笑道："我倒要看看你能坚持到哪天。"

她无奈地笑了。她想刁难他，想让他也苦苦追求她一次。可甜蜜就在身边，她也不知道自己能坚持到何时。

但无论如何，这已经不再重要。她已经学会了享受过程，那么结果就总是好的。遥想在展会上与他意外重逢的那个周日，她自己都惊诧于当时怎会有那么大的勇气，告别过往，奔向欲望。她想过了，自己也许会一败涂地，会被所有人耻笑，会后悔自己放弃了唾手可得的安稳生活。可她没有退缩，她选择了走向自己的欲望，而这欲望带着她看到了前所未有的自己。

列车以超过300公里的时速向南疾驰，带着所有的乘客对远方的期待。转瞬之间，她和他的列车已经驶出了很远很远。这漫长的旅途里，没有王子也没有灰姑娘，只有一对可爱的旅伴。

（全文完）

后记

这是一个"俗套故事"。

看韩剧《顶楼》的时候，我被编剧肆无忌惮地洒狗血惊呆了，但不管是从专业角度，还是从内心诚实的看法，我都充分地明白：这玩意儿大家就是爱看。

承认吧，我们都喜欢看逆袭、看打脸、看捉奸、看女神变小妈、看女主与闺蜜爱上同一个男人、看突如其来的床戏……所以我就想把这些玩意儿在一本小说里写个遍，当然，我会控制一下尺度。

狗血之所以吸引人，不仅是充满巧合与冲突，也因为里面总是有某种强烈的普遍的欲望。所以，一个好的狗血故事，必然是一个关于欲望的故事。

人类最直接的欲望就是食欲，在人生中，很多难忘的场景总是离不开食物的陪伴。所以我将美食作为这个欲望故事的背景线。同时，我一直很遗憾国内没有一部好的美食番作品，这次干脆就自己来写一个。

在这个充满狗血的故事中，我选择了经典的"灰姑娘变形记"成为主线。有灰姑娘，自然就要有王子。姚望就是一个标准的王子。但是，与霸总系列故事中那些十项全能的纸片人王子（比如我之前的《媚俗小说》中的霸总厉烨）不同的是，姚望出身幸运，并不代表他就天然地无所不能。如果说公主很容易傻白甜的话，王子多半也是这样。

姚望成长在霸总父亲的庇护下，有公子哥儿的天真，也有优于普通人的家族传承。因为从小备受宠爱，所以他在感情上就相对低能，有不自觉的傲慢，本能地觉得全世界都应该围着他转。比如，他喜欢自己偷偷摸摸搞点动作，就认为"只要我对你好，你肯定都明白了吧"。

如果对方足够成熟，就会知道这不过是一种愚蠢和没经验。但在自卑的灰姑娘眼中，这是一种心理上的轻慢。谭丽莎就是那个自卑的灰姑娘。她的自卑来源于她的外形，确切地说，是体型。毋庸讳言，因为种种社会偏见的影响，女性的自卑最直接的原因就是觉得自己不够美。

传统的灰姑娘逆袭，总是要在外形上有很大的改变，王子才会爱上她。童话中的灰姑娘天生丽质，只是缺一身好衣服。而在现代女性的故事里，体重是个跨不过去的坎儿，是做不完的功课，所以我就把体重设定为这位灰姑娘需要解决的外貌问题。

童话故事里，美女永远可以王者通吃，美貌即正义。实际上在爱情中，外貌的力量并没有人们以为的那么大。很多大美女、大帅哥的情路并不顺利，而很多感情上能力很强的人，外貌上的优势并不明显。

在一段真挚长久的关系中，内在的重要性远比大家以为的更重要。但是我们的社会，实在太喜欢宣传"美貌无敌"的错误观念了。

所以，在莎莎的故事里，我没有让她在外形上改变太多，一直到故事的最后，她也仍然是个丰满的姑娘。她更多的改变是去掉内心的自卑感，不再自卑，她的光彩和魅力也就会自然地绽放出来。人在日常生活中的美，是动态的。照片拍下来并不美的瞬间，实际上当事人可能会觉得很美。

莎莎的变美之路，是懂得了扬长避短，正视丰满的微胖身材也可以很美，不那么擅长和喜爱打扮也可以很美，能干的、有力量的、不那么柔弱的女孩，也可以很美。

莎莎事业上的逆袭相对顺利，但其实该有的挫折和感悟也都有了。比如她的第一个感悟就是，同样的人，在不同的平台上，结果就大不同。

莎莎一直认真负责，工作努力，不那么计较。可在一个糟糕的有毒的职场环境里，她的优秀勤勉都成了被别人剥削欺负的特质。而涉世未深的她却以为都是自己不够好。这是很多年轻人都会有的误区。

而到了新的平台，她的优点有了用武之地。渐渐地她也认识到平台的重要性。所以在故事的结尾，谭丽莎决定突破已有的舒适区，选择了奔向更适合自己的平台。

每个主角的成长路上都要有导师。在谭丽莎的逆袭之路上，她的闺蜜们，她的前男友们，服装店小哥出身的Chris，甚至她的情敌，都是她的导师。而在我看来，这也是人生本来的面目。人生的导师不等于贵人，更不只是一个人，成长有时候也来源于你的对手。

说到她的情敌，作为言情小说的标配——"恶毒女配"Catherine，其实她和莎莎的性格是很像的。她们都有好强的一面，心里都有欲望，也都有不服输的劲头。只是两人出身与家庭都不一样，就导致行为轨迹不同。

在社会新闻中不难发现，富豪阶层其实并不先进文明，他们内部经常维持着类似封建社会的严重的重男轻女观念。

在这样的环境中，Catherine被培训成了一名本能的宫斗选手，以征服优秀男人为人生重要目标。姚望就是她的标的，为此她不择手段地去战斗。当她为了追求姚望，无意中卷入服装厂风波，面对腹黑的厂长时，她的战斗才能得到了最大的发挥，那是她的高光时刻。

不过，我不喜欢写人物的态度性格前后一百八十度大转弯。所以，即便是Catherine已经在事业上找到感觉，出于惯性，她还是会对姚望产生占有欲。而最后与姚望决裂后，她毫不犹豫地立刻出手挖角。我觉得，这样的她，其实比那个装温柔接近姚望的她，要可爱和有力量得多。

人还是那个人，但放在不同的位置，就会截然不同。

这个故事中，还有好几个这样的错位人物。比如Tiffany。或许有人觉得Tiffany前后判若两人。实际上，Tiffany从头到尾都没有变过。她一直就是那种古灵精怪，满脑子鬼点子的人。比如，她特别喜欢给别人起外号，还教谭丽莎怎么勾引姚望，而她的一部分策略确实也

后记

奏效了。她会在健身房拍风情自拍，投其所好临时学几个拿手菜装贤惠糊弄顾峰。她不会烹制帝王蟹，却装作自己害怕杀生，惹得大男子主义的顾峰对她十分怜爱。

可终究她和顾峰是不合适的一对。她再机灵，再会削足适履，他们的不合适也随时都在折磨她。

在错的人面前，你做什么都不对劲。在一段错误的关系里，一个调皮活泼的女孩，也会变成一个惶恐不安的怨妇。

同样的错位人物还有天天。当谭丽莎以为他是实习教练，和谭丽莎发现他是个学生时，她对他的评价和感觉，就截然不同了。

天天一出场，我就将他所有的心机告诉了读者，于是很多读者会觉得天天很可怕。但是，如果我不告诉大家这些小伎俩背后的心机，只是让天天这样表现出来，那恰恰是很多女生最喜欢的体贴和用心。

对于天天的学渣身份，我也做了很多次暗示。在江南看工厂时，他最没兴趣。做直播时，他台词都背不好。

其实，只要是个成年人，哪怕是姚望这种富二代，每天也要工作，也要考虑事业多过感情。

唯有学生时代是多数人一生中过得最接近贵族的一段岁月。学生才可以满脑子都是恋爱，一天到晚琢磨恋爱技巧。为什么校园恋爱那么美好，就是因为大家都不用考虑太多现实。

但单纯就真的意味着绝对的美好吗？不见得。现在很多作品里写姐弟恋，就把弟弟写成一种完美的生物，只有好处没有坏处。这跟老男人找个小姑娘就万事皆足其实也没有什么本质区别，也是一种青年崇拜。

小奶狗情人当然拥有青春美，体力肯定是好的，但心智上的成熟也必然有所欠缺。一个会谈恋爱的小奶狗，大概率不是学霸，而是学渣——想想看，当陈明硕上大学的时候，他会是那种情圣吗？

不过，天天和谭丽莎在一起，虽然是一连串的错误引发，但仍然是一段美好的经历。他们彼此是有成长的，这并不是一段糟糕的关系。

Catherine和天天也有点像一组对照组，都比较有心机，也很好胜。或许大家更能接受天天，觉得Catherine更坏。其实Catherine并没有很坏，她做的小动作，只是引人误会。之所以大家觉得她坏，是因为她更不坦荡。

可是，她之所以不够坦荡是因为在传统价值观里，女孩子就是不能坦荡地表露出野心和欲望。恋爱中，传统淑女不能主动。即便是心里主动，也不可以表现出来。她困于淑女身份，只好暗戳戳地战斗。

Catherine心里是有能量的，所以我让她在后期爆发了出来。正是因为她的工于心计，不服输，欲望强烈，甚至还有一点点的不择手段，所以她才配得上更大的舞台。

我觉得Catherine也代表了很多女孩子的状态。太多的女孩子，从小被约束在一个框架里，再成功的事业女性，也要在感情上被人指指点点。而成功的事业男性，感情怎样都不会被指指点点，有任何不好，全都是女方的失败就对了。

我没有给Catherine发一个官配，因为我觉得她的野心在恋爱里是装不下的。同样没有官配的，还有陆霞和Chris。他们都有清晰而具体的梦想，也都被出身所累。所以，在他们人生的前十几年，向着梦想走去是唯一的任务。他们这时候大概都没有心思去想恋爱的事。

陈明硕作为爱情小说中必不可少的霸总，贡献了一段类似于初恋的感情戏。他是很多学霸的缩影。人生的前多少年，都在完成"一个优质男人的自我修养"，连婚恋都是这完美链条中的一环。前妻雅文毫无疑问是与他相似的，接近于完美的人物。

人在年轻时，因为有青春红利，这样"正确"的生活方式会维持一个繁荣的上升期，给他们带来巨大的满足感。可一旦到了中年，失去了青春这个天然引擎，问题就显现出来了。他和她都很难将人生的GDP（国内生产总值）继续拉高，就不可避免地会开始怀疑这种生活的意义。

Tiffany的性格终归是需要一个霸总男友的，而陈明硕也总归需要一个类似于贤内助的角色。所以最终Tiffany选择了不那么有钱，但人品更好的霸总。而陈明硕也选择了有一点飞扬跳脱，但其实大体也还是独立女性的Tiffany。

故事里还有好几位配角，也都是我用心写的。顾峰是喜感的反派，很多暴发户男人其实就这样。有钱是真有钱，长得可能也不差，但真要接触下来，那真是，每个头发丝里都隐藏着某种低文明特征。

姚大有是亦正亦邪的人物。有时候大家觉得他人还可以，有时候又觉得他有点坏。我对他的评价是：他是极端自我的。在整个故事里，他最看重独子姚望，而这其实是他爱自己的延伸。

姚大有并非毫无人情味，但他认为感情也可以像生意那样去掠夺，并享受掠夺成功的快感。他抢儿子女友时，心里一定会有一种隐秘的快感，这是老狮王向儿子展示自己威势犹在。

同时，姚大有也不是那么全能的霸总。他的成功里，时代红利占了很大的部分。

陈柔樱和姚大有是天生一对。她和Catherine的生活环境类似，但是她的天性却更适合这种教育。很多人觉得陈柔樱工作能力很强，出去工作也不会表现差。这是大错特错了。

陈柔樱一直在做悦己的事，不管是打扮还是开派对，还是长袖善舞地与男人周旋，都是在展示她的美和魅力。这是她从小最大的自信心来源，是她最擅长也最喜欢的事。

但你猜，她会愿意真的去给中产阶级妈妈服务，给她们的孩子开派对吗？她愿意像Catherine那样，和腹黑厂长斗得天昏地暗吗？她能像谭丽莎那样，趴在桌子前做数据表，从早到晚跑工厂吗？

陈柔樱有她的本事，不代表她愿意努力工作。这是完全不同的两回事。何况，她如果真的去开个派对公司，要多少年，才能挣到一件法国高级定制的婚纱？而在这过程中，她又哪来的时间，去打扮、去维持自己仙女一般的形象呢？

聪明如她，当然知道如何选择。

姚望的妈妈、青姐、杨思竹和Catherine的妈妈，也是那个时代的女性代表。在那样一个时代中，她们每个人选择了不同的生活方式，走向了不同的领域。

姚望的妈妈是典型的白手起家型贤内助，虽然最终的结局是被丈夫"抛弃"，但这种奋斗过的女人，格局当然是不同的。

青姐并不是什么商业天才，她是勤能补拙的代表。

即便是遭遇了杨思竹不负责任的捣乱，并且出现了谭丽莎和陈明硕这样的劲敌，她也没有放弃。所以她最终是获胜者。有人说，也许青姐可以去更好的平台，但那就是以后的故事啦。至少在这一局里，她赢到了最后。

Catherine的妈妈和杨思竹都选择了依靠男人。但前者目标明确简单，就是吃斋念佛做阔太太，而后者明显不安分得多，嫁了个教授，但又还有更多的欲望。她会弹钢琴，可以教小孩，但自己并不是教授。可想而知她受过良好的教育，可是在她的人生选择里，从来就没有奋斗这个选项。

说到钢琴教授，我特意把圆圆的钢琴老师设定为一名女教授。而陈明硕为女儿选择的教授，自然非同凡响，是有名的教授。所以，这是一位隐藏的事业女性。

这个故事的最后，几乎所有的主角都选择了离开，去往更广阔的天地。陆霞是去务农，谭丽莎要去工厂。Catherine、Chris都要去工厂，去生产的源头。在我心目中，这才是真正的广阔天地，大有作为。

谭丽莎最开始的专业是机械，而她也出生于工人家庭。所以她从血液里，从来就不是一个柔弱型的女主角。

而最后一幕，很多人以为，莎莎和姚望这就算在一起了。其实莎莎还没有答应姚望，她只是很高兴他会陪她一起面对接下来的旅途。而姚望最终也没有说出一句深情的话语，那句"我们现在就在一起吧"其实也没有比"咱俩凑合凑合"好到哪里去，而这种偷偷摸摸的举动，他在当初送她健身卡的时候也做过了。

只是此刻，莎莎已经一点点地摆脱了自卑。而姚望也想清楚了，反正就是想和她在一起，反正就先跟上去再说。

所以，也许他们还会暧昧一阵子，也许他们当晚就干柴烈火地在一起。一切皆有可能。

我的每部小说都会和之前有所不同，在这一部小说里，男主磨磨唧唧，最后也没有和女主从此幸福地生活在一起。这终归是一个灰姑娘的故事。我觉得，当灰姑娘不再是灰姑娘时，故事就结束了。至于以后她选择王子还是学渣，那都不重要啦。

最后，感谢大家的支持与陪伴。咱们下个故事见啦！

神圣午睡
2024年1月4日